大胡庄
1941

于兆文 ★ 著

江苏大学出版社
JIANGSU UNIVERSITY PRESS

镇 江

图书在版编目(CIP)数据

大胡庄·1941/于兆文著. — 镇江：江苏大学出
版社,2020.12
ISBN 978-7-5684-1558-3

Ⅰ.①大… Ⅱ.①于… Ⅲ.①长篇小说-中国-当代
Ⅳ.①I247.5

中国版本图书馆 CIP 数据核字(2021)第 006543 号

大胡庄·1941
Dahuzhuang·1941

著　　者/于兆文
责任编辑/汪再非
出版发行/江苏大学出版社
地　　址/江苏省镇江市梦溪园巷 30 号(邮编：212003)
电　　话/0511-84446464(传真)
网　　址/http://press.ujs.edu.cn
排　　版/镇江文苑制版印刷有限责任公司
印　　刷/句容市排印厂
开　　本/718 mm×1 000 mm　1/16
印　　张/24.5
字　　数/440 千字
版　　次/2020 年 12 月第 1 版
印　　次/2020 年 12 月第 1 次印刷
书　　号/ISBN 978-7-5684-1558-3
定　　价/58.00 元

如有印装质量问题请与本社营销部联系(电话:0511-84440882)

目　录

楔子

　　万木葱茏，柳絮飘飞，公元 2012 年春夏之交的大胡庄，农人们的心思一半沉浸在金灿灿的麦香里，一半付给了村北的方向。

　　这里的每个人都知道，脚下的大地是一片红色的土地，每一寸泥土都曾经浸染着烈士的鲜血。

　　无数的足迹曾经前仆后继。

　　共和国的将军曾来到这里，烈士的后人曾来到这里，历史的追随者曾来到这里。每个人来到这里，都会驻足停留，他们多想能寻到一段烽火岁月的遗迹；还有人侧耳聆听，聆听来自 1941 年那个春天的枪炮声、厮杀声、口号声，还有那废黄河上飘来的悠扬歌声。

　　　　一曲长歌
　　　　响起在太行山外
　　　　一杯浊酒
　　　　醒来已在江淮平原
　　　　天地一行泪
　　　　江河共徘徊
　　　　家国破碎千万里
　　　　一骑独行梦不还
　　　　我的哥哥哟
　　　　哪里是你的阳关
　　　　哪里是你的故园
　　　　……

当年就在废黄河畔这个叫作大胡庄的地方，新四军与日伪军发生了一场悲壮惨绝的遭遇战。

那场鏖战之后，来到大胡庄的新四军某部一营二连的 83 位官兵，除一人幸存外，其余 82 人全部壮烈牺牲。

新四军在苏北抗战时期，曾经有两个连队全连整建制牺牲，一个是淮阴刘老庄战斗中牺牲的七旅十九团二营四连，一个是淮安大胡庄战斗中牺牲的一营二连。两次战斗，同样是牺牲 82 人，同样是悲壮惨烈，同样是气贯长虹。

为此，共和国将军始终牵萦于心。

当年的部队首长想起了这样的一幕。"文革"期间，一些红卫兵不知从哪些故纸堆里翻到了有关大胡庄战斗的零星信息，竟然指着他的鼻子批判："你带的兵尽打败仗，1941 年部队的一个连在淮安大胡庄被日伪军打得一个不剩，两年后又是一个连在淮阴的刘老庄被日本鬼子打得一个不剩！"

"从某种意义上讲，我要感谢这些红卫兵小将们，是他们给我提了个醒，让我思念起那些为人民幸福、为民族解放牺牲的英烈们。"劫后余生的将军老泪纵横。

将军临终前，曾一再叮嘱几个知情的老部下——当年部队的一名团长，部队《先锋》杂志副主编，以及苏北区党委宣传部副部长等人："1941 年的大胡庄战斗我当时没让宣传，因为我刚把部队带到苏北，就丢了一个连，如果过分宣传，会对部队士气有一定的影响。现在想起来，我们对不起大胡庄的烈士们啊，你们要想办法为他们做做宣传啊……"

戎马倥偬，南征北战，还有谁记得他们？将军记得。斯人已去，好风长吟。

硝烟散尽，思念绵绵，人们并没有忘记为这片土地浴血奋战的新四军战士们。"大胡庄战斗八十二英烈永垂不朽"，在大胡庄战斗遗址北侧，晚年双目失明的老将军委托当年的旅政委题词的纪念碑如今巍然屹立。墓墙上，那一颗颗象征无名烈士的五角星，犹如一枚枚铁血铸就的军功章，永远镌刻在历史的天空，熠熠生辉。

可是，有一种缺憾一直压在人们的心头：碑座之下，却是空冢，没有烈士遗骸。当年英烈们的遗骸究竟埋在哪里？

经历过那场战斗的老人们自告奋勇地站了出来，根据他们的回忆指点，发掘人员在老人们所说的几个地方均无功而返。也许多次的农田改造、河沟开挖造成了地形地貌的改变，给老人们造成了较大的记忆偏差，这也在情理之中。

所有人一筹莫展。

就在几天后的一个上午，一件诡异的事情发生了。在大胡庄村北一角的小树林中，突然飞来了一大群喜鹊。只见这群喜鹊在树丛中上下翻飞，叽叽喳喳地鸣叫不停，更为神奇的是，众人轰不走，吆喝也不听。

"喜鹊上门，咸鱼翻身！"76岁的胡其南、80岁的胡科成赶来了，他们是当年那场战斗庄人中仅剩的亲历者、见证者，两位老人当年一个5岁，一个9岁。那场战斗，是刻在他们记忆里的永久伤痛。

一看这奇异阵势，两人面面相觑，在记忆里再次搜索旧迹，最终一致建议："不妨去试一下，好像那里就是当年的一处乱葬坑！"

在喜鹊集聚的地方，金属探测仪来了，仪器一开启便叫了起来。发掘人员立即拉线布方，一干人等间隔下锹，层层浅挖，挖深一米五左右，骸骨全部露出地面。

"烈士显灵了，这些喜鹊，就是烈士的在天之灵啊，是特意赶来告诉发掘人员遗骨埋葬地点的。"大胡庄人奔走相告。

一半神奇传说，一半穿凿附会，却蕴含着大胡庄人一直埋藏心底的那份对烈士的尊崇怀念之情。

"不能让烈士遗骸暴晒于烈日之下，这是对烈士的大不敬！"大胡庄人自发买来了白布，200平方米的白布帐篷拔地而起，粗竹为柱，细竹横撑，白布为顶，村民们志愿加入了清理尸骨的队伍。一具，两具，三具……一下子六七十具遗骨重现天日。

烈士遗骨大部分保存完整，均为两三具一处，完全印证了当年老百姓用独轮车运送烈士遗体的说法。烈士们有的平躺，有的侧卧，有的蜷曲着身体，有的张大嘴巴，有的遗骨的手还压在中弹的部位。还有一些蜷曲的遗骨，双手压住自己的颈部，胸部脊骨严重发绿，验证了当时敌人使用毒气弹的说法。在许多烈士的体内还发现了大量的弹片和子弹头……

焚香，膜拜，烧纸钱，做祷告，红布缠身，纸幡招魂，大胡庄人按照当地的风俗，为烈士们净身收殓。

面对着这么多的尸骨，胡其南老人的记忆瞬间复活。他扑通一声长跪不起，双手插入泥土，捧起一抔沙土，泪流满面，大声呼喊："战士们，亲人们啊，今天我们又见面了，我们带你们回家啦！"

母亲怀抱着当年5岁的胡其南，从家里一路跑到庄北头的大沟里，躲在沟边茂盛的菖蒲底下。日本鬼子发现后，扯走母亲戴着的耳坠、抢走他脖子上银项圈，鬼子的狰狞面目深深印在他的脑海，血火洗礼的战斗场景历历在目，那一幕幕恐怖惨烈的景象，至今还在他的梦里闪现。不知多少次，他半夜从噩梦中坐起来，大口地喘着粗气，环顾四周，阒寂无人，更加重了他的恐惧。

梦中，骑白马的巩副营长，使双枪的晋连长，16岁的小号手，给他家打长工的大勇子，剃头的麦根子……一个个鲜活的影子向他走来。转瞬之间，各人又是浑身上下鲜血淋漓，从火海中冲了出来……

别梦依稀，故园还在，却不见勇士回来。

老人围着这么多的遗骸仔细辨认着，他多想能从中找到，那场战斗中丢了性命的亲人们：操起铁锹与敌搏斗而死的亲大爷胡锡凡，被刺刀活活戳死的堂大爷胡锡月，中枪而亡的堂哥胡一胜、堂姐胡延兄……

"作孽啊，狗日的日本鬼子和二皇狗腿子，他们就是一帮畜生！那时候，见人就杀，见财物就抢，前一天晚上还活蹦乱跳的战士们，第二天就这么没了。这么多的英魂战死他乡，最后连个名字都没有留下，不知道姓甚名谁，不知道是哪儿人……"胡科成老人带着哭腔的呼号，恰似一声长啸，撕开了历史长空的一道口子，人们试图沿着记忆的缝隙，进入那阴霾当空、血泪斑斑的1941年。

那年那月，大胡庄的故事，由是而起。

枪声 | 第一章

对于祖祖辈辈面朝黄土背朝天的农民来说，春天的主色调是绿色和金色。成片的绿色抹在那油油的麦田和青嫩的树叶上，金色随风拂来，仿佛一夜之间，田垄地头的油菜花都盛开了。

1941 年，也就是民国 30 年，大胡庄的春天，似乎比往年来得更早一些。麦子比往年长得都快，由青转黄，新出的麦穗倔强地在风中摇曳着，昭示着渐次成熟的模样。刚过了年，春风和煦，冬衣刚脱下不久，油菜花便灿然一片。

大胡庄上百分之八十的绿色也好，金色也罢，都不属于土生土长的农民，而属于几个胡姓的大户人家，众多的农民，都是佃农，他们都靠租大户人家的地活着。

还有一些人，什么田地也没有，就是靠着出卖劳力，在地主家做着长工、月工、零工等。

这里的大部分人家都穷苦，几乎每个人都是在苦水里泡大、在血泪中挣扎，每个人的脸上都呈着菜色，这是长期吞糠咽菜、营养不良的结果。这样的日子，没有人知道何时是个尽头。

大胡庄，除了麦田和油菜花，这里还有一个最显著的特征就是河沟纵横，一圈一圈的汪塘星罗棋布。河沟边上的芦苇正滋滋地向上拔节生长，汪塘沟边上长着一排排的灌木、桑树、柳树、槐树。林木出奇地茂盛，大风吹起，成片的芦苇和树丛如浪翻卷，阵势颇为壮观，犹如汹涌大海上翻腾起阵阵波澜，随时想把大胡庄上的一切尽数吞噬而不留丝毫痕迹。

大胡庄，是废黄河南岸、淮安北乡茭陵乡的一个村庄。

茭陵，有大茭陵、小茭陵之分。大茭陵，是一个集镇，小茭陵，简称小茭，是集镇西边的一个小村庄。

茭陵得名据说和汉高祖刘邦小弟刘交有关。

公元前 201 年，刘邦废楚王韩信为淮阴侯，把楚国一分为二，立刘贾为荆王、刘交为楚王。楚国的都城为彭城，也就是现在的徐州。楚元王刘交在位 23 年，公元前 179 年去世，死后谥号为"元"，故史称"楚元王"。

《后汉书》《水经注》都有记载刘交死后葬于徐州，因其墓被盗，无史迹可证。《正德淮安府志》记载："茭陵村，或云其地有楚元王交墓，故云。茭当作交。"《乾隆淮安府志》："茭陵村，亦作茭陵，旧云楚元王墓在此。"其他地方文献中也有类似记载。再说，淮安县城里上坂街还有一座建于南宋的楚元王庙。

所以茭陵的大户人家，天生就有一种优越感，似乎各人出自帝胄之家，自古就是皇亲国戚。富贵人家的公子们，走在街上，那走路一步三摇的样子便可窥见一斑。

> 黄河水滚滚而来，文应如是；
> 韩信兵多多益善，士亦宜然。

这是流传在淮安废黄河一带的一副对联。说废黄河滋养了茭陵人，这话一点不为过。

宋代时，黄河南下夺淮泗入海，1855 年，也就是清朝咸丰五年，黄河北徙，原夺淮夺泗的河道被废弃，故名"废黄河"。但废黄河从未断流，依旧河水汤汤。废黄河附近沙土堆积，适宜种植花生、山芋等作物，因而这些东西在茭陵一带俯拾皆是。

茭陵街是"丁"字形的街道，东西、南北各约二里长，住着一千余人口。北首是茭陵渡口，过去鼎盛一时，有"官舻客舫满茭渡，车驰马骤无间时"之美誉，是南来北往商贾买卖的一个重要集散地。山东鲁南地区的几个县，以做皮货出名，牛、马、驴、骡皮生意火爆，苏北宿迁一带以贩运牲畜出名，这些地区的皮货商人和牲畜贩子，常常在茭陵渡口下货歇脚，然后从此转运到淮安南乡贩卖，或直接送往屠宰加工集散地阜宁益林一带，硝制加工后销往苏南、上海地区。

还有一个产业，就是盐运，淮北、淮南、盐东、沿海地区的食盐、海盐商贩经常以茭陵渡口为枢纽集散地，下货后转运各地。至于糟坊酿酒这一行，更是司空见惯的营生，因而茭陵人的酒量特别大，正是日熏月染的结果。

大胡庄，与茭陵丁字街最南端相距一二里路，庄头有一条河横亘东西，本地人管它叫咸岔河，河上一座石板桥，听说此桥修于前清时期，桥身长四五十米，桥面宽四五米。废黄河滋养着茭陵人，咸岔河滋养着大胡庄人。

大胡庄有三四百户人家，近 2000 人，以胡姓为主，另有少数颜、李、顾、陈、朱、黄等姓氏。地域上由一个大庄圩和梨园、黄王、陈龙、朱场、小西场、小西胡等若干小庄圩组成。

因为茭陵集镇繁华，南来北往的商客纷至沓来，就连夜市时分，也是人头攒动，竟有"市不以夜息"大都市的那种繁华劲儿。也正是因为有点名气，因而惹得日本鬼子、伪军、国民党顽军，变着法子轮番前来扫荡袭扰、抢劫越货，就连涟水、阜宁一带的土匪也频频光顾。

抢劫的人进了茭陵街，邻近的大胡庄往往无法幸免。于是，大胡庄稍微富足一点的人家，都会拿钱买枪。有头有脸的地主人家，三四把汉阳造步枪不在话下，他们发给家丁，说是武装自卫用的。就连一些富农人家，也会买得一把步枪，作为防身之用。

枪，成了大胡庄有钱人身份的凭证。

大伙都知道，在大胡庄上，枪最多、名号最响的有两个人，一个是东广爹，另一个就是西广爹。他们家财万贯，不但枪多，而且还有手榴弹。

之所以叫东广爹、西广爹，一是以他们的住处来说，一个在东，一个在西，另外一点，就是两个人的名字中都有一个"广"字，东广爹叫胡广元，西广爹叫胡玉广。

从大人，到小孩，从东庄，到西庄，都这么称呼他俩。

1941 年的大胡庄，春天里的第一声枪响出自东广爹家。

春节后的正月十九，民国 30 年 2 月 14 日那一天，阜宁一带的土匪 20 多号人，骑着马吹着口哨进了庄子，直奔东广爹家而来。

这帮土匪号称"杀富济贫"，人人脖子上扎一根红绸子，为首的一名大汉满脸络腮胡子，凶神恶煞的样子，很是吓人。在马上，他就让人沿途喊话："好狗看自家，一家看一家，他人房上瓦，不往自家拉。"

春节刚过，怎么发生这样的事？庄上人家全部关门闭户，连孩子的哭声都被捂住了，所有人三缄其口，生怕引得土匪跑到自家来。

东广爹胡广元生有两子，一个叫胡明根，另一个叫胡明竹。胡明根生两子，名叫胡锡庭、胡锡龙；胡明竹生一子，名叫胡锡耀。可谓儿孙满堂。

可是，东广爹为人奸恶、刻薄，惜金如命，就连那些给他做事的长工、伙计们，他都想方设法地克扣一点工钱。三个不来，就动用私刑家法，打个半身不遂。

"东广爹家叫换揽①，家家哭又喊"，"我朝胡家走，浑身索索抖，除了狗来咬一口，还有大斛和大斗"，从这些民谣中可见东广爹家势力有多大。

上行下效，东广爹大儿子胡明根，和老子一样，为人奸诈凶残，横行乡里，经常惹是生非，大伙见到他也是躲着走。土匪上门的这一天，他恰好外出置办商货，不在家。

二儿子胡明竹，整天游手好闲，赌钱，抽大烟，逛窑子，把分得的家产都输得差不多了，没钱就卖田卖地过日子。东广爹看到败家儿子混成这样，也常常是摇头叹息，无可奈何。

胡家大院，青砖黛瓦，古色古香，正屋四间面东，辅屋南北各四间相向，后院抄手游廊，绿柳垂枝，屏风转承之后便有一水池，四季流水潺潺。

在毫无准备的情况下，东广爹家的家丁还没来得及操枪，院门便被土匪数枪攻破。进了院子，首先将一干人等控制住，二子胡明竹看到土匪进门，吓得直哭，连裤子都尿湿了。

见过世面的东广爹胡广元一脸无畏，厉声大喝："你们想干什么？"

土匪不由分说，先将东广爹胡广元捆绑起来再说。

那大头领开门见山："东广爹，明人不做暗事，我们弟兄穷人多，也要养家糊口，这年刚过，春荒不济，想差遣部分人等外出谋生，手头紧，想借个盘缠钱，请东广爹行个方便。待日后发达之时，定当奉还。我可以打个借条给你。"

"对不起啊，大头领，刚过了年，家里的一点钱都置办了年货，外面的

---

① 换揽是租田制中的一种，即地主加租额时，佃户要出租揽钱。

欠款也未归账。这样，宽限几日容我筹措如何?"东广爹想法子与土匪周旋。

那大头领见软的不行，立马换了脸色。嗯起一声口哨，只见手下三人，抬起东广爹就往锅屋里走。到了锅台边，抬了大锅置于一边，将东广爹扒掉衣裤，只留个贴身上衣、裤衩，活生生地担于锅口。灶下生火，点燃柴薪。可怜那东广爹被炙烤得直叫疼。

一声令下，将东广爹从灶口押了下来，大头领又问他："东广爹失礼了，现在可以拿钱了吗?或者，你干脆告诉我钱柜子藏在哪里，我们自取，不劳您大驾!"

东广爹没法子，哆嗦着身子，便从卧室里拿出一个小袋子，里面50多块光洋。大头领知道老家伙玩假，家里藏钱处，他是不会轻易说的。

于是，又命人点火，继续烘烤东广爹。

众家眷站在一旁，乱成一团，个个哭爹喊娘，别无他法。

突然，外面马群嘶叫，又听得"轰"的一声炸响，院中炸开了一个坑，那大头领身边的那位，像是二当家子的样子，被炸得血糊淋拉地躺在地上。

抬头看去，原来是胡明礼家的儿子胡锡荣，也就是东广爹家的侄孙带人赶来，趴在院墙上带领众人一边射击，一边扔下了手榴弹。那大头领眼尖手快，短枪抬起，"啪啪"两枪打去，不中，胡锡荣又扔一颗手榴弹，又倒下几个土匪。

好汉不吃眼前亏，看这阵势，不知道外面有多少援兵。不知深浅的土匪们，决定撤退。

这帮土匪带上伤员边打边退，骑上马向东飞奔。大头领见二当家子伤势严重，须赶紧包扎止血。于是，在东庄颜景庭家门前呵令众人停下落脚，从颜家找来衣带，涂上土匪们自带的枪药，稍事包扎休息一会，绝尘而去。

"关键时候，指望不上儿子啊，要不是贤孙锡荣，老命休矣。"这边，东广爹惊魂初定，连连谢着胡锡荣。

就在这时，胡明根赶了回来。见此情景，发誓要报仇雪恨。派人打探回来，报告土匪已走，并且说土匪是在颜景庭家歇脚的，如此云云。

东广爹、胡明根、胡锡荣一听此话，火冒三丈：私通土匪，那还得了，罪不可赦!

立即整理庭院、集合家丁，各人荷枪实弹，去了颜家。不一会儿，将颜景庭"捉拿归案"。

绳捆索绑的颜景庭有口难辩，被关在牛棚里。胡家着家丁看守，第二天一早，便将颜景庭押到咸岔河桥头的李三家，这是胡氏宗祠施行家法的固定据点。

这据点是个三层堡垒，经过胡氏家族精心设计，依堤而建，一层屯粮，二层住人，三层瞭望平台，战时可作炮楼守备之用；地下还有一层，修了一个土牢，专门用于囚禁"犯人"，其中，一干刑具，一应俱全，进去就让你感到阴森可怖。

说是李三家，其实是借与他住的，他只不过是东广爹、西广爹家的一个看门狗而已。这堡垒在大胡庄象征着胡氏家族的脸面和威严，穷苦人走到这，都有点战战兢兢的。

"你们不能这样，要审也要送公家老爷大堂审我，你们凭什么私设公堂，滥抓无辜！"颜景庭据理力争。

胡锡荣在胡家是有名的"大胡淘子"，和胡明根一样走路巴不得横着走。他看着颜景庭，鄙夷地冷冷一笑，一皮鞭狠狠地抽去："私通土匪，人人得而诛之，我胡家就是公家，我胡锡荣的话就是法！"

"用刑！"颜景庭被他们折磨得死去活来，最终屈打成招，口供笔录画押。

胡锡荣命人喊来庄上哑巴胡锡牛，将奄奄一息的颜景庭拖上板车，拉至乱葬坑那里，准备公开行刑枪毙。

锣鼓在庄子上一路敲着，全村子都知道，东广爹家准备枪毙"私通土匪"的颜景庭了。乱葬坑那里看热闹的人，一时挤得水泄不通。

突然人群中一阵骚动。

"有热闹看了，颜家来人了！"原来，颜家以颜景庭堂兄弟颜景高等人为首的几十口人，拿着棍棒家伙来了，要求刀下留人。

东广爹经此一劫，早已惊恐至极，他全权交由胡明根和胡锡荣叔侄俩处置颜景庭，自己早已溜得不见踪影了。

"不能改变主意，一旦改变，这帮穷鬼还不闹翻了天？以后我们在村子里说话还有屁用啊？"胡明根、胡锡荣二人合议后达成一致意见，坚决不让步。

东广爹家的家丁枪口对准了颜家人。

"私通土匪，死罪一条，颜犯已自己招供，画押在此。"胡明根举起供词，一副大义凛然的样子。

见颜景高跃跃欲试想上前来抢人，胡锡荣不由分说，对着他的腿部就是一枪，颜景高当即倒了下去。

"执行枪决！"胡锡荣下令家丁开枪。在东广爹家的家丁们黑压压的枪口下，颜家人眼睁睁地看着颜景庭倒在血泊中，一旁的群众，敢怒不敢言。

哑巴负责收尸掩埋，这是他的职责。

一个活生生的大男人，就这么被埋在了乱葬坑。

西广爹胡玉广生两子，一个叫胡兆荣，一个叫胡兆波。胡兆荣生两子，一个叫胡锡户，一个叫胡锡奇；胡兆波生两子，一个叫胡锡侯，一个叫胡锡甲。这一门，也算是家丁兴旺。

庄上人，如果民意测验，人缘方面，很少人说东广爹的好，但都念着西广爹的情。

西广爹可不像东广爹那么尖酸刻薄，他为人和善，给人十分谦卑的感觉。西广爹熟读四书五经，张口闭口常常引《论语》《孟子》中的经典，爱说教。

听得最多的，就是孟子的那段话："君子所以异于人者，以其存心也。君子以仁存心，以礼存心。仁者爱人，有礼者敬人。爱人者，人恒爱之；敬人者，人恒敬之。"

见到庄上的农户，包括手下的伙计们，他都格外注意一个"礼"字，从里到外，颇有绅士之风。

每年除夕，西广爹必让儿子胡兆荣做一事，就是让他派手下，在庄上沿街敲锣，打招呼："谁家过年没柴草烧的，到西广爹家拿，谁家过年没米没肉的，到西广爹家取。"

年三十从下午到晚上，西广爹家院子里人来人往，川流不息。长工短工、伙计店员、丫头老妈子等，大凡揭不开锅的人家都上门来，拿着工钱、拎着肉、拖着柴草，欢天喜地往家走，走在路上还念着西广爹的好。远近四里八乡的，西广爹的美名家喻户晓。

"大大，这样还得了，这不把咱家分穷了？"淮安北乡人，管父亲叫"大大"，管爷爷叫"爹爹"，1941年春节一过，西广爹已经正式交班，当家知道柴米贵的胡兆荣看着心疼，不解地问父亲。

"你懂什么？老子不懂这都是咱家的钱吗？吃人嘴软，拿人手短，老子给这点小恩小惠，来年他们会加倍地回报的。这点你放心，你当家了，要学着点。记住一点，光有钱没有用，钱是死的，人是活的，要学会用钱来收买人心，那样，钱就会'说话'了。"

西广爹有西广爹的算计，他这样做，是多年经验积累下来的，他是心里有数的。大胡庄的穷人，其实都是懂礼数的，收了他的钱粮，来年春天，都是主动来做工补偿的，自动放弃工钱，白做一段时间，以此回报。

其实，就是羊毛出在羊身上，收买人心才是他的心思。也许，这正是西广爹在大胡庄一辈子立于不败之地的高明之处。

东广爹也好，西广爹也罢，两个门族里的侄孙辈都并非善类。其中以胡明扬的儿子胡锡古，胡明礼的儿子胡锡荣最为出名。

西广爹交班了，东广爹被土匪这么一吓，也决定退居二线，一大家子的营生开始逐渐交班给大儿子胡明根料理。

1941年大胡庄的天下，是属于胡兆荣和胡明根的天下。两个人"主政"后，各自成立家庭护卫队，各从侄孙辈中找了一个"打手级"的帮手做管家队长，胡兆荣找的是胡明扬家的儿子胡锡古，胡明根找的是胡明礼家的儿子胡锡荣。

胡明根、胡锡荣亲手杀了颜景庭后，在庄上做事更是有恃无恐，为所欲为。

而胡兆荣、胡锡古这对搭档其实早已惺惺相惜、配合默契。

胡锡古是个黑大汉，外表像黑李逵，声音莽腔莽调的，人长得横高竖大，臂力过人，二百斤一捆的毛竹枝扫帚，他一只手就可以拎起来扔车上。他为人极其凶悍，仗着家里田多，势力大，经常欺侮穷人。

大胡庄有一首歌谣："大胡庄上胡锡古，收租让人心发怵，大斗大斛还不算，风斗簸箕跪地播，多了归胡家，少了自己补，租子欠下缴不上，大刑伺候人受苦。"

就连穷人在他家田里拾得的稻穗麦穗都必须原物照还，交与他家。在他家周围拾得牲畜的粪便，就是你倒到自家粪堆了，也得挖出来，交还他家粪堆；因为他断定，那粪便就是他家牲畜拉的，肥粪不流外人田，这是他的法则，他的利益不容侵犯。谁不听，谁就是挑战他的权威，他就跟你做个没完。轻则枪托捣、皮鞭抽，重则绳捆吊打、关进土牢、扔下咸岔河。

在当地，他就是一个十足的地痞无赖。

那天晚上，胡锡古在胡兆荣家两人对饮。

"叔，有个事情我一直放心不下，想跟你说说。"胡锡古小声地嘀咕。

"你说。"胡兆荣望着胡锡古，他不信，在他这里还有什么不放心的事。

"共产党又回来了，就在顺河，你知道不？"

"听说了一点，据说去年底还建了县政府，那个赵心权回来当了县长。"胡兆荣脸色阴沉了下来。

"共产党回来，会不会跟我们算账？你我可是有血债的人啊。"

"我看，他们暂时还没那么猖狂，最多也就是秘密活动，现在毕竟是日本人的天下，加上国民党也不是吃素的，量他们还不敢公开活动。去年来庄上宣传抗日的那两个共党嫌疑分子，不是被日本人逮了去，被日本人和胡乡长他们给毙了？"

"是的，我想起来了，我们有胡乡长撑腰，不怕，但是我们一定要把自家的护卫队搞好，有枪就不怕共产党！"

两个人的血债，大胡庄上了岁数的人都心知肚明。只不过时隔13年了，许多人已经淡忘。但胡兆荣、胡锡古比任何人都清楚，他们一想起，就浑身不自在。说不怕，那是骗人的，一种心悸、恐惧时常在深更半夜时袭来，二人一次次从噩梦中惊醒。

历史往往惊人的相似。那一天也是正月十九，和东广爹遭劫的日子恰巧同一天，只不过，那是13年前的正月十九。

民国17年，农历正月十九，阳历1928年2月10日。

那一天，气温骤降，先是狂风呼啸，其后大雪纷飞，漫天飘舞，许多年难得一见的大雪，在苏北大地肆虐而来。

"共产党发动农民在横沟寺暴动了！"在茭陵西南边的钦工横沟寺院门前，用粉红色油光纸做成的"淮安县苏维埃政府"和"淮安县农民武装大队部"的牌子挂出来了，共产党发动农民暴动的消息，像狂风雪片一样四处飘飞，传遍了整个北乡。

从那天傍晚开始，到第二天上午，淮安北乡到处是背着土枪、步枪、大刀，扛着铁叉、铁锹的农民，膀子上系着一尺多长的红布条子，涌向了各个地主家中。

在每个村庄，到处都是布告、传单，那帮农民兴高采烈地收枪支、杀土豪、抄田契、分粮食。

如此大快人心的场景，令住在横沟寺的清末秀才董鹏飞，抑制不住内心的喜悦，当天作诗一首，贴于横沟寺门前：

> 横世英才盖世雄，沟通民意快从戎。
>
> 暴徒虐政遭摇撼，动力勋猷显巨功。
>
> 大道已呈前进景，快车争逐北群空。
>
> 人人称快劣绅倒，心向征程背负弓。

从没有见过这样的阵势，一大批的地主豪绅望风而逃。

可胡兆荣一家人没有走。他让大胡庄的地主们少安毋躁。

他打听了，共产党起义的人中，有一个竟是他的儿女亲家章学廉。经人说媒，年前两家刚刚定下亲事，将章家小女儿许给胡家小儿子胡锡奇，因为年纪还小，先定亲再说。他想，再怎么说，章学廉不会不顾亲戚情分，到他家来闹事吧。

就在那天夜里，章学廉还是来了莜陵。莜陵乡的大户人家，逐一上门抄家。共产党的红旗、标语插遍、贴满了大街小巷。

大胡庄也未能幸免。章学廉是最后一个到胡兆荣家的，可能碍于情面，有意将他家留作最后一个动手的对象。

胡兆荣看章学廉来的时候，是一百多人簇拥着来的。那气派很是威风。来的人每个人膀子上系着红布条子，十多人手执快枪，其余人背着土枪、大刀、铁锹等。那装束，和传说中的一模一样。更为特别的是，来的人都拿着一个空麻袋来。胡兆荣吓出了一身冷汗。

胡兆荣满脸堆笑地迎了上去："亲家来了啊，快请进！"

还来不及上茶，章学廉一脸严肃："亲家，我今天来，想必你也知道原委。地主有田路千条，穷人无田命一条。我们穷人现在起义，成立了自己的政府，就是要打土豪分田地，消灭剥削，让贫苦农民翻身当家做主人……我也是公事公办，请你主动配合……"

西广爹走出卧房，进入堂屋，章学廉出于礼貌，上前施礼。西广爹摆了摆手，他怕争斗起来，这帮"暴徒"要了儿子的性命，他示意胡兆荣不要轻举妄动。

为了保命，胡兆荣无可奈何地拿出家中的地契、租约、地揽等。章学廉当众付之一炬。同时，收缴了胡兆荣家的枪支弹药，然后下令爬上西广爹家粮仓扒粮食。众人一拥而上，各人手中的麻袋装得满满的才罢手，运到外面的大板车上，暴动的农民们满载而归。

章学廉他们走后，西广爹、胡兆荣父子赶紧派人到庄上其他地主人家打听，回来报告，没有一家逃脱这帮"暴徒"的洗劫。

大胡庄上的土豪们连夜碰头商量对策，个个咬牙切齿，并串联北乡其他地主，火速派人去县城向国民党淮安县政府报告了淮安北乡农民武装暴动的情况。

仅隔了一天，章学廉又来了。

可这一次来，是他一个人，还是腿部负伤后一瘸一拐地来了。原来是来躲避国民党淮安县警备队追剿的。

2月12日拂晓，国民党淮安县政府接到北乡地主的报告后，集中县警备队共三个步兵连和一个骑兵队，在县长汪国栋、警备队总队长沈兆尧的率领下，杀气腾腾地向淮安北乡奔来。他们在钦工吃过中午饭后，便兵分三路向暴动的农民武装发起进攻，农民武装也分成三路以迎敌。

辽阔的雪地，一望无垠，几乎无遮无挡，在敌强我弱的情况下，队员们奋力拼杀，打退了敌人骑兵一次又一次的冲锋。为了保存实力，赵心权、陈治平、汤汝贤，谷大涛、章学廉分三路率领队伍突围撤退。

谷大涛、章学廉率领队伍撤退时，为了保存武装力量，减少人员伤亡，谷大涛决定让章学廉带领队员先走，他和另外三名队员在坟地里掩护。当敌人冲到离他约50米时，他奋起射击，开了两枪，第二枪因子弹卡住没有打出。敌人的子弹射中了他的头部，他不幸英勇牺牲。敌骑兵队冲上来，又在已经牺牲的谷大涛遗体上连砍数刀，将他的头砍下来带走了。

有人将谷大涛被砍头的噩耗告诉了章学廉，章学廉痛苦地用大刀砍向路旁的树枝，热泪滂沱，对失去这么好的战友扼腕痛惜。

在小开庄附近，章学廉的队伍与赵心权的队伍会合。

"你先走，我来掩护！""你先走，我掩护！"章学廉与赵心权两个人争执了半天，眼看着追敌已经离他们很近，赵心权拗不过章学廉，只好率领队伍先行撤退。

经过激战，终于击溃了尾追之敌，可是章学廉腿部负伤。为了不给同志们增加负担，他没有随队员们一起向北转移，思来想去，决定独自一人来到大胡庄"亲家"胡兆荣家避难。

这一次，章学廉失算了。

大胡庄上的地主，正在疯狂地配合县警备队杀戮幸存的农民武装队员。共产党淮安县委委员朱天明撤退时途经大胡庄，被大胡庄的地主逮到，正要拉到野地里执行枪决的时候，正巧被率领队伍撤退的赵心权看到，众人一阵乱枪，从地主手下硬是将朱天明抢了回来，逃过一劫。

"亲家，开门！"章学廉使劲地敲着门。

胡兆荣开门，见到负伤的章学廉，大吃一惊！

"你来干什么？"以为他又来闹事。

"亲家救命！骑兵队在围剿我们！"

想到前天夜里，章学廉带领一帮农民泥腿子到他家里收缴枪支、焚烧地契、抄走他家的粮食，立刻火冒三丈。但他强压住怒火，假惺惺地说："亲家，风声太紧，骑兵队正在搜庄，你先躲一下再说。"

他把章学廉安置于自己的床底下，然后迅速派人报信给庄上的胡明根、胡锡古等人。

听说章学廉受了伤，自己送上门来了，庄上的地主们群情激愤，纷纷涌进胡兆荣家，将负伤的章学廉拖了出来，用麻绳捆绑起来。

"章学廉，现在知道亲家了，抄老子的家，抢老子的东西，你不知道亲家，现在知道了，晚了！"

胡兆荣一个眼色，各人拿起门口的铁棍、木棒、烧钩、锅塘里的火叉等，你一下，我一下，一下子就将章学廉打昏死过去。

"将他砍头，拿去交骑兵队请功！"众人疯狂叫嚣。

老奸巨猾的西广爹始终不露面。胡兆荣这时候血往头涌，利令智昏的他和众人一样，乐意看到章学廉这样遭受报复的下场。

黑大汉胡锡古搬来铡刀，将昏死的章学廉抱到铡刀下，使劲用力按下刀柄，刀落，"咔嚓"一声，章学廉人头落地。

众财主欢呼，好似打了一个大胜仗。在欢呼声中，胡兆荣、胡锡古拎着章学廉的人头找骑兵队请功去了。

……

送走了胡锡古，胡兆荣躺在床上回想起这段往事，睡意全无。径直从床上起来，披上长袍外套，站在院子里，呆呆地望着天空。

春夜的寒凉，着实袭人，他倏地打了个寒噤。

事情过去13年了，胡家依旧好端端地在大胡庄上生活着。胡兆荣小心翼翼地经营着他的关系，从过去的国民党政权，到现在的日伪政权，上上下下个头头脑脑，他还是有些能量的。当然，其中都离不开钱的力量，有钱能使鬼推磨，花些个银两洋钱，疏通处理好人际关系，比什么都重要，这一点，胡兆荣从父亲西广爹身上得到了真传。

可是，最近他真的有点失眠了。听说共产党又回来了，盐城这一带都被共产党的部队占了，而且还在附近的顺河建立了政权。这让他有点寝食难安。

他们会不会翻旧账？这一点，他真的说不清楚。他陷入了莫名的焦虑中。

站在院子里，不知什么时候，东方露出一点光亮。偌大的天空被成片的阴云笼罩着，偶尔还能看得见几颗残星悬在天际。大胡庄的人们还在熟睡中，天地之间，一片朦胧。

大胡庄的天快要亮了，一些云火烧火燎地赶来，聚拢在天际，显出淡淡血样的红色。

都是苦命人

第三章

1938 年，民国 27 年的夏天，大胡庄上的绝大多数人看到了日本人的飞机，直奔东边的苏家嘴。在那场疯狂轰炸中，绝大多数人第一次这么近距离地看到飞机。当时许多人还在嘲笑那机身上日本人的国旗像红膏药一样，时隔不久，也就是第二年的春天，淮安便成了日本人的天下。

昔日繁华的淮安县城，成了一座鬼城，熙熙攘攘的大街上不见了人流如潮的热闹景象，县府的军政人员早已跑得无影无踪。一些大户人家带着值钱的细软躲到外地或去了乡下。空城之外的乡路上，到处都是跑反的人群，逃命的脚步声、孩子的哭声、木车轮吱吱呀呀的转轴声，交织在一起，如锯齿般切割着无数人的心房。

不久，从淮安县城周边，到一些中心集镇和主要交通要道，先后都竖起了碉堡等军事据点，距大胡庄最近的是涟水城南对面、废黄河南岸的小六堡渡口的碉堡，里面驻扎着日伪军一个小队，经常出来到附近的村庄抢劫祸害老百姓。其次就是废黄河对岸的涟东，相距三四十里的日伪军渡过河来，也是到处烧杀抢掠，无所不为。这些人，三个不来，就是抓人，抓了人，就让其家人花钱去赎，弄得这一带民不聊生。

日本人来了后，原先为国民党做事的人，许多人投降了日本人，在区、乡、保三级伪政权里干着过去的营生。

进入 1941 年，大胡庄人依旧日出而作，日落而息，为着养家糊口、传宗接代，努力地活着。就像荄陵边上的废黄河一样，在不倦地流淌着，历寒经春，有些河段水量尽管干枯了许多，依然有着来自黄土高原的野性，依旧倔强地向东流着，依旧河水汤汤。

胡大勇是顺着黄河堆堤要饭要到大胡庄小西场的。

三年前，也就是民国 27 年的夏天，黄河发大水。其实，是国民党军队为阻击日军进攻，扒开黄河花园口。当时国民政府《豫省灾况纪实》如此勾勒出黄泛区灾难图：

"黄泛区居民因事前毫无闻知，猝不及备，堤防骤溃，洪流踵至；财物田庐，悉付流水。当时澎湃动地，呼号震天，其悲骇惨痛之状，实有未忍溯想。"

15 岁的胡大勇一家三口人就死于这场水难。

父母和弟弟几乎在睡梦中被水冲走了，他依稀记得母亲只喊了一声"大勇子"，他懵懂中醒来，一睁眼，不见了亲人，就见庄上早已房倒屋塌，一片汪洋，哀号哭声惨不忍闻。

水流汹涌，浊浪冲天。他幸亏自小谙习水性，奋力搏浪中，抱住一粗木。不知漂了多久，终于被水冲上一高堤，得以上岸逃生。

找不到父母兄弟的胡大勇，坐在岸上一个劲地哭啊，一个同样死里逃生的大爷，看他年纪小，就领着他一路要饭逃了出来。

胡大勇逃出来的时候，身上只一个裤衩，连要饭的碗都是好心人给的。

沿途乞讨的路上，有一天他们经过一日伪据点，领他要饭的大爷被"二皇"抓去修碉堡去了。他只好孤苦伶仃一个人继续向前走。

可怜他一个人，处处人生地不熟，口音一听就是外地人，受尽冷眼。要饭要到地主家，几次都遭到地主家那些恶狗追咬，手腿上肩膀上伤痕累累。

可能受到的刺激惊吓太多，他最后连他是哪里的人，都忘了。可能自小从未出过远门，他住的村子离县城偏远，在家长大的他，就连县城都没去过。他只知道他那个村子叫赵集村，路上好心人告诉他，他应该是河南、安徽搭界处的一个小县城的人，国民党和共产党的地方政权更替频繁，县城的名字也是改来改去的，具体哪个县他们也无从知晓。

父母没了，弟弟没了，现在活命要紧，谁还计较自己是哪里的人。

胡大勇还知道，他是赵集人，本姓赵，不姓胡。是他一路颠沛流离、四处辗转，来到了大胡庄小西场后，遇到了一户好心人家。这家的老爷子是胡仕修，大胡庄人称"胡三爹"，是远近闻名的"大善人"。他见大勇子年纪小，孤苦一人，很是同情，便收留了他。考虑他一个外乡人，要想在本地立足，胡三爹便恩赐他改姓胡。人前人后，都唤他胡大勇。

大胡庄，大庄子是以东广爹、西广爹为代表的胡氏家族和一些杂姓人家居住的地方；附近还有一些小庄子，其中，有一个在大庄子的西南方向，人称小西场，是个沟壑包围起来的圩子，住着九户胡姓人家，这几户均是叔伯兄弟内亲人家。

大庄和小庄胡姓大户人家，本是同族同根，但是基本老死不相往来，关系不甚融洽。所以，坊间有言：

大胡庄，小西场，一个老子两个娘。

大娘生，二娘养，同根兄弟不搭腔。

小西场这九户人家以"三房头"胡仕修为代表人物，人称"胡三爹"，此人是前清秀才出身，一肚子的墨水。谈儒学，说道家，讲禅宗，世间百态，人生种种，他都能进退有据、信手拈来。

他本四兄弟，以德、业、修、雅四字命名。老大胡仕德少年夭亡，没有子嗣；老二胡仕业，育有二子，分别为胡锡月、胡锡璋；胡仕修排行老三，生有三子，分别为胡锡凡、胡锡璜、胡锡陆；老四胡仕雅，生有二子，分别为胡锡绍、胡锡珊。

"二房头"老二胡仕业以放养牲畜为生，猪、牛、驴、骡什么都养，长年散养，挥鞭放牧，乐得自在逍遥；有时候牲畜排出一里多长，前头的进了茭陵街，后面的还未出大胡庄，可见其阵势多长；"四房头"老四胡仕雅以屯田收租为生，种田是一把好手，别无长处，农村话"死苦一头"的主儿。

三兄弟人中唯有老三胡仕修学识渊博，满腹经纶，在大胡庄和小西场很有一些威望，这一房头家族中，只有他能主事。

大胡庄人津津乐道的，就是他曾在光绪三十二年，也就是公元1906年，做了一件惊天动地的事情。

那一年，苏北淫雨累月，运河水溢，黄河漫堤，城内积水盈尺，乡下泽国千里。大批的灾民涌入茭陵。荒年时节，天意不可违，大户人家没有人出面维持局面。青年才俊胡仕修挺身而出，决定卖掉良田一百亩，换钱来买粮，在庄上开设粥厂，赈济灾民一个月。

一时，灾民四处传诵"胡大善人"的美名。

因为庄上人姓胡的多，彼此相称，往往省了姓，就以名字中的尾字代称，所以胡三爹生的三子分别被唤作"凡大爷""璜二爷""陆三爷"。

三个儿子中，老大胡锡凡家开了一间酿酒坊，常常把自己喝得酩酊大醉。老二胡锡璜善做经营，开了一家盐行，做着盐务贩卖生意。老三胡锡陆，为人忠厚，以种田为生。

胡大勇就在璜二爷的盐行里做伙计。大勇子感恩戴德，尽心尽力地做事。遇到苦活、累活，都是抢着干，因为他的憨厚淳朴，所以胡大勇深得胡家上下的信任。

胡锡璜原配高氏，顺河高荡人，早亡，生一子名叫胡一华，时年23岁；后续苏家嘴健仪单氏，生有一女胡秀林，时年7岁，一子胡其南，时年5岁。

胡大勇与大少爷胡一华一个18，一个23，年龄相仿，胡一华是读书人，思想开明，头脑里从没有主仆之分。二人脾气相投，玩得来，闲暇时候，经常结伴出去戏耍。他们还有两个玩伴，一个是胡一华大爷胡锡凡家的儿子，名叫胡一荣，27岁；一个是堂叔胡锡月家的儿子，名叫胡一胜，18岁。

"妈那个巴子的，这个天下漏了。"

民国30年农历二月二十三，1941年3月20日那天，二老爷胡锡璜早早地起来，吃完早饭，准备发货，突然狂风大作，泼风泼雨。见大风大雨丝毫没有住脚的意思，便骂骂咧咧起来。

1941年的春天，气候特别反常，不知怎的，从农历二月半开始，十天半月隔儿大就下雨，今个这等大雨大风的天气更是极为罕见。

有一句古话：换代改朝，地动山摇；黄泉地府，泼风泼雨。大胡庄人听茭陵街上能掐会算的顾育保说，遇到乱象失衡、四季不分这等反常的年份，注定会有大事发生。

当时在茭陵和苏家嘴一带贩盐的运输队，是连云港的周家班，以周老大、周老二兄弟为首领。老大，名叫周来文，老二，名叫周来义，兄弟俩为人仗义，生性豪爽，因而江湖上的朋友特别多。这些人从新海市小村潜入到陈家港以东、滨海、响水县以北的黄海之滨。他们在沿海滩涂以自产和贩运私盐、海盐、捞鱼摸虾、捕捉候鸟为生。

　　两年前，也就是民国 28 年春，日本人侵占了淮阴、淮安、涟水，几乎占领了所有淮属地区的重点城镇和主要交通线，对海盐私盐实行军事管制。当时日军的活动范围主要在县城周边地区，茭陵大胡庄尚属偏僻乡村，盐行生意还能勉强得以生存下来。

　　做盐行生意的人，有一个忌讳，最怕雨水多。大批盐包有待推盐工转运出去，一旦遭雨就容易融化，那就麻烦了。潮盐要晒，要重新包装，还得折斤两。

　　连下了三天雨，周家班二三十人扎在胡家，不能光看着天气吃饭啊，班主周老大决定出钱请个说书人，来给大伙解解闷。

　　此话一说，胡锡璜一拍即合，连连说，这个主意不错。父亲胡仕修和他爷儿俩都是书迷，更是《三国》迷。

　　请谁呢？茭陵街上能说会道的，第一要算教私塾的蔡六先生，上知天文，下知地理，四书五经，无所不通。老人家年近七十，耳聪目明，古书上的段子，信手拈来，肚中的奇闻轶事，讲上一个月也讲不完。要是晚上还能请得动他老人家，白天他要给学生们上课，估计没时间。

　　第二就算开木场的顾育保。他除了会做生意外，也算得上满腹经纶，懂易经会算卜，能掐会算，经常给人占卦算命。其次，精通《三国》，一本《三国》可以倒背如流。顾育保还是一个职业讼师，专门替人打官司，只要收了钱，他"包赢"。所以，他的口才在十乡八里那是没话说。只是他和胡锡璜有过节，两人间还发生过一个"插曲"，茭陵街人人尽知。

　　那时候，胡锡璜才三十开外。有一次，两人在茭陵街上的酒馆吃酒，酒中彼此自恃清高，竟讨论起"钱财如粪土，仁义值千金"的话题。

　　顾育保搬出《增广贤文》来压胡锡璜，口中喃喃念道："流水下滩非有意，白云出岫本无心。当时若不登高望，谁信东流海洋深？路遥知马力，日久见人心。锡璜，金钱乃身外物，你我今天比比各自心怀如何？"

　　"比什么？"

　　"各人将洋钱往河里扔，谁舍不得谁先停，就认输！"

　　"比就比！"

　　众人起哄，一起拥着二人来到废黄河边，站定。

　　顾育保先扔一枚，胡锡璜扔一枚，就这样你一枚我一枚，互相跟进。堆边的叫好哄笑声一浪高过一浪，引得围观的人越来越多。

消息传到三爹胡仕修耳朵里，老爷子气得浑身发抖，连声说着"这个败家子"，便直奔黄河堆边而来。

有人告诉胡锡璜："三爹来了!"

两个人已经扔了一百余枚洋钱，胡锡璜袋中洋钱也所剩下不多，已经开始心有余悸，想打退堂鼓。可众目睽睽之下，又怕面子上过不去，只好硬着头皮继续应战。

听说老爷子来了，他正好给自己一个台阶："不来了，老爷子来了!"

说完，便一路开溜而去。

惹得顾育保在后面一个劲地骂他"熊包"，后来每每遇到胡锡璜，顾育保就有人前没人后地叫他"熊包"，弄得胡锡璜下不了台。两人见面就互相掐，彼此心有芥蒂。

所以，再没有人说书，胡锡璜也不会请顾育保来说书的。

"老爷，有一个人，我知道。"胡大勇过来插话。

"谁?"老爷问。

"有个剃头匠叫麦根子，他走村串户剃头，还给人说书。"胡大勇还知道麦根子有个歇脚的地方，就是茭陵街上一户姓孙的人家，大勇自告奋勇前去找他。

胡老爷欣然应允，让他速去速回。

胡大勇戴上斗篷，顶着大雨冲了出去。

半路上，一个熟悉的身影，闯进了他的眼帘。

那不是朱小凤吗? 大胡庄南北中心路边上有一个大汪塘，汪塘边上有棵古槐树，树下朱小凤正拼命地从汪塘里把一头耕牛往岸上拽，用鞭子使劲地抽打，可那牛就是不肯上来。

"小凤，你在干吗?"胡大勇走过去，好奇地问着朱小凤。因为拉牛要走出古槐树蓬勃繁茂的树盖的荫蔽，朱小凤浑身都淋透了。

"汪塘边本来胡家置了个拴牛棚，今天不知怎么的，又是大风又是大雨，棚顶被掀了，那牛竟一头窜下了汪塘，再怎么拽它就是不肯上来。"

"那你也不能就这么耗着啊，你看你全身都湿透了，赶紧到树下避雨去。"

朱小凤穿着一件蓝白相间的碎花衣衫，下身一条蓝裤子，湿透的她，胸脯一弹一弹的，屁股也一翘一翘的，湿衣服裹不住她青春的活力和娇媚。

胡大勇血脉偾张，热辣辣的眼光，看得朱小凤赶紧抱紧了前胸，羞涩地低下了头，使劲地摩挲起那长辫子来。

胡大勇和朱小凤应该是同病相怜的人。两个人都是外乡人，今年都是18岁，都是要饭要到大胡庄来的。

朱小凤的身世也惨，祖上曾是识文断字的名门望族，军阀混战时，有一次一场炮火殃及祖屋，家产几乎烧了个精光。祖父母都在大火中丧生，母亲在惊吓中难产生下了她，然后就死了。父亲一个人带大她，教她读书识字，后来又遇上荒年，实在没有吃的，就带她出来要饭。在半路上父亲染上瘟病，无钱医治，不治而亡。可怜朱小凤一路流浪，一路要饭，来到了大胡庄。经人介绍到了胡明根家做长工，农忙时去田地里，农闲时负责放牛。

放牛很累人的，每月工钱两个大洋、二尺布。每天天不亮就得将牛赶上废黄河堆堤上吃露水草，人家吃过早饭上工了，她才能回家吃早饭。吃过早饭后，赶紧就得去田头割牛草，一直割到众人回家吃午饭后，她才能回家吃午饭。下午，又去割草，一直割到天黑，才把牛赶回家。天天如此，风雨无阻。

朱小凤和庄上一个人最玩得来，那就是胡芙蓉——胡四爹胡仕雅家的孙女、胡锡绍的女儿。朱小凤小胡芙蓉一岁，两人一个18，一个19，如花似玉的年龄，两人就像姐妹花一样，盛开在大胡庄上。

后来，胡芙蓉找到堂哥胡一华，两个人暗中牵线，让朱小凤和胡大勇这两个苦命人相识。再后来，他俩一来二去也就熟识了，彼此都有好感，只是没有明说。

今年元宵节那天，月光之下，胡芙蓉和胡一华作为见证人，就在这棵古槐树下，朱小凤和胡大勇义结金兰，成了干兄妹。胡芙蓉和胡一华商定，等时机成熟，就请人去为他俩保媒提亲。

"一大早刚起来的时候，天好好的，我就将牛牵到了这汪塘边吃草，谁承想一会儿就大风大雨地下起来，牛棚也被掀了，这牛竟要下水，我也没办法。"朱小凤一脸无辜。

"牛想下水就让它下吧，这绳子也挺长的，你先把牛绳拴在树上，你在树下躲雨，我去镇上请说书先生，等我回来，我带你去换衣服，顺便听书。"胡大勇说完摘下斗篷，递给朱小凤让她戴上，然后一头冲进了雨里，迅速地向茭陵街飞奔而去。

朱小凤感动得差点落泪，目光在雨幕中追出去好远。

你还甭说，一到街上那姓孙的人家，正巧麦根子今个雨天没出门，手中没活，闲来无事。

"麦根子剃头，万事不愁。"有人这么说，一是说的麦根子剃头手艺没啥话说，二是说的他一边剃头，一边给你说故事、讲笑话，让你笑个不停，什么烦恼的事都烟消云散了。

麦根子是小西胡庄人，约莫30岁，中等身材，大圆脸，一副憨厚淳朴的样子。他叫什么名字没有人记得，只记得他的小名叫麦根子，据说，他娘是在麦田根下生的他，因此而得名。

麦根子4岁丧母，8岁丧父，从小是和剃头匠爷爷在一起生活的。麦根子12岁的时候，做了一辈子剃头匠的爷爷本想歇业不干了，但为了养活这个孙子，不得不重操旧业，教他学起剃头手艺来。那年，爷爷已经66岁，长年风吹日晒的，祖孙俩一边剃头，一边相依为命。

后来，爷爷发现这个孙子有一个超常的悟性，就是过目不忘，记性特别好。一个字不识的麦根子，只要将故事和他讲一遍，他便可以一字不落地重复讲给别人听。

于是，有一次，爷爷带着家里仅有的十块银圆，把他带到涟水县城，找到七里八乡远近闻名的说书人秦太昌。秦老先生那可了不得，一副眼镜架鼻梁，似睁非睁，似醉非醉中，一把方扇挥舞间，说尽天下事。真可谓：上知天文，下知地理，中晓人和，明阴阳，懂八卦，晓奇门，知遁甲，自比管仲乐毅之贤，报西北座，笑傲风月，未出茅庐，先定三分天下。当年县城茶馆，他的书场场场爆满。方圆百里，无人不知，无人不晓。

麦根子爷爷带着孙子，一进门便跪拜，请求秦老先生收其为徒。秦太昌因为大儿子卷入一桩"私通乱党案"，被国民党县党部抓去坐牢，按律当斩。秦老先生耗尽家产，才将儿子捞了回来，可是好景不长，那儿子因为在狱中染得沉疴，回家时间不长，便弃他而去。

老人从此心灰意冷，关门歇业，不再去茶馆说书，也已不再收徒。这一次，秦老先生很是同情麦根子的身世，实在拗不过老人家央求，再试一试麦根子，果真极具禀赋，十分聪颖，连夸麦根子是个奇才。惜才爱才的秦老先生决定破例收麦根子为关门弟子。

麦根子白天在县城里给人家剃头店做徒工，晚上就和秦先生学习识文断字，然后开始独自坐堂说书，只用三年时间，便学成归来。

他回来的时候，他讲了一段爷爷最爱听的《三国》，那天夜里，爷爷在梦中撒手人寰，也许他是觉得孙子这下子饿不死了，他才放心地走了。

麦根子大哭一场，在左邻右舍的帮助下，将爷爷安葬。后来，他就挑着一副剃头担子，行走在北乡一带，晚上就去茭陵孙家租房歇脚。走街串巷，说东拉西，在这一带乡人中颇受欢迎。

爷爷留下的剃头挑子，麦根子给挑了起来。一头是木椅、镜子与剃头家伙，另一头是小炉子与水锅。这冷热笑谈间，正可谓"手推剪与土木梳搭档，剃须刀与长条磨刀布交磨"，剃头匠的日子便这么行走在村陌街巷里。

胡锡璜家的伙计胡大勇像个"水人"一样突然出现在麦根子面前，麦根子很是吃惊。听说是来请他去说书的，一阵感动，满口应允。麦根子去屋内拎来一个布袋，里面有一根醒木，一把扇子，一块毛巾，这是说书人吃饭的家伙。

他又拿了一块雨布，两个人拉着一起挡雨，就这样深一脚浅一脚，直奔庄子上而来。

再经过那汪塘，朱小凤戴着斗篷，还站在古槐树下等他。那古槐树有上百年的历史了，冠盖蓬得很大很远，雨天常有人在下面躲雨。

看到胡大勇把斗篷让给她戴，他自己倒像个落汤鸡似的，朱小凤心疼得差点哭起来。

对着牛一阵抽打，胡大勇和麦根子才合力将牛拉了上来。胡大勇帮朱小凤将牛拴在树上，那牛顺势倚卧在树下，因为树头很茂密，篷盖如伞，天然地遮挡风雨，那牛如此避雨，倒也自在。

"小凤，走，咱们先去换衣服，不然会着凉的。"

"算了，你回去吧，我等雨停了就把牛赶回去。"

看朱小凤有点犹豫，胡大勇不由分说，拉起朱小凤就走。朱小凤也只好顺从，乖乖地跟在胡大勇他们身后，朝胡锡璜家走去。

"大勇子，我把斗篷给你戴上，不然你也会着凉的。"

"没事，我什么身体啊，我是男人，正需要这雨淋淋才爽快。再说，我是你哥，上次咱俩叙过年龄，我们都是民国 12 年生人，不过我的月份比你大。我是农历六月二十二，你是八月初七。所以，妹子必须听哥的。"朱小凤要将斗篷给胡大勇戴上，胡大勇坚辞不要。

最后，胡大勇连雨布都不挡了，冒雨走在前面。

麦根子看着这一对年轻人，很是羡慕，连连夸着胡大勇是个好后生。

风夹着雨，倾泻在大地上，人说春雨贵如油，对庄稼好，可今年这春雨也来得太猛了。

小西场圩子里的九户人家，各家院落坐西朝东，由北向南依次排开。胡锡璜家面东正房三大间，面南耳房两间，连通起来，住着周家班推盐工，耳房对面便是一排棚屋，那就是盐行，堆满了盐包。

说书的地方，设在周家班这两间耳房。胡锡璜把父亲胡仕修从内屋里请了出来，父亲精通《三国》，通晓《三国》摆兵布阵不说，就连书中各种计谋，老人家有时候也会活学活用。

有一次土匪进庄抢粮，有一路人马直奔他家院落而来。他让一大家子各自躲好，几个儿子各执木棒躲在厢房门后。他独自一人，身穿有补丁的破长衫，端坐院门口，一张长条凳子，上摆祖传的古筝一张，兀自抚琴，摇头晃脑，口中念念有词。

土匪看他穿着寒酸样，心想，不过一个破落穷文人，在卖弄风情罢了，估计也捞不出什么油水，就绕了他家，去了别人家。

胡三爹"空城计退匪患"一时传为美谈。

左邻右舍的听说有人来说书，都涌来了，许多人还端着小板凳来听，众人围坐在一起，把两间耳房挤得满满的。

最前面一张方桌，麦根子坐下，落定，一杯热茶端了上来，他清了清嗓子，咳嗽一声，说书开始。

"先来个自损的段子，博您一笑。"麦根子醒木一拍，亮开了嗓子讲起来。

说，从前有一个铁匠和说书人做邻居。

说书人呢，爱清净，可铁匠铺成天叮叮当当的，把说书人烦得不轻，天天去铁匠铺闹，铁匠不理他，说书人也没办法。

一天，说书人给铁匠商量，这样吧，咱俩一人给对方讲个故事，要谁讲得好，对方搬家，这公平吧？

铁匠想想说：行！你先讲吧。说书人开始讲：从前有个镇子，有兄弟两个，爹妈都去世了，留给这弟兄两个一个杂货铺，弟兄两个经营着，虽说不富裕，倒也衣食无忧。

后来老大娶了媳妇，就和老二分家了，杂货铺也一分为二，弟兄两个各经营一家。这慢慢地竞争就开始了，老大心眼活络，来他店里无论买油盐酱醋，都贴二两黄酱，也就是甜面酱，白送。这顾客都去老大的店里消费，后来老二发现老大贴酱的事儿了，很生气，奶奶的，这是要诈啊！于是去找老大理论。

这老大当然不承认了，开始拍胸脯发誓：谁要是贴酱（铁匠）就不是人生的！谁要是贴酱天打五雷轰，谁要是贴酱出门让车轧死！

说书人问铁匠，讲完了，故事怎么样？

铁匠二话没说，收拾东西搬走了。

说书人过了一段儿舒心的日子。

几个月后，有一天，说书人又听到隔壁叮叮当当上了，出门一看，奶奶的，铁匠又搬回来了！说书人很奇怪，说，你不是搬走了吗？咋又回来了？铁匠说，我出去找故事了，找到了，自然就回来了

我今天给你讲个故事，你听着好呢，你搬家行不行？说书人心想，他一个傻大黑粗的铁匠，能讲什么好故事。于是就说：可以！

铁匠开始讲了：

从前有个老爷子，象棋下得好，十里八乡的没遇到过对手，自负的很。一天在门口乘凉，来了一个外地人，给老爷子说：听说您棋艺高超，慕名来讨教三局，老爷子狂啊，说行，让你个马吧，没几步把外乡人杀得落花流水，第二局，让你个车吧，外乡人还是不行。老爷子心说，就这水平，还来找我讨教，哼哼！

第三局，外乡人突然拿出来5个金元宝说：老爷子，这局咱挂点财，我输了，这元宝都是您的，要您输了，您看您押点啥？

老爷子心说，押啥也白押，你能赢我吗？哼！于是说：我这有房子，

有地，你想让我押啥吧？外乡人说：您儿媳妇姿色不错，您看要不押她吧。老爷子心里厌恶，可看着元宝起贪心了，说：可以，但不让棋子儿啊！外乡人说，行，就没打算让您让子儿。两人开始下棋。没想到外乡人棋风大变，一会儿把老爷子逼到死路上了。老爷子的小孙子在旁边看，平时跟着爷爷耳濡目染的，也会下棋，大声说：爹爹啊，爹爹啊，你快输了！这老头本来心里就急，孙子又一喊，老头破口大骂：妈那个巴的，孙子，快别说输了（说书）！再说输（说书）你妈就是人家的啦！

第二天说书先生就搬家了……

所谓"自损"，其实是说书人拿自己开涮，这是一种说书的技巧，目的是拉近与听者的距离，让人觉得亲切，不疏远。

一段说完，在场的无不拍手，众人开怀大笑，那笑声传得很远，早已忘记这是一个大风大雨的天气。

"损段子"结束，接下来，就要进入"彩段子"，也就是经久不衰、百听不厌的经典段子。最后才是"闲段子"，就是与大伙闲聊，说些身边的事儿。

"三爹，今天要不要来一段《三国》？"一旁的周老大，抢先问胡仕修。

"少不听《水浒》，老不看《三国》，我年纪大了，今天改个说法，换一个《水浒》吧。"胡仕修端起茶杯，慢条斯理地说道。

胡三爹亲点《水浒》，麦根子便决定给大伙讲一段"武松打虎"。他先用自编的一段"说虎"开场。

"虎乃山中伟丈夫，林中啸地龙。眉宇一王字，拔地一长吟。生性威猛，行影孤傲。巡山走崖，地谷崩裂。所到之处，平地起腥风，拔山震骤雨……"

"好文采，好段子！"书场里几个识文断字的人齐声叫好，都佩服麦根子说书的才华。

"呜呜""呜呜"，麦根子模拟风声口技又起，一阵狂风在他口中活灵活现地刮过。

"突然，武松大叫一声'不好'，只见乱树背后跳出一只大老虎来。武松腾的一声，从青石上翻将下来，一根哨棒在手里，闪在青石边。大老虎又饥又渴，纵身一扑，从半空里窜将下来。说时迟，那时快，武松把腰胯一掀，掀将起来。武松又一闪，闪在一边。老虎又急又恼，见掀他不着，大吼一声，却似半天里起个霹雳，振得平地起风，地动山摇。虎尾倒竖起来又是一剪，武松闪却一边，老虎一扑、一掀、一剪，三般都不近身，气性先自没了一半。

"只见那武二爷双手轮起哨棒，用尽平生气力，哨棒从半空劈将下来，只听得一声脆响，将那树连枝带叶劈脸打将下来。定睛看时，一棒打急，正打在枯树上，把那条哨棒折做两截，只拿得一半在手里。那老虎咆哮性急，翻身又是一扑，武松将半截棒丢在一边，两只手就势把老虎顶花皮揪住，用尽浑身力数，按定老虎。武二爷只脚往老虎面门上、眼睛里乱踢。那老虎咆哮起来，把身底下扒起两堆黄泥做了一个土坑，武松把老虎嘴直按下黄泥坑里去。武松把左手紧紧地揪住顶花皮，抽出右手来，提起铁锤般大拳头，尽平生力，只顾打，打到五六十拳，那老虎眼里，口里、鼻子里、耳朵里都迸出鲜血来，更动弹不得，只剩口里兀自气喘。武松放了手，来松树边寻那打折的哨棒，拿在手里；只怕老虎不死，把棒橛又打了一回，老虎终于一命呜呼……"

人说，说书人记性好，一点不假，坐在麦根子右手边的三爹胡仕修熟读《三国》《水浒》，家里备有线装抄本，这一情节，他也曾多次读过。基本情节与抄本相差无几，其中略加麦根子自己的演绎而已。胡仕修频频点头，也深为麦根子的好记性折服。

胡大勇把一身干净的粗布衣衫递给朱小凤，朱小凤关上了房门，羞涩地让胡大勇出去。木讷的胡大勇这才会过意来，想起小凤是个女儿身。他赶忙从房间退了出来，小凤从里面插上了门闩。

小凤换得大勇子衣服出来，衣服虽然肥大一些，倒也显得清纯朴素，成熟女孩特有的风采，丝毫没见削减。

一手拿着潮衣服的小凤，看到胡大勇倒显得有些不自在起来。

"小凤，你真好看。"胡大勇从内心里感觉小凤的美，有点情不自禁，说得朱小凤扭过了身子要走。

"等我一下，我也换一下衣服。"

胡大勇是为她才全身淋湿的，自己换了干衣服，却把胡大勇忘记了，朱小凤倒有点愧疚起来，于是她停下来等他换衣服。

"大勇哥，我替你洗了吧。"胡大勇湿衣服拿出来的时候，朱小凤一把扯过来，"你去拿个盆来！"

大勇拿来了盆、胰子、搓衣板，又用木桶从井边打来了水，蹲在小凤旁边，看着她洗衣服。大勇越看越喜欢，有点浮想联翩。

小凤抬头，看大勇子如此的神情，既害羞，又嗔怨。一捧水浇到大勇子的脸上，一下子浇醒了他。朱小凤看着胡大勇的窘态，顿时笑了起来。

"大勇哥，你把你的衣服给晾起来，看样子，这雨一时半会不会停，你先放屋里，等有日头的，再拿出来吹晒。你借个篮子给我，我得把我的湿衣服拿回去，不然我家老爷会骂人的。"

"走，听一会书去。"大勇催着小凤，小凤用篮子拎着她换洗的衣服，跟了过来，找了一个角落坐下。

这边听众正听得入迷。那麦根子突然见好就收，决定暂停，喝点茶休息一会。不过，就在这休息的当儿，他依然侃东侃西，本领自是少见，就连胡三爹也被他说得眯眯烂笑。

"三爹，你是胡姓的大儒，你知道，你为什么这么厉害吗？"

"为什么，你说说？"胡三爹一脸恍惚。

"这是你们祖上遗传的好。你们其实是真龙天子后裔。说你们与汉楚元王刘交有亲，也许是牵强附会。但你们确是大唐天子李氏后裔，这一点，我曾在古书中看过记述。"

"不妨说来听听。"胡三爹迫不及待，引得其他闲聊的人也都住了嘴，凝神静气竖起了耳朵。

"话说，当年唐昭宗李晔当政时，手下大将朱温起兵谋反。李氏江山被迫迁都洛阳。皇帝李晔自知来日不多，为保血脉，决定把襁褓中的第十子，托付给身边的近侍胡清，令他速速逃离东都。果然不出所料，那年秋天，李晔被杀，其9个儿子尽被缢死。胡清逃回家乡婺源，婺源当时属于徽州。胡清将皇子改胡姓，取名胡昌翼，以义父身份精心抚养，竭力保住皇家最后一丝血脉。胡昌翼长大后，因为通晓儒经，被推举以明经科进士入仕。但胡昌翼知道身世后，决定告别官场，从此隐居山林，闭门专事经学研究，人称'明经公'。所以后世，明经胡氏后人中，为官者少，大多以做学问和经商著称。

"所以，胡三爹，德爱礼智，才兼文雅，学比山成，辩同河泻，你是明经公后人无异也。"

明知道是拍马屁，胡三爹听祖辈有人说，大胡庄这一带人，都是从苏州阊门北迁而来，至于说是名门之后，他也未曾想过，不过人都喜欢听奉承的话，他被说得竟有几分羞涩起来。

听客们陆续坐定，书场继续开始。

"下面给大伙儿说说闲段子，不光我说，你们也可以说，闲段子，只当聊天的，啥都可以说。"麦根子抿一口茶，皱着眉头，像是在想着什么话题，又有人说他这是卖关子。

这时，院子里进来一个人，头戴斗笠，身上披着油布衣，挑着一副油桶担。担子轻轻地放在门口，摘下斗笠、油布衣，一条捆在膀子上的毛巾，解下来，细细揩着脸上的雨水。

原来是庄上卖油的朱大海。此人一身武艺，听说少年时走南闯北，是个有见识的人，头脑灵活，在庄上爱打抱不平，经常和年轻人在一起谈天说地。

他找了一个位置坐下。麦根子的目光与他对视了几秒，两个人都是走街串巷的生意人，好像很熟悉，彼此相视一笑，点了点头，算是打招呼了。

"我告诉大家一个稀奇事，这事就发生在我们大胡庄。"麦根子这么一说，大伙的耳朵又竖了起来，各人纳闷，到底是什么稀奇的事？

"大伙知道，去年，被日本人枪杀的那两个共产党吗？坟上平掉的那两棵柳树不但又长了出来，而且在两棵旁边又长出一棵新苗，当时那女的不是怀着孕吗，有人说，这树就是一家三口的命，不能再铲了。"

"把那两个人的事情详细说道说道，我们想听。"周家班的周老大快人快语，"大伙说怎么样？"

"正是正是，周老大说得对，这事，庄上人只知道个影子，不知道详情，请根子师傅给大伙儿详细讲一讲。"卖油的朱大海带头附议。

"那好，我来给大伙说道说道。话说，民国 28 年，淮安、涟水城同一天沦陷，国民党一枪未放，都交给了日本人。日本人和伪军每年都在我们这一带来个三四次大扫荡。这一点，大伙都清楚。

"民国 29 年春夏之交，小六堡碉堡里的日本人派了一个特务小分队来到大胡庄踩点，又是一番烧杀抢掠，无恶不作。听说是有人给皇军通风报信的，说那段时间大庄上胡同任家住着一对小夫妻，据说是外地来的亲戚，来历不明。

"盘查时，他们正一起在田里劳作。那女的尽管脸上涂着锅烟灰，但掩饰不了那姣好的脸容，只是肚子微凸，已有数月身孕；那男的也是皮肤白皙，说话轻声慢语，一看就不像是种田人，加上外地口音，日本人当即不由分说就将两个人抓了起来。以排查共党嫌疑人员为借口，将二人从胡同任家带走。

"带到乡公所，将两人一人关一屋。乡长胡义群好酒好菜招待特务小分队一帮人，准备饭后审讯二人。酒足饭饱之后，那日本小队长就来到了那女人的房间，对她进行诱骗，劝她乖乖交代，问她是不是共党派来的，还有哪些同伙，交代了赏个好差事，免得皮肉之苦。那女的不但不听，反而破口大骂。气急败坏、兽性发作的小队长强行扑了上来，想要玷污那女的。那女人以死相拼，一口咬下小队长左手一块肉。那小队长痛得嗷嗷直叫，拔出手枪，'砰'的一声，那女的倒在了血泊中。更为可恨的是，那小队长见女的奄奄一息，还不解恨，用刺刀戳向肚子，连那女子腹中的胎儿也不放过。

"隔壁的男人，听到这一声枪响，觉得事情不妙，肯定凶多吉少，头脑嗡地一下几乎倒地，他强忍住悲痛，尽管被绑着，但他不顾一切地试图冲出门去。那看守的鬼子兵上来阻拦，他右腿一用力，不偏不倚踢中鬼子的腿裆，那鬼子兵倒在地上，门外鬼子涌了进来，'砰'的一声，那男的也倒在了血泊中。那小队长杀红了眼，死人也不放过，竟割下男人的头，提在手中大声淫笑着。

"日本小分队一帮人走后，胡义群让乡公所贴出告示，说二人是乱党分子，被日本人就地处决。并支使人偷偷将二人尸首拖于一处乱坟岗间埋了，对属下规定，此事不准任何人声张，也不要去深挖什么同伙了，不要没事找事，免生祸端，防止共产党寻人报复。胡同任老婆因与胡义群老婆沾亲带故，最后罚了二百斤小麦，外加六十块洋元，才没被处以通匪罪抓起来。胡同任老两口经历了这事，受了惊吓，一下子就病倒了，在庄上好久没有露面了。

"几天之后，那二人埋尸处，多了一座坟，坟上长出了两棵柳树，也不知何人堆的坟、栽的树。胡义群知道后，派人平了坟，砍了树。不曾想，今个开春，那树又长了出来，旁边还带了个新苗。那胡义群年初听说共产党来了，早就吓跑了……"

麦根子说到这里，歇了一口气，打住了话头。接下来，庄上人开始你一言我一语地议论了起来。

"我知道，前些日子，共产党还派人寻他俩的墓地呢，听说那女的姓季，大名叫季长青，是阜宁人，那男的叫柳爱民，山东人。看来是地下党哩，是上面派来执行秘密任务的，具体啥任务，不是我们这些草民们能问的了。"

"乡公所有人暗中传出话来，说给皇军通风报信的就是胡明根、胡锡荣二人，事后有人亲见他俩从乡公所领了一笔赏钱。"

"胡同任夫妇六十来岁，无儿无女，他们把那女的收为干闺女，整天乖乖长、乖乖短地叫着。那男的脏活、累活总是抢着干，种地、挑水、劈柴、喂猪、喂鸡、打扫猪舍、茅厕，整天忙得不亦乐乎。那女的木果脸蛋、白里透红、性格开朗、百里挑一，家务事洗锅、刷碗、洗衣服、煮饭、服侍人更是没话说，一口一个干爹、干娘。"

"你们看到没有啊，今天一华、一荣、一胜他们都不在家吧，听说我们这一带的小年轻都去茭陵街、顺河街上参加什么学习班去了，看样子，共产党这次回来是真的要闹它个天翻地覆不可。"

"那女的怀孕后，干娘就不让她干重活了。哎，好人不长寿啊，想不到，孩子在肚子里就被日本人杀了，三条人命啊，作孽啊，这千刀万剐的日本鬼子，不得好死哟。"

众人唏嘘不已，年岁大的女人，竟抹起了眼泪来。

胡锡璜四处寻着胡一华，果真不见人影，难不成真的去街上参加学习班去了。胆小怕事的他，心里隐隐担忧起来。

众说纷纭，书场一片嘈杂。

就在这时，一道闪电，像利剑从天而降，向人群中劈去，就见一团火球样的东西，撞到窗棂上，"咔嚓"一声，一道震耳的霹雳，在大胡庄上空炸响；紧接着，这样的炸雷，连续三声，爆裂轰炸开来，所有人的耳膜都像被击穿了似的。

屋里的人惊魂未定中全站了起来，心一个劲地扑扑地直跳。

那窗棂被打出一处糊斑，发出难闻的焦味。

众人面面相觑。这是什么天气啊，春天里电闪雷鸣，就连胡三爹活了将近 70 岁的人，都很少见过。

今年，大胡庄的怪事一桩又一桩，兴许，这一声响雷，又有什么稀奇的事要发生？众人心里直犯嘀咕。

"不好啦，胡家的牛被雷电劈死了！"就在这时，庄上的"机灵鬼"、人称"飞毛腿"的 12 岁的胡义宽穿着雨披，不知道从哪里钻了出来。他一路飞奔，一路狂喊。

朱小凤这时猛然想起那牛还被拴在大树下。她赶紧将胡大勇那件斗篷顶在头上，拎着篮子，不顾外面风雨交加，雷电嚯闪，就冲了出去。

书听不下去了，胡大勇和一屋子的人，也跟着冲了出去。唯独胡三爹岿然不动，依然品着他的茶，边走边摇头，走进了书房。

大伙来到汪塘边，那牛直挺挺地泡尸在水中。仔细看去，头上似乎有一处一尺见方的乌胡烂焦的黑斑。

朱小凤见此状，号啕大哭，站在那里不知所措。明明是拴在树下的，怎么会跑到水中，身上又怎么会有乌黑的斑块？胡大勇在一旁劝着小凤，他也感到稀奇，想不出什么安慰的话来。

能说会道的麦根子，在死牛面前，也说不出个道道来。

卖油的朱大海似乎若有所思，站了出来："这牛肯定是在树下被雷电伤了，然后受惊，窜入河中昏迷，又复遭电击、水淹，最后泡尸了。"

"这么大的一头牛，竟被雷电要了性命，这里面肯定是有人惹了老天爷，才遭天杀。"众人议论纷纷，莫衷一是。

早有人报信给牛的主家胡明根，不一会儿，他带着胡锡荣和手下一批人赶来了。手下几个人都带着枪，杀气腾腾地奔来。

"活见鬼了，我家的牛怎么死了？牛身上还伤痕累累的，朱小凤，你是怎么残害它的，你赔我牛！"胡明根一到，就命人绑了朱小凤。

看到她穿着男人的衣服，身旁的篮子里还有湿衣，他一下子明白了什么，一把揪住小凤的头发，狠命地抡扇着："你这个小贱货，和哪个野男人鬼混去了？我家的牛棚毁了，牛也死了，看我这次怎么收拾你！"

胡大勇看朱小凤被打，就像打在他身上，他义愤填膺，冲上前来，抓住胡明根的手，用劲一甩："她身上的衣服是我的，我俩也没做什么见不得人的事，你凭什么打人，随便污辱人？"

那胡明根被他这么一甩，一个趔趄，头一下子撞到古槐树上，鲜血直流。

"你是哪里冒出来的野汉子啊，你算哪根葱啊，你一个下人，这里有你说话的地吗？好汉做事好汉当，你有种，我家的牛就是你俩害死的，给我把这对野鸳鸯都绑起来！"胡明根一手捂着头，一手指着胡大勇，怒不可遏。

一个长工敢这样说话，还把当家的给伤了，胡锡根当即命令手下人将朱小凤、胡大勇都绑了起来。

胡锡璜家伙计们和周家班那些推盐工们，看大勇子被抓，都想上前劝阻，不料胡锡荣拔出腰间的盒子枪，朝天放枪，"啪"的一声，放话警告各人："谁敢抗拒，不怪老子不客气！"

朱大海将胡锡璜拉到一边，耳语道："好汉不吃眼前亏，不能硬顶，得想个办法。"

胡锡璜点头称是，忙站出来，让大家沉住气，不要轻举妄动。众人只好止步。

朱大海和麦根子两人使了一个眼色，迅速转身离去。

胡锡璜和周老大等人也转身折了回去。胡锡璜心里有点忐忑，他要赶快将这个情况告诉父亲大人，求他拿个主意。

胡家祠堂高高耸立，门头八角翘檐，高门立柱，正门两侧石狮把门，煞是威严。这是大胡庄胡氏家族最重要的祭祀和议事场所。

正门足有两米高，宽一米五左右，"文丞""武尉"刻于门扉。门宇上面，镏金大字"胡氏宗祠"格外醒目。

进入祠堂，先是前堂，几块碑铭立于其中，刻有修建时间、经过、捐建名录等。

院中有一天井，祠堂顿显敞亮，两侧有通向正厅的走廊，各种壁画诗句，使祠堂增添了文气。

进了正厅，"光宗耀祖"牌匾下，两根六米石柱撑起，偌大的空间，可以庆典摆席。

再往上走便到了后堂，也有一方天井。天井上面有许多灵牌，供奉着列祖列宗，牌位两侧则是两副对联，上联：本支百世不易，下联：礼乐绳其祖武。后堂设有桌凳座椅等，供家族人议事之用。

胡明根的家丁们将胡大勇、朱小凤绑在了正厅外面走廊立柱上，从上到下捆了个结实。两个人互相望着，心中满是疼爱，惺惺相惜的人，此刻也无能为力。

"大勇哥，都是我不好，连累你了。"

"不怕，身正不怕影子歪，我不会让他们污了你的清白。再说，牛也不是你我害死的，是雷打死的，凭什么把我们抓起来？"

胡大勇为朱小凤打气，朱小凤一脸感激，眼里噙满泪花。

这边，胡明根家堂屋，东广爹胡广元、西广爹胡玉广，以及胡明根、胡明竹、胡明扬、胡明礼、胡兆荣、胡兆波、胡锡户、胡锡奇、胡锡侯、胡锡甲、胡锡荣、胡锡古等人，老的小的一个个正襟危坐。

这一次，东广爹、西广爹两大家子主事的、不主事的都来了。这样的空前团结，还是第一次。

胡明竹问父亲东广爹："要不要通知小西场胡三爹来议事？"

东广爹一摆手："不需要，不需要，论辈分，他还小我一辈，他在小西场主事，大庄上的事还轮不到他。"

西广爹也表示赞同："我们先议，议出个结果，通知他们即可。"

在骨子里，大庄上的胡氏历来瞧不起小西场的胡氏，在他们的眼里，那几户人家掀不起大浪来。至于积怨从何时开始的，庄人不得而知。加上这一次胡大勇一个下人，伤了主子，那无异于造反，更由不得他们说话了。

胡明根头上已经包扎起来，两家联手是他的主意，目的是想惩治一下这两个家奴，同时也是敲山震虎，小西场人平时不听话惯了，这次非得给那几户人家一点颜色看看。

可西广爹胡玉广和胡兆荣、胡锡古一班人，他们心里另有小九九，这次请他们来，说是开祠堂议事，其实他们来的时候就说好了，是来看东广爹家热闹的，带一双耳朵来听，别的事情，他们不掺和。

对于胡明根家来说，尽管家大业大，但这牛死了，不是个小事，一头牛在农村是个稀罕物，有时候甚至抵得上几亩良田的价格。再说，春天很少起雷，好端端的就被雷劈了，不能不说是个蹊跷的事，有点让人匪夷所思。

东广爹胡广元活了70多岁了，也没见过。胡大勇伤了儿子的头，这事依据家法处置，没什么好商量的，倒是这牛死的稀奇，必须找人算一算。

"明根啊，你赶紧去把茭陵街上算命的顾育保请来，让他算算凶吉。"

胡明根速速让人去请顾育保，不到半袋烟的工夫，顾先生请到。

拜过了东广爹，顾育保接过茶盅，抿了一口，便掐指算了起来。其实，在路上，他已经问过大概原委，心里已经知道个八九分。听说，又是胡锡璜家的伙计，也真是巧了，过去两人废黄河砸钱，没有分出个胜负，这次他总算找个由头来教训胡锡璜一下了，但是必须掌握一个分寸，让胡锡璜无话可说才行。再说，东广爹家的人也不是省油的灯，民怨不断，不能全偏向他说话，否则会落得天怒人怨。

掐算半天，顾育保开口说道："广爹啊，这不是个好事。有句话叫'三月雷雨纷纷下，只见刀兵不见天'，天打雷劈，于人而言，就是遭受天谴，于牲畜而言，亦是前世作孽。这牛主人毕竟是你家，所以物随人迁，事顺天意，必须想办法破解，不然晦气难消。"

"怎么个破解法?"东广爹急忙问道。

"这个要按我们这一行里的礼数来。牛尽管是牲畜,也要和人一样来打发,须有七天摆祭,三牲五果,一样不能缺,还要请来和尚作场超度,这样让牛早日投胎重生,免得日后再生异端,祸及胡家。牛死不复生,杀身成仁,也未尝不可,进得胡家门,入得众人口,也是一种重生。"

其实,胡明根早就派去三十多个伙计,各人带扁担麻绳,一辆牛牵的四轮大车,从铁匠铺赶制了一根十余丈长的粗套棍,上面拴着两个大号滑轮,死牛已被众人绳捆索绑,抬出水面,由滑轮牵引到大车上拉回来了。

顾育保是个八面玲珑的人,他知道胡明根是不会将死牛下葬的,他也就做个顺水人情,也就是告诉胡明根,这死牛拖回来,可以杀了,腌制起来,留给胡家享用。

"至于胡锡璜家的佣人胡大勇伤了胡大少爷,朱小凤和他是否有奸情,这涉及大庄和小庄胡氏家族,如何处置,这是你们家的内部事务了,我一个外姓人不便多嘴。"

他也知道,胡明根、胡锡荣等人心狠手辣,他不能授人以柄,处置两个下人,说是他支使得。不能留这个骂名。所以他把牛的事情说完了,拿了东广爹的赏钱,就赶紧溜之大吉了。

胡明根当家几个月,遇到这么大的事情,召开家族会议,还得东广爹发话定调,他抬头问父亲:"大,摆祭的事,死牛的事,顾先生也说了,接下来对这二人如何处置?"

东广爹稍作沉思,慢慢悠悠地说起来:"这第一,胡大勇作为下人伤及主家,罪不容赦,要动用家法,杖打三十大板以示惩戒;胡大勇既是胡锡璜家佣人,既伤人又致牛亡,他家管束不力,脱不了干系,须挑猪牛羊大三牲来做祭礼,算是摆祭也好,赔礼也罢,这份罪责须有个主儿认领。

"第二,朱小凤放牛玩忽职守,致牛猝死,家法惩戒三十杖,咎由自取,她一个家奴,肯定赔偿不起,按照理数,小三牲五果由她负责,还应执绋守灵,披麻戴孝七天后逐出家门,永不录用;要不是我仁慈,就把她卖给窑子,卖身还债了,念她在我家做了几年,算了。

"第三,这二人私通,伤风败俗,贴出告示,游街示众。"

东广爹说完,望着西广爹:"玉广兄,你看如何?"

"我没有意见,广元兄说得入情入理。"西广爹连连称赞,众人也跟着点头附和。

接近晌午，雨渐渐停了，天上的阴云，仍旧堆积着，风吹起，毕竟是春寒料峭的时节，让人感到身上还披着层层的寒凉。

"今天讲习班的课有劲，让我又想起几年前，在茭陵办过失学青年补习班的那个吴乐群老师，他自编教材，进行抗日救亡的教育，大胡庄上二十多岁的年轻人几乎都曾去听过。可惜那个吴老师，后来被抓去枪毙了，补习班也没了踪影。"胡一华想起了几年前的补习班。

"今天课上，那个叫俞教员说的话，我都记下来了，犹如醍醐灌顶，实实在在，句句有理。"胡一胜掩饰不住满脸的兴奋。

"减租减息，共同抗日，我们回去后，还是要和叔伯大爷们做做思想工作哟，我们几个要带头支持，争取村子里的大户都能行动起来。"胡一荣拍着胡一华和胡一胜的肩膀。

"东广爹、西广爹那两大门子的工作，看来比较难做，一个是胡明根当家，一个是胡兆荣当家，这两个人有点顽固不化油盐不进的样子。"几个人一边走着，一边若有所思。

"哎哟几位大哥，你们还在这闲聊个啥哟，一华哥，出事了，你们家胡大勇被胡明根家捆去了，璜老爷让我来找你们回家商量。"半路上杀出个程咬金来，原来是庄上的"飞毛腿"胡义宽赶来报信的。

弟兄三个一头雾水，也不知道是怎么回事，就跟着胡义宽直往家跑。

胡一华家堂屋大厅，家族里的人正在开会，一个个正襟危坐，胡仕修、胡仕业、胡仕雅三位大佬级人物居中，三房头胡三爹胡仕修家的胡锡凡、胡锡璜、胡锡陆，以及二房头胡二爹胡仕业家的胡锡月、胡锡璋，四房头胡四爹胡仕雅的胡锡绍、胡锡珊，众位叔伯辈，分坐两边。

众人板着面孔，见胡一荣领头进门，胡锡凡一阵责骂劈头盖脸地飞了过来："你们几个死哪去了啊？早上那么大的雨，你们非要往外跑啥？这兵荒马乱的，你们就不怕遇上土匪、鬼子啊？"

"一荣，三个人中你最大，你要带好一华、一胜两个弟弟，万不可在外面惹什么事出来啊。"胡锡璜平素非常信任老大家的胡一荣，觉得这个侄儿做事有头脑、有分寸，这时也生出几份嗔怪来。

"二爷，您老放心，我们不是去学坏的，我们是学知识学文化去的。"

胡一荣满脸赔笑。

　　要论年龄，胡一荣在三个人中最大，要论学识，胡一荣也是见多识广，水平最高，是个有思想的人。从小念书就非常刻苦，家族中一直流传着一荣"从小念书把嘴角都念烂了"的佳话。从小学到中学，学业优秀，后来去南京考取了中央陆军军官学校，也就是以前的黄埔军校。不巧的是，1937年抗日战争全面爆发，日军侵占南京，他们这批学生就跟着学校一路南下，颠沛流离，受尽辛苦。在一次转移中，敌机轰炸，许多同学都被打散了，他也找不到队伍了。后来，他就一路逃了回来。回到家乡，既不从军，也不从政，竟和他父亲开了一家糟坊，平日里做着酿酒生意。

　　三爹胡仕修看人极准，胡一荣归乡时，他曾经语重心长地醒喻族人："一荣是一只鲲鹏，有朝一日他一定会振翅高飞的。"

　　家族遇到重大事项时，才能召集这样规模的会议。看得出来，今天，这事有点犯难了。

　　"我们小西场胡姓门里，历来不与大庄上的胡氏有什么来往，胡大勇是我们家的佣工，打狗还要看主人，今天胡大勇被胡明根绑走，分明是眼里没有我们！"二爹胡仕业愤愤不平。

　　"我是种田的泥腿子，要把我逼急了，拼起来命有一条，要说枪，哪家都有一两杆，怕他个屌！"四爹胡仕雅快人快语。

　　"对，我们把家丁都带上，去胡明根家讨个说法去！"

　　"好的，我们没意见！"你一言，我一语，众小辈也摩拳擦掌、纷纷响应。

　　三爹胡仕修一直向门外张望着，见胡锡绍家的闺女胡芙蓉跑来了，顿时站起身来。

　　"蓉儿，那边怎么说？"原来三爹派出胡芙蓉是去打听情况的。

　　胡芙蓉是四爹胡仕雅家的孙女、胡锡绍的女儿，蛾眉皓齿，皮肤细润，一张樱桃小口，伶牙俐齿，性格灵动调皮，几分淘气间，掩饰不住天生的清纯娇媚，真可谓"态浓意远淑且真，肌理细腻骨肉匀"。

　　她是大胡庄上的美人胚子，人见人爱的丫头，门族上上下下视为宝贝。三爹考虑到这孩子生性玲珑，为人单纯，她去胡明根家庄园和那些伙计佣人打听消息，估计对方极少防备。

"我去打探了，东广爹家将大勇子和朱小凤都捆在胡家祠堂，胡明根院门口贴出'明文告示'，说胡大勇勾引朱小凤，害死耕牛，造成损失，二人身为胡氏门族家佣，以下犯上，行为有损风化，有辱门风，要动家法，各人杖打三十大板，拉他俩去游街，以示惩戒。宗祠还要做法事，朱小凤还要披麻戴孝。另外，因为大勇子的错，还要我们上门挑大三牲祭礼去赔礼，东广爹家才肯罢休……"胡芙蓉这一次不辱使命，把打探来的情况一一禀报。

"看他敢，现在不兴这一套了，作威作福惯了，欺人太甚!"胡一华腾地站了起来。

"今天我们学习班上的教员说，人生而平等，要消灭剥削，农民也要翻身当主人哩。"胡一胜说话时，睁大了眼睛，极力为胡大勇等人申辩。

"大勇子，朱小凤，也不是有心害死了那牛，我刚才听说，牛是被天雷闪电打死的，这是天灾，至于为一个畜生披麻戴孝，简直是旷古未闻，于情于理、于国于法说不过去!他这样做，不是动用家法，他是在和我们家族示威!"胡一荣分析得头头是道。

众人又是七嘴八舌地议论起来，此时，三爹胡仕修咳嗽了一声，胡锡璜回来后已将事情原委和老人家说了，老人一直乌云阴沉着，脸色铁青。刚才，众人说话，他一声不吭地听着。现在，听胡芙蓉把情况说明了，他咳嗽了一声，表明他要说话了。众人不再插嘴，停下来静听。

"大庄上东广爹也好，西广爹也罢，一直以来，大庄子和小西场各行其道，互不相扰。等到了胡兆荣、胡明根这一辈，就有点横行乡里的味道了。论辈分，他俩和我平辈，但事事我们都让着他们，不想惹火上身，但求个平安无事而已。

"后来，日本人打进中原，我们这地方也变了江山，改了门庭，许多人投靠了日本人，做了汉奸。我曾经和大家打过招呼，饿死事小，失节为大，我们这一房胡氏家族，决不允许有人去当汉奸，除非他不是我们的子孙!

"我又想，兵荒马乱的，做什么生意都难，我的三个儿子家日子过得有点紧巴了。人说，手有粮，心不慌，我就想多屯个田，收个租子，在家图个保本，也好接济他们各家。

"前年，因为手头银圆不够，正好乡公所请我们几个去谈交租收税的事，当时胡兆荣、胡明根在场，回来的路上，我就腆着脸，和他俩商量借钱的事，求他们各借些银圆，准备在庄上再置上几十亩地。谁知道，当场反遭他二人讥讽，他们都劝我这么大年纪了，还操哪门子心啊，儿孙自有儿孙福，自己没有钱，还买什么地啊？

"这也许是我做得最糊涂最后悔的一件事。他们那讥讽里，一多半是从骨子里露出的瞧不起。后来，我咬咬牙，狠狠心，硬着头皮去苏家嘴健仪亲家那里求助，亲家给面子，倾其所有，借来了150块银圆。几十亩地买了以后，暗中发誓，以后不会再踏上他们家的门半步，再不与这样的人家打交道。

"今个发生的事，我表明一下我的态度，朱小凤是胡明根家的佣人，用不用家法是他家的事。就胡大勇来说，第一，他本不姓胡，是外地逃难来的，因为我们收留做了下人，才改的姓，所以，对他至少目前不适用胡氏家法；第二，就是开祠堂，用家法，也必须征求我们的意见，毕竟是我的家丁，理应由我等参与处置，至于大勇子打伤胡明根，如情况属实，可以上门赔礼，但绝不可能挑祭礼；第三，说他和朱小凤有奸情，我是不信，大勇子为人忠厚，不是那种不着调的街头混混，再说，我也听芙蓉说了，他们两个下人前不久还义结金兰，那更不能算是有伤风化了。"

老爷子条分缕析，说的有根有据，众人均点头称是。

"现在，他们不请我们去祠堂议事，还单方面贴出告示。我们必须主动上门要人。派谁去交涉呢？我想，每房头老的小的各出一个，我这房头老大胡锡凡、二房头老大胡锡月、四房头老大胡锡绍，年轻一辈一荣、一胜、蓉儿，随你们的父亲一起去。要学会不战而屈人之兵，各家不带伙计，不带枪支，要据理力争，先礼后兵。"

"现在已是饭口了，都不要回去了，锡璜，我知道家里没什么细粮了，吩咐厨房多煮点棒面糊糊吧，都在这吃一口，吃完就去要人。"

"饭后我们也要去，胡大勇是我们家的伙计，父亲和我都得去。"胡一华嚷了起来。

老爷子立马训斥道："你个孩子家家的，懂什么？调解的事，越是当事人，越不要出面，如果你们冲在最前面，这就没有退路了，给中间人好作调和。不过，你们有你们的事。饭后，我告诉你。"

各人吃完饭，胡锡凡领着大伙去了。等众人走后，胡三爹把胡锡璜、胡一华父子叫到一边："锡璜，大勇子到底有没有动手打胡明根？"

"大勇子就推了一把，那胡明根跌撞到古槐树了，头破了。"胡锡璜说。

"你要有思想准备，他家肯定不会善罢甘休，到时你可以出面去替大勇子赔个不是。如果，对方不依不饶，要我们挑祭礼，你就要召集小西场各家家丁去要人。"

"还有，我想过了，胡明根、胡兆荣家一直和国民党茭陵乡长胡义群有着联系，乡长一直是他们的靠山，每次遇什么事，都是胡义群给他们撑腰。这次不同了，听说共产党来了，他胡义群溜之大吉。所以，一华，你们最近不是去了讲习班了嘛，看来现在共产党成气候了，听说共产党是为穷人说话的，这个事，如果他们去要不回来人，可能最终要请共产党出面比较好，你再等半个时辰，如果没有动静，想办法托人去找一下他们。"

姜还是老的辣，胡一华打心眼里佩服爷爷的"老谋深算"，他连连应诺着。

一更今儿里啊，明月照花台

卖油郎坐秦楼观看花魁女裙钗

我看她本是良户人家女呀

为什么流落到烟花场中来呀

二八十六岁啊，一朵花正开

引来了狂蜂浪蝶飞来把花采

青春年少人人将你爱呀

二十岁一过，就渐渐地下桥来呀

三更今儿里啊，明月正当央

花魁女粉面桃腮犹如一朵醉海棠

我轻轻悄悄坐在牙床上

注目凝神看红装

小鹿阵阵撞心房啊

莫错良宵夜呀

结成美鸳鸯

卖油郎，胡思乱想实在太荒唐

她本是江南名妓有声望

我却是，串街过巷的卖油郎啊

五更今儿里啊，天色微微明

更鼓声惊动了花魁女钗裙

可叹我万语千言心潮滚

苦守一夜，陪伴倩影

默默无语，难吐衷情
花去我一年积蓄十两雪花银

　　淮剧《卖油郎独占花魁》一唱，就知道是朱大海挑着担子来了。这是走村串巷时他唱得最多的，似乎也是为他量身定做的一首地方戏，因为说的就是卖油郎的事，所以朱大海已经唱的滚瓜烂熟。

　　8岁时，朱大海就离开了父母，因为家里穷得揭不开锅，父母好说歹说，南乡仇桥的马戏班一个武把子将他收为徒弟，就这么走南闯北去了。12年后不知怎的，他又回来了，才知父母都得了重病先后离世。他也成了孤零零的一个人儿。

　　后来，就开始卖油，迷上了淮剧，就是因为会唱淮剧，不仅救了他，还救了一批人。

　　13年前的横沟寺暴动，国民党县警备队来镇压的那天，20岁出头的朱大海一辈子都不会忘记，因为他就是见证人。那天傍晚时分，他挑着担子卖油从茭陵东边的龚营村出来，沿着废黄河堆堤走，迎面碰到一帮系着红布条的人，一个领头的高个子，带着十几个人撤退到河边，队伍中还有伤员，只剩下七八杆枪。警备队在后面追赶，很快就要过来了。

　　朱大海见此情景，立即带他们钻进柴秸跳上了河边的一只木船，这船比一般小渔船大上两倍，上面一个篷子，船的小主人叫胡锡宜，才15岁，平日里在茭陵、龚营这一带渡口做着摆渡营生，没事的时候，捞鱼摸虾。

　　胡锡宜人小，长得不起眼，也是苦人出身，从小和父母一起在船上生活，有一年摆渡时，船到废黄河中间，突然起了大风大浪，船翻人亡，父母都死了，留下他一个人生活。

　　他俩都是大胡庄人，朱大海因为经常乘他的船过河去涟水卖油，胡锡宜吃的油，基本上都是朱大海接济他的。朱大海因为识文断字，闲下来就来船上教他学文化，胡锡宜进步很快，一来二去，两个同病相怜的人，竟相依为命，像亲兄弟一样。

　　"大海哥，怎么回事？"胡锡宜见此阵势，吓得不知所措。

　　"你不管，赶快起船过河。"朱大海不由分说，一个劲地催开船。

　　后面枪声大作，胡锡宜顿时明白过来，他立即撑船离开，船离岸，他又跑到后面开始摇橹。

"让大家趴在船舱里，快拿油布盖起来。"船离开三十米开外，胡锡宜知道这时候必须沉稳，不能慌乱，他放慢了摇橹的节奏，"大海哥，你不是会唱淮剧嘛，那就来一个自由调《磨豆腐》。"

少年老成的胡锡宜说的有道理，朱大海把油挑子放在船头，自己朝油桶上一坐，不紧不慢就唱了起来。

那警备队追到了河边，队长鸣枪示警，大声叫道："快快停下，不停我就开枪了。唱淮剧的，看到有几个拿枪的共匪去哪儿了？"

胡锡宜只好停船。朱大海停下演唱，回应道："朝东跑了，往苏家嘴方向了。"

那队长见天色渐晚，不便继续追赶，巧的是，他也是一个淮剧迷，便说道："你唱淮剧唱得不错，把船撑回来，给我们唱上两段再说。"

"长官啊，不能哟，对面油坊今个出油，我要急着进货啊，天黑了就怕拿不到货了。这样好不好，我明天去县警备队找您，给您唱个够。我说话算话，如若不算话，你来大胡庄抓我好了。"

想不到那队长倒也通情达理起来："去吧去吧。这样吧，你明天下午赶到钦工区公所找我们，我们明天不回城。"

"好嘞。谢谢侬个了。"

警备队一干人马走了，众人惊出一身冷汗，到了河中心，掀开了油布，大家大口地喘着气。船靠了岸，那大个子紧紧地握着朱大海、胡锡宜的手："大恩不言谢，日后定当相报。"

临分手的时候，大个子从怀里掏出一支"泰山"牌自来水笔，也就是读书人说的"钢笔"，这也许是他身上最值钱的东西了，他将自来水笔塞在朱大海的手里："日后凭此信物相认。"说完，转身消失在茫茫暮色中。

第二天，朱大海信守承诺，去了钦工区公所，唱了几段淮剧，那队长高兴，竟让区公署买了他的两桶油不说，还给了他赏钱。说要和他交朋友，有什么事让他去县警备队找他。

事后，胡锡宜听说了章学廉被胡兆荣、胡锡古一帮地主杀头的事情，想起来都后怕。他问朱大海："你那天事先知道那帮人是什么人吗，为什么一定要救他们？如果出事，我们都得被砍头啊。"

"我那天卖油就知道了，共产党在钦工那边搞暴动了，专门杀土豪、烧地契、分田地，他们都系着红条，再说都是穷人，你说能不帮吗？"

"看来，我们是做了一件大好事呢。"

"尽管做了一件好事，但这个事一定要保密，不能跟任何人提起。"

朱大海和胡锡宜把这个事情一直藏在心底，从没有和人说过。从那以后，朱大海怀里总揣着一支自来水笔，没事的时候，时不时地掏出来瞅上几眼，像宝贝似的一直珍藏着。

1938年夏日的一天，天气非常炎热，胡锡宜摆渡时，一个人来船上收税。正是茭陵乡公所收税的杨玉齐，此人诡计多端，脸上麻点多，人称杨大麻子。

每个月收的税费都不同，一会是壮丁费，一会是粮草费，一会是人头费，一会是枪械子弹费。穷苦百姓的民脂民膏被榨干了，大伙怨声载道，敢怒不敢言，稍有反抗，就会被乡里的团丁抓了去，"顽民抗税"罪名可不得了，打起来，不死也得脱一层皮。更有甚者，送给日本人，放狼狗活活地咬死，或是烧火油烧死。

今个，他趁中午没人的时候单溜出来收税，想捞两个钱上身不上交。身上别着盒子枪，那盒子里是空的，一个人出来，枪是不让带的，集体行动，才会配枪。但别人不知道盒子里是否有枪，一个空盒子，也能唬住人。

因为半天没开张，也没有钱进账，胡锡宜请杨大麻子宽限两天。

杨大麻子不依，他见船上有西瓜，正好解渴，一拳打开，吃了起来。吃完又见船上的船篓里有鱼，拎起来就走。

恰好，朱大海来了，见此情景，勒令杨大麻子放下鱼篓。杨大麻子不肯，双方争执中，朱大海使了个眼色，胡锡宜装着不小心撞了杨大麻子一下，将他撞到了河里。

朱大海和胡锡宜两人长期在船上生活，水性极好，人称"浪里白条"。他俩跃入河中，假装救他，其实是有意让他多喝水。两人联手，让杨大麻子呛个二死，他连连求饶，二人才住手，拉他上岸。

杨大麻子走后，他知道这厮肯定会找人来算账。两人迅速驾船过了河，去了佃湖一带躲了起来，那段时间，一个贩油卖，一个捞鱼摸虾。

果真不假，杨大麻子事后带着一队团丁来抓人，二人都跑了，他也没办法。直到半年以后，日本人占了淮安，一批人投靠了日本人，后来又在区、乡建立了伪政权，杨大麻子是涟水人，据说亲戚在涟水做了伪警备大队的中队长，他也去投靠了，此后，一直没来过荄陵。有人说他被共产党给杀了，又有人说得罪了日本人，被日本人剁了脑袋。各种说法哪个是真的，不得而知。

朱大海、胡锡宜这才重返大胡庄。

大胡庄的一批年轻人目睹日本人在北乡一带烧杀抢掠，无恶不作，每个人都恨得咬牙切齿。恨不能拿起枪奔赴抗日战场，与敌人拼个你死我活。

"在家也可以抗日！"在一个偶然的机会里，他们碰到两个人，男的叫柳爱民，女的叫季长青。这两人从盐城那边来的，他们的到来，在年轻人的心中燃起了一把火。

他们几个年轻人秘密开了一个读报室，买来一些进步报刊，大胡庄上朱大海、胡锡宜、黄良、顾家骥、剃头说书的麦根子，这些进步青年成立了一个读书小组，柳爱民、季长青夫妇经常带领大家一起分析国家形势，分析当前出路。他们从心里佩服这两个人的人品，也隐隐地感觉到，他们是共产党派来的，只不过没有人挑明。大伙儿对共产党充满了渴望。

国共两党联合抗日，国内和周边的抗日浪潮一浪高过一浪，一些抗日组织也时常来北乡进行宣传，有些地方还组织了抗日自卫队。

大胡庄上的青年们也开始写标语、发传单，号召大家有力的出力，有钱的出钱，为前线捐钱捐物。

队伍里每个人都想把一腔热血都奉献出来，为了抗日，大伙儿义无反顾。

最有意思的是"小萝卜头"胡义宽，人小志气大，由于家里穷，没上过学，不识字，但只要有贴标语的任务，他都自告奋勇。不识字不要紧，只要有人告诉他哪头朝上，他就心领神会，标语贴得工工整整。还有，他跑步特别快，遇到联络送信的事，他都主动地接受任务。保密的纸条，他都缝在衣角里，送到指定的人手中，从没有出过差错。从此，有了个"飞毛腿"的外号。

那一次，日本鬼子进庄，柳爱民、季长青夫妇猝不及防，被日本人抓走。他们夫妻二人宁死不屈，始终没有说出任何人半个字，庄上的青年人对共产党人的敬意油然而生。

几天后，他们偷偷在乱坟岗里，垒起了一座新坟，还栽了两棵柳树，以示哀悼和敬意。

"日本人也好，二皇也罢，恶霸地主也好，顽军土匪也罢，他们之所以横行霸道，为所欲为，是因为我们手中没有枪。"朱大海、胡锡宜两人合计建立自己的自卫小分队，说给大伙听，众人一拍即合。

指望大胡庄的地主富户捐枪暂不可行，可是买枪要钱啊，没钱到哪儿买枪？

"抢！"朱大海半天爆出这么个字。

"抢枪？不要命了？"

"不是抢枪，抢人。"

"东广爹家的二儿子胡明竹不是喜欢抽大烟吗，那小子有钱，什么都不好，就好这一口。他经常光顾苏家嘴钱家商行，商行私下里进的一批大烟，三分之一都是胡明竹买了。每次钱家商行有新进的上等大烟，都会派人捎信请他去'验品'。他一般都在夜间独自带钱出门，哪天去，我们在半路上劫了他。"

"有把握吗？"

"应该没问题，这小子家财多半耗费在这大烟上了，我们这一带土匪多，他不学好，就是被抢了，也会以为是土匪劫道的，就当吃哑巴亏了，不会声张告诉其他人的。"

"就这么办！"

一切都在秘密进行中。连续几天，"小萝卜头"胡义宽秘密跟踪胡明竹，朱大海、黄良、顾家骥、麦根子五人扎在船上等候消息。

那天晚上，胡明竹悄悄地从门外马厩里牵马，"小萝卜头"知道肯定有戏，他连忙飞奔去船上报信。

朱大海等四个人在渡口东边不远处堆堤旁草丛中蹲守，胡锡宜负责将船撑到东边下游守候。四个人的行头早就准备好了，一身黑衣，蒙面面具，只露出眼睛，活脱脱的江洋大盗的装扮。

不一会儿，胡明竹一身独骑而来。要靠近的时候，有武功的朱大海一个箭步窜了出去，一把拉住缰绳，马立即停住了脚步，其他人七手八脚将胡明竹拉下马来。

顾家骥压低了声音："识相点，老子留财，不要命。"

胡明竹见过土匪到他家抢劫的阵势，那次吓得尿了裤子，这一次抢到他头上来了。

"好汉爷，我上有老下有小，求爷放过一马。"说完，他乖乖地掏出钱袋子递了上去。

"算你有种，你走吧。老马识途，你先走一里路，我们再放你的马回去。"

只见胡明竹头也不回，撒腿直往回跑。看他跑远了，朱大海用劲拍了一下马屁股，那马一路跑了回去。

四人迅速往河边跑去，跳上了胡锡宜的船迅速向对岸摇去。

第二天，他们从废黄河北岸、涟水东乡一个名叫"李歪子"的手中，买到了四杆枪。这下自卫小分队一共八九个人，有了四杆枪，加上一些大刀长矛，他们有了底气，再有小股鬼子、二皇来，就不怕了，可以跟他们干一场了。

北乡一带伪政权里，他们与日本人相勾结，肆意屠杀爱国人士，特别是"共匪人员"。为了安全起见，因此自卫队有自卫队的纪律，在内部，他们以岁数排行称呼，大哥、二哥、三哥……尽管有些江湖习气，但是他们觉得这样稳妥些；对外，不准任何人提说小分队和枪的事。他们每次训练，也是拉到废黄河对岸吴码一带偏僻的地方，碰到人，就说打猎队打野物的。所以，自卫小分队成立了半年，大胡庄上没有人知道底细。

卖油的朱大海还是卖油的，摆渡的胡锡宜还是摆渡的，剃头说书的麦根子还是剃头说书的，报信的胡义宽还是报信的，一切如旧。

丢了钱的胡明竹，听说在家养病，吓得一直没敢出门，其中原委，他哑巴吃黄连，没有跟人说起。

那天，几个人一次去试枪。这次试枪非同寻常，竟打出了一条光明之路，也打出了一场阔别已久的重逢。

1941 年的春天，废黄河对岸的湖荡里，成片的芦苇抽出青枝，一株株地站在那里，把春天撑得辽阔无比。

抢了胡明竹的钱后，几个人东拼西凑，又"自费"买了一支枪来，那天下午，几个人选择了这片芦苇荒地里，打算试枪。

"嗵"的一声，朱大海打了一枪，惊飞了苇丛中的野鸟。刚要再举枪，有几支枪口对准了他。

对方十几个人，着装整齐，清一色地老套筒背身上，领头的是一位小平头，一张娃娃脸，浓眉大眼，20多岁的样子，稚嫩的外表下，却有着别样的气度。

"你们是什么人？干什么的？哪部分的？"朱大海等人一问三不知，说不出所以然来。

"带走！"他们被绑起来，一路押送，来到了顺河小新庄。

不看不知道，一看吓一跳，顺河成了共产党的天下。到处都是红旗招展，彩旗猎猎，到处都贴着标语，还时不时听到有人教着大伙学唱抗日歌曲，广场空地上，还有几个共产党的女干部在教妇女们跳秧歌舞。这儿的人们脸上，都绽放着发自内心的笑容。

到了一处院落，"淮安县抗日民主政府""淮安县抗日大队"两块牌子立于门前。朱大海、胡锡宜等人被押到了院子的一间偏房，全部蹲在地上，等候处理。

不一会儿，一声洪亮的笑声传来："哈哈，今天看来收获不小啊。"

话音刚落，那人进了屋。

朱大海、胡锡宜抬起了头，不看不要紧，这一看，让他俩目瞪口呆，对方也张大了嘴巴。

"是你们？"

"是你？"

来人正是13年前他们用摆渡船送到废黄河对岸的那高个子首领。

"大水冲了龙王庙，一家人不认一家人，快快松绑。"

抓他们来的"小平头"如坠云端，感到莫名其妙："赵县长，这是咋回事啊？"

"吉连长，这是我的恩人啊！"

"哦，我忘了介绍了，这是我们县大队的吉乐山连长！"

吉连长一边让手下给众人松绑，一边告诉他们："这是我们淮安县抗日民主政府县长赵心权同志。"

想不到十几年后的重逢，这么富有戏剧性。赵县长带着众人去了大堂，朱大海把今天的事情，以及他们买枪成立自卫队的事，一股脑儿地告诉了赵县长。

他还掏出了那支自来水笔，赵心权接过，端详了半天，感慨万千："这支笔是我表弟章学廉送给我的，他见我写字没有一支像样的笔，就用他的这支自来水笔换了我那支秃笔。唉，可惜他不幸牺牲了……你们一定要珍藏好，将来，你们的手，不但要能握笔杆子，还要能拿起枪杆子！"

"1938 年 11 月，我们在茭陵举行了万人抗日集会，那次特意去找你们呢，可是没有找到，听说你们打了人，出去躲风头去了。要不，我们早就见着面了。"赵县长一直惦记着他们。

"是的，我们打了一个二狗子。赵县长，你看我们可以跟着你们共产党干吗？"朱大海怯怯地问。

"当然可以。我刚才听了你们的介绍，很不容易。现在我们刚到淮安北乡，斗争形势还很复杂，你们要继续坚持抗日宣传，保持高度的警惕性，秘密开展革命斗争，暂时不宜暴露身份，防止遭到敌伪、地主等反革命分子的报复，做出无谓的牺牲。"

"近期，我们将在顺河开训练班，你们几个中可以派人来参加学习。在茭陵我们也有一个农民讲习班，你们想办法动员进步青年和积极分子参加学习；下一步，我们还要扩大武装力量，你们自卫队将来可以成为我们一个小分队，我给你们起个名吧，就叫大胡庄青年自卫队怎么样？"

"好，太好了，我们有正式的番号了！"胡锡宜等人高兴地差点蹦了起来。

"近期，工作千头万绪，就不和你们细说了，待日后慢慢细聊，我们很快就会派人过去指导你们的工作，平时要加强联系，如果你们有重要事情，也可直接来找我们。我相信，大胡庄的火，一定会烧起来的，大家要有信心！"

天色已晚，赵县长赶着去开会了，他让吉连长留大伙吃了晚饭。大伙回来的时候，一轮明月，高高地挂在天幕上，脚下的路亮堂了许多。

自打从顺河回来后，大伙儿的积极性空前高涨，自卫队继续暗中去废黄河对岸去操练。

各人的营生还一切如常。连续几天下雨，朱大海的卖油生意也受影响。今天听说麦根子在小西场里说书，他去凑了个热闹，想不到竟赶上了一个"雷电劈牛"的案子。

后来，胡明根他们抓人，他和麦根子使了个眼色，两人心领神会地走了。

去哪？他们赶忙来到了茭陵渡口胡锡宜的渔船上。

上次偶遇赵县长，他让派个人去顺河的民运班学习，几个人一合计，胡锡宜最年轻，就推举了他去学习。一个星期后回来，他又把学到的内容，再讲给大胡庄青年自卫队的几个人听。大伙儿听了以后，都深受启发，每个人都受到了一次精神洗礼，思想觉悟提高了许多。

经过这次口口相传的培训，大胡庄青年自卫队的每个人，像一粒粒春天的火种，等待勃发燃烧。

"赵县长说过，我们大胡庄的火一定会烧起来的，我觉得这是一次烧火的好机会。"

"现在世道在变，有共产党撑腰，我们不能再躲在背后，可以适当地放开手脚，发动大伙起来斗争，不能再让他们骑在群众头上拉尿拉屎了。"

"农民要想翻身，只有跟着共产党走，我想这一次请共产党派人出面给评评理，治治大胡庄这帮地主的威风。"

"论辈分，我也是胡氏一族的人，尽管已出五服，我这次不但要一碗水端平，还得大义灭亲。"胡锡宜说话掷地有声。

三个人你一言我一语地讨论起来，最终达成一致，派胡锡宜去顺河向赵县长汇报，寻求他们的支持。大伙儿都清楚，大胡庄地主势力不可小觑，一切等县里派人来解决，谁都不可轻举妄动。

"小萝卜头"也来了，四人在船上各吃了一碗山芋干饭，让小萝卜头去通知自卫队成员饭后到顾家骥家讲习班集中。

吃了饭，胡一华在家等了半个多时辰，去胡明根家要人的人也没有消息，只有听爷爷的话，去找共产党申冤了。

去哪找，最好的捷径，就是去讲习班看看。

赵县长口中所说的农民讲习班，半个月前就在茭陵开起来了。

地点设在茭陵街一个巷子里，一层砖瓦平房，上面架了一个木板搭的小阁楼，下面做着杂货铺生意，上面小阁楼便是教室，里面挂着一块小黑板。这就是顾家骥家。

一个星期上两节课，礼拜三上午半天，还有礼拜六一个晚上，有专人来讲课，讲一些抗日的形势和革命的道理。

讲习班的学员都是附近村庄的一些思想进步的年轻人，人数十几个人，都是青年自卫队的人推荐介绍的。胡一华、胡一胜、胡一荣三个人都是顾家骥介绍的。

有几次，为了安全起见，讲课中途他们还移到胡锡宜的渡船上，将船划到河中央，十几个青年坐在船舱里听课。淮安、涟水的日本人和凤谷、车桥那里的国民党的眼线，有时候会到茭陵来打探情报信息。

大家都知道这讲习班是共产党办的，派来的教员讲的都是一些革命形势和抗日的道理，大家心里敬佩这些"赤色分子"，他们是来替穷人说话，为穷人办事，号召各方面人士一心抗日的。

胡一华一路小跑到了顾家，这次顾家不同往日，门口拴着一匹大黄马，杂货铺里站着一大群扛枪的人，顾家骥站在柜台那里。

"胡一华，来这里是为你家的事吧?"

"是的，就是想请你们帮忙想想办法的。"

"你家的事，我们都知道了，你看顺河来人了，王区长来了，走，你也不是外人，带你上阁楼吧。"顾家骥领着胡一华上了阁楼。

推门进去，只见一群人围坐在一个年轻人的身边。那年轻人长着一张有棱有角的脸，浓密的眉毛稍稍上扬，一双如炬的黑眸，透出几分清澈且明慧的光芒。

"我们区队的人，跟我在前，你们大胡庄青年自卫队的人，跟在区队后面。这次我来，赵县长交代了，大胡庄青年自卫队，该亮相了，地下的日子该结束了。但是，我们要记住，现在我们的任务是团结抗日，团结一切可以团结的力量，我们今天是来解决问题的，不是来杀人寻仇的，这一点必须清楚。今天大伙儿要绝对服从命令听指挥，没有我的命令，不准任何人采取任何措施……"

"记住了没有？"

"记住了！"

那年轻人有条不紊地部署，胡一华看到这张脸的时候，就觉得面熟，可一时想不起来。

"王区长，这就是胡大勇家的大少爷胡一华。"说书的麦根子也在，他主动将胡一华介绍给那年轻人。

王区长站了起来："好，你在前面带路，我们一起去胡明根家。"

说完，大伙一起下楼，队伍浩荡向前，直奔胡明根家而来。

午后，胡明根家乱成了一锅粥。

祠堂祭台已经供奉完毕，香烟缭绕，念经的四个和尚已经就位，开始装模作样地作法念经。胡老爷说了，鸡鸭鹅小三牲先买来再说，账记在朱小凤的头上，到时候从她上季度的月水中扣，反正还没发给她。

东广爹和胡明根传下话来，先拖"二犯"出去游街，再去咸岔河桥头李三家用家法，祠堂摆祭念经同步进行。

今天，胡锡荣临时组建了"执法队"。因为现在世道混乱，东广爹、西广爹两家约定遇到大灾小劫，两家结盟联保，组织家庭护卫队，又叫"联保队"。这些人都是些个游手好闲的二流子，平时给胡家看家护院，闲下来练个拳脚，遇到收租收税时，在主人后面跟着，为虎作伥，充当狗腿子。

胡大勇、朱小凤被五花大绑从祠堂里一路推搡着出来了。一开始，两个人倔强着不肯走，怎耐得"执法队"的人拳脚相加，不一会儿，大勇子脸上身上都被打得青一块紫一块的，朱小凤一个弱女子，被执法队的打手们像拎小鸡一样给拎了出来。

李三在前面敲着锣，一路喊着："不要脸的胡大勇、不守妇道的朱小凤来了！大伙出来看看啊！"

"打了主家的人，害死了主家的牛，断了主家的财，两个下人罪有应得啊！大伙来瞧一瞧，看一看啊！"

在农村，这锣声和叫街声极具诱惑力，围观的群众里三层外三层，大胡庄人几乎倾巢出动。好些日子没有动用过家法了，此时大胡庄人的情感比较复杂，一半是冷漠、看热闹，一半是愤慨、同情和无奈。

可有一点，许多人依然深信不疑：主人就是主人，佣人就是佣人，主人叫往东，下人不能往西，主人叫打狗，下人不能撵鸡，这样的规矩意识，在大胡庄人的心脑里早已根深蒂固，不容更改。

此时，一场论战也同时展开。胡三爹家的一帮人和东广爹、胡明根论理，西广爹在一旁一言不发，胡兆荣暗自冷笑。在他们的家谱里，好像压根就没有小西场的胡氏。这里不是他们说话的地方。

"你们不能这么欺侮人，说开宗祠就开宗祠，说绑人就绑人，说动家法就动家法！胡大勇毕竟是我们老二家的佣人，有错，理应交由我们来责罚，再说他也不是胡氏宗族人，犯得着对一个下人这么兴师动众吗？"胡锡凡代表大伙论起理来，试图挽回一点什么。

可是对方根本不听，胡一荣、胡一胜、胡芙蓉这三个年轻人面对着对方嚣张的气焰，气得眼睛喷出火来，声音急的都有点嘶哑。

"这两人是结拜兄妹，我们作证，不是那种偷鸡摸狗的人，不能坏了人家的名声。"

"他们还有名声？笑话！要注意名声，就不会扔下牛不管，两个人偷偷摸摸私会去了，一个女人还换了男人的衣服，这不是不要脸不守妇道是什么？！"胡锡荣寸步不让，咄咄逼人。

突然门外锣声戛然而止，一阵马嘶和嘈杂声传来。

胡大勇和朱小凤二人被带了回来，领头的是一个 20 岁左右的白净的年轻人，率着一行荷枪实弹的汉子，走进院内。本来看热闹的群众争先恐后地挤了进来。

所有人的目光都投向了年轻人。

"各位，各位，请大家安静一下，在下三区区长王一香。"

"这个名字好耳熟啊。"在场的人，有人小声嘀咕。

"今天，我来大胡庄，一是来拜门子，拜望东广爹、西广爹，其实我也算是茭陵人；二来做个调解人，希望各位叔伯长辈，给一个面子。"

有人恍然大悟，一下子认出来了："这不是茭陵街上王家中药铺里的大公子吗？当年来茭陵街上讲演的那个学生娃啊。"

东广爹、西广爹一干人都想起来了，对啊，这不是那次万人大会上，能说会道的那个学生代表吗？当时他们可都是作为乡绅代表亲自参加的。

刚才还想着此人面熟的胡一华，记忆也一下子回到了1938年那个秋冬时节。

1938年11月中旬的一天，茭陵街上人山人海，万头攒动。一场规模盛大的抗日宣传大会在这里举行。参加大会的有三区（辖顺河、茭陵一带），十二区（辖钦工、宋集一带），淮安、涟水、阜宁毗邻地区的乡保长、士绅名流和群众数千人到场。20岁的胡一华从没有见过这么多的人，到处都是此起彼伏的口号声。抗日的热潮一度就像废黄河的里的水一样，在北乡的旮旯角落里涌动。

"那次大会上主持人就是王一香的老师，也就是办起失学青年补习班的吴乐群老师，首先讲话的是赵心权，就是现在的赵县长啊，最后登台的就是王一香，他是学生代表。"胡一华告诉身边几个年轻人，"他的讲话虽然短，但是极富鼓动性，给每个人留下了深刻的印象，我刚才见到他，竟然一下子没想起来。"

"对对对，区长就是那个学生娃，他父母就在街上开店，那次演讲，让王家中药店的这个大公子一下子出了名。"胡一荣也想起来了。

"听说这学生娃后来和他老师，也就是那场演讲会的主持人吴乐群，不是一起被抓了去杀头了吗，怎么又回来了？"东广爹、西广爹心里直犯嘀咕，两人悄悄耳语。

人已上门，只好以礼相待，再说人家现在是共产党的区长，怠慢不得："请坐请坐，我们坐下说。"

东广爹客气地邀请王一香坐下，命人上茶。

"论辈分，我和你父亲平辈，贤侄，你有什么话，尽管吩咐，一切好商量。"胡明根站了起来，毕竟他现在当家，共产党的区长上门了，他知道反抗的后果，他必须要有个态度。

"那好，我就直说了吧。大家知道，我们八路军、新四军来到了苏北、苏中地区，远的不说，就是附近的盐城、阜宁这一带，全部被我们解放了。我们在顺河建立了县政府，成立了抗日大队，我们来到这里，不是来结仇，也不是寻仇的，目的就是团结一切可以团结的力量，共同抗日。不管你过去怎么样，只要现在真心抗日，我们一律欢迎。

"但是抗日需要发动民众，民众才是我们的生存之本，所以我们会解放一切受压迫的民众，让他们站起来，成为我们的兄弟姐妹。今天，你们家的牛死了，把人绑起来游街不对，还要动用家法私刑就更不对了。现在你们给我一个主持公道的机会：第一，放人，将胡大勇、朱小凤放了，胡大勇由胡一华家领回，朱小凤由我们出钱'买罪'，将她赎走；第二，补偿，死了牛，当然主家不好受，我们出钱将死牛买下，借你家场地，杀了，将牛肉分给大胡庄的穷苦人家；第三，祭台法场撤去，我们替你放一挂鞭炮，消除晦气。

"各位长辈叔伯兄弟们，你们觉得我王某人的话中听，就听，不中听，就不听。"

王一香让人递给胡明根一沓法币券、一沓中储券，数了数，各五百元，好家伙，不论是否日伪控制地区，这些钱币都能通用，胡明根觉得这花花的钱票挺诱人。

"我同意，没话说。"胡明根听说赎人给钱，买死牛给钱，他觉得划算，于是迫不及待地站了起来，举手接票券。

可他瞥见父亲那严厉的眼神，手又悄悄地放了下来。

"广元兄，我看给王区长一个面子吧，见好就收，识时务者为俊杰。懂吗？"西广爹听完了王一香的话，觉得这个年轻人不是凡人，说话有鼻有眼，几乎无懈可击，如果不顺从，后果很严重，他使劲地按了按东广爹的肩膀，希望他知道个深浅。

"好吧，就听王区长的！放人，杀牛，放鞭炮！"东广爹领教了王区长话的含义和西广爹的提醒，他本想借此机会，杀杀小西场胡氏的锐气，教训一下那些不听话的人，树立胡家的威严，想不到惊动了共产党，只好作罢，不如来个爽快答应。

镗锣声又响了起来，不过这一次是朱大海拿着锣，一路敲起来，让缺粮少吃的人家来胡明根家领牛肉。

大胡庄除了地主富农，大都是穷人，眼下里又是春荒时节，有许多人家都拣起讨饭棍，拎着破篮子，拖儿带女出门逃荒要饭。在家的人，平日里都是靠野菜拌粗粮来度日，就是有一点点细粮，也都是留给幼儿、老人的，更不消说见到荤腥了。听说让领牛肉，尽管僧多粥少，分到手的只是一小块肉，一个个也是笑逐颜开，人人都夸共产党公道。

许多人家领了肉，舍不得吃，说要腌起来，留到春节再吃。今天的大胡庄像过年似的热闹起来。

胡锡凡带着一帮人回了小西场，胡一华、胡一胜、胡一荣、胡芙蓉等一批年轻人簇拥着胡大勇、朱小凤，大家有说有笑地走在回家的路上。几个人，好像打了一场大胜仗，心底里有说不出的敞亮。

朱小凤被王一香带人赎了出来，问她愿意去哪家，她说她想清楚了，哪里也不去了，就跟大勇子走，求璜老爷收留，不要工钱，赏给一口饭吃就行。

胡三爹在家也精神抖擞起来，觉得共产党这事办得体面，让他们扬眉吐气了一回，他在众人面前，连连竖起大拇指："我看人准吧，还是共产党行！"

王一香骑在马上，此刻的王区长和两年前演讲会上的学生娃一样，名声再度热传大胡庄、茭陵乡。

因为鬼子和伪军常有人来茭陵街骚扰，王一香父亲将王家中药铺交给了王一香的姐姐和姐夫打理，老爷子搬回了老家马逻乡。有人去药铺里一边祝贺王家大公子荣任区长，一边早把王一香的故事打听得清清楚楚。王一香的姐姐姐夫脸上泛着光，把个弟弟夸得像一朵花似的。

王一香的故事一个传一个，关于他的故事充满了传奇色彩。

王一香是从涟水那边的石湖师范毕业的，1938年的那次演讲会，主持人吴乐群正是他的老师，就是因为老师的推荐，王一香在会上发表了演说。想不到王一香"一说成名"。后来，他为了抗日，四处奔走，动员大户出钱买枪，动员青壮年参加自卫队保卫家乡。

日本人打进淮安城后，他家一度从茭陵街搬回了老家马逻乡。为了掩护革命活动，他一方面在家帮助父亲行医开药店，做个郎中先生，同时他还自己筹办了一个私塾教书馆，自己任老师，培养了一批青年学生走上革命道路。

由于他积极组织、宣传抗日救亡活动，引起了国民党当局和地方驻军的怀疑，认定他是异党分子。抓他的有韩德勤部下国民党三十三师的人。韩德勤是国民党第二十四集团军副总司令、代理省主席，老百姓有一段民谣：

> 天上有个扫把星，
> 地上有个韩德勤。
> 手上拥兵几十万，
> 专门欺负老百姓。
> 面前鬼子不敢打，
> 反共摩擦最卖劲。

这个三十三师，也和他一丘之貉，不去打鬼子，就会脚底抹油闻风溜，得到了一个外号：三十三溜。

1940年，民国29年3月15日，农历二月初七，带队的军官坐在马逻街后面的咸四家。考虑到王一香在当地的威信，他们不敢公开抓人，就以看病为名，将王一香诳来抓走了。先后被关押在风谷、兴化、东台、盐城。几个月的审讯，王一香坚守一词：我为不愿做亡国奴而作抗日宣传，何罪之有？国民党当局查无实据，打算长期关押。幸亏，八路军来了，解放了盐城，把他从监狱中救出。共产党来淮安北乡开辟根据地，就把他派到了顺河来做区长了……

那天，还是在顾家骥家小阁楼上，门扉紧闭，王一香领着大伙开了一场非同寻常的会议，参加会议的有：王一香、朱大海、胡锡宜、黄良、顾家骥、麦根子。

在那次会议上，王一香神情严肃，郑重宣布了一项决定：

"随着抗日战争的全面爆发，我们党为迎接民族革命的新高潮，制定了《关于大量发展党员的决议》，要求各地党组织将'大量的十百倍的发展党员'作为党在现阶段迫切与严重的任务。淮安县委也刚刚恢复不久，全县乡级党支部基本上还没有建立，革命特殊时期，采取特殊办法，我们准备在党员集中的村和一些重点骨干村，建立秘密党支部。经过赵县长的介绍推荐，同时经过我们最近的内查外调，在座的各位，无论是家庭出身，还是阶级觉悟，都是好样的，今天我正式通知大家，县委决定在大胡庄成立青年自卫队，并建立秘密党支部，这是为数不多的几个试点村，这是县委对你们的信任和鼓励。赵县长和我作为大家的入党推荐人，决定吸收你们为大胡庄的第一批党员，在此，我向同志们表示祝贺。

"同志"，听着这亲切的称呼，大家激动地站了起来，站立在掌声中，每个人使劲地拍着手，半天说不出话来，眼睛里闪烁着泪光，他们做梦也没想到，这么快就成为"党的人"了。

王一香从怀中掏出一张折叠整齐的画页来。这画页高约50厘米、宽约30厘米，最上端为马克思、恩格斯、列宁、斯大林和毛泽东5个人的头像，两侧各有一面印有镰刀、斧头、五角星的党旗，下端是共产党员入党誓词。

这是上级组织部门统一印制的一张入党誓词，顾家骥找来糨糊，小心翼翼地贴在黑板上。

"同志们，这就是入党誓词，请大家举起拳头，跟我一起宣誓！"

"一、终身为共产主义事业奋斗；二、党的利益高于一切；三、遵守党的纪律；四、不怕困难，永远为党工作；五、要做群众的模范；六、保守党的秘密；七、对党有信心；八、百折不挠，永不叛党。"

"下面我宣布一下分工：朱大海同志任区特派员，负责区乡联络，兼任大胡庄青年自卫队队长；胡锡宜同志为大胡庄村秘密党支部书记，兼任大胡庄青年自卫队指导员；支部宣传委员黄良，组织委员顾家骥，秘密宣传员麦根子。根据区里的委派，今后我就是大胡庄秘密党支部的结合人，有什么事情可以直接找我。

"同志们，从今天起，你们作为一名共产党员，要时时处处以身作则，率先示范，以自己的实际行动，引领更多的人向党组织靠拢。任何时候都不得做背叛组织的事情，一经发现，当以最严厉的手段予以制裁。因为当前形势还比较复杂，以前干啥还干啥，抗日宣传以大胡庄青年自卫队名义开展工作，对外暂时不称党内职务，暂时不得暴露党员身份。

"当前的三大任务：一是广泛宣传抗日政策，发动一切力量支援抗日；

二是开展种粮借种子，搞好生产自救，想方设法帮助老百姓度春荒；三是壮大武装力量，抓好自卫队的建设。

……

会上，掌声一次次地响起，楼下的人一次次向阁楼上望去，他们也明白，这一定是一次鼓舞人心的会议。

傍晚时分，这些日子被连绵的春雨濯洗过的天空，现出几分淡蓝，多彩的晚霞如约而至，层层的金彩和红霞相互辉映，相互激荡，五彩斑斓，折照在每个人的心头。

进入四月，天气渐暖，日头也长了。朱大海依旧唱着淮剧，挑着油担，走村入户，只不过，多留了一双眼睛来观察日伪顽匪动向，多了一份心思来收集各种情报。

麦根子的书段里，多了一些抗日形势宣传的段子，也多了一些抗日英雄杀鬼子的传奇故事。

他们一有空，就参加自卫队的训练，王区长交代，每个人从练习骑马开始，以后打起仗来，骑马作战，机动性大，进退都快。马也是那个时代里最为便捷的交通工具，听说人家苏家嘴大桥乡的抗日淮阜大队有一百多人，其中骑兵就有三四十人。大胡庄青年自卫队分到了三匹马，僧多粥少，大伙格外稀罕。

胡一华、胡一荣、胡一胜这一帮年轻人都加入了青年自卫队，队伍扩大了一倍。部分富家子弟"携枪入伙"，自卫队的枪也从过去的四五把，增加到了十几把。在秘密党支部的组织下，庄上成立了农救会，大事小情农救会说了算。更让人刮目相看的是，妇女们也站了出来，章成英、周才英、胡芙蓉、胡一兰她们几个女的组织了妇救会。

现在，庄上的事情有自卫队撑腰，有农救会、妇救会出面，农民的腰杆硬多了，就连胡大勇、朱小凤这些长工也被发动起来，积极参加春荒借粮借种活动。

庄上的地主们再也没有了往日的神气劲，遇到自卫队、农救会和妇救会的同志，都点头哈腰的，比以前老实多了。

　　大胡庄青年自卫队"开张"后的第一笔"大买卖"，一鸣惊人，竟然捉住了一条"大鱼"，还被县政府记了一大功。

　　话说，淮安北乡钦工西边的十一区有一个臭名昭著的"杨家五虎"。他们亲兄弟一共四人，依次叫杨文章、杨文锦、杨文龙、杨文才，还有一个嫡堂兄弟杨文举，加起来就是弟兄五人。

　　杨文锦当上土匪后，他的几个兄弟也就跟着想发财，四处为非作歹，甚至合谋杀害了抗日民主政权的一个区长。为此，杨文锦当上了日伪大队长。其他几个兄弟也分别跟着做官：杨文章当上了伪淮安县十一区区长，杨文龙当上了伪军少校团副，带一帮狐朋狗党驻守李圩子。

　　就在最近，杨文章骑着一头小毛驴来到茭陵赶集，他带着一名化装成"牵驴赶脚"的勤务人员。尽管他把灯草皮白草帽压过眉毛，但是那天偏偏撞上了黄良。黄良曾在十一区南马厂附近亲戚家吃席时遇到过杨文章，一见面就觉得此人面熟。经过一番仔细辨识，确定他就是"杨家五虎"中的老大杨文章。他立马找来朱大海、胡锡宜，三人一商量，带领自卫队的人上了茭陵街，劫了杨文章，杨文章供认不讳。

　　他们将杨文章带到县大队，赵心权等人大喜过望，决定利用他一回。众人押着他去了李圩子，在圩子外逼他喊话，希望他兄弟杨文龙弃暗投明，可惜那杨文龙根本不吃这一套，最后，杨文章被县大队押回茭陵公审，处以极刑。此事对茭陵一带的恶霸地主震动很大。

　　杨文章成了"杨家五虎"中第一个被打断脊梁骨的"死虎"，大胡庄妇救会章成英等人在高兴之余，随即编起了歌曲，用《四季游春》调在村里唱了起来。

　　　　春天到了遍地麦子青，
　　　　青年人要参军，
　　　　去打东洋兵。
　　　　挂红花，骑大马，
　　　　你看多光荣！
　　　　挂红花，骑大马，
　　　　你看多光荣！

夏天到了蚊虫闹嚷嚷，

活捉杨文章，

人民力量强。

杨文锦，小木匠，

折去一只膀！

杨文锦，小木匠，

折去一只膀！

之所以叫杨文锦"小木匠"，就是因为他之前做得一手好木匠活。

"小萝卜头"胡义宽也进步了。

通过一段时间的考察，他机智过人的聪颖劲儿受到大伙的交口称赞。朱大海、胡锡宜他们几个研究了，宣布"小萝卜头"为大胡庄地下通讯员，专门负责秘密送信和传递情报的事儿。一双"飞毛腿"跑起来更快了。

这不，口信又来了。胡锡宜从区里回来，说有要事和朱大海、麦根子商量，"小萝卜头"好不容易把这两个"跑江湖的"找到。

"我从区里开会回来，王区长说有个任务交给你俩。"

"什么任务?"听说有任务，两个人都来了劲。

"最近，苏家嘴有我们八路军的一个团驻扎，他们是来帮助我们加强地方武装的，现在每天柴米油盐、吃喝拉撒这些后勤供给的事情非常重要。人说，兵马未到粮草先行，上级要求我们附近的县区配套做好粮草征缴工作，还要配合开展军民大生产运动。

"我们在家的党员和自卫队负责去向丌明绅士借粮筹粮，大海哥去苏家嘴帮助筹建大油坊，根子哥带上工具去给团部机关的同志剃头。

"根子哥，你不知道呢，听说他们是从安徽那边过来的，一路吃了不少苦，许多人头发长得像毛刺子似的，苏家嘴镇上的剃头店这几天排满了人，许多战士干脆自己互相用剪子剪。团部机关的人事情多，抽不开身子，想找一个剃头的师傅去帮忙给理一下。

"你们这次是和王一香区长一起去，他是苏家嘴附近的马逻人，那边情况他很熟悉。"

胡锡宜一口气把话说完，端起桌上的大茶壶，对着壶嘴使劲地喝了一大口。

"我会卖油，你怎么知道我会榨油啊？"朱大海满脸狐疑，他从没有说过，他会榨油，提起榨油，他顿时黯然神伤，这是他心头一段无法言说的伤痛。

"我也不知道，王区长说，是人家部队里的人点名要找你去的。"

朱大海自小背井离乡，在外面的事情，他一直讳莫如深。他是土生土长的大胡庄朱场人，大家就知道他从小家里穷，跟马戏班子一个武把子走了，至今独身一人，还知道他会些拳脚，有一身功夫，其他一无所知。

有人说他在马戏班里闯了祸，被武把子师傅逐出师门，走投无路，只好回来了。

有人说他是国民党的逃兵，在部队里伤了人，才逃了出来，回到大胡庄落脚的。

还有人说，他是共产党的人，大城市待过，一批战友都被国民党剿杀了，就他一个人因为武艺高强逃了出来。

谁说的是真的，没有人知道，问他，他总是淡然一笑，摆摆手。

那次与胡锡宜伤了杨大麻子，逃到佃湖一带，有一天晚上，两个人就着花生米喝酒，大海喝醉了，醉的时候，流着眼泪，嘴里总是念叨一个人："小红，小红，你死得冤啊！

"小红是谁？"

"是你嫂子！"

"嫂子？你不是没老婆吗？"

"谁说我没老婆？"

再问他，他趴在桌上睡着了。后来酒醒来，再问他小红是谁，他只说他喝多了，瞎说的，别的什么也不肯说。

4月17日，一大早，朱大海、麦根子各自背着一个包袱，里面有手艺人吃饭的家伙，也就是必备工具，王一香骑马而来，捎上包袱，几番谦让，最后还是王一香骑马，两个人徒步，直奔苏家嘴而去。

苏家嘴地处淮安、涟水、阜宁三县交界处，是远近闻名的商业大镇，也是一个"生长"传说的地方。

相传很久以前，境内一处靠近河嘴（即河码头）的路旁，有一位姓苏的老奶奶，在此搭草棚，卖山芋粥、小脚卷为生。后遇到逃难到此的三个异姓小男孩，将他们收留下来，从此在这片土地上繁衍生息。人们为了记住那位好心的老奶奶，就将靠近河嘴的路旁地方，称为苏家嘴。

苏家嘴更是兵家必争之地，国民党在此盘踞经营多年，日本人进淮安城之前的首要目标就是出动飞机轰炸此地，共产党八路军来到苏北，一举拿下盐阜地区，苏家嘴回到人民的怀抱。

"苏家嘴驻扎的是新四军三师八旅第二十四团，听说是黄克诚的部队，刚从八路军改编来的，这部队里一些官兵可是走过二万五千里长征的哟，也就是传说中的红军，可厉害着呢。"王一香一边骑马，一边给他俩介绍。

对这支部队，朱大海和麦根子平添了几分崇拜和好奇。

> 阴雨绵绵落不停
> 大雾茫茫天不晴
> 山路弯弯走不尽
> 世道浑浑何时平
> 云开日出雨就停
> 风吹雾散天就晴
> 走完山路有大道
> 红军一到世道平

这是一首送给红军的歌，部队有人在一句一句地教着，战士们一句一句地唱着。

进入苏家嘴，一片欢腾的喜庆景象，这是他们许多年没有见过的，翻身解放了的人们，正在收获着这胜利的喜悦。

沿街望去，部队的战士们有的在帮助老百姓修房屋，担水挑柴，背着药箱的卫生员正在为大爷大妈们看病，妇女们三五成群地聚在一起纳着鞋底，做着军鞋，到处洋溢着团结、进步的抗日氛围。

部队刚到镇上，房子紧张，苏家嘴地方上的同志特意将街上一座旧寺庙腾出来，做团部的栖身地。寺庙院子宽敞，房门上分别贴着参谋处、政治处、供给处、卫生队、直属警卫连、通信排等字样。

二十四团三个营的人马暂时分散宿营在街附近的三个村落里。

进了军营，递上县政府介绍信，三人直奔二十四团团部，团长胡继成听到警卫员报告，知道淮安县政府来人了，他高兴地到门口迎接他们。

"你们辛苦了，欢迎，欢迎。"胡团长伸出一双大手迎了上来，声音清脆响亮。

"我们不辛苦，你们才辛苦，一路鞍马劳顿的。"想不到胡团长这么年轻，是个二十多岁的大小伙子，一张瘦削的长脸，浓浓的眉毛，眼睛里闪着坚毅的光芒，厚厚的嘴唇，见人就咧开嘴笑，没有一点官架子，分明是个厚道的庄稼人。

三人进屋坐下，警卫员倒上茶，退了出去。胡团长开门见山，开口就是浓浓的安徽口音："你们淮安县委县政府成立了，可能地方武装成分复杂，战斗力不太强，为了巩固根据地，师部命令我们团近期在苏家嘴集结休整，下一步准备实行地方化，与盐阜地区地方武装进行混编。我们这两天稍作休整，等李代政委回来，搞个干部集训，然后三个营分头驻扎到根据地去。当前的任务，就是注意做好扫荡周边残匪的同时，配合你们做好根据地建设保卫工作。

"最主要的是，日伪军现在对根据地实行经济封锁，对一切运往根据地的粮食、布匹、火柴、盐、油料及生活必需品统统禁运，粮食成了我们生存的大问题。我们初来乍到，给你们添麻烦了。"

"你们来得太好了，这下我们就有靠山和底气了。首长，一家人不说两家话，我们来的时候，县里就交代了，您放心，我们保证想方设法完成后勤供给任务。"王一香拍着胸脯。

"首长，我介绍下，这位是朱大海，来给你们帮忙榨油的，这位是麦根子，是来给大伙剃头的。大海在路上就问我，部队里怎么有人知道他会榨油？我说得到了部队才知道啊，首长，能告诉我这个谜底吗？"

"哈哈，好啊，我让你们见一个人！小李啊，进来！"胡团长招呼门口的警卫员，"你去镇上油坊那，把一营二连三排长叫来。"

"是！"警卫员飞奔而去。

"报告！"半袋烟的工夫，门口有人喊报告。

"进来！"团长话音未落，只见一个人掀帘走了进来。

朱大海一看，顿时跳了起来，冲上去狠狠地擂了来人一拳："师弟，是你小子啊！"

071

"师兄！"来人也一眼认出了朱大海。

两个人紧紧地抱在一起，抱着抱着，两人竟像大姑娘似的抽泣起来。

"朱大海榨油，就是三排长高彩光介绍的，他说淮安北乡大胡庄的朱大海只要在家，叫来他，准定榨出好油来。"胡团长终于揭开了谜底。

"两个师兄弟，情深义重，今天久别重逢，都很激动，看来肯定有故事啊！三排长，你给大伙好好地说道说道。"胡团长笑着命令道。

高彩光擦干了眼泪，望了望朱大海，朱大海点了点头。他轻声叹了一口气，然后就打开了话匣子：

"民国6年开春，我们泗县金锁，来了一个马戏班子，当时大海哥就在里面学徒，他与我同年，都是9岁。大海哥也是家里穷，才进了马戏班子，我们家当时住的茅草房，也是地塌土平的，穷得叮当响，家里实在养不起了，父亲就央求马戏班子收下我，混一口饭吃。从此，我就和大海哥成了师兄弟，他出生月份长我两个月，我管他叫师兄，他管我叫师弟。

"经过七八年的历练，大海哥在我们马戏班子，刀枪棍棒、拳打脚踢，样样精通，可算是头牌武生。民国16年，我们马戏班子去到了江西南昌，因为班主生病，我们就住了下来，班主一边瞧病养病，一边让师兄带着大伙在当地开场卖艺。一住就是半年多。

"我们在南昌住在一个榨油坊里，油坊老板孙老爹，有两个女儿，大的早已出门成婚，二小姐小红和我们俩差不多大，不但人长得俊俏，榨油出油也是行家里手。小红见师兄为人耿直，心地善良，而且一身武艺，很是喜欢。一来二去，就和师兄有了感情。那段日子，师兄忙完马戏班子的事，就是再累再晚，他都去油坊里帮忙，榨油的奥妙，小红也毫无保留地手把手地教他。油坊孙老爹对师兄也是疼爱有加，就和我们班主商量，想招师兄入赘。

"可偏偏不巧的是，胡同里钱家二公子，在南昌城警卫团里当个营长，他早就看中了油坊二小姐。他派人来提亲，听说二小姐名花有主，他哪里肯依。一不做，二不休，那厮决定抢人。那天我们演的是晚场，伙计们都去看马戏了，油坊里就剩下孙老爹父女俩，小红累了就先睡了。那钱家二公子派兵来油坊强行将二小姐拉上车，孙老爹急红了眼，上来拼命，竟被他手下人一枪毙命。钱家二公子心狠手辣，竟让人在油坊里点了一把火，毁尸灭迹，对外就说油坊失火，孙氏父女都葬身火海了。

"小红被抢去后，死活不依，以死相拼。那营长就把她绑在床上，决定生米煮成熟饭，不怕小红不依，便强行奸污了她。当夜，松了绑的小红趁人不备，一头撞死在墙上。

"我们回到油坊，那里已是一片废墟，师兄知道这肯定是营长干的，便要闯入营长府邸要人，被班主拦住。在我们借住客栈的时候，那营长知道师兄是个练武的人，不会善罢甘休，他便先下手为强，召集人马来到客栈。那段时间，共产党在南昌搞了起义，后来失败了，国军到处抓共党，他污蔑师兄是共党分子，要绳之以法。我们一班人与他们周旋，暗中护着师兄从客栈后门逃脱。

"我记得那天夜里，师兄和我握着手，忍痛告别，眼泪唰唰直流。他走后，班主拖着病体，将马戏班子带出了南昌城。后来没几天，听说那营长就被人砍了头。有人说，是师兄做的，我和班主他们都深信不疑。班主后来病情加重，客死他乡，我们马戏班子就散了，各奔东西。我一路辗转，民国29年春，我在山东定陶，遇上八路军攻打定陶，我知道八路军是穷人的队伍，我就报名参了军，被分在二连。随着大军南下，到了皖东北、淮北，然后来了苏北。

"到了淮安苏家嘴，团里油料供应不上来，让搞自给自足大生产，其中有一个事，就是建油坊榨油，我一下子就想到了找师兄，师兄曾经说过，他家就在淮安茭陵大胡庄。那次南昌一别，我俩只说了一句，保重，后会有期。师兄外面没有亲人，我猜有可能回了老家来。想不到，地方的同志真的帮我们找到了，说大胡庄有一个卖油的朱大海，我断定是你。你说这是不是缘分？"

故事讲完了，大家都唏嘘不已。麦根子激动地站了起来，感叹道："想不到大海哥还有这么一段故事啊，多感人啊，这下好了，我的段子又有词了。"

三排长高彩光把朱大海带去油坊了，在寺庙外不远的一条小河边，柳树掩映，四间新建的草房已粉刷一新，一间榨油间，一间库房，还有两间住人。在油坊的西头，还有两间棚屋，是供三排的人临时住的。

走进榨油间，一个双灶台，一个大碾盘，一根硕大的榨槽木，一个悬空的油锤，供给处和地方上的同志将基本的设施都置办齐了。旁边的仓库里，还有收购来的油菜籽、大豆、花生码在那里，摆放得整整齐齐。

油坊外面，还拴着一头牛，说是专门拉碾盘的。

"师兄，这次一到苏家嘴，团里就把建油坊和卫生所的任务分给了我们二连，连长就让我们三排负责建房子，榨油的事，以地方的同志为主，我也就牵个头。这次请你来，就是指导大伙多出油、出好油，等教会了他们，你才能走。不过一开始条件有限，首长说了，慢慢来，每天能出十到二十斤油就行，等规模扩大了再说。不过，油坊里的人没有工资报酬哟，只供饭食，冬天，困难职工可以发一套棉衣。"

"师兄，我知道你心里肯定还想着小红，人死不能复生，你还是找个人成家过日子吧。"

"等等再说吧。师弟，你从淮北那边过来，没去家看看吗？"

"部队路过时去了，没人了，爹娘都死了，听庄上人说，日本人扫荡时，爹娘、哥嫂和村子里的人一起跑反，抓到时，先是有几个反抗的，被日本人一个个用刀砍了，后来几十口子，都被日本人机枪扫了，一个没逃出来。我肏他日本鬼子的！"

三排长一下子摘下帽子，攥在手中，使劲地拧着，咬牙切齿，放声大哭。

王一香匆匆骑马往阜宁东沟方向，去找盐阜地委的同志了。

麦根子这边在院子里摆下阵势，剃头的工具他都带来了，团里提供的一个小炉子生着火烧水，毛巾、脸盆等东西团里都准备好了，剃头活正式开工。

他的第一个活，就是给胡团长剃头刮脸。

想当初，他给人剃头的最大的官，就是涟水县城的吴县长。至于乡保长之类的，那就不计其数了。部队里，团长就是首长级的大官了，今天是他第一次给部队首长剃头，刚给团长系好围布，手就打起哆嗦来。

胡团长看出他的拘谨劲，就让他停下来："根子师傅，我们先不忙剃头的，王区长说你不但头剃得好，还会说书。你能给我讲个剃头的笑话吗？"

"好啊，好啊。"麦根子满口答应，讲故事，他可是信手拈来。

"说从前有一个徒弟去学习剃头，师傅让他拿一个西瓜来练手。每一次西瓜皮去完了，剃刀就往西瓜里一插，表示完事了。

"练习了一个月，手艺大长。后来，有一天，师傅终于让他给一个胖子剃光头。他剃刀三下五去二，麻利地剃个滴溜光圆。最后拿镜子给客人照了照，客人摸着脑袋，说不错不错。于是，徒弟准备收工，只见他习惯地将剃刀往胖子圆脑袋上一插。那胖子'妈呀'惨叫一声，血流如注，师傅吓坏了，大骂徒弟：'这是人头，不是西瓜！'"

"哈哈""哈哈"团长和麦根子都笑个不停。稍一停顿，团长说："我给你也讲一个。"

"说一个穷人当剃头匠，庄上的大地主来剃头，总是不给钱。穷人很生气，想整他一下。

"一个月后，大地主又来理发了，剃头匠先给他剃光了头。

"在给他刮脸的时候，问道：'主家，眉毛要不要？'

"'当然要，这还用问！'"地主说。

"剃头匠嗖嗖几刀，就把地主的两弯眉毛刮了下来，递到了他手里，并高声地说：'要就给你！'"

"大地主气得说不出话来，谁叫他自己说'要'呢？

"'主家，胡子要不要？'剃头匠又问。

"'不要！不要！'大地主连忙说。

"剃头匠又嗖嗖几刀，把大地主的胡子刮了下来，甩在地上。

"最后，大地主的脑袋和脸被刮得精光，像个光溜溜的鸡蛋。"

两个人又开心地笑了起来。这下，麦根子不紧张了，很快就利利索索地把团长的头剃好了。

"首长，你是安徽人吧，我们大胡庄那渡口，常有安徽的盐贩子来做买卖。"麦根子问胡团长。

"你们大胡庄是不是姓胡的多？"

"是的啊。"

"说不定我这个胡跟你们大胡庄的胡是一个祖宗呢。还有，我想问你呢，你怎么叫麦根子呢？这个名字挺有意思。"

麦根子就把他的身世讲了一遍，胡团长听后，拍着麦根子的肩膀安慰他："我们都是苦水里泡大的啊，我也是穷苦人家出身啊。我10岁的时候，父亲得了'绞肠痧'，没钱治病，活活地疼死了。后来，妈妈带着我去要饭，给地主家放牛，16岁我带着5个放牛娃去县里投奔游击队，当了红军……"

团长理发完毕，去卫生队看望伤员去了，让警卫员小李留下给麦根子做下手。小李在一旁烧水，一边凑上来："麦根子师傅，近水楼台先得月，趁机关其他人都忙着，暂时还没来，能不能先给我剃一下？"

"可以啊，来，坐下来，我来给你剃。"

麦根子先前的拘谨劲一扫而光，他和警卫员聊了起来。

"你们团长真了不起，16 岁就当了红军，能不能把你们团长的故事说道说道？"

"你找我真是找对人了。我们团长在我们六团，是响当当的人物哟。哦，不好意思，说习惯了，过去叫六团，现在应该叫二十四团。我在他身边四五年了，平时他也会给我们讲他过去的事，加上团里其他首长讲的，我对团长情况基本上知道个八九不离十。

"团长 12 岁时就参加了农民暴动，加入了儿童团，当上了中队长，那时候就忙着斗地主、打土豪、分田地。白天，他带着团员站岗放哨、查路条；晚上，他跟赤卫队员一起巡逻，防止坏人搞破坏。苏维埃政府办起了夜校，团长在夜校上了两年学，学会了识文断字。团长 16 岁参加红军，17岁当上了保卫连连长。团长说，他的命是拾来的，有一个故事特别传奇，我说给你听听。"

"1933 年夏，红二十五军被包围在湖北黄安七里坪，与比自己多 20 倍的国民党军作战，激战 40 余天，红军弹尽粮绝，又遇疾病蔓延，减员过半，不得不退往大别山。部队撤出七里坪镇退往麻城境内后，完全断了粮。那时，团长是红二十五军新编七十三师二一九团三营七连连长。在麻城以北黄土岗通往福田河的途中，团长因为把口粮让给战上吃，自己吃野菜得了痢疾，行军路上出现虚脱，不幸在黑夜里摔下了山崖，昏死在灌木丛中。

"苏醒后，团长就一路摸爬到后山，找了一个岩洞暂时疗伤。后来又有一些伤病员上山，病情不严重的伤员就去采集草药。团长病情稍有好转，就和几名战友商量着如何出山找大部队。这时，国民党的一个团突然进山，一夜之间，留守医院的 1000 多无力撤退的重伤员被无情杀害。其他伤势较轻的伤病员也都往山里跑，山上聚集了 1000 多伤病员。由于山下驻扎着敌人，他们根本不敢下山去找粮食吃。为了生存，他们只好三五成群分散隐蔽在密林深处的岩洞、石缝中，寻找野菜、树叶、蘑菇和青蛙、蛇、老鼠当食物。没过多久，野菜吃光了，就开始吃树叶，后来栖身的山林一带能吃的东西都吃得差不多了，尽管如此，他们还得白天黑夜观察敌情，以防敌人偷袭。

"这样的情况一直持续了很久，直到一支游击队伍狠狠地打击了山下的敌人，使国民党兵退回到县城。他们1000多伤员得知山下战斗打响，就把轻伤员组织起来，成立了一个'掩护连'，团长当时被推选为连长，专门负责保护重伤员，同时给大家找食物。在山下游击队和敌人交战过程中，一位身受重伤的游击队员爬上山，团长把当时最为珍贵的中草药给他敷上，伤员感动之余，告诉了他们一个绝密情报。说在不远的一座大山上，埋藏着鄂东北游击队的一批武器弹药和粮食。

"得到这批粮食弹药时，山里也开始下大雪了。为了熬过寒冷的冬天，保住1000多伤病员的性命，每天晚上，团长带领掩护连到山外敌后去搞粮食和物资。他们常打着赤脚、穿着单薄的衣服在雪地上跑，去攻打那些防卫力量薄弱的地主老财，以十分惊人的速度扑进去，装上粮食就走。碰上有大肥猪的，几分钟内剁下猪头，将猪砍成四大块，扛起就撤。那真是吃'刀枪饭'啊，动作稍慢一点，就会被地主武装缠住，性命难保。就这样，'掩护连'不畏流血牺牲，才保护1000多伤病员熬过了冬天。

"开春以后，各地地主武装联防保护粮仓，打粮得手的机会越来越小了，1000多伤病员又陷入了饥饿的威胁之中。就在这严峻时刻，红二十五军军长徐海东带着部队打过来了。团长得知喜讯后，立刻带着'掩护连'下山迎接。不知怎么搞的，见了徐军长，大家全都傻了，满肚子的委屈说不出口，一群大小伙子，只知道围着徐军长哭。徐军长也很激动，说，哎！你们这群娃娃是怎么活过来的哟！随后，四五百名基本恢复健康的伤病员，被补充进了部队。

"在太行山区的时候，团长就先后参加过平型关、张店、町店等大大小小数十场战斗，我给团长擦身子时，他身上好多处子弹伤，都是他英勇顽强、死里逃生的见证。

"我们团厉害的人多着呢，像老政委鲍启祥，刚刚调去二十三团做团长了，他是河南商城人，他也是十几岁就参加红军，大团长两岁，团长总唤他老大哥。听他讲过，有一次苏区反'围剿'，主力部队撤退，他因病在后方治疗，挂着拐棍追赶部队，遭到当地民团袭击。在与部队失去联系、孤身无援的情况下，他爬入一座砖砌的墓穴里，睡了四天，后被上坟的人发现，拖了出来。在沿途乞讨两个多月后，找到组织，后来参加了长征。

"政治部主任李少元，现在是我们团代理政委，湖北省英山人，和团长同岁，16岁就入了党，17岁参加了红军，也参加过长征。

"我们团排级以上干部，三分之一是从长征中走过来的，是从枪林弹雨里钻出来的，一个个岁数不大，但都是地地道道的老红军哟。你想想，上级为什么派我们团留守皖东北，不就因为我们团的干部素质高、战斗力强嘛。"

突然，小李像是想起了什么，转身跑进团长办公的房间，拿来一张纸，原来是一幅书法："这是我们三师师长黄克诚上次赠送给我们团长的八个字——'争当模范，再立新功'，团长让我找人装裱一下挂起来的，我差点忙忘记了。根子师傅，炉子上水烧好了，你继续剃头，我这就去找人裱字去，一会回来继续给你做下手。"

警卫员小李一脸自豪地跑了。

麦根子拿出磨刀石，细细地磨着剃刀，他觉得日后身上的剃头担子的重量，似乎更重了，他不仅要为老百姓剃好头，还要把抗战的决心和信心传递给穷苦的人们，让大伙儿看到希望，这希望就是跟着自己的队伍去抗日。

眼下这几天的任务，就是一心一意把首长和战士们打扮得光鲜的，这才对得起他们的拼死奋战、流血牺牲。

参谋处、政治处的同志们来了，麦根子又忙开了。

朱大海、麦根子第一次和战士们一起吃集体伙食。

所谓的中饭，就是稀稀的荞麦面汤，能照见人影，里面掺着山芋叶子，唯一能充饥的就是每人一块玉米饼。

有战士告诉他俩，这样的苦日子，不算啥，他们习惯了。过去遇上春荒，部队粮食缺乏，供应困难，战士们每天只能吃一些发霉的红薯、谷糠窝头，有小盐拌辣椒就算不错的了，每天清汤寡水的，肚子里根本没啥油水。部队考虑到老百姓日子也不好过，宁愿自己忍饥挨饿，也不多征民粮，宁愿自己缺衣少穿，也不向老百姓派款摊税。所以，这就是人民的军队。

想不到部队的生活如此困难，两个人内心十分地难过。

现在根据地军民团结一心，搞大生产运动，目的是能自给自足。当务之急，就是赶紧想办法出油。朱大海比任何人都急，他匆匆扔下了饭碗，便随高彩光到了油坊，领着一帮师傅忙乎起来，这些师傅都是本地的农民，基本没人榨过油，都是现学现做。

"反正我们有一批现成的干的油菜籽，那我们干脆先试验榨菜籽油，这油，我们这地方人都管它叫'香油'。有一点要注意，我们要互相协作，分成几个组，每一个组负责一道工序，但这道工序的技术和质量，都要有专人牵头负责，要固定到人。"

朱大海开始将几个组的任务做了分工，牵头人负责工序的技术和质量把关。

"第一个师傅把关负责晾晒。一定要注意挑选优质的品种，不能有霉变的，如有，尽量挑拣出来剔除掉，然后要晒干吹干。

"第二个师傅把关负责熟炒。将油菜籽放入灶台大锅之中炒干，所谓炒干，就是做到香而不焦，注意控制好灶台火候，这个很关键，关系到油的香度和纯度。

"第三个师傅把关负责碾籽。将炒干的油菜籽投到碾槽中碾碎，碾盘用牛拉，碾盘上的碾轮，反复碾碎，一次大概需要半个多时辰。

"第四个师傅把关负责蒸粉。油菜籽碾成粉末之后用木甑放入小锅蒸熟，一般一次蒸一个饼，也就两三分钟的事情，蒸熟的标准是见蒸气但不能熟透。

"第五个师傅把关负责做饼。将蒸熟的粉末填入圆形的铁箍之中，铁箍用软草垫底，这样做成胚饼，我们按一榨 50 个饼算，从蒸粉开始到完成 50 个饼大概要一个时辰。

"第六个师傅把关负责打榨。大家注意，我们油坊的这个'油槽木'，又长又粗，槽木中心是'油槽'，油胚饼填装在'油槽'里，开榨时，请掌锤的师傅注意，悬吊在空中大约 30 斤重的油锤，要悠悠地撞到油槽中'进桩'上，被挤榨的油胚饼便流出清油，从油槽中间的小口流出。

"下面两个工序，我们大伙一起帮忙做。先出榨，一个时辰后，等油榨尽，就可以出榨了，出榨的顺序，先撤'木进'、再撤木桩、最后撤饼；再入缸，将榨出的菜油倒入大缸之中，并密封保存。"

朱大海俨然一个老把式，一边细细地讲着工序的要领，一边手把手地示范。

"现在万事俱备，只欠东风，什么也不说了，干起来再说!"说完，他脱下外衫，一刻不停，领着大伙挥开衣袖，说干就干。为了赶进度，这帮人夜里也不休息，各人连轴转，大伙只有一个目标，就想着早点出油。

> 根据地里好春光，
> 菜籽花生堆油坊。
> 军民团结大生产啊，
> 抗日救亡国运昌。
> 大生产哟，
> 加油干啦!
> 一鼓作气战犹酣，
> 不杀日寇非好汉!
> ……

朱大海给油坊里的师傅们现编了这劳动号子，众人兴高采烈地吆喝起来。

油坊内外，一派热火朝天的景象。

先是有了烟火的味道，经过烟气蒸腾、碾磨压榨之后，油饼的香味慢慢地充盈于天地间，弥漫于每个角落。

油坊边上住着三排的战士们，他们的梦里，都流淌着香油的味道。

第二天战士们醒来，闻着香味就过来了，一见油坊里榨出的金黄黄的香油，就像是他们亲手制作的一样，个个脸上神采飞扬，高兴地跳起来，油坊是他们建成的，想不到这么快就出油了，他们无比自豪，大声嚷着："出油了！出油了！"

这喊声传遍全团，把胡团长也惊动了。

"总算能吃着自己榨的油了，你们辛苦了！"胡团长看着一个个熬红的眼睛，兴奋和感动无以言表，他和油坊里的人一一握手，那手握得紧紧的，尽管每一双手都是油腻腻的。

可唯独不见大师傅朱大海，回头找去，仓库角落里，只见朱大海一个人蜷缩着身子，偎在那一堆装满花生的麻袋旁睡着了。

"这一夜，他最累，最紧张，就让他睡吧。"众人退了出去。

只有一个人闻不得这榨油坊的油香。

八班长马合林，早饭后，蹲在河边吐了起来。

有人报告了三排长，高彩光感到莫名其妙，他决定去看看。只见马合林身边围着李麦长、李全青两个老乡，他们是河南一个乡出来的，平时无论是行军打仗，还是生活起居，都相互照应着。

"合林，你怎么了，受凉了？"大伙问他。

"没啥，没啥。"马合林连连摆手。

"八班长，到底咋回事，怎么吐了？"高彩光走来追问道。

"排长，我闻不了油坊的油香。"

"这香味不挺好的吗，怎么就闻不了。"

"不是这味不好，我看到榨油机上汩汩流下的油，就想起一件事。"

"这倒是个稀奇事，你说给大伙听听。"

"排长,我们几个都是一个乡的,都是内黄县亳城乡的,但不是一个村的,李麦长、李全青是院当的,二排的刘双付、刘明俊是刘次范的,我是马庄的。几个人中,我最大,李全青最小,他今年19,小我9岁。这事,他们小,都没见识过,我是亲身经历的。

"我们村也有一户榨油坊,有一次日本鬼子进了我们村,在油坊里抓到了一个怀孕七八个月的孕妇,那鬼子小队长和小队副打赌,指着孕妇的肚子,一个说怀的男孩,一个说怀的女孩,命令鬼子兵把孕妇的衣服扒光,然后剖腹查看,一个鬼子用刺刀猛一搅,立时鲜血喷溅,肠子和胎儿一起翻滚到地上,孕妇当场疼死过去。

"这还不算,那狗日的鬼子小队长,让人割了孕妇的乳房,可怜那孕妇两个年幼的孩子趴在她的身上直哭,后来,也被鬼子刺刀挑死。更令人发指的是,鬼子又命人将油坊里刚榨出来的菜油倒入油锅中煮沸,然后把胎儿洗净扔到油锅里煎炸,然后这一帮畜生竟然蘸着盐、酱油分吃起来。

"我是目睹,当时,在场的一批人都吐了,日本鬼子看地哈哈大笑。所以今天我一看到那油坊里流出的油,我就想起这一幕,胃里就翻江倒海起来。"

"这事,我们听人说过,不过都没有亲见,我操他奶奶的,想不到鬼子这么丧尽天良、灭绝人性啊!"一旁的几个老乡纷纷说道,每个人都诅咒着鬼子。

朱大海早就醒了,不知何时从仓库里走了过来,站在一边静静地听着。他听到八班长的讲述,睡意全消,他愣在那儿,一言不发。三排长知道他在想什么,走过去,拍了拍他的肩。

"师兄,是不是又想起小红了?"

"师弟,我榨油不要紧,就是不能歇,一歇下来,自然就会想起小红,这么多年了,我也是自我折磨,其实早就不想做和油有关的事情,可兵荒马乱的,马戏这活做不起来,卖油也是寻一条活路而已。这一次,要不是组织上安排,我真的不想来做这榨油的营生。"

"师兄,再坚持两天,你就可以走了,以后隔个十天半月的来指导,另外油坊很快就会扩大规模的,你就可以来这儿进油做生意了,这也是帮你自己啊。师兄,你先去睡一会儿吧,听说你一夜没睡了,赶紧去眯一会儿,一会儿又要上工了。"

庙门外，响起了马蹄声和一片嘶叫声。

"政委回来啦！"警卫员小李向胡团长报告，代政委李少元回来了。

胡团长疾步走出寺门，只见 5 辆马车首尾相接，停在门口。

代政委李少元从车上跳了下来，两双大手紧紧地握在了一起。两个同龄的老战友几天不见，像隔了几个月似的，一见面胡团长就埋怨开了。

"老李啊，你要再不回来，我都让人找你去了。老鲍去了二十三团，这边里里外外都撂给我一个人，这不是出我的洋相吗？这么多人吃喝拉撒，烦人的事多着呢。还有，干部们都等着你集训，你快给我讲讲上面的情况。"

"团长，你不要急，我让你先看看，给你带什么回来了。"

李少元撩开了马车袋子一角，胡团长睁大了眼睛："哈哈，军服来了，太好了！"

这几天，他正为服装的事情愁着呢！从安徽那边过来，眼看着要进入五月了，战士们的身上还穿着冬天的服装，他这个团长心里着急。再说两年没有发夏装了，战士们过去的衣服也是破衣烂衫的，实在穿不出去。这下可解决大问题了。

"这次去地委参加军政联席会议，见到了黄师长，黄师长说，我们二十四团独自留守皖东北，像个没爹没娘的孩子，吃了很多苦。这次从皖东北出发，经淮海区跨越运河、盐河、废黄河，走佃湖、白沙到阜宁羊寨南杂姓庄归建，现在又奉命到苏家嘴集结，可谓一路过关斩将，长途跋涉，风尘仆仆，师部决定让被服厂先给我们团武装一下，把新军装先调给我们穿。不过，这次给的服装只够两个营的，根据地实在太困难了，原料太紧张了，被服厂一时生产不过来，他们正在想办法，下一批生产出来了，再补发给我们。团长，你说先发谁？"

胡团长略一思忖说道："这样，先发一营、三营，二营和团部等等再说。小李，让供给处通知各营把新军服领回去，告诉他们，过了这个村，就没这个店了，下午一点前谁不来领的，就给二营了。"

"是！"警卫员小李又是一溜烟跑去了。

两人进了寺院，一起进了团长的房间，李少元把这次党政联席会议精神做了详细说明，胡团长在本子上一一记下。

"团长，上级考虑到我们刚刚归建，让我们先休整，接下来就是部队地方化的问题。对于我们团地方化的问题，你是不是感到有压力了？"

"是的，目前，战士们的情绪不稳定，有的指挥员也和我发牢骚，说我们是正规军，宁愿在前线战场上轰轰烈烈地打鬼子，也不愿待在后方根据地里，整天和敌人东躲西藏的。"胡团长皱起了眉头。

"还有，这一次回来，从八路军一下子转为新四军，可能也有人有意见。"李少元补充道。

"所以，我很着急啊，赶紧组织干部集训，干部思想统一了，就好办了。"

两个人聊了半天，突然，团长想起了什么："走，我带你去看看我们油坊出的油。"

他俩出了寺院，来到了河边的那一排油坊，看到了夜里才出的新油，李少元像是看到了自己的孩子，格外地欣喜："团长，这可是宝贝啊！我们能自力更生了，不怕敌人的封锁了，总算可以供应战士们的食用油了，这可解决了大问题。"

"这就是三排长推荐找来的榨油师傅，大胡庄的朱大海，也是我们的同志。"胡团长将朱大海介绍给李少元。李少元拉着朱大海的手，连连说道："了不起，了不起，咱们二十四团感谢你啊！"

朱大海连连摆手，像是一个害羞的姑娘一样，觉得首长们太高看自己了，他只是尽了一份力而已，没啥了不起的。

这时从油坊旁边的三排传来一阵嘈杂声。

"皖南事变，国民党对我们新四军下了狠手，杀了我们几千人，我们凭啥还用他们的番号，还穿他们的衣服！"

"我们从游击队，好不容易改编成了八路军正规军，现在又要变成新四军，又要地方化，是不是还要变成过去的地方游击队？"

"妈那个巴子的，都不吵了，新四军咋了，新四军不是一样打仗吗，丢你什么人了？"见各人七嘴八舌，三排长高彩光发急了，站在那里大声地吼起来。

胡继成、李少元在门外听得清清楚楚，但是他们都没有走过去，反而转身走了。

他们俩都意识到，战士们的牢骚，不是个别问题，而是反映了面上的一个共性问题，刚到盐阜区，一个个问题接踵而来，许多人想不通也正常。

现在，就需要从干部教育入手，来个思想大统一，军心大稳定，否则不利于下面的工作。

他俩商定，干部集训会下午就开，立即通知排级以上干部下午三点来团部集中。有一个附加条件，所有人着新军装来开会，如果不穿，就不要来了。

离三点还有半个时辰，二营长李大虎就来了。

李营长嘴上有一个黑痣，痣上长着几根长毛，因此，干部们开玩笑似的喊他"一撮毛"。有人说，这雅号是从胡团长喊出名的。

他俩是同乡，当年一起放牛，一起投奔红军，走南闯北这么多年，两个人就没分开过。

李大虎，名如其人，做什么事都有一种虎气，走路虎虎生威，说话大嗓门，打起仗，冲锋号一响，犹如猛虎下山，那种虎劲全团出名，是团长手下一名得力的虎将。

今天李大虎进了团部，进门也不与人搭腔，径直闯了进来。

"团长，你偏心眼，凭啥新军装没有我们二营的，我们二营是后娘养的？"李大虎进门就朝团长嚷嚷起来。

胡继成见他来了，亲自给他倒了一杯热茶，笑呵呵地对他说："凭啥，就凭你'一撮毛'是我情同手足的兄弟，又是我的老乡，我不欺侮你，还欺侮谁？"

"报告团长、政委，一营长翟占魁、教导员何沙海报到！"

"进来。"胡继成大声回应。

进来的两个人，也是全团的明星人物，翟占魁外形高大威猛，何沙海看起来像白面书生，两个人一个高，一个矮，一个胖，一个瘦，就像说相声的搭配。这两个人带兵打仗也是一对好搭档，每一次看到他俩这外形的喜庆劲儿，胡继成都忍俊不禁，和他俩也有一种特别的亲近感。

他俩穿着崭新的灰色军装，显得格外的精神。

这次新军装其实发的是夏服，春秋季天凉了，里面可以加衬衣，夏天可以单穿。上衣式样是立翻领，对襟单排五粒扣，上下各两个口袋，不分大小号码，长度一律"二尺五"。士兵服与军官服基本相同，不同之处是士兵上衣腰后左右各加布袢一个。左臂佩戴"N4A"新四军臂章。

"你们两个家伙，今天这身行头威武嘛。"胡继成这一夸，二营长李大虎心里更不是滋味，但团长、政委刚才的话，不无道理，谁让咱和团长近呢，再说团部的人也都没发，先让外人得便宜，自家人待后再说。这样想，他心里感觉好多了。

"把你俩臭显摆的，有啥了不起的，先穿先旧，我们后发的，到时候崭新崭新的，气死你们。"二营长和一营的两位主官调侃起来。

"你'一撮毛'想穿我脱下来给你穿，我才不稀罕这身皮呢?"翟占魁反唇相讥，"团长，我得反映一下情况。"

"好，你说说。"胡继成让一营长坐下，慢慢说。

"这次换新军服，战士们没有了以往欢天喜地的劲儿，大伙还沉浸在皖南事变的悲痛中。前不久，党中央对皖南事变的通报，大伙都传达学习了，对国民党蒋介石不打鬼子专打内战的恶劣行径，刚刚声讨过，我们兄弟部队死了六七千人，谁不悲痛气愤? 既然国民党重庆当局取消了我们新四军的番号，我们为什么热脸贴他的冷屁股? 为什么不能独立自主地打出我们共产党的旗号，非要还打国民党的番号，还要受他的欺侮?"一营长的话像机关枪似的扫着在场的每个人的心。

"报告，三营长丁一水驾到!"这边正说着，三营长闯了起来。

"好你个三营长，你还驾到，你是皇帝啊，我看你像二皇。"团长胡继成嗔怪地招呼三营长坐下。

听说二营、三营教导员也来了，正在代政委李少元那里汇报事情，胡继成站了起来，神色严峻:"同志们，今天干部会就是统一思想的会议，咸菜烧豆腐——有言（盐）在先，我警告你们，你们是三个营的灵魂，也是我们二十四团的灵魂，不论在任何时候，每个人都要加强学习，提高认识，你们的魂永远不能丢! 听见没有?"

"听见了!"几个人大声应道。

"走，开会去!"

第十章 集训会

团部会议室是以前寺庙的诵经堂，里面长条板凳是前两天团部供给处找来镇上的木匠师傅现打的，还散发着淡淡的木香，一排排摆放整齐，这下子团里开会也算有个地方了。今天正好派上用场，大伙能聚到一起，感到特别的高兴，彼此热情地打着招呼。

团长胡继成和代政委李少元在主席台坐定，全场静了下来。今天的干部集训会议由李少元主持，他和团长事先沟通了会议的程序和讲话的侧重点。

"全体起立！"李少元刚宣布开始，便让大家站了起来，"今天我们会议的第一项议程，就是齐唱《新四军军歌》！光荣北伐武昌城下，预备——唱。"

> 光荣北伐武昌城下，血染着我们的姓名。
> 孤军奋斗罗霄山上，继承了先烈的殊勋。
> 千百次抗争，风雪饥寒；千万里转战，穷山野营。
> 获得丰富的斗争经验，锻炼艰苦的牺牲精神。
> 为了社会幸福，为了民族生存，一贯坚持我们的斗争！
> 八省健儿汇成一道抗日的铁流！
> 八省健儿汇成一道抗日的铁流！
> 东进，东进！我们是铁的新四军！
> 东进，东进！我们是铁的新四军！
> 东进，东进！我们是铁的新四军！
> ……

　　唱军歌，是军部的命令，新四军的任何部队所有官兵必须人人会唱，这是一条铁的纪律。这首歌是二十四团从皖东北出发后，一路上边行军边教唱的。会议一开始，让干部们齐唱军歌，这是胡继成想的主意，他说一首军歌就是军队的魂之所在，唱起来很有气势，可以起到笼聚人心的作用。

　　一曲唱完，全场肃静，每个人的脸上多了一份庄重和神圣的色彩。

　　胡继成两手掐腰，站了起来："我今天什么都不谈，就从新军服谈起。"

　　"听说有的战士不愿意穿，我想不是因为军服式样不好，我看在座的各位穿起来，很威武嘛。我认为这里面，主要是思想情绪的问题。为什么不肯穿？不外乎两种想法。

　　"第一种想法，放不下架子，认为自己是八路军，是从二万五千里长征过来的正规军，突然改成了新四军，说人家新四军是专打游击的部队，从老大变成了老二，心理上不能接受。

　　"还有一种想法是，皖南事变，我们死了那么多的革命战友，国民党反动派撕破了脸，既然他们无义，我们是共产党的军队，为什么还要穿国民党的衣服？

　　"现在，我就来给大家说道说道。

　　"第一种想法，是一种忘本，忘记了我们是一支什么样的部队。

　　"同志们，我们是什么团，是八路军六团，现在的新四军二十四团，都是共产党的军队，尽管番号改变了，但我们的光荣使命和革命职责从没有改变。还分什么老大老二，分什么正规军、游击队，我听着都脸红。"

　　"回顾我们走过的历程，我们是有着光荣历史的英雄团，是跟着黄克诚师长一路打过来的。我们从太行山根据地到华中地区，从冀鲁豫到豫皖苏，从皖东北到盐阜区，一路南下东进，纵横几千里，别的不说，就从番号的变更，你就知道我们一路血战的非凡历程：从八路军冀鲁豫游击二支队到冀鲁豫支队三大队，从二纵二旅六团到五纵二支队六团，直到现在的新四军三师八旅二十四团。在抗日前线，我们英勇杀敌，不怕牺牲，身经百战，屡立战功，我们骨血里流着红军的长征精神和八路军的太行精神。

　　"去年夏天，根据党中央六届六中全会'巩固华北、发展华中'的决策部署，三师主力东进开辟苏北抗日根据地，上级考虑到皖东北战略地位的重要，命令我们团留下坚持皖东北抗日根据地。为什么只留我们团？那是因为我们是主力团，我们是英雄团，首长当面交代坚守期间的各项任务，当面将与中原局书记刘少奇同志联系的密码本交给我，明确我们团直接由刘少奇书记指挥。你想一想，这是何等的荣耀？何等的信任？

"现在我们到了苏北，难道就因为变成了新四军，就连姓什么都忘记了？连军服都不屑一穿了？

"我再来说说第二种想法，这是有人忘记了使命，忘记了革命的方向，这很危险。

"同志们，我要问问大家，现在是什么形势啊？现在，我们面对着的最大的敌人是日本帝国主义，现在是统一战线，必须以抗日大局为重，不争一私之有，顾全大局，我们的任务是全国人民团结起来，把日本鬼子赶出中国。皖南事变，哪个不痛心？蒋介石下命令取消了我们的番号，我们要坚决服从党中央的命令，重建新四军军部。就像陈毅司令员号召的那样：'本军决不因重庆当局取消本军番号之无理命令，而变更本军抗战保卫人民之初衷，我们要拿革命的命令，来反对反革命的命令，拿抗战的命令，打倒破坏抗战的命令！'

"我们永远不会忘记死难烈士的牺牲，你们看看新军服，看看臂章，整个臂章为黑白两色，'N4A'底衬白色椭圆，在上方左右两角各加了一个五星，中间标有'1941'，这个设计，就是为了纪念皖南事变中的死难烈士。其实我真想弄一身新军装穿穿，可是我们根据地还很穷，连一人一套，暂时都不能满足；听少元同志说，这次黄师长为了节约，下令对新军服做了修改：军帽上去掉了围圈，上衣去掉了翻领和兜盖，裤子改成了窄腿的，据说全师如果全部配齐，可以节省一大笔可观的布匹和经费。我们真的要珍惜人民的血汗钱啊。

代政委李少元讲话也是开门见山："有人问，我们为什么来苏家嘴？"

"这要从中央的一封电报谈起。中央军委在去年 8 月份给我们皖东北的五纵打来电报：八路军到华中后，坚决争取控制全苏北。遵照这一指示，黄克诚司令员[①]率领三个支队两万余人挺进苏北，着手开辟苏北根据地的工作。

"就在这时候，陈毅、粟裕率部分新四军主力从扬中渡江北上，与先期

---

① 黄克诚所在部队从八路军第五纵队改编为新四军三师，因此，改编前称为"司令员"。

北上的新四军部队会合，进驻在狭小的黄桥地区，喊出了'坚持抗日，一致对外'的口号。可是国民党韩德勤的部队自恃兵多将广，妄图将陈、粟新四军一举歼灭于江北，步步紧逼，战事一触即发。当时韩部有五万余人，我新四军部队兵力才七千人左右，战斗人员不足五千。因此，陈、粟请求中央速派增援部队。

"1940年10月初，韩德勤部队向黄桥地区大举进攻，在这种情况下，黄克诚司令员按照中央'韩不攻陈，黄不攻韩，韩若攻陈，黄必攻韩'的战略方针，日夜兼程南下，打垮顽军两个常备旅部队，连克周门、佃湖、东沟、益林、阜宁、东坎、建阳、湖柴、苏家嘴等城镇，在阜宁俘虏顽军700余人，直下盐城，切断了顽军后路，动摇侧背，威胁大本营兴化，在战略上对顽军形成南北两面作战之势。在我八路军部队的强力支援下，新四军取得了黄桥战役的胜利，新四军与八路军盐城、东台之间的白驹狮子口顺利会师，标志着苏北抗日根据地的基本建立。

"这次去开会，看到《江淮日报》上有一首陈毅军长的诗，就是写的两军会师：

十年征战几人回，又见同侪并马归。

江淮河汉今谁属？红旗十月满天飞。

"这诗写得好啊，写出了我们战友重逢的喜悦，写出了我们以少胜多的豪情。但是，国民党反动派就不想让我们安生。今年年初，皖南事变发生，全国震惊，党中央采取了针锋相对的措施，即时发布了重建新四军的命令，我们的部队奉命改编为新四军第三师，实行军政一体，我们三师的活动范围就在苏北。在三师摧枯拉朽的推进下，淮阴、涟水、淮安、阜宁等一大批根据地相继成立。但是日伪顽匪亡我之心不死，他们对我们新生的抗日根据地虎视眈眈，总想伺机围剿破坏根据地，而地方武装力量还很薄弱，无法承担保卫根据地的任务，所以急需要我们主力部队整编补充到地方武装中，以强带弱，以强扶弱，更重要的是，为下一步地方武装主力化准备条件。

"有人说，我们到苏家嘴集结，下一步将要地方化，说这是'瓦匠吃晚饭——往下爬'，当初皖东北留守选了我们团，现在地方化又选择我们团，为啥？

"为啥？就是因为我们在皖东北留下了好作风，积累了好经验，所以上级才看中了我们。大家回忆一下，当时主力离开后，敌伪顽匪乘隙而入，兵力近万人，敌我双方实力悬殊，形势非常严峻，斗争非常艰苦，但我们团坚决执行上级的指示，以连为单位分区打游击，时分时合，神出鬼没，浴血奋战，大小战斗600多次，歼灭日伪军近千人，坚守了半年，保卫了抗日根据地三分之二的地区，胜利完成了上级交给的艰巨任务。直到前不久，三师九旅重返皖东北，我们两支部队并肩作战，收复了失地，我们才撤离皖东北，到苏北盐阜区归建。

"我们下一步的任务，就是就地坚持武装斗争，既是机动部队，必要时以连排为单位进行活动，打麻雀战；又是主力部队，可以集中起来作为'拳头'使用，给日伪军以决定性的打击。战斗间隙可以集中轮训，就像我们今天这样，不断提高军政素质。磨刀不误砍柴工，所以主力地方化后，主力和地方部队都会得到大大加强，何乐而不为？"

这时候，会场鸦雀无声，许多人频频点头，胡继成看得出来，手下这些人的思想疙瘩差不多解开了，今天集训的目的也达到了，他内心暗自高兴，这帮小子打起仗来不含糊，接下来的游击战法的培训自是不在话下，现在关键要解决干部头脑里的问题，因此，思想教育还得常抓不懈。

"一营长！""到！"

"二营长！""到！"

"三营长！""到！"

胡继成点了三个营长的名，三个人齐刷刷地站了起来。"你们还有什么想不通的地方，现在说出来还来得及，不然明天天一亮各营就要去指定地点驻防了，再想提意见就没机会了！"

"报告团长，没意见！""没意见！""没意见！"

"想通了？"

"想通了！""想通了！""想通了！"

三个人一条腔，惹得会场笑声一片。

傍晚时分，王一香从地委回到了苏家嘴。

这次去地委，他带回来一个重要消息，考虑到苏家嘴地理位置的重要性，地委准备在苏家嘴成立一个边区办事处，将涟水的吴码、龚营，阜宁的姜韩、条横、被泽、大冲，淮安的埋倭、战夷这些个周边乡镇划进边区，统一划归淮安县委领导。

因为他文化水平高，工作有魄力，是个年轻有为的好后生，组织上准备给他压担子，具体担任什么工作，目前不得而知。领导交代，当前他们最大的任务，就是想尽办法为驻扎在苏家嘴的二十四团筹集部分粮食，帮助战士们度过春荒。

面对组织的信任，王一香感到责无旁贷，当场表态："就是掉了一层皮，少了一身肉，也要坚决完成任务！"

表态容易，可其中的艰辛，他自己知道。那年在茭陵召开的万人抗日大会，他回到老家马逻，走乡串村，积极动员群众，为了抗日请大家有钱出钱，有力出力，买枪买子弹，组织自卫队来抗日保卫家乡。马逻乡群众在他一片苦心的感召下，大家出钱买了十多支枪，还购置了大刀、红缨枪，一支抗日自卫武装很快成立起来。想不到后来，竟被国民党反动派当"异党分子"抓了起来。

这一次，他决心还是从老家入手，和县区的同志，在苏家嘴、马逻、顺河、茭陵一带，广泛发动地方上的群众，发动开明绅士，有钱的出钱，有粮的出粮。

想到马逻，他自从上次被抓手后，就没有回去过，从盐城释放出来，就被组织上安排到了顺河区，根据地工作千头万绪，顾不上回去一趟。这次该回家看看了，也不知道父亲身体如何。

马逻也是一个有故事的地方。

传说古时候马逻这地方遍地洪水，庄稼无收，百姓无处藏身，哭声震天。天上便派禹王爷下凡治水。禹王爷领百姓勘察地形，采取疏导、截堵等办法，花了13年工夫，终于疏通了9条大江，让洪水东流入海，现出良田，让百姓耕种。这禹王爷领人疏通的最后的一条河便是黄河，上水和下水都理好了水道，只是有一座大山挡住了水道，上下水不通。禹王爷想到最后别无良策，只好决定劈山疏水。他骑在马上奋起神斧，对准山头猛劈两斧，那座大山轰然断三截，让出两道水路，洪水顺流而下，从此天下平安。

　　禹王爷砍了两斧之后，自己也累倒了，从马上跌下便去世了。再说禹王爷坐的那马，是山神所变。当初那山神因乱施雨水，淹死生灵过多，玉帝降罪于他，便让他化作神马，供禹王爷坐骑。禹王爷死后，那匹马无拘无束，加上原来就受罪，心中不快，因此便漫无目的地四处瞎闯，到处践踏庄稼民宅、圩堤，特别是黄河的堤岸，被踩塌之后，经常决口。此事被玉帝觉察了，大怒，便派天兵天将来制服它，天兵天将巡视了好长时间，终于发现了马的行踪，便布阵将马围了起来。那匹马得了禹王爷的三件奇宝，因此斗了三年零六个月，也未将它收服。玉帝只好请蟠桃林中的齐天大圣孙悟空前来捉拿。悟空得令以后，一个筋斗翻至花果山上，睁开火眼金睛，只见那马由北向南飞奔，于是抽棒在手，瞄准机会，对马头一棒。那马稍一愣神，一棒打中脖颈，悟空伸手捉住绳索，尽管神马四蹄乱蹬乱踢，终究无能为力了。天兵天将赶到，用四根桩将四条马腿扣住，又用一根桩将马缰绳系在上边，还恐不牢又用天绳结成一张罗网罩在马身上。至此，那马不能动弹了。

　　马逻便是当年大圣治马的地方。马逻现有四座庵，按方位分别是东南西北，就是用来扣住四条马腿的所在地；还有一座土地庙，便是马尾拖塔的地方；废黄河北有一座季庵，又叫系庵，即为扣马缰绳的地方。你要是用线条把这几个地方连起来，那形状还真像一匹马呢。马逻南边的小口塘，北边的童营大塘和马逻当地南北两个汪塘，便是那马在挣扎时踩下的几个蹄坑……

　　进了马逻街，仿佛进了茭陵街，马逻没有茭陵大，但各式店铺一个不少，布店、饭店、豆腐店、杂货店、鲜鱼铺子、中药店、粮行、猪行、榨油坊、制烟作坊等，一个挨着一个，要是逢集，那街上的人更是挤得水泄不通。

　　黄克诚的部队进入盐阜之前，苏家嘴和马逻这一带都还驻着国民党的部队，自从共产党来了，在这里成立了八路军的办事处，对方就溜走了。

　　王一香家是一个三合小院，在马逻街的中间，临街三间门面房，父亲开着中药铺。南边三间是锅屋，有一间是厨房，一间是磨房，常有人来借磨子加工粮食。东面来往过道门，有一张饭桌，从早到晚，不时有往来的行人。再向东，有一个晒谷场，堆着草。院子中间三间是堂屋，面朝东，中间厅堂里一张长长的桌子，整整一面墙，上面供着列祖列宗的牌位，牌位上包裹着红布。背后写的是祖先的姓名和辈分，生平事迹。这一面墙的上方，挂着长长的书法条幅，有一二十幅。这些书法，都是当初王一香的老师和朋友书写的。

这里的环境太熟悉了，只是父亲一天一天老了。勤劳善良的母亲是那年春节前难产走的，从此，这院子就剩下父亲一个人，操持着一家子里里外外的，很是辛苦，他这个儿子也帮不上忙，他真有点愧疚。

父亲看到他，似乎陌生中有些激动。王一香被抓去坐牢，父亲变卖了一部分田地，到处求人，但是无济于事。儿子被抓，不知情的人以为他儿子犯了法做了坏事，全家受尽了外人的白眼和蔑视。

"你被抓了后，你老师吴乐群来找过你，没承想，一个月后，他也被抓了，抓他的也是国民党韩德勤的三十三师的人，抓捕后敌人想劝说吴乐群投降，但遭到他的严词拒绝。后又动用酷刑，结果也没能使他屈服。我记得很清楚，1940年4月20日，正逢苏家嘴赶集，国民党兵把吴乐群剥光外衣，押上街头。吴乐群从容不迫，昂首挺胸，走向刑场，是喊着口号就义的。许多人都说他是一条汉子。哎，好人啊！"父亲边说，边叹气。

王一香最不能忘记的人，就是吴乐群，没有老师，就没有他的今天。他自小就在老师创办的马逻小学读书，在教学中，老师竭力推行陶行知先生"生活即教育、社会即学校"的思想，许多跟他读过书的青年学生，受其进步思想的感染，后来都积极投身到轰轰烈烈的革命斗争中。吴老师格外器重他，一步一步地把他领上革命道路，自那次茭陵万人大会后，王一香就与老师失之交臂，想不到一别竟是永远的诀别，王一香想到这，不禁潸然泪下。

王一香还要感谢的，就是共产党，就是"黄三师"，没有黄克诚的部队打下盐城，他就不可能重见天日，没有共产党慧眼识珠，就不可能到根据地做区长，成为党的一名干部。这辈子跟定共产党，为穷人打天下，把日本鬼子赶出中国。

天色已晚，今天儿子回来了，父亲将药铺早早地关门打烊了，他特意炒个鸡蛋，炝个黄瓜，煮了一盘花生米，又特意让伙计去买了一点卤猪头肉，还打了一点散酒。他要陪儿子喝上两杯，爷俩好好谈谈心。

"少爷，今天是你回来的，老爷可下了血本，平时煮山芋粥炒黄豆就是改善伙食了，很少见荤菜上桌。"伙计笑着告诉王一香。

这话王一香相信，现在青黄不接的时候，许多人家吃了上顿没了下顿，出去要饭的比比皆是。根据地和部队的日子都很困难。他真的理解父亲这高兴的心情。

这还不算，父亲平时闲下来会自己磨豆腐，这下也派上用场了，他从磨坊桶里捞来两块昨天做的豆腐，他亲自下厨，烧了两大碗。

"大，我先敬您老一杯，我把您一个人扔家里，不能在您身边尽孝，请您原谅儿子！"王一香一饮而尽。

"儿啊，自古忠孝难两全，现在国破家亡的时候，你的心思我懂，为父不怪你，你干你的事去。"父亲既是塾师，也是药师，他是个有见识、明事理的人，他不怪儿子。

"大，今天回来，就是看看你，我在家不能久留，一会还得赶路回顺河。"王一香放下了酒杯，满脸愁绪，"我们的部队目前驻扎在苏家嘴，缺吃少穿的，我们要组织筹措粮食，真的是心急如焚啊，这饭我哪里吃得下啊。"

"没事，你去吧，为父不怪你，《论语》上说，士不可以不弘毅，任重而道远。男子汉大丈夫，做大事的，重任在肩，大局为重。"

王一香简单地刨了几口，走到门外，飞身上马，头也不回地走了，他不忍心回首，知道父亲肯定在风中向他招手，目送着他，此情此景，他会更加难受。

骑在马上的王一香，泪水在大滴大滴地掉着，身影渐渐消失在夜色中。

苏家嘴的夜，安详地张开了黑色的翅膀，这里的人们和小镇一起疲惫不堪地静了下来。明灭可见的灯光，像是夜的呓语，飘忽在夜行人的视线里。

没有人知道这夜色多沉重，胡继成知道。他清醒地知道，这夜色里潜藏着寒光，暗藏着杀机。

刚刚送走了一营长翟占魁、教导员何沙海，将二连担任游动警戒的事，作了交代，他决定亲自到二连去一趟。一营长和教导员要陪他，他摆了摆手。

他带着警卫员小李，骑上马径直来到一营二连的驻地。各个连的驻地，他几天前就转悠摸底了，轻车熟路。

离街市不远的小王庄，二连以班为单位分散住在老乡的家里。连部和一排的人住在小王庄的保长王开志家里。

王保长过去是国民党的保长，共产党来了以后，实行"上动下不动"的办法，县、区长由上面委派，乡、保长暂时不动，继续留用。这王保长在地方上没有什么民愤，为共产党做事倒也尽心尽力。他把家里前后二进的院落腾了出来，让连部和一排住下。

接近门口的地方，站着哨兵，一见是团长来了，立正敬礼，团长示意他不要出声，哨兵微笑地点点头。

拴了马，进了院子，胡继成愣住了，原来，二连的同志这几天根本没有进房子里睡觉，而是在走廊、过道、马棚里铺着满地的软草、门板，行军被叠得四方周正的。

打地铺睡觉，这是八路军部队的老传统，到一个新地方，有时候深更半夜的，怕打扰老百姓，大多住在祠堂、街道边和屋檐下，天冷的时候会铺上一层草，次日一早村民才知道驻扎的是八路军，看到他们不扰民，还帮忙做好事，很受感动，自发给部队送粮油、衣物、芋头、青菜等。这次进驻苏家嘴，尽管改了番号，但这样的传统，看来二连是没有丢。

胡继成为什么要来二连?

这几天，他一直忧心忡忡：一个团的兵力驻扎在街周围休整，南边相邻的凤谷村，驻防着国民党霍守义的一一二师的部队，这是一支东北军，国民党三十三师的部队被我军赶走后，他们从山东南下进驻于此，说是来"武装调停摩擦"的，其实是来给韩德勤部队看门的。

对于东北军，中央历来的方针就是争取和团结，因为正是东北军的张学良、杨虎城二位将军发动了"西安事变"，全国范围内才开始停止内战，团结抗战，东北军是有功的。现在两军相近驻防，尽力克制，互不侵扰，唯求相安无事。

现在最担心的就是日伪军，淮阴、涟水、淮安三地都驻着鬼子，听说最近鬼子要搞什么"春季扫荡"，他们对根据地疯狂的扫荡，对共产党的军队的态度是坚决剿杀。出于安全考虑，胡继成和代政委李少元商定，明天一早各营分散移防到附近的根据地去，经过和地委的紧急商定，一营去东陈头驻防，二营去龚营驻防，三营去大冲驻防，集训会一结束，命令已经连夜下达给各营。

苏家嘴离涟水最近，只有二三十公里的路程，离淮安、淮阴也只有三四十公里，这么近的距离，鬼子随时可能来扫荡。为了保证侧翼安全，晚饭桌上，他俩还做出一个决定：在钦工、顺河、茭陵一带布置一个连担任游动警戒，主要是盯着日军动向，确保主力部队的安全。

游动警戒，在敌人眼皮底下活动，这是一项十分重要又相当危险的任务。

派谁去呢?

"团长你定吧。"李少元请团长做决定。

"这样，我们都不说话，派哪个连，写在手心，看能不能想到一起。"胡继成笑笑。

"好！"

两个人分别拿笔在手心写下了自己的"意中人"。

同时摊开手掌，手心都写着同一个名字：一营二连。

哈哈哈，两人会心地笑了，英雄所见略同。他们同时都想到了一营二连。

一营二连，是二十四团的"红二连"，是响当当的"尖刀连"。

提到二连的历史，二连人个个眉飞色舞。

河南沙区，是抗日根据地的核心地区，它是指河南省濮阳、内黄、滑县与山东东明交界的沙窝地带。二连的兵大都源于沙区。"七七事变"后，华北冀南党组织在河南濮阳清丰县梁家村创建了清丰游击队，二连的许多战士就是这支游击队出身，后来整编为黄河支队一中队。1938年11月整编为八路军冀鲁豫济南队二支队一营二连，1939年3月整编为八路军冀鲁豫支队三大队一营二连。

山东定陶战役，二连一战成名，担任主攻任务，全体指战员以血战到底、为国尽忠的英雄气概，捣毁日寇多个据点，胜利占领定陶县城。其后，编入黄克诚的部队，整编为八路军第二纵队二旅六团一营二连，一批经历过长征、身经百战的红军战士编入二连，让二连战力倍增，当时的六团团长正是胡继成。那时候起，二连正式进入他的麾下，跟着他一路南下，过黄河、跨陇海、越津浦，千里挺进皖东北，个个跟他出生入死，一次次经历了血与火的洗礼、二连的干部战士，无论是思想素质，还是战斗作风，在全团都是杠杠的，是个真正拉得出打得响的连队。

对于二连，他和政委都是情有独钟。有什么任务，总是第一个就想到一营二连，就连这次建油坊和卫生所的事，都交给了二连。其他连队，都说团长偏心眼。现在游动警戒的任务，又交给了二连，这是个光荣而危险的差事，胡继成要当面向他们交代任务。加上白天他和代政委李少元听到了二连三排战士的牢骚话，于是决定夜访二连，看他们思想上统一了没有。

院子的地铺上空无一人，原来，二连把三个排的人都集中在院子里，大伙正围坐在后院一亭子周围，亭子的两个柱角上挂着两盏马灯，灯罩里的火苗忽明忽暗地跃动着，让人误以为是风吹的，其实是油不多了。

连长晋志云、副连长孙文魁站在亭子高台中间。

团里命令各营各连今天晚上传达学习会议精神，确保思想统一，行动统一。二连指导员胡文章刚刚履新半个月，到盐城抗大五分校学习去了，副连长孙文魁主持今天的学习讨论会。

有人说，团长钟爱二连，还有一个更大的原因，就是二连的这几个主官。

指导员胡文章是战地记者出身，打起仗来，可以放下笔杆子，抓起枪杆子，能文能武，能说会道，是思想工作的一把好手。

副连长孙文魁，是个黑大汉，全连战士的老大哥，将近40岁的人，像个长辈一样对待大伙，当初整编前人家曾担任县大队的连长，整编后他感到自己文化水平低，主动要求当副连长，甘当配角，这就是老大哥的境界。

提到连长晋志云，这可是胡继成的"宝贝级"连长，今年才20岁。胡团长手下有"四大金刚"，一营长翟占魁是"大金刚"，二营长李大虎是"二金刚"，三营长丁一水是"三金刚"，二连长晋志云是"四金刚"。三个营长，加晋志云一个，"四大金刚"中他是唯一的连级干部。

那年，晋志云是一身血污、光着脚丫来投奔红军的，是个名副其实的"红小鬼"。

晋志云是河南濮阳人，从小生得粗眉细眼，高鼻梁，人说长大后是当官的命。可惜家里太穷，实在养不起他，3岁送给了人，五六岁就开始给地主家放羊。富人家的孩子上私塾，他就在趴在后窗偷听，然后放羊的间隙，就在地上学习写字。

那一年闹蝗灾，又遇上大旱，村里人为了生存，就吃草籽，啃树皮，连干柳叶、花生秧、麻籽叶都成了争相抢夺的食物。家家卖树卖房卖地卖家具，没有卖的，就卖小孩，卖女人。有的地方，还出现易子而食的惨状。

他10岁那年，收养他的人家，决定将他转卖出去，给人做劳力，他怕被人吃掉，就连夜逃了出来，连鞋子都没来得及穿，光着脚丫在山路上跑。脚磨破了，鲜血淋漓，有几次饿得实在没劲，摔到了山沟里，全身是血，最后还是爬了起来，继续跑。那几年，就这么一路逃，一路要饭，后来遇到了行军中的红军。连长胡继成看他可怜，收留了他，让他参加了红军，教他识字、打仗，学习革命道理，他从此走上了革命道路。

胡继成是他的救命恩人，也是他的革命指路人。士为知己者死，二连整编时，晋志云成了连长，一路相随，一路厮杀，他很快成了一名智勇双全的战将，他的二连也成了八路军新六团的"红二连"。

连长晋志云详细传达了下午集训会议的精神，现在进入表态发言。

一排长温新顺举手，要求先说。

他站上台向大伙敬了一礼，礼毕，一开口，惹得大家哄堂大笑，他说："我其实没什么意见，就是想什么时候，能痛痛快快地吃上一顿饱饭，那才爽。"

"很快会好的，你是饿死鬼投胎！"副连长孙文魁骂他，然后开始点将，"二排长上！"

二排长张德纯，是江苏泗县人，是八路军五纵队在青阳整编时来到二连的。巧的是，三排长高彩光，也是泗县人，全连就这两个江苏兵。高彩光9岁就离开泗县走江湖，家乡话都找不到了影子了。二排长总不认他这个老乡，说他是"南腔北调"。

二排长张德纯走了上来，有条不紊地开了口："我们是人民的军队，更是党的军队，我们是党的一块砖，任党砌来任党搬，不论是改编成新四军，还是地方化，我们都坚决服从命令。"

"下一个，三排长！"

高彩光早就急不可耐了，一个箭步就跃上了台子，"南腔北调"地说起来："同志们，今天下午团长和代政委给我们上了一堂思想政治课，这课上得好，上得及时，把我们弄不懂的，或者不清楚的，都搞明白了，我代表我们排表个态，坚决拥护，坚决服从。"

"说得好！"胡继成在后面叫了起来。

大家回身一看，团长不知什么时候站后面，黑灯瞎火的，没有人注意他，晋志云、孙文魁赶紧跑了过来。

"大家欢迎团长给我们说几句，好不好？"孙文魁吆喝起来。

"好！"台下全体起立，掌声一片。

胡继成走上台去，环顾了大家，清了清喉咙，爽快地答应了："好吧，我就讲几句。"

"刚才几位排长表态都不错，我们是党的军队，党指挥枪是我们的建军原则，任何时候不能忘记。当然，同志们有情绪也很正常，思想转变需要一个过程。我知道，有些人心里不舒服，说自己过去是游击队，好不容易成了八路军正规军，现在又改编成新四军，又地方化，觉得又回到游击队了。这个道理，我们下午已经跟干部们讲了，你们晋连长也传达学习了，相信你们会顾全大局的。现在，我们的敌人是日本帝国主义，以及一切反动走狗，我们现在休整也好，下一步地方化也好，就是为了更好地壮大自己，让我们根据地的人民武装迅速强大起来，这样才能打倒帝国主义和反动派。你们连是我们团的'红二连'，任何时候都得起到模范表率作用，你们这面旗帜永远不能倒。同志们，你们有没有信心?"

"有!"战士们异口同声，士气高涨。胡继成感到很满意。

各班班长带着战士们回去休息了，连长、副连长及几位排级干部留了下来。

"团长，我想说个事!"没等团长发话，三排长高彩光先举手，他说有话要讲。

"什么事，你说。"

"这两天，我们三排和地方上的泥瓦工一起加班加点，总算把团卫生队的几间房子建好了，伤员们总算有地方安置了，这是大好事，可是听说日本人现在对我们根据地加强了封锁，卫生队缺少消炎的盐水，有好几个伤员伤口感染，死去了。我们排战士们心里非常难受，都让我和首长反映，请求派我们去找盐!"

"我们也去!""把任务交给我们!"一排长、二排长两个人也争着要去找盐。

"最近日本海军陆战队十一团第二十一联队从苏北灌河口上岸，侵占了淮北盐业集散转运地燕尾港、陈家港、头罾，并在此设立据点，驻扎日伪军近千人，对海盐私盐实行军事管制，青阳等地的盐运不过来，致使淮北、盐阜地区食用和医用盐严重缺乏。你们找盐? 人生地不熟，去哪找? 好了好了，这个事，先不争了，现在还有一个更重要的任务要交给你们二连!"胡继成一脸严肃。

听说有更重要的任务，大伙又兴奋起来，竖起了耳朵，眼睛里也放出光来。

"现在我们团作为主力来到苏家嘴，明天起各营要到各自的根据地去驻防，淮阴、淮安、涟水的日伪军离我们近，随时可能扫荡偷袭根据地，我们必须做好这方面的反扫荡防备。经过研究，决定派你们二连去担任游动警戒任务。你们要不停地更换地点，甚至接近敌人的防区，在敌人的眼皮下活动，这个是比较危险的。一旦打探到敌情要及时报告，坚决保证团部和各营部的安全。明天一早你们先和营部交接好，然后做好善后和准备工作，后天一早出发。这个危险而又光荣的任务交给你们，你们有什么想法？"

"没有意见，坚决完成任务！"晋志云首先表态，大家纷纷附和，个个摩拳擦掌，显得格外激动。

"至于盐的问题，团部已有考虑。"

"团长，剃头的麦根子在团部机关剃得好好的头，突然不见了，听说是被派去找盐去了？"三排长凑到团长身边，悄悄地问。

"就你小子鬼精，暂时保密！"团长诡异地一笑，告别了大伙，和警卫员一起上马走了。

天幕里，星星使劲地眨巴着眼睛，似乎在和未眠人说着什么。

偶尔几声犬吠，把寂静的夜一次次叫醒，也把二连一排的二班长王书方叫醒了。

其实，他是在半梦半醒之间，先是睁着眼，后来实在乏困了，就眯上一会。他不能熟睡，他怕熟睡了，就记不得一个人的样子了。只有睁着眼，才能想起那双大大的眼睛，一头长长的辫子。

那个人，就是他过门才一天的妻子。

1938年的冬天，河南内黄县陆村乡刘邢堌村的王书方结婚了，娶进门的是邻村赵庄村不满20岁的张香果。

香果，这土气的名字，也许缘于饥饿。那地方太穷了，很少人能吃饱，家乡的特产，就是花生和枣子。父母给她起这个名字，就是希望孩子长大后，能有香香甜甜的果子吃，填饱肚子，这就知足了。

时年23岁的王书方已经是中共直南特委游击第二支队的一名战士。

那晚，两个穷人家的孩子走到了一起，朦朦胧胧的灯光下，他看清了她的眼睛很大，还有一头长长的乌发辫子。他俩还憧憬着把未来的日子过好，生一大堆孩子，趁年轻多苦一点，多累一点，让孩子们吃一碗饱饭就行。

第二天一早，支队来人，通知说有紧急任务，要王书方即刻归队。军人以服从命令为天职，王书方二话没说走了。

张香果是一个地地道道的农村姑娘，新婚之夜，害羞的她只和夫君说了一些悄悄话，还没瞅仔细王书方的模样，分别时也没有听到丈夫的叮咛，更没有告别时的热泪相拥，他们就这样默默地分开了。想不到这一去，就再也没见过。

一个寒噤，王书方索性坐了起来。

"又想老婆了？"魏兰聚也醒了，知道王书方想老婆了。一个乡出来的6个人，一排的温新顺、温五辈、王书方、魏兰聚，二排的温进书、王玉山，就他和王书方结了婚，其余都是"小杆子"一个。算起来，他孩子已9岁了，老婆孩子热炕头，谁不想啊。

"我好像听见香果在喊我。"

"你这是幻觉，可能是太想她了，闭上眼一会睡着了就好了。"过来人魏兰聚安慰他。

一曲长歌

响起在太行山外

一杯浊酒

醒来已在江淮平原

天地一行泪

江河共徘徊

家国破碎千万里

一骑独行梦不还

我的哥哥哟

哪里是你的阳关

哪里是你的故园

……

有一首歌在梦里响起，醒来还有余音缭绕。也许冥冥之中，真的有心灵感应，这时候，那盏青灯下，张香果真的没有睡，她在做着军鞋，在想着远方的丈夫，在心里呼唤着丈夫。

一盏青灯伴长夜，不知多少个漫漫长夜，她都是从梦中惊醒。梦中，他来了，一身军装站到床前，可她又不敢相认，因为他认不准他，只是朦胧的他，相见又不相识。醒来时，只有长风劲吹，阴森四壁，荒乱中她点燃麻油灯，房中仍孤独一人，睁开的双眼，再无睡意，只能等待天明，再过起新的一天。日复一日，年复一年。

她是一个军属，支前的事，她是踊跃参与，这不，又来了一批做拥军鞋的任务，她又要熬上一个通宵了，她知道，睡也睡不着啊。

每次做鞋，张香果做的总要比别人多几双。有人问她："为啥要多做几双？"她就说："那是给书方多做的，他在外当兵也要穿别人做的鞋。穿上我做的鞋子，他就会安心打鬼子，打完鬼子就会早点回家了。"朴质无华，眷恋无穷。

今夜，在这盏青灯下，香果还要告诉王书方，她进步了。

党组织在她家隔壁办起了温邢堌抗日小学，这所学校除本村学生外，大部分孩子是军区抗日军烈属子女，他们吃住都是分到学校附近的农民家中。张香果家接纳了七八个孩子，她当了义务看护员，把这些学生视为自己的孩子，精心呵护，同吃同住。日本人来沙区扫荡时，她就带着孩子们同学校一起转移、逃难，从未落下一名学生。军区来人把孩子接走时，那是她最心痛的时候，孩子们哭喊着叫着"干娘"，每一次孩子们都依依不舍地告别，告别温邢堌这个难忘的村庄，还有张香果这位可敬可爱的妈妈……

1941 年 4 月 19 日，苏家嘴的早雾真大。

二十米开外，对面见不到人，街道、村庄、田野、河流，都淹没在这茫茫雾霭里，骑马的人行在雾中，就如在天宫里腾云驾雾似的。

就在这早雾里，二十四团的三个营悄悄移防。昨天的干部集训，统一了思想，提高了认识，各营连夜传达会议精神。根据团部部署，天一亮，各营早早地开了饭，从镇周围的村落去了指定地点驻防。

二营驻在龚营，离团部最近，处于苏家嘴和茭陵之间，离苏家嘴和茭陵大胡庄大概各有个十几里路。

两三个小时后，浓雾渐渐散去，日头现了形，麦根子是踩着晨曦的余晖回来的。

正如三排长高彩光猜的那样，麦根子这次是执行"特殊任务"去的。

前天给团部机关人员剃了头，又去卫生队给伤员们理了发，看到伤员们一个个蓬头垢面的窘样，他心想，这些战士为了老百姓为了国家流血负伤，我一定想办法给他们服务好。伤员们行动不便，不论是坐着，还是躺着，他都想方设法地变换着姿势，让他们坐稳、睡平的同时，还要把他们的头剃好，脸刮好。

伤员们的满意，就是对他最大的褒奖。可是，他最看不下去的，就是看到一些伤员因为缺少消炎的盐水，伤口严重感染，有的在他眼前死去。卫生队长急得满嘴起泡，去找团长，团长说，现在各个炊事班吃的盐都见底了，更不说消炎用的盐了，他也是焦急万分啊。已经和上面汇报了，但是让咱们再等等，说师里正在想办法解决。可是战士们的生命等不得啊。

"团长，我可以去想想办法。"麦根子为伤员们理完了头发，收起工具，就毛遂自荐来找团长。

"你有什么办法？"团长很是惊愕，这个剃头匠不但会理发，而且还会讲故事，现在又能去找盐，团长很是佩服他的能量，"根子师傅，你说说看。"

"我回大胡庄一趟，去盐行里打听一下周家班的人，他们是专门做盐运生意的，他们兴许能有路子找盐。"

"现在海上、河道上，日本人都全面加强了控制，想必周家班日子肯定过得艰难了。"

"死马就当活马医吧，我这就回去找找看。"还没等团长同意，麦根子转身就去了，长期锻炼，一个个都练就了"飞毛腿""草上飞"，转眼就不见了踪影，害得团长在后面直嚷嚷："根子师傅，你一定要注意安全啊！"

一个月前的那场风波，反倒成全了胡大勇、朱小凤。王一香他们赎出了朱小凤，胡三爹、胡锡璜好意收留，让她和胡大勇一起在盐行里做下手。三爹说了，等秋后的，选个良辰吉日，为他俩做主，把亲事办了，说得两个人感激涕零。

日本人控制了盐运以后，周家班生意一落千丈，一批人暂时分散隐蔽，各找出路，和盐有关的营生，只能在极其隐秘的情况下，偶尔偷偷摸摸地做上一两笔。大胡庄胡锡如、小西场胡锡璜家的盐行也成了"有行无市"的摆设，铺子越来越冷清。

这段时间，胡锡璜正生着儿子胡一华的气，儿子整天不着家，就知道忙着村上自卫队的事情，一会借种度春荒，一会筹军粮，忙得不亦乐乎。心想这家指望不上他了，只要他不惹出事来就行，随他去吧。好在这生意上里里外外的事，都是大勇子在操持，近来，胡锡璜的生意开始转行，带着胡大勇做起牲口贩卖的事来，朱小凤在家洗洗淘淘的，这日子倒也勉强过得安稳。

这晚，胡大勇和朱小凤在油灯下，一个搓着拴牲口用的绳，一个纳鞋底。

"大勇哥，我告诉你一个事。"

"小凤，你说。"

"我也参加妇救会了，这批鞋底子，就是妇救会从上面接的活，安排我们做的，说是做拥军鞋。"

"哦？你进步了这是好事，我也和一华少爷说了，想去参加村里的自卫队，还能使使枪，他同意推荐，就是怕老爷生气，让我暂时保密。他说老爷胆子小，不能让他担惊受怕的。"

"咚""咚""咚"。

"大勇哥，你听，我好像听见有人敲门。"朱小凤突然听到了敲门声。

"我去看看。"胡大勇放下手中的活，起身去了前院。

这么晚了，是谁呢，他暗自纳闷。门打开，一看是麦根子，他又惊又喜："根子哥，这么晚了，你怎么来了？"

"走，进屋说。"麦根子嘘了一声，两人掩门进屋。

麦根子让胡大勇请来了胡锡璜、胡一华父子，将苏家嘴部队缺盐的事，一股脑儿告诉了他们。

胡一华坐不住了，腾地站了起来："大，周家班人都不知去向了，您路子多，您给想想办法啊。"

大是大非面前，胡锡璜还是知道分寸的，他略一思忖说道："我带你去找一个人，他应该知道哪儿有盐。"

"太好了，璜二爷！"麦根子喜形于色。

顶着夜色，胡锡璜在前面走着，胡一华、麦根子在后跟着，在茭陵街一家客栈门前止住了脚。

进了门，胡一华认出了，父亲说的这个人，就是周老大的二弟，名叫周来义，人称周老二。此人岁数和麦根子差不多大，一看就知道是个很精干的人。他和周老大是胡锡璜家的常客，一直有来往，这次周家班"散了戏"，周老大留他在茭陵渡口做接头人。

"实不相瞒，最近我家老大去了海边，听说新四军准备在黄海边秘密建个晒盐场，解决战士们的食用盐和医用盐的紧缺问题。他们要修筑海堤，建晒盐池滩，邀请我们周家班去助一臂之力，这样也好，周家班弟兄也能有个活路走了。

"大哥临走前，曾经秘密在废黄河对面的涟东南集乡桃园庄上藏了一批医用粗盐，兵荒马乱时期，这盐金贵，等找个机会出手。让我在此落脚，就是看风向，听风声。既然，苏家嘴部队这么缺盐，我想把这部分盐贡献出来，给他们真正抗日的部队。救人一命胜造七级浮屠，大哥如果在，我想他肯定也会同意的。

"接下来就是运输的事。我们周家班的人一时召集不齐，还有一个，现在日本人盐运盯得特别紧，碉堡据点里的日伪军经常出来巡逻，不能走水路，不能走大路，只能走小路，抄近路。"

麦根子说："这好办，我去找胡锡宜，让他组织自卫队想办法运到苏家嘴。"

胡一华接过话头："明天黄良、顾家骥要带我们自卫队运粮去顺河，家里只有锡宜了，不行就让大勇子、小凤和你们一起去，这盐的事情他们有经验。"

说完，他又望着父亲胡锡璜，父亲默不作声，他知道，父亲不说话，就是表示同意了。

春夏之交的大胡庄，沉睡在夜幕里，富人的梦里，生着对世道变幻的心悸，穷人的梦里，依然生着对温饱执着的渴望。

庄上没人知道，还有两个人在船上一边数着星星，一边彻夜长谈。

麦根子去了胡锡宜摆渡的木船，见了面，他把在苏家嘴的所见所闻讲了一个遍。胡锡宜觉得，麦根子这一趟才去了一天，好像进步了十年。

听说部队上缺盐，胡锡宜的心情也顿时变得沉重起来，他恨不能现在就骑上马，驮着大包大包的盐往苏家嘴赶，可现在谁家还有盐啊。听说周老二要献出他们珍藏的私盐，他内心里十分佩服周家班的仁义。

"这几天，我们在家的人也没闲着，上次顺河开会王区长布置我们各村为部队做好粮食筹措工作，我们大胡庄自卫队、农救会、妇救会全都行动起来了，各人从自家筹起，把家里省下的度春荒的口粮拿出来，这些情况，东广爹、西广爹两大家族的人也都看在眼里，见我们这么穷的人家都捐了，他们也就跟着'出血'了。"

"然后，我们又向茭陵全乡发动，各村都行动起来了，你还不说，这次茭陵乡我们一共筹了三千多斤粮食。黄良、顾家骥明儿一早就要带自卫队员送到顺河去。"

"同志们把家里的一点点口粮都捐了，下面日子怎么过啊？"麦根子关切地问道。

"废黄河堆上到处是野菜、山芋藤，还有些野瓜果，这些都可以吃，饿不死我们，等夏季收粮了就好了。"胡锡宜笑笑。

五更头刚过，天还蒙蒙亮的时候，胡锡宜、麦根子、周老二、胡大勇、朱小凤一行五人就齐整地集聚在渡口。

也只有在这样的时候渡河过去，是比较安全的，如果白天，很可能遇到日本人的巡逻艇，那家伙上面配备着轻重机枪，经行之处，地方抗日武装都避免和它发生正面交战，过往船只更是如避瘟神一样躲起来。

这次他们特地找来一把手电筒，县大队配发给自卫队的，唯一一把。这可是稀罕物，晚上能照出去十多米。

按照分工，胡锡宜负责驾船载人过河，然后返回茭陵渡口，看到手电筒信号，就迅速把船开过河来接应，同时，他还有一个重要任务，就是事先找好一辆马车，在岸边守候，准备运盐；麦根子、周老二、胡大勇、朱小凤上岸后，各人拿着绳子、套子，装扮成猪贩子，赶到南集乡桃园庄，天黑时行动，将盐秘密运到废黄河北岸堆堤，然后过河来，再抄小路转运到苏家嘴。

胡锡宜驾船，几人迅速过河。胡大勇、朱小凤是第一次参加这样的行动，两人感到既兴奋又紧张，就像新四军战士似的。胡锡宜、麦根子、周老二都是水边长大的多年的"水上漂"，胡大勇和朱小凤好在都会水，不是旱鸭子，上了船，他俩也就没那么紧张了。

白天，盐阜地区和涟东、涟西之间的往来全被盐河、废黄河封锁线上的敌人所阻断。南集乡东离阜宁城35公里，南离淮安城40公里，西离涟水城20公里，是个空隙较大、环境尚好的修兵隐居之地。

此地有一个开明绅士张老板，家境殷实，置有百余亩土地，后继承父业开木场、槽坊、油坊等，他常以做生意为名，为抗日武装运送紧缺物资，他家就成了联络站和歇脚点，从早到晚客人不断，茶饭常备，接待安全周到，一度成为淮盐地区民主根据地的"抗日大饭店"。

这张老板和周老大过去做生意时很投缘，周家班的一批盐就置放在他家。

这天逢集，蔬菜吆喝，鱼虾买卖，酒肉摊位，还有各式各样的街头卖艺人，熙来攘往，好不热闹。几个人没有心思逛街，径直找到张老板家。周老二拿出当初的收据，见到了藏在张家地窖里的一批盐，一共二十包。这可是救命的盐啊，麦根子从袋中捧起一把盐，像是捧着银光闪闪的珍珠，内心激动不已。

一切均按计划秘密进行，事情超乎想象的顺利。

天黑的时候，仗义的张老板免费提供了一辆马车，几人将马车车厢下半部的盐用草包捆个严实，上半部堆着烧火的柴草，用绳子从上到下系紧，外形上看，倒像是押送粮草的，没有人看出是运盐的。到了废黄河北岸，快速将盐卸下，暂藏于蒲苇柴稞中。张老板安排的马车连人带车放回。蹲守在南岸的胡锡宜，见到手电筒灯光，娴熟地驾船飞奔而来。

就在要接近河岸的时候，突然，岸上响起枪声。

不好，麦根子他们一定是遇到了敌人的巡逻队！胡锡宜心急如焚，他箭一般地将船撑到芦苇荡里，身子一下子跃入河中，在蒲苇下藏了起来。

岸上，有一股巡逻的伪军小分队不知从哪里冒出来的，恰巧路过，听到了说话声，便打着手电筒向他们包抄过来。麦根子急中生智，当即让周老二带着胡大勇、朱小凤穿过蒲苇下河，他自己打开手电筒吸引敌人往河岸上游的另一处芦苇荡跑去。

麦根子趁着天黑，将手电筒一灭一亮，引诱敌人跟着他后面狂奔。穿林海、钻草荡、下河湾，这是麦根子的强项，渐渐地把敌人甩下一大截。然后"扑通"一声潜入芦苇荡中，一会儿就不见了踪影。敌人气喘吁吁地赶来，用手电筒四处照射也没发现一个人，便气急败坏地向芦苇荡"啪""啪""啪"地一阵疯狂射击。

周老二他们做盐运的，应付这样的事，也有经验，为了不让敌人发现，他让胡大勇、朱小凤嘴里含着芦苇，埋入水中，通过空心芦苇管进行呼吸。等麦根子将敌人引开后，他们迅速将柴稞中的盐转移到胡锡宜的船上，然后，飞快地驶离北岸。

他们知道，水性好的麦根子，一个猛子就能游出二三十米，估计早就游回了南岸。果不其然，他们刚靠岸，麦根子都已坐在河边歇脚喘着粗气呢。

众人来不及换衣，就从胡锡宜的船上取了毛巾简单地擦拭一番，然后七手八脚地将盐搬到胡锡宜雇好的马车上，又是同样地用草包、柴草将盐包乔装一番，从大胡庄南边的村子沿着小路向苏家嘴方向出发。为了防止着凉，半路上，在一处倒塌荒废的农家屋角里，众人燃起一堆火，小凤为各人烤干了衣服，继续赶路。

一路上，大伙嚼着胡锡宜事先准备的干粮，没有一口热水，但心里却是暖暖的，他们躲过了敌人的追击，能有幸将这批珍贵的盐包运往苏家嘴，这比吃什么苦都值。因此，他们脚下的每一步都走得那么坚实，那么稳健。

太阳从云层后面跳将出来，苏家嘴上空大片的雾霾渐次消退了。麦根子是一路跑回来的，眼睛通红通红的，满脸的疲惫，一看就知道，肯定是熬了一个通宵。

"团长，不好了，出事了！"进了团长的房间，他已上气不接下气。

"出什么事？不急，慢慢说。"团长递上一杯热水，让他坐下说。

"是盐出事了！"

麦根子详细说了他找盐运盐的过程，他们没有走北边河道，也没有走涟阜公路，就是怕遇到敌人的袭扰，于是就选择走了茭陵东南部往苏家嘴方向村子中的小路，就这么一路过来了。想不到在苏家嘴和古河交界处的桃园村附近，遇上了国民党东北军一一二师的一个巡逻队，他们强行搜查，扣下了这批盐。他们几个人和对方论理，对方不但不听，还抓走了他们的人，他是趁乱躲起来，才逃出来的。

此事非同小可，团长请来了代政委李少元，两人合计起来。

从涟东南集乡的桃园庄得盐，到淮阜交界处的桃园村失盐，麦根子他们冒着生命危险弄来的这批盐，对于二十四团来说，真的是雪中送炭啊，二十四团不能没有这批盐。但抢盐的是东北军，对他们的态度历来都是团结和争取，尽量不发生摩擦。如何处理好这件事，还真是一个棘手问题。

团长眉头紧锁，半晌，他抬起来了头："少元，还是你亲自去一趟和他们交涉一下。我想了，带警卫连去兴师动众不好，现在正好二连负责游动警戒，今天休整，他们三排正在卫生队做房子的扫尾，你就和二连长晋志云带上一排二排去。有一点，我们带兵去，不是去动武的，是来讲理的，要顾全大局，有理有节。"

团长语重心长，代政委李少元领命而去，他找到了晋志云，两人商量了半天。

胡锡宜、周老二、胡大勇、朱小凤四人被带到了一个叫秦庄的地方，这里驻着国民党——二师的一个守备营。

那守备营的营长叫钱少宝，东北人，生得横高竖大的，性格粗鲁，满口的江湖话，据说是土匪出身，按他自己的话说："老子是从山上下来的"。可就是到现在，营长太太不生，没给他留个后，这成了他的一块心病。

那巡逻队的队长，营长和他交代过，出去巡逻时，多长一个心眼，遇上可心的姑娘带回来，纳为偏室，也好为他生个儿子。这次巡逻队不但抢了盐，更主要的是抢了一个美人回来。那巡逻队的队长见小凤生得标致，正值妙龄，便打起了歪主意带了回来。

营长很是高兴，左瞧瞧，右瞅瞅，见小凤生得是"身量苗条，体格风骚"，心里甭提多高兴。他也顾不得这几个是什么"异党分子"，还是"日本人的奸细"，吩咐下去，留下朱小凤，其余三人就地释放。

这怎么行，四人宁死不从，尤其胡大勇更是摆出一副拼命的架势。巡逻队队长见软得不行，命令手下将四人绑了起来，分两处关了起来。那队长发狠说，不要敬酒不吃吃罚酒，看样子，是准备来硬的了。

正在僵持之中，李少元、晋志云和麦根子带着两个排赶到。

听说新四军来人，那营长钱少宝躲了起来，让队长先带人挡着再说。

李少元自报家门，然后直奔主题，说明来意。

那队长非常狡猾，口口声声说是误会，不知道这盐是给新四军的，也不肯说出人关在哪里。

"这盐嘛，我们这边也很缺，我真的不知他们是给贵军运盐的，我以为他们是走私卖高价、发国难财的盐贩子，所以就抓了来。人和货，按照规定，我们得送往凤谷村师部去。"

突然，一个手下急慌慌地跑来，进门就喊了起来："报告队长，那女人撞墙了！"

那队长大惊失色，不知所措。

"死没？"

"没有，就流了一些血。"

问清原委，原来是看守的见朱小凤长得俊秀，便上前调戏起来，逼得朱小凤以死相拼。他们哪知道，这是营长相中的人。

只见队长一个巴掌抢过去，"啪"的一声，对着手下骂了起来："你们他妈的是活腻了是不是，这是钱营长的人，你们也敢碰？"

那队长情知说漏了嘴，赶紧闭口。

"一排长、二排长，快去救人！"晋志云当即给一排长温新顺、二排长张德纯下了命令。

"谁敢动？！"那队长和手下一帮人都拔出了枪。

听说对方不但抢了盐，还抢了女人，王书方、魏兰聚他们立即就联想起家中的老婆，想起村子里的那些被日本人糟蹋的女人。这国民党抗日没本事，搞内战有一套，还抢女人，他们的眼中顿时喷出了火："兄弟们，操家伙！"

双方的人，都端着枪，互相对峙起来。温新顺、张德纯都是从死人堆里爬出来的，哪里怕这帮国民党的顽匪，他们就等李少元一声令下，杀将出去，救出自己的人。

这时候，钱营长出场了，他真的害怕这样下去会生出乱子来。

钱少宝进门就是一番"共同抗日"的客套话，他可能早已背得滚瓜烂熟。

对于抢盐抢人的事，他佯装不知，大声呵斥巡逻队长："你他妈的吃了熊心豹子胆了，友军的盐你也抢，友军的人你也抓？"说着，还假装要拔出枪来枪毙他。

那队长早就知道营长的诡计，他也就配合唱双簧，一个劲地赔不是："营长，都是我有眼无珠，都是小人的错！"说完自己扇自己的脸。

"钱营长，现在国共合作，共同抗日，这个道理想必您也知道，我们的战士前方流血，有时候就因为没有盐水消毒，伤了命。我们都是中国人，同室操戈，相煎何急。再说，大家都有兄弟姐妹，抢了自己的妹子，你说，这传出去，会损了营长的威名的。"李少元和他讲着道理。说完，朝晋志云使了个眼色，晋连长点了点头。

这时候，一首熟悉的抗战歌曲在军营里响起。

打回老家去！

打走日本帝国主义，东北地方是我们的。

他杀死我们同胞，他强占我们土地。

东北同胞快起来，我们不做亡国奴隶。

打回老家去！打回老家去！

高建国、李二锁、刘本成、耿傻子、王孩儿 5 个小战士不知从哪里钻了出来，站成一排，亮开了喉咙使劲地唱了起来，引得所有人侧目而看。

这 5 个人可是二连的"活宝"，被称为"少年合唱团"。高建国、李二锁，都是河南滑县人，一个是二连的文书，一个是连长的通讯员；刘本成、耿傻子、王孩儿三人都是一个村子的，都是河南范县白衣阁乡人。这"合唱团"的"团长"就是高建国，他年龄最大，23 岁，吹拉弹唱都会，经常教几人唱一些抗日歌曲；二连从上到下，都称他"翰林"，意思是说，他水平高，要在前清肯定是个翰林。李二锁是二连的"神行太保"，凭着脚下的功夫做了通讯员，他和刘本成、耿傻子同年，都是 17 岁。王孩儿最小，只有 16 岁，他还兼着连里的司号员。这 5 个人都有一副好嗓子，童音未改的歌声里澎湃着青春的激情。

不知何人唱乡歌，一营征人尽望北。

唱着唱着，屋外，东北军的士兵有人跟着唱起来。东北是他们回不去的家乡，这首歌，曾经一次次击中东北军的痛点，每次唱起，他们都会想念遥远的家乡和自己的家人。

这是李少元事先布置好的，让晋志云找了这几个"金嗓子"，关键时候让他们唱这首东北军人人会唱的抗日歌。

唱完，在场的东北兵早已将枪口放了下来。李少元趁机再次开口劝说："钱营长，你们东北军在全国是一支有影响力的军队，你们少帅张学良和杨虎城将军发动了'西安事变'，才有了全国抗日统一战线的形成，你们东北军功不可没，谁都知道你们是讲究民族大义的军队。现在，日本人占了东北，在你们家乡的土地上烧杀抢掠，国土在沦丧，家园被摧毁，你们的兄弟姐妹在那里饱受欺凌，你们应该和我们联起手来，早日打回老家去，早日把日本鬼子赶出中国。而不是在这里，自己人打自己人，欺侮我们自己的兄弟姐妹！你说我说的对吗？"

那钱营长低下了头，沉默不语，半晌抬起头来，口中蹦出几个字："盐包物归原主，放人！"

一场抢盐风波，烟消云散。

中午时分，团部炊事班飘出了肉香，好久没有闻到这样的香味了。

警卫连连长陈登洲早上带人出去沿堆堤巡逻时，顺道打来四只野兔子。团长说了，把野兔子杀了，今天中午要款待客人用。

李少元带着二连一排二排去东北军驻地，连人带盐安全回来了，团长心头的一块石头落了地。

他去看望了朱小凤，朱小凤头上已用纱布包扎了起来，人无大碍，需要休息。

还有更高兴的，就是顺河那边的县区政府的同志，把第一批粮食也送来了，这又是一个雪中送炭的大礼包，团长让供给处赶紧分运给各营，战士们总算能吃上饱饭了。

团长说了，陈登洲是有功之人，今天吃肉有他的份，让他来陪客。

陈连长推门一看，团长胡继成、代政委李少元两位首长坐定，旁边坐着的朱大海、胡锡宜、麦根子、周老二、胡大勇、朱小凤，都是来自大胡庄来的同志们。另有两个位子空着，会是谁呢？疑惑不解间，团长站了起来。

"大胡庄的同志们，你们辛苦啊。这段时间以来，先是王一香区长带来朱大海、麦根子二位同志，一个忙着给我们榨油，一个忙着给我们理发，都解决了我们的大问题。后来，麦根子师傅还主动请缨，连同胡锡宜、周老二、胡大勇、朱小凤这几位，冒着凶险给我们运来了急需的盐包。另外，我也听送粮的人说了，这批粮食中，你们大胡庄的同志动员整个荻陵乡，就为我们筹集了三千斤，你们根据地的同志不愧是我们的坚强后盾啊。

"今天，我请大家打打牙祭，我们也好久没沾荤腥了，我让炊事班多买了一些山药来，和4个兔子一起炖，熬了几大锅山药兔肉汤，这可是我们家乡有名的营养餐，团部机关的同志和明天要出发的二连的同志都来解解馋。肉少，汤有的是，今天敞开喝，管饱。有一点，就是没酒，我们以汤代酒。

"提起这顿肉汤，还得感谢我们警卫连连长陈登洲呢。他可是我们团有名的神枪手，他的故事可多着呢。在青阳镇的时候，有一次我们埋伏在敌人的碉堡外面，侦察敌情。那碉堡有一个瞭望口，平时用一块砖头堵上，敌人观察外面情况时，必须抽掉砖头。那次我们瞅准了一个鬼子中佐副联队长，他几次通过那瞭望口观察外面的动静，观察完又用砖头堵上，就在这一抽一堵之间，我让陈登洲把那家伙解决了。那家伙再次抽开砖头的一瞬间，陈登洲瞅准机会，射出的子弹从洞口穿入，那个中佐被陈连长一枪毙命。"

团长这番表扬，说得陈连长像个大姑娘似的，脸都羞红了，站起来连连摆手："团长，我那'三脚猫'的功夫，不值一提，不值一提。"

"谁是'三脚猫'啊？肯定说的是陈登洲。""三脚猫"是陈登洲的口头禅，有人一猜就知道是他，伴着笑声，一营副营长巩殿坤、二连连长晋志云先后闯了进来。

"好哇，这下子'拼命三郎'和'四金刚'两个人都到了，齐了，开吃。"

来的这二人，在全团也是名人。"拼命三郎"，说的是一营副营长巩殿坤，今年23岁，眼睛大大的，外表长得有点秀气，他非常注重仪表，口袋里有一个小镜子，那是他修正外表用的；可打起仗来截然相反，像变了个人，骑兵连连长出身的他，骑在马上，光着膀子，一手提大刀，一手抓手枪，一副"拼命三郎"的样子。"四金刚"，说的是二连长晋志云。这"四金刚"晋志云打起仗来，善使双枪，左右开弓，是团长一手带出来的一名猛将。

二连指导员胡文章去了盐城抗大五分校，参加上一批培训班学习去了，新一批学习名单下来了，二连副连长孙文魁也是培训对象。一个连走了两个连级干部，眼下他们又要担任游动警戒任务，所以必须加强力量。胡继成和李少元一商量，决定调一营副营长巩殿坤率领二连行动。巩副营长勇猛过人，灵活性强，晋连长党性、原则性强，这样的搭配，既是强强联手，也是一种互补。

喝了两碗肉汤，刨了一大碗山芋干子饭，巩副营长有种"酒足饭饱"的感觉，他站了起来："团长、政委，我和二连长明天就出发了，二位首长有什么交代的，请指示。"

胡继成看着大伙狼吞虎咽的样子，心里一阵阵难过。刚刚来到根据地，面对着一穷二白的局面，他深知任重道远，他多么盼望能把根据地建设好，让战士们能过上安稳的日子啊。

明天，二连就执行任务去了，此去吉凶难卜，今天这顿肉汤饭，也是为他们送行，其实胡继成有好多话要讲，不知道从哪里说起。他是个重情重义的人，对于出征的人，他有太多的不舍，太多的期许。

"好，我说两句。"他站了起来，端起汤碗，和巩殿坤、晋志云分别狠狠地碰了一下碗，就算以汤代酒了。

"这次让你们二连去担任游动警戒，你们的任务就是在游动中监视敌情，目的是要保证主力部队的安全。你们离开主力单独行动，所以随时都会有意想不到的危险和困难，将在外军命有所不受，你们有临机决断权，巩副营长，你是带队负责人，你有最后决定权。你们在保护好自身安全的同时，还要做好根据地的保卫工作。根据地的建设刚刚开始，你们的一言一行代表新四军二十四团的形象，你们所到之处，要把革命的火种播撒下去，让更多的老百姓看到希望，早日觉醒，拥护革命，投身革命，让苏北大地抗日之火形成燎原之势。总之一句话，你们要多加保重啊！"

"大胡庄的同志们，我还有几个请求！"代政委李少元也站了起来。

"政委，您尽管吩咐！"朱大海、胡锡宜几个人见李少元这么客气，倒有点不自在的感觉。

"其一，二连明天要出发，先得去地顺河大吉庄与县委县政府的同志取得联系，团部已经通知他们，你们本乡本土的，路道熟，麻烦你们给带个路；其二，请根子师傅再辛苦一下，下午能给二连的战士们理个发，也算是清清爽爽地出征吧；其三，我听供给处的同志说，大海师傅这边榨油坊的活，做得也顺畅，手下几个师傅调教的还可以，你明天也可以暂时和大伙一起回大胡庄，隔个十天半月的，再请你回来指导指导，下一步出油量增大了，你直接来这里批发，省得你去涟水那边进油了。"李少元想得还真

117

细，看得出，这是一个合格的政工干部。

"没问题！""没问题！"大伙儿爽快地答应着。

"副营长，你看你那鞋子还能穿吗？换我的，送你了！"李少元从宿舍里拿来一双新皮鞋，这鞋是他从盐城新买的，还没舍得穿。刚才，他看见巩殿坤的鞋子都脱线了，露出了一个小洞来，赶紧让他换上。

"不行不行，政委，你这是新鞋，我不能夺人所爱嘛！"巩殿坤憨笑着。

"什么你的我的，下一次你有钱买了还我不就行了嘛，赶紧穿上！"

"好好好，恭敬不如从命！"他俩都是大脚，鞋子都是大号的，穿上新鞋的巩殿坤脸上美滋滋的。

肉汤的香味氤氲在空气中。大胡庄来的人，都向往这种有肉的日子，也许这是一种无可企及的奢望。他们吞糠咽菜惯了，粗茶淡饭惯了，眼下这春荒时节，这种奢望，更像是一种肥皂泡一样的美梦。

可刚才团长在桌上说的话，在他们的心中埋下了希望的种子。朱大海、胡锡宜、麦根子都是党员了，团长的话也是说给他们听的。团长说，共产党就是给穷苦人打天下的，让穷苦人翻身解放，这是共产党人的宗旨。大家要齐心协力把根据地建设好，让穷人过上好日子，远的不说，听说下一步他们要把团部这个寺院腾出来，把淮安县中迁过来，到那时，这附近四乡八里穷人家的孩子也能上中学了。

也许穷苦人出头的日子，真的不远了。

> 光光头抹香油
> 有钱没钱剃个头过年
> 儿娃们剃的是牛粪坨子
> 女娃们梳的是顶达子
> 媳妇子们剪的是二毛子
> 耳朵后头别着个黑卡子
> 大姑娘们留的是长辫子
> 梢梢子能够上沟蛋子
> 甚至留到了揽筋腕子
> 尕姑娘扎的是发发子
> 崩楼上留的是岁岁子

118

头上最爱扎个红绸子

从头再来盼着都能过上好日子

银鞍照白马，飒沓如流星。

巩副营长骑着一匹大白马，光着膀子，一手提大刀，一手抓手枪，在空地上骑行，一会大刀翻飞，一会瞄准骑射。这样子真像一个侠客，骑兵连连长出身的他，马就是他的第二生命，稀罕得像自己的儿子。可惜他还没有娶妻生子，说不定就是有了儿子，他待马的心都比儿子重。

这马是一个爱国绅士从马市里淘来送给八路军的，名叫"雪玉狐"，巩殿坤当时做着骑兵连连长，是跟团长死缠烂打磨来的。雪玉狐样子着实稀罕，高两米左右，一身白鬃毛发，周身像玉缎似的，仰天长啸一声，震人心魄，只见腾空飞跑，天生的傲视群雄的野性和爆发力，尘烟四起，恰似天兽下凡而来。就是骑在这匹马上，巩副营长不知杀死了多少鬼子伪军，因而他的性格里天生有一种睥睨一切的劲儿。

小王庄保长王开志家门前的空地上，二连的兵排着队坐在那里，麦根子给他们依次剃头。浇水、洗头、打毛巾把，王保长和小号兵王孩儿这一老一小在旁边做着服务，配合倒也默契。

遛马中途，巩副营长仰着脖子，唱起歌来。他是甘肃人，据说《有钱没钱剃个头过年》这是兰州一带的歌谣，他唱得挺顺溜，惹得大伙儿一阵阵的欢呼与掌声。

在掌声中，他又偷偷地掏出镜子来，照一照自己的光辉形象，咧着嘴笑起来。

王保长听说麦根子师傅不但会剃头，还会说书讲故事，就来央求他给大伙讲一段。有人说，剃头不能分心，可麦根子边剃头边说书，早就习惯了，这也是他的"绝活"。

"那好，我就给大伙讲一段我们淮安河下文楼上'斗联'的故事吧。"

"话说乾隆皇帝六次南巡，而每一次到淮安，河下是必到之地。有一年，乾隆帝与风流才子纪晓岚，沿着曲街深巷里的石板小路，一边微服私访，一边四处观光。此时已近中午，肚中空空，于是二人就来到了当地有名的酒楼——文楼，店小二看到来客气宇不凡，连忙将二人引向楼座，嘴里高声唱唤：贵客临门，蓬荜生辉，二位客官楼上请——

"文楼，乃江淮名店，最出名的就是'文楼汤包'，汤包馅心全部由汤制成，配以三秋之蟹的黄与膏，熬成浓汤，将汤包进包子里，称为'蟹黄汤包'，是名副其实的'汤包'。皮薄如蝉翼，嘬嘴吸浓汤。选料严谨，工艺独特，包大皮薄而不破，汤汁晃荡而不溢，肥厚鲜美，满口生津，别具一格。一般到文楼吃汤包是有讲究的：来客先喝茶，用上好的茶叶将你的肠胃清洗干净，然后吃其他的菜，到最后才能吃汤包，因为如果汤包吃早了，其他的菜就没有口味了。故而在淮安，有这样的说法：'文楼的点心，吃得等不得。'

"二人大快朵颐，品完汤包，此时，楼下传来悠扬的丝弦、羌笛之音。凭栏一看，一群男女正谈笑风生，尽显风流。问小二，下面是怎么一回事？小二说，二位客官有所不知，此乃河下一个名叫'望社'的诗社所组织的'斗联'活动，不管什么人都可以参与，您二位亦可参与。'斗联'？二人一听，颇觉新奇，还第一次听说有'斗联'的，于是移步下楼。

"一位老者宣布河下望社'斗联'开始，一时间诗韵弥漫，联云诡谲，诗人们负手而立，跃跃欲试。只听一叫夏桃花的贵妇说，我先出一联，抛砖引玉：'东启明，西长庚，南极北斗，谁是摘星手？'人群中，一锦衣秀才嬉皮笑脸地对夏桃花说：'春桃花，夏芍药，秋菊冬梅，我乃探花郎。'众人哈哈大笑，夏桃花连气带羞，一时粉面桃腮，无言以对。

"乾隆听了，不觉得摇了摇头，这副对联是他当初为难江西萍乡考生刘凤诰的：'东启明，西长庚，南箕北斗，朕乃摘星汉。'当时刘凤诰答的下联：'春牡丹，夏芍药，秋菊冬梅，臣是探花郎。'后来这副对联被称为'探花对'。人群中有人说：'蕙兰饮秋露。'马上就有人答道：'桃李沐春风。'有人说：'陌上云烟远。'对曰：'江头霞影浓。'几个回合下来，倒也平常，这时有一个叫马言华的塾师，曾经做过翰林，只见他身着一袭绣袍，手持一把折扇，走上前来，向众人施礼：'在下有一上联，请诸位赐教。此地南有文庙，北有文楼，东有文渠，西有文通塔一尊，人人满腹尽文采。'此联一出，犹如灵光一闪，顿感异象环生，是啊，此联所用意象，均是大家耳熟能详的地方景点，但对起来确实有点难以下手，不免一时陷入沉寂。过一会儿马翰林见无人能对，对众人说：'这副对联确实是难了一些，各位明年再对也不迟。''慢着！'人群中有一位农夫上前，大家一看，才不惊人，貌不出众，又是麻子又是秃子又是烂红眼，'小老儿姓赵表字朴风，是萧湖莲花街种蒲菜的出身，平时偶然识得一些文字，今日仅以我的本行与马翰林试对，不揣浅陋，以见教方家：本乡春吟蒲芽，夏吟蒲菜，秋吟蒲草，冬吟蒲风诗千首，个个实才非蒲包。'此联一出，众皆哗然，乾隆也不觉得微微地点了一下头：荒山出俊鸟，僻壤有高人！

"在嘈杂声中，乾隆走上前来，对众人打了个圆场：'本人姓黄，单字名一，乃京城而来，路过此地，恰逢盛会，刚才来时路上得一联以凑趣。柳荫官道飞马尘，北往南来，尽徽商晋贾。'众人没有想到本地结社，突然来了个外地人，未免有点意外，出于尊重，于是安静了下来，一时出现了冷场，旁边的纪昀急了，不能让皇帝下不来台呀，于是赶快救场：'花巷文楼流觞曲，吟诗唱赋，咏国事民生。'顿时掌声一片。第二副来了：'有水有田方有米。'纪昀不假思索：'添人添口更添丁。'又来了：'揽月何难，有志有为堪折桂。'对曰：'登天不易，无私无畏可摩星。'这真是乾隆来得快，纪昀对得快。乾隆一看难不倒纪昀，于是便说：今日在此我们享受汤包的美味，不如以汤包为题如何：'黄花叠叠犹如千足蟹。'纪昀一听，头皮发麻，我的皇上哎，世上哪有千足蟹这一说，乾隆看到纪昀发愣，知道他在想什么，你这个书呆子，我是夸张，你懂吗？再说既然皇上我说了，又谁敢说错？纪昀没法，只好跟进：'白浪滔滔恰是一包汤。'怎么样？您是千足蟹，我是一包汤！众人听了，无不叫好。就这样'斗联'转眼之间变成了他们君臣二人的'联斗'。

"旁桌有一女子，眉目清秀，体格婀娜，一身淡青细布碎花衣袍，脚踏一双银灰色白平底绣花单鞋，并未缠足，看上去，既非贵妇，亦非农妇，乾隆感叹此地风水绝佳，尽出清新丽人。只见女子眉宇微蹙，嘴角带笑，欠身向前，施礼道福，对他们说，二位才俊饱读诗书，满腹经纶，想必是学富五车，经天纬地，今小女子有一联求对，二位可赐上联否？乾隆和纪晓岚自恃才高，根本没有将这女子放在眼中，微微一笑，随口就说小姐请出联。女子指着自己的座位说出上联：'小大姐，上河下，坐北朝南吃东西。'此联一出，君臣二人，面面相觑，搜索枯肠，不知所云，遂道声'惭愧'，拱手而退。

"此联貌似简单，土得掉渣，其实是一副绝对，从此以后，再无下文，至今也无人能对出非常贴切、工整的上联。

"今天，我说来与大家一听，请各位细想细想，也许'绝配'就能出自各位之中。"

"小大姐，上河下，坐北朝南吃东西"，一时间，二连的战士们争相传诵这副对联，个个搜肠刮肚，看能否对出下联来。

傍晚时分，院中的几盏马灯重新亮了起来，因为明天出征，团里供应了煤油，这灯焰又欢快地跳了起来。

巩副营长和晋连长给全连召开了出征动员会，每个人情绪高涨、斗志昂扬。全连99人，除指导员和副连长去盐城学习，有15名病伤员无法随连队行动，需要留在苏家嘴后方休养，出征人员一共82人，加上带队的巩副营长，合计83人。

"葡萄美酒夜光杯，欲饮琵琶马上催。醉卧沙场君莫笑，古来征战几人回。"

有人留下，有人出征，一场依依不舍的离情别绪，在二连的战友间，在这个夜晚，在这个院落里弥漫开来。

副连长孙文魁早早地把行李包裹捆扎停当，他今晚索性和衣而眠了。接到培训学习通知的他，明天就要赶去盐城抗大五分校报到，可这样的时候，他内心五味杂陈。

二连的兄弟们明天就去执行任务了，这时候，他这个副连长去学习，好像有点不合时宜。当初就是因为没有文化，整编时从连长主动降为副连长，让有文化的晋志云当了连长。因为行军打仗，遇到学习的机会，他也都让给了年轻人。这一次来苏家嘴休整，组织上没有忘记他这个38岁的"大龄青年"，给了一个名额，让他去学习，他思来想去，觉得还是要珍惜这样的机会。

但他临行前，有几个人他放心不下，那就是他一手带出来的同村的三个"童子军"：17岁的刘本成、耿傻子和16岁的王孩儿。找来三个人，望着三张充满稚气的脸，他挨个地摸着他们的头，扔下他们他实在于心不忍。三人在他面前，既是他的兵，更是他的孩子，要说岁数，他的儿子都比他们大两三岁呢。平日里，有他在，还能多多少少有个照应，这一走，他们就得自己照顾自己了。

刘本成父母去世的早，从小和兄嫂一起过日子。因为家里太穷，常年忍饥挨饿，嫂子嫌他是个累赘，整天冷鼻冷眼，有时候放羊回来晚了，连一点剩饭都不给他留下，可怜他就喝点冷水充饥，第二天起来饿得走路腿都打晃。耿傻子、王孩儿也是穷人家的孩子，三个人常在一起放羊，同病相怜，惺惺相惜。可以说，挖野菜和四处讨饭，是他们得以活下来的一条生路。

黄克诚的八路军经过范县时扩军改编，县大队编入八路军，刘本成、耿傻子、王孩儿三个人背着家人，徒步走到县城，好不容易找到在县大队当连长的同村人"孙大爷"孙文魁，央求他带他们一起参军打鬼子。这三个小鬼实在太小，孙文魁一口回绝，又渴又饿的他们急得直哭。看着三双渴求的眼睛，想着他们过的悲惨光景，孙文魁心一软就答应了，把他们带了出来。

其实，耿傻子、王孩儿都是有大名的人，只不过从小乳名小名叫顺嘴了，部队的战友也就跟着叫开了，最后真名反倒没人叫了。刘本成很机灵，参军后不久，就被一营长翟占魁看中，留他在营部做通讯员，从皖东北过来的时候，因为基层减员多，二连长就和一营长商量把他要了过来，和耿傻子、王孩儿编在一个班，都是一排二班，二班长王书方也很喜欢这三个"小不点"。

耿傻子个子高，但一点不傻，最拿手的是吹笛子，也不会识谱，什么歌能听一两遍，就能寻着音调吹出声来。王孩儿，个子矮，娃娃脸，连里吹号的老号手看他淘气可爱的样了，一下子相中了他，就去磨连长，最后连长同意让王孩儿接他的班，做号手。

这三个人有一个共同的特点，就是童音嘹亮，好像还处在没有变声的少年阶段。连长晋志云见文书高建国吹拉弹唱都会，通讯员李二锁又是男高音，就让他俩成立一个小合唱团，他们就物色了刘本成他们三个人。有时候文艺表演、休息拉歌时，几个文艺小青年就闪亮登场了。

这三个"童子军"，有一次差点在他眼皮底下"光荣"，想到这，孙文魁不寒而栗。

"本成，你和耿傻子要带好王孩儿这个小弟，毕竟你俩大他一岁，可不能再发生青阳保卫战那一次的险情了。"

是啊，青阳镇是他们一辈子都忘不了的地方。

青阳镇三面临潍河，是皖东北根据地政治、经济、文化中心，保卫好这个镇，是留守的八路军六团，也就是现在的新四军二十四团的中心任务。

青阳商业发达，物资丰富，人口逾千户，是根据地筹集财政物资的重要资源地，为兵家必争之地，人民武装与日、伪、顽之间在此反复争夺，许多战士牺牲于此。

1940年冬的一天傍晚，侦察员报告：皖东北专署机关带一个地方警卫连，由魏营向北转移，入青阳镇住宿。正在镇西南30里外上塘集附近活动的六团团长胡继成根据以往经验，敏锐地觉察到，机关进驻，敌人听到风声肯定会来偷袭。专署机关进镇有危险，于是，他急忙率兵北返青阳，并连夜部署兵力防敌。

拂晓时分，睢宁、灵璧和泗县等地日伪军700余人包围了青阳镇，好在胡团长事先在几个方向都布下兵力，一时枪声大作。战士们一次次打退敌人的进攻，敌军猛攻一天没进展，不甘心失败。黄昏时，在重火力掩护下，日军单独组织一队精兵往东门冲，进到街口外一道缓坡巷道里。

情况万分紧急，守在此处的翟占魁营长心生一计，让通讯员刘本成通知孙文魁，让他带一个排找软草、煤油，爬上房屋，实施火攻。

刘本成、耿傻子、王孩儿都参加了那场火攻，他们几个"童子军"负责上屋脊、扔软草、泼煤油，干得特别起劲。突然，王孩儿脚下没有站稳，一下子滑落巷道中。刘本成、耿傻子来不及细想，跟着跳了下去，想合力把王孩儿救走。不远处几个鬼子端着刺刀直奔而来。说时迟，那时快，孙文魁大喊一声，抽出大刀砍杀过去，几个敌人见这黑铁塔一样的彪形大汉如此疯狂地砍杀过来，一下子吓得转身就跑。孙文魁趁机拉着三个人进了屋，飞快上房，随后，一声令下，煤油软草"轰"的一声点燃，涌进街口巷道的鬼子全部葬身火海……

"你们还小，我不在你们身边，你们一定要自己照顾好自己，多个机灵劲，就多一分安全。命没了，啥都没了，将来少一个人回去，你让我咋和你们家人交代啊。"

其心殷殷，其情酽酽。

三个人拉着孙文魁的手，依依惜别，泪如泉涌。

4 月 20 日，天色微亮，夜幕的轻纱慢慢撩开，苍茫的大地现出一角。

半个时辰之前，还是黑漆漆的一片，那是黎明前的时刻，也是至暗的时段，许多的梦乡和记忆，就是在这样的时光里被鸟鸣和晨曦点破的。

周老二做了一夜的梦，都是和大哥他们在海边运盐的情形，不知道大哥他们怎么样了，他得去找大哥他们。想到这，周老二睡意全无，腾地坐了起来，转目枕边，发现一个信封，打开一看，是一沓"江淮币"。

这钱是谁给的？他想起来了，昨晚上睡觉前，代政委李少元来过，说是来辞谢的，感谢送来的这批盐，难道是他偷偷放下的？

他抓起信封，就直奔李少元的房间。代政委也已经起床，在门口做着伸腿、弯腰这些锻炼的架势。

"周师傅起得早啊。"李少元热情地打着招呼。

"首长，这钱是你给的吧。"

"是的，周师傅，这是我们盐城那边江淮银行刚刚发行的'江淮币'，也叫作'抗币'，现在盐阜地区根据地通用，你拿去可以兑换买东西。

"首长啊，你把我周老二看什么人了？这盐是我们周家班献给部队上的，还要什么钱，你们分明不把我当朋友啊。"

"我们八路军、新四军不拿群众一针一线，这是纪律，不收钱可不行，朋友归朋友，一码归一码。"

两个人一声来一声去，声音渐高，团部的人以为是吵架了，纷纷走出来，弄得两人都不好意思起来。

团长胡继成也来了，他作最终裁决："周师傅不收钱，不准走！"弄得周老二左右为难，哭笑不得，只好收下，他连连感叹，这共产党的队伍和国民党的军队真的不一样，送的东西还给钱。

他掂量着手中的信封，感动得一句话都说不出来，就觉得那信封沉甸甸的。

迎着初升的朝阳，他告别了团长、代政委，踏上了投奔大哥的路程。

二连出发的时候，村口站满了送行的人们。

房东保长王开志拉着王孩儿的手，一个劲地往他的衣兜里揣着山芋干子，一路叮嘱王孩儿，饿了就吃，当零食。他真的舍不得这么小的孩子，人还没枪高，就出来扛枪打仗，心想，这都是日本鬼子做的孽啊。他在心里为战士们祷告，希望他们早日平安归来。

今天在队伍后面压阵的巩副营长，依旧骑着他心爱的"雪玉狐"，那威风劲自不待言。

在前面领头的是晋连长。晋连长的坐骑是一匹火炬马，有人管它叫"赤兔"，一身火红，如枫林染霞，火龙入世。这马也是难得的良驹，是晋连长在打山东定陶时，从鬼子队长手中缴获的。这马性格非常刚烈，晋志云使出浑身的解数，才驯服了它，现在跟着晋连长走南闯北，日久生情，"主仆"浑然一体，须臾不离。

正应了《三国》中的那首诗：奔腾千里荡尘埃，渡水登山紫雾开。掣断丝缰摇玉辔，火龙飞下九天来。

大胡庄来的几个人，朱大海、胡锡宜、麦根子、胡大勇、朱小凤随队而行。根据秘密行动的要求，今天不走北线大路，即不沿废黄河堤堤走涟阜路，选择从南线村子里的小路向顺河方向进发。

朱大海的老淮调又在路上飘了起来。这几天，他没日没夜地指导着师傅们出油，难得睡上一个囫囵觉，顾不上唱上一段淮剧，再说，战士们都是外地来的，根本听不懂这淮剧。今天走在路上，难得的轻松，他又唱了起来。

战士们听不懂他唱的什么，但是为这种激情，这份腔调，频频叫好。

朱大海、胡锡宜、麦根子三个人商量好，考虑到朱小凤头部受了伤，还扎着纱布，不能长时间行走，就把大胡庄运盐的那辆马车，让给胡大勇用，马车拖篓上载着朱小凤和几个人的包袱。

胡大勇骑马载着朱小凤，两人有说有笑，惹得战士们好生羡慕。

“小凤，我想跟你商量一件事。”胡大勇试探着说。

“你说，什么事?”

“我想报名参军，当新四军!”

“前几天说要参加自卫队，现在又要当兵，你搞的哪出啊? 再说，胡三爹和璜二爷不说秋后为我俩成亲的吗? 你当兵了，扔下我一个人怎么办?”朱小凤声音里明显带着哭腔。

“参加自卫队，不如直接当新四军，新四军的人都是好人，我就是和你商量，我当兵也是为了保护你啊。昨晚上，我也问了，我俩可以先结婚，然后再去当兵，而且就在这边根据地周围打鬼子。”

“我知道，共产党的队伍是为我们穷人打天下的，你去当兵，我不拖你的后腿，可要是打起仗来，子弹不长眼啊，我真的放心不下你啊。”

“兄弟啊，你要参军是好事，我们欢迎，但是一定要征得媳妇的支持啊。”一旁的二排长张德纯，冲他俩笑着说道。

“二排长，你可不能听大勇子瞎说哟，谁做他的媳妇啊，把他美得。”朱小凤嗔怪地羞红了脸，可胡大勇的脸上乐滋滋的，洋溢着幸福的笑容。

昨晚上，二排长和胡大勇这个“苏北老乡”聊了许多，知道大勇的身世也很苦。大勇子萌生了当兵的想法，二排长非常支持，他还答应大勇子，如果参军，他会向晋连长申请，就放他们二排。

此时的胡大勇，憧憬着自己穿上新军装的样子，走在队伍中，抬头挺胸，阔步向前，一副雄赳赳气昂昂的豪迈神情，俨然已经是二排的兵了。

经过茭陵地界的时候，庄上的人争相观看，有人喊着“八路军来了”，有人喊着“新四军来了”，还有熟人一眼瞅见了胡大勇和朱小凤，众人羡慕的眼神，让胡大勇心里美滋滋的，他觉得他现在是一名革命战士了，看谁再欺侮他。

可惜，接下来他们不能继续随队行动了，要和二连的同志们告别，回主家继续做他们的老本行，心里倒有点不舍。

二排长张德纯安慰他：“回去吧，我们很快会见面的。”

看着队伍远去的背影，胡大勇和朱小凤两个人久久地立于风中，远远地眺望，长长地招手。

大概半个时辰的光景，二连进入顺河地界。

突然，骑在马上的晋连长看到前方一二里开外，烟尘四起，马蹄踏踏。

"停止前进，就地隐蔽！"晋连长大声命令，"侦察员，去前方打探一下！"

"是！"两名侦察员应声而去。

部队人马随即隐入马路两边的玉米地里，各人子弹上膛，静观时变。

不一会儿，两名侦察员折返，身后还跟着一队人马。

"报告连长，根据地的同志来接应我们了。"

"啊，原来是王区长！"朱大海他们几个人同时认出了来人，原来是王一香区长带人来接应大伙的。

王一香和后面的人跳下马来，走上前来向晋志云连长抱拳施礼。王一香自报家门："同志们辛苦了，我是顺河区区长王一香，我们昨天就接到了通知，说你们今天要从南线过来，这不，我们一早就守在路口等你们哩。"

"哈哈，大水冲了龙王庙，一家人不认一家人啊，刚才我险些把你们当作鬼子二皇了。"晋连长面露歉意，同时也心生感激，地方上的同志就是热情周到。

这时，殿后的巩副营长也过来了，彼此介绍后，大伙有说有笑地继续上路，很快就来到了一个叫大吉庄的地方。这里是淮安县委所在，一个普通的农家院落。

临时落脚的地方已经安排好，在一个小学校里，王一香等人把二连的同志们先行安顿好。然后带着巩副营长、晋连长来到县委。

说是县委，其实就是门口一个木牌子，上面黑漆书写中共淮安县委员会几个大字，然后就是几间泥草房子，是借居在老百姓的家里，办公条件很是寒酸简陋。

"因为日本鬼子经常下乡扫荡我根据地，还有国民党韩德勤部队顽匪的伺机破坏，所以我们县委县政府机关经常转移，有时候一天要换几个地方。今天是因为你们来了，才特意将牌子挂出来的，平时不挂牌办公的。现在你们来了，我们总算可以睡个安稳觉了。"听王一香这么一说，巩殿坤和晋志云心里有说不出的酸楚，地方上的同志们开疆辟土，自保支前，什么事都是他们，他们真的不容易。

这时，他们看见一间房子里，坐满了人，台上有一个20岁出头的女子，正在给下面的人讲话，他们驻足静听。

"我们目前三大任务，一项就是为我们的部队筹措粮草，其次就是借粮度荒，再就是开展减租减息斗争，这几项任务，都涉及地主富农这些大户人家。所以我们一定要注意掌握好党的方针政策，特别是对地主、绅士、社会贤达人员要注意方式方法。对于他们，我们要特别注重'攻心'，讲道理，讲情义，情理并举。用党全民抗战主张的英明去征服他们，用共产党人抗日情怀的真诚去感召他们。

"比如，你们去召开向地主借粮和减租减息的座谈会时，可以从三个方面给他们指出来：一是申明大义，强调借粮度春荒和减租减息是抗日救亡、爱国爱民的光荣之举；二是和敌人对比，日伪上门则一锅端，甚至索命，我们是理字在前，情字在中，法字在后；三是我们是有借有还，等有了收成，我们一定奉还，这何乐而不为。"

"这个女子不简单，年纪轻轻，道理是一套一套的，有思路，有方法，她是谁啊？"巩殿坤问王一香。

"她是我们县委书记李凤，今年23岁，和我同龄。山东人，在青岛山东大学时参加民族解放先锋队，后来参加了游击队，入了党，再后来随八路军一路南下东进。去年夏天，她到地方工作后，奉命装扮成农村妇女，去运河边上接应主力部队，一路做向导，将大部队引到盐阜区，其后，她担任盐阜地委宣传部部长。淮安县委成立，组织上就派她来担任县委书记了。我从盐城监狱放出来时，就是她带我来淮安担任顺河区长的。"

"呵呵，我们三个是同龄人，都是23岁。真是巾帼不让须眉啊。"巩殿坤啧啧称赞。

说话间，那女子来到近前，梳着女干部们流行的"二刀毛"发型，面容生得端庄清秀，举止优雅，眉宇间一双眼睛透出几份坚毅和明慧。

这是一个清爽干脆的女子，一开口就知道，快人快语，说话像布置工作，丝毫不拖泥带水，地道的山东人的性格。

"我是县委书记李凤，欢迎你们！我在给轮训班的同志培训，暂时请一香区长陪你们转转，熟悉地形，了解情况。等会一起吃个便饭，下午'三驾马车'来，我们一起开一个碰头会。"

"三驾马车"？李凤继续去开会了，晋志云对这称呼颇感兴趣，很想见见"三驾马车"长得啥模样。

根据部署，二连的三个排，向南边的仇桥、西边的钦工、北边的废黄河三个方向，分别派出一个班，担任侦察任务，一旦遇到情况立即向连部报告，同时游动哨、固定哨全部安排到位。

小学校东面，是一块平整宽阔的田地，足有四五亩地，开春以后，石滚子碾压出来，供县大队平素训练用的。中间一个高台，说是开会唱戏都可以用，如果骑马练习射击，可以在高台旗杆基座上插上一面标耙，半径60米范围内，供骑马人绕着操场练习骑射。这样的设计堪称一绝。

午饭后，战士们稍事休息，便来到操场练兵。晋连长说了，要响应党中央毛主席的号召，发动麻雀战、袭扰战，每一个田间地头都是战场，现在就利用这块田地开展练兵训练。练兵对于身经百战的二连战士来说，已经司空见惯了，每个人都懂得，没有严格的训练，上了战场，就是拿命在开玩笑。所以每一次训练，战士们都格外认真。

特别对参军不久的新兵来说，他们更是感受多，体会深。凡是新兵进了二连，就得拜师学艺，就像刺杀，每天早中晚要分别练习三百到四百个穿刺动作，再累也要练完。有的人胳膊练肿了，人练哭了也没用，还是要练。渐渐地，胳膊是肿了消，消了肿，反反复复，最后练成了一身的结实肌肉来，胳膊也不红肿了，身子也不酸痛了，浑身有股使不完的劲，这就练成了，可以出师了。

新四军的许多部队，过去都是在崇山峻岭中杀将而来的，现在到了平原水网地带，必须尽快适应新的作战特点，于是形式多样的游击战法应运而生，"小孩拉瞎子""狗咬叫花子""爬房子村落战""梅花桩战法"，这些听起来千奇百怪的游击战法，却让敌人胆战心惊。

就拿"梅花桩战法"来说，其实是一种防偷袭的驻防战术，就是部队驻扎的时候，分成四到五个地方，不在一个地方驻扎，指挥机构在中间，当日军分两路进攻的时候，只能打两个点，这两个点往后撤退，没被打的两三个点就绕到敌人的后面攻打。日本人攻击的时候，前方很厉害，机枪、手雷、掷弹筒都有，后面布防比较薄弱。新四军的"梅花桩战法"就是抓住了敌人这个弱点。

新四军军部最近提出，全面开展这些游击战法的训练。二十四团的连排级干部在苏家嘴的时候，已经参加了集训。现在，二连的战士们，除了练习刺杀和刀法这些硬碰硬的基本功之外，他们正全力贯彻落实军部的指示，参与这样的训练，三个排的排长亲自示范、亲自布阵、亲自检校。

这次出来，二连的战士们标配为：人手一支汉阳造老套筒步枪，配有刺刀一把，身后背着一把鬼头大刀，腰间别着子弹袋和四颗手榴弹。要说还有杀手武器，就算营长翟占魁暗地里给的那一筐土制地雷了，他神秘地说，地雷这东西有时候可抵得上一门步兵炮的威力。

一时间操场上杀声阵阵，寒光四射，战士们腾挪纵跃，刀枪相击的声音不绝于耳。在百姓们的支持下，附近的草房上，战士们爬上爬下，屋顶成了他们的第二战场。

县大队的两个连也过来了，他们是从县政府所在地——顺河的小新庄赶来的。他们第一次看到正规军的训练，看到这轰轰烈烈的场景，显得格外的兴奋和过瘾。

"三驾马车"闪亮登场——走在最前面的，是淮安县抗日民主政府赵心权县长，也是县大队的大队长；后面两人，一个是县大队一连连长吉乐山，一个是二连连长李成山。

"诸葛亮会"马上开始，众人向会议室走去。王一香边走边向新四军的两位主官介绍着传说中的"三驾马车"。

"这'三驾马车'在我们淮安北乡可是响当当的英雄好汉，他们身上有着惊人的相似之处。首先，三个人都是从创建抗日武装起家。前年夏天，日本鬼子来北乡扫荡，赵心权的淮安民众抗日自卫队在青龙庵展开伏击，打响了我党领导的淮安民众抗日武装打击日寇的第一枪；去年4月起，吉乐山先后创建淮安大队、淮阜大队，一百余人，竟有骑兵三四十人，驰骋江淮大地；去年8月，李成山组织起黄河抗日游击队，四乡八里威名远扬。去年10月，淮安县抗日民主政府成立，这三人为着共同的目标，走到了一起，共同创建了淮安县抗日大队。

"这三人还有一个共同点，个个都是武艺高强，赵县长是大力士，双手能抱起石碾子，吉连长会气功、会飞檐走壁，李连长耍大刀，那可是一绝。

"另外，他们还都是一个学校的校友，都是从宋集谷圩小学出来的，吉乐山、李成山还在谷圩小学做过教师。这个小学又叫淮安第三高小，可了不得哟，创办于1895年，是淮安北乡开明绅士、谷家圩庄园的主人谷南敏变卖家产创办而成。听说有二十多个共产党员、国民党黄埔系的将官都是从这个学校毕业出去的，是名副其实的'革命摇篮'。"

"王区长，你就使劲地吹吧，把我们三个吹成神仙了！"吉乐山冲着王一香笑道。

众人仰面大笑。

"诸葛亮会"，其实就是军地联席会议。这是二连来到根据地，与县区的同志第一次面对面地商量事情。

会议由淮安县委书记李凤主持，她的开场白还是一贯的富于激情。

"新四军同志来到我们淮安县，担任游击警戒任务，表面看是保证主力部队的安全，但客观上也起到了保护根据地的作用。他们所到之处，必将把革命的春风吹向我们北乡每一个角落。现在斗争形势非常严峻，我们的根据地还不够强大，敌人随时来扫荡，随时来破坏，我们县机关还处在颠沛流离的状态中，所以，我们一定要抓住主力部队来到根据地和我们并肩战斗的良机，把我们的各项工作推上一个新台阶。"

今年42岁的赵心权，是县机关里的老大哥，作为一县之长，又是抗日武装的负责人，他对新四军二十四团的主力——二连来到根据地，提前做了全面的思考，发言显得纲举目张，胸有成竹。

"我想，第一，我们要做好群众的思想宣传。面对敌人的扫荡破坏，号召广大群众坚决不当汉奸亡国奴，不给敌人带路送情报；要保护公粮、公物，保守军事秘密；还要一起站岗放哨，发现敌情及时报告。

"第二，掌握好党的方针政策，做好统一战线工作。团结地主、绅士及各界爱国人士共同坚持抗日斗争，要求他们在敌人来'扫荡'时，不为日伪工作，保持民族气节。

"第三，打击危险较大的顽匪、汉奸、特务，这些人要坚决镇压。小六堡据点、大顺集据点里的伪军小枪队经常出来骚扰偷袭我们淮安北乡和涟东地区的根据地，我们要想办法打击一下他们嚣张的气焰；我们还要加强根据地警卫巡逻，对一些可疑人物加强监视，打击破坏根据地之言行，稳定根据地的社会秩序。

"第四，实施破路行动。我们县大队和各乡村自卫队要组织人力，改造地形，实施破路挖沟，堆土设障，争取让敌人寸步难行，阻止或迟滞日伪军的'扫荡'行动。

"第五，扩大武装力量。我们要动员有志青年加入县大队和新四军，同时请新四军的同志帮我们开展训练，提高他们的军事技术和战斗力。"

巩副营长表态："下一步，我们部分主力部队要实行地方化，就是为了保护根据地，在坚持根据地斗争中，实现主力地方化、地方主力化。赵县长说得很全面，我补充两点：第一，我们来主要是监视淮阴、淮安、涟水方向的敌人，要在废黄河两岸钦工、顺河、茭陵一带游动警戒，所以肯定不是固定驻防，有时候可能随时进驻，随时出发。初来乍到，人生地不熟，有些驻地需要根据地的同志带路指引，有一点，就是请大家一定要注意保密，不要向外人透露我们的行动轨迹；第二，县大队的同志要协助我们行动，任务就是破路挖沟，让敌人无法近身，这个工作刻不容缓，敌人可能随时来侵袭我们，所以最好立即组织人力行动起来。"

晋连长插话："我再补充一点，要开展'打狗运动'，在根据地内，尤其是边区，敌伪交通线附近，敌伪据点周围的狗都要打光，消除犬吠，便于我们抗日军民夜间行动。"

"对，这一点很重要，差点忘记了这个细节问题。"众人纷纷点头称是。

王一香早已按捺不住，站了起来，他的工作就是整天面对群众，对于群众工作，他最有发言权："最近，我们的主要任务就是筹集粮食、支援部队，这个工作很有成效，我们的宣传口径就是交救国公粮，社会各界积极响应。现在敌后财政主要靠粮食，根据地部队和政权组织，既无饷可领，又无债可借，全是靠老百姓支持。所以，我建议地委或县委制定专门的条例来实施，例如出台一个'救国公粮公草的征集条例'，形成制度化、常态化。"

"另外，就是在地主大户、开明绅士中开展借粮活动，现在春荒青黄不接，我们顺河区就有三分之一的农户揭不开锅了，许多人家一天只能吃到两顿玉米棒头糊子、黑芦秫糊子或者山芋干糊子，最多里面放几棵青菜煮，甚至有的人家一天吃一顿白水煮的青菜汤。这些情况，让我们心急如焚啊。现在有的被借粮户心理有疑虑，害怕我们有借无还，所以建议以县政府的名义制定一个借粮还粮的规定，例如，规定凡有粮在五斗以上的被借户，借粮除还粮外，另外照付息，这样肯定会大大促进地主大户、开明绅士的积极性，缺粮户的现实困难就会很快得到解决……"

……

这是一场头头脑脑参加的"诸葛亮会"，大家各抒己见，集思广益，心往一处想，劲往一处使，根据地面临的一系列棘手问题在激烈的讨论中，在智慧的碰撞中，一个个迎刃而解。

大吉庄上空本来是一半阴云遮脸，太阳似乎害羞地藏在云彩的背后，此刻，那一半阴云一扫而尽，太阳跳出了整个身子，天空一片蔚蓝澄净，阳光照进会议室里，一张张充满生机和活力的脸庞，映出别样的风采。

外面的操场上，训练的队伍正在收队集合，三位排长在做最后的点评。

"我要提醒一些同志，你千万不要小看拼刺刀。上了战场，不要以为枪打好了，就可以胜利了，打枪是瞄准的功夫，拼刺刀是面对面的功夫。再说我们哪有那么多的子弹啊，刺刀杀死一个鬼子，干净利索，一点不比子弹消灭鬼子差。

"日本鬼子号称的'武士道'精神，就是一种勇气，狭路相逢勇者胜，他狠，你要比他更狠，他叽里呱啦地喊，你也大声地吼出来，气势上要压倒他，不要怕他，你如果怂怕了，你就会死在刺刀尖上！所以，什么也不说，练好拼刺刀的功夫，就是保护你自己！"

一排长温新顺的一番话，在场的战士竖着耳朵在听，各人频频点头。

这时，会议已经结束，巩殿坤和晋志云领着与会的一干人等，悄然来到队伍后面，他俩想让大伙看一看他们队伍的军容军纪。

从这一点上来说，巩殿坤和晋志云足够引以为豪。二连无论什么时候，绝对是一支拉得出、打得响的生力军，军人的作风、战士的形象，那是没有半点含糊的。

突然，操场边拴在树上的马群中，有两匹骏马互相争斗起来，发出阵阵嘶鸣。两人定睛一看，正是他俩的宝贝坐骑，"雪玉狐"和"赤兔"正头拱脚踢，互不相让，两张大嘴张着，似乎都在作吓唬状，都想从气势上压倒对方。

两位主官赶紧上前，拉开马匹，各自跃身上马，绕着操场飞快骑行起来。也许只有主人让它们四脚腾空飞奔起来，它们才有了存在感，然后尽

135

情地在众人面前，显示它俩的能耐。

"比一个！"文书高建国趁机叫了起来。

"比一个！""比一个！""比一个！"全场跟着呼喊起哄。

他们说的"比一个"，其实就是让两位首长比赛骑射，他俩习惯了"上马杀敌，下马整训"的日子，马上骑射的功夫自是了得。说不上百步穿杨，但常常是一枪毙命，让敌人闻风丧胆。

早有人把标靶插在高台旗座上，两位主官见此，心领神会，巩副营长让晋连长先来，老规矩，各开三枪。

"啪""啪""啪"，晋志云连续三枪。"9环、9环、10环！"报靶人响亮地喊着，众人欢呼。

接下来，轮到巩副营长了，只见他侧身斜视，抢枪就射，"啪""啪""啪"，三声过后，报靶人继续报靶："10环、9环、10环！"一环之差，巩副营长胜！

掌声雷动，全场沸腾。

"晋连长比巩副营长年轻几岁，再说巩副营长人家毕竟是骑兵连连长出身，姜还是老的辣啊！"人群中有人发出这样的感慨。其实，每次比赛，这两人互有胜负，不分伯仲。

今天在场观摩的县大队的两个连的同志，也都开了眼界，吉乐山、李成山两人也从心底里由衷地佩服巩副营长和晋连长的神武，他们走上前来，分别和二位首长握手拥抱，一起率着众人高呼口号："向新四军首长致敬！""向二连学习！"

"向新四军首长致敬！""向二连学习！"县大队的同志们举起拳头高喊着口号。

"向县大队致敬！向县大队学习！"文书高建国领着战士们回应起来。

口号声、欢呼声、掌声、笑声，相互应和，大吉庄成了一片激情的海洋。

> 扛起枪来便是兵，
> 拿起锄头就是民，
> 又保家来又保国呀，
> 也是兵来也是民哪。

规定时间来集合，

上课体操学本领，

配合主力打胜仗呀，

锄奸放哨探敌情哪。

人人都来当民兵，

日夜到处打敌人，

不愁鬼子打不退呀，

不愁家乡不太平哪。

　　一声令下，县大队的同志们扛枪集合，开始开拔回营，向小新庄驻地进发。会上已作部署，破路任务今晚就要见诸行动，赶回去还有许多事情需要落实。

　　他们一路走着，一路唱起《民兵歌》，这是在根据地刚刚流行开来的一首歌，也成了他们当下的行军歌。

　　开完了"诸葛亮会"的王一香，第一件事，就是把大胡庄几位同志找来，他作为大胡庄秘密党支部的结合人，向他们传达了会议精神。会上已经明确，二连三天后进驻大胡庄，让朱大海、胡锡宜、麦根子这两天先在顺河参加轮训班，最近一定要细致做好配合服务工作。大胡庄是全县为数不多的、较早建立秘密党支部的村子，要抓住二连进驻的契机，把大胡庄的各项工作开个好头，打开一个新局面，给全县其他基层党支部放样子。

　　"这么说，这一次回去，我们秘密党支部能否公开活动？"

　　"以前考虑到形势的复杂性，让你们以自卫队的名义行事，现在党支部还是不能公开，仍是秘密党支部，但是在注意自身安全的基础上，可以放开手脚开展一些党的工作了。"

　　如果说县大队的赵心权、吉乐山、李成山算是三驾马车，那么大胡庄的朱大海、胡锡宜、麦根子也算是地道的"三驾马车"，三个人身世一样凄苦，都是父母双亡，孤苦一人，苦水里泡大、同病相怜的三个人一起走上革命的道路，是共产党给了他们方向，给了他们第二次生命。

　　王一香的话说得三人振奋不已。望着王区长急匆匆离去的背影，他们觉得肩上的责任更重了，大胡庄的历史也许很快将揭开新的一页。

天黑了下来，战士们吃了饭，躺在地铺上，一个个大眼瞪小眼，没有人睡得着。

八班长马合林怂恿二班长王书方一起去找二连的"翰林"——文书高建国，把说书的麦根子请来，讲上一两段，让大伙过把瘾。

文书高建国故意卖关子："人家也不是随喊随到的，再说，让你们休息，你们不休息，不知道巩副营长、晋连长同意不，我还要去请示一下？"

"翰林大人，求你辛苦一趟，我们也没什么别的嗜好，反正也睡不着，就想听一段，请你去求求首长！"两个班长一起央求文书。

文书头昂得更高了，趾高气扬地看他俩："求我？"

"求你！"

文书暗自发笑，其实连长早前就吩咐了，战士们娱乐生活太少，今天刚到根据地，如果睡不着，可以请麦根子师傅说上两段书，为大家调节一下。他故作为难的样子，连他自己都差点笑出声来。

"好吧，我就为你们去挨一回骂！"

不一会儿，麦根子师傅如约而至，众人皆夸翰林面子大，能成事。高建国顿时笑咧开了嘴，傻傻地笑着。大家前呼后拥把麦根子和文书一起请到了宿营地，战士们都从地铺上坐了起来。

掌声响起，麦根子师傅像舞台上的明星似的连连摆手，大伙儿掌声更热烈了。

麦根子开场，首先发问："有谁知道鬼子的由来？"

是啊，日本鬼子天天叫着，谁知道它的由来？半天无人应答，麦根子哈哈大笑："我来告诉同志们吧。"

"中日甲午战争大家都知道吧，战后一次记者会上，日本人想要嘲讽羞辱中国人，事先准备好一副对联的上联，让与会的中国代表们，当场对出下联，如果对不出的话，势必当场出丑。

"上联是什么？上联是：'骑奇马，张长弓，琴瑟琵琶，八大王，并肩居头上，单戈独战！'

"要说这幅上联真的不简单，'骑奇马，张长弓'这两句，都是将第一个字本身，拆开来的两个字所组成；而'琴瑟琵琶'这四字，字的上半部共有八个王字，也正对应了后半部'八大王，并肩居头上'，末句'单戈独战'的"单戈"又合成一个'战'字。

"日本人出的这个对联大意就是：自己骑着快马，张开长弓，兵强马壮的兵临中国，赢得胜利，并以此来鄙视和嘲讽中国。

"想要在短时间内，当场对出这副对联，着实是一件难事！

"正当日本人洋洋得意，认为中国人没人能对出这副对联的下联时，一位负责谈判的清朝大臣，居然拿起纸笔，写出了下联：'倭委人，袭龙衣，魑魅魍魉，四小鬼，屈膝跪身旁，合手擒拿！'。

"这个下联真是神来之笔，令日本人瞠目结舌。下联的每句，都工整的对应上联：'倭委人，袭龙衣'对应'骑奇马，张长弓'；'魑魅魍魉'对'琴瑟琵琶'；且'魑魅魍魉'四字，左偏旁都是'鬼'字，而且有四个，从字形看，鬼字末笔一横勾，像是在下跪，故曰：屈膝跪身旁，末句'合手擒拿'的'合手'，就是一个'拿'字。正好对应上联'八大王，并肩居头上，单戈独战'。而且还反过来将了日本人一军。

"下联大意就是：日本小人，偷穿龙袍，只不过是魑魅魍魉四个小鬼而已，赶快下跪认错，否则合手擒拿。

"这下联可谓句句工整，字字珠玑，当时就引得在场之人拍手叫好，也让日本人见识了中华文化的博大精深！

"从那之后的中国人，就不再称呼日本人为'倭寇'，而称之为'鬼子'了，这种称呼也一直延续至今。"

麦根子讲到这里，大伙儿掌声又起，这段书说得太精彩了，在娱乐中，让大家长了知识，增了见识，原来"鬼子"是这么来的，众人都佩服麦根子作为一个剃头匠，还会说书已经不容易了，想不到肚子中的货真多，他就像一个见多识广、学贯中西的"百科全书"。

书场在精彩中继续。另一间屋里，煤油灯的灯焰忽明忽暗地跃动着，拨了多次，才亮了许多，一场面对面的恳谈会正在进行。

赵心权请来了朱大海、胡锡宜，这两个人是他的救命恩人，上次顺河一别后，一直没有机会细谈，这次他们给新四军二连带路来顺河，赵心权决定无论如何找他们好好地聊聊。

从横沟寺暴动开始，陈治平、赵心权、谷大涛等人在淮安北乡点燃了武装斗争的第一把火，直到他做了淮安县抗日民主政府的县长，赵心权的故事一直在十里八乡流传，到现在，根据地的老百姓还有人称他为"北乡点火人"。

"赵县长，我们黄河渡口一别已整整 13 年了，想不到转了这么一大圈，我们又转到了一起，还能在您的手下做事。我们想知道，这么多年您是怎么过来的。"朱大海关切地问道。

"是啊，赵县长，您是名人，您的传说也有人零零碎碎地讲起过，可是我们就想让您亲自给我们说说。"胡锡宜也提出请求。

"说来话长，一言难尽啊。"赵心权叹了一口气，从口袋里摸索出一包烟来，"这是'金虎'牌的，是上次去地委开会，大领导给的哩，我一直舍不得抽，不过听说这烟丝劲大呛人。"抽出一支，要递给众人，众人摆手。他慢慢点燃，烟圈吐起，他的故事像烟雾一样曲折升腾。

"我们那次转移撤退时，先得感谢龚营的开明绅士李硕典，是他带四五个人来半路阻截敌人，掩护我们撤退到废黄河岸边的，天不该绝，幸好遇到了你们。

"渡河后，根据上级指示，淮安北乡党组织划归涟水县委领导。我就留在涟水，配合县委开展党的活动。在涟水期间，我们在农村提出'拖租''拖债'的口号，麻痹敌人，赢得群众，全县党支部发展到二三十个。后来，我们又组织了'穷人会'，开展借粮斗争，由于声势较大，遭到国民党涟水县警备队的镇压。

"1930 年 7 月中旬，我们根据省委'关于组织武装暴动，建立苏维埃政权'的通知，我们四处寻枪，我一个人就在淮安宋集、钦工一带搞了 20 多支枪，县委组织了'八一'暴动，后遭到国民党县警备队和地主武装残酷镇压。'八一'暴动失败后，我参加了省委召开的会议。会后被任命为扬州特委书记，做党的开辟与恢复工作，其实特委就我一人。去扬州前，省委巡视员陈百洋给我介绍了扬州中学、高邮等几个联系点。到扬州后，我就住在都天庙的堂兄赵秉成家，靠他从淮安老家带来的粮食维持生活。不久，我与好几个地方党组织接上关系，在扬州中学建立一个党支部。可是时间不长，我们又与省委失去联系，当时心中那个苦闷啊，无处去诉说。"

赵心权一支烟很快就抽完了，使劲地咳嗽起来，朱大海、胡锡宜劝他别抽了，他摆摆手，又点起一支，继续讲他的事情。

"在扬州有一次我差点就被捕，如果被捕了，说不定早就没命了，我们也就见不着面了。那是 1933 年的一个夏天，有个学生跑来告诉我，说特务到处在抓人，组织被破获了。我当时一听，不好，苗头不对，可能是省委巡视员陈百洋出了问题。我立即戴着坏草帽，拉着黄包车出去打听消息。刚出门，在一条巷子里迎面碰见陈百洋等人，在无法避让的情况下，我就将草帽拉下，硬着头皮面对面走了过去，好在没有被他们发现。我担心高邮的联系点遭到破坏，第二天一早就直奔高邮。到了高邮，才知道我们的同志已遭逮捕，那时候，我一个人在高邮小饭馆反复思考了一夜，最终决定返回涟水老根据地再作打算。

"回到涟水后，我与几位同志商量，既然与省委联系不上，到什么地方也没用，只有自己干，于是决定恢复淮盐特委党组织，继续开展工作。在同志们的推举下，我担任临时特委书记，不久，与省委取得联系，并获得正式批准。时间不长，国民党江苏省政府组织军、政、警联合特殊指挥部，对淮盐地区党组织进行大规模的'清剿'，致使县以下党组织无完整的支部，只有个别党员在地下秘密活动。

"我清楚地记得，1935 年 2 月，我在淮阴北乡梁锅镇召开特委会议，根据会议分工，我第二天晚上去淮阴西北五里庄找淮阴县的大队长吴希才，不料，吴希才早已秘密自首，当晚勾结国民党县党部特务，将我抓捕，先后关押在国民党县特务室、县公安局看守所、县政府监狱、镇江保安处、苏州反省院。

"西安事变后，我作为'政治犯'被释放，我决定在党的群众基础较好的淮安北乡，开展抗日救亡宣传工作。我四处联络失散党员和进步青年，先后成立了'民众动员委员会''古驿乡抗日同盟会''淮安抗日同盟会'，那次我们在茭陵街召开万人抗日大会。就在你们家附近，这个你们是知道的，可惜你们俩当时外出避风，没有参加。

"抗日斗争，光宣传喊口号不行，还要有自己的武装，我就打出'打土匪保家乡'旗号，先是组织'抗日自卫队'，后来以'抗日同盟会'成员为基础，成立'淮安民众抗日自卫队'。1939 年 6 月，我根据苏皖三地委的指示，率'淮安民众抗日自卫队'加入八路军山东纵队陇海南进支队第八团，后来，我们随八路军第五纵队和地委东进淮海、盐阜地区。1940 年 10 月，八路军主力开辟盐阜地区后，盐阜地委找我谈话，决定让我担任淮安县抗日民主政府县长。我就这么来这里和同志们共事了。"

说完，赵心权仰头长吁了一口气，舒畅地吐了一口烟圈，如释重负似的。

"北乡点火人"这个称谓名副其实，在赵心权的身上，有着智者的风度学识，有着农人的质朴无华，有着共产党员的坚贞不屈，有着革命战士的顽强意志。淮安北乡这一带的革命烽火，如果没有他，是注定无法燎烧起来的。

赵心权在朱大海、胡锡宜面前，就像一盏明灯，照亮了他们的心房，照亮了他们的前程。他们下定决心，沿着赵心权等人指引的道路，坚定地走下去。

"大海、锡宜，还有个事，去年上级党组织派到你们大胡庄开展秘密工作的柳爱民、季长青夫妇，死于敌手，据说，是有人通风报信，你们一定要查个水落石出来，给二位烈士一个交代。这也是地委的指示。

"你们刚入党不久，可能还不能体会革命斗争的残酷性。任何时候，一定要注意斗争的方式方法，党支部暂时不要公开，还是以秘密党支部的名义开展工作。安全第一，千万不要麻痹大意。如果遭遇不测，你们一定不要背叛党，背叛自己的信仰，背叛你的一帮兄弟们，你们大胡庄的一帮人，现在都在看着你俩；你们一定要带好头，带好队伍，遇到困难多动脑筋，多调查，多研究，多商量，一个篱笆三个桩，一个好汉三个帮，你们也不是神，一定要把大家的积极性调动起来，拧成一股绳，同唱一台戏……"

"秉衡啊，我儿死得冤枉啊！"突然门口传来一阵撕心裂肺的哭声，有人在赵心权的门前喊冤。

"秉衡是谁啊？"朱大海、胡锡宜面面相觑，不知所以然。

"秉衡就是我，我过去叫赵秉衡。"赵心权解释道，"过去的名字笔画多，别人容易写错字，县政府建立时，同志们建议我换个名字，一心一意建立新政权，干脆就叫赵心权吧，这个名字就这么叫开了。"

几个人走出门外，一位头发苍白的长者，年纪大概六七十岁，挂着一根拐杖，走路已经明显的不那么利索。

"姑父，你怎么来了？"赵心权迎上前去，将老人搀扶进屋，倒了一杯热水，老人摆摆手慢慢坐下。

“我早就想来的，知道你忙啊，可是你再忙，有一件事，你得记得啊。”老人用拐杖使劲地敲击着地面。

“姑父，我知道，我知道，你说的事，我怎么能忘记呢？”赵心权知道老人说的是什么意思，赶紧做着解释。

来人是横沟寺暴动牺牲的章学廉烈士的父亲，也是赵心权的姑父。赵心权长章学廉一岁，表兄弟俩投身革命，同气相求、同声相应，那场战斗中，两个人并肩作战，互相掩护，非常惋惜的是，战斗中受伤的表弟章学廉竟惨死于恶霸地主之手。

“我现在就请共产党政府把凶手绳之以法，以告慰吾儿在天之灵。”

“姑父，我知道您老的痛苦，可是我们共产党的政府也是有章法的。国仇家恨，国仇在前，家恨在后，现在的国仇就是要团结各方面力量，把日本鬼子赶出中国，这是当前最紧迫的任务，也是最大的国仇。学廉牺牲，也是为革命牺牲的，从某种程度上来说，这也是公仇，绝不是私仇。可是万事都有个轻重缓急，报仇雪恨现在还不是时候。您老看，县政府刚刚成立，还处于立足未稳的时期，那些地主势力庞大，在各自的地盘里经营多年，各种势力盘根错节，如果现在就翻旧账，一旦把他们激反起来，他们会互相结盟跟我们对着干，那样，我们的工作就会被动。

“当前的工作，主要是筹措粮食，借粮度荒，我们对那些曾经作恶多端的地主老财，实行以罚代罪，让他们多交救国公粮，多交钱币，来减轻自己的罪责，这样也帮助我们解决面临的现实困难。所以，暂时还不宜轻举妄动，下一步等新生的地方政权强大了，根据地巩固了，这些人如果继续与人民为敌，一定会择机除恶，这一点，你放心好了！”

听了赵县长一番动之以情晓之以理的劝说，老人不知道说什么，只是坐在桌边，小声地啜泣。

其实，赵心权也非常想念表弟章学廉，表弟有勇有谋，文武全才，如果他还活着，该有多好啊，至少，县政府里他有了一个得力的助手，失去了章学廉，他犹如失去了一条有力的臂膀。

嘤其鸣矣，求其友声。可惜，人死不能复生。天地昭昭，日月煌煌，赵心权坚信，烈士的鲜血不会白流的。

朱大海又掏出了那支自来水笔，握在手中，沉甸甸的，重似千钧。

第二天，二连早早地开了饭，便执行游动警戒去了。

尽管晋连长昨晚就留下话来，三天后去大胡庄会合，可他们这一走，朱大海、胡锡宜、麦根子三个人的心里竟觉得空落落的。

他们按部就班地参加了轮训班，心里却一直念着二连的同志。

轮训班里有人说，晚上回去的时候，看到二连的同志了，有的说住在小黄庄，有的说是在小新庄，有的说是住在艾口，各人说法不一，莫衷一是。

不过有一点，他们三人亲眼看见，顺河区的老百姓这几天都行动起来了，县大队和各村群众，足有五六百人，分布在主干道公路两旁，同时动手破路，场景煞是壮观。

还听赵县长、王区长他们说了，从今开始，息人不息工，轮番日夜工作，先从顺河做起，然后向茭陵、钦工、宋集等区乡铺开，想方设法布下天罗地网、天沟地壑，一定让小鬼子有来无回。

想不到县上和区上的同志，执行力这么强，这是他们始料不及的，三个人唏嘘不已。

4 月 23 日午后三四点钟的时候，大吉庄操场上响起了熟悉的集合号声。

二连回来了，朱大海、胡锡宜、麦根子三人兴奋不已。巩副营长和晋连长一诺千金，带着部队过来了。

和县委的同志一番简短的告别后，部队立即开拔，目的地就是大胡庄方向。

三天前从苏家嘴来的时候，是从南线村里小路穿进来的，现在去大胡庄，巩副营长、晋连长和朱大海等人商定，从北线走，沿废黄河堤岸涟阜路走，主要是熟悉一下这一沿河地带的地形地貌，对于二连下一步的游动警戒和游击作战都有裨益。

"老巩啊，根据地的同志真的很辛苦，这次来县委，我们也看到了他们的窘况，到现在还没有一个稳定的落脚地，还要协助我们做好大量的后勤保障工作，等地方化了，我就留在这个地方，和他们并肩战斗。"

"是啊，这地方的人很纯朴、实在，日子过得很苦，有一定的群众基础，适宜开展根据地斗争。现在来说，只有我们的工作做好了，主力部队多打胜仗了，根据地才更安全。这次我们去大胡庄，我建议多住两天，一边侦察，一边休整，顺便搞一些根据地情况的调查研究，帮他们解决一些实际困难。晋连长，你看呢？"

"来的时候，团长交代了，时下局势不稳，敌情、社情复杂，游动警戒一定要经常更换宿营地，在一地不宜久留，特殊情况下，超过两天以上的，必须要向营部报告，征得营部同意。"

"等到了大胡庄，我们派人去营部把我们的想法报告一下，这几天在顺河一带宿营，离涟水、淮安这么近，都没遇到敌情，大胡庄离得远，我觉得应该没问题。县里的李书记、赵县长、王区长他们都说了，大胡庄是个好地方，但绝非凡地，让我们多加小心。我们先听听在前面带路的大胡庄的同志有什么想法吧。"

"好的。"

"驾""驾"……两个人驱马追上了在队伍前面带路的朱大海等人，那运盐借来的马车驮着他们的包袱，胡锡宜骑马，朱大海、麦根子坐后面拖篓。就在这行军路上，一场"马背上的会议"开始了。

"大海、锡宜、根子，我们刚才商量了一下，这次去大胡庄不再打一枪换一个地方了，准备在你们大胡庄住个两三天，你们觉得怎么样，有困难吗？"

"这说的什么话，求之不得呢，大海哥、根子哥，你们说呢。"胡锡宜乐得松开缰绳，差一点从马背上掉下来。

"你们在大胡庄，就是我们的靠山和后盾，有些事情做起来就不害怕了，比如，跟地主大户筹粮借粮，开展减租减息斗争等。"麦根子精神振作了许多，说话的底气更大了。

朱大海接过话岔："大胡庄便于隐蔽休整，但是一定要注意那些地主恶霸的动向，当初横沟寺起义的领导人章学廉，去年地委派来北乡开展秘密工作的柳爱民、季长青夫妇俩，都是在大胡庄遇难的，大胡庄的反动势力不可小觑，这一次去要设法稳住他们、镇住他们。"

"那天开会时，听赵县长说，小六堡、大顺集据点里，除了日本鬼子，还常有一些伪军小枪队，这些人每人一把短枪，夜里经常穿着便衣，冒充我方侦察人员，到边区根据地搞破坏，老百姓管他们叫'黑摸队'，白天常常窜到村子里抢人抢财物，你们大胡庄有这个问题吗?"晋连长问。

"有，有，我们这一带的村庄基本上都受过罪，这帮人仗着日本人撑腰，气焰嚣张得很，抢人、抢牲口、抢财物，无恶不作、无所不为，谁反抗就逮谁，逮去了，还要你拿钱拿粮来赎人。"胡锡宜愤愤不平。

"这帮人把北乡闹得鸡犬不宁，要是能灭他几个狗日的，杀一杀他们的锐气，老百姓肯定会烧高香的。可是单凭我们自卫队不行，还得请二连的兄弟们帮忙。"麦根子渴望的眼神瞄向了二连的两位首长。

"人家新四军的兄弟是来担任游动警戒的，不是来惹火上身的，有时候躲还躲不及呢，这个事情以后再说吧。"朱大海的话里有明显的激将的意味。

巩殿坤、晋志云两人都听出了弦外之音，两人都笑了起来。只见巩殿坤拍着胸脯，一脸无畏："奶奶的，老子生出来就是打仗的，还怕他们这些狗腿子?! 不过，军务在身，不能随意采取行动，消灭这帮人，最终还得靠你们自己，我们可以协助你们。要想办法智取，怎么个智取，你们问问晋连长。"

看来，他俩早有预谋，大伙都把目光投向了晋连长。

晋连长一手牵着缰绳，一手顺势在空中比画起来，像做报告似的："同志们，这次我们出来担任游动警戒，原则上是不主动出击，尽量不招惹敌人，宿营地也是秘密进驻。这一点，请你们理解。去你们大胡庄，考虑到同志们的艰辛和开展工作的必要性，我们商定多待两天，帮你们解决面临的一些实际问题。

"至于'黑摸队'嘛，我们这两天在县政府周边游动警戒时，通过走访暗访，他们的情况已有所掌握。能智取的尽量智取，能不开枪的尽量不开枪，而且不能在大胡庄动手，这样容易暴露目标。巩副营长说的如何智取，这要等机会，机会出现了，在哪里动手，这个暂时保密。"

晋志云卖起了关子，众人面面相觑，不知道他葫芦里卖的什么药。

"巩副营长、晋连长看来早就胸有成竹了，我们就不费劲瞎猜了，可是一旦你们从大胡庄走了，机会还没出现，那我们找谁消灭他们去？"麦根子满脸期待。

"我们最近都在周围这一带行动，暂时走不了。不论我们在与不在，一切还得靠你们自己啊，不过你们尽管放心，赵县长和县大队的人也有部署，这个事情估计会很快见分晓的！"晋志云自信地安慰大家。

"不过，根子师傅，我这里还有一个附加条件。"巩副营长诡秘地冲着麦根子笑笑说。

"你说，什么条件，我都答应！"

"战士们都喜欢听你说书，到了大胡庄，如果晚上没任务，你可要为战士们来两段啊，让战士们饱个耳福，咋样？"

"没问题，包你的！"麦根子爽快答应，众人都笑了起来。

"马背上的会议"最后一项决定，就是让朱大海、胡锡宜先行一步，回村里提前安排二连进驻的事项，留下麦根子做二连的向导，随部队继续前进。

"驾""驾"……烟尘漫起，那匹马飞奔而去，巩殿坤、晋志云的"雪玉狐""赤兔"见有马疾驰而去，也想跟着追去，两人勒紧缰绳，马头翘起来，委屈地仰天长啸。两位主官继续一前一后，一个打头，一个压阵。

行军队伍一路向前，踢踏踢踏的马蹄声和喊喊喳喳的脚步声，像一首和谐的音乐，奏响在废黄河畔。

涟阜路是一条傍着废黄河修筑的公路，从涟水曲曲折折地通向阜宁，这条路段的形状，依着河势蜿蜒，有人说像一个 V 形的大锅，顺河、茭陵、苏家嘴就处于锅底部位。

昔日里北乡里的粮草和牲畜都通过这条路运进运出，坑坑洼洼的路面，印证了当初的繁忙。

可自打日本人占据了两淮和涟水地区，各交通要道，不是封锁，就是禁运，这条路变得渐渐荒凉起来，再也见不到往日的车水马龙。日本人和伪军经常通过这条路来北乡扫荡、清乡，老百姓宁愿走乡村里的小路也不敢轻易走这条路。路两边长满了半人高的玉米秸秆，还有一些叫不出名的青草植物，一簇簇的杂草遍布其中，倒有点像北方的青纱帐似的，如果打起仗来，这两边倒是天然的藏身处。

战士们从太行山一路南下东进，日夜兼程，不知道多少次在青纱帐里过夜了，那真是：蓝天当屋地做床，青纱帐儿作营房。月光照我去战斗，誓把日寇消灭光。

再向堆堤下放眼望去，成片的麦田，由青翠渐渐转黄，再有一两个月，就到了收获的季节了，可这再多的收获，可能大多数都要归入地主的粮仓，租田为生的佃户们年复一年地活在这泥土里，苦在这泥土里，最终也死在这泥土里。

立在田头的，那一垛一垛连片的坟冢，许多还有着新土的痕迹，有些是清明时家人圆坟添上去的，有些则是刚刚故去的人的新坟。

骑在马背上的晋志云看到这么多的坟茔地，顿时想起他的老家。

他是从老家逃出来的，在他的印象里，早已记不清生身父母的样子，从小就被送人，在清汤寡水、食不果腹中长大，在他童年和少年的记忆里，饥饿是他唯一的记忆。荒年的时候，饿殍遍野，他又被卖给人家去做劳力。那时候，人们饿得实在受不了了，有了易子而食的现象，他怕被人当食吃了，就穿过遍地的坟冢，逃了出来。要不是胡团长收留，他估计早就成了坟中一鬼，甚至连个墓冢也没有。

天下穷人是一家，二连的战士们基本上都是穷人出身。走南闯北、四处辗转，也就是为了把日本鬼子早点赶出中国，让穷苦人早点翻身过上好日子。这副重担，共产党人，八路军、新四军，义无反顾地挑了起来，一场根据地军民同仇敌忾的人民战争正在艰苦卓绝地进行着。

人有血，
海有潮，
革命战士志气高。
烽烟起，
战火烧，
日本鬼子是强盗。

鸡飞走，

狗在叫，

抢你的谷子抢你的稻。

屋子全烧光，

家破人又亡，

血海深仇怎不报？

扛起枪，

插刺刀，

当兵就为把仇报。

好铁要打钉，

好人要当兵。

我送大小子，

去当新四军。

赶走小日本，

天下得太平。

　　一路上，禀赋极好的麦根子，不但会说书，继续发挥着他过目不忘的本领，又把听来的一些段子编成了快板书。那竹板是他在苏家嘴剃头时讨来的，打着这家什，行军的气氛自是轻松了许多。

　　不久，麦根子提醒晋连长，茭陵渡口要到了，到了渡口，上了街，过了咸岔河，便可以进驻大胡庄了。

　　晋连长立即挥手，命令部队停止前进。他清了清喉咙，扯着嗓子，高声令下："同志们，我们即将进入大胡庄，八路军、新四军作为中国共产党领导的革命武装，一言一行都代表着党的形象，军队的形象，人民群众在看着我们，所以一定要时刻牢记三大纪律八项注意，任何情况下，任何人不得违反。听到没有？"

　　"听到了！"战士们齐声回应。

　　可是，今天的茭陵渡口，情况反常。

　　大街上看不到人头攒动，看不到人马喧嚣。店铺人家争先恐后地在上着门板，准备关门打烊。

早有人传得话来，说是"鬼子来了"，还有人嚷着"中央军来了"，做买卖的人们纷纷四散逃避。胆大的人，远远地站在路边观望着。

"老板，老板，不好了！"手下伙计冲进后街木场里。

"怎么啦？你大死啦，有什么大惊小怪的?"自恃见多识广的顾育保嘴里骂骂咧咧起来。

"老板啊，日本鬼子来了！"

顾育保一听，大惊失色，他知道日本鬼子来了，意味着什么。这些年受中央军和鬼子的罪已经够多的了，那帮凶神恶煞之徒，不是抢就是烧。鬼子二皇一来，不是拖木料，就是要交木材税。上次小六堡那帮"黑摸队"强行拖走十几根上等木料，说是盖房子急用，一分钱不给不说，还说要钱就和日本人去要。他暗中诅咒，算了吧，这木料就当给他们打棺材的好了。

今天日本人又来了，准又没好事。不过，他最近特意让人去涟水城买了两面日本膏药旗，听说日本人来，你只要举旗欢迎，或者把旗子插房上，就说明你拥护中日亲善，你就是良民，日本人不会怎么你的。这也算是一种自保的无奈之举。

想到这，他赶紧手举两面日本膏药旗冲到街面上来，刚要挥舞，有一个人上前制止了他。此人正是教私塾的蔡六先生。

"你睁眼看看，这些人哪是日本鬼子啊。"

"是中央军？不过，也不像，这些人身穿的是灰色军装，不是中央军的黄狗皮！"顾育保情知自己说漏了嘴，怕惹出祸来，赶紧闭嘴。

有人小声地嘀咕："这帮人是八路，共产党的军队。"

蔡六先生仔细瞅着战士们的臂章"N4A"字样，背影走远了，他恍然大悟似的："这是新四军。"这些年，他一直订报看报，从近来的报纸上看过这样的番号。

这帮人军纪严明，飒爽英姿，个个昂首挺胸，精气神十足，对老百姓的财物秋毫无犯，还向大伙微笑致意，国民党中央军有这样的气度吗？中央军下乡，鸡鸭遭殃，老百姓早已深受其害，深恶痛绝。这样的军队，还是第一次看到。

听说是共产党的部队，街上的人渐渐多了起来，店铺也逐次打开，各自做起各自的营生来。

傍晚时分，晚归的燕子在半空作盘旋状，叽叽喳喳地诉说着一天的收获，迟迟不肯归窝。天边的云彩烧得红彤彤的一片，着火的天际，霞光映照在大胡庄上空，每个人的脸上洋溢着喜庆的色彩。

大胡庄一片忙碌的景象，像是迎亲似的，迎接二连的到来。

朱大海、胡锡宜领着黄良、顾家骥等人已为二连找好了宿营地，在大胡庄上寻了九户人家，一户住一个班，让战士们分散住在各家。

九户人家，都是庄上地地道道的庄户人家，为人厚道朴实，做人清清白白，他们听说共产党新四军是一支穷苦人的队伍，他们来借住，各家没有二话，当即行动起来。老乡们宁愿腾出主屋，自家睡到锅屋里，把宽敞明亮、通风条件比较好一点的房子让给战士们睡。

铺软草、打地铺，每家按照村干部的要求，一一落实到位。有的人家怕地面潮湿，干脆把门板下了，铺在地上，上面铺上一层厚实软和的软草。

二连的战士们都享受着鱼水的氛围，感受着淮安北乡人这份浓浓的乡情亲情，这份乡情亲情里融注着最为朴素的阶级感情，他们都是穷苦人，新四军也是穷苦人的队伍。

巩殿坤、晋志云和文书高建国、通讯员李二锁就住在胡锡宜的家里，这里成了临时连部。考虑到商量事情方便，朱大海也抱着铺卷来了，他和胡锡宜睡外间，巩殿坤他们四人睡里间。

两位主官和胡锡宜正聊着，就听得外面一阵女人的争吵声，声音一个比一个高，北乡女人的话说快了，他俩一句也听不懂，只是觉得这音调像唱歌似的。

胡锡宜一看，原来是妇救会的章成英、周才英、胡芙蓉、胡一兰四个人。

这四人都是十八九岁，现在可算是大胡庄的四大侠女，个个天生的美人胚子，个个伶牙俐齿，提亲的人都踏破了门，但四人极富个性，不听媒妁之言，非要自己选择意中人，她们要解放自己，这也算她们积极投身妇救会的一大理由。大胡庄的妇救会刚成立不久，但小姐妹们做的事情有声有色。

他们来这就为一件事，就是把二连的几位首长请到她们家去住。

巩殿坤和晋志云两个人见到这四个如花似玉的姑娘，来争抢他们这两个"兵哥哥"，反倒不自在起来，两个人脸上堆满了红云。

"你是巩副营长，骑白马的，你是晋连长，骑红马的。"胡芙蓉一进门就指认出了二位首长。

"你咋知道的?"巩殿坤感到很稀奇，他们应该没见过面啊。一旁的晋志云也感到蹊跷。

"哈哈，我们会看面相。"胡芙蓉一脸的调皮样。

"算了吧，不开玩笑了，告诉你们吧，是朱小凤从苏家嘴回来告诉我们的，说新四军二连的同志最近要到这一带来，特别提到了你们两个人，说一个骑白马的大眼睛的是副营长，骑红马的小眼睛的是连长。胡芙蓉早说了，她就想嫁给骑白马会打仗的男人呢。"章成英一说，让巩殿坤顿时羞红了脸，胡芙蓉上来就要撕她的嘴。

胡锡宜赶紧上来解围："你们闹什么闹? 你们都是妇救会的骨干，怎么一点规矩不懂，人家巩副营长、晋连长要开会研究事情呢。"

"咋了，锡宜哥，你们平时说是妇女解放，临了还是偏心，这次把部队上的人都安排在男同志的家里，女同志家一个都没安排。你家就你一个大男人，连个烧水的人都没有，烧茶倒水、洗洗涮涮的事，都是我们女人的事，我们合计了，把首长安排到你们家不合适!"胡芙蓉不甘示弱，抢着说道。

"是啊，为什么不安排到我们家呢? 我们女人有手有脚的，可做的事情多着呢。特别是浆洗的事情，是我们的强项。"章成英附和道。

巩殿坤大概听懂了他俩说的话，赶忙站起身来，做着解释："谢谢大家，你们的心意我们领了，这安排宿营的事，我们听从庄上的安排。这几天，我们暂时不走，你们可做的事情多着呢。听说你们做的拥军鞋，又快又好，说不定，我们二连战士们穿的鞋子就是你们做的呢。还听说，你们最近正在教唱歌、教学秧歌舞，正好可以教教我们的战士们。"

"你们怎么知道的?"胡芙蓉问。

"你们来之前，我们正在了解大胡庄自卫队和农救会、妇救会的工作，锡宜同志正在夸你们呢。听说，你们做拥军鞋，得到了县里的表扬，你们从顺河区里训练班学来的秧歌舞，妇女们都争先恐后地学着呢。大胡庄妇救会的同志真了不起啊!"晋志云也竖起了大拇指。

"再次感谢大伙，我们自己的事情自己能做，再说，我们还有文书和通讯员呢，大伙儿忙你们的事吧。"巩殿坤再次谢绝大家的好意。

胡锡宜连哄带劝地下了逐客令："你章成英家在陈圩，你胡芙蓉家还在小西场，战士们肯定要集中住大庄子上，便于行动，也不能舍近求远分散住你们小庄子上吧。去吧，你们赶紧组织庄上的兄妹们，把你们的小戏小唱和秧歌舞排练排练，这两天战士们还要看你们的表演呢。"

四个人嘴噘得老高，一脸气鼓鼓的样子走了。

看着四人悻悻而去的背影，巩殿坤和晋志云都笑了，巩殿坤脱口而出："多好的姑娘啊，将来娶媳妇就要找这样才貌双全的女子。"

这话一出，惹得一旁整理地铺的高建国、李二锁都忍俊不禁，高建国和巩殿坤开起玩笑："副营长，要不，请锡宜大哥从四人中物色一个，给你牵牵线，说不定真能成呢。"

屋内一阵哄堂大笑，晋志云的眼睛本来就小，一下子笑成了一道线。

"去去去，忙你的事，没个正形。"巩殿坤冲高建国瞪眼吼起来。

这边笑声未落，却见刚才走的四个女子又跑了进来，各人手里抱着一床被。晋志云的小眼这次可看得真切了，这四床被都是新的，被面上都是些纹龙绣凤、鸳鸯蝴蝶的图案，颜色非常鲜艳。这分明是女子出嫁的被子啊。一屋子的人，一个个睁大了眼睛。

"刚才，我们看你们行军被都破破烂烂的，又很单薄，这个时节夜里会冷。我们合计了一下，干脆你们把行军被铺软草上当垫被，身上就盖我们这四床新被。这是上次弹棉花做被子的人来庄上，我们姐妹看价格便宜公道，就狠心缠着父母凑了钱、'出了血'，几家一起给置办的，留着将来做嫁妆的。现在各人都说嫁人早着呢，干脆今天先拿来给你们盖。"

在解放区根据地，拥军的事情举不胜举，每到一地捐米捐粮捐物的事都曾见过，可大姑娘把将来出嫁用的新棉被拿出来，这还是第一次。屋里的人都感动不已，巩殿坤和晋志云的眼睛都湿湿的了，他们一句话都说不出来。

胡芙蓉第一个冲上来，把被子往巩殿坤怀里一揣，用不容商量的口吻命令道："你给我接着，如果不要，就把它扔了！不过我有个条件，这两天等你们有空，教我们几个骑马！"那份坚决而又充满深情的眼神，让巩殿坤像触电似的，脑袋一片空白，根本无法拒绝。

其余三人照葫芦画瓢，也分别把被子塞到其他三个男人的怀里，然后，一起转身跑了。

胡锡宜见此情景，也十分感动，赶忙劝起来："罢了罢了，铺上吧，这几个姑娘，一片真心，你要是把被子还她，真能气得把被子扔下河，她们可是说得出做得出哟。"

四个男人怔怔地站在那里，半天都没有缓过神来，他们手中捧着的不是被子，分明是根据地人民的深情厚谊，那重量沉沉的，那温度暖暖的。

这时，麦根子闯了进来，刚才的这一幕他看得真切，感动之余，当场口占一绝："这真是——大胡庄上姑娘靓，四朵金花赛仙娘。妇救会里求解放，更有拥军献红装。"

第十七章

庄上第一夜

夜色沉重地压了下来，给大胡庄笼罩了一层沉默的暗黑。天上的星星在无边的天幕里，闪现着晶莹的光亮。

今晚的警戒，早已布置停当，从茭陵渡口，到大胡庄上，主要道口都有人把守，二连和自卫队的同志，间隔布岗。三小时一班轮流换岗，今晚的口令是"保卫黄河"。

在九户人家宿营的所有战士睡觉时按惯例执行：枪不离人、人不离枪、头向里、脚朝外，这样做一旦遇到紧急情况，可以立即投入战斗。

晚饭后大胡庄已经进入戒严状态，只准进不准出，特殊情况要出去，必须凭自卫队开具的路条。

按照约定，麦根子师傅要尽地主之谊，他的书场准时开场。

二连的同志，基本都是外省的，第一次来到淮安，对淮安知之甚少，所以今天他想说说淮安的事儿，也和打仗有关。

"上次我给大伙说过我们淮安的河下，今天我再带你们免费旅行一次，我给大伙儿说一段'纸糊的清江，铁打的淮城'。这是啥意思呢，听我慢慢道来。

"清江，就是清江浦城，也就是现在的淮阴城，离我们大胡庄大概七十里，淮城，就是现在的淮安县城，离大胡庄大概六十里。等你们闲下来的时候，我带你们去看看，不过，这两个地方现在都被日本鬼子占据着。

"先说说这清江城，以前是个土城，全城以夯土为城，三合土垒砌，高约一丈。当年的清江浦商业非常繁华，地处南北交通中心，往来南北各省的官员、商人和旅客，都由水路乘船经此或由此舍舟登陆，取道北上。城内的丰济仓里还存有大量的粮草。

"咸丰十年（1860 年）捻军李大喜、张宗禹率部二万余众，进犯清江浦，因为拿下清江浦一可解其军饷后勤补给之难，二可重创清廷战略要地。清江浦城内只有几百名守兵，长期缺乏训练，也没有实战经验。捻军迅速攻入城池，击毙淮扬道吴葆晋，副将舒祥等。清江浦则遭受了捻军大规模的烧杀抢掠，南河总督署、清河县署、淮关监督署、四大船厂等都被烧，清江浦十里南北长街也被焚毁。

"当时正在清江浦看戏的河道总督庚长、漕运总督联英等人慌忙退入淮城。

"要说这淮城，那可了不得。淮城东西、南北长宽各 2 公里，有东、西、南、北 4 个城门，城中心有一个镇淮楼，楼上可俯瞰全城，西城墙的南北还有两座角楼——南角楼、北角楼，担负着运河畔的瞭望任务。有一副很有意思的对联说的就是淮城：'南角楼，北角楼，南北角楼望南北；东长街，西长街，东西长街买东西。'

"城内不但有东长街、西长街南北贯通，全城可以说街巷相接，河渠纵横，四通八达。四周的城墙由古砖垒砌而成，高 12 米，宽 10 米，周长 8 千余米。城墙顶部较宽，既可调动兵力，又可实施机动阻击。城墙外地形开阔平坦，河流纵横，西南和西北有大片的蒲塘，水深，人员难以通行。东南和东北，有护城河，视野开阔，人员难以隐蔽、接近和通过。

"淮城之所以能成为铁打的，除有坚固的城墙外，还因为它有一个完整的防御体系。在淮城的外围，又在河下、下关、龙光阁、东郊、西堤五处筑有围寨，且城里与围寨有暗道沟通，名曰'藏军洞'。这个洞一直没找到，据说洞有三十里长，可以秘密地运转兵力，用地道战出其不意地打击敌人。这种防御体系形成古式的'梅花阵'布局。当敌人进攻主城时，外围可以阻击；当敌人打围寨时，主城可以支援围寨，相互依托，具有灵活性和伸缩性。

"淮安城池的高大坚固，防御体系的完备，最终使得捻军无功而返。南宋将领韩世忠、梁红玉凭此天险，兵仅三万，在此抗击十几万金兵，使金兵不得南犯。

"自此，淮安就有了'纸糊的清江、铁打的淮城'这一说。

"不过，同志们请注意，民国28年3月1日，淮城被日军占领后，敌人又对淮城的防御设施进行了加固和整修，你现在去会发现，在城墙顶部建有炮楼和机、步枪射击掩体；在城内各十字街口和指挥所附近构筑地堡，设置障碍，每个要塞部位都有重兵把守。

"同志们啦，淮安人民多么盼望新四军的兄弟们，哪一天打进淮安城，端了日本人的老巢，替我们报仇雪恨，让淮安人民重见天日啊。"

……

麦根子不愧是我党的秘密宣传员，他的书段将历史和现实结合在一起，对战士们情绪的引导张弛有度，对于他的书段，乐此不疲的战士们，一个劲地叫好，大有不让他离席之势。最后还是连长下了命令，大伙才恋恋不舍地散去，打道回府，各回各家。

夜里的风清凉清凉的，吹过那成片的麦田，吹过那像哨兵似挺立的玉米地，吹过排排的桑树林，吹过每一扇窗棂，把大胡庄人的梦吹得"风生水起"：人们枕着远处废黄河和近处咸岔河的涛声，沉眠在这贫瘠的梦乡里。

这黑夜里一些人挑灯夜战，夙夜在公。

胡锡宜家里，通讯员李二锁拿来了马灯，二连排级以上干部和大胡庄秘密党支部的同志聚在一起，热火朝天地商讨着当前的工作。

第一次以大胡庄秘密党支部书记的名义主持会议，胡锡宜的肩头好像压着千斤重担，表情显得格外严肃："同志们，大胡庄目前的主要任务，我觉得有三个方面：一是解决筹集公粮问题，这个事情可以先宣传，让大伙明白这是救国粮，爱国粮，头脑想通了，等夏收的时候筹集，也就水到渠成了；另外一个，就是农民的吃饭问题，庄稼还没成熟，许多人家都揭不开锅了，这兵荒马乱的，总出去要饭不是办法，这个问题是当务之急；第三个就是减租减息的问题，县委指示，拿我们大胡庄做个试点，先吹个风、开个头，这也是面上的问题，具体怎么做，地委也在研究之中。这两天我们根据县委的指示，可以先派工作组走村入户，把贫佃户交的租子查一查，见个底。可是说来说去，这三个问题都涉及地主老财的利益，到底用什么方法开展工作，需要大伙儿动动脑筋。"

朱大海首先开口："根据地的同志要吃饭，新四军的同志要吃饭，这个筹集公粮的问题，我看就按照上次王一香区长说的去宣传，这叫救国公粮，人人有份，人人有责。吃饭问题，这个只有从借粮入手，特别是地主大户的思想工作要做，有些民愤大的，本可以采取措施的，赵县长说了，可以以罚代罪。还有就是减租减息的事，有一句俗语说，冷天冷在水里，穷人穷在租里。租子重的问题也是农民受苦受穷的根源，这次县里培训班要求我们一定要循序渐进、稳妥操作，我同意锡宜的意见，可以先从查租入手，派几个工作组下去把面上的情况摸清楚，地主大户和穷苦佃户都得走一遍。特别是要把穷人发动起来，让他们倒一倒这么多年心中的苦水，把他们发动起来，和我们心连心，同命运。这样，对于我们今后开展工作会大有好处的。查清田租底细后，再让地主大户适当清退一部分，这样有理有节，工作会相对容易些。我们真的要注意方法哩，不能把地主老财都激反起来，或者都吓跑了，这不利于我们的工作。"

"有县委，有党撑腰，有新四军的同志撑腰，我们怕他个屌！"黄良愤愤不平地站了起来。

"对，不行就来个杀一儆百！"顾家骥跟着站起来，抡起拳头，怒目圆睁。

"同志们，开展根据地工作一定要冷静，我们从太行山一路走来，经过的根据地很多，这方面有一定的经验。对那些地主老财开了杀戒，最后引起反动势力的疯狂反扑，我根据地的一批党员干部惨遭杀害的例子历历在目，这方面是有血的教训的。刚才锡宜说的几个任务，都是摆在大伙面前的紧迫的事，需要做，如何做？我觉得最关键的一条，还是要把老百姓发动起来，人民群众的力量是巨大的，要让地主老财感到老百姓在觉醒，不再是过去只知道种田交租、受人奴役的农民了。有人说，我们手中有枪不用害怕什么，这个不是长久之计，有一天我们走了，这里的事情还得靠你们自己啊。"巩副营长言语中肯，各人点头称是。

"我觉得当前形势下，不要一棍子把地主老财打死，地主老财和广大农民两方面的利益都得考虑好，拿捏好分寸，比如，即将实施的减租减息运动，什么标准比较合理，减到什么程度双方都能接受，这要根据各地的具体情况来定，千万不能操之过急。"晋连长也提醒秘密党支部的同志。

"报告！"众人正在讨论着查租退租的方法和尺度，突然门外有人喊报告。

众人循声望去，原来是庄上的"小萝卜头"通讯员胡义宽，上气不接下气地跑了进来。自卫队派他这个"飞毛腿"去盯着东广爹、西广爹两个家族里的人。一有动静立即报告，他这一来，肯定是发现了情况。

"你们在这里开会，人家那里也在开会呢，门口有人把守，外人进不去，我看，他们准憋不出什么好屁来，你们真的要提防着点哩。"胡义宽说话像个大人似的，二连的人都笑呵呵地盯着他，把他看得不好意思了，他以为人家不相信他的话，他有点发急起来："我说的可都是真的啊，不信，你们派人去瞧瞧。"

看他这么较劲，一脸的无辜相，大家笑得更欢了。一排长温新顺、二排长张德纯、三排长高彩光三个人一个摸着他的头，一个摸他的脸，还有一个揪他的鼻子。大伙觉得这张娃娃脸，挺可爱挺讨喜的。

"小萝卜头"口里说的"人家"，二连的人都不知道说的是谁，但秘密党支部的人心知肚明。

胡锡宜和朱大海耳语之后，像是下了决心似的："打蛇打七寸，擒贼先擒王。我看大胡庄的事，主要把东广爹、西广爹这两大家子解决了就行了，其他人不攻自破。来来来，我们把这两大家子的事和对付他们的招数来捋一捋。"

……

这黑夜里，这边的讨论还在热火朝天地进行中。那边的一场"黑会"也悄然上演。

东广爹、西广爹这两大家族里的当家人，从没有像今天这么忐忑不安。

不久前，胡锡宜领着大胡庄自卫队的人挨家挨户上门动员，说要筹收粮草，支援抗日部队，东广爹、西广爹都借口不再问事了，闭门谢客，让他们有事直接去找当家人胡明根和胡兆荣就是了。

胡明根、胡兆荣知道，自从春天里那霹雳雷电杀牛的事发生以后，现在大胡庄的天一天天在变，共产党的部队占了盐阜地区，占了淮安北乡，顺河也有了县政权，原先的荚陵乡的乡长吴义群等人早就不知去向，一套人马都换成了共产党的人，就连大胡庄都有了自卫队，许多富户人家捐了枪给自卫队，他们现在已有了二十几条枪。这帮人在庄上的威信与日俱增，东广爹、西广爹的时代一去不返，他们作威作福的精气神早没了踪影。

他们在犹疑、痛惜、无奈中，暗中串联好，象征性地捐了四石麦子、一石米。

后来，自卫队又放出风来，动员地主大户们退租减息，还要借粮给穷人，这一连串的动作，还让人活吗？胡明根、胡兆荣都感到这股风刮来刮去，都是冲着他们来的。

新四军来了，这让他们更感到平地又起一声霹雳。部队来大胡庄，到底意欲何为，他们摸不着底，派人出去打听，也没打听出个子丑寅卯来，反正他们隐隐觉得肯定不是好事。本想给个机会套套近乎，把胡氏宗祠开出来，让新四军的人住进去，可是胡锡宜等人压根儿就没眼瞧见他们，人家不吃这一套，宁愿把士兵们安置到穷鬼家，也不派到他们家来。

是该合计合计了。于是，胡兆荣请来了胡明根，自然是少不了跟班的胡锡荣、胡锡古。这四个人过去脚一跺，大胡庄都要抖上一抖的，现在四个人犹如丧家之犬，聚到一起，有点灰溜溜的感觉。

庭院深深，大门紧闭，两个家丁荷枪实弹守在门口。

"都是这帮穷鬼给闹的，我们得想出个主意来，看看如何应付时下这个局面。"胡兆荣唉声叹气。

"我看啦，共产党看样子是要把我们搞个赤贫才甘心吧，庄上的穷鬼们经不起他们煽动的，都蠢蠢欲动起来，看样子是要跟我们算账啊。"胡锡古从没有这样怕事，现在也有点战战惶惶，汗出如浆。

"捐粮捐钱倒不怕，我看怕就怕共产党得了势要来革我们的命，说我们手上不干净，沾着一些人的血啊。"胡明根这话里有所指，他们这几个人，谁手里没几条人命啊，有和官府勾结送进牢去的，有告密借刀杀人的，有逼死人命的，有亲手杀害的，要是算起账来，项上人头真的怕不保了，几人明显有点焦躁不安。

"干脆一不做二不休，我们来他个一窝端，赶紧给鬼子报个信，让日本人来把他们灭了！"胡锡荣咬牙切齿地吼道。

"嘘，声音小点，小心隔墙有耳。"胡兆荣顿时变了脸色，呵斥道："你不要命啦，你没看到从渡口到村口，四面八方都布了岗哨，你出得去吗?！"

"我看锡荣的话不无道理，我也探得消息，八路军、新四军来了盐城后，盐阜地区、淮安北乡、涟东、涟西都有了共产党的政府，我们大胡庄现在有了自卫队，这说明他们有了靠山。现在新四军进了庄上，住下了，看来几天不会走，他们肯定有所行动。所以，真的要早做准备，提前安排一些事情。"胡明根说道，"现在的问题是怎么把信送出去，送出去后，又送给谁？"

"锡荣，大家都是自己人，咱明人不说暗话，你说说去年，你们领赏的那次，是咋个报信的？"胡锡古反问胡锡荣。

胡锡荣一阵紧张，有点语无伦次："哪，哪……哪个说的哟，没……没有的事。"

胡兆荣、胡锡古都笑了起来："这个就不用隐瞒了吧，司马昭之心，路人皆知啊。"

胡明根见此，慌忙上前帮腔："这个事情，怨不得我们，我们与共产党水火不容，他们得了势，上了台，我们完蛋是迟早的事。谈不上什么告密，我们也算是替大家除了一害而已。锡荣，你就告诉他们吧。"

"好吧，明人不做暗事，不妨告诉你们吧。我不是喜好吃鱼嘛，黄河对面的大顺集有个鱼市，我常去买鱼，有个贩鱼的杨二，他和我私交不错。有一次，他留我吃酒，酒后告诉我，有个发财的路子，说如果有什么有价值的线索，不妨告诉他。原来，他有个亲戚姓沈，给涟水城日本人的情宣科做线人，也就是送情报的，只要提供好情报，日本人赏金可是大大的哟，这个路子也算是挣个外快吧。"

胡锡荣呷了一口水，又继续说道："去年庄上来了一对小夫妻，来历不明，我和明根叔就知道二人有来头，断定是共产党，于是我就把这个消息透露给了贩鱼的杨二。他就报告给了他那姓沈的亲戚，那姓沈的又报告给了日本人的情宣科。后来，小六堡据点小分队就来庄上斩了草，除了根。"

"哪里斩了草，除了根哟，就怕共产党是野火烧不尽，春风吹又生啦。"胡兆荣满面愁云，背着手在房里走来走去。

"可不可以再试一次，把情报送给那鱼贩子？"胡锡古追问道。

"他们布下岗哨了，要找机会出去才行，听说像我们这些重点人头都被盯上了，如何出得去啊？这样吧，我们先回去，等明天再说吧，兴许一觉睡过来，日本人来了，新四军跑了，共产党的穷鬼们倒了台呢。"胡明根一半天真，一半幻想，他想在今晚的梦里，梦出他的新世界来。

几个人四散离去，天黑沉沉地，似乎想把一切的亮光都统摄进去。他们抬头望着天上，点点繁星，眨巴着眼睛，其中，藏着几分诡异，几分神秘。

没人知道，明天会发生什么。

巩殿坤已经进入了梦乡，白天太累了，倒下便睡。

今晚，他仍旧睡在软草上，把行军被从身下翻出来盖身上，胡芙蓉送来的大红绸面新被盖在行军被之上。他不忍心弄脏了这被子，睡自己的旧被，他才睡得踏实安稳。

其他几个人也是一样，将新被盖在行军被上面，这样也算既不辜负了姑娘们的一番好意，又不弄脏了她们的新被子，两全其美。

梦里，巩殿坤回到了老家天水秦安，那山坡下，住着他穷苦的一家人。

这样的新被，他的姐姐曾有过。全家最值钱的东西，也就是这床被子了，这是父母从牙缝里省下的钱，给姐姐置办的最像样的嫁妆。

他的家住在秦安一个偏僻的山村里，一家人租着当地地主家五亩五分的黑垆土地。那年春天闹蝗灾，辛辛苦苦地耕种，夏收时，一亩麦地收不到五斗粮食。但是他们租的地，是"板钉租"，也就是不论旱涝蝗灾，风雪冰雹，一亩地都得交七斗五升。

穷人头上两把刀，租子重来利息高。粮食归仓了，可父母的脸上的愁容，一点都没消。没几天，地主家打手吴秃子带着几个狗腿子来了，进门就嚷嚷开了："种田交租，天经地义，快快交粮。"

几个人拿山大板斗，从粮仓里扒粮，扒尽了，又来翻箱倒柜，要把泥坛子里全家糊口的一点粮食也要抢走。父母苦苦哀求："今年年成不好，能否和老爷商量商量，请求减免一点，让我们全家有个活路啊。"

19 岁的姐姐和 17 岁的巩殿坤也上前护着泥坛子，不给对方倒粮。

这吴秃子心狠手辣，是远近闻名的流氓地痞，平日里就仗着地主撑腰，胡作非为，横行乡里。他哪里顾得穷人的死活，恶狠狠地吼道："就是泥坛子里的粮食都给我们，你家还不够今年的租子，你说怎么办?!"

"没办法! 就是不交，你能把我怎么样?!"血气方刚的巩殿坤实在忍无可忍，冲上来要和吴秃子拼命，一脚就把吴秃子踢个仰面朝天。

"给我绑了，送去坐牢!"这还得了，一个毛头孩子竟然敢打他，他立即命令手下人把巩殿坤抓走了。

这可闯下大祸了，父亲急得下跪求饶："吴老爷，孩子不懂事，求您大人大量，放他一马。"

吴秃子毫不理会，凶神恶煞地叫道："不行，谁敢打老子，我叫他牢底坐穿！另外，限你家三天之内把租子交齐，交不齐别怪我不客气!"

几个人绑上巩殿坤，一路推搡着扬长而去。

有人抗租抗税，还打人，这是一件严重的事件，这样的大逆不道无异于造反。巩殿坤被关进了秦安县城大牢。

关起来没几天，恰逢红二十五军长征打过来了，占了秦安县城，打开监狱，释放了全部在押犯人。巩殿坤当时报仇心切，二话没说，就当了红军。他不敢回家和父母告别，托同乡的牢友捎信回去。

后来，他听来投奔红军的老乡说，因为交不起租子，姐姐嫁给了一个富农人家的儿子，那人是个瘸子，不过家庭条件还好，替他家还了租子，还付了彩礼，父母勉强有了活路。

他还听说，家里早就置办好的，唯一值钱的那床大红绸面新被，给姐姐带走了，就连对方的彩礼，父母舍不得留下，也让姐姐带走了，他们希望姐姐能从此过上好日子。

姐姐是一路哭着走的。他依稀看见，那黄土高坡上，一顶红轿子，几匹瘦马，载着姐姐，载着红被，载着瘸子家的彩礼，在唢呐起头的西北腔调中，一帮人吹吹打打，把姐姐送走了。

这么多年没有回家了，就是胡芙蓉的这床被，让他在梦里见到了苦命的父母，见到了屈嫁的姐姐。

在梦里巩殿坤是骑着马回家的，和他同行的还有一个人，就是送他被子的胡芙蓉。他对胡芙蓉有着天然的亲近感，这个妹子不但有姑娘的清纯，还有着常人不具的野性，这样的性格对巩殿坤有着超常的吸引力。他一路教着胡芙蓉骑马，一路追逐着，两匹马儿飞起来，像是飞在半空中。

可惜，这样的浪漫转瞬即逝。看到他回来了，一家人没有那种久别重逢后团圆的喜庆，他们没有人说话，一个个只是围着他的大马，偷偷地抹着眼泪。

是父母和姐姐还在怪他不辞而别，还是家里发生了什么变故，巩殿坤想翻身下马，可脚就是别在马镫里抽不出来，一使劲，醒了。再一看，有一条大腿竟压在他的被上，原来，地铺上睡他旁边的通讯员李二锁夜里翻

163

身，把被子蹬了，伸出腿来，翘到了他这边来。

看着李二锁的睡相，他顿生怜爱之心，毕竟还是十六七岁的孩子。他轻轻地坐起来，给李二锁掖好了被角，然后，他一个人睁着眼睛，思绪飞出很远很远。他就是闹不明白，这样的梦，不知道是好梦还是噩梦，父母、姐姐为什么没有和他说上一句话，而且只是流泪。

这梦到底要告诉他什么，他百思不得其解，拿出他那心爱的小镜子，他多想照出父母照出姐姐来。想着想着，他又感到阵阵困意袭来，迷迷糊糊地陷入半梦半醒之中……

变天了

大胡庄在几声鸡啼中醒来，村子的上空弥漫着沾露的雾岚，水乡的空气中有着树木的味道，麦穗的味道，河流的味道，还有二连开饭的味道。

战士们早早地开了饭，便要出发了，这样的节奏，对他们来说，早已司空见惯。戎装在身，使命在肩，这是军人的职责所在。

通讯员李二锁乔装打扮了一番，像个学生模样，一早就向东陈头方向飞奔，他奉命去向营部报告二连进驻大胡庄的情况，请营长、教导员做指示。

按照部署，今天是晋连长率一排、三排外出担任游动警戒，巩副营长率二排留在庄上协助秘密党支部处理内务。

就在这样的清晨，让大胡庄人神经兴奋起来的，不是别的东西，竟是贴在胡氏宗祠墙上的那张大红纸布告。

"老爷，快去看看吧，今个庄上出大事了。"胡锡月家的伙计朱三夫妇一早从田里薅草回来，迫不及待地在院里嚷起来。

胡锡月和妻子董氏刚刚端上粥碗，闻声立即放下，怔住了："出什么事了？"

"我们也不识字，就见得一帮人围着两张红纸七嘴八舌。听识字的人说，说是这一季麦收时，要大伙交公粮，还有向大户借粮，工作组要给贫佃户查租退租。"

这时，胡一胜也气喘吁吁地跑了进来，端起玉米糊粥，三下五去二就喝个干净，抹了嘴，就要开溜。

胡锡月见儿子狼吞虎咽、着急忙慌的样子，气不打一处来："你又着急干啥去啊？"

"大，今天庄上事情多，白天要开乡贤座谈会，你和几个叔太爷可能都得参加，晚上村里还派工作组，到各家各户查租，然后还要集中开一下诉苦会。这两个会，我们自卫队要配合做外围安全保卫工作。我不跟你说了，队上就要集中了，我走了。"说完，一溜烟似的奔出了大门。

"老爷啊，我们茭陵这地方，是三交叉地界，日本人、国民党、共产党轮着来占，过去也闹过红，这次共产党来了，会不会是像过去一阵风似的，来了又走了？我们租田种地，交租子是天经地义的事。查什么租，退什么租，我看啦，这八成是不靠谱的事。"朱三一边喝着玉米糊，一边直摇头。

胡锡月也是雾里看花，看不懂这世道，他索性出了门，背着手向胡锡璜家走去。在小西场上，这事，他得去请教胡三爹。

胡锡璜家，胡三爹的身边，胡一荣、胡一华、胡芙蓉三个孙辈轮流和他说着什么。坐在脚边的7岁的胡秀林和5岁的胡其南姐弟俩眨巴着眼睛，似懂非懂地看着他们。

原来，他们是来做胡三爹思想工作的，想让他在筹措公粮、借粮上带个头、表个态，只要他点了头，这小西场各家的工作就好做了，那大庄上的人也会跟风的。

"爹爹啊，我们哥俩先去集中了，该说的我们可都说了，您老人家思量思量。"胡一荣、胡一华先行一步了，屋里只剩下胡芙蓉，她继续做着工作。

"三爹，上次顺河区号召大伙筹集粮草，那是救急的，因为新四军来了苏家嘴，您老那次二话没说带了头，我们兄妹几个脸上都有光。这次交公粮，是先做个动员，要等麦季收成下来呢，这可是光荣的事哩，人家在前方打仗，是为我们大伙保家卫国的；还有县政府里的人，人家没钱没饷的，为大伙做事的，我们老百姓不帮衬，人家吃啥。三爹，你说这个公粮交得值不值？"

"哈哈哈，大孙女，不要你操心了，你们说半天，这个理，三爹明白啊。"胡三爹站起身来，捋了捋胡须，仰头笑了起来。

这边笑声未落，胡锡月进得门来，后面，胡仕业、胡仕雅也跟着闯了进来。各人来不及寒暄，胡仕雅进门就问："三哥啊，你来给我们说道说道，什么叫查租退租，难不成把我过去收的租再退给佃户们?"

"对，三爷，你给我们说说。"胡锡月在一旁附和。

"不慌不慌，就你们那些个田，租给人家种也好，雇人一起种也好，人家只不过先查租，也不是一刀切，不让你们收租了。适当地降些租子，让点给贫佃雇农，也是积德行善的好事，不要大惊小怪的。听说一会儿还要开会呢，到会上去听听再说。"胡三爹一席话，众人皆点头称是，原先慌作一团的神态，渐渐找回了分寸。

前些日子做起牲口贩卖的胡锡璜，领着胡大勇、朱小凤从早市上回来了。

这几天，周家班的人陆续回归，黄海那边的部队晒盐场开始运转，原属国民党政权机构经营的盐场也陆续回收自主经营，盐阜根据地的盐市供应有所好转。周老大带着一帮人忙完了公家的盐场，开始料理私家的营生。这次回来，在周家班的帮助下，大胡庄上的盐行生意也逐渐恢复。这不，这两天胡锡璜把一些牲口陆续去处理了，腾出手来，开始重操旧业。

见到大伙儿为布告的事发愁，胡锡璜便接言道："新四军这次来大胡庄，庄上人都在议论，说这部队是正义之师，到哪家宿营，连床都不沾，铺软草打地铺，还帮着挑水打扫庭院。所以说，这样的人来庄上，不会做出不着边际的事的。兴许，这世道是要变天了。再说人家新四军的排长和大勇子、小凤子关系熟着呢，他们刚才还去见了面，不信，你们问问他。"

"是的，是的，各位老长辈，各位老爷，璜二爷的话不假，我们刚才去找了二排长，人家说趁来庄上的机会，为穷人们做点事，听说一些人家断了炊，吃野菜，他们心里也难过。布告上的筹集爱国粮，借粮度饥荒，这都是好事，人家二排长说了，这次借粮，纯粹自愿，决不强求。"胡大勇把从二排长张德纯那里听来的，一五一十地告诉了大家。

一些人心头的愁云，消逝了许多。

翰林高建国那一手好字这下子派上了用场。

贴在胡氏宗祠的布告也是出自他的手，布告上那一列列行楷小字，如行云流水，摆布均匀，挥洒自如，惹得巩副营长啧啧称道。

"你小子还真有两下子，就这字，在前清，肯定能捐个翰林。"

"副营长，不要小瞧人嘛，怎么是捐，我现在在咱二连不是翰林吗？"

"是，是，是你个球！"巩殿坤手指沾上一点墨汁，朝高建国脸上一点，高建国顿时变成了花脸，众人皆捧腹大笑。

布告上说得清楚，一是告示在先，从今年夏季麦收开始，各户要按人丁田亩交纳救国粮，亦称公粮；二是发出倡议，号召乡绅贤达人士伸出援手，帮断炊的人家一把，踊跃借粮，凡借粮五斗以上的，等收成下来了，不但借粮还粮，而且还付利息；三是查租退租，工作组到各家各户，请大伙如实登记交租收租情况，鼓励大户对以前租赋重的人家，适当退租等。

布告措辞委婉，晓喻再三，以自愿为主，足见军地两方以民生福祉为重，一片赤诚日月可鉴。

布告贴上了墙，接下来，高建国开始张罗写名帖。不是说一会儿要邀请一些个乡绅大户来开个协商座谈会嘛，村里拟了一个建议名单，他就在剪裁好的红纸上，一一写上。

二排长张德纯按照巩副营长的安排，留二排一个班在驻地会场，其余两个班的战士和部分自卫队的同志，在大胡庄外围、茭陵渡口周围布下暗哨，一边游动侦察，一边加强戒备。用巩副营长的话说：表面上一切如常，暗地里内紧外松。

开明乡绅座谈会如期举行。开会的地点选在胡明昂家的院心里，摆上板凳桌子，坐上一二十人开会，空间绰绰有余。

远远地就看见，新四军二排一个班的人在外面警戒，要不是安排妇救会的人连说带笑地在场上倒茶，这气氛倒真显得格外庄重。这次会议，巩副营长、晋连长及村上的同志格外重视，可谓煞费苦心，这也是与庄上地主大户们面对面的一次交锋。

东广爹、西广爹都在邀请名单上，但是二人均称病在家，托词就是身为老朽之人，已不当家，就不再去凑热闹了。两房头主事的胡明根、胡兆荣自是不能缺位，硬着头皮来了，他们的心中实在没底，就像十五个吊桶打水似的，七上八下的。不过有一点他们是一致的，看情形、听风声之后，再合谋下招子，这是他们的强项。先去瞅瞅再说吧，在他俩的率领下，胡明竹、胡兆波及两大家族"锡"字辈管事的人齐刷刷地聚在一起。

小西场这边，接到邀请的胡三爹领着胡仕业、胡仕雅、胡仕敏及小西场的几房头"锡"字辈主事的人，准时赴约。

物以类聚，人以群分，大庄上与小西场的人自动地一分为二，各坐一处，要不是今天这场会，这么些人不可能如此齐整地聚拢在一起。

"各位乡贤，我先介绍一下，这位是我们新四军的巩副营长。"今天的会议，由胡锡宜主持，在他的介绍下，巩殿坤站起来，向大家敬礼示意。

"国难当头，我相信在座的每个人都是有一颗爱国之心的。上次，我们根据上级要求，一声号令，大伙儿踊跃捐粮，那批劳军粮，饱含着大伙的一份心意，在此表示感谢。今天把大家请来，主要是和大家商量一些个事情，至于内容，布告上已经写得很清楚了，我在这里做个解释。首先交公粮的问题，就是夏收、秋收两季的事情，以人丁和田亩筹收，平时不再滴滴答答地收了，主要是供给抗日部队和县区、乡里为老百姓办公差的人，他们既无饷可领，也无债可借，全靠各界民众支持，从大处说，缴纳公粮也是现时每一位民众对抗战应尽的责任。再说借粮，这道理大家更明白，既然是借，肯定得还，谁借谁还，超过五斗的，还有利息，这点请大家放心，由我们自卫队作保。最后一个问题，就是查租退租，请大家配合村里工作组登记的人，这是上面的统一号召，也是想摸个底，对于租子收得多的，请各位酌情减少，这也是利人利己，你少收了租子，就等于是给那些贫佃户多留了一些余粮，那也省得他们老向你借粮过日子了……"

"对锡宜的话，大伙有什么意见，可以敞开来谈，今天，我们请大家来，就是想听听大家的意见，决不扣帽子，也不打板子，这一点请大家放心。"巩副营长耐心开导。

众人面面相觑，没有人肯先发言。就在这时，一个人举手示意："我先说两句！"

大家循着声音望去，只见胡锡荣站了起来。他举起手中的一张纸来，大声说道："既然要我们说话，我就斗胆说两句。"

"大伙瞅瞅，我手中的这张纸，是清道光七年立于淮安四乡八镇道口的租赋碑文上的内容，我给大家念念：

　　为严禁恶佃架命抬诈，霸田抗租，嗣后尚有不法佃户，仍蹈前辙，一经业户呈控，定即严拿，依照详定规条，从重惩办，按律治罪，决不宽待，尔等佃农慎勿以身试法，致于罪戾。

"自古种田交租官府都有明令，霸田抗租，恶意减租，罪不容赦。难道现在共产党到了北乡，就要改变老祖宗留下的规矩吗？这是不是有点不按章法行事。"

这番话一出，胡三爹就知道，这是胡明根等人指使他说的，他只不过是代言人而已。会场一片哗然，各人七嘴八舌地议论起来。

巩殿坤、朱大海、胡锡宜等人看得出，大胡庄的地主势力还很强大，面对他们的嚣张气焰，必须有理有节地予以还击，对于这样的情形，昨晚秘密党支部会上，他们几个人都一一作了预判。因此，他们心中有底，胸有成竹。

朱大海站了起来，他有意识地把会议的方向引向正轨："我想问在座的，你们对于交救国粮、借粮这两件事，有没有想不通的?"

"没有""没有""同意""同意"，场内一片响应。

"既然前两件事大伙基本没意见，这就好，至于查租退租问题，我们可以再议，再议之前，我想请小西场的胡三爹说几句。"

事先，秘密党支部已经安排胡一荣、胡一华、胡一胜、胡芙蓉等人去做了胡三爹的思想工作，让他们一定把问题讲清楚，让老人家没有顾虑。刚才得到消息，胡三爹全力支持。这样，朱大海就有了底，这下子，他点名请胡三爹发言，是心有所指。

胡三爹还是那样慢条斯理、不紧不慢地说话："承蒙各位抬爱，让我参会发言，那我就说几句。我在这里表态，也就是替我三个儿子做主。人是吃五谷杂粮的，不能不讲个理儿。你说说过去国民党也好，鬼子二皇也好，从县里到区里，再到乡里，各种摊派、苛捐杂税名目多如牛毛，现在共产党到北乡来了，那些不合理的费用都取消了，我们的负担也一下子轻了很多。我们小西场的人家，都不算富足，有的还很贫困，就是做些小生意，也是勉强糊口而已。但是对于交抗日的救国粮，我坚决拥护，等夏收了，我们这房头三家认捐二亩田的收成；对于借粮，我们这房头三家各借余粮一石五斗；至于查租退租，你们工作组查也好，不查也罢，在这里我宣布一下，今年起，包租我们家田的，一律少交二成，分租我们家田的，六四分成，我得六，佃户得四，怎么样?"

一石激起千层浪，胡三爹的这番话，无异于在会场扔下了一个炸弹。

他这番表态，其实在胡一荣他们几个孙辈劝说时，他已经深思熟虑。这样的分寸，他也是经过精心计算的，量入为出，权衡再三。刚才临来的时候，还把三个儿子叫到身边，征求意见，在这一带，他们家日子过得还算殷实，不能眼看着一些人家挨饿啊，他把道理一说，三个儿子都表示支持，这样有里子有面子的事情，何乐而不为。

巩殿坤、朱大海、胡锡宜等人带头为胡三爹的表态鼓掌，会场其他人短暂沉默后，像是会过意来似的，跟着一起鼓掌。

胡芙蓉更是高兴得一蹦十八丈高，一个劲地给胡三爹倒茶，竖大拇指。

胡明根、胡兆荣他们这帮人自知理亏，这样的局面，再也无力反抗。再说，共产党对于他们的恶行，多多少少有个数，既然人家有理有节地与你坐下来商量，何必撕破脸，死磕到底，到临了说不定真的落得个"蚍蜉大撼树，可笑不自量"的结局。罢，罢，罢，只有举手赞成。

正义的较量，智慧的搏击，没有刀光剑影，没有剑拔弩张，只有暗流涌动，一场座谈会就这么在波澜不惊中结束了。

民国 30 年 4 月 24 日，这一天对于大胡庄人来说，是个不同寻常的日子。

这一天，在新四军二连和大胡庄秘密党支部的帮助下，穷人，在某种意义上来说，第一次有人这么重视他们的吃穿用度，第一次有人给了他们活下去的尊严，他们也第一次看见了翻身解放的曙光。

座谈会后，家中断炊的穷苦人家一一打了借据，从地主大户手中借到了粮。许久没有听到笑声的人家，也有了笑声。就连过去靠要饭为生的人，也开始断了要饭的念想，谋划着自食其力活下去的生计。所有的穷人打心眼里感谢新四军，拥护北乡的共产党政权。

日晚菱歌唱，风烟满夕阳。傍晚时分，出去担任游动警戒的战士们陆续归队了。

晚霞像极了俊俏的舞女，在霞光云氲中尽显婀娜身姿，缤纷万状，绚烂无比。映照之下，大胡庄现出别样的风情。

庄上空旷的晒场上，章成英、周才英、胡芙蓉、胡一兰四位妇救会的"女侠"正组织一帮青年男女跳秧歌。二连合唱团的高建国、刘本成、耿傻子、王孩儿也加入了其中，使得气氛更加热烈。

这秧歌舞是章成英等人在顺河培训班学来的，听说教她们的人，是"新旅"派来的人。这"新旅"竟是从淮安走出去，又回到淮安来的一个少年儿童抗日文艺团体。

民国24年，即1935年10月，淮安县河下镇私立新安小学成立了"新安旅行团"。该团一行14人，最大的17岁，最小的12岁，在校长汪达之的带领下，走向社会宣传抗日救亡的道路。出发时，他们每人只有一身单衣，一双草鞋，一把雨伞及简单行装。6年中，他们经过全国14个省、数十个城市，行程37000里。"皖南事变"发生后，"新安旅行团"无法在国统区继续活动。根据党的安排，1941年2月下旬开始，"新安旅行团"的40多名团员和教师分三批，化装成兄妹、夫妻、商人、主仆，秘密地从桂林出发，经香港、上海，转移到苏北抗日根据地。最近，第一批、第二批的团员陆续到达盐城。

"学会跟群众打成一片，上好到根据地第一课""组织起盐阜区10万儿童参加抗战"这两大任务交给了"新旅"的同志们，于是，他们分赴新四军各部队和盐阜区各根据地，有了"新旅"艺术骨干的辅导，盐阜地区的革命文艺活动蓬勃发展起来。

培训班上，章成英等人也得到了"新旅"老师的真传。这不，今天她们活学活用，把庄上一些青年男女组织起来，边唱边跳，死气腾腾的大胡庄有了一丝生机和活力。

秧歌舞步伐匀称，易学易会，麦根子又请来了几个敲锣鼓、吹唢呐的，在几位女侠歌声的牵引下，现场的气氛很快就造出声势来了。

这声势下，自卫队执勤归来的胡一荣、胡一华、胡一胜他们几个大小伙子也不甘示弱，边学边跳起来，个个脸上笑开了花。就连胡大勇、朱小凤这些老实巴交的青年后生和姑娘们也都加入了队伍，这种群众自觉的力量，让场上的人心旌摇荡、陶醉不已。

> 各村组织妇救会，地位提高实在美。
> 不受约束要解放，夫妻平等讲道理。
> 学纺纱，做军鞋，讲正言，莫捣鬼。
> 出头日子来到了，从此不受压迫罪。

少啦少啦哆啦哆，二皇女人背地箩。

打的打来退的退，二皇女人活受罪。

清明节，要祭鬼，中秋节，大雁飞。

东洋鬼子一打跑，看你二皇还靠谁？

这唱词的自由腔调，这舞蹈的欢快节奏，打破了人们最初对于戏曲舞蹈表演的理解，这样的小戏，让人耳目一新。过去大伙儿只在戏台上看过古装戏段，现在，这样面对面近距离地瞅着庄上人自编自演的小戏，感到那么亲切自然。

高粱叶子青又青，九月十八来了日本兵。

先占火药库，后占北大营。

杀人放火真是凶，杀人放火真是凶，

中国的军队，有好几十万。

恭恭敬敬让出了沈阳城……

紧接着，一出独幕剧《放下你的鞭子》上演。

高建国扮演一位老者，拿着一把二胡，拉起小曲儿来。他呼唤一个年纪轻、体形俏、面貌俊的姑娘，仔细看去，原来是胡芙蓉所扮。

这剧描写了一对街头卖艺的父女的故事：父女俩是东北沦陷后，逃亡到关内来的。官匪兵痞骚扰不断，只好靠卖艺糊口。因为没饭吃呀，女儿饿得无力表演，父亲急得用鞭子抽她，狠心地鞭打。女儿柔弱不支，躺倒在地。

忽听一声断喝："住手！放下你的鞭子！"只见人群中，刘本成、耿傻子、王孩儿扮演的爱国青年，挺身而出，这是由于正义的热血全身涌动，愤慨地站起来，冲向场内，冲向老人，护住姑娘。

姑娘一边哭诉，一边护住老父，她说："我们东北叫鬼子占领之后，可叫凄惨哪！无法生活，只有流浪、逃亡，无处安身，没有饭吃，过着饥寒交迫的日子……"父女俩抱头痛哭，抱怨老天不公。

青年正告老汉该抱怨的不是老天，而是掌权的达官贵人，鞭子应该打

173

向那些造成人民流离失所、家破人亡的罪魁祸首。至此，剧情达到高潮。

全场口号声高呼起来："我们不当亡国奴！""打回老家去！""打倒日本帝国主义！"口号声、高吼声，震动天宇，回荡高空。

前来看戏的人越来越多，围观的人一层一层地拥来，那羡慕、好奇的目光里分明涌动着一丝丝躁动和热望，像一股热浪，在大胡庄人的心底里澎湃起来。

暮色之下，大胡庄人不但听到了笑声，也听到了哭声。

这样的季节，正是坟头草疯长的时候，有的草都已没过了膝盖。这样的草，让人想起，它是由思念长成的，一簇一簇的，每根草茎上，思念的余晖在风中摇曳。

此刻，巩殿坤、晋志云和三个排长，以及大胡庄上的几位秘密党员一同肃立于一座土坟前。

坟旁立着三棵大小不一的柳树，稍大的两棵柳条萌发，嫩嫩发亮的绿意，让人感觉到勃发的生机，那棵小的柳树枝丫间正绽开苞蕾，拼命地抽芽。

没有墓碑，是防止敌人破坏，这三棵柳树却成了天然的碑林。这坟里葬着盐阜地委派来的柳爱民、季长青夫妇，还有那未出世的婴孩，可怜一家三口为着在淮安北乡播撒党的火种，为着抗日宣传唤醒民众，不幸牺牲于鬼子的屠刀之下。此仇可恨，此恨无绝。

胡同任夫妇的哭声在坟岗间传递着，无儿无女的两位老人，尽管和两位烈士相交时间不长，但已然成为一家人，失去了这么好的亲人，他们一直痛心疾首。

"新四军的长官啊，日本鬼子是畜生不如啊，一家三口就这么没了，你们既来了，就要替我的孩子报仇啊！"胡老太跪在巩殿坤等人面前，凄厉哭诉着。

"大娘，您放心，日本鬼子是我们所有人的仇人，这个仇我们迟早会报的。这三棵柳树长得好啊，它象征着革命的种子生生不息。"巩殿坤拉起了胡老太，转向身边的同志们说道。

大胡庄秘密党支部最近也在暗中调查一个事，就是听说这两位烈士牺牲是因为有人告密。地委和县委都指示，要查清事实，对烈士有个交代。通过暗地里秘密走访了解，疑点集中在两个人身上——胡明根、胡锡荣。只是因为参与此事的乡公所的人，都逃至县城或外地去了，查无实据。

正如章学廉死于大胡庄胡兆荣、胡锡古之手一样，赵县长说过，目前的形势还很复杂，根据地的力量还很薄弱，地主势力依然十分强大，暂时还不能贸然采取行动，打草惊蛇，容易引起敌人的反扑。现在的任务，就是全民抗战，团结在前，民众在后，团结和发动一切可以发动的力量，一致对外。

"烈士的鲜血告诉我们，革命就会随时有牺牲的危险，我们一定要时刻保持清醒的头脑，保持必要的革命警惕性。害人之心不可有，防人之心不可无，对于庄上反动势力和重点嫌疑人员，一定要注意提防。"晋志云提醒大胡庄的同志。

"放心，这些人，我们已经派人暗中盯梢，特别留意他们的一举一动。"朱大海回答道。

"有一点，你们一定要把人民群众发动起来，让群众觉醒，形成强大的人民力量，来监督他们，反抗他们。一旦我们离开，你们就得紧紧依靠人民群众，这是革命的立足之本。今晚工作组深入各家各户查租，还要集中开诉苦会，工作一定要做好，我们全力配合你们。"巩殿坤再次勉励同志们。

一排长温新顺弯着腰，在田野里寻着什么，原来是寻野花。他一朵一朵地摘着，二排长张德纯、三排长高彩光见此也跟着摘起来。不一会儿，他们就寻来一大把野花，黄的，白的，紫的，红的，扎在一起，煞是艳丽。他们恭恭敬敬地置于坟头，低头默哀，这野花代表着战士们的一份崇敬与哀悼之情。

胡同任夫妇低头烧着纸钱，口中念念有词，像是在祷告什么。晚风吹起，那纸钱卷起，飘飞在空中，把人们的思绪和目光都引向了远方。仿佛那方向，就是天堂的方向，仿佛那地方，烈士从未曾离去。

今晚的岗哨更是严格，外围警戒也加强了力量，一双双警惕的眼睛，像天上的星星一样，闪烁着睿智的光芒。他们要注视着黑夜里的一举一动，护卫着安宁，护卫着生命，这是他们的职责所在。

"站住！口令！"咸岔河口，一个战士见有人过来，立即端枪呵令来人止步。

"还我山河！"来人一口报出口令。

近前一看，原来是晋连长带人来查岗。越是这样的时候，晋志云的心越是紧张，昨天在大胡庄宿营，平安无事，今天是第二天，他生怕出乱子。通讯员李二锁到营部报信去了，到现在还没回来，营长是否批准他们连续宿营在大胡庄，还是一个未知数。"红二连"可是二十四团的宝贝疙瘩啊，他作为主官，来不得半点马虎。

朱大海带着自卫队员过来了，见了面，两人热情地打着招呼，边走边谈起了工作。

"白天的乡贤会开得很成功，在胡三爹这些开明乡绅的支持下，庄上穷苦百姓缺衣少粮的燃眉之急得到缓解。这是好兆头啊。"朱大海一脸的兴奋，"今晚派工作组下去，然后集中开个诉苦会，这是县里的号召，也是现实工作的需要，在大胡庄也是开天辟地第一次。我们与老百姓面对面，听听他们内心的冤苦，这么多年，他们受的罪够多的了，又有谁替他们做主，替他们解忧的呢？只有共产党的新四军，只有大胡庄的自卫队。所以第一次组织这样的活动，不论是大胡庄秘密党支部、青年自卫队还是二连，思想上都要高度重视。"

"你们派了几个工作组？"晋志云问道。

"四个工作组，大庄上一个组，梨园、黄王一个组，陈龙、朱场一个组，小西场、小西湖一个组，分别由胡锡宜、黄良、顾家骥、麦根子带队。"

"我们现在要形成共识：只有充分发动群众，紧紧依靠群众，工作组下去了，把老百姓的交租交税情况弄清楚的同时，还要通过诉苦活动，让他们倒出苦水，认识到自己受苦受穷的缘由，认清阶级剥削的本质，从而唤醒老百姓的自觉意识。这对于地方党组织下一步开展工作，以及巩固根据地建设不啻为一件大好事。"踌躇满志的晋志云一番话，说得朱大海频频点头。

从大胡庄到茭陵街，从咸岔河到废黄河，东西南北四个方向，一圈巡查下来，晋志云、朱大海看到二连的战士们和自卫队的同志配合默契，每个人在岗位上尽心尽责，他们心头的一块石头落地了。

工作组的人走进农家，嘘寒问暖，袒露心扉，这个夜晚，大胡庄人心的热度在上升。

查租登记工作在有条不紊地进行。先登穷人家的门，把他们的田租情况弄清楚了，地主大户人家查核就容易多了。这下可好，穷苦人的神经顿时兴奋起来，听说夏季麦口就可以减租了，这是多么难得的一件大喜事啊。

那些地主大户人家，上午参加了乡贤会，会上不论你真心实意，还是口是心非投了赞成票，终归收成时减租，已成大势所趋。现在工作组上门来，他们已掌握了那些穷苦人家的交租情况，上门来说是登记已经是客气的了，如果像当初"闹红"时，将所有田租账册付之一炬，你又能咋样。所以，地主大户人家的配合也在情理之中了。

八点多的时候，大胡庄晒谷场已坐满了人，一场诉苦会即将开始，老百姓的后面坐着二连的战士们，巩副营长领着众人正襟危坐。

国破山河在，城春草木深。感时花溅泪，恨别鸟惊心。

山河破碎、民不聊生之时，坐在这里的每一个人，无论是庄人，还是战士，他们的身上或许都有一段苦心的往事。

对于穷苦人的生活，晋志云的每一根筋脉，都流淌着痛苦的记忆。看到这些淳朴的乡亲们，他想起了部队东进冀鲁豫时，恰逢灾荒瘟病、饥饿逃荒的群众，个个皮包骨头，破衣烂衫，那场景惨不忍睹，许多战士见了都悄然落泪。

记得有一中年汉子肩挑一对箩筐，一头装着一个蓬头垢面的孩子，衣服破破烂烂的，根本分不清是男孩还是女孩。那汉子有气无力地喊着："谁要孩子，按斤换粮，一斤换一斤！"汉子旁边的婆姨拼命拽着箩筐，扑在孩子身上疯叫着："不！不！俺不！"

还有一个五六十岁的老妪，旁边躺着一个头插草标的姑娘。可怜那姑娘面无血色、衣不遮体，已经饿得奄奄一息。老妪一遍遍地向路人作揖哀求，口中喃喃念道："好心人行行好，把这闺女领去吧，她才16岁，您老给她碗剩汤就行，领去救她一命吧。我老婆子不要钱，也不要粮。"姑娘在老妪凄惨的乞求声中，扑簌簌地流着泪。

这样的场景，就像刀子一样刺痛了每个人的心，战士们恨不得倾其所有去帮助这些穷苦人，但他们除了掏出几块干粮接济一下，别无他物，有的人把孩子抱在怀里，又万千不舍地放下，摸摸孩子的脸和头，无可奈何地走了……

作为一个军人，晋志云明白，现在的任务就是努力打鬼子，他多么希望，天下的穷苦老百姓早一天过上好日子啊。为了这样的目标，他们付出一切，甚至生命都值得。来到大胡庄，他和巩副营长的心思都想到了一块，就得想方设法为这地方的百姓们做些事情。

今天的诉苦会，台上没有主持人，工作组和青年自卫队的人都坐下面，坐在第一排的朱大海，转身面朝大伙，一番开明宗义的开场白，拉开了诉苦会的序幕。

"乡里乡亲，老少爷们，有人说，今个上午我们开了一个富人会，晚上来开一个穷人会。富人会解决了大家的吃饭问题，现在这个穷人会，主要是来解决大家心里的问题。诉苦会，无非是把心底里这些年想说不敢说的冤苦说出来，我们一起来理一理，评一评，在新四军、自卫队的领导下，我们穷人以后要抱成团，敢于反抗，敢于斗争，一些人骑在穷苦人头上作威作福的时代，将一去不返了。但有一点，上午巩副营长也说了，新四军也好，自卫队也好，不是来替谁寻私仇报私恨的，大敌当前，我们的公敌就是日本鬼子，共同抗日这是我们的国仇，这是头等大事。好，我就说这些，今天谁先打头炮？"

"我先来！"话音刚落，自告奋勇第一个上台的，是自卫队员胡一荣，他是个上过军校的人，也算是见过世面的后生。

"要说百姓苦不苦，看看缴费通知书。"他从怀里掏出两张发黄的纸，大声说道："乡亲们啦，我这里有两张缴费通知书，一张是民国 27 年 4 月 4 日，茭陵乡公所通知茭陵小西场这一甲的缴费通知书，我给大伙儿念一念：

通知

四月四日

一、驻军四月份上旬灯油三斤四两（代价二千一百五十元）。

二、办事处特别招待费二万一千一百元。

三、政工大队燃料二百斤（代价三百元）。

四、驻军柴席六条（代价五千一百元），锅铲铜勺厨刀各一把（代价一千二百元），铺板一副（代价五千元），大盆一个（代价六百元），碗十五个，筷子十五双（自筹）。

五、驻军洋号代价一千六百元。

六、张总队副结婚典礼亏欠一千五百元。

七、乡公所招待透支一万零七百五十元。又乡公所预借招待费一万元。

八、慰劳驻军猪肉亏欠十斤、豆三斤（代价二千六百元）。

九、更夫玉米四斗，保丁玉米八斗。

十、驻军扁担二条，小口袋一个（代价三千五百元）。

十一、本保招待费四千九百六十元。

十二、业主粮食亏欠九百八十斤。

计玉米一石二斗，新储备币七万三千一百八十元，粮食九百八十八斤。

该甲应交玉米二斗，新储备币一万二千一百八十元，粮食一百六十五斤。

"四月十四日又收到保长的通知，说二皇缴费通知单又来了，全保十四万八千七百元，小西场又增加一万八千一百五十元。可惜那张通知单找不到了。

"我手中还有一张，这是民国28年10月份的一张派给大胡庄这一保的当月须交税单，我再给大家念念：

一、款项

（一）慰劳费

1. 慰劳皇军平均每保一千一百元；2. 七十三元；3. 慰劳区所六百一十元；4. 区长太太生日送礼一百元。

（二）菜金费

1. 二百元；2. 八十元。

（三）平均会费

一百七十元。

（四）合作社股东

一千元。

（五）预借招待金

一千元。

二、伙食

（一）粮食

1. 大米二石八斗；2. 大米七斗；3. 大米二石一斗；4. 大米一石八斗；5. 大米七石九斗九升余；6. 大米八石。

（二）菜

1. 三斤香油，三十斤白菜，三斤肉；2. 同上；3. 同上。

三、夫役

劳力二十个，长期雇工，伙食粮草自理。

四、继续征收之税项

须借田赋每乡一万元（每保一千元）。

"在座的，不论是做长工短工的伙计，还是租田包地的佃户，这么些年，摊派来的杂七杂八的税赋交了多少，可能早已记不清了。在座的哪一家，不是月月交，季季交，年年交。为什么我们这么穷，为什么我们这么苦，辛辛苦苦地种了地，交了租，本来已经所剩无几，再来交这个税那个费，能不穷吗？许多人家交不出钱来，就被抓去打个二死，最后还要向那些地主大户们借钱，甚至借高利贷来赎人，来交费。一会中央军，一会顽韩、东北军，一会鬼子、二皇，一个接着一个欺侮我们穷苦百姓，这样的日子何时是个头啊？幸好，共产党来了，新四军来了，在顺河建立了抗日民主政府，这些个杂七杂八的苛捐杂税一下子没了，大伙说，是不是应该感谢共产党，感谢新四军?!"

"感谢共产党！""感谢新四军！""拥护新政府！"为了给胡一荣助阵，按照事先的约定，胡一华、胡一胜、胡芙蓉兄妹几个轮流带头喊口号，台下的群众和战士跟着一起喊起来，诉苦会一开场就让人觉得气势不凡。

"我来说几句！"自卫队员、佃户孙万富站了出来。

"黄连树上结苦瓜，世上最苦穷人家。汗水洗身泪洗面，从头苦到脚跟下。这就是鬼子二皇来了以后，我们穷人过的日子。父母给我起了一个名字叫孙万富，我到现在还是一个二八破。要说庄上最苦的人，就算我们这些二八破，为啥呢，庄上百分之九十的人都是靠租地交租来生活。前些年，东广爹、西广爹他们这些个大地主，联合城里的地主一起在茭陵大量买地，然后租给我们这些穷苦人种，各种税费自然都摊到我们这些人的头上。现在日本人来了，我们是过着人不人、鬼不鬼的日子，生活更是苦不堪言啊。

"一年到头在田里黑汗流流，也刨不出多少粮食来，地主们还要我们每亩交出一石左右的租子，一粒也不肯让。我们也不能看着一家人饿死啊，就到处借债，春天借一石玉米棒子头，到麦子下场本利就要还三石。如果麦收时偿还不起，就照棒子头化成麦子，这时候的麦子便宜棒子头贵；到秋天棒子头收下时，这时棒子头贱了麦子贵，再二一添作五算棒子头给他。就这样，一边是地租与高利贷，一边是鬼子二皇的各种税费，把我们往死路上逼啊。被逼死的人，还少吗？我们大胡庄至少十多个，都在那乱坟岗葬着呢。这些年拖去的死人，胡锡牛最清楚，可惜他是个哑巴，说不出来啊……"

孙万富的一席话，在场的人频频点头，大家感同身受。

人说哑巴很聪明，这话一点不假，胡锡牛坐下面，孙万富提到他的名字他听得真真切切，他站了起来，一个劲地用手比画着，竭力想说什么，嘴里发出"阿巴""阿巴"的声响。

麦根子见此状，按下了哑巴，示意让他坐下，替他翻译起来：

"这些年的村里的情况大家都清楚，这拖死人的活，胡锡牛做得最多，我替他说说。前面国民党顽韩的政府也好，军队也好，除了苛捐杂税外，还经常来庄上巧取豪夺，没钱被抓去的人，许多人家没钱去赎，最后就被活活打死，拖回来，还要你交个拖尸费。日本鬼子来了，顽韩走了，二皇汉奸都出来了，他们就像饿狼一样，和鬼子下乡来烧杀抢掠，无恶不作。进村抢东西时，因为反抗当场丢了性命的就有四五个，被烧了房子的就有七八家。

"除了这些，日伪据点里的那些'黑摸队'还经常上门来敲诈勒索，猪马牛羊见了就抢。过岗哨，出圩子看病，都要交钱，如果不交钱，说你通八路新四军，把你绑了去，打个二死，结果你还要花钱消灾，哪个不是最后被逼得家破人亡。孙万富说的对，逼死人命的例子，大胡庄就发生十多起。所以，哑巴有好几次拖死人的时候，我都看见他哭了，他内心肯定也痛啊……"

此时此刻，有人抹起眼泪，有人低声啜泣，有人号啕大哭，这些人都是麦根子说的那些丢了性命人家的亲人。哑巴胡锡牛说不出话来，但是他的哭声最大，可谓声嘶力竭，他似乎要把这么多年来的委屈、无奈、愤怒与痛苦，都用哭声喊走，用眼泪洗了去。

"冤枉啊！"会场有人喊冤。

颜景高一瘸一拐地走上台来。他卷起裤筒，一块伤疤暴露在众人面前。

"我要为我死去的堂兄弟颜景庭申冤，东广爹家的人说他通匪，把他给枪决了，我去论理抢人，腿也被打伤了，从此落下残疾。我们平头老百姓没地方申冤。"颜景高把当年胡明根、胡锡荣等人草菅人命的事说了一遍。

这一说不要紧，人群就像炸锅一样，各人七嘴八舌地议论起来，然后就是有人争先恐后地站起来申诉。这么多年，有地方反动政府和鬼子二皇的撑腰，大胡庄地主横行霸道的事还少吗，害死人命的事还少吗？至于日本人来了以后，犯下的一桩桩罄竹难书的罪行，大胡庄人更是如数家珍。

"我要说！"一个尖尖的声音传来。

大伙定睛一看，原来是个十一二岁的孩子，干瘦枯黄的样子，一看就知道家境贫寒、衣食不足。可那双小眼睛里射出夺人的亮光。他的名字叫胡其顺。一旁的母亲一个劲地摆手："他一个孩子不懂事，瞎说的。"

"我就要说！"胡其顺倔强地站了起来。

朱大海看着胡其顺一脸可爱的样子，顿时笑了起来，热情地鼓励他："其顺，你上台讲！"

"好嘞！"胡其顺飞快地跃上了台子，动作敏捷得像猴子一般。

"这是一只神猴子！"有人这么夸他。胡其顺九岁的时候便没了父亲，兄弟四个与母亲相依为命。在家中他排行老小，念着私塾，头脑十分聪明，除他能说会道外，其余三个哥哥一个比一个老实，正应了农村那句俗语："三棍打不出一个闷屁的主儿！"母亲生性胆小，生怕孩子说话惹出祸端来，见他上了台，索性就让他说吧，她知道，他今天要说的是他二哥胡其达的事。只见她一边摇头叹息，一边偷偷抹泪。

"我二哥胡其达读过几年书，因为家里穷，为了供我念书，他后来干脆就不念了，回来就跟人学兽医，满了师，要说手艺，我二哥在这一带七里八乡可是出了名的。去年春天，二哥被人请去涟水南门外几户人家给猪阉割猪蛋蛋。想不到的是，正做着做着，小六堡据点里的日本鬼子带着几个二皇来村里扫荡。那鬼子的小头目叫松本，此人听说阉割下来的猪蛋蛋，吃了补身体。于是命人将二哥割下来的猪蛋蛋洗净带走了。听说除了他吃，还孝敬给鬼子上司吃。

"临走的时候，那松本给还让二皇给二哥传下话来，令他每个礼拜送两副猪蛋蛋到小六堡，完不成任务就死拉死拉的。"

"有一个礼拜，二哥只带了一副猪蛋蛋，那松本当场勃然大怒。因为没有完成进贡任务，二哥被抓了起来，被松本打个半死！打完了还不解气，竟逼着二哥'现场表演'为皇军取乐，当场阉割了一个被抓来的抗日分子的蛋蛋。那抗日分子当场昏死过去，二哥也吓得灵魂出窍，被放回来后，先是高烧昏迷一个劲地说胡话，然后就是胸痛咯血，家里也没钱瞧病，就这么在家养着，再后来，就这么不治身亡……

"我二哥死得冤啊，才二十岁就走了啊！"这是发生在身边真实的事情，孩子凄厉的哭声，让所有人激愤不已。

"打倒日本帝国主义！""打倒恶霸地主！""打倒剥削阶级！""受压迫者团结起来！"

在巩殿坤、晋志云的示意下，文书高建国带领战士们喊起口号，这样的口号无异于推波助澜。

群众对于鬼子顽匪、恶霸地主的仇恨像火山一样的喷发了，压抑他们心底多年的愤恨，此时在这样的场合里，一下子宣泄出来，他们感到格外的敞亮。但是，大胡庄的群众也深知恶势力的强大，他们心头的疑虑远未消除。因为他们曾经亲眼所见，共产党"闹红"的结局，你方唱罢我登场的政权更迭，使他们还心存畏惧，他们不知道哪一天，北乡里的共产党、新四军走了，天下又成了坏人的天下，他们就会被报复，甚至可能被杀头。

因此，现实情形下，他们的觉悟远未达到要彻底革命、翻身解放的高度，没有人提出要去跟地主索命寻仇，他们没有太多的奢望，觉得能有这样的一个机会，让他们把心里话说出来，这就是他们的胜利。

但大胡庄人毕竟觉醒了，这是千百年来，世代受苦的穷人们，第一次这样站起身来讲话。这火候必须要有所掌控，要保护好这份激情，还要循序渐进加以引导，假以时日，革命的星火迟早会形成燎原之势。

只见胡锡宜拿着小本本一一记着。朱大海趁势站了出来："乡亲们，你们的冤屈，我们会一一记录在案的，有的问题，我们自卫队可以立即解决，有的事情，我们要汇报给县政府、县大队，人家也要进一步查清事实，一切以事实为根据。我们再三强调，现在大敌当前，要团结一切可以团结的力量，过去作恶的人，重在看现实表现，如果你放下屠刀立地成佛，我们欢迎你回到群众中来；如果胆敢再祸害乡里，再有倒行逆施，我们一定老账新账一起算。总之一句话，恶霸地主也好，鬼子顽匪也罢，谁再要欺侮我们，我们决不答应！"

"感谢共产党！""感谢新四军！""拥护新政府！"诉苦会在一片口号声中结束。

会后，大胡庄秘密党支部、青年自卫队在新四军二连的支持下，采取的第一个行动，就是下达通知到各家各户，为了组建抗日自卫武装，私人家的枪支弹药，三天之内必须上缴，凡不上缴者，以"不支持抗日、通敌通匪"论处。采取的第二个行动，就是连夜查封了咸岔河桥头李三家的土牢。诉苦会上许多人把矛头对准了这土牢，说土牢是穷苦人受苦受罪的明证，那里有着许多人血淋淋的痛苦记忆。

刑具搬走，土牢间贴上了封条。李三灰溜溜的，像个瘪三似的，面如死灰，蜷缩在角落里，嘴里嗫嚅着："变了，变了，完了，完了……"

也许从这一刻开始，昭示着一个时代，在大胡庄终结了。

那寂寥的天空，一片阴暗，有几处灰白的地方，那是星光的辉映，显出几分亮色。整个天幕依然空空洞洞，黑沉沉地压下来，想把一切的梦想和希望都罩在其中。

庄上那些深宅大院里的主人们，时不时地探出头来，向这边张望。手下的佃户伙计都去开会了，他们留在家里，心里又开始忐忑不安起来。

日里在乡贤座谈会上，新四军的长官再三申明，来大胡庄不是为了寻仇闹事来的，不会给他们扣帽子、打板子，关键是看各人的现实表现。有了这话，再加上会上胡三爹的那番表态，会后，每个人都学会了卖乖，态度一个比一个积极。该捐的也捐了，该借的也借了，等夏收时，该减租的适当减一点，该退租的也多少退一点，场面上的事，谁不会做啊。晚上，工作组来查租登记，各户也是"以礼相待"。

此时此刻，他们听到了口号声，这些穷鬼诉苦，无非是来揭他们的底子，翻翻他们的发家史，哪一个不是血迹斑斑哟。他们真的担心这样的诉苦会，最后会不会变成了批斗会，会不会对他们采取行动。他们心里着实没个底。

远处传来几声犬吠，叫得他们心神不定，当听说，自卫队的人和新四军的人去封了李三的土牢，他们更像热锅上的蚂蚁，惶惶不安起来。

"叔，看来今天的诉苦会，就是针对我们这些人的，这帮穷鬼如果得势了，肯定没有我们好日子过的。听说，下一步他们还要解散我们的护庄队，收缴枪支。我们得赶紧想办法把情报送出去啊，让日本人来下手，来个一了百了！"胡锡荣劝着胡明根。

"傍晚时候，胡兆荣那边有个伙计捎口信来，说他家老爷让我好好保重身体，万一撑不下去，就去看郎中。你说，这话里是不是有话啊？"

"看郎中？"

"是啊。这是啥意思？"

"我懂了！"胡锡荣恍然大悟，拍着大腿叫起来。

一场密谋，在深夜里酝酿出炉。

夜，更深了，无边的黑暗层层袭来，胡氏宗祠门庭悬着的马灯，忽闪忽闪的，照在门前的荒草上，生出无数诡秘暗影，远远望去如同幽森的冥火，在闪烁着跃动着。

智取黑摸队

第二十章

黑夜，对于作恶者来说，是制造罪恶的时刻，对革命者来说，却是寻找光明的窗口。

就在这个深夜，一阵急促的敲门声把朱大海、胡锡宜等人从睡梦中惊醒。

"赵县长，这么晚了你们怎么来了？"胡锡宜披衣去打开院门，见是赵心权县长和县大队的吉乐山连长站在门口，很是惊愕。

"巩副营长和晋连长他们在哪？"赵县长问道。

"他们在里屋地铺上呢。"胡锡宜向屋内指了指。

里屋的巩殿坤、晋志云等人早已醒来，见赵县长深夜到访，定有紧急情况，他们迅速起身相迎。

"蛇出窝了！"赵县长进门低声说道。

胡四贵，胡四贵，莫当维持会，东洋鬼子难长久，当了汉奸要遭罪，东洋鬼要你当狗腿。要捐要粮欺百姓，从此称你叫二鬼，子孙后代都惭愧。

当狗腿，活受罪，打仗要进前，不能朝后退，要想逃小命，鬼子叫你圩沟睡。

胡四贵，胡四贵，莫当维持会，中国人不忘本，有错快回头。人民盼你把队归，保你回头不受罪。

小六堡是涟水日伪军一个重要据点。它位于涟水城南门外废黄河的南堆坡上，与盘踞涟水城里的敌人一河之隔。小六堡周围深沟高垒，圩外一片开阔地，还有坚固的碉堡。它像一个钉子，钉在北乡人的心里，许多人对之恨之入骨。

这歌谣中的胡四贵，说的是在小六堡据点里当伪军的一个农民。他是顺河小新庄人，在一次去涟水赶集途中，被小六堡据点里的小枪队掳去当了伪军。此后，背着汉奸二皇的骂名，他老娘和媳妇实在受不了庄人背后的指指点点，找到县政府赵心权，请县长想办法帮忙把胡四贵给劝回来。

就在有一次胡四贵偷偷回家的时候，他媳妇暗地里去县政府报告。赵心权着人把他带到县里，经过大家一番苦口婆心地教育之后，胡四贵幡然醒悟，决定弃暗投明，被编入吉乐山的连队里，当了一名抗日武装队员。

胡四贵向赵心权等人提供了一个重要情况。

他说，一月前小六堡据点的陈佑宜队长与大顺集队据点的徐成伍队长两个人对调赴任，陈佑宜去了大顺集，徐成伍来了小六堡。

据说，这两个据点本来各有一个班的日本人，由于分赃问题，日本人的分队长和伪军的队长关系并不融洽，于是就有了这次对调。同时，由于近来加强郑潭口等地那几个重要据点，干脆暂时把这两个据点里的日本人都抽走了，说是充分相信他们这两个新队长的忠诚与自治能力。

有一次，胡四贵他们几个喽啰随徐成伍回大顺集，众人兴致高，喝高了酒，徐成伍把他们带到附近的徐集乡一赌馆里，耍起麻将来。这赌馆在桥头单门独户，离庄上有一截距离，是个比较隐秘的地儿。那开赌馆的女人，是个寡妇，名叫李俏平，三十几岁，风姿绰约，体格风骚，天生的一个尤物。原来这女人是徐成伍的老相好，当晚，徐成伍留宿在此。胡四贵等人在外间打牌，徐成伍和小寡妇在里间好不快活。

还有离奇的事在后头哩。

半月前，在大顺集做队长的陈佑宜过生日，胡四贵这几个昔日的手下弟兄去祝寿。陈佑宜喝多了，竟然让兄弟们送他去了徐集乡小寡妇李俏平家，两个人进屋不久，熄了灯，就开始颠龙倒凤起来。

这陈佑宜刚到大顺集不久，怎么把徐成伍的马子泡到手了？后来听人说，是这小寡妇主动投怀送抱勾搭了陈佑宜。陈队长也是一个情种，把小寡妇当个心肝宝贝似的，两个人像是新婚的夫妻，如胶似漆。

那次和胡四贵同去的喽啰们，惊讶得张大了嘴巴，众人约定，回来后，谁也不能提这事，如果提了，非出人命不可。这玩火的事，各人闭口不提。

陈佑宜根本不知道这女人早就是徐成伍的相好，徐成伍也不知道自己的女人水性杨花，另有新欢，给他戴上了绿帽子。两个人都蒙在鼓里。

巩殿坤、晋志云在顺河周边游动警戒期间，和赵心权、吉乐山、李成山探讨小枪队下乡骚扰百姓的话题时，赵县长等人提供了这个情况。当时他们一致决定，寻个机会，使个离间计，让两个据点的队长窝里斗，这样可以借刀杀人，兵不血刃。

根据约定，二连在北乡游动警戒期间，县大队派胡四贵等人秘密潜伏在徐集乡小寡妇家附近。

就在今晚，赵心权接到密报，蛇儿出动了：小六堡的徐成伍队长带着手下十几个弟兄，宿营在李寡妇家，据说傍晚从下营渡口接运上级发放的物资，在那歇脚。一帮人在赌馆里打麻将，寻开心呢。

得到这个密报，赵心权觉得这是一个绝好的机会，当即和吉乐山带大队一个排，连夜赶到大胡庄，来和二连及大胡庄的同志商量一个万全之策。

机会是来了，可谁去给陈佑宜通风报信呢？

"就让胡四贵去！他是陈佑宜的老部下，从小六堡回来不做伪军，还没几天，陈佑宜还不知道。胡四贵就说是随徐成伍一起去押运物资的，借口去看一个亲戚，溜出来报信。这样不会引起陈佑宜的怀疑。"赵心权提出这个方案。

"这人靠得住不？"巩副营长问道。

"我们也查过他的底细了，他也是穷苦人出身，其实当时投靠做伪军，也是迫于生计，每次下乡去各地扫荡抢劫时，他都是缩在后面，从不主动上前。现在经过教育改造，他的觉悟有了根本转变，思想和行动上都很积极。我同意他去报信。"吉乐山同意赵县长的方案。

事不迟疑，说干就干，一场周密部署开始了。

敌人自相残杀、窝里斗，我方坐收渔利、坐山观虎斗，所以会议决定，这次行动以县大队为主，县大队吉乐山连长带一个排参加伏击，朱大海带大胡庄自卫队担任外围警戒，行动由吉乐山统一指挥，要求速战速决，清场后迅速撤出战斗，不留下我方的任何痕迹。

考虑到二连作为主力连队，作战经验丰富，为确保万无一失，会议决定，二排长张德纯、五班长刘明俊带一个班负责侧翼行动；胡锡宜和三排长高彩光、八班长马合林带一个班在废黄河茭陵渡口北岸设伏接应；麦根子和一排长温新顺、二班长王书方带一个班在渡口南岸接应。

"黄良、顾家骥、胡明昂、孙万富、胡一禄、李广居、胡应朋、胡兆干、胡一贵、周华、顾家骏、陈士祥、陈士恒、胡一荣、胡一华、胡一胜、胡大勇……"

一个个点名，一个个全副武装，连夜集中的自卫队员们既紧张又兴奋。朱大海再三强调，这是大胡庄青年自卫队第一次深夜参加战斗，而且是近距离地真枪实弹地与敌人对垒，没有命令不准开枪。尽管是坐山观虎斗，但是一旦打起来，混乱之中子弹不长眼，所以各人一定要埋伏好，一定要格外小心。

兵力调度在悄悄地进行，接到了任务的二连的战士们，以最快的速度集合完毕。对他们来说，这样的夜间行动，也不是第一次了，一切行动听指挥，有些战士还在梦中，有些战士已经各就各位。

一切都是静悄悄的，整队集合，分批过河，警戒放哨，暗中设伏，在神不知鬼不觉中，一场战斗部署在有条不紊地进行。

看着其他战友过了河，二班长王书方发起了牢骚："排长，为啥不让我们去一线参加战斗，反倒让我们在这里站岗看大堤。"

温新顺听了，立刻激动起来："你比我大五六岁，我喊你一声老哥，你以为我不想去啊，这也是立功的好机会，可是你看看你手下这几个小不点，行吗？"

"怎么不行啊，排长，你这是瞧不起人！"刘本成挺着胸脯说道，王孩儿、耿傻子跟着站了出来。

温新顺看着这几个小弟弟一样的战士，心里不禁一阵心疼，他作为排长，必须把他们带好，这也是副连长孙文魁临走前的交代，我不能让他们有丝毫闪失。他也知道，让他们留守，这其实是连长对他们的照顾。

"你们都是好样的，我们一起在这里做好接应，这就是我们的岗位所在。"

河堤边芦苇林立，野树蔓生，战士们或伫立或埋伏在林间草丛中，每一双眼睛里像生出光来，注视着前方。

一场黑夜里的精彩好戏正在开场。

过了废黄河，在夜色的掩护下，大队人马直奔李寡妇家赌馆而来。

这赌馆是桥头坡下的一个独户，北面不远有一条河，坐北朝南四间，东西各有一间偏房，院心前面一排篱笆圈成了院落。吉乐山的一个排，从正面、左侧、后面三个方向，张德纯、刘明俊的一个班，从右侧方向，分别设下埋伏；朱大海的自卫队守住外围各个路口，担任警戒。

在大顺集据点来赌馆的必经之路，留一个口子，好让陈佑宜等人钻进来。同时，以赌馆为中心，埋伏圈的半径大概在二十米左右，这二十米内预留的一个中间地带，是留给陈佑宜的，吉乐山、朱大海、张德纯合议时料到，陈佑宜率人来，肯定也会采取包围措施的。谁曾想到，螳螂捕蝉，黄雀在后，在他们的包围圈外，还有一个我们的包围圈。

另一路，吉乐山和朱大海商定，派黄良、顾家骥带一组队员随胡四贵去向大顺集据点报信去了。报信的成功与否，决定着这场战斗的成败，这一路人马带着重托在夜色里飞奔。

徐集和大顺集离得近，不到半个时辰，就到了大顺集据点附近，一行人放慢了脚步。

大顺集据点，自陈佑宜来做队长后，强拉附近民工大兴土木，构筑工事，稍有懈怠，轻则枪托捣、皮鞭抽，重则悬吊起来，狠命抽打，关进土牢。老百姓怨声载道，个个对他咬牙切齿，恨不能啖其肉，喝其血。现在的据点号称固若金汤，里三层外三层高高的围墙，两角各有一座炮楼，外有一座吊桥，整个据点戒备森严，俨然一个魔窟。

黄良、顾家骥等人止住脚步，在百米开外河边埋伏，胡四贵急匆匆地向吊桥走去。他看得仔细，此刻，吊桥那城门之上，只有两个哨兵在上面执勤，其余兵士早已进入梦乡。

"站住！干什么的?"城墙上哨兵发现了他，顿时警觉起来，他们端起枪，大声问道。

"兄弟啊，我是小六堡据点的，是陈队长的老部下，上次我还来给陈队长祝寿的，你不认识我了?"胡四贵不慌不忙，强作镇定回答。

"你深更半夜来干啥？"对方根本不认识胡四贵。

"我们徐队长有密信给陈队长，我要当面汇报！"

其中一人把探照灯转过来，向胡四贵射来，他们细细地辨认着，有一人觉得胡四贵面熟，上次来拜寿时，两人还端了杯。

"那好，我们不能放你进来，这是命令，你等一下，我们去报告陈队长！"一哨兵转身跑去报告了。

胡四贵手心已经冒汗，他知道，今天这个任务表面上看，是个小差事，但是其意义非同小可，必须把陈佑宜引上钩，这是吉连长下的死命令，他必须不折不扣地完成。

这时候，城楼上有脚步声传来，只听得一个人骂骂咧咧的："什么屌人啊，这么晚，让老子不得安生！"

"陈队长，是我啊，我是四贵啊！我有话要当面向您老汇报下！"胡四贵见陈佑宜冒出来头来，赶忙近前答话。

"是你小子啊，你等一下，王三、李二毛，快快放桥！"陈佑宜命令那两哨兵。

桥落平稳，只见陈佑宜带着哨兵径直从门里走出来。

胡四贵近前拉陈佑宜到一边，在他耳边如此这么这么说一通，那陈佑宜的脸色由红转白，又由白转紫，气得拳头捏得紧紧的，牙齿咬得咯咯作响。胡四贵知道陈佑宜上钩了，心中暗自窃喜，但是还是强作镇静，继续煽风点火。

陈佑宜是个火暴脾气，可这"夺妻"之恨，他绝对咽不下这口气，他要亲手去解决这对狗男女。可这毕竟是个丑事，他不想让更多外人知道，王三、李二毛现在也算是他的心腹，就让这两人跟他一起去处理吧，明显人手不够。

"王三，去把你那一个班集合起来，就说有秘密任务，不要惊动其他人。你俩都随我去行动，让下一组人上来放哨，快去，不得有误！"陈佑宜给王三下了命令，王三赶紧去张罗人马去了。

"陈队长，我本不想告诉您的，可您在小六堡对小人不薄，我冒死来报信，您不会怨我多嘴吧？"胡四贵试探问道。

"哪能啊，算你小子有良心，等我收拾了这厮，你就到我这边干吧。"

"我是借口出来看亲戚的，我还得赶回去，那我先行一步了。"胡四贵趁机向陈佑宜告别。

"慢着!"陈佑宜一把拉住了他,"等会儿一旦打起来,子弹不认你,你小子先回去躲起来再说,免得误伤了你!"

"还是队长想得周全,谢谢队长!谢谢队长!"胡四贵连连作揖道谢。

陈佑宜挥挥手,示意他可以离去,然后转身进据点集合人马去了。胡四贵这才一溜烟似的撒腿就往回跑。

得知陈佑宜上当后,黄良、顾家骥带着胡四贵等人风驰电掣般向赌馆狂奔而来,接上了头,大队人马一起埋伏在黑暗里。

这戏越来越精彩,看戏的人,埋伏在四周,静观时变。

徐成伍与妍头在里屋偷情,两个人吴侬软语地说着悄悄话,连星星都臊得躲在了云后。外间,两桌人正兴高采烈地打着麻将,输的人想捞本,赢得人想翻番,各人兴趣盎然,旁边有两三个观看的人,忙着拿喜钱,倒茶送水更是忙得不亦乐乎。其中有一些人知道这小寡妇和陈佑宜也有一腿,可谁管这个闲事啊,谁又说得清楚男女之间的事了,管他呢。

殊不知,这是他们在人间最后的时光,他们谁曾想到自己会在一场风月情斗中丧了性命。

就在这时,陈佑宜带着十几个手下偷偷摸了上来,迅速包围了这几间屋子。

陈佑宜看得真切,自己的情人和徐成伍正说着情话,外屋他昔日的部下耍牌正在兴头上,他不由得怒火中烧。他恨小寡妇这个婊子养的,脚踩两条船,这徐成伍敢在他的地盘上,玩他的女人!他本想一脚踢门闯进去,结果了这二人性命,可一想,也许徐成伍这家伙不知道这小寡妇是自己的人,先听他怎么说。

他让手下枪口对准外屋里的人,如果胆敢有反抗的,就开枪。到时候,这责任就推给共产党地方武装。

一切安排妥当,他站在小寡妇门口嚷了起来:"姓徐的,你听着,我是陈佑宜,你他妈的吃了豹子胆了,连我的女人也敢碰,今天你给老子说个清楚!"

陈佑宜这一声嘶吼,里屋紧张起来,一阵翻身穿衣的声响传了出来。外间玩牌的也乱作一团,想不到情敌找上门来了,不好了,这下子要出人命了。

"姓陈的，李俏平本来就是我的，和你啥关系，什么事也得有个先来后到啊！"徐成伍在屋里争辩起来。

一听这话，陈佑宜更火了，想不到这婊子养的李俏平，竟然和徐成伍是老对子，老子还把她当个宝贝似的，好生供养着。怒从心头起，恶向胆边生，睁开眉下眼，咬碎口中牙，他何时吃下这样的侮辱，他一脚踹开了门，"叭""叭""叭"，几声枪响，徐成伍和小寡妇被结果了性命，双双死在床上。

外屋里打牌的人听得枪响，以为火拼开始了，也纷纷朝外开枪。陈佑宜一声令下，手下人也向外屋的人开枪。

这时，吉乐山、张德纯已经快速地缩小包围圈，包抄了上来。这时候里屋黑灯瞎火，没有声响，外屋的人和外面的人打得不可开交。外屋两盏马灯还亮着，张德纯当即命令五班长刘明俊打掉马灯。这五班长从小与父亲打猎为生，在二连是有名的神枪手，只见他趁乱中，"叭""叭"两声枪响，那马灯瞎了火，屋里屋外一片黑灯瞎火。

这时候两方敌人打得更欢了，不一会儿，渐渐地枪声小了许多，双方已死伤大半。只见吉乐山一声枪响，大喊一声："给我打！"

众枪齐发，屋里屋外的敌人消灭殆尽。吉乐山、张德纯率人冲上去打扫战场，没有见到陈佑宜的尸体。吉乐山情知不好，率众人跑到河边，只见河中有一人正扑腾着，向对岸游去，这河不宽，眼看着就要到岸，上桥追赶已来不及。

"让我来！"吉乐山大喊一声，只见河边堆放着成捆的草堆，他从中扯下两捆草，往河心一撂，飞步一点河心草捆，抢先跨过河去。手起枪响，结果了陈佑宜的性命。大伙对吉乐山的神武无不心悦诚服，连二排长张德纯、五班长刘明俊都竖起了大拇指，个个感叹："咱地方上的同志有高人啦！"

众人过了桥把陈佑宜的尸体抬到赌馆里，小六堡、大顺集据点的队员一个个摆放在不同的位置上，以两方火拼的架势伪装好现场。

有人在打扫战场时，要把现场的枪和物资带走。吉乐山、张德纯立即制止。吉乐山向大伙解释："我们的目的是消灭这些人，枪和物资如果拿了，肯定会引起敌人的怀疑，会把视线转向新四军和根据地；我们伪装好火拼的现场，这样敌人就会觉得双方是来抢物资的，或者是为一女子火拼的。"

"来日方长，以后枪支和物资迟早会是我们的。"二排长张德纯充满自信。

夜里这边枪响，老百姓没人敢来看热闹，以为是日本鬼子二皇来扫荡，个个紧闭门户。

可等到了早上，这桥头就像炸了锅似的热闹起来，看了现场的人，再加上床上一丝不挂中枪而亡的一对狗男女，什么说法都有，个个传得沸沸扬扬。但说来说去，有一点大家深信不疑，就是两拨人是为这小寡妇争风吃醋打起的。

大顺集据点里的副队长王成化带人来查勘现场，物资和枪都没丢，不像是共匪干的，原来是两个据点兄弟之间火拼！全是女人惹的祸啊，他心知肚明，暗自欢喜，陈佑宜这一死，他这下子总算可以谋个正位了，干脆如实上报。

涟水县的伪警备队大队长一职是伪县长吴厚甫兼任的，平素警备队的日常事务都是副大队长李树春来主持，此人 32 岁，刀把子脸，岁数不大，但老谋深算，为人奸诈。电话里，李树春听了报告，破口大骂，这么丢人的事，他让王化成暂且按下不得宣扬，妥善处理好后事，这是对他能不能接任队长的考验。

王化成当然尽心尽力处理好善后事宜了，他让手下都把嘴封住了，谁要是对外说一个字，就枪毙谁！这是个死命令！因此，这样的火拼事件，在两个据点内部一直讳莫如深。

徐成伍死了，李树春派了他的亲信杨玉标去小六堡接任队长，杨玉标提出，带上堂兄弟杨玉齐，这人正是当年被朱大海、胡锡宜在水中淹个二死的杨大麻子。这家伙前两年在建碉堡时，贪污了不少钱，被人告发，坐了一年半的牢，最近刚被杨玉标捞了出来。李树春知道杨大麻子对日本人是忠心不二的，就是手指头有点长，如果对他多加管束，说不定以后会派上用场的。再说这时候也是用人之际，李树春做了顺水人情，同意了杨玉标的推荐，那杨大麻子感激涕零，赌咒发誓要混出一个人样来，报答副大队长的知遇之恩。

为一个女人火拼，李树春还是第一次听说。这些他辛苦栽培的手下，竟是如此的不堪，枉付了他的一份心血，他是哑巴吃黄连，有苦说不出啊。

那一天，李树春发出指令，让两个据点赶紧招人，一下子死了这么多人，日本人要知道实情，那还了得。看来没有日本人还是不行，过一段时间，还得把日本人请回来，这两个据点的力量还是要加强的，据点不能空虚。

一天下来，他心烦意躁，眼皮一个劲地跳着，是福是祸，他也无从知晓。

黑魆魆的夜，像是掉进了无边的黑洞里，静谧无声，神秘空灵。大胡庄上，巩殿坤、晋志云、赵心权他们几个人毫无倦意，他们焦急万分地等着消息。

凌晨三点多了，今夜执行任务的队伍还没有回来，他们索性从庄上来到了渡口，望着天空，多想星儿捎来他们凯旋的消息，望着河面，多想接应的船儿平安归来。

就在他们望眼欲穿的当儿，突然听到了船桨划水的声音。

"是我们的同志，他们回来了！"守在岸边的二班长王书方第一个叫起来，旁边的刘本成、耿傻子、王孩儿几个小不点也高兴地跳起来。

同志们陆续归队，我们胜利了，每个人的脸上都溢出了幸福的笑容。大胡庄青年自卫队的同志，他们个个为参加这样的行动感到自豪，尽管县人队和二排的同志是主力，他们就像见习士兵一样，在外围担任警戒，但毕竟是见识过枪林弹雨的人了。

"为民除害，为新生的根据地除了心头大患，这样的胜利值得记功！"赵心权抑制不住内心的激动，他逐一和归来的同志们握手，就像迎来自己的亲人。

见到了胡四贵，他连连夸奖他："四贵啊，你这次可是立了大功，好样的！"

"我这不算啥，同志们都有功，尤其是咱吉连长，那可是武功盖世啊！"胡四贵非常佩服吉乐山飞身蹚水过河的神武。

吉连长这功夫让所有参加行动的人都开了眼界，赵县长听了大伙的讲述，话匣子一下子打了开来：

"你们不知道吧，淮安人是这么说我们吉连长的。淮安有个吉乐山，坐下就像一座山，刀枪不入显神功，飞檐走壁赛神仙。吉连长还曾经专门拜师学过武功呢。

"说起来话长了，他为了利用刀会发展抗日武装，经过苏皖第三地委的同意，他和地委派来的几个人化装成刀会老师。刀会老师必须要有一套刀枪不入的硬功夫，才能赢得会众的信任，于是他们几个人就去拜师学艺练气功。练气功时，因人的肚皮有弹性，用刀直砍肚皮一挺就跳开了。就这样，他们去各刀会'游堂'时，作为刀会老师当众验刀，果然刀枪不入，就这样取得了广大会众的信任。

"他们在各地集会'做功'时，假扮神灵下凡，表演刀枪不入的功夫，会众对他们非常崇拜。然后，吉连长就将事先编好的有关'五会联合抗日保家乡'的内容配上《卖药草糖》的调子演唱起来，对会众进行抗日救国宣传，然后又在刀会里成立了党支部，他就是这样一步步拉起了抗日的队伍。

"至于飞毛腿、轻功之类的功夫，对他来说也是小菜一碟了。"

"赵县长，你不要再夸我了，你这么一说，我真的成神仙下凡的了，我和人家新四军的战士比，差远了！"吉乐山像个孩子似的涨红了脸，面露羞涩，连连摆手。

众人皆笑，这笑声，穿过这岑寂的暗夜，在黑暗的罅隙里渐次生出丝许白光来。一个云蒸霞蔚的黎明，即将到来了。

废黄河北，徐集乡夜里上演的这场火拼大戏，每个人三缄其口。

为防止暴露我方活动轨迹，招致敌人报复，要求参与行动的所有人必须守口如瓶，这是作为一条铁的纪律传达的。

应了那句俗语"隔河千里远"，废黄河南整个大胡庄，整个二连，乃至整个淮安抗日根据地，没有人再提起这事。

各人各回各地，各人按部就班，各人趁着天明前，睡了一场囫囵觉。天明后，一切如昨，一切照旧，这事就像没有发生似的。

今天是民国 30 年 4 月 25 日。清早，大胡庄上空炊烟袅袅，这样的景象似乎久违了。借到了粮的穷苦人家，也开始生火做早饭了，尽管那玉米糊糊里依然能照见人影，但毕竟有了烟火的味道。

地主家的枪支弹药收缴工作也在有条不紊地进行中。谁都害怕因为私藏枪支，被扣上个"不支持抗日、通敌通匪"的罪名。所以，收缴工作异常的顺利。有了枪支弹药的补充，大胡庄青年自卫队的武装一下子壮大了许多。

门前树上的一群喜鹊围着宅院叫个不停，胡锡璜抬头出神地看着这群鸟儿，心想，莫不是今天要有什么喜事上门？

胡锡璜家的盐行里，胡一华带着胡大勇他们几个伙计忙得满头大汗。洒扫庭院的朱小凤，心疼地一次次为他们递着手巾帕子。

胡一华、胡大勇夜里出门，天没亮的时候又回来了，听说自卫队有纪律，胡锡璜、朱小凤也不便多问。他俩到底是小伙子，身上有股使不完的劲，才睡两三个小时的觉，现在又劲头十足地干了起来。

听璜二爷说，这两天盐行要出货，有大买家来取货。各人铲盐的铲盐，装包的装包，堆货的堆货，大伙儿正干得起劲，在院外晒衣服的朱小凤，急匆匆跑了进来，嚷嚷着："老爷，大老板、二老板来了!"

"哪个大老板、二老板?"胡锡璜感到纳闷，抬头望去，他顿时笑了起来。原来朱小凤口中的大老板、二老板，竟是盐商周家班的老大周来文、老二周来义兄弟。

"今天一早喜鹊叫个不停，我就知道有贵客上门，要不是周家班，我们盐行开不了门啊。有失远迎，有失远迎!"胡锡璜上前施礼相迎，延请二位进屋叙谈。

"璜二爷，自家人不说两家话，你我还这么生分啊。"周老大连连摆手。

"二位当家的，你们现在的身份可不同了，过去是走江湖的，现在可是新四军的人了，那可是吃公家饭的啊。"胡锡璜边说，边带着周氏两兄弟"视察"他的盐行。

"这不是大勇子嘛，苏家嘴那次和小凤子两个人可勇敢的哩，现在他俩的亲事咋样了?"周老二一眼瞅见了胡大勇，关心起他的亲事来。

这话说得一旁的朱小凤顿时羞红了脸，甩着辫子跑开了。胡大勇站在那儿一个劲地傻笑。

"大勇子也想吃公家饭呢，这年轻人的事，我懒得掺和了。"胡锡璜摆了摆手。

"吃公家饭啥意思，难不成是去当兵吃饷?"周老二问道。

"是的，我想当新四军!"胡大勇一边掸着身上的灰尘，一边应道。

"这是好事嘛，璜二爷，你犯啥愁呢?"周老大问胡锡璜。

"这新四军是一支有良心的部队，他当兵，我没意见，可是万一有个三长两短，那可怎么办哟，再说那不苦了小凤了嘛，两个孩子可都是苦命人啊。"看得出，胡锡璜对胡大勇当兵有太多的不舍。这胡大勇是个孤儿投奔他家的，虽说是伙计，但胡锡璜也把他当半个儿似的对待。他俩也算是有缘人，这爷儿俩相处这三年，也处出了感情来。本想秋后把大勇子和小凤的婚事给办了，你说大勇子当兵这一走，他又怎能放心得下呢。

"妹妹秀林才7岁，弟弟其南才5岁，要不是这一大家子上有老下有小的，我也想去当兵呢。大，你让大勇子去当兵吧，以后家里的活我多做一些就是了。"胡一华笑着说道。

"自从你入了自卫队，我就像没生你这个儿子似的，指望你啊，那简直就是做梦！"胡锡璜使劲地瞪了他一眼，胡一华知趣地伸了伸舌头。

"在我们苏北地区流传一句歌谣，吃菜要吃白菜心，当兵要当新四军。这话一点不假，我把我经历的和看到的事情给你们讲一讲吧。"周老大顺手从院心拖了一条凳子坐了下来，胡一华招呼大伙儿放下手中的活，一起过来听听周老大的故事。

"自从日本人加大了封锁后，我们周家班盐运生意就做不下去了，我散了兄弟们，让他们各自潜伏。我当时在灌河那边一个芦围荡里租了一条小木船。白天避开大道和木桥，从崎岖小道上，将盐搬运到木船里，用芦席遮挡，待晚上再运到河对岸出手。那段日子真苦啊。

"有一次，碰上日本人的大扫荡，鬼子二皇不分白天黑夜，四处搜捕。我一头钻进了芦苇荡，在齐腰深的水里泡了三天三夜，浑身冻得青紫青紫的。那时候，只见荡里青青的苇叶上泛着一层白霜，河道里无声无息，不见半个人影。我当时想啊，这次恐怕活不成了。就在我犯起迷糊一息尚存的时候，有一条船划来捞起了我。原来是共产党的武工队，他们把我送到了一个叫小王庄的地方藏身。那天我记得很清楚，那房东大娘给我吃了半碗冷粥，我终于缓过一口气来。因为在水里泡的时间太长，我发起了高烧。日本人封锁了道路，又没地方去买药，房东大娘日夜守着，让我嘴里含一片生姜，等姜味淡了再换一片，连续含了几天几夜，烧终于退了。后来武工队把我接走了，送到新四军卫生队给我调养，很快身体就恢复了。听说我是周家班运盐的，懂得卤盐晒盐，部队首长决定收编我们周家班运盐队，在黄海边上找了一块地方，建起了晒盐池滩。

"我的命是共产党给的，我们周家班这班人的饭碗是新四军给的，所以，共产党、新四军的这份恩情我们不会忘记的。他们不但是真心打鬼子的队伍，也是一心为穷人着想的队伍。就说一件事，阜宁这一带靠海的地方，常遇到海啸，那海水漫过来，不知道多少村庄没了人烟，那水上到处飘得都是尸体。有一诗说：'海水肆虐千百年，人民苦难不堪言，连天浊浪潮水急，侵蚀房屋毁坏田。'过去国民党修堤口号喊了多少年，也没修成，人家共产党、新四军为了老百姓，最近正在组织群众修筑海堤，而且全部修堤费用不由老百姓负担，以盐税作抵，发行 100 万元公债筹款。

"那海堤底宽二十米左右，高有七八米，据说要修上百里，民工吃饭粮食供应不上的时候，新四军把他们购来的粮食送来给民工吃，战士们宁愿饿肚子，也要让民工吃上饭。你说天底下有这么好的部队吗？"

众人听了都一个劲地点头，只见胡大勇一下子站了起来："这新四军我是当定了！今天，就去当！"

"你问一下小凤什么态度？"胡一华提醒他。

"我支持他当新四军！"刚才跑出去的朱小凤其实一直躲在一边听他们讲话，这时候，她也明确支持胡大勇当兵。

"那好，我一会就带你去找新四军的人。"胡一华拍着大勇子的肩膀。

"说半天了，该说正事了。"周老大突然想起了什么，他把胡锡璜、胡一华拉到一边，小声低语。

"情况是这样的，最近鬼子加大了封锁力度，运河以西的淮宝地区盐运吃紧，他们过运东来向盐阜地区求援。盐阜地委把这个任务交给了我们，我们从滨海地区转运一批，从废黄河沿线再收购一批。现在白天不能行动，准备今天夜里连夜组织推盐工转运，过运河，再运往淮宝地区。"

"我们今天来大胡庄，就是通知你们几家盐坊今晚出盐，我们傍晚的时候，独轮车队来接运，运到甘姜颜氏盐行，我们等你们的盐一到，就连夜行动。"

"晚上我们这里路口都要管控的，你们来运盐，是要有路条的，我去队里拿两张路条，你们回去捎给独轮车队的人。"胡一华提醒道。

不一会儿，周家班两兄弟拿到了路条走了，胡锡璜重重地叹了一口气，进了里屋，索性关上了门。

"儿大不由爷，女大不由娘。看来大勇子留是留不住了，天要下雨，娘要嫁人，随他去吧。"妻子单氏端来一杯茶，他抿了一口，却觉得今天这茶再也品不出茶香来，倒觉得特别的苦涩。

"父亲人呢？"胡锡璜突然想起，今天没见到父亲胡三爹的人影。

"他一早上就出去了，说是去找胡芙蓉那丫头，陪他上茭陵街集市里转转。"单氏答道。

父亲是个好静的人，喜欢看书喝茶，平素很少往人多的地方钻，他找胡芙蓉去集市干吗了，难不成他要买什么。胡锡璜感到老爷子今天有点反常。

胡大勇把盐包码得整整齐齐，做完了手中的活，换了衣服，洗净了脸，身板挺得直直的，模仿着军人的步伐，在院子里走来走去。

此刻，他的心早已飞到了二连，飞到了队伍里，他憧憬着穿上军装时的那种神气劲。这三年的朝夕相处，他和这个家已经融为一体，在他的心中，胡三爹就是他的爷爷，胡锡璜和单氏就是他的父母，一华少爷就是他的哥哥。尽管他舍不得这一家人，舍不得他的小凤妹子，好男儿志在四方，当兵杀鬼子，在这个家里，最适宜当兵的就算他了，这样的愿望如果不能实现，他会遗憾一辈子的。

胡锡璜吩咐了，让胡一华、朱小凤陪大勇子去报名参军，他就不去了。其实，他是怕那样分离的场面，去了，兴许他会落泪的。

大勇去报名参军的消息，像是长了翅膀，一会儿就传到胡一荣、胡一胜兄弟的耳朵里，这些年，自胡大勇来到庄上，这几个兄弟玩伴几乎形影不离。大勇子当兵这样的大事，自是不能少了他们二位的见证。

众人簇拥着胡大勇，大勇子的笑挂在脸上，小凤的愁结在心里，其实陪同的每个人的心里也是五味杂陈。

胡锡宜家，这二连的临时连部，今天要见证一个青年人的进步了，这是一个庄严的时刻，也是一个光荣的时刻。

今天二连的游动警戒，一排长、三排长一早就率队出发了，巩殿坤副营长、晋志云连长、二排长张德纯这几个人为了那场战斗几乎一夜没合眼，他们和二排的战士们睡了两三个小时的囫囵觉，现在又投入了新一天的工作。

为了做好反扫荡反清剿工作，同时也是配合二连的警戒行动，人家赵县长临行前说了，顺河、钦工一带的破路工作进展顺利，今天晚上县大队的同志就可以来大胡庄周围破路了。这不，现在秘密党支部的同志和二连的几位主官正在商量着协同破路的事儿。大家正讨论着，这边胡大勇等人来了。

听说胡大勇要报名当兵，一屋子的人都睁大了眼睛。这可是大胡庄历史上第一个要当新四军的青年农民。

人民军队，离不开人民的支持。当年的红军爬雪山，过草地，缺衣少食，那么艰苦，但是穷苦百姓还是送儿送女报名参军。

"终年受苦受饥寒，子哭妻啼血泪干。想要出路须革命，不然永世一般般。"这就是那时穷苦百姓的心声。

现在的八路军、新四军，所到之处，依然受到老百姓的真心拥护，因为他们知道，这是一支为穷苦人打天下的人民军队。今天，胡大勇来报名参军，着实让所有人感到振奋。

二连的战士河南、山西的人最多，来到淮安，各人说话南腔北调，本地人大多听不懂。另外，作为外地人，他们对这里的地形也不熟悉。大勇子尽管不是土生土长的淮安人，可待了几年，淮安话也说得顺溜了，这地方的沟沟坎坎他也基本熟悉了。有他这"半个淮安人"的加入，二连今后的行动，也算有了向导了。

"副营长、连长，我作证，上次大勇子同志就提到要参军的，当时我还答应他，如果当了兵，就编入我们排的哩。"二排长张德纯对胡大勇印象深刻。

从运盐那次起，晋连长就认识这个后生了，他也知道胡大勇是穷苦出身，这个在苦水里长大的孤儿，自然符合参军的条件。

"我同意胡大勇参军，巩副营长，你看呢?"晋连长当场表态。

"好，这个后生壮实，是个当兵的料，欢迎他参加新四军!"巩副营长同样快人快语。

"胡大勇同志，欢迎你加入我们的队伍。按照有关规定，需要上报营部批准后，发给你军装和枪械，那时你就是登记在册有正式编制的一名革命战士了。不管怎么说，你今天参了军，就算是一名准战士了，必须遵守部队的纪律，三大纪律八项注意条例，等会让文书好好教教你。总之，一切行动听指挥，战斗到底，革命到底!"晋志云郑重地告诉胡大勇。

"是!"胡大勇立正回应，还敬了一个标准的军礼，其实这敬礼，他在苏家嘴的时候就学会了，这下子终于派上用场了。

"二位首长，把这个兵给我吧!"二排长央求道。

巩殿坤、晋志云互相看了看，都点了点头，同意了二排长的请求，但是因为出来游动警戒，新军装需要营部核发，胡大勇当兵穿着老百姓的衣服站在队伍中，肯定非常别扭。这个问题，一时难住了两位主官。

"这好办！我想起来了，那次发新军装，指导员不在家，他那一身还在我那保管着呢。大勇子和指导员身材差不多，不如先借给他穿，怎么样？"文书高建国这个提议，众人一致同意。

胡大勇非常感动，一时语塞，捧着文书找来的新军装，不知道说什么好。在大家的帮助下，他把新军装穿上了身。这一穿不得了，令众人刮目相看，胡大勇像变了一个人似的，英姿飒爽，神采奕奕。

穿上了新军装的胡大勇，在房间里来来回回走着，昂首挺胸，精神抖擞，胡一荣、胡一华、胡一胜几个人拉着他，转过来转过去，前前后后看个仔细。

朱小凤那眼里已生出花来，她定睛看着这个兵哥哥，这可是她最亲的哥哥哟，即将去当兵了，她的眼睛里又生出一片潮湿。

大胡庄秘密党支部的同志一起合议了一下，要给大勇子搞个简朴的仪式热闹一下。庄上穷苦农民参加新四军，这事值得宣传一下，这种风气值得提倡。

胡芙蓉风风火火地赶来了，她把胡三爹送回了家，听说大伙儿来了连部，就赶来了。再说，这样的好事，肯定是少不了她的，她和朱小凤、胡大勇本来就是"死党"。

胡芙蓉还传达了胡三爹的"指示"，让胡大勇中午回去一趟，一大家子吃个团圆饭，说有话要和大勇子说。

很快，麦根子从庄上找来了锣鼓家伙，文书高建国牵来了连长的赤兔马，大勇子骑在马上那威风立现，俨然一副将军的派头。胡芙蓉找来红纸，现剪了一朵大红花，戴在大勇子胸前，那灿烂的笑容盛开在这红艳艳的色彩中，大勇子乐在其中，醉在其中。

唯一遗憾的就是暂时没有枪发他，现在发他的只有一把鬼头大刀。连长说了，现在是困难时期，八路军、新四军的武器，许多都是从敌人那边缴来的。他要求胡大勇现在要苦练基本功，等下次打仗时用手中的大刀自己缴一把敌人的三八大盖，这才是真本领。

吃菜要吃白菜心，当兵要当新四军。

打仗总是打胜仗，从来不欺老百姓。
老百姓，老百姓，个个拥护新四军。

谁说工农不中用？今朝抗日打先锋。
为国为民为自己，快快参加新四军。
新四军，新四军，个个爱护老百姓。

军民合作打日本，打走鬼子最开心。
建立幸福新中国，千家万户有田耕。
有田耕，有田耕，只要合力打日本。

一排二班的几个"小不点"都去执行游动警戒去了，李二锁去了营部，二连小合唱团只剩下文书高建国，只见他亮起了嗓子，独自唱起了这首《当兵要当新四军》，声音浑厚高亢，有着天然的磁性。踩着锣鼓的节点，章成英、胡芙蓉几个人跟着跳起了秧歌。

大伙一路敲敲打打，把新兵胡大勇送回胡一华家的盐行。这锣鼓的声响里，有许多羡慕的目光在穿越，有许多赞赏的声音在传递，庄人都夸赞大勇子穿上军装后，神气多了，就连那些大姑娘也多看了这后生几眼，惹得小凤子都生出几分醋意来了。

直到把胡大勇送回了盐行，嬉闹的人们才各自散去。堂屋里，胡三爹正襟危坐，一脸的肃然。见到胡大勇穿着新四军的军装站到面前，胡三爹原本严肃的脸庞，才有了几分笑意。

"大勇子，来，坐我旁边来。"他热情地招呼着胡大勇。

胡大勇有点受宠若惊，一向严肃的胡三爹今天对他这等热情，他坐过去，连手都不知放哪儿了。

胡三爹看出了他的窘态，连连安慰他不要紧张，又把朱小凤叫了过来。

胡三爹转身拿出一个包裹，打开，原来是几块崭新的布料。草蓝色的、灰色的各两块，大红、粉色的各两块。

胡芙蓉刚才告诉了胡锡璜夫妇，老爷子一早出去，捎着她，原来就是去选购这布料去的。

"从苏家嘴回来后，小凤子就告诉我了，大勇子有当新四军的念头。当时，我还对新四军不了解，所以未置可否。这几天，新四军来了庄上，大勇子也和我提了当兵的事，我也看到了，新四军的兵，个个都是好样的。而今，小鬼子占了中国，不把小日本赶出去，我们老百姓不可能过上太平日子。古人说，男儿四方志，岂久困泥沙。男儿有志去当兵，这勇气可嘉，我赞成。我也估摸着这两天，大勇子会跟新四军走的，这一走什么时候回来说不准。所以一早上我就带着蓉儿，帮我去选了几块布料。

"我们农村的规矩，是先定亲，后成婚。大勇子和小凤子没了父母，我们家就是他们的家，我们就是他俩的亲人。我选面料干啥呢，就想给他俩把这亲事定了，这布料就是给你们两人的定亲礼物，抽空去请裁缝给你们做两身新衣服。如果部队允许，等哪一天再回大胡庄的时候，我去和新四军的长官说一下，选一个黄道吉日，把你们的婚结了。这也算了却了我们的一头心事。"

这番话说得胡大勇、朱小凤两个人泪花翻滚，眼泪扑簌簌地往下掉。没有爹娘的两个人，此刻感受到了家的温暖和浓浓的亲情。尽管，他们和胡三爹这家人非亲非故，但是这家人非但没有把两人当作下人，还如此厚待他俩。

感激涕零的两个人扑通跪了下去。

"三爹，老爷，婶子，各位兄弟姊妹，自打我进了胡家门，三爹赐我胡家姓，我就成了胡家人。我胡大勇不会说话，大恩不言谢，各位的恩情，我和小凤会记着的。"胡大勇领着朱小凤郑重地磕了几个响头。

"你们记着啊，这一跪，既是跪给长辈的，也是跪给你们自己的。从今个起，这一跪，你们就算定了亲了。大勇子，不论你走到哪里，心里都要念着小凤子，世间缘分天注定，你们两个也算是有缘之人了。"胡三爹语重心长。

错将陈醋当成墨，写尽人生纸上酸。

这样的饭，既是定亲饭，也是送行饭。一份欢喜一份忧，各人思绪万千，也许万般滋味，本来就是一种生活常态。

胡大勇参军对于胡锡璜来说，少了一个好帮手，但知道其意已决，人各有志，年轻人胸怀大志、心系国家，这样的道理，他自小没少受到胡三爹的教诲，因此，在大是大非面前，他支持胡大勇去当新四军。可他最担心的，却是这孩子的性命问题。毕竟相处了三年，这爷儿俩也处出了感情来，他生怕大勇子有个三长两短。细心的他，把胡一荣和大勇子拉到一边，让胡一荣教大勇子如何躲避敌人的枪子，毕竟一荣在军校里学过。

回到房间的大勇子，打开了包袱，满满的感动。新军服早已被小凤子叠得整整齐齐，放在其中，吃饭时大勇子就脱下了军装，他真的舍不得穿，生怕不小心弄脏了这身行头。

包袱里还有单氏烙的一沓小麦面饼。单氏说，出门在外，饥一顿饱一顿的，身边没人照顾，她知道，这小麦面饼是大勇子最爱吃的。他平时一口一个婶子那么叫着，单氏也早从心里认下了这半个儿子，此刻，大勇子要走了，她见小凤子在锅灶口偷偷地抹泪，她也跟着抹泪。

胡一华、胡一荣、胡一胜、胡芙蓉这兄妹几个特意凑钱去街上买了一块貔貅玉佩，让大勇子挂在胸口，说是辟邪用的。

晌午后，阳光朗照，和煦的微风拂吹着这沉寂的土地，田里的麦子青中泛黄，收获的季节日益临近。

胡大勇带着家人的叮咛嘱咐，带着亲人的深情厚谊，带着小凤的万千眷念，背着包袱去了二连。

小凤临行前特意告诉大勇子，今晚，她会连夜给他做一双跟脚的新鞋，赶明儿穿上它，她的心就会跟着他，而且，穿上它，无论大勇子走到哪里，他也会想着她，念着她。

"神行太保"李二锁回来了。

他昨天赶到东陈头的时候，天色已晚。一营长翟占魁、教导员沙河海详细听取了李二锁的情况汇报，两位领导合议后作了指示。李二锁睡到下半夜就再也睡不着了，军情紧急，他作为通讯员必须把营长、教导员的指示第一时间送达。他来不及等到天亮，就着急忙慌地顶着星月往回赶。

这次营里还派两个战士护送他，三人顺便把发给二连战士夏天单穿的白洋布衬衣一起捎了回来。

到了连部，茶都没喝上一口，两个战士就走了。李二锁送走了二人，喘息未定，便把营长、教导员的指示做了报告。

第一，大胡庄9户人家的宿营地相隔距离较远，太分散、不集中，遇到敌情，不便于收拢部队，不便于统一指挥；

第二，现在斗争形势还很复杂，根据地建设还不稳固，各类坏分子蠢蠢欲动，一定要提高警惕性，在一地不宜久留，最多不超过两天这个原则不能改变，驻留时间长了，容易走漏风声，遭遇敌袭；

第三，宿营地相对集中的同时，最好以"梅花桩驻防法"布防，这样可以收拢自如，有序进退，有条件的情况下，一定要构建防御工事；

第四，要紧紧依靠群众，依靠地方党组织，在做好游动警戒的同时，机动灵活地协助他们打开根据地工作局面，这一做法很好，但地方的事务不宜多插手，提供相应的帮助很必要，切忌喧宾夺主。

在大胡庄已经住了两个晚上，尽管没有发生意外，但营长、教导员明确有令，宿营不能超过两天，今天如果再住，就是第三天了，这违反了上级的精神。

看来是必须转移宿营地了，现在一排、三排在外游动警戒尚未回来，今晚我们去哪儿宿营呢？

巩殿坤和晋志云两个人心事重重，一筹莫展，最终两人商定，就近找一个宿营地，明天早点开饭，早点开拔。

"你们刚来大胡庄才两天，可以说是添火加薪，雪中送炭，也算是见隙插针，为我们解决了几个棘手问题。现在又要走，就这么扔下我们了？"巩殿坤、晋志云找来了秘密党支部的同志，想听听他们的意见，一听说二连要移防，胡锡宜顿时发了急。

"但是人家部队有部队的规矩，如果再住下去，这就是违反军令，你希望他们为我们担处分吗？再说现在的形势，不怕一万，以防万一，换个地方宿营也未尝不可。我们有事二连还可以帮助的，毕竟他们还在这一带活动，他们就是我们的靠山。"朱大海劝道。

陷入沉思的麦根子，突然抬起了头："小西场怎么样？"

"小西场？在哪？"

"小西场是胡三爹那一族九户人家单独集中居住的一个小圩子，我们不妨去现场察看一下再说。"

"好，现在就去！"

小西场其实就是大胡庄大庄子西南 200 多米的一个小圩子。

这圩子东西约 80 米，南北约 200 米，从北向南依次九户人家，院门东开，院中的房屋朝向或面东或面南，散落分布着泥草房、牛棚、猪圈有六七十间。

接近这圩子，一股浓浓的酒香，顿时扑鼻而来。

"小西场，开槽坊，酿美酒，走四方。这九户人家中，有三户是开槽坊的。等有机会的，我们几个请二连的同志们好好品尝一下，这可是地地道道的大胡庄自产酒哟。"朱大海笑着说道。

巩殿坤数了数，从南向北第二户人家没有院子，其余均有院子或合墙毗邻，或有巷子隔开，七个院子中住着八户人家。这些人家院落的中间有三条小巷子，南头没有院落的人家，南北各有一条大巷子。小巷子宽三四米，大巷子宽十几米。有巷子很重要，打起仗来便于巷战或突围。

再看那圩子东边和南边各有一条土路，南边的土路横贯东西，路南是一片开阔的麦田。圩子西边和北边，分别有一条夏季排水的旱沟，宽约5米，深约2米，那沟里和堤上长满了高矮不等、疏密错落的柳树、桑树和芦苇、菖蒲之类的植物。

圩子整体地势较高，向西北眺望，不远处就是涟阜公路，路上情况尽收眼底。圩子四周大多是麦田掩映，东边百米开外，一条南北大路通向大胡庄大庄子，大路边上分布着大塘、牛汪、桑树林。

"这九户人家，其实就是住着胡仕敏、胡仕修、胡仕业、胡仕雅这四个房头，胡仕修，也就是胡三爹，他和胡仕业、胡仕雅是亲兄弟，和胡仕敏是堂兄弟。从北向南，那第一个院子，是胡仕敏和两个儿子胡锡卓、胡锡祥住的；第二、第三、第五个院子住着胡三爹和三个儿子胡锡璜、胡锡陆、胡锡凡；你们看那第四个院子，就那唯一瓦房的院子，和那最南头的院子，是胡仕业和两个儿子胡锡璋、胡锡月住的；剩下的第六个院子，和那个没有院墙的，是胡仕雅和两个儿子胡锡绍、胡锡珊住的。"胡锡宜详细介绍着这九户人家的分布情况。

"我觉得此地甚好，在这圩子宿营，我们队伍就相对集中了，互相有个照应。"巩殿坤看中了小西场。

"副营长，一个连在这地方宿营，集中在这个狭长的小圩子里，进退不得，出口也不是太好，再说也不符合'梅花桩驻防法'，是不是再看看其他地方再说。"晋志云提出疑义。

"晋连长，我们也不一定非要拘泥于'梅花桩驻防法'，我历来反对纸上谈兵，这地方有个最大的好处，就是隐蔽性强，四周麦田包围，还有两条旱沟，我们完全可以布好岗哨，再借助旱沟修筑防御工事，这样不就保险了嘛。这两天在大庄上分散宿营，不是也没事吗，难道我们今天到小西场集中宿营就会出事了？就是打起来，我们也不怕，和鬼子打的恶仗还少吗，再说龚营那边驻防的二营离我们不远，听到枪声肯定会来支援的。你太多虑了，我看就这么办，移防小西场！"巩殿坤态度坚决，晋志云也不好再说什么。

"文书，通知二排立即移防小西场！通讯员，骑我的马去通知游动警戒的一排、三排五点钟之前归队移防！"巩殿坤下了命令。

"是！"高建国、李二锁一溜烟跑了。

今天的夕阳，和往日不同，那乳白和金黄相间交融的苍穹里，突然见那云层背后，凸现大片的鲜红，像火带一样交织、升腾、燃烧。

血色黄昏，让这里的每一片田地，每一条河流，每一方林草，每一张脸上，每一颗心灵，跳跃着红色的因子，涌动着无边的热望。

巩殿坤、晋志云踏着夕阳的余晖进了小西场，他们仔细察看了地形后，三个排的宿营方案很快下达。

从北向南数，第一个院子胡仕敏家住着一排，第三个院子胡锡陆家、第四个院子胡锡璋家住着二排，第五个院子胡锡凡家、第六个院子胡仕雅家住着三排；连部设在第二个院子胡锡璜家。

新四军来小西场宿营，这个不到70口人的弹丸之地，一下子热闹起来。

对于战士们，小西场人有着油然而生的亲近感。看着这些十八九岁的毛头小伙子，有的和自己的兄弟、自己的孩子差不多大，小小年纪就背井离乡，千里迢迢来到这里，还不是为了把日本鬼子赶出中国吗？还不是为了劳苦百姓过上太平日子吗？这样的子弟兵，就是自己的亲人，就是自己的兄弟，就是自己的孩子。

这里的每一户人家就像迎接亲人一样，忙着给战士们铺草、打地铺，有的人家干脆把门板下了，铺在地上，尽力让战士们能睡得踏实一些。

战士们也很感动，他们不是第一次见到这样的军民鱼水情了，从太行山一路走来，军民亲如一家的佳话数不胜数。战士们争先恐后地帮老百姓担水、铡草、喂猪、喂牛、打扫庭院。

胡三爹作为小西场的"掌门人"，他的一言一行决定着小西场的"门风"。二连选择来小西场宿营，特别是将连部设在他的院子，那人家是有眼瞧见咱们。既然客人上门，那就有个待客之礼，万不可怠慢了人家。

思来想去，他偷偷叫来了胡一华、胡一荣、胡一胜、胡芙蓉。

"叫你们来有一件事交给你们。"

"啥事，三爹，您吩咐就是。"胡芙蓉快人快语。

"你们分头去各家通知，看看谁家有细粮的，拿出来，给部队送去。"

"可各家的日子也不好过啊，就是有一点细粮，也是从牙缝里省下来，留着逢年过节吃的啊。"胡一荣面露难色。

"再苦还能有人家部队的同志苦吗，他们要行军，还要打仗，你们没看见他们的伙食吗，我刚才去炊事班管班长那问了，都是些小麦麸子煮粥，

211

或者玉米稽头煮粥，说上级下发的米面还没有运来，尽是糊糊，清汤寡水的，这能行吗?"

"那好，我们分头去各户问一下。"

多彩的晚霞，烧红了半边天空，小西场在这壮美的霞光里，一片和祥。

撼动人心的一幕出现了。

七八个大爷大婶肩扛手拎地过来了。口袋打开，有米，有小麦面，糯米面，每个袋子数量不多，各家翻箱倒柜的，仅剩这点细粮，全拿来了。

这场面，让巩殿坤、晋志云等人感喟不已。

"老乡们，你们的心意我们领了，你们也很困难，这哪是粮食啊，分明是你们滚烫的心啊。"巩殿坤无限感慨，婉言谢绝了大家的好意。

"我们各家的这点细粮，可能瞧不上眼，但凑到一块就多了，既然拿来了，你们就收下吧，当兵的娃娃，正是长身体的时候，给他们添点营养吧。我们能为你们做的，仅此而已。"胡三爹过来了，他好言相劝。

"不拿群众的一针一线，这是我们部队的纪律，我们可以收下，但是必须按价付钱，否则我们不收!"晋志云态度坚决。

"你们这是把我们当外人了!"见晋连长这么见外，大伙儿脸上一阵不高兴。

一边坚持送粮，一边坚决不收，双方争执不下，见到这状况，胡芙蓉赶紧和巩殿坤耳语了几句，巩殿坤连连点头。

"这样吧，我们都不争了，大伙儿的心意，我们暂且收下，不过各家的粮食，我们要做个登记，我们要记住各家的这份情义。"

这话大伙接受，登记完毕，各人喜笑颜开地走了。

晋志云不解，巩殿坤小声解释道："胡芙蓉妹子说的有道理，我们付钱给老乡，他们肯定过意不去不肯收，如果我们不付钱，又违反了军纪。先登记下来，按价付钱统一交给胡芙蓉，我们部队明天开拔的时候，再请胡芙蓉一一将钱送还各家。老百姓的这份心意，你是收之不得，又拒之不得，这也是无奈之举啊。"

"还是这妹子聪明!"晋志云也佩服起胡芙蓉的聪颖来。

朱小凤找到了大勇子，他正敞襟撩怀地和战士们在旱沟里挖筑防御工事。那身新军装，他还是舍不得穿上，肯定还在那包袱里揣着。

小凤多想大勇子就在家门口当兵啊，这样他们就可以天天在一起了。一想到明天他就要出发了，小凤的心里泛起了涟漪，这聚少离多的日子，何时是个尽头啊。

一个在挖沟，一个在填土，一个在前，一个在后，这形影不离的两个恋人，惹得战士们把艳羡的目光一遍遍地投向了他们。

自卫队的同志来了，庄上的乡亲们来了，大伙齐心协力干了起来。连长晋志云下了命令，利用圩子周围的沟堤、树丛、田埂和庄上厚实的土围墙，构筑好工事和掩体，还给各排指定了战斗位置，就连岗哨也放了出去。

胡锡璋院墙内的拴马桩上，拴着巩殿坤和晋志云的两匹马，一白一红，那毛发在晚霞的映照下，显得更加炫目。它俩悠闲地甩着尾巴，一会儿鼻息相闻，一会儿耳鬓厮磨，经过一段时间的磨合，现在也成了"无话不谈"的"哥们"了，再不见先前的忌妒、抵触、争斗的劲儿了。

胡芙蓉的眼睛里泛着光，对于白马，她有着一种天生的膜拜。她多想骑着一匹白马，在村子里跑上一圈。她自小就听过花木兰从军、穆桂英挂帅的故事，在她心里，这些女英雄就是骑着白马出征的，有朝一日，做上这样的巾帼英雄，是她梦寐以求的愿景。

这一切，被巡视地形回来的巩殿坤看在眼里，上次听章成英说，胡芙蓉就想嫁给骑白马会打仗的男人。这话说者有心，听者有意，巩殿坤一直记在心里，就连梦里回家，也是带着胡芙蓉回去的。也许，这就是上苍赐予的缘分。自古英雄爱美人，这份好感，他实在不好意思说出口。他又掏出镜子，整理好发型，走了过来。

"胡芙蓉，我让通讯员将新被子送你们了，收到了吧，谢谢你们啊。"

"我看你们压根就没盖这被子，你们也太见外了。"

"不是见外，我们真的怕脏了你们的被子，你们的心意我们领了。这样，为了答谢你，我教你骑马怎么样？"

"真的？说话算话？"

"当然算话！现在就走！"

"太好了！"

巩殿坤小心翼翼地将胡芙蓉扶上了马，提醒她轻轻坐下，如果一屁股压在马腰上，马儿会知道你不会骑马而欺负你，尽量挺直腰杆，目视前方，不要害怕，不要大呼小叫的。

要说胆量，胡芙蓉是有的，她天生的一股天不怕地不怕的劲儿。骑马亦然。

巩殿坤在前面牵引着，马儿慢慢踱行，他是先让胡芙蓉找到一种骑马的感觉。等上了大路，只见他大喝一声"我来也"，一下子纵身上马，坐在胡芙蓉身后。胡芙蓉第一次与一个男人这么近地在一起，整个身子都有点发软，脸上一阵火辣辣的热烫。随着马儿的驰驱，她渐渐地平静下来，也许是她想多了，她暗暗地恨自己是个老封建。

巩殿坤手把手地教她勒缰、蹬脚、骑行的要领。胡芙蓉觉得，这"雪玉狐"大白马不愧是一匹难得的骏马，威武，健硕，背脊宽阔，坐在它的身上，由慢而快地跑起来，像是在田野里飞翔。这一路驰骋的蹄声，像是春天的雷声，像是夏天的风暴，从心灵的旷野里一路飞奔。

那天两个人谈了好久，从参军入伍到抗日救国，从革命道理到儿女情长，他们无话不谈。互相钦慕的两个人，此刻的心，猛烈地撞击着，他们享受着这样的时刻，陶醉在这样的时刻。没有承诺，没有誓言，这份无言的浪漫，从此，深深地镌刻在心里。

小西场上响起一两声军号声，那是王孩儿在田埂边调音。身后跟着胡义宽、胡科成、胡其顺、胡秀林、胡其南这些个庄上的孩子们。

看到这么多的孩子围拢来，王孩儿像是"孩子王"似的，顿时有了一种领导的权威。他一会摸着这个人的头，一会摸着那个人的脸，一会挤眉弄眼，一会扮着鬼脸，逗得这帮孩子哈哈大笑，大家开心地蹦蹦跳跳地跟着他。

"小哥哥，能吹一段给我们听一听吗？"胡科成提出。

"不行哟，军号不是随随便便的吹的，这号就是命令。集合有集合号，冲锋有冲锋号，行军有行军号，睡觉有睡觉号，不是瞎吹的。"王孩儿一本正经。

"那你能不能讲讲你是怎么学会吹号的？"胡义宽拽着他的衣角问。

"我是跟我们连里老号手学的，是他相中了我。他看我小，挺招人喜爱的，他就手把手地教我。先教我背号谱，上百个号谱都要烂熟于心，一要准，不能吹错，二要响，就是声音响亮，传得远，你这才算成功。就这么每天起早贪黑刻苦练习，嘴都磨破了，出了血，终于会吹七个音的号声，就连敌人的号音我也学会了。

"说起来还真有趣呢。有一次，我们夜里摸到一个小日本据点前，我们靠近侦察，发现敌人已经进入梦乡，只有几个哨兵在巡逻。于是，连长命令各人准备好手榴弹，让我吹鬼子的集合号。那睡梦里的鬼子听到集合号声吹了起来，都稀里糊涂地跑出来集合。连长一声令下，这帮鬼子全部丧了命。为此，我还受到了嘉奖哩。你们说，这军号重要不重要？"

"重要！"几个童音齐声回答，孩子们的目光里充满了崇敬，在他们的眼里，此时的王孩儿就是一个大英雄。

"我教你们唱一首歌，怎么样？"

"好的，好的。"几个孩子欢呼雀跃。

> 新四军里真那快乐，
> 官兵平等津贴一样多，
> 不打也不骂呀同志，
> 好言好语将你说。
> ……

王孩儿一句一句地教着这帮孩子，这稚气满满的童音，飘荡在田野里、河面上，飘荡在每个角落里，也飘到了那天边的晚霞里。

草草扒拉了几口晚饭，巩殿坤、晋志云和朱大海、胡锡宜等人又去查看了工事，听到这群孩子天真无邪的歌声，他们仿佛又回到了孩提时代。多想这世界早点太平下来，让这些孩子过上无忧无虑的日子，谁能忍心让这么小的孩子出来扛枪当兵啊。

看着孩子们有模有样、抬头挺胸地唱歌，他们开心地笑了。

"大庄上重点人员的管控怎么样？"巩殿坤突然想起了什么，他转身问朱大海。

"对重点人员都有跟踪。有一个情况，就是今天早上，胡明根和胡锡荣出去了一趟。"

"去哪儿了？"巩殿坤、晋志云立即警觉起来。

　　"胡明根尿泡憋住了，好不容易尿一点点出来，说是尿泡发了病，这是老毛病了，过去也发过，都是大顺集那陈中医治好的。看那痛苦的样子，不像是装的，我们就派了两个队员跟着去了，晌午后一起回来了。我们也问了队员，说确实去陈中医那针了灸，开了药，然后胡锡荣在那鱼摊上买了几条鱼回来，一路上寸步未离，其他没发现什么异常。"

　　"那就好。明天天不亮我们就出发了，今晚我们在咸岔河桥口和小西场周边设岗哨，渡口和茭陵街的岗哨，就辛苦你们自卫队了。今晚的口令是'精忠报国'，另外，重点人头还是要继续监控。"

　　"你们放心好了，肯定没问题！"朱大海、胡锡宜拍着胸脯表态。其实，今晚的工作，他们早做了安排，兵分三路，一路由朱大海、黄良领着去配合县大队完成破路任务，一路由胡锡宜、顾家骥领着在大庄周边负责岗哨和监控重点人头，一路由麦根子领着胡一华、胡一荣、胡一胜、胡芙蓉留在小西场做好二连的服务工作。

　　"有同志们的帮助，看来，我们今晚可以睡个安稳觉了！"如此周到细致的安排，巩殿坤、晋志云打心眼里感谢他们。

　　"晋连长，这次出来，我们带了几挺机枪？"打起仗来，机枪是全连的宝贝，巩殿坤不能不重视。

　　"在皖东北留守时，有三挺轻机枪，后来一挺坏了，剩下两挺。从苏家嘴来的时候，团长又特意给我们重新配了一挺，现在又是三挺，刚好一个排一挺。"晋志云答道。

　　一排所在的院子里，二班长王书方正领着几个"小不点"在擦枪，又见到小号手工孩儿，巩殿坤停下了脚步。

　　"王孩儿，你是吹号的，我问问你，你知道冲锋的时候，你的位置在哪？"

　　"作为司号员，我得第一个站起来，我的位置就是部队冲锋的前方，那时候，我的位置是最危险且火力最集中的地方！"

　　"每次冲锋你怕不怕？"晋志云摸着他的头问道。

　　"司号员鼓鼓嘴，千军万马跑断腿。我知道我的职责是光荣的，如果怕死我就不当司号员了！"

　　"人小志气大，好样的！二班长，你带着刘本成、耿傻子、王孩儿这些

'小不点'，身上的担子可不轻哟。我考你一个问题，打起仗来的时候，你知道枪是什么？"巩殿坤表扬了王孩儿，又问王书方。

"副营长，我觉得这根本不是一个问题，枪就是枪呗。"王书方差点笑了出来。

"不对！"巩殿坤一脸严肃，见王书方说不出个所以然来，他和晋连长耳语后，命令文书高建国、通讯员李二锁分头通知全连集合。王书方呆呆地站在那里，不知道自己犯了什么错。

不一会儿，一排所在的院子里，全连到齐。巩殿坤副营长开始讲话。

"同志们，为啥全连集合，就为一句话，我刚才问了二班长王书方，枪是什么，他回答不出来。可能这问题，不是他一个人回答不出来，在座的许多人都不明白这个理，这不是一个小问题，这是关乎你身家性命的问题，弄不清楚不行。现在，我要把过去一个老猎人的话告诉大家，他说，这枪啊，就是你的命，仗打起来的时候，你不是一个独自存在的个体，而是和枪合二为一的整体。枪是从你心窝窝里长出来的，你的腿，你的头，你的耳朵，你的眼睛，你的呼吸，你的小命，统统长在这枪身上。所以，你要像爱护生命一样爱护枪，枪在人在，枪失人亡，你就是枪，枪就是你，你俩一条命。明白吗？"

"明白！"众人高声回答，院外树上晚归的鸟儿都惊飞了起来。

"我看有人不明白！"晋志云接过话茬，接着说道，"有些人把枪当作烧火棍似的，闲下来的时候，随便一扔，根本没个爱惜的样子；二班长王书方尽管回答不出问题来，但是他还知道领着自己的兵擦拭枪支，这点值得表扬！"

"下面请三位机枪手出列！"晋志云大声命令。

"一排机枪手魏兰聚！""二排机枪手刘双付！""三排机枪手李麦长！"三个机枪手大声报到。

"你们三个机枪手，就是全连的魂，你们的机枪打哑了，你们排的魂就没了，你们排的魂没了，整个连的魂就没了。所以，刚才巩副营长说的话，第一个要记在心里的就是你们三个！你们要像爱护自己的生命一样，爱护好你们手中的枪！

"同志们，我们二连尽管是主力连，但我们的武器装备还很差，大家手中的基本上是汉阳造老套筒，与鬼子的三八大盖比起来，子弹速度还不够快，所以要想活命，就看谁出手快，谁枪法准。我们的手榴弹和鬼子的掷弹筒比起来，杀伤力也相去甚远。所以要想消灭敌人，你必须做到快、狠、准。另外，我们带的子弹不多，所以每颗子弹都很金贵，要打就瞄准了打，争取一颗子弹消灭一个敌人，万不能随意浪费。

"各位都是枪林弹雨中闯出来的，我有个经验想告诉大家，在战场上，你听到子弹发出'嗖嗖'声的时候，一般子弹都是射向别的地方，当你听到子弹发出'扑扑'声的时候，那就是敌人正在打你，子弹打在你的身边，你要学会立即躲开，否则下一枪，你就会丢了性命。"

"记住没有？"

"记住了！"

"解散，各排带回！"

身经百战的巩副营长、晋志云自有一套带兵办法，这样的战前动员，在行军中是司空见惯的事。尽管，不知道战斗何时打响，但这样的经常性的教育，还是必要的；警钟长鸣，对于每个战士来说，无疑是对他们生命的护佑。

> 星光沉黯日昏西，渐渐芦苇来满畦。
> 我自擎枪行大野，军号前村鸡乱啼。

天色渐渐地暗了下来，晋志云带人在渡口、桥口、大庄周边检查岗哨去了，巩殿坤也终于和县大队执行破路的同志接上了头。

今天领队来的是县大队的李成山连长，他带着两个排50多人赶来破路。在顺河游动警戒的时候，二连的同志已经见证了根据地同志们和乡亲们的干劲。大伙儿齐心合力破路挖沟、拆桥设障，县大队承担主要任务的同时，有的按村划分地段，再根据各组、户的劳力情况，分工到人头。他们不分白天黑夜，吃住在破路工地。

纵沟、横沟、斜沟犬牙交错，有的沟深4到5米，宽度3到6米，这样的破路，一是让敌人机械化无法纵深推进，二是为我方运用游击战术，设埋伏，打攻击，早撤离，提供了便利通道。这一举多得的法子，现在已成为克敌制胜的一个法宝在根据地广泛推广。

战时打仗，闲时破路，今晚，大胡庄周边的破路开始了，县大队的同志和大胡庄自卫队的同志在夜幕里挥汗如雨。他们按照路线，按照地段，分工到人，协作推进，那劲头，那速度，那激情，无不彰显着一个真理：人民的力量是不可战胜的。

在中途歇工的时候，李成山和巩殿坤聊了起来。

"巩副营长，您那骑马打仗的功夫可了得，什么时候再去顺河的时候，给弟兄们露两手，教教我们怎么样？"

"没问题啊。不过，你们县大队的'三驾马车'，也是个个身怀绝技啊。我听王一香区长介绍过，说你那大刀耍得可算一绝，什么时候，给我们战士们开开眼界啊。"

"哪里哪里，我们那都是雕虫小技，怎么能比得上新四军的同志呢。不值一提，不值一提。"

"你也甭谦虚了，我们都不推辞了，我教骑马打枪，你教如何使刀，就在这两天，选个时间切磋切磋。"

"那好，一言为定！"

"一言为定！李连长，等会完工，你们也不要回顺河了，就近找一个地方休息吧。"

"我们已经安排好了，一会去西边的小卢庄休息，明天早上我们想继续干，大胡庄自卫队的同志也不回去了，和我们吃住在一起。时候不早了，你也早点回去休息吧。"

深夜里，两个人分手告别，两双手紧紧地握在一起，这一握，是革命战友的友谊，是一诺千金的约定，谁也没想到，这一握，竟是今生和来生的永诀。

小西场的夜，竟是如此的静谧，麦田环抱的小圩子里，静得偶尔听得几声虫子的鸣叫，远处几声犬吠传来，旋即复归沉寂。

战士们渐渐地进入了梦乡，睡前，连长交代了，各人烧水好好擦洗一下身子，将新衬衣换上，明天换个"新人"上路。因为听说明天要早起赶路，麦根子的书段也停了，临睡前，大伙儿起哄，让耿傻子吹了几曲笛子，本以为是催眠的，竟吹出"不知何处吹芦管，一夜征人尽望乡"的思乡味来。

于是，有些人久久不能入睡。

夜深人静的时候，望天数星星，二班长王书方习惯了这样的生活。

此刻，他仿佛又听见媳妇张香果在唤他，他听得真真切切的，是她的声音。他顺着窗户向天看去，那满天的星星，更明晰起来，一颗颗宛如找寻他的眼睛，哪一颗星星是香果的，他无从知晓。也许，在这样的时刻，香果也睡不着，她在找他的郎君；抑或，她在青灯下做着军鞋，缝着衣褂；也许，她还在磨坊里一夜不睡，磨着面糊糊。

就在这样的时刻，就在那盏青灯下，小西场还有一个人未睡。朱小凤拿出先前备下的鞋面、鞋底，那是早就做好的，此刻她细细地纳着鞋底，她要连夜为胡大勇做一双跟脚的鞋子，明天出发的时候送给他。她知道，穿上这双鞋，大勇子走到哪里，都会想着她，念着她。

> 樱桃好吃树难栽，小曲好唱口难开。
>
> 哥哥出门打鬼怪，妹妹夜夜盼归来。
>
> 对哥有句心里话，未曾开口热了腮。
>
> 前方行军多跑路，为哥做双跟脚鞋。

灯下，朱小凤一边纳着鞋底，一边哼着这首刚学的新歌。突然，只听"哎哟"一声，原来针头戳到了手指，血珠直冒，有一两滴已经滴到了鞋底上。她忍着痛，用嘴吮吸着手指，又继续埋头做起来。

微弱的灯光，映照着她那姣好的面庞，似乎消瘦了许多。那一滴血已经沁入密密的针眼缝隙里，无法拭去，她要让胡大勇知道，那点点的鲜红，是她的一颗心嵌在他的步履里，一路伴君而行，一生无怨无悔。

第二十三章

告密

　　昨个傍晚时分，胡兆荣家的伙计拎着点心来胡明根府上，说是胡兆荣老爷让来探望，并且捎了话，让胡明根好生养着身体，不行的话，就去看郎中。

　　这话让胡明根思量了半天，明显着，这话中有话。

　　他有一隐疾，中医上叫癃闭症，也就是尿频、尿急、尿不尽，严重的时候，尿泡憋住了，尿不出来，肚子和腰部胀痛难忍。而且，如果连续熬夜上火，就容易复发。这毛病胡兆荣也知道。

　　这几天，胡明根内忧外患，着急上火，这毛病又发了。那天，胡明根一次次地上茅房，给胡兆荣看了出来。

　　胡兆荣提醒他去看郎中，也就是提醒他以看病作借口，想办法把新四军驻扎大胡庄的情报送出去。至于如何把情报送到位，那可要费一番思量的了。

　　他叫来了胡锡荣，两个人密谋了半宿，策划好了装病送信的计谋。

　　尽管这两天癃闭症发了，但是小便次数就是多一点，小便速度慢一点，想不到，人算不如天算，五更天的时候，胡明根的癃闭症严重起来，起来小解，小便细细的尿了一点，然后半天尿不出来，那脸急涨得通红。胡锡荣用热敷等方法，好不容易又解出一点，但还是尿不彻底，急得团团转。

　　本想装病的人，现在不用装了，他哼的声音老高，脸已经由红转紫，这个样子没有人怀疑。事不宜迟，胡明根命令胡锡荣将计就计，迅速送他去看病。每次发作，他都是过河去大顺集找那中医陈老先生诊治。

　　大顺集，正是他俩的目的地。

家里的枪支上缴了，就连马匹也被自卫队"临时借用"了，牲畜只剩下几头骡子。胡锡荣让人准备好骡车，将胡明根抱上去躺着，他亲自牵着，向村口走来。

村口自卫队站岗的拦住了他们，他俩是重点监控的对象，又没有路条，这个时候出村，任凭胡锡荣怎么解释，就是不给放行。

"人命关天的事，你们如果误了时辰，我饶不了你们！"胡锡荣叫嚣着。

"我们也是执行公务，你要么去拿路条，我们才能放你出去！"岗哨耐心地解释。

胡明根哼的声音更大了，胡锡荣气得咬牙切齿。

双方争执不下之时，另一个岗哨赶紧去报告，朱大海、胡锡宜亲自带人到场察看实情。

一瞅这阵势，那胡明根难受的样子无以言表，脸上豆大的汗珠一个劲地往下掉，这样子不像是装的。朱大海、胡锡宜紧急商量，同意放他们去大顺集陈中医那去瞧病，但是有一个条件，必须派两个自卫队员随行，说是保证他们的安全，其实是暗中监视跟踪。

胡锡荣迟疑了一下，这时候，也容不得他多想，只要同意他们出去，机会总是有的，他满口答应。

朱大海、胡锡宜挑了自卫队的周华、顾家骏两个壮实的"大力士"随行，大顺集有敌人的据点，防止那两人借看病为名去报信，为安全起见，每人暗中配一把短枪，别在腰间，吩咐他们见机行事，如遇特殊情况，必须采取果断措施。

他俩领命而去。

要说这大顺集，还真是个热闹的地方。

这里也是南来北往的一个集散地，各色人等在这里会聚、辗转。这地方二、五、八、十逢集，今天恰巧遇上开集。街面上的人群如蚁群般密密麻麻地涌动着。

这集上有个中医，名叫陈焕生。这老先生，医术高明，人称华佗再世，十里八乡远近闻名。胡明根一旦隐疾发作，便来寻这中医，这中医手到病除，胀痛全消，但是老中医也说了，这病无法除根，需要慢慢调养，不能着急上火。

这次胡明根发作，纯粹是内火攻心，外火攻脑，让他寝食难安，夜里失眠，才招致复发。

只见陈中医拿来几根银针，扎进胡明根的明陵泉、三明交这几个穴位，不一会儿，胡明根小便淋尽，人顿时有了精神。

"老先生，我记得以前发作时，热敷有用，这次热敷咋就没用呢？"胡锡荣问陈中医。

"以前是冬天，那是凉重引起，所以热敷有用。这次是湿热引起，所以必须清热利湿通淋。这里面学问大着呢。"陈中医拈着胡须笑道。

"我开一服中药，你们带回去煎服，此病重在调理，别无他法。"

"黄柏三钱、山栀三钱、大黄一钱、滑石四线、茯苓三钱、泽泻三钱、车前子三钱、瞿麦五钱……"陈中医手下有人拿着药方，大声念着，有人便按方抓药，包好了完事。

众人道谢离去。

周华、顾家骏两人目不转睛地盯着，看不出一丝破绽来。

在胡明根的引路下，几个人顺着香味儿来到了一条街上。这条街很有特色，一边是面点小吃，烧饼、油条、鸡蛋饼、饺子、包子、馄饨应有尽有；另一边就是批发的摊点，主要是鱼类和野货。就拿鱼类来说，鲤鱼、长鱼、白鱼、鳜鱼、鲫鱼、鳗鱼、甲鱼、黑鱼、银鱼、鲢鱼、鳊鱼、泥鳅、鳑鲏、趴地虎、斗鱼，几乎要什么有什么，至于野货，南来北往的珍奇异类，更是让你大饱眼福。各种叫卖声，夹杂着扑鼻的香气，让人垂涎欲滴。

这时候，周华、顾家骏才想起来，早上来得急，他们连早饭也没吃就跟了过来。那胡明根、胡锡荣忙着看病，也是滴水未进。

"感谢二位兄弟一路受罪跟着我们，我请两位吃一碗馄饨再回去如何？我是个病人，就当是陪我吃一点节响的，你们不吃，我也就只好饿肚子回去了。锡荣，这地方你比我熟，你看哪家馄饨好吃，你带路。"胡明根说的似乎有情有义，令周华、顾家骏无法拒绝。

胡锡荣心领神会，选了鱼贩杨二对面的一个面点前坐了下来。就在拴骡车的时候，那杨二眼睛尖，一下子看见了他们，正要打招呼，胡锡荣使了一个眼色，摇了摇头。那杨二也是一个人精，心知肚明，又装着不认识的样子，继续吆喝着他的买卖。

几个人坐定，四碗馄饨下锅。就在等馄饨的档儿，胡锡荣和胡明根说道："叔，今天您受罪了，我去对面给您买两条鲫鱼，回去给您炖汤喝，补补身子。怎么样？"

"哎，我就好这一口，你去吧，不要买多，一两条足矣。"胡明根摆摆手。

因为卖鱼的就在对面，一举一动尽在视线范围，周华、顾家骏也不便说啥。

只见那胡锡荣走过去麻利地捞起两条鲫鱼，那杨二瞅出今天这阵势不对头，继续装着不认识，捞鱼，上秤，装袋。那胡锡荣从胸口内衬中掏出几张"储备票子"纸币来，递与杨二，就在交接的一刹那，胡锡荣在杨二手上使劲地捏了一下，然后提着鱼袋走了过来。

四人吃了馄饨，一路未作停留，便赶了回来。

杨二知道这钱中有名堂，随即揣入怀中贴身衣袋。待胡明根上了骡车，见一干人等远去，他急忙从怀中掏出"储备票子"来，细细寻找"蛛丝马迹"。找来找去，发现其中一张纸钱右下角有一行小字：营长带兵夜宿大胡。

这话再明白不过，就是说，有个营长带兵来，今晚夜宿大胡庄。既然营长来，估摸要有一个营的兵力，至于什么兵，八成是共产党的部队，淮安北乡里正在闹着共匪，共产党建了根据地，这部队不是八路军，就是新四军，要不，也可能是国民党的部队。不论来者何人，反正都是日本人的死敌。杨二想，我得赶紧报告我那亲戚。

杨二的亲戚叫沈玉仁，涟城人。此人的公开身份是一个扎匠，就是用藤柳、竹篾等给人编制藤椅、箩筐、竹篓等生活用品。要说他的手艺，那是没话说，几根藤柳、竹篾在他手中上下翻飞，来回穿梭，不用半天，一件件编织器件便应运而生。年届五十的他，本可以凭借那双粗粝而灵巧的手，过着平淡而充实的工匠生活，可惜，他的手里，却沾满了人民的鲜血。

在一次日伪下乡扫荡时，走村串户的沈玉仁被一起抓了去，查明身份后，要他家拿钱罚款赎人。所谓的罚款，说是充入兴涟公司的基金，"为大东亚地区的共同繁荣"出一份力。这沈玉仁是个手艺人，按照这一带的土话说，是属鸡的，吃一口搂一口的主儿，能维持个温饱就不错的了，哪有什么钱来罚款。

那天，他因为交不出罚款，被李树春警备大队的人打得皮开肉绽，那惨状让人目不忍睹。这时，伪县政府的情宣科长杨凤尧听说他是一个扎匠，独独看中了他。为啥看中他，原来，他是想利用像沈玉仁这种职业的流动性，为他们收集情报。杨凤尧最近到处物色这样的手工艺人，想不到送上门来了。

经过一番威逼利诱，沈玉仁答应了，杨凤尧释放他的时候，还派人给他治伤，特意给了他一笔数目不菲的活动经费。沈玉仁从此就一边走村入户，一边死心塌地为日本人效力，送了情报，就去领赏，成了彻头彻尾的汉奸走狗。

要说这两年他领到的最大的一笔赏金，就是卢四爹被抓那一次。

涟水有个大关，在涟水县城西门外约三里路的盐河边上。日军侵占涟水城后，在大关设据点，将城里民房拆除的砖物材料运到大关，在大关街河口的东岸修建碉堡。作为盐河上的关口，原先有六七家轮流摆渡，日军来后在盐河上架了木桥，中间留三米宽的空间，白天几块大木板铺上，两边行人过往，晚间抽掉，隔断交通。另外，也作为设卡的闸口，货船交纳税费后才准予通过。日伪在大关设立伪税务所，所有客商均在此交纳赋税，充作"以华养华"的经费。

大关据点里的鬼子兵经常去周围村庄骚扰百姓、糟蹋妇女，弄得附近村民怨声载道、苦不堪言。

卢四爹，名叫卢子明，住大关西岸北边一里多路的卢庄，在家排行老四，因年岁较大，人们都称他为"卢四爹"。他为人仗义，热心助人，村里人但凡家中有事，都愿意请他出面帮忙。日寇的侵略行径激起卢四爹无比憎恨，他还把两个儿子送去参加了抗日游击队。

民国28年，也就是1939年8月的一天下午，日军一个叫森山丰治的伍长从大关据点里出来，大摇大摆过盐河，四处游荡，要寻找"花姑娘"。有一王姓姑娘给森山丰治看到，他便追上去，王姑娘慌忙向村里跑去躲起来，森山丰治的兽行没能得逞。

这事给卢四爹知道了，他估计这小子心思没得逞，一定还会再来，他要邻近的本家和家人做好准备，鬼子再来胡闹，就打死他。果然，森山丰治第二天又来寻花。得到消息的卢四爹主动迎了上去，向鬼子打了个手势，意思是叫他到屋里坐坐。那名鬼子兵见这儿离据点不远，便大摇大摆地跟了过来。

卢四爹一见鬼子进门，后面又没有跟随的，便随手将门关上，口中大喊："动手！"说时迟，那时快，屋里埋伏的几个人马上冲上来，手中棍子、砍刀、锄头齐上，打了鬼子一个措手不及。这名鬼子虽然死命反抗，但怎禁得住几个年轻力壮的小伙子七手八脚一齐用力。当下那鬼子就被按倒在地，未及还手就被打死了。然后大家将鬼子尸体装进麻袋，当晚乘着夜色，将尸体扔到盐河里。

据点里的鬼子队长发现森山丰治失踪，便四处寻找，沿路抓捕村民拷问。在找不到线索的情况下，日本人找来沈玉仁，让他去附近村子刺探情况。沈玉仁就挑着行头下了村子，在他与群众有意无意地闲谈中，扯出了线索来。最终沈玉仁回来报告说，确定是卢庄卢四爹一伙干的。

于是日寇随即对卢四爹所在的卢庄进行疯狂报复。他们纠集大批日伪军，杀向卢庄。由于卢庄人事先得知消息，村里人全撤走了，结果让日伪军扑了个空。日寇将卢四爹家所有物品全部运走，放火烧了他家的房子。

后来，急红了眼的日伪军窜到卢庄隔壁的朱庄，寻到与卢四爹交情甚好的朱星五家，杀死了朱星五老婆，烧掉朱星五邻居几间房子，并将朱星五、朱联三、朱联四等人抓走。临走时日本人放出风声："只有你们在三天之内交出卢子明，这些人才可以放回家，否则，统统杀死，还要把你们村庄统统烧光。"

躲藏在外的卢四爹，得知朱庄村邻因他而受到连累，连夜赶回朱庄，向村民们说："鬼子是我杀的，我去涟水城，不能连累你们。"有人劝阻卢四爹不要去，但卢四爹坚决地说："鬼子是我杀的，我一人做事一人当，死何足惜。我去涟水城自首，把他们换回来。"

卢四爹进城，坐在小推车上，请人推着从西乡经大关，一路上有许多人看他，人们敬佩卢四爹的义举，有人劝他不要去送死，下定决心的卢四爹毅然前往。

最后，卢四爹英勇就义，在涟水北门被鬼子凶残的狼狗活活咬死。

日本人贴出告示来，以后再有人胆敢杀害皇军战士，卢四爹就是下场。这一次，沈玉仁因为举报有功，最终得到了一大笔赏钱。

杨二把鱼摊收了，一刻也未敢停留，辗转找到沈玉仁已是下午一点多。

这个情报弥足珍贵，这次可算是捞到了一条大鱼。日本人得了这情报，一定欣喜若狂，他们到处寻敌作战，机会终于来了。到时候，赏金一定超过卢四爹被抓的那次，够他滋润几年的了。沈玉仁接报后，如获至宝，挑着扎匠担子，上气不接下气地向涟水县城飞奔。

他身上有日本人发的特别通行证，一路畅通无阻，进了县城，直奔红部而来。这红部所在地就是先前的大成殿。大成殿原是县学宫里的主体建筑，因为黄河两次决口，废黄河水暴涨，洪水入城，学宫被毁，学舍房屋破烂不堪，唯学宫里的大成殿保留完整。日本人占领涟水县城后，在学宫的旧址上，砌起围墙，建起碉堡、炮楼、岗亭。对外称红部，其实是涟水县城日伪政府的大本营。

情宣科长杨凤尧见沈玉仁奔来，知道肯定有事。

“老沈啊，坐下慢慢说，不急，不急。”

“科长，我，我，我……有，有……重要情报。”沈玉仁已经激动得语无伦次。

“什么情报?”

“据可靠消息，有一个营的‘毛猴子’今晚宿营茭陵大胡庄。”沈玉仁喝了一口水，终于平复了下来。

“毛猴子”，这是日伪军对八路军、新四军的称呼，认为这些人擅长游击战，来无影去无踪的，像猴子一样神出鬼没。每次下去扫荡，都会问老百姓，庄上有没有看到“毛猴子”? 还要威吓群众，看到“毛猴子”一定要向皇军报告。后来，日本人和伪军常以私通“毛猴子”为名，下乡到处抓人。

听到沈玉仁的报告，杨凤尧知道事关重大，丝毫不敢怠慢，径直找到了日本顾问哲元。这是县城里最大的官，伪县长吴厚甫只不过是个傀儡，县府的一切大权掌握在日本顾问哲元手中，顾问下设指导官若干，分别指导伪警察局、警备大队和其他机关的工作。

哲元早年毕业于日本京都大学，后进入日本陆军士官学校深造，是个“中国通”，操着一口流利的汉语，杨凤尧的报告他听得真真切切的。

“确定是一个营的‘毛猴子’?”

"那纸币上写的清楚，'营长带兵夜宿大胡'，既然营长带兵，估计有一个营兵力。"杨凤尧说道。

"'毛猴子'一个营估计300人左右，那我们就按一个营的敌人来部署。现在已经四点半了，我们赶紧商议一下。"

县长兼警备大队长吴厚甫，54联队第三大队驻涟水日军第十二中队中队长乡原，警备大队指导官金本，警备大队副大队长李树春，警察局指导员金岛，警察局局长王致和，一个个头头脑脑的，悉数到齐。

乡原首先发言："大日本皇军现有一个加强中队，一部分人去了据点，还有三处哨岗两个小分队人负责城防，现在城里可用兵力只有200人左右，要对付这帮'毛猴子'必须向驻防淮阴的17师团54联队长冲静夫大佐报告，请联队长派人增援围剿。"

李树春一听到这消息，心中就犯毛，涟水县城的日本人可用兵力充其量200人左右，他的警备大队有100多人，如果要去剿杀这股"毛猴子"，肯定是他的警备大队又得往前冲了。人家是一个营的正规军，我们警备大队的人都是些乌合之众，打起仗来，肯定不行。如果都送了命，他这个大队长还有鸟用啊，这个买卖不划算。

他趁机附和乡原的话："我觉得乡原大尉的话很有道理，和敌人一个营的主力部队交战，还是请联队长派兵增援比较好，我们警备大队那战斗力，想必顾问先生也是知道的，许多人还是新手，打仗肯定是不行的，我们只能配合皇军行动。"

一提到警备大队的这些伪军，金本指导官顿时就觉得像是满头脑子的蛆在爬，他从心眼里就瞧不起这帮家伙，要不是顾着团结亲善的面子，恨不得用刀砍他几个。他连连摆手："警备大队的人，吃饭的行，打仗的不行，大大的不行！"

李树春听金本这话说得如此苛刻，脸色红一块紫一块的不高兴，想发火但又不敢发。他心想，哪一次行动不是我们中国人在前面冲，哪一次不是我们警备队在前面挡枪眼，要不是我们到处征剿，你们连屎都没得吃的。

"我操你妈的，金本！"他心里暗暗骂着金本，自从这家伙来做指导官，像是一座山压在他身上似的，让他自由不得，施展不得，什么事都得向金本汇报，要金本来做决定。我们这些人，纯粹是来当孙子的。不过，谁让金本披着这身皮呢，现在是日本人的天下，你能有什么办法呢。

哲元拿起电话，一脸严肃。电话那头传来联队长冲静夫的声音，这声音，曾经那么熟悉，他们分别是日本陆军士官学校 28 期、29 期毕业生，冲静夫早他一期毕业，是他的学长。在学校时，他们经常在一起聚会切磋，一个是"武勇会"的领头人，一个是"信义会"的急先锋，一同疯狂地投身"大东亚圣战"的宣传、演讲等活动。他俩还有一个共同的爱好，就是对中国文化颇有研究，都是名副其实的"中国通"。这一文一武、惺惺相惜的两个人，想不到去年同时调到苏北来，现在，冲静夫作为武将，带兵冲杀在一线，他作为文职，坐镇一方县域。

"哲元君，你这个情报太及时了，现在华中地区八路军、新四军很猖獗，趁着我们调兵布局亚洲战场和太平洋战场的时机，到处抢地盘、搞破坏，大本营要求我们推行治安肃正计划，寻找敌人主力作战，短期内解决中国事变。华北派遣军 17 师团命令我们 54 联队对苏北地区进行全面扫荡清剿，近期特别是淮安北乡地区共匪活动猖獗，所以我们要搞一个'春季扫荡'。现在这个营既然送上门来了，我们就要抓住战机，把他们一举消灭，这对'春季扫荡'意义很大。中国人有句话，叫杀鸡骇猴，从精神上、肉体上消灭敌人，这是我们建立'大东亚共荣圈'的必要手段。"

冲静夫稍作停顿，电话那端传来茗茶的声音，冲静夫身边好像还有一个人，听到他俩交谈了几句，转而电话里继续传来冲静夫的声音："哲元君，三大队主力正在参加中原会战，十一中队中队长长岛大尉正好在我身边，今夜我亲自带队，淮阴长岛的十一中队和你们涟水乡原的十二中队汇合，再让警备大队调集不少于 200 人，随皇军连夜行动。这次扫荡攻击，皇军为主，警备队为辅，你要和警备队说清楚，不得泄露攻击目标，务必做好保密工作。"

"好的，联队长，我这就安排！我们晚上见！"

天黑了下来，涟水城红部，灯火通明，一场兵力调动悄悄展开。

李树春心里火烧火燎的，县城里他的警备队总人数才 100 多人，冲静夫联队长让他调集不少于 200 人，他必须得从周边的据点来调人。

另一个大队副胡占禄，两个中队长郭士贵、刘金标，据点里的王化成、杨玉标、杨玉齐先后带人从四面八方云集而来。

尽管日本顾问哲元有令，一定做好保密工作，此次攻击的目标，要等冲静夫联队长来了才能宣布。可是李树春还是偷偷把今夜的行动地点透露给了这几个心腹部下。那杨玉齐，听说今夜要去大胡庄，顿时来了精神。三年前，他差点被大胡庄上的人淹死在黄河里。因为刚从牢里出来，他变得乖巧多了，在亲戚杨玉标的管束下，他不敢再造次。不过，他心里还总想瞅个机会去报仇雪恨，想不到，今晚这机会来了。

可其他几个人不是这么想的，他们知道，这是一场恶仗，一旦打起来，那子弹不长眼睛，如果冲在前面，那随时都有可能送命。

李树春看出了大伙的心思："不要你们操这个心了，冲静夫联队长说了，这次攻击以日本人为主，我们为辅。可能是一场恶战，我们警备队几斤几两他们知道。那金本指导官把我们说得一塌糊涂，说我们就是吃饭拉屎的料。日本人让我们去参加行动，想必就是去做下手的，封锁路口，押解俘虏，运送伤员，这些活是我们的。"

王化成坐在那儿，半天没有说一句话，似乎若有所思。

"王化成，你他妈的愣啥，怕了？"

见王化成不答话，李树春的勤务兵韩进生走上前去，挠了挠他的肩膀，王化成才会过意来。

"大队长，不是的，不是的，我在想个事情。"

"屎都到屁眼门了，你他妈的还想什么事？"

王化成赶紧上前，附着李树春的耳边小声说了几句，只见李树春脸色大变。

原来，王化成一直觉得小六堡和大顺集两个据点里的人火拼这事，有点蹊跷。现在得知"毛猴子"有一个营的兵力驻扎在大胡庄，大胡庄与徐集、大顺集仅隔着一道河，相距不远，这批人和据点里的火拼到底有没有关联？

"我怎么没往这方面想呢？"此刻的李树春也满腹狐疑。不过有一点，不论是不是这伙人干的，今夜正好借助日本人的力量，去把他们灭了，这个就是正理。管他"毛猴子""神猴子"的，先灭了他再说。

黑沉沉的夜，像浓墨一样涂抹在天际，星星没了闪亮的微光，无边的黑暗里，多了杀气和阴戾，风里似乎能嗅到血的腥味。

角落里编织的恐怖的阴谋，像一张大网罩在宁静的梦乡，呓语里最后的微笑似乎也被这黑暗凝固了。

　　提到涟水和淮安的关系，要数淮安北乡与涟水南乡的人们来往最密切了，旧时这两个地方一河之隔。

　　废黄河沿线，淮安北乡的马厂、钦工、宋集、顺河、茭陵便与涟水南乡的喻滩、周集、张渡、顺安、徐集、大顺集，都是两岸人互相赶集的市场。

　　河上没有桥，但渡口众多，沿河二里路左右间隔就有一个渡口，招手就有摆渡人。每逢枯水季节，河床上打起一条土堰子，中间留下几尺宽的口子，让冬水长流，行人只需一跨而过。

　　地缘相近，人缘自然相亲。两岸人民往来频繁，相互通亲，河东或河南的丈母娘，河西或河北的大舅爹，这样的亲情姻缘比比皆是。再加上率先觉醒的淮安北乡和涟水南乡的一批青年志士，同气相求，同声相和，这两地一度成了淮涟地区革命的策源地，革命烽火曾经如火如荼。尽管屡遭国民党捕杀，但这一带的革命火种从未湮灭。

　　但自从日本人占了涟水，淮安北乡、涟水南乡再也寻不到那相亲相近、你来我往的万千气象。

　　1939年3月1日，以朴田为首的日军侵占了涟水城，随后，在五港、时码、小李集、大顺集、大关、郑潭口等地建立了30多个据点，构筑了碉堡。这些据点，像尖钉一样刺进老百姓的心中。三步一岗，五步一哨，废黄河两岸到处是鬼子二皇烧杀抢掠，无恶不作。河面上鲜见摆渡船，老百姓白天也关门上锁，民不聊生、水深火热中的淮安北乡和涟水南乡，见不到人烟，见不到炊烟，一片萧瑟。

日本太阳旗下，鬼子穷凶极恶，伪军助纣为虐，老百姓们恨透了这帮魔鬼，称他们为"毒太阳"。由于"毒太阳"的肆虐，这一带的人们，从此暗无天日。

有人编了歌谣在民间传唱：

侵华日寇气嚣张，涟水来了朴田郎。

生性凶残心狠毒，黎民百姓遭了殃。

下乡来扫荡，实行是三光。

抓丁又征夫，撬门还抢粮。

强奸我民女，放火来烧房。

杀人不眨眼，剖腹吃心脏。

埋人当乐趣，害人放犬狼。

活活天上扫帚星，为害百姓毒太阳。

恨它祖宗十八代，咒它早日死光光。

今晚，淮安北乡的钦工甘姜颜氏盐行里，34 个推盐工集聚在一起，盐行离涟水县城很近，不到十里地，推盐工其中一部分人来自涟水南乡。

这帮人吃饭的家伙就是独轮车。日里揣着良民证，交了税过了河，来到甘姜，这盐行的东家颜慕虎是他们的老主顾了，平素合作都很好。近来，盐行恢复了生意，私盐交易多了起来，暗地里趁着夜色，他们的独轮车又开始转了起来，这车轱辘载着各家子的一条生路。所以，他们拼着命也来了。

周家班的两兄弟，此刻坐在院中，不时地抬头望天。周家班的独轮车队走了三小时了，他们带了路条，去大胡庄运盐，现在已是 9 点多了，估计这时候，应该在返程的路上了。周老大再三提醒，回来的时候，不要贪图大路好走，这一段危险多，不安全，一定要抄小路返回。

今晚的这桩买卖，一路充满着凶险，盐货是日本人严密封锁和重点管控的东西，如果被他们查到，轻则坐牢罚款，重则枪毙杀头。

这时，只听到门外突然响起敲门声，院子里的人顿时警觉起来，周老大带着大伙退到房间里去了。他也纳闷起来，去大胡庄的独轮车队不会这么快就到家了，会是谁呢？

盐行主人颜慕虎打开院门，仔细一看，笑了起来，是自己人。原来是钦工乡联防队主任颜景詹，他根据上级的指示，带着联防队的人来甘姜与周家班接头。

26 岁的颜景詹，土生土长的钦工人，是赵心权县长的得力干将。出身寒门的他，14 岁就在地主家做雇工，1938 年参加淮安抗日同盟会，担任地下交通站交通员。1939 年随赵心权在古驿乡等地发展地方抗日武装，建立农民自卫队。1940 年秋，经淮安县工委介绍到八路军五纵队一支队教导队学习，随军行动。今年春节，赵心权将他从部队要回，做开辟根据地的工作。

"周老大，我们联防队已经把钦工周围地带巡逻了一遍，没有发现情况，你看，要不要我们派人护送你们出钦工地界？"颜景詹关切地问道。

"谢谢颜主任的好意，我们周家班走南闯北这么多年了，走夜路是我们的强项，下半夜正是敌人放松警惕打盹的时候，如何伪装货物，如何避开哨卡，我们也做了准备，也有一些经验；再说，钦工这一截路颜慕虎老板已有安排，河东石塘、大兴、平桥这一路，淮宝县的人已经提前做好沿途接应。请主任尽管放心就是！"

颜景詹瞅着院里独轮车上那一个个五花大绑的木桶，不禁好奇起来。

"周老大，我怎么看不到盐包呢，这些个木桶里的东西，是不是被你们狸猫换太子了？"

"实不相瞒，这就是我们的所谓伪装。这一招还是我们在黄海滩时新四军的同志教的。出盐到外地，如果经过敌占区，一定要将盐包全部改成桶装，独轮车两边平板改成凹陷下去，可以放桶进去的。这桶是椭圆形的，经过了特殊制作，直径约莫二尺，分为上下两层，上层浅，高约一尺，下层深，高约三尺，桶中间从上到下有一直径三寸左右的空心圆柱。上层和圆柱中存放麦谷，下层放盐。这一招还挺管用，一旦遇到哨卡，检查的往往是伪军，先是揭开盖子，一看是麦子，你再偷偷塞一份"茶水钱"给对方，一般都会放行；如果遇到刁蛮的，会用专用的锥子戳进去，选择的方位往往会从桶的中心向下戳，一看还是麦子，对方就更无话可说了；因为选择戳的位置很重要，大多数情况下，不用对方动手戳，你要主动替他戳，他也乐意你这样做。

"为了麻痹敌人，有时候，还特意在上层麦子里藏几块大小不一的石子。这有啥用呢？原来，有时候，刁蛮的敌人如果亲自用锥子向下戳检时，一旦不从圆柱位置向下戳，就会戳到上层底部木板，硬硬的，戳不下去，这时候，你得赶紧从上层麦子中掏出几块石子来，就说戳到了石子，这石子是为了过秤时增加麦子重量的，这样的投机取巧，敌人至多骂我们是奸商一个，只要小费跟着使上，对方往往睁一只眼闭一只眼，谁还管你那么多呢。你还甭说，这一招屡试不爽。"

周老大扶着桶，边示范边讲解，颜景詹拍手叫绝，一个劲地夸新四军的同志聪明。

今晚的独轮车队，除了周家班的铁杆兄弟，其余都是涟水南乡、淮安北乡的一些苦大仇深的农民，这些人是颜景詹和颜慕虎精心挑选来的。这些人骨子里对日本人有着刻骨的仇恨，每个人的家史，都有着一段血泪斑斑的经历。因而，他们和鬼子二皇不共戴天，为共产党做事义无反顾。

"日本鬼子凶着呢，你们一定要多加提防。时候不早了，你们也早点休息，下半夜还要赶路，我们就先走一步了！"颜景詹再三叮咛，带着队伍就此告辞，一群人消失在茫茫夜色中。

盐棚里的人，和衣席地而坐，大伙儿没有睡意，七嘴八舌地找着话题聊着天。

推盐的朱二在马灯下抽起旱烟来，一时盐行院中烟雾缭绕。也许是烟丝质量低劣的缘故，院中几十号人，有人被呛得费力地咳嗽起来。

"朱二，你抽烟的样子，咋怎么看都像涟水城烟馆里抽大烟的人那德行呢？"盐行老板颜慕虎和他开起玩笑来。

"你还别说，我看他活脱脱的像那日本鬼子'毒太阳'朴田！"大关的谭四戏谑朱二，他对朴田印象深刻，"他和朴田比起来，就是少了一撮小胡子，整个脸型也像，肥嘟嘟的，一脸的横肉，那眼睛眯缝着，看似笑面虎，实则'毒太阳'！"

"听说，前不久朴田调走了，现在来的乡原，更是有过之而无不及，加上那狗娘养的顾问哲元、警察局指导官金岛、警备队指导官金本，这些个鬼子没有一个好东西！"张渡的秦小宝对日本人的情况更是了解。

接下来的话题，自然聊到涟水县城的这帮"毒太阳"犯下的滔天罪行，一些事情有人目睹，有人亲身经历，就像一场批斗会，个个咬牙切齿地控诉起来。

谭四打头炮，他从朴田谈起："这个朴田大队长刚来涟水城的时候，涟水城成了一座空城，许多人家都跑到乡下去了。朴田为了拉拢人心，装着一副笑面虎的样子，看见小孩子还散糖给他们吃，整天宣传'中日亲善''大东亚和平'。他为了显示军纪严明，不允许手下人私闯民宅、骚扰百姓，而且贴下告示，凡有入室抢劫的士兵，居民可用墨汁在士兵背后画上记号，呈报上来，严惩不贷。可是，涟水的老百姓当时谁敢在鬼子的后背画墨记啊。后来，在他的伪装下，城里逃出去的人陆续开始回归，这个笑面虎也渐渐撕开了伪装的外衣，露出了刽子手的真面目！"

朱二对日本人的凶残，说得让人毛骨悚然："总有人跟我开玩笑，说我像狗日的朴田，可我心是红的，那狗日的心是黑的。你知道这帮日本人毒到什么程度吗？我告诉你哟，人被抓去后，枪杀是便宜你的，也不用刀刺，有时候直接用铡刀。他们把抓到的'匪首'，用绳子将四肢捆起来，拖到涟水北门，用铡刀铡人头，让你成了无头尸；铡前如果有草席，就把人用席子裹起来，只露个头在外面，如果没有草席，就干脆直接铡杀。铡刀下去，鲜血四处喷溅，尸首异处，令人惨不忍睹。还有，下油锅、炮打、狼狗咬、刺刀刺、火烧、活埋、浸水牢什么招数都有，过去五马分尸，现在他们用四牛崩尸，活活地把人崩了撕了……"

颜慕虎接过话岔，补充说着鬼子的暴行："我知道一个日本人放狗咬死人的事情。民国 28 年 8 月份，西尹乡的王成林、桑鸭子他们 11 人被日军抓到涟城，一番毒打后被关进屋内，然后日本人就开始放狼狗进屋撕咬。王成林、桑鸭子两个人从窗户爬出去逃跑了，其余 9 个人被狗咬得遍体鳞伤，身上的伤口腐烂生蛆，最后一个个都死了。现在，日本人还发明了两个杀人的方法，一个叫'凉水煮人'，一个叫'不封顶的活埋'。'凉水煮人'，就是把无辜的群众硬推进深深的水井里，直至人体到达井口，再压上沉重的石碾子、碾盘，封死井口。'不封顶的活埋'，就是把群众赶到一处，让群众自己挖掘土坑再跳下去，跳满了，挤得身都转不动，他们再往上面泼开水，浇汽油，点上火，机枪扫，炸弹炸。你们说这些狗杂种残忍到什么程度?!"

"去年上半年，'毒太阳'朴田带鬼子 1 个中队、伪军 300 余人，到涟西扫荡，一路上经过陈师庵、马圩、梁岔、左圩、麻垛、古寨、成集等地，沿途杀人放火，抢掠财物，鬼子竟然恶作剧，在群众的面缸、饭锅里大小便。乔高庄一个80多岁的方老太被按倒在地当板凳坐，然后又被鬼子用刺刀刺死了。乔高庄的高友才、张庄的李建成、河涯徐元洪等人，也在那一天惨遭鬼子杀害。下半年，鬼子又去高沟、纪集、赵庄一带扫荡，200多群众被他们杀死了，600多间房子被他们全烧了，可以说处处黑烟，遍地哭声啊。"秦小宝把日本人的罪孽一一记在心里。

涟城的赵大虎，赵庄人，他对"赵庄惨案"一清二楚，和日本人有着血海深仇："朴田洗劫赵庄那次，我父母和爹爹奶奶四口人都被鬼子杀了，我是藏在地窖里，才躲过一劫。鬼子头一天沿途洗劫，户户抢光烧光杀光，浓烟蔽日，火光冲天。当天晚上，日伪军在高沟镇东南小纪集住下来。第二天天一亮，日伪军又从小纪集向北扫荡。到赵庄时，已是中午，群众正在吃中饭，看到敌人向庄上涌来时，再想转移已来不及了，只有少数几个人冒死逃走了，大多数群众就躲到庄子附近的秋豆田里。鬼子进庄后，先是忙着做饭吃，同时布置了岗哨。午饭后，鬼子就在赵庄四周搜索，发现了躲在地里的男女老少一共83人，将他们驱赶到'谦益'槽坊的房子里。灭绝人性的鬼子用机枪、刺刀、马刀对手无寸铁的老百姓下了毒手。时金风的妻子被敌人用马刀剖开胸膛，将心肺挑出来摔到地上，那样子惨极了。一个姓雷的人家有8口人全部被杀。许小杰的妻子怀有胎儿，手里搀着两个孩子，一个六七岁，一个三四岁，也全被杀害了。就这样，万恶的鬼子还不罢休，又放火烧房子企图毁尸灭迹。鬼子烧杀之后，将抢来的东西，装了满满的两牛车，装不了的便强迫抓来的十多个青壮年给他们挑回涟水城据点。到涟城后惨无人道的鬼子把他们押到西门外的大关河边，用机枪集体枪杀，只有一人跳水得以逃脱。"

要说新近发生的屠杀，就数农历二月初十发生的"莲花庄惨案"，陈阿牛说他是当事人，对这事他历历在目："那天，日本鬼子在莲花庄杀人，我是从庄上逃出来的，我的父母，还有那结婚不久的哥嫂都死在日本人的枪下。那一天，敌人分路合击，见房就烧，见人就杀，到处浓烟滚滚，到处都是哭喊声。那一天，共杀害群众有近40人，烧毁房屋300余间。莲花庄附近的几个小庄，鬼子和二皇进庄后挨门逐户进行洗劫，在庄子里的男女老少全部惨遭杀害。朱查氏被害后，那个样子真惨啊，眼珠子挂在脸上，后脑被砍下，手指有的掉下来，有的连着一点皮拖着。一个姓朱的小男孩，刚刚三个月大，在窝篓里被杀死，小孩母亲也被鬼子一同杀掉。一个妇女怀抱小孩，母女一同被害。鸽窝的王国良、王保连、王保祥、王忠诚，西王庄的王保德，潘庄的张佃才，这六家子都被杀绝了。当时在莲花庄聚会的小刀会成员徐淑钟、徐淑元、徐淑坤三兄弟在与敌人进行一番决斗后，也被日军用东洋刀劈死。朱俊成的母亲，手被敌人用刀砍掉，然后从头往下砍，朱母支起身子在场上爬，满地是血，哭声震天，几个小时后才断气。那惨叫声，到现在好像都在我耳边回响。"

"妈那个巴子的，我操他鬼子的祖宗十八代！"提起日本鬼子的残暴罪行，赵大虎义愤填膺地站起身来，紧紧捏着拳头，手指骨节间似乎发出咯咯的声响。日本人害了他全家，如今只剩下他一根独苗，成了一根浮萍草，四处游荡。后来遇到同样遭难的陈阿牛，带他来甘姜，寻了这条推盐工的差事，才勉强有了一条活路。

他俩无时无刻不在想念着那些死去的亲人。陈阿牛拍了拍他的肩膀，两个苦命的年轻人，提起日本人，心底里顿时生出仇恨的火焰来。

"阿牛，记得你家有个亲戚曾经在警备队李树春手下干活，后来为啥跑了？据说，和那姓李的有过节，那李树春难不成比日本人还坏？"颜慕虎问陈阿牛。

"你说的是我的姨哥哥，本来也是稀里糊涂地去做了二皇，在李树春手下干了几个月。自从我家被灭门后，他也恨李树春这帮人和日本人，索性逃到外地去了，坚决不做二皇了。不过，李树春这帮人的事，他也曾经陆陆续续地讲过，这帮人造的孽，今天不妨和大伙说道说道。"陈阿牛提到李树春也是满脸的鄙夷，他从井边的水桶里舀了一勺水，仰着脖子咕咚咕咚地一饮而尽，继而将李树春的故事娓娓道来。

"李树春是东北人，辽宁康平县人氏。民国 17 年就当上了伪满军的连长，因为精明能干，不久升了团长。卢沟桥事变后，日本全面侵华战争爆发后，李树春就跟随日本人来到涟水，当上了警备大队的副大队长，成了涟水县伪军的头子。

"这家伙和日本人狼狈为奸，一个鼻孔出气，抓到了人，那手段不比日本人差。我姨哥哥说，李树春刚上任不到两个星期时，就下乡剿匪，有个群众和他顶撞起来，他便以私通八路为名，绳捆索绑到涟水北门。他让手下小队长郭士贵等人支起一口大锅，放上一锅水烧开，把那人吊起来，慢慢放入锅中煮沸，然后再吊起来，亲自举枪射杀。前来观摩的日本顾问哲元竖起大拇指夸他是皇军大大的忠臣，县府里各科负责人对这个心狠手辣的家伙个个畏惧两分。这一次，李树春一举成名。李树春'活阎王'的名声人所共知。

"有一天夜里一点多，哲元顾问命令李树春集合警备队，去郭庄筑炮台，我姨哥哥随行。出发时，哲元骑马而来，后面马房班长罗尚志及三个马夫牵着三个被绑着的人，说是共匪人员，顺便带到郭庄去示威正法去。走到张渡时，三个被绑人员其中一人因伤势较重，实在走不动了。只见哲元使了一个眼色，李树春心领神会，立即下马，挥起战刀，一刀结果了那人。等到郭庄后，在哲元的授意下，李树春命令郭士贵等人将其余二人活埋，露出一个头来，对着头开枪杀了！郭庄的老百姓领教了这个'活阎王'的毒辣。

"还有一次，李树春手下的小队长邱开山谋划投奔八路，被他发觉。他命令手下刘金标派人将邱开山抓来，在北门外支起了一口油锅，煮沸，然后将邱下油锅，说是做'油炸鬼'点心吃。然后，又将邱开山、邱开山的女人和邱手下同谋的班长翟小坠绑在一起，下令放炮将三人轰上了天。过了一月，又到城北将翟小坠的女人、小孩和哥嫂带到城里全部杀害。可怜翟小坠的两个孩子才几岁，他们也不放过，吓得两个小孩四处奔逃。警备队的伪军不忍下手，只见指导官金本亲自上前，一刀一个，活活地将两个小孩劈死……"

"畜生！""猪狗不如的东西！""这些家伙会遭天谴，会遭报应的！""断子绝孙，天打雷劈！"众人骂声一片。

周老大走了过来，此刻，他望着这一帮受苦受难的穷苦人，感同身受，他有着太多的话想对他们说，可不知道从何说起。

"兄弟们，我也和大家一样，都是穷苦人出身，但是我们什么时候都不要忘记，让我们遭罪的罪魁祸首是谁？"周老大问大伙儿。

"日本鬼子！""汉奸二皇！""投降派！"各人纷纷应道。

"大伙说的对，是鬼子二皇，是当朝政府的投降派！日本人打开了国门，我们成了亡国奴，中国人每天生活在水深火热中。日本人对我们连一条狗都不如，我们的命比一根草还贱，想抓就抓，想打就打，想杀就杀。在座的哪一个说起来不是一把辛酸泪，哪一家没遭过鬼子二皇的祸害？但是，我们不能再这样沉默下去，不能再这样任人宰割了。哪里有压迫，哪里就有反抗，现在各地抗日斗争风起云涌，小刀会、花篮会、自卫队、游击队都拿起了枪杆子，惩汉奸、杀鬼子、保家卫国成了血性男儿共同的心声。

"就拿我的亲身经历来说，我想告诉大伙，现在有一个光明的去处，那就是投奔共产党，投奔八路军新四军，这些个人才是真正抗日救国的人，才是为老百姓穷苦人打江山的。我们要团结起来，共同抗日，把日本鬼子早日赶出中国去，这才是我们的出路，才是我们的正道！"

"我是大哥带出来的，我脑袋中的道理也是大哥点拨出来的，现在我也开窍了，懂得了很多做人做事的道理。有一点，我必须要提醒大家，这就是，中国人要有中国人的骨气，任何时候，我们的骨气不能丢，决不能丢了气节，去做投降派，去做汉奸。大哥告诉我们周家班兄弟，宁愿站着死，不愿跪着生！敌人把刀架在脖子上，死了大不了多了一个疤，二十年以后，老子又是一条好汉，怕他小日本一个球啊！"周老二也把心里话掏了出来，他从贴身的布衫口袋里，掏出一包烟来，这烟上有日本女人的照片。

"来来来，我给大伙提提神，这烟是大哥捎给我的，听说是新四军从日本人手中缴获的，我舍不得抽，今天分给大家抽，喏，谭四，你拿去散给大伙。"

谭四接过烟，散完了，只剩下一个空盒，只见那眼睛还盯着那烟盒的美女招贴画。

"怎么，是不是看上这盒上的日本女人了？罢了，既然这么喜欢，你就留着揣怀里吧。"

那谭四像是接着一个烫手山芋，留也不是，扔也不舍，战战栗栗地把烟盒送到周老二的面前："算了吧，既然是你的，你还是留着享受吧。"

众人哄堂大笑。

　　淮阴城治所，就在清江浦，先前有人说它是纸糊的土城，是因为城墙
为夯土垒砌。自打日本人占了淮阴后，经过修缮加工，四周筑以碉堡工事，
层叠的铁丝网下，高约一丈的淮阴城墙，有了铁壁铜墙的森严感。

　　北门桥下的运河水，还在静静地流淌着。

　　那北门桥是民国21年国民政府在过去浮桥基础上兴建的一座拉桥，全
长50米，宽5米，桥面分为三部分，南北为固定桥面，中间为活动桥面。
当有船只经过时，摇动绞盘即可通过牵引中间桥面到南桥叠拢，故称为
拉桥。

　　民国28年2月底，日军进犯淮阴，驻扎淮阴的韩德勤部一枪未放弃城
逃离，害怕日军追击，竟直接烧毁北门桥，但大桥主体并未被破坏。日本
人一弹未发占领淮阴城，从城北几家工厂抢来铁板铺设桥面，北门桥又恢
复通行。但从此，北门桥上设立岗哨、架起机枪，这里也成了日本人的
"修罗场"，经常有人被枪杀于此，夜间也常有革命志士和无辜群众被鬼子
用铁丝、石头捆绑，坠入运河。

　　北门桥见证了太多的血泪，铁蹄下的人们经此进进出出，在自己的土
地上，像奴隶一样，被盘查来盘查去，无数人心头的怨恨，和桥下的运河
水一样，汩汩而流。

　　"中日满精诚团结"，那城墙上白石灰书写的宣传标语，格外醒目，刺
痛着每个人的心，亡国的耻辱与愤怒在胸中翻腾。

　　冲静夫听了涟水县府顾问哲元的报告，感到天赐良机。华北派遣军 17

师团前不久召开会议，专门传达了大本营"迅速解决中国事变"的训令，会上54联队、71联队都做了表态发言。上峰提出"三个一切"，即要不惜一切代价，采取一切必要措施，惩戒占领区里的一切反抗者。冲静夫近期要求联队下属各部队全面开展"春季扫荡"。既然有人撞到枪口上来了，他就要给这些"毛猴子"一点颜色看看。

4辆五十铃生产的94式卡车一字排开，这是大本营前不久刚配送来的，冲静夫坐上了第一辆车的驾驶室。在这辆车的前面，有三辆97式军用侧三轮摩托车在前开路，长岛中队长坐在最前面。他是冲静夫从海州带过来的老部下，此人一脸的络腮胡，面目黝黑，眼睛里常常射出凶光来，看样子就像个杀人不眨眼的刽子手。

冲静夫计算了一下，按照过去日军与国军正规军作战的配比，是1∶6，也就是说，一个日军可战6个国军。这一次对方就算有一个营，估计300人左右。驻扎在淮阴城的54联队本部180多人，还有炮队、通信队人马200多人。冲静夫考虑到最近淮阴周边敌情活动较多，城防不能空虚，不宜调动太多本部人马，让长岛的十一中队180人、联队本部护卫兵、医护兵、通信兵及炮班60多人，加上涟水的一个中队200多人，这400多皇军对付300"毛猴子"，足矣。至于涟水警备队的200多人，估计作战力不强，也别指望他们什么，不过，造个声势，做个下手，担当警戒维持秩序还是可以的。

至于武器配置更是没说的了。人手一支三八大盖，卵型手榴弹6枚。一个中队重机枪4挺，歪把子轻机枪9挺，掷弹筒9枚。这次他还带了看家武器——两门九二步兵炮，这炮可了得，70毫米口径，初速近200米/秒，射程近3000米。这家伙最大的好处，就是便于拆解搬运、便于携带，是战场上的"轻骑兵"，使用非常方便。这一次去，一定会"大显身手"的。

更要命的武器还有呢，这次他还带了燃烧汽油瓶和毒气弹。燃烧汽油瓶扔过去，是一片火海，毒气弹杀伤力更为可怕，这是国际公约明令禁止使用的，可昭和十四年日军大本营已经下令可以使用。

大本营发下去的毒气弹有黄一号、青一号、绿一号、红一号四种。黄一号是一种糜烂性毒剂，这种毒气对人体的伤害是造成皮肤和肺部严重溃烂。青一号是一种窒息性毒剂，可造成人体全身性中毒。绿一号是催泪性毒剂，是通过刺激人体眼、鼻、口腔等黏膜而使人流泪不止。红一号是一种喷嚏性毒剂，又称为呕吐性毒剂，让人呕吐不止，头晕目眩，直至丧失战斗力。

由于黄一号、青一号对日军本身防护要求很高，运输和储藏都比较烦琐，需要陆军大臣批准才可以使用。前不久，冲静夫从师团好不容易要来一批绿一号、红一号毒气弹，这次正好派上用场了，可以试一试它的威力。他特意吩咐长岛，将绿一号、红一号各带两枚，目的是多抓一些活口。

冲静夫来淮阴后，曾对淮人吴承恩写的《西游记》有所研读，许多精彩章节，他竟然熟读于胸。对于这次行动，冲静夫是做了充分准备的，他心想，不管对方是花果山上的毛猴子，还是大闹天宫的孙悟空，这次保证让它逃不出我如来佛的神掌。他自鸣得意地坐在汽车上，出了北门桥不久，便有了一丝困意，他索性趁机打起盹来，等会到了战场，可就没法睡了。

午夜时分，涟水城，黑漆漆的一片，街上看不见几个行人。偶尔几声夜鸟的絮聒，很快便湮没在这浓浓的黑暗里。

哲元、乡原、金本、李树春四个人在红部院子里转来转去，县城里三大队第十二中队的 200 多个日军，警备大队的 200 多个伪军，早就集结完毕，众人正翘首以待冲静夫联队长的到来。

下午哲元与冲静夫通话后不久，十二中队就接到位于灌云县新安镇的三大队队部发来的无线电作战命令：你部派出主力从涟水南下，参与黎明攻击，确保本地安全；另告，联队长带 2 门步兵炮，从淮阴出发，亲率第十一、第十二 2 个中队扫荡至大胡庄。

第十二中队的兵员主力是昭和 15 年（1940 年）新征不到一年的新兵，头一次集体出动参加扫荡作战，乡原中队长一番动员，个个摩拳擦掌，发誓要给那些"毛猴子"一点颜色看看。

终于听到了汽车的轰鸣声。哲元第一个迎上去，冲静夫从驾驶室跳了下来，两个人来了一个大大的拥抱，无须言语，两人依然那么默契无间。与长岛、乡原、金本三个同僚，免不了寒暄几句。

李树春卑躬屈膝迎候在一边，未敢言语，冲静夫瞥了他一眼，这个 30 岁左右的刀型脸的后生，估计就是警备大队的副大队长李树春了，这个人的情况，听哲元电话里提起过。

"是李副大队长吗？你的辛苦了！"冲静夫的中国话比哲元略差一筹，他假装关切地问道。

"报告联队长，小人正是涟水警备大队副大队长李树春！"李树春回答得格外响亮。

"哟西，哟西，你的忠诚大大的！"冲静夫竖起了拇指。

"为大日本皇军效忠，这是小人的福分！"冲静夫那汉语、日语混搭的夸奖，让李树春受宠若惊。

"吴县长呢？"冲静夫环顾四周，不见吴县长，作为两淮地区的最高军政长官来了，这样的场合，他这个一县之长怎么能缺席呢。

"报告联队长，吴县长心脏病复发，今晚向哲元顾问请假了，特意让小人代向联队长报告的！"

李树春表面上毕恭毕敬地报告，其实心底里满满的愤恨之情。他知道吴厚甫这个老狐狸今晚是临阵脱逃，没病装病。

吴厚甫本是一个从淮阴来涟水经商的商人，做过涟水商会的会长，有着生意人的精明和圆滑。

日本人占了涟水城的那年冬天，掳来涟水东乡70岁的前清禀生罗竹岑来做县知事，当时县长称知事。罗拒不就任，日本人就将他的衣服扒了，可怜这老人差点冻死。在日寇的淫威之下，罗竹岑不得已就任县知事，吴厚甫时任县府建设科长。去年夏天，罗竹岑向苏北行政专署提出辞呈，未获批准，后强行卸职。哲元一气之下，将其关进大牢，不久折磨而死。

吴厚甫这个县长是哲元亲自挑选的，继任后，他小心翼翼，如履薄冰，大事小事，他这个傀儡一切听命于哲元顾问，不敢越雷池一步。今晚听说联队长亲自带队来剿匪，估计是一场硬仗，哲元肯定把他这个县长兼警备大队长拖着，负责前勤后勤的保障工作。果真如此的话，上了战场，子弹满天飞，去了也可能回不来了，一不做二不休，装病！白天还好好的，晚上突然有病了，有点说不过去，他想起自己过去心脏上犯过毛病，干脆就说最近劳累过度，心脏病复发吧。

他电话和哲元顾问请了假，哲元情知其装病，也不好发作，只得依准。李树春也接到吴县长的电话，请他当面向联队长说明一下。李树春明明知道老家伙装蒜，可谁叫人家是一把手的呢，他这个副的必须听正的啊，没法子。

冲静夫一脸木然，似乎没有任何表情，只有哲元知道，他这个学长是个冷面杀手，他越是不说话，越是可怕。

冲静夫站到了门前的台阶上，居高临下，开始训话，翻译官在一旁做着翻译。

"帝国的将士们，警备大队的勇士们，今晚我们将连夜行动，去消灭一股恶匪主力。这次行动，大日本皇军是攻击的主力部队，警备大队要做好协同配合工作。我强调的就是，所有人必须服从指挥，听众调动，要拿出我们帝国军人的顽强意志，拿出皇协军的作战勇气，一鼓作气，彻底干净地消灭敌人。攻击战中凡是表现突出的，一律重奖，临阵退缩，作战不力的，统统的死拉死拉的……"

冲静夫自始至终没有说出作战的地点，警备大队李树春手下那些不知情的伪军讳莫如深，没有人打听，跟着日本人走就是。这联队长杀气腾腾的训话，让台下的人噤若寒蝉，大气都不敢出一声。

警察局指导官金岛、局长王致和，兴涟公司的两位董事高伦贞茨郎、太平忠作气喘吁吁地跑来了。

几个人脸上落着大滴的汗珠，原来他们连夜征人在城南废黄河上架起浮桥，铺上木板，经过几小时的抢铺，终于大功告成。他们是来报告，这下子，大队人马可以过河出发了。

冲静夫满意地看着这几个人，在他们的肩上狠命地拍了几下，这算是对他们最大的奖赏了。几个人也感到格外的荣光。

每次日伪军的行动，警备队、警察局、兴涟公司都是有利可图的，缴获的战利品往往警备队、警察局都有份；而凡是被抓来不杀头的人，关到县府大牢，都是要用钱来赎回去的，那些赎金绝大部分要打入兴涟公司的账户的。兴涟公司下设杂货、粮油、机织、面粉等部，就用这些罚金来运转经营。兴涟公司也成了日本人发财取利的"小金库"。

"哲元君，看来这次我们得多抓一批俘虏，多缴获一些战利品回来的了，否则对不起他们的辛苦了！"冲静夫向着哲元说道，两个人会意地笑了起来。

这笑声里，一半狰狞，一半奸诈。

"金本君、金岛君，你们二位指导官协助王局长负责县城防务，前方打仗，后方大本营不能有半点闪失！你们的明白？"冲静夫转身向这三人交代了任务。

"嘿，明白！"三人齐声应道。

"听说现在下乡的路都被敌人破坏了，机动车辆没办法向纵深推进，再说，既然是深夜秘密行动，那么就尽量静悄悄地行军吧。无线电台也暂时关闭，需要时再打开。"冲静夫命令所有人弃车出发，只有他自己和哲元、长岛、乡原，还有李树春、胡占禄骑马，其余人一律步行。

九二式步兵炮拆解下来的炮身、炮架、摇架和炮轮，分装在4匹马上驮载，还有2匹马专门驮载特制的炮弹箱。

大队人马，出涟水东门，过浮桥，夜渡废黄河，顺河堤南岸向东前进。

冲静夫、长岛和乡原领着日军，带着轻重武器先行一步，哲元、李树春领着警备队随后过河。

甘姜盐行里的两盏马灯又亮了起来。

"不能再等了！老二，你带着这二三十人先走！朱二、谭四、秦小宝、陈阿牛、赵大虎，你们5个人留下，准备和我一起去接应运盐的人！"去大胡庄运盐的独轮车队久等不来，估计出事了，周老大果断地做出决定。

看着周老二带着车队从村子小路向南走远了，周老大、颜慕虎才折回来，关上门，众人商量起下一步的行动。

"保不准是被敌人发现了，出事了！我们去接应会不会中敌人圈套?"谭四有点疑虑。

"也可能是车子坏半路上了！"

"那可以把车扔了，把盐包运到其他人的车上啊。干吗让这么多人干等着急?"

众人七嘴八舌，议论纷纷。就在这时，院外响起了急促的敲门声。

颜慕虎上前开门，原来从大胡庄运盐的30多人终于回来了！大家欣喜万分，终于松了一口气。

"叔，最近钦工、顺河都在破路，是为了防止日本人进攻，我们的车队先是不熟悉路况，几次陷入路坑里，后来有三辆车轱辘脱榫，停下来好不容易修好了，耽误了时间，让你们久等了！"领头的是周老大的远房侄子周易，他一个劲地解释赔不是。

"能回来比什么都好！快把盐搬到颜老板事先准备好的改装车上，换包装桶！"周老大一声令下，大伙忙乎起来。

"大家停一下，不说话！"正在兴头上，突然，颜慕虎喊了一声，"我好像听到了远处传来的马蹄声和脚步声，这脚步声有些沉！"

周老大迅速从木柱上摘下马灯，吹灭了。众人瞥住了呼吸，仔细辨别着远处传来的声音。

"是的，可能有几百人的样子了！"这声音，周老大凭着经验作出判断，"一个不要动，不要出声，藏盐已经来不及了！"

嗒嗒的马蹄声和扑扑的脚步声，一起踩踏而来，院中的人，都听得真真切切，空气似乎凝固，时间似乎静止。天乌黑一片，借着一丝星光，周老大从门缝间看到了日本人，鬼子来了！

他打着手势，示意大伙不能出声，在鬼子经过之前，不能有半点动静，否则肯定有灭门之灾。

这时候，时间又变得似乎很慢，从最前面的鬼子经过门口，到最后的鬼子离开门口，也许只有两三分钟，可院里的人感到，马蹄声和这脚步声走得也太慢了，足足用了十几分钟。

等鬼子走远了，马灯重新亮起来。

"继续干活！"一帮人重新忙碌起来。其实，周老大心急如焚，一是着急鬼子连夜行动，肯定是奔着我方军队去了，此刻，他只能祈祷我们的战士们击退这股敌人，个个平安无事；二是着急剩下的这些盐还要赶紧运走，必须尽快追上周老二的车队。

谁曾想，就在这时候，敌人第二波的人又来了。

日军先行一步，紧随其后的哲元、李树春带着警备大队的人过了河，赶来了。

骑在马上的哲元这家伙眼尖，一眼看到了前面院子中亮着灯，好像有许多人影在晃动。他命令部队全速前进，包围这院子！

转眼间，就来到近前，李树春命令敲门，让警备大队的人团团围住这院子，不准放走一个人。

"暂时不开门，快，先把盐搬进后面仓库藏起来！"周老大没想到躲过了鬼子，却躲不过这帮伪军，他情知无法脱身了，立即命令藏盐。

七手八脚，手忙脚乱，毕竟敌人就在眼前，所有的推盐工还是有点后怕。

"有我和颜老板在，大家不要害怕，问起来，最多是给人运点私盐，挣点脚力钱，其余一概不知，大伙明白了没有？"周老大鼓励大家。

"明白了！"众人藏好了盐，在周老大的鼓励下，心情也很快平静下来。

门被强行砸开，院子里的人齐刷刷地站在一起。这阵势让哲元和李树春吃了一惊，这帮人是什么人，这时候聚在一起，难不成是"毛猴子"不成？可他们手中没有武器，不像军人。

"我这是盐行，做着小买卖，这些人都是我请来的推盐工，准备去码头替人运盐去的。"盐行老板颜慕虎满脸堆笑站了出来。

"你难道不知道，政府明令不准贩卖私盐吗？"哲元大声呵斥颜慕虎。

"太君，我们不卖盐，就是组织一些推盐工，给码头据点运盐，赚点人工钱。"颜慕虎继续作揖赔笑。

"统统的带走！"哲元情知颜慕虎不老实，但现在不是论理的时候，先抓起来再说。

"顾问啊，我们还要赶路，一会打起来了，这些人带在身边方便吗？"李树春附在哲元耳边小声问道。

"带走再说！"哲元坚持带走，李树春也无话可说，他让手下人把院里的人都绑了起来。这次行动，警备队备足了绳子、铁丝等等，就是准备用来捆绑俘虏的。

这李树春哪里知道哲元的如意算盘啊，抓了这些推盐工，发财的机会又来了。

冲静夫出发前，看了地图，大胡庄离涟水县城约莫二十里的路程。今晚的路线，基本上沿着废黄河边上的涟阜路方向前进的。

因为要道口的许多路段已被人为地破坏，挖出一些沟沟坎坎来，因此，大队人马多次通过村落小道田埂穿插，才得以继续前进。一些辎重武器只得临时拆解，通过人力肩扛手抬向前走。所以，前进速度大打折扣。

冲静夫知道，这都是共产党搞的鬼，这样的情形在淮阴那边，乃至整个苏北、淮北、华中、华北都存在，他们发动老百姓到处破坏公路、桥梁，还有一些水网地区到处设置障碍，妄图阻滞我们大日本皇军的扫荡清剿。有些地方的沟又宽又深，能做到村连村，庄连庄，乡连乡，打起仗来，他们会在沟内灵活转移，寻找战机，说这是"人民战争的汪洋大海"，管这沟壑叫"抗日沟"或"押寇渠"。日军将士吃尽了苦，受死了罪。要不是今晚有行动，他真想停下来，命令掷弹兵和炮兵向堆堤下的村庄猛烈开炮，杀他个片甲不留。

警备大队的人还没有跟上来，也顾不得等他们了，日军兀自向前。带来的翻译官，是涟水本地人，凭着地图他知道大胡庄大致的方位，具体怎么走，他也不清楚。

继续沿着涟阜路前进，半个时辰过去了，途经一处地形特别的地方，引起了翻译官的注意。在高高地堆堤下，有一个村庄地势特别低洼，坡路下去，有一排人家挨在一起，和大庄子有着一定的距离。这个庄子应该就是地图上的章洼，可能因为地势低洼而得名。

"太君，这地方叫章洼，应该离茭陵大胡庄不远了，还是找个人来带路吧！"他向冲静夫建议。

"哟西，停止前进，你的，带几个人去抓个人来带路！"冲静夫同意了翻译官的建议。

翻译官带着四五个鬼子兵包抄了最西头的一户人家。

他使劲地敲门，冲门内大声喊着："开门，开门！"

这家院门过道里住着一个人。你知道他是谁吗，原来竟是苏家嘴来的保长王开志。新四军二连的人曾经住过他的家里。他怎么到这里来的？

原来这家的主人叫靳友忠，是王开志的亲家，王开志的女儿嫁给了靳友忠的儿子。上午王开志来姑娘家走亲戚，恰巧碰到靳友忠的邻居刘平权过生日，人家硬是把他留下来喝酒，酒喝高了，就没让他走。晚上在门口过道里铺了一张床，将就过夜。

听到敲门声，王开志一骨碌爬了起来，打开门，见到几个日本鬼子站在门前，鬼子叽里呱啦那地一通日本话，他也听不懂，一下子吓得差点瘫软在地。

日本人二话没说，像老鹰掐小鸡一样，一把就将王开志拎走了。

靳友忠家的人这时候都醒了，知道是鬼子来了，没有人敢出来。王开志的女儿翠儿想出来看个究竟，被男人使劲地拽住了，这时候出去，无疑就是一个死，等天亮了再说吧。这时候他们只能眼怔怔地看着亲人被鬼子抓走。

王开志看到堆堤上黑压压的鬼子，知道自己跑也是个死，怕也没有用，一个领头的军官骑在马上，他知道这人肯定是鬼子的大官。

那人问他："你的老实地说，这里有没有'毛猴子'？"

　　王开志知道他问的是有没有八路军新四军，他随口答道："有，多着呢，到处都有。"

　　"他们在哪里的干活？"

　　"不知道哟，我一个老百姓哪知道他们的行踪啊。"

　　"大胡庄在哪里？"翻译官问道。

　　"我也不知道，我不是这里人。"其实王开志知道大胡庄的位置，但是他不能说。不过，他确实不是此地人，就以这样的话来搪塞。

　　这句话经翻译官一翻译，一旁的乡原勃然大怒，他认为王开志不老实，他翻身下马，拔出身上的军刀，威胁道："你的不说，死拉死拉的。"

　　"我确实不知道啊！"王开志装着一脸无辜的样子。

　　那乡原一刀砍来，王开志慌忙躲闪，刀锋还是砍中了腰部，鲜血直流。疼痛难忍的王开志蹲了下去。

　　"大胡庄在哪里，你赶紧说出来，你再不说，太君真要你的狗命了！"翻译官过来威吓他。

　　见那乡原恶狠狠地瞪着他，像是随时准备一刀结果了他，好汉不吃眼前亏，王开志只好装着老实样子说道："在这东南方向，具体什么地方我真的不清楚，我是苏家嘴的人，今天是来走亲戚的。"

　　翻译官如实翻译给冲静夫、乡原等人，只见冲静夫手一挥："让他带路的干活！"几个鬼子兵端着刺刀拥了上来。

　　翻译官毕竟是中国人，知道冲静夫让王开志带路，是留他一条活命了。既然要他干活，就得先保命再说，他从军医那里要了一块纱布和绷带，让王开志自己裹扎好伤口。

　　在鬼子兵刺刀的寒光中，王开志只得忍着痛，佝偻着身子，带着大队人马向前走去。

"太君啊，已经进入茭陵地界了，大胡庄在哪里，我真的不知道啊。"
王开志在前面大声嚷嚷，其实他想让附近的人听见才好。

"八格牙路！你的小声的说话，声音大了，死拉死拉的，你的开路的
有！"王开志的话，冲静夫没有理会，让他继续带路前进。

茭陵地界河多水多，水网密布，午夜过后，水面上就飘起了层层薄雾，
一遇凉风吹来，便缭绕开来，四处散去。

隐隐约约中，一个男子弯着身子，叼着一杆旱烟，借着烟丝冥灭的幽
光，在路上寻找着什么。近前一看，此人背着一个柳条粪箕，拿着一个铲
子，在犄角旮旯里寻找的是动物的粪便。

茭陵集市常有南来北往的牲畜在此集散，这一路上牲口崽们溜达的地
方，到处留下他们的"印记"。这些动物粪便是肥田极好的肥料。所以五更
头不到，就有早起拾粪的人了。

这个拾粪人叫胡冬毕，50岁左右，家就住大胡庄上，穿着单薄的布袄，
腰间一根粗布条把衣服扎得紧紧地。在旱烟丝冒出的几缕星火的映照下，
弯腰寻着地上的粪团，像是寻找宝物似的那么专注，丝毫没有觉察到身后
蜂拥而至的鬼子兵。

"大胡庄的在哪里？'毛猴子'的有没有？"鬼子的刺刀架在胡冬毕的脖
子上。

这么多的鬼子，胡冬毕哪见过这样的阵势，他心里有点发怵，一时不
知道怎么回答。

他头脑急速地飞转着，有一点他明白，"毛猴子"指的是共产党的八路

军新四军，自己是中国人，不能做出卖良心的事情。干脆装哑巴，不说话，看他能把我怎么着。想到这，他嘴里发出"阿巴""阿巴"的哑声。

翻译官报告冲静夫，说拾粪的人是个哑巴，但是狡猾的冲静夫一眼看出胡东必这是装的，因为他发觉这人半天无言语，过了一会儿才学着哑巴的样子发音。冲静夫断定，这地方的人，个个都和大日本皇军心存二心。他使了一个眼色，只见和他同来的长岛，一刀下去，就将胡冬毕捅死。

一个无辜的穷苦农民，就为了租种的田亩庄稼有个好收成，早早地起来寻粪肥田，谁曾想，竟遇上了鬼子，倒毙在拾粪的路上。

王开志看在眼里，有点胆战心惊，他知道，也许临了这就是他的下场。

就在这时，哲元、李树春率着警备大队的人赶来了。

冲静夫大吃一惊，警备大队抓来了30多个农民，说是推盐工。他情知哲元抓这些人是为兴涟公司挣钱的，一切异己分子都得防备，这也在情理之中，他也不便发作。

当问到大胡庄怎么走时，有一个人站了出来，他就是"杨大麻子"杨玉齐，此人曾在茭陵乡公所干过，他经常带人来大胡庄搜刮民脂民膏。这一带他轻车熟路。

"太君，前面不远就是茭陵渡口，渡口向南就是茭陵街，大胡庄离茭陵街南头一二里地的路程。"杨大麻子向冲静夫汇报。

"停止前进！暂时隐蔽！"冲静夫命令所有人退入路两边的芦苇柴稞地里。

在军事指挥上，冲静夫有他的一套，他知道，越是接近对方的营地，越得谨慎。茭陵街既是进入大胡庄的通道，他估计，茭陵街肯定设有暗哨警戒之类的人员。于是，他一挥手，三个身穿黑色夜行衣的人，站到了面前，这是冲静夫带来的侦察队员，冲静夫下令让他们去渡口附近探明情况。

这几个侦察队员可是经过特殊训练的特种兵，是冲静夫的宝贝，他们像传说中的武士，个个身手敏捷，一声令下，就像箭一般射了出去。

这帮人脚下生风，听不见一点脚步声。夜行衣在黑夜里潜藏起来，像是黑蜘蛛一样黏附在角落里。偷偷地望去，他们清晰地看到了渡口有身着农民装的哨兵。不能再向前了，再向前，就会被发现。

三人迅速折返。冲静夫听了汇报，断定渡口既有哨兵，茭陵街南北两头，一定也有哨兵站岗。当务之急，消灭哨兵。

他又一次挥手，三个侦察队员再次来到跟前，他与他们耳语几句，几人心领神会，迅速换装，不到一分钟，三个"八路军"惊现于众人面前。

王开志看得目瞪口呆。原来敌人也会化装成对方的人啊。哲元也佩服他这位学长，此行是经过周密准备的，特意备着八路军的服装，就是为了侦探暗杀用的。

冲静夫一声令下，三个"八路军"又冲了出去。

根据今晚的分工，茭陵渡口和茭陵街南北头的岗哨由大胡庄自卫队负责，进入大胡庄的咸岔河桥头及小西场周围的岗哨由二连负责。

"什么人？站住！"渡口的哨兵看到有三个人朝他走来，立即端起枪喝令来人止步。

"同志，我们是上级派来的八路军，夜里经过此地！"一个"八路军"笑着挥手打招呼。看得出来，这几个人训练有素，就连汉语也说得地道。

没听说今晚有八路军路过茭陵啊？难不成二连也没有接到通知？哨兵满腹狐疑。

他猛然问道："口令？"

"口令嘛，我们有，我们有，你别急，我写在纸条上呢，我拿出来看一下啊。""八路军"还是笑着，装着掏上衣口袋的样子，在说话间已经越来越近，哨兵也看清了来人的着装，衣服和新四军差不多。正在思忖间，只见其余两个"八路军"飞身上前，拔出匕首，朝脖子上一抹，哨兵一下子被割破喉咙。三个人迅速把哨兵拖到一边芦苇地里，一切悄无声息。

三个"八路军"飞箭似的蹿进了茭陵街，如法炮制，很快，南头和北头两个哨兵也相继被结果。

这三个人身上还有一件宝物，一般轻易不用，那就是带着消音器的无声手枪，遇到短兵刃使不上的时候才能使用无声手枪。

想不到哨兵这么快就被解决，冲静夫竖起大拇指："哟西，大日本武士大大的厉害！"

鬼子兵和警备大队的人马进入茭陵街。王开志已经交由警备大队看押，和推盐工一样都被捆绑上了。冲静夫说了，以最快速度经过茭陵街，三个"八路军"在前开道，凡见到可疑人员一律用无声手枪清除。

也就是说，这时候，茭陵街只要有一个人出来，那就是死路一条。日本人的歹毒是不计成本的，他们的残暴也是不顾后果的。他们说得出，做得出。

李树春看了看表，快要四点了，已然是五更天了，再过半个时辰，店铺人家也许就会陆续起身开门了。根据冲静夫的命令，警备大队分出人手来警戒来路，一路布岗。

这时候，街上仍然一片阒寂，但有些人家已经亮起了灯。唯有一户人家，早早打开了门。

偏偏这时候，从门里走出一个人。

这人就是私塾馆的蔡六先生，他准备出门去接家住街上附近的几个学生。他的私塾办学非常严格，培养的学生也是出类拔萃的多。全乡第一个开门的肯定是他的私塾，五更天正是学生陆续来背早书的时候。远路的孩子家长怕孩子迟到，干脆就让孩子们吃住在他家。他和手下的两个助教早早地起来，点起教室里的马灯，夜宿在他家的十几个学生在摇头晃脑地读书背书。

蔡六开门迎头碰到三个"八路军"，后面跟着大队日本兵，他也一时懵在那里，怎么八路军和日本人混在一起。那领头的"八路军"向马上的日本军官叽里呱啦地说着什么，他知道，这"八路军"是日本人装的。见多识广的他迅速镇定下来，赶紧侧转门后，从门洞里最快速度掏出一面日本膏药旗来，插在门楣上。这动作一气呵成，日本人还没来得及反应过来，他就把膏药旗子插好了，点头哈腰的样子很和气。

冲静夫也被他这个举动感动了，一个风烛残年的老头子，看样子是个教书先生，屋里传出的琅琅书声，更印证了这是一个私塾学校。在占领区，大本营也做了规定，凡是拥护大日本帝国的良民须在门楣上插上日本国旗。教书匠也是一个识相的人，能有如此举动，不错的了，不像先前的那些个狡猾的刁民，对大日本帝国大大的不忠，此人能插上日本国旗，至少也是一种敬畏和尊重嘛。

他那双断人生死的手，挥了一下，部队继续前进。

躲过一劫的蔡六先生大汗淋漓，那面膏药旗是顾育保送他的，说遇到鬼子时会保他一命的。想不到能掐会算的顾育保竟然算到今天这一劫。他从心底里憎恨这面膏药旗，但顾育保劝他，你把它插到门楣上，日本人一般吃这一套的。先保住性命再说，留得青山在，不怕没柴烧。

他倒不是怕自己被抓，他是担心屋里的两个青年助教，经常和大胡庄上的一些进步青年在一起聚会，两个人也都是一腔爱国热情，和日本人势不两立。近来的教本也换上了盐阜区抗日政府组织编写的新教材《学生识字课本》，早已脱离了"三百两千""四书五经"老教材的窠臼，他们在课堂上教授的抗日激进思想，蔡六也是睁一只眼，闭一只眼，一旦进屋抓人，肯定会查出证据、闹出人命来。

蔡六迅速关上了门，里面插上了插销，灯也灭了。外面看，教室黑灯瞎火。他让两个助教把孩子们赶紧转移到后屋。

这时候他们恍然大悟，这帮鬼子是冲着新四军去的，今夜肯定有一场大仗。听说新四军的人这几天在大胡庄，他们真想冲出去给新四军报个信，可街上已经警备森严，出去就是送死。他们站在院子里，默默焚香膜拜，祈祷新四军战士逢凶化吉。

日本人向大胡庄方向悄悄地摸进，即将接近咸岔河口，冲静夫令大部队暂停前进，继续隐蔽。

三个"八路军"继续打头阵，迎着哨兵走去。

"什么人？口令？"日本人终于看清楚了，桥上的哨兵穿的是新四军的军装，哨兵端着枪对准了来人。

"我们是八路军，奉命来送情报给你们的，八路军新四军，咱们一家人嘛，还什么口令口令的，见外了嘛！"三个"八路军"嬉皮笑脸的走上前来。

"站住，没有口令，一律不准上桥，再上前一步，我就开枪了！"这哨兵毕竟是新四军正规军战士，不同于渡口和街上的自卫队的哨兵，警惕性格外强，并且拉动了枪栓，发出严正警告，做出随时开枪射击的样子！

没办法近身，只见一个"八路军"迅即掏出无声手枪，"嗒"的一声钝响，常人耳朵无法辨识这是枪声。桥头的哨兵倒了下去，三个人迅即将哨兵抬进了河边的草丛中。

咸岔河东西走向，是一条修于前清时期的灌溉河，大胡庄人靠着它的汲养蓄养衍生。

河上一座石板桥，桥身长四五十米，桥面宽四五米。冲静夫下得马来，走上桥，仔细地观察着大胡庄的地形。他觉得，敌人可能就在眼前，但肯定离这桥头还有一段距离，按照他以前的偷袭经验，凡是敌人宿营的地方，周围的道口不会只有一个哨兵来把守。

现在就要摸清敌人宿营的准确地点，然后以最快的速度形成包围，这是至关重要的。

他正在思索着，咸岔河桥南头突然钻出一个人来，此人就是大胡庄上胡明根家的管家胡锡荣。昨天早上去大顺集鱼市送情报的就是他。回来后，他就坐立不安，等天一黑，趁桥头岗哨交接的空档，他一头钻进了桥头一侧的李三家。

这一夜，他怎么能睡得着呢？日本人到底接到情报没有？有没有来大胡庄？新四军今夜转移到小西场去了，日本人会不会怪我们情报不准？如果新四军知道是我们报的信怎么办？一连串的问题，让他心神不定、焦虑万分。

他睁着眼睛挨到了三更天。他索性爬到了三层瞭望台，一直趴伏在哨台上，瞧着外面的动静。五更天的时候，他终于等来了黑压压的一片人，定睛一看，是日本人，他欣喜若狂，像是盼来亲人一样，总算熬出头来有人替他撑腰了。

这李三尽管平时是胡锡荣的死党，但他对日本人还是有几分忌惮的。他劝胡锡荣还是不要惹日本人比较好，可胡锡荣哪听得进去这样的劝告，既然他敢于告密，还有什么可怕的，大不了鱼死网破。

他像幽灵一样突然出现在桥头，着实让冲静夫等人吓了一跳。战斗即将打响，为防止被自己人误伤，侦察队的人已经换回夜行衣，胡锡荣的出现，他们立即举起无声手枪准备射杀他，杨大麻子认出了来人是胡锡荣，冲上来一把拦住了："不要开枪，自己人！"

"太君，你们的情报就是我们家报信的，我们是拥护皇军的良民！"胡锡荣不敢大声说话，怕别人听见，手挡在嘴边，小声地说道。

"新四军'毛猴子'的哪里的有？多少人的干活？"冲静夫已经知道今夜的对手是新四军，他低声问胡锡荣。

"'毛猴子'今晚已经转移到大胡庄西南角上的小西场，离这里不远，直线距离大概五百米远，那边圩子里就几户人家。杨玉齐协税员知道怎么走。那边一共住着一个连，领头的是一个副营长，还有一个连长。"胡锡荣向当初的乡公所协税员杨大麻子示好，意思是说，你杨玉齐立功的时候到了。

因为胡锡荣的语速快，翻译官逐字逐句地翻译给冲静夫。

冲静夫是以一个营的对手来配置军力的，现在知道是一个连，他有点懊恼，觉得不值得这么兴师动众地带来两个中队的日军，还加上二百人的伪军，六七百人打一个连，有点小题大做了。区区一个连，根本不在他的话下。不过，既然来了，歼灭他一个连，也是有十分重要的意义的。

"哟西！你的良民大大的，奖励大大的！"冲静夫叫来了哲元，建议他事后好好地奖励这个人。哲元也拍着胡锡荣的胸脯，使劲地夸赞了他几句。

带着日本人的夸奖，胡锡荣一颗焦躁不安的心终于放下了，他得赶紧溜回去，不能被庄上人发现。回味着冲静夫、哲元的褒奖之词，他乐滋滋地转身跑了，那鬼蜮般的影子很快消失在黑暗里。

这边，冲静夫向杨大麻子详细了解了大胡庄的道路情况，问明了小西场的位置和周边地形。此刻，他头脑里思考的第一个问题，就是他的作战指挥部的位置问题，距离敌人阵地既不能太近，也不能太远。对于一场战斗，这个非常重要，于他自己而言，也是性命攸关的大事。

趁着夜色，他放眼望去，环顾半天，突然眼睛里放出光来，他看中了一个地方，那就是桥头西侧的李三家。他家的堡垒真是天造地设的指挥部，等天亮后，战场情况可以一览无余，同时背靠咸岔河桥口，可随时监测桥北敌情。

鬼子敲开李三家的门，李三见到冲静夫等人，吓得腿直抖，像筛糠似的，他什么时候见过这样的阵势啊。

"太君饶命，太君饶命啊！"他一个劲地拱手作揖。

翻译官走过来，拍着他的肩膀，笑道："你小子转运了，太君看中了你的房子，准备做皇军的指挥部。"这一说，李三才慢慢恢复了平静。冲静夫爬上了瞭望台，登高望远，环顾左右，非常满意，一个劲地点头："哟西，哟西，这里大大的好！"

随后，护卫兵、通信兵、作战参谋等人各就各位，冲静夫开始正式摆兵布阵。李三在一旁生炉子烧水，特意从箱底里翻出一条新毛巾，热水烧好后，一次次点头哈腰地给冲静夫递着热毛巾擦脸，冲静夫满意地夸他："你的良民大大的！"李三感动得差点流出眼泪来。

　　冲静夫命令，日军分两路前进，一路由长岛率一个中队，沿大胡庄大庄中心路向南直插到小西场的东面，由东、南两个方向对小西场实施包抄；另一路由乡原率一个中队，沿咸岔河南岸向西，迂回小西场西侧，由西、北两个方向对小西场实施包抄。包抄完成后，可以用轻重机枪和掷弹筒先行攻击，步兵炮班就位后，待命观察，没有他的命令暂不开炮。

　　警备大队也分两路跟进，李树春带郭士贵手下大约一个连的兵力跟进长岛战队，胡占魁带刘金标手下大约一个连的兵力跟进乡原战队；在日军实施进攻后，李树春这一路负责从茭陵街到大胡庄中心路的来路布控警戒，胡占禄这一路负责从咸岔河南岸至小西场西侧的来路警戒，如有人来增援，坚决顶住，遇到地方不法分子反抗，格杀勿论；同时，守卫好桥头，保证指挥部的侧翼安全。

　　王化成、杨玉标、杨玉齐带领数十个人据点里的人，负责押解推盐工，如有反抗者，格杀勿论。

　　哲元顾问全权负责督战警备大队，凡是作战不力、临阵脱逃者，格杀勿论。

　　大胡庄的上空，杀气腾腾。

　　这两天，胡锡宜、顾家骥等人太累了，趁着二连进驻大胡庄的机会，许多事务连轴转，各项工作如火如荼地开展起来。大胡庄的春天终于来了。

　　今夜，朱大海、黄良带着自卫队的人配合县大队的李成山连长实施破路去了。这两天他们吃住在一起，也不回来了。临睡前，胡锡宜、顾家骥去渡口、街上、咸岔河桥口转悠了一圈，查完了岗哨，两个人就睡在胡锡宜家。

　　睡前，两个人有说有笑地聊起天来，后来聊到了一个共同话题。

　　"锡宜，我想告诉你一个事，不知道该不该说。"顾家骥先开了口。

　　"什么事，你说说看。"

　　"我梦见咱们巩副营长结婚了，你知道他娶的谁吗？"

　　"谁啊？"

　　"就是我们庄上的胡芙蓉。"

　　"我也在琢磨这个事呢。按理说，巩副营长和胡芙蓉很是般配的，如果能成了，也是一件大好事。听说他俩也是你情我意的，只不过没人捅破这层纸。《论语》上说，'君子成人之美，不成人之恶'，促成这样的好事也是功能无量的事哟。"

"这个主意好，听说明天二连就要移防了，临走前，我们代表自卫队去点一把火，撮合他俩一下如何？"

"行，就这么办！"

两个人的梦里也带着笑意，做成这门亲事，他俩做一回媒人，脸上也觉得光荣。

倦意缠身的他们，夜里睡得那么香，此刻街上、庄上发生什么，他们一无所知。

小西场的夜静悄悄的。

胡锡璋家院墙根拴马桩上的两匹马，此刻正站着小憩，它们也在享受这片刻的安宁。南征北战的它俩，有着草原野马的原始的野性，可以站着睡，睡一会醒一会。

通讯员李二锁第一个起身，他的第一件事情就是喂马，拿来了草料，两匹马细细地咀嚼起来。

胡锡璜家磨房里的灯点了起来，胡锡璜的妻子单氏正在磨盘上磨着玉米糊。今早上，她想做一顿不稀不厚的玉米粥，烙些个薄皮面饼给巩副营长、晋连长他们吃。尽管，这东西是粗粮，可是她的手艺不赖；尽管，她也看见最北头胡仕敏家炊事班的同志，正在借着伙房生火做饭，炊烟已袅袅升起。就是炊事班做好了他们的早饭，她也让他们尝一尝我们这地方特有的风味。

灶门口添柴烧火的朱小凤，一夜没睡。

终于为大勇子做好了鞋子，收完了最后一针线，她如释重负地松了一口气。等天明出发的时候，她要亲手把这鞋子给大勇子穿上，大勇子穿上她做的鞋子，肯定会激动地跳起来，甚至还会拉着她的手，说上几句悄悄话……她想着想着，羞涩地低下了头。锅灶口的火星飞溅了出来，她全然不知。单氏看着这丫头心不在焉的样子，忍不住嗔怪道："小凤啊，你快走火入魔了，小心火星子烧了你的裤子哟！"

回过意来的朱小凤，娇羞的脸变得更红了。

院子里那口古井汲上来的水，清凉得有点逼人，巩殿坤洗漱完毕，进得房间来，拿出镜子，在灯下仔细地照着。脸变得又黑又瘦，是最近游动警戒一路风尘、鞍马劳顿的结果，不过还好，这一脸的标致自是没话说。瞅着瞅着，镜中人不觉笑起了起来。

胡一华领着晋志云去井边洗完了脸，看着这清澈的井水，晋连长忍不住掬一捧入口，一股清醇甘甜的味道沁人心脾。

"一华，这水质真好啊，可以做酒啊，怪不得这庄上酿酒的人多啊！"

"是的呢，我们这地方的糟坊里酿的酒，就是用这井里的水勾兑出来的，酒品质不错。"

"一华，村里你们几个年轻人都是有才有干的人，我觉得你好像有心事，你将来有什么打算啊？"连长看出胡一华似乎有什么心结，总是闷闷不乐的样子。

"我也想参加新四军，我倒羡慕大勇子，可是我这一家子，上有老下有小的，不可能的事啊。"胡一华唉声叹气起来。

"这个不矛盾，在根据地坚持斗争也是革命，不一定非要当兵，好男儿志在四方，将来革命需要各种人才，你肯定有出去的机会的。"晋志云勉励他。

拨开云雾见明月，一句惊醒梦中人。

晋志云与胡一华坐在院心里，细细地交谈了起来，许多不甚明了的事情，聊着聊着，心里的疙瘩慢慢解开，胡一华那紧锁的眉宇顿时舒展了许多。

吾妻香果：

　　见信如面。

　　一走三年，不见你面，很是挂念。

　　我现身在苏北，随军奔波，一日不赶走鬼子，一日不归。不过，归期一定不远。家有二老你要善待，帮我尽孝，回去加倍还你。将来我们还要生几个娃，像我当兵，报效国家，成栋梁之材。

　　还有，我们一个乡出来的温新顺、温五辈、温进书、魏兰聚、王玉山，这几个人都在一起当兵，转告他们家人平安无恙。

　　言语无尽，匆匆搁笔，务切保重！

　　　　　　　　　　　　王书方　于民国 30 年农历四月初一凌晨

昨晚上临睡前，和二班长王书方睡一个地铺的麦根子，答应今早起来第一件事就是替不识字的王书方写一封家信。

王书方和同乡的几个人离家这么多年，还没有写过信。王书方见麦根子身上有一支稀罕物，就是那支"泰山"牌自来水笔。这自来水笔是人家赵心权县长送给朱大海的，朱大海见麦根子写情报没有像样的笔，就借他暂用。既然麦根子身上有现成的自来水笔，写的字一定好看，请他写信也是顺理成章的事了。

麦根子起身的时候，写信的纸王书方已经备好，就等他落笔了。得了师傅秦老先生真传的麦根子，笔走龙蛇，字迹洒脱自如，很快，一封言简意赅的家信写好。问及几位老乡还有其他话没有，都说算了，不说了，报个平安足矣。纸短情长，太多的话也不是一会能说完的。

麦根子逐字逐句地念与他听。念着念着，王书方眼角湿润了，他真的想念妻子香果，想念年迈的二老，可惜，千里之外，鞭长莫及。只能以一封家信，聊表心迹。

王书方把信笺端整地叠好，揣入怀中，他要等回到团部时，交给团里专门捎信的部门，他们有特殊的渠道，会将信辗转捎回去的。有时候，一封信到家，少则三五个月，多则七八个月。所以应了那句古诗：烽火连三月，家书抵万金。

鬼子的部队分东西两路悄悄推进，力图以最快速度完成迂回包抄，鬼子身后的路段，警备大队两路人马沿途跟进布岗警戒。

周老大、王开志和推盐工30多人被绳子拴着，王化成、杨玉标、杨玉齐带着据点里的人将他们看押在咸岔河南桥口。

此刻，周老大焦急万分。一路上，他就思量着如何逃脱，可警备大队的人将他们团团围住，每个人都被捆得牢牢的，没办法脱身。他只能小声安慰大伙儿沉住气，先跟着走再说。

到了茭陵街，他就明白了，这帮日伪军是冲着新四军来的。

敌人分两路去包抄了，咸岔河桥口只剩下周老大他们这些被抓的群众。新四军的同志们还不知道敌人上来了，此时再不想办法示警，将会被敌人围歼。

周老大望着身边的兄弟们，这些人都是苦大仇深的贫苦农民，与日本人不共戴天。特别是赵大虎和陈阿牛，他俩和鬼子有血海深仇。不能让鬼子的阴谋得逞，他决定豁出去了，他要想办法逼着看押他的伪军开枪，只要枪声一响，新四军就会知道有情况了。

他向赵大虎和陈阿牛使了个眼色，两人心领神会，点了点头。

周老大装着痛苦的样子，哼了起来："老总啊，我尿一直憋着，受不了了，我要撒尿，快给我松绑啊，我要撒尿！"

赵大虎和陈阿牛也跟着喊起来，都要去撒尿。

王化成看这情形，知道尿能把活人憋死，走这么久的路，还真没让他们歇下来撒泡尿。另外，这么多的枪口对着他们，谅他们也不敢造次。他当即呵斥道："撒尿可以，只能一个一个撒，在眼前撒，不准走远！"

第一个松绑的是周老大，杨大麻子给他松了绑，在伪军眼面前撒了起来。刚撒完，杨大麻子上来就要绑他，只见周老大一个扫堂腿，一下子将杨大麻子掀翻在地，他迅速夺下杨大麻子的短枪，"叭"的一声枪响，送了他的狗命。

这几乎就是眨眼的工夫，周老大刚要冲上来准备抓住王化成作为人质，救下这帮弟兄。可这王化成非常狡猾，一个侧转，纵身一闪，还手就是一枪，打中了周老大的胸部。

那赵大虎、陈阿牛见势不妙，赶紧也冲了上来，准备护住周老大，王化成、杨玉标等人当即开枪。周老大、赵大虎、陈阿牛三人一起倒在了血泊中。

悲愤的泪水模糊了颜慕虎和每一个推盐工的眼睛。伪军的枪口，齐刷刷地对着他们，他们真想冲上去，与万恶的奸徒们来个鱼死网破。可是他们被捆绑着，手无寸铁，如果蛮干也是无谓的牺牲。周老大的在天之灵，肯定也不会答应这样的鲁莽行事。等待时机吧，他们相信，周老大、赵大虎、陈阿牛的血不会白流的。

清脆的枪声，打破了夜的宁静，打破了敌人的偷袭阴谋。

睡梦中的大胡庄人听到了枪声，正在合力包围的日伪军听到了枪声，小西场里的新四军听到了枪声，刚走到西侧圩沟检查岗哨的文书高建国也听到了枪声。

所有人的神经，一下子像发条一样拧得紧紧地。

　　"不好，有敌人！"高建国和圩堤上站岗的哨兵两个人同时发现，大批的鬼子从西边的麦田里像黑云般地压了过来，他俩毫不迟疑地开枪报警。

　　敌人开火了，子弹在黑夜里像萤火虫一样飞来，高建国和哨兵相继中枪受伤，他俩一边撤退，一边忍痛还击。这时，小西场东面，哨兵也和敌人交上火，一时枪声大作。

　　一场惊天动地的战斗就此打响。

第二十七章

击退第一轮进攻

一切来得如此突然，如此猝不及防。

刚刚端上早饭碗的战士们，听到了枪声，短暂的几秒钟的呆愣，突然醒过神来：敌人来了！

"敌人来了！""敌人来了！"这声嘶力竭的叫声把黎明前的小西场彻底惊醒。

巩殿坤、晋志云正大口嚼着喷香的玉米饼，喝着玉米粥，两个人一边吃着，一边夸着。这是单氏特意起早烙的饼，再三推辞，就连胡仕修、胡锡璜都出来好言劝说，盛情难却，他俩只好吃上了。

"真好吃！"好久没吃到这么香脆的玉米饼了，两个人啧啧称道。

就在这时，他俩听到了枪响，先是零星的几声，既而枪声大作，文书高建国和哨兵的报警声，战士们的惊呼声，听得真真切切。

"敌人来了，赶快战斗！"

容不得多想，两个人迅即扔下粥碗，拔出手枪。

"报告巩副营长、晋连长，鬼子从西边过来了！"受伤的文书和哨兵跌跌撞撞进来报告。

"报告，东边也有鬼子！"东边站岗的哨兵也闯进了院子。

一排长温新顺、二排长张德纯、三排长高彩光也都冲进来了。

"晋连长，鬼子是从东西两个方向来的，他们肯定还会同时从北侧、南侧包抄，你和一排长占领西侧旱沟，狙击西、南两个方向的敌人；我和三排长占领东田埂壕沟，狙击东、南两个方向的敌人；二排长，你立即占领北侧旱沟，狙击北边的敌人；我们想方设法，先把敌人打退再说！"巩殿坤紧急部署。

"各排立即进入阵地，快！"刻不容缓，晋连长大声命令。

天空全是弹片的呼啸声，在每个人的头顶炸裂开来，暴风骤雨般袭来。枪弹拖着星火的尾光，划破黑暗，四处是浓烟和纷乱的枪炮声。

小西场西侧和北侧各有一条自然沟，修筑工事容易多了。各家院落坐西面东，院门口是一条南北路，东边是大片的麦田。昨天傍晚，巩殿坤、晋志云巡查工事时，又让大伙在田埂边挖一道壕沟，沟上工事用泥和草垛堆砌而成。当时有人认为是多此一举。现在看来，副营长和连长不愧是见多识广，视界非常人所及。

一打仗，在全团有着"拼命三郎"之称的巩殿坤立马进入状态：甩掉上衣，右手紧握鬼头大刀，左手抓着驳壳枪，这打仗的姿势，和他清秀的书生样判若两人。其实，敌人离他还有一段距离，他却摆出随时准备冲出去刀砍斧劈的架势，一手拿枪，一手执刀，他已经习惯了。

他高声喊道："同志们！敌人送上门来了，给我狠狠地打！"这一声高喊，其实也是为战士们壮胆，这时候，他比谁都知道，狭路相逢勇者胜，鬼子身上有'武士道'精神，我们有革命英雄主义精神，就看谁能把敌人的气焰压下去。

"不要嫌我啰唆，我再重复一次：这枪就是你的命，你和枪是合二为一的整体。枪是从你心窝窝里长出来的，你的小命，就长在这枪身上。你就是枪，枪就是你，你俩一条命。"

敌人的子弹像流星雨一样射来。

只见他"叭""叭""叭"几枪下去，敌人一个个应声倒地。这枪法，让一边的战士们兴奋不已，敌人并不可怕，碰到像副营长这样的人，算他倒霉！这时候，战士们的情绪基本稳定下来，尽管是老套筒，可端在手中，一个比一个稳，打出去的子弹，一个比一个准。

东边的敌人从麦田和南边土路猫着腰向这里前进。三排长高彩光也脱了上衣，光着膀子，一边射击，一边指挥机枪手李麦长："你还记得巩副营长说过话吗，机枪手，就是全连的魂，机枪打哑了，我们排的魂就没了，我们排的魂没了，整个连的魂就没了。你给我看好了，给我朝那中间打，那里人多扎堆!"

李麦长一梭子下去，前排的敌人倒下了一片。一旁的装弹手李金青大声叫好，差点高兴得跳起来。

"最前面的那个家伙，肯定是鬼子的小头目，留给我，看我的!"八班长马合林不甘示弱，格外沉着的他，瞄准了，扳机一扣，那小头目腹部中枪，顿时倒地，上了西天。旁边的鬼子顿时慌作一团。

"突突突……"

"轰轰轰……"

敌人轻重机枪向阵地里三排的战士疯狂射击，掷弹筒连续轰轰发射，炮弹像雨点一样落在阵地上。借着战火强烈的光亮，指挥部里的冲静夫用望远镜看到长岛这一路日军竟有人畏葸不前，口中顿时发出哇哇的吼叫声。这时，通信兵已经以最快的速度将一路电话线布到前沿阵地，长岛接到了冲静夫的电话，一个劲地"嗨""嗨"地应着。放下电话，他一边命令手下的机枪手和掷弹手猛烈开火，一边自己也冲了上去。刚才倒下的领头人是长岛手下的曹长芹生赖人，也是他的同乡，临来时，长岛许诺，经此一战，回去提他一个少尉，所以芹生格外地感恩卖力，想不到战斗刚刚开始，便一命呜呼，气得长岛哇哇地狂哮起来。

现在他来亲自指挥。在密集火力的掩护下，日军迅速恢复队形。这些训练有素的日军，以三人为一组，组成攻击队形，前后左右散开，间隔距离。在机枪炮弹的掩护下，他们向着三排的阵地交替射击，弯着腰身，贴着麦田向这边冲来。

尽管有鬼子被新四军战士打中，横七竖八地倒在地上，可后面的鬼子在长岛的率领下依然疯狂地向前冲。

三排阵地上，一个，两个，三个……伤亡人员逐渐增多。

再看西边阵地上，二十四团里有着"四金刚"雅号的晋志云手持双枪，左右开弓，在他的指挥下，一排的战士们士气高涨。作为一连之长，他知道二连是二十四团的主力连队，是屡立战功的"红二连"，任何时候，他就是灵魂，他就是旗帜，他在阵地在，决不会让敌人轻易得逞。

"机枪手给我把敌人火力压制住!"

"每个战士端枪不要慌，一定要稳，打得要狠，瞄得要准！"

"等敌人靠近了，使劲地将手榴弹扔出去，那样就会一炸一大片！"

"同志们，给我狠狠地打，让鬼子有来无回！"

晋志云边射击边给战士们鼓气，一排的每个人打得格外顽强。

敌人一小股一小股地以作战队形层层压近，前面倒下一个，后面补充上来。在一排全体战士拼命地狙击下，敌人前进的步伐减缓了许多。但一排阵地上的伤亡人数已有十多个，双方一度呈现胶着状态。

一排长温新顺急了，他撸起了袖子，摘下了帽子，蹲下身子，在战士们的身后，给战士们现身说法："同志们，现在是关键时候，鬼子的轻重机枪、手榴弹、掷弹筒会一股脑地扔过来，你要学会听声音、躲子弹。上次连长告诉大伙的，你听到子弹发出'嗖嗖'声的时候，一般子弹都是射向别的地方，当你听到子弹发出'扑扑'声的时候，那就是敌人正在打你，听到子弹打你的时候，你要学会躲开，否则下一枪，你就没命了。"

"鬼子兵在疯狂地进攻，叽里呱啦的吼叫，你甭管他。越是这个时候越好打，鬼子越是往前冲，目标又大又近，就是你下手的好时候。瞧好了，我这一枪下去，有时会打中前后两个鬼子，就像葫芦串子一样。"

他趴在工事上，抢枪射去，真的打中一前一后两个鬼子。真神了，战士们暗暗佩服，排长不愧是久经沙场的一名虎将。

每个人的神经在兴奋中激越，每个人的身体在战斗中发热，汗水湿透了衣背，一个一个地脱掉了外套，甚至脱光了上衣。青春和生命，在意志里挺立，在枪炮声里搏杀。此时，一切生死已经置之度外，只有一个信念，就是迅速灭了眼前的鬼子！

"王孩儿，跟着我！温五辈，你把刘本成带好！耿傻子，给机枪手老魏装弹！"二班长王书方拼命大喊，他一边组织射击，一边还要照顾好这几个"童子军"，不能有任何闪失，这是一排长给他的死命令！

可这子弹不听话啊，每个子弹后面都有一个鬼子，他恨不能飞起来，像老鹰一样张开翅膀，庇护着这几个小弟弟们。他给"童子军"的任务就是帮同志们装子弹，送子弹。

西路的伪军由警备大队副大队长胡占禄领着，本来是警戒来路的，日军乡原队长看形势吃紧，他命令胡占禄带人迅速从北侧展开侧翼攻击。

真的给巩副营长猜中了，敌人从北侧上来了。

二排长张德纯看得很清楚，向北边旱沟里攻击的，是伪军。这些人的战斗力明显弱于日军。再说，我们是正规军的主力部队，和日军交手也不怕，还怕这帮伪军不成。

"五班长过来！"他叫来了刘明俊，这可是二连有名的神枪手。

"给我消灭他十个八个的，包他一下子就退回去了！"张德纯知道这帮伪军的怂样，他们打仗不会真卖命的，逃命是他们唯一的本领。他命令刘明俊灭一灭这帮人的士气。

"叭！""叭！""叭！"只三枪，三个伪军应声倒下！其他战士跟着五班长一起猛烈开火，打得这帮伪军抱头鼠窜，一下子逃了回去。那领头的胡占禄鸣枪警告也无济于事。日军乡原队长和顾问哲元看到这情形，气得哇哇直叫，恨不能举起指挥刀去砍人。

只见哲元"呼"的一枪，最前面逃跑的伪军，被他当场击毙，其他人一下子停止了脚步，又反过身来，杀向二排的阵地。

子弹又飞了起来。

机枪手刘双付拼命抵挡，一枪射来，他的左胸上部受伤，血殷红了衣服。一旁的王玉山打了一个翻滚，过来接过机枪，继续猛烈地开火。温进书将刘双付背到一边，撕开衣服，给他包扎止血。简易包扎好的刘双付又爬过来，和王玉山轮流装弹射击，两人共同打击敌人。

"大勇子，你的任务就是从弹药箱里给大伙分发子弹！"张德纯给胡大勇布置了任务。胡大勇刚当兵，还没有枪，新军装也没来得及穿就跑出来了。可他非常勇敢，冒着敌人的弹雨，奔来跑去，为战士们补充弹药。

"大勇子，你会使枪吗？"王玉山问他。

"我在我们自卫队里学过，可都是假子弹，真刀真枪的没用过。"胡大勇呵呵地傻笑。

"我要是死了，你就使我的枪！第一次用真子弹，你一定要注意，这枪后挫劲大，你要用肩窝抵住枪托。一开始肩窝会疼，打多了，就习惯了，哪一天，你磨出老茧来，你就成了一个老兵了。"王玉山和大勇子两个人一边填弹匣，一边聊天，全然忘了这是战场。

二排战士发疯似的阻击，将伪军再次打了回去。连胡占禄都被打中了肩膀，疼得嗷嗷叫，再这么打下去，说不定命就没了。还是保命要紧吧。

刘金标暗中劝他。索性他也跟着手下人一起退了回去。

"二排留下 5 个人盯住敌人，其余人员随我增援晋连长！"这北边的旱沟与西边的旱沟是相连相通的，张德纯见伪军退却，迅速调整部署，布置 5 个战士坚守点位，其他人员随他撤到西边旱沟。

"你们怎么从旱沟里出来了？巩副营长那边怎么样了？"晋志云见到二排长带人来支援自是高兴，但他十分关心东边的战斗情况。

"巩副营长他们正奋力抵抗，听枪声估计够呛，我们靠你们近，就先过来增援你们！"

"瞎胡闹，东边既然吃紧，你应该先去增援他们，不要管我们！"

一排的阵地上，死伤十几个，还有几个童子军，满打满算的能战斗的二十几人，晋连长却要他先去增援巩副营长，他怎么能扔下他们呢？

"二排的兄弟们，进入阵地，给我狠狠地打！"张德纯顾不得连长的话了，命令手下人一起开火。

增加一个排的人马，战斗力明显不同，在两个排战士们的奋力攻击下，对面的敌人死伤惨重、一片哀号。

天还没亮，乡原听到旱沟里的火力明显增强，朦朦胧胧中看不清对方到底有多少人投入战斗了，麦田里横七竖八地躺着他的兵，他心里有点发怵，这新四军的战斗力怎么这么强？

这时，他灵机一动，决定调整战斗序列。他喊来哲元顾问，两个人耳语儿句。

哲元会意地叫来胡占禄："胡副大队长，你的警备大队刚才作战不力，按理应该枪毙了你们，现在给你们一个将功折罪的机会，你带你的手下前面的探路，摸清对方有多少兵，让乡原队长的部队暂时休整片刻，帝国的伤亡将士需要安顿一下。你的明白的有？"

胡占禄能不明白嘛，这不明显让他们去送死吗？可这日本人让他去摸底，又怎么能违抗呢？

枪声明显地稀落下来，日军撤了回去，胡占禄的伪军上来了。

晋志云知道这是日军的缓兵之计，让伪军上来当炮灰，好让他们喘息一下，顺便将死伤人员拖走，这是过去打仗时，日军常用的伎俩。不论是日军还是伪军，都是豺狼，来了，我们就是猎手，一样往死里打！

"二排长，东边的枪声依然激烈，你快带人去增援巩副营长，我这里不用你们管！"晋连长下了命令。他料想到，死伤惨重的日军暂时组织不了对我西线的有力进攻，敌人这样的安排，也给了我军一个调整的机会。

转眼间，二排长带着战士们从北侧旱沟绕到了东侧的壕沟。

"你们怎么来了？我听得西边的枪声好像小了许多，晋连长那边怎么样了？"新四军的领导在战斗如此残酷的时候，还在牵挂着其他兄弟的生死安危。

"我们打退了北边的伪军，刚从晋连长的阵地增援过来，鬼子退去了，伪军顶替他们上来了，他们阵地压力有所缓解。连长让我来增援你们！"

"好，一起战斗，先把敌人打下去再说！"

轻重机枪声，手榴弹声，掷弹炮声，每一种声音响起都会有人员伤亡。临时挖筑的壕沟工事在敌人枪弹的猛烈轰击中，坍塌大半，作战的难度骤增。

这时，感动人心的一幕上演。

枪林弹雨中，只见麦根子手举肩扛着半扇镶铁的门板在前面挡着，后面胡一荣、胡一华、胡一胜、胡芙蓉抬着两块木门板跟着。他们一开始也是浑身哆嗦着，跑几步，然后又退回来，再跑几步，又退回来，子弹嗖嗖地从头顶从耳边飞过，他们什么时候经历过如此酷烈的战斗场面啊。这样不行，这不给新四军战士笑话我们是怂包吧，几个人一合计，索性豁出去了，还是麦根子在前，四个人在后，各人全然不顾自身安危，不顾一切地从院子里冲了出来。

"我们是来抬伤员和牺牲的同志的！"

轻伤员没有人肯离开，依然坚持战斗。

"把牺牲的同志先归置一处，战斗结束抬走，现在的任务是先将重伤员抬走，让卫生兵赶快包扎止血！"巩殿坤大声命令。

麦根子手中的门板，是胡仕修让人把院门下了，这门四周镶铁，木料非常结实，能护身挡子弹。

战斗刚开始的时候，外面杀声震天，院中的每个人都坐不住了。麦根子让胡一荣、胡一华、胡一胜、胡芙蓉几个人站在凳子上，冲着院墙让各家传话：大人把小孩带好，先找安全的地方藏身，子弹不识人，暂时千万不能出门！

"三爹，这外面的伤员需要包扎止血，我们得把他们抢进来！"麦根子站在凳子上，不时地从墙角向外观察战斗情况，看到战士们纷纷倒下，他心里十分难过。

此刻的胡仕修，在一阵激烈的悸动之后，心绪已经平复了许多，经过短暂的思索后，他抬起了头，目光中透出一份坚毅。

"伤员要救，牺牲的人也要抬进来！"胡仕修出语惊人。

"父亲啊，这死人能往家里抬吗？风俗不作兴啊！"胡锡璜觉得父亲的话有悖常理，这北乡里有谁家见过亲人以外的死尸往家里抬的？

"都什么时候了，还讲什么常理？！这些人是别人的儿子，不是我们的儿子吗，他们为谁死的，不是为我们啊，不是为国捐躯的吗？给他们收尸这才是正理！"胡仕修有着常人不及的开明睿智，他的话此刻振聋发聩。

"根子师傅，你们把那院门下了，那是镶铁的，就是重一点，半扇在手，出去可以挡子弹；里间房屋门下了，可以抬伤员。就这么办了！"

大战犹酣的时候，胡一荣、胡一华、胡一胜、胡芙蓉四个人用两副门板抬伤员，麦根子一个剃头说书先生俨然成了大力士，扛着半扇铁门板为他们遮挡子弹。

胡锡璜家从连部变成了临时卫生所。

两个卫生兵在紧张地为伤员包扎处理伤口，这里没有手术条件，对于重伤人员，只能采取一些临时救治措施。

胡仕修、胡锡璜、单氏、朱小凤等人跟着做下手，原本慌作一团的他们，这时候也顾不得什么害怕了，因为他们知道，害怕也没有用。各人扯布片，烧开水，烫煮，灶塘里烘干，包扎……从惊悚、害怕，到伤心、愤恨，胡锡璜夫妇流泪了，朱小凤流泪了，就连见多识广的胡仕修也流泪了。

刚才还是活蹦乱跳的大小伙子，现在缺胳膊断腿的躺在院子里，有的已经停止了呼吸。

"这挨千刀的鬼子啊！"单氏和小凤打来井水，为死去的战士擦着脸上的血污，一边擦，一边哭。

"看到我们家大勇子了吗？"伤员送进来，朱小凤一遍遍地问着。这战斗来得太突然了，本想早饭后将新鞋子送他，想不到未及送出，鬼子就来了。

架着伤员进院的胡芙蓉告诉她："二排来帮三排打鬼子了，我看到大勇子了，就在外面呢，好着呢！"

朱小凤一颗悬着的心，顿时平复了许多。

"李二锁，你知道你的位置在哪里吗？你应该在副营长和连长那里，我伤口没事了，你快扶我去参加战斗！"包扎好伤口的文书高建国，挂着一根木棍，冲着通讯员李二锁吼起来。

"不行，巩副营长和晋连长都交代了，我现在的岗位就是照顾你和其他伤员，你看你腿打断了，胸口打伤了，身边需要人。你不能出去，你可是我们二连的翰林，是宝贝疙瘩啊。"李二锁带着哭腔劝他。

"宝贝个屁！你听听，这外面的枪声，这战斗是多么的激烈，我手还好好的，能打枪。大敌当前，你要我在这里养伤，我能安心吗？你不要管我了，我自己爬都爬出去！"说完，高建国扔掉了木棍，一瘸一拐地向院门口走去。

见文书执意要去参加战斗，李二锁只好架着他，从院门口冲出去，跟跟跄跄地跃进了壕沟。

"报告副营长，高建国请求参加战斗！"李二锁扶着文书，两个人弓着身来到副营长身边。

"瞎胡闹，翰林，你受伤了，好好养伤！通讯员，你把翰林带到阵地上来干吗？"巩殿坤训斥起他俩。

"副营长，翰林他不答应，拼着命要来，我拦不住！"李二锁满肚子的委屈。

"好吧，你们进入战斗岗位，注意安全！"

高建国露出了笑容，趴在工事上，拔出腰间的手枪向敌人打去。李二锁知道文书的手枪是不久前晋连长送的，是他的心爱宝贝，从不给其他人碰，每天擦了又擦，今天有用武之地了。

战斗异常的激烈，双方死伤人数在不断地上升。巩殿坤也是心急如焚，他的脸和身上，已经裹了一层泥土黑灰，看不到皮肤的颜色。枪炮中尘土飞扬，烟雾弥漫，身边的战友一个一个倒下，有的连人带土被炸飞了出去。擦身而过的子弹，带着灼烧的空气呼啸而来，闻着都有一股炙烤的煳味。

双方都在拼命，有时候，不怕死的博弈，也是一种战斗力。

突然，高建国倒了下去，他又一次探出身来的时候，被敌人的机枪扫中，胸前全是窟窿眼，用劲咳嗽，鲜血从洞眼中喷溅出来。

见文书这个样子，李二锁吓坏了，他抱着高建国大哭："让你别出来，你非要逞能，现在你安心啦？翰林，你不能死啊！你死了，以后我们到哪找你啊？"

撕心裂肺的哭喊，巩殿坤也过来了，抱着他的身子，大声喊着文书的名字："翰林，文书，高建国，你给我活过来！"

文书好不容易睁开了眼，他拉着巩殿坤的手，断断续续地说："副……副营长，赶……赶紧，突……突围，再不……不……走，就……就……来……不及了！"说完，头一下子耷拉了下来，文书牺牲了。

二连从此少了一个博学多才的翰林，所有在场的人伤痛不已。

"副营长，今天看这阵势，敌人是有备而来，估计鬼子人数要有好几百人，敌人的武器明显比我们好，硬拼下去肯定不行。趁现在我们还可以组织突围，迟了真的有可能被敌人包饺子！"三排长高彩光建议突围。

"不行，我们必须坚守阵地，等待增援！"巩殿坤一口否决了他的建议。

巩殿坤之所以不同意突围，他也有他的考虑。

"同志们，我想问大家，今天这敌人是怎么来的？他们到底有多少人？天还没亮，敌情不明，我们向哪个方向突围？如果方向错误，很可能钻入敌人的口袋，那我们就会全军覆没。

"我再问大家，我们二连出来是干什么的？我们是执行游击警戒任务的，就是为了保卫主力部队的安全。东边四五公里外的龚营村，七八公里外的苏家嘴，分别住着二营的弟兄和团部机关，如果遇到敌人就往回撤，就往营部团部方向跑，那会带来怎样的后果？

"还有一点，这场战斗的枪炮声一定会传到营部团部那边的，首长和兄弟部队一定会想办法派人来增援我们。所以，对于敌人的进攻，我们现在的任务就是坚持，只要坚持下去，就一定会得到救援！"

巩殿坤望着在怀中死去的高建国，痛苦万分，这个打起仗来不要命的硬汉子，此时，眼泪也簌簌地落下来，他一半泣音、一半怒吼："同志们，我们是英雄的'红二连'，这一仗是我们来盐阜地区打的第一仗，也是向根据地人民献礼的一仗。我们要打出'红二连'的威风来。从现在开始，给我狠狠地打，为死难兄弟报仇！"

一声令下，战士们心中复仇的焰火被瞬间点燃，所有的战士听到命令后，立刻同时开枪射击，手榴弹像雨点般地掷向敌群。这一颗颗枪弹像复仇的利剑一样，向对面的敌人疯狂刺去。

鬼子看到，眼前的这帮新四军不是毛猴子，却像野狼一样，像猛虎一样，所有人像打了鸡血似的疯狂起来。这气势绝非先前可比，一下子压倒了迎面攻击的日军。在这股排山倒海的反击中，日军成排地倒地，后面的日军有点胆怯起来。

这到底是一支什么样的军队，怎么如此顽强？接到参谋递来的战情报告，冲静夫也有点惶惑起来。

国民党的正规军他遇过，几乎不堪一击。共产党的八路军、新四军主力部队也好，游击部队也好，他也屡次交过手，向来不把他们放在眼里。可眼前的这支新四军，其强悍程度，丝毫不亚于帝国皇军的主力部队。与这样的强手过招，也是他梦寐以求的愿望。今天，我倒要好好领教领教这个对手。

他让通信兵传令，东西两路人马迅速收拢兵力，稍事休整，准备再战。他料想到，对方的工事已经不堪一击，一会天亮了，对方很快就会撤出工事退守院墙内。这样，战斗的主动权还在他手中，他的重武器步兵炮就可以出场发挥它的威力了。

冲静夫的脸上现出一丝狰狞的笑意。

敌人发起第二轮进攻

巩殿坤知道，这片刻的宁静之后，一场更大的血雨腥风，即将来临。

"通讯员，快去通知晋连长立即撤出工事，各排撤回原先宿营的院子，敌人的第二次进攻马上就要开始，趁这个机会，先掩护群众撤离，然后利用院墙、巷道、房屋、门窗口，坚决狙击敌人的进攻，为主力部队增援争取时间！"

李二锁沿着壕沟、旱沟飞跑而去，这时候，时间就是生命。

几乎就在喘息的当儿，一排撤回胡仕敏家院子，二排撤回胡锡陆、胡锡璋的院了，二排撤回胡锡凡、胡仕雅的院子。胡锡璜家既是临时指挥所，也是临时卫生所。

这样的神速，也是被这场战争逼出来的，决策快，行动快，这是二连的好传统。

各排都有伤亡，早饭前还在一起有说有笑的战友，这一会儿的工夫，人就没了。刘本成、耿傻子、王孩儿听李二锁说，翰林没了，几个曾经的合唱团的战友，哭得像个泪人似的。从此以后，他们再也见不到文武双全的翰林了，再也没人领着赛歌了，想到这，他们的哭声更大了。

"我不走，要走你们走！"胡仕修坚决不肯走。

胡锡璜、单氏反复劝说父亲一起走，可这老爷子倔强起来真拿他没办法。

"三爹，你和璜二爷他们先走，这里有我们呢！"麦根子知道胡仕修是舍不得院子里的十几个伤员，这时候正是需要人手的时候，多一个人就多一份力。

"爹爹，你去吧，有我们年轻人呢，不用你担心了！"胡一华也在劝他。

巩副营长、晋连长都来了，大伙像看到了救星。

"三爹，你年纪大了，你留在这里，子弹满天飞，我们还要分一份心照顾你，你和大伙儿撤退了，我们就不分心了，可以一心打鬼子。再说，大伙儿撤离出去，这一庄上的人，也要有你这样的主心骨领着，群龙无首不行。你说呢？"晋志云这番话，让胡仕修彻底打消了留下来的念头。

"你们几个人也撤离，时间不多了，快走！"巩殿坤给麦根子、胡一华、胡一荣、胡一胜、胡芙蓉、朱小凤等人也下达了撤离的命令。

"这不行，你们打起仗来，卫生兵身边没有下手不行！"几个年轻人没有人同意撤离。

"突突突……"

"轰轰轰……"

说话间，枪声、炮声再次响起，敌人的第二次进攻开始了。

尘土飞扬，砖瓦横飞，子弹像飞蝗一样飞来。屋顶炸穿了，院墙轰塌了，上凳子，架梯子，攻守在墙头、屋脊、门口的战士们一个接一个倒了下去。

这一次的枪炮声，比先前的更猛烈了，除轻重机枪、手榴弹、掷弹筒发出的枪弹声以外，还有一种山崩地裂的震响。这声音，是冲静夫带来的九二式步兵炮发出的声音。

东面百米开外的南北大路一侧的桑树园空地上，两门步兵炮骄傲地昂着头，炮弹出膛后，还喷着弹药的余烟。

上一轮冲锋中，冲静夫命令轻重机枪和掷弹筒先上，暂不启用九二式步兵炮，他考虑到对付区区一个连的敌人，杀鸡焉用宰牛刀，再说炮弹金贵，带的不是很多；同时，他要等弄清这些新四军的战斗实力再说。现在看来，眼前的这支部队，是一支劲旅，绝对不可小觑。现在这些新四军都躲在各自的院子里，可以让他们尝一尝这步兵炮的威力了。

天已放亮，这一个黎明，注定是一个血色黎明。

战场上彼此攻击的样子，不再模糊，甚至连彼此的脸孔都能远远地看个清楚。

"我们必须帮衬新四军一把，和敌人拼才能有个活路。"小西场里各户主事的人，都被紧急动员起来，找来斧头、铁锤、凿子工具，在院墙四处凿眼，打出射击孔洞来。桌子上放板凳，凳子上架梯子，墙头上的战士们一个个寻找最佳的攻击点位，向着敌人还击。巷道两边墙根，都放上了成捆的草垛，便于战士们翻墙机动作战。

"一荣，你们这兄弟姐妹几个中，你岁数最大，办事沉稳，现在我命令你带群众撤离！"晋连长的口气不容置疑。

这生死头关，军情紧急，已容不得迟疑，容不得商量，作为一名自卫队员，胡一荣无法抗命，只得领命而去。

日军已经探明，新四军分住在从北向南六个院子中。东南部的两户人家没有守军，这里是新四军的薄弱点。冲静夫传令，警备大队两路人马中各自留一部分人继续按计划、按路线负责警戒来路，防止来人增援，其余人马合兵一处，进占小西场西边和北边围沟，堵住新四军退路；日军两路人马分别从东、南两个方向对新四军阵地展开分割包围。

"压制敌人的火力，让群众撤出去！"巩副营长的命令一下达，步枪、机枪、手榴弹一起开火，战士们拼死阻击，这激烈的枪弹声，震得大地都抖动起来。

告别了麦根子、胡一华、胡一胜、胡芙蓉、朱小凤，胡一荣领着小西场的男女老少往北边旱沟方向跑。这旱沟爬上去，向北可以向大胡庄大庄子跑，向西可以向小西胡小庄子跑。

战斗刚开始的时候，这群惊慌失措的人四处叫喊着，奔跑着，跌倒着。从没有经历战斗场面的他们，许多人吓得瑟瑟发抖。枪炮声里，他们从屋子里跑出来，又跑进屋子，又跑出来，不知所措地四处乱窜，一家人哭天喊地，恐慌无比。

后来，连部里有人传出话来，让他们不要出门，躲在家里，就地藏身。他们相信，总有人带他们出去的。现在，一荣奉命来了，他们看到了一丝生的希望。

可父亲胡锡凡坚决不走，他实在舍不得他苦心经营的糟坊，还有他一辈子苦来的家产，他说了，死也要死在家里！胡一荣和母亲陈氏劝说无效，只得匆匆而去。

为了保命，有的用水桶套头上，有的把锅顶头上。胡锡璜一手扶着父亲胡仕修，一手搀着7岁的女儿胡秀林，刚满5岁的胡其南被单氏搂在怀里。胡仕雅拖着6岁的孙女胡兰英，一颗子弹打到孩子的嘴上，牙床都打碎了，她疼得哭天喊地。

拖儿带女，扶老携幼，哭喊声和枪炮声掺杂在一起，大伙儿在战士们的火力掩护下，好不容易跑到北边的旱沟边爬了上去。

可这时候，伪军已经合兵一处向旱沟袭来，向大胡庄大庄子和小西胡小庄子方向的小路都已被他们封锁。借着沟边上茂密的菖蒲、芦苇，胡一荣让大家先藏身其中，等待时机再冲出去。

"我要回去找闺女，我要回去找闺女！"胡锡璋的妻子发现8岁的女儿胡延兄不在身边，顿时急了。

"二婶，你现在回去就是死，暂时不能去，等枪声小一点的，我回去给你找。"胡一荣劝着二婶。

"我可怜的乖乖肉啊，她那么小，这可怎么办啦！"二婶凄厉的哭声让人听得揪心。

"晋连长，我去二排找刘明俊把那狗日的鬼炮手解决了。现在一定要压住敌人炮火，掩护群众转移，让机枪手给我狠狠打！"说完，巩殿坤跳上南墙边的桌子，然后纵身一跃，翻过墙去，进入巷道，站上草垛，又是纵身一跃，翻身上墙……矫健的身躯，犹如孙行者一般上下翻飞，几番"上蹿下跳"，他就来到了胡锡璋家的瓦房。

在炮弹的轰击下，许多家的院墙已经坍塌，相邻的院子里的人已经能互相看到对方，战士们可以互联互通作战了，但是护身的屏障在减少，暴露的机会在增加，战士们自身的凶险也在增加。

通讯员李二锁也跟着翻墙过来了，胸前挂着巩殿坤的望远镜。是晋连长命令他送给副营长的，说现在天亮了，这玩意有用，还让他不离副营长半步，一定保护好副营长的安全，同时做好连队的联络工作。

战斗一开始，拴马桩就被炸断，历经战争风雨洗礼的马儿们，今天也有点六神无主地四处奔散。战士们好容易才把它们拉住，拴在糟坊的柱子上。看到了巩殿坤和李二锁，这两匹马竟变得欢腾起来。

"刘明俊！刘明俊！"这时候也顾不得与马亲近了，巩殿坤一进院就嚷嚷起来，叫着刘明俊的名字。

"我在这里！"院墙东南角站在大桌凳子上的刘明俊正在专心致志地瞄准敌人，见副营长喊他，回转身来。

"刘明俊，你看到没有，桑树林空地上架着敌人的步兵炮，是鬼子最重要的武器，那家伙把轮子拆了，比机枪高不了多少，所以打起仗来，经常听到声音找不到它，我们管它叫'鬼炮'。你现在给我瞄准了那炮手或者装弹手，给我先把它打哑了！"巩殿坤跃了上去，用手指给他看，怕他看不清楚，把通讯员送来的望远镜递与他细看。

"看见了，我试试！"

"试个球，必须把他干了！"

"放心吧，副营长，你看好吧！"刘明俊胸有成竹地回答道。只见他屏住呼吸，端枪瞄准，锁定目标，扣动扳机，几乎一气呵成。

子弹射出，炮手倒地，炮声停了下来。

"好样的，刘明俊！"趴在墙头上的二排长张德纯兴奋地叫了起来。

"灭了敌人的炮手，可以再消灭他一两个重机枪手！"巩殿坤提醒刘明俊。

一名炮手倒地，步兵炮哑了一个，副炮手刚上来，又被刘明俊一枪击毙。指挥部里的冲静夫看得清清楚楚，他顿时暴跳如雷，当即命令长岛，让炮班的人把鬼炮围了起来。

可刚一掉头，一挺重机枪又哑了，那个死去的机枪手被推到了一边，装弹手替补上来做射手，罪恶的火舌又开始喷射起来。

冲静夫这才知道，对面的新四军中有枪法准的神枪手。他后悔没有带专门的狙击手来，如果那家伙来，会有一拼。因为狙击手使用的是专门的九七式狙击步枪，枪管上带瞄准镜，能把东西放大，远距离的目标好像就在眼前，精准度高，打得又准。

长岛紧张地四处辨识着这神枪手的位置，他根据被射中的士兵相继倒地的规律分析，终于发现子弹射出的方向来自瓦房那边。

他抽出战刀，劈向瓦房目标物，用沙哑的声音命令另一名步兵炮手："黑色瓦房，东南院墙角，表尺一百，急速射击！"

"轰""轰""轰"，连续三发炮弹，屋顶炸穿了，院墙打塌了，胡锡璋瓦房的山墙也被炸出一个大洞来。

二排的战士们一个接一个倒下去。

巩殿坤一马当先，将鬼头大刀插在身后，利用断墙作掩体，一手持枪射击，一手扔着手榴弹。这样的勇猛劲让嚣张的敌人顿生畏惧。

胡锡陆、胡锡璋家巷道院墙坍塌过半，二排长张德纯身先士卒，领着二排的兄弟们在两个院子里左奔右突，殊死相拼，每个战士此刻都杀红了眼，面对着成倍而来、悍不畏死的敌人，疯狂地反击着。

战士们在院门口已经垒起了工事，土是用锹从院子里或倒塌的院墙里就地取材挖来的。装盐装酒糟的空麻袋也派上用场了，现成的酒糟装上，挖土装上，一包一包地堆起来。

五班机枪手刘双付伤势严重，顶替他的王玉山抱着机枪，伏在院门口的土包上，向着冲上来的敌人猛烈扫射。那喷出的一串串火舌死死地咬住敌人，敌人纷纷倒地，有的鬼子还支起身来，踉跄地走了两步，又倒地不再动弹了。

长岛举枪瞄准了他，那眼睛里生出凶光，他决不允许一个机枪手如此践踏他的尊严。日本兵的倒下，是他的耻辱。他咆哮着，大喊一声，一颗罪恶的子弹射向了王玉山。

子弹穿过了王玉山的胸膛，大地在摇晃，天空到处是星光飞溅，他的头感到无比的沉重，突然低垂下来，嘴里开始流出血来。伤势严重的刘双付一直在一旁帮王玉山装弹，见刘玉山中枪，便不顾一切地爬过来，操起枪，继续顽强扫射。长岛命令手下一起向他射击，他也倒下了……

二排长张德纯冲了上来，端起刘双付怀中的机枪猛烈扫射，他亲爱的战友牺牲了，他作为排长，为不能保护好战友而自责，为失去战友而心痛，他恨不能把这一颗颗子弹化成一颗颗炮弹，把敌人炸飞，炸他个粉碎，炸他个尸骨无存。

神枪手刘明俊子弹打没了，开始扔手榴弹，自己的扔完了，从死去的战友身上摸来手榴弹继续扔。他也是急红了眼，战友失了性命，他的半条命也没了，此刻，他只知道攻击，不顾一切地攻击，似乎在这不停地攻击中，能把战友的命抢回来似的。

温进书找来了子弹夹，他是去替刘明俊找的，好在这机枪和步枪的子弹是同一型号的。他知道，神枪手一支枪顶好几个人，没了子弹，怎么能称为神枪手。他四处寻找子弹，从兄弟班里找来了，刚要递与刘明俊，却砰然一声，中弹倒下，大口吐血。刘明俊上前抱起了他，只见他使劲地握着刘明俊的手，口中喃喃说道："刘明俊，你要，要好好杀鬼子，杀一个够本，杀两个算我一个……"

刘明俊含泪点头，把他轻轻放下，接过他手中的子弹夹，装枪，射击，一滴眼泪，一颗子弹，鬼子纷纷倒下。他要让鬼子加倍偿还这笔血债。

抬伤员，扯布片，烧开水，烫煮，包扎，麦根子领着几个年轻人在庭院里忙碌，在弹雨中穿梭，晋连长几次命令他们撤离，他们就是不肯走。

几个院子的死伤人员逐渐增多，临时卫生所的救治力量实在有限，如此激烈的炮火中，轻伤员坚决不下火线，继续坚持战斗，重伤员已经来不及运走，就算麦根子等人冒死背到临时卫生所，也是无济于事。

子弹飞着，枪炮嘶鸣，血流尽了，青春的焰火，渐渐熄灭。

"一华大哥，有个事情想和你商量一下。"朱小凤把胡一华拉到一边。

"你说，什么事？"

"我这右眼不知怎的，一个劲地跳。我不放心，想去看看大勇子。我顺便把这双新鞋子送他穿上。"

"这子弹飞得吓人，你一个女的能行吗？"胡一华不放心她。

"没事，我尽量小心，低着身子，爬也行。"

"根子师傅，你看呢？"胡一华征求麦根子意见。

"让她去吧，可是，一定得小心哟！"麦根子看出朱小凤有点心神不定，知道她心里惦记着胡大勇。

几家巷道的院墙都有坍塌的豁口，磕磕绊绊，爬上爬下，朱小凤从这些豁口终于穿过来了。

院墙边上，胡大勇已经进入战斗位置。本来负责搬运弹药的他，曾与王玉山有个约定，如果王玉山光荣了，就让大勇子使他的枪。现在，一语成谶，王玉山真的牺牲了，胡大勇毅然决然地接过烈士用过的那杆步枪，他要为烈士报仇。这杆枪，烈士曾经惜如生命，现在他的生命没了，这枪继续战斗，就是烈士活着的生命在延续。

"第一次用真子弹，你一定要注意，这枪后挫劲大，你要用肩窝抵住枪托。一开始肩窝会疼，打多了，就习惯了，哪一天，你磨出老茧来，你就成了一个老兵了。"

王玉山的话还在耳畔回响，想起这些，胡大勇泪流满面。

"大勇子！大勇子！"朱小凤终于找到了胡大勇。

"你怎么来了?!"胡大勇一阵惊喜，可更多的是担心，嗔怪道："你不要命了?!"

"喏，给你做了一双跟脚鞋子，你看你脚上的鞋子，哪还能穿啊，快点换上！"

奔跑中，大勇子脚上的鞋已经裂开了口子，脚趾都露出来了。他下意识地把脚趾收缩了一下，不好意思地憨笑着。

新鞋穿上，走了两下，一种特别的舒适感让大勇子感到脚下生风，暖意上身。他要是知道这新鞋里融着小凤的指血，他会更加感动的。

"不好，敌人又冲上来了，给我打！"刘明俊大声提醒身边的战友。

来不及多说话了，大勇子噌地一下，又跃上了战斗位置，他不忍注视小凤那目光，那目光里有太多的怜爱、不舍，这时候没有花前月下的恩爱，只有杀戮，只有你死我亡。

朱小凤转身刚要离开，只听身后传来"啊"的一声，大勇子从墙根的凳子上跌了下来。

"大勇子中枪了！"战友们一声惊呼。

朱小凤脑子"嗡"的一声，顿时觉得天旋地转，差点跌倒。大勇子胸前中弹，殷红的鲜血汩汩而出，头很快耷拉下来。

她哭喊着扑过来，一把抱起大勇子："大勇子，你不能死啊，你死了我怎么办啊？让你打仗小心小心，你怎么这么不小心啊……"

"这，这个……你一定收好！"胡大勇颤抖着从脖子上摘下那个貔貅，塞到了朱小凤的手里，头一歪，咽了气。

大滴的泪水落在大勇子的脸上，再多的埋怨，大勇子都听不到了，他缓缓地闭上了眼。

"大勇子，你听着，去了那个地方，过了奈何桥，你就再也不能回头望，喝了孟婆汤，你就再也记不得你前世的模样，可你一定要记着我的样子啊，我去的时候一定去寻你，你不能扔下我啊……"

这凄惨的哭声，把人的心一点一点撕碎，战士们顾不得擦去脸上的泪水，满腔的愤怒和复仇的子弹又一次飞向敌人。

漫天的烟尘，满地的鲜血。

双方密集交火，联队长冲静夫登临瞭望台，一边用望远镜观察阵地，一边挥动战刀，开始全方位督战指挥。他歇斯底地狂叫传令："长岛正面火力覆盖，乡原侧翼冲击，实施分割包围计划！"

从指挥部到前沿阵地，日军通信员中的旗语兵早已各就各位，按照冲静夫的指令挥旗下达旗语。

日军的火力太猛，新四军的武器劣势也暴露无遗。这时候，敌人的样子已经看得很清楚，那一个个豺狼般的凶相，侧立着身子弯着腰向前冲，他们时而冲杀，时而跪下身子，端枪瞄准射击，这种一条腿跪地一条腿半蹲的姿势是日军特有的军事操练形式。敌人机枪里扫射出来的子弹掠空而过，飞向院墙、房屋，飞向新四军战士。

围沟里，合兵一处的伪军，李树春领头指挥。督战的哲元接到指挥部的通知，联队长召他当面议事，被冲静夫叫走，所以暂时离开。

见哲元走了，老奸巨猾的胡占禄把李树春拉到一边，小声耳语："兄弟，咱俩都是从东北出来混江湖的，我们任务是警戒来路，防止敌人增援，现在把我们拉到这围沟里，来堵敌人后路，我们就要尖眼生情，不要二百五似的往前冲。来时联队长不是说了嘛，这次攻击以日军为主，冲锋是日本人的活，我们说是配合作战，其实就是维持秩序的保安队。你没看这新四军多野吗，已经死了不少弟兄，我们再往前冲，下一个送死的就是你我了！"

"兄弟说的有道理，这日本人是按照对付一个营的兵力配置的军力，拿下这股新四军是早晚的事，我们让弟兄们心里有数，揣着明白装糊涂谁不会啊，出工不出力，这些兄弟们都懂！"李树春用手捣着胡占禄，他俩心知肚明地笑了。

"兄弟们，联队长说了，我们的任务就是堵住敌人的后路，这围沟就是我们的阵地，没有老子的命令，他妈的谁也不准往前冲！"李树春告诫手下人。

于是，听起来，围沟里的伪军枪声一样激烈，冲锋的喊杀声一样震天，只不过这些人胡乱地放着枪，大声地叫嚷着，有时候，连自己都不知道子弹是往哪个方向打的。

此刻，又一阵狂风大作，吹得人睁不开眼来。这样的季节，吹着这样的劲风，还真是少见。也许，这是老天在为新四军鸣不平，这"呜呜"劲吹的声响里，分明听到了从幽深的洞谷中发出的那种阴森恐怖的尖音。

警备大队的伪军们，个个心惊胆战。这声音，像是送他们上路的挽歌。

狂风飞舞。这样的风里，夹杂着细细的黄沙，原来是因为这里的地形靠近黄河故道的缘故。

漫天的风沙，让人睁不开眼来。可惨烈的战斗依然在继续。

风从东边来，巩殿坤这时候才明白，今天这样的天气，龚营方向的一营和苏家嘴方向的团部都在上风头，这狂风里，上风头的人根本听不到这里的枪炮声，也无法获悉这儿正在发生一场空前的生死决战。

他意识到，由于自己的自信武断和求功心切，错过了最佳的突围时机。但作为担任游击警戒任务的连队的一名指挥员，他必须将主力部队的安全放在首位，宁愿牺牲自己，也不能让主力部队遭到损失，那时候，他别无选择。

"通讯员！"他大声喊着李二锁。

"副营长，我在这！"李二锁几乎是从死人堆里爬出来的。

他正和胡一华等人穿梭在阵地上，从遍地倒下的战士中，寻找着生命的迹象。能有一丝游气的，他们都会包扎伤口，耐心地安慰。包扎的布都是胡一华等人从家里翻箱倒柜翻出来的衣衫，能剪的都剪了，能撕的都撕了。

"你看见麦根子师傅了吗?"巩殿坤问他。

"在连部和卫生兵们在抢救伤员！"

"我们要派麦根子去报信，你先把我的决定报告给晋连长，连长同意了，就给我把麦根子带过来，我要当面交代他任务！"

思来想去，巩殿坤决定派麦根子去报信。麦根子是大胡庄的秘密宣传员，头脑灵活，又去过苏家嘴团部，对情况熟悉，让他冒充群众逃出去，兴许这是没有办法的办法了。

晋连长完全同意巩副营长的决定，再不报信来不及了。

麦根子来了，那灰头土脸的样子，让人无法认出他是谁，脸上有一处脱皮的擦痕，那是子弹呼啸而过留下的。他还乐呵呵地说他福大命大造化大。

"敌人有六七百人，现在要派人到团部送信，让团长派人来增援，想来想去，你是最佳人选！"巩殿坤拉着麦根子的手，期望殷殷。

"副营长，您尽管放心，我麦根子赴汤蹈火，在所不辞！只要能出去，保证完成任务！"麦根子知道，这是副营长对他莫大的信任，他这是把二连所有人的命运都交给了他。

不能骑马走，如果骑马出去，肯定会暴露身份。先设法装扮成普通老百姓，以逃难的样子混出去，这是最主要的。出了大胡庄，再找马不迟。

二连宿营的几个院子中，胡仕雅家是最接近南头小路的，他家院子南侧巷道很宽，过了这巷道，胡锡珊家、胡锡月家院子外面没有敌人，只要冲出这巷道就有机会出去了。可巷道口有几十个日军在据守着，正在向这边的院子里猛烈射击。

"通知三排长高彩光想办法把巷道里的日军赶到东边的麦田里，杀出一条通道来，掩护麦根子师傅冲出去！"巩殿坤让李二锁把命令传达给三排长。

麦根子头上裹起了一个毛巾，一身百姓的装束，脸上依旧灰头土脸的，他说这样子像是战火里逃命的无辜百姓，日本人见了，他好解释。

三排长高彩光已经接到命令，他让李麦长、李金青组成机枪组，从西向东重火力压制敌人，逼迫敌人东撤，八班长马合林带人组成掷弹组，把能集中的手榴弹一股脑儿地扔出去，把敌人撵出巷道。这样，就可以在烟火弥漫中，让麦根子趁乱冲出去。

"给我打！"三排长一声令下，南端的巷道里像扔下了几个汽油桶似的东西，火光冲天，浓烟滚滚。手榴弹接连响起的爆炸声，让敌人纷纷向东边的麦田里撤退。麦根子腾挪躲闪中，趁乱冲出了巷道，在浓烟里沿着胡锡珊、胡锡月家的墙根摸到了南头的东西路上。

麦根子拍拍身上的尘土，回望大火纷飞中的小西场，他感到莫名的痛楚。战士们在受苦受难，得赶紧搬救兵来灭了这帮狗日的鬼子！

他准备经由这土路，穿越南边的那片宽阔的麦田，然后到附近的庄子里借一匹马或者骡子上路。刚要离开，恰恰这时，迎头遇上哲元顾问带着几个鬼子冲了过来。他暗暗提醒自己，一定不能慌张，要镇定，自己就是一个逃命的老百姓，不是作战的士兵，看他能把我怎么样。

冲静夫联队长将哲元叫去，是因为乡原告了警备大队副大队长胡占禄的状，说他贪生怕死，作战不力，要求军法严惩。冲静夫明白，这帮伪军是不会真心实意为日本人卖力的，大难临头，他们只会保全自己，怎么可能指望他们呢。现在李树春和胡占禄的两路伪军合在一处，大敌当前，还是团结为先，不宜阵前斩将，但是，哲元作为督战的顾问，冲静夫给他一份密令，如果伪军再有消极殆战的，先解决了李树春、胡占禄手下人，比如郭士贵、刘金标，先拿了其中一个狗命再说，也算是敲山震虎吧。

哲元领了命就沿着阵地南侧土路，向着警备大队这边赶来。也就是这么巧，哲元和麦根子迎头相遇。几个鬼子把麦根子团团围住。

"你的什么的干活？"哲元拔出战刀，杀气腾腾地问道。

"太君，我是这圩子里的老百姓，为了活命才冲出来。"麦根子解释道。

哲元瞅着这满脸尘土的汉子，外表像极了农民，但这人眼里有一股逼人的镇定。过去他看惯了中国农民遇到鬼子兵的神色，像这样遇到日军从容不迫、冷静自如的农民不多。

他凭直觉，意识到眼前的这个人不是普通的农民。

"搜！"他下令搜身。

这一搜，从麦根子身上搜出一支自来水笔来。麦根子怀里别着的这支自来水笔，是昨天朱大海送他的，为方便他写情报用的。一个农民怎么可能用自来水笔，这汉子定是新四军的官了！

哲元抓起了麦根子的手，仔细地瞅着，发现这汉子的手上，没有老茧，这更证明此人绝非农民，应该是新四军的文职干部。他深信不疑。

"我是靠剃头说书为生的，这自来水笔是大户人家主子送我记段子用的，手上没有老茧也是正常的啊！"麦根子再三解释他的身份，哲元哪里听得见进去啊。

哲元像是捞到了一个宝贝似的，顾不得去警备大队那边督战了，他抓了麦根子，径直押解到冲静夫指挥部这边来。

冲静夫听哲元这么一说，大喜过望，也连连点头，他俩确信捞到了一条大鱼！

"你的投降，好处大大的！"冲静夫装出一副友善的样子。

"痴心妄想！要杀要剐，悉听尊便！不要浪费口舌了！"麦根子知道自己的辩白都没有用了，没必要再装下去了，死不足惜，就是副营长交代的任务没有完成，他心有不甘。

"停止射击！"气急败坏地冲静夫抓起电话，向前沿阵地下令暂时停止进攻，所有人原地待命，他命令哲元带着卫兵将麦根子押解到阵地前，翻译官向圩子里的新四军喊话，让他们赶快投降。

枪声停止，战场上，突然变得死一般的沉寂。

"里面的人听着，我们抓到了你们的一个头领，你们赶快放下武器投降，大日本皇军优待俘虏。皇军说了，留给你们的时间不多了，如果不投降，就把他杀了，你们最后也是死路一条！"麦田里，日军将麦根子捆上押来了，翻译官的狂喊声有点歇斯底里。

清晨，翻译官的声音在旷野里传得很清晰，巩殿坤、晋志云听到了，战士们听到了，乡亲们也听到了。

麦根子被抓了！巩殿坤、晋志云都很痛心，甚至有点后悔，早知道这样，就不派他去了。

"同志们，不要被小鬼子吓住了，鬼子让我投降啊，门都没有！爷是谁啊，爷是三国里的关老爷，水浒里的武二爷，爷是打不死的孙悟空。二十年后，老子又是一条好汉。同志们，我先走一步了，下去先给大伙占个说书的地儿，还是为你们服务，剃头说书给你们听……"麦根子大义凛然，慷慨陈词。

他以前都是将书里的英雄说给别人听，现在他也做了一回真英雄。他一个穷苦的农民，是共产党唤醒了他，让他明白了许多革命的道理。现在，他是为国捐躯的，他为这样的死而骄傲。

"联队长，这家伙顽固的大大的，死不投降！"哲元抓起电话向冲静夫报告。

"给我把这家伙活埋了！"冲静夫咬牙切齿地冲着哲元吼道。他不想一

287

枪结果麦根子，他要让所有人看一看与皇军对抗的下场，让他生不如死！

鬼子工兵拿来军用工具，开始在麦田地挖坑。大坑挖好，鬼子一把将麦根子推了下去。

日本人准备活埋麦根子！鬼子太歹毒了！所有的战士，眼里喷出火来。可又不能冲出去，敌人巴不得你出去哩。战士们把牙齿咬得格格作响。

巩殿坤和晋志云趁着这停火的机会，两人见了一面。

"外面的敌人一次次地往巷道口逼近，目的就是想切割包围我们，现在他们在原地待命，一会儿打起来就要冲进来了。趁这个机会，我们可以在靠近巷道的院墙边，利用倒塌的墙角，未倒塌的缺口，埋下地雷，然后我们全部退到房间内，把敌人放进来，炸他个底朝天，让敌人有来无回！"巩殿坤冷静地分析着。

"对，营长给的那一筐地雷也该派上用场了！这个时间点非常宝贵，二班长，快把地雷分下去，让各排迅速行动起来！根子师傅是为我们而死的，为根子师傅报仇的机会来了！"晋志云早就准备启用地雷了，巩副营长提醒的对，两个人一拍即合。

连长一声令下，王书方领着温五辈、刘本成、王孩儿等二班的战士们，将藏在房间里床下的那筐土制地雷拖了出来。各个院子里，大家紧急行动起来，大小不一的坑洞在挖着，地雷在战士们手中传递着，在坑洞中掩埋着。

大胡庄的胡锡宜、顾家骥是在黎明前的枪声中惊醒的。

他们很快得知鬼子来到了庄上，这伙人是冲着二连来的。担任哨兵的几个自卫队员已经牺牲，于是他们绕过封锁线，分头通知自卫队员和妇救会成员立即撤离出庄，向小卢庄转移，让他们去找朱大海、黄良他们汇合。

安排停当，胡锡宜和顾家骥从陈龙、朱场绕道过来，伏在桑树园东边的暗处，正好看到麦根子被抓这一幕。

麦田里，麦根子被推到了坑边，日本人再次问他到底投降不投降，他开始大骂日本人，骂完了，他觉得还不够痛快，竟然当场赋诗一首。他明白，这就是他的绝命诗了，以这样的方式告别同志们，他觉得这也是一种别样的境界。

浪迹江湖三十年，

壮志未酬赴九泉。

他日借得天兵来，

杀尽倭寇笑青天。

大声念完了诗，麦根子被推进坑里，他顽强地立起身来，任凭泥土劈头盖脸地倾泻而下，他依然宁死不屈地骂着。

那长岛近前，拔出身上的军用刺刀，竟活生生地将麦根子的舌头割了下来。麦根子满嘴是血，嘴中发出哑哑的声音，可怜他忍着疼痛，一边吐血一边在骂，尽管已经语不成声，但一直未停。

土里的麦根子只露出一个头来，乡原用刺刀直直地从麦根子的脑袋上刺下去，又拔出来，头上的鲜血喷溅出来，沾了乡原一脸。

敌人的凶恶和残忍，让胡锡宜、顾家骥不忍目视，朝夕相处的兄弟为国捐躯，眼见着他被活活埋杀，他们扼腕痛绝，泪如雨下。院子里的胡一华、胡一胜、胡芙蓉、朱小凤等人拭去泪水，也愤然地拿起铁锨铁锹，加入了挖坑埋雷的队伍。

麦根子如此壮烈地牺牲，那首就义诗，像天雷一般震响在战士们的心头，让战士们热血贲张，每个人暗暗地发誓，这血债要让鬼子加倍地偿还。

"里面的人听着，再不投降没有时间了！大日本皇军优待俘虏！"那翻译官又叫嚣了起来。"

"叭"的一声，巩殿坤一枪打掉了这狗汉奸的帽子，差点要了他的狗命。

"继续战斗，切割包围！"冲静夫命令旗语兵挥旗传令，原地待命的日军又开始进攻。

战斗继续打响。两路日军在长岛、乡原的带领下，像亡命之徒一样，从东边和南边两个方向冲进了圩子。两人想利用巷道口，把新四军阵地分块切割围圈。从第二轮冲锋发起到现在，这个目标任务还没有完成，现在他们觉得机会来了。

警备大队的伪军一直在虚放空枪，被巩殿坤、晋志云等人看得真切，这些人暂且不管，最要紧的是击退眼前的日军。战士们根据统一部署，各院落里的战士各自为战，有意识地向房间里撤退，目的是吸引敌人靠近巷道。

敌人进了巷道，叫嚷着从倒塌的院墙和缺口处冲了进来。

拉弦，"轰——""轰——""轰——"，地雷一个个爆炸开来，敌人被炸飞上了天。又一轮的手榴弹铺天盖地地扔来，机枪手、步枪继续一齐开火。子弹横飞，尸体横飞，泥土横飞，漫天的炸响中，大地在摇晃，在沉陷，在肢解，仿佛整个小西场在大海中翻腾抖动。

报仇！报仇！报仇！

此刻，这样的情绪是战场上唯一的语言，心中的怒火，就像沉睡多年的火山一样，一下子喷发出来。

麦根子走了，为二连牺牲了，他的离去，成为引爆复仇者心中烈火的又一个引信。

"把敌人赶出去！"晋连长带领大家从房间里又冲了出来，他们要趁着敌人被炸得晕头转向的机会，一鼓作气，把敌人赶出院墙，赶出巷道。

一排温新顺率领剩下的战士们重新占领院门口的工事，只见他手枪上下翻飞，敌人一个个中枪倒地。有敌人冲上来了，他急得也脱去了上衣。

巩副营长和三个排长同时都光着膀子在作战，也只有到了打硬仗的时候，你才会见到他们这样的野性。二十四团的"拼命三郎"巩副营长又带出了三个"拼命三郎"。

老魏的机枪在不停地扫射着，他很快意敌人中枪后那猪一样的嚎叫声。耿傻子在给他装弹，手还有些发抖。他知道，这战斗太惨烈了，17岁的孩子害怕也是正常的。他一边扫射，一边和他说话，他知道，有时候说说话，拉拉家常，也许会减轻在战场上的恐惧。

"傻子，你家还有哪些人？"

"父亲早没了，就剩下母亲，还有一个哥，一个姐。这些年没回去过，不知道咋样了？老魏，听说你家的孩子9岁了，你想吗？"

"废话，咋个不想哟，可现在说这些有用吗，万一回不去了，你可要去替我看看儿子哟！"

一边是灰飞烟灭，一边是前仆后继。前面的战士一个一个倒下了，后面的战士一个一个顶上去，又一轮反击的热潮掀起。

震耳欲聋的爆炸声里，排山倒海涌来的喊杀声里，敌人害怕了，一个个退缩到麦田和南边的小路上远远地射击，再不敢近前作战。

敌人的第二轮进攻终于被打退了。

警备大队的伪军看到日军退出了巷道，他们也偃旗息鼓。

朱小凤头上扎起了白巾，按当地风俗，这算是戴孝了。大勇子的离去，作为未过门的她，这样的情义让人动容。

悲恸中几次晕倒又醒来，她还在继续救治伤员。在东奔西跑中，她的腿被敌人的子弹打伤，胡芙蓉简易地给她包扎了一下，她又一瘸一拐地继续投入工作。

"小凤，你受伤了，休息一下吧。"胡芙蓉有点心疼朱小凤，几次劝她休息。可朱小凤像换了一个人似的，一脸的无畏无惧。也许，胡大勇的牺牲，深深地刺激了她，一个活生生的人就这么走了，死，真真切切的就在眼前，她也像死过一回的人了。

"小凤，我跟你商量一个事。"

"什么事?"

"你知道麦根子是为什么而死的?"

"知道啊，不是出去送信的吗?"

"是的，既然他死了，我想我们俩一起冲出去替二连去报信。"

"怎么出去啊?"

"麦根子是想隐瞒身份冲出去的，现在都这个节骨眼了，也顾不得什么暴露身份了。巩副营长不是有匹宝马吗? 那马挺有灵性的，兴许能冲出去。"

"听你的! 我不怕!"

胡芙蓉扶着受伤的朱小凤，跌跌爬爬中来到了胡锡璋家，和巩殿坤说明了来意，想不到被巩殿坤一口拒绝。

"你们不要命了?"

"我们不怕牺牲!"

"可你们是女的，不行!"

"你这是大男子主义，我们女的怎么了，女的也是半边天! 不要小瞧我们女人，你们男人做不到的事情，我们照样做到!"

一个连连摆手，一个据理力争，两个人你一言我一语地打起了舌仗。

晋连长从枪林弹雨中闯了过来。

敌人的第二轮进攻打退了，面对着如此严峻的形势，需要和副营长商量下一步的行动。

"正因为她们是女人，让她们出去也好，这也是一个机会，如果不走，万一我们牺牲了难道把她们留下来让日本人祸害？"晋连长一语惊醒梦中人。

"你们要出去报信也可以，必须女扮男装，两个人骑我的马走！"巩副营长终于松了口。

两个人盘好了头发，换上了男人的衣服，头用毛巾裹好，李二锁牵来了那匹"雪玉狐"。

这马像是和胡芙蓉成了朋友，昨天只骑了一回，竟用头拱起胡芙蓉的脸来。巩殿坤和晋志云合手将二人先后扶上了马，将二人拴系在一起，胡芙蓉在前，朱小凤在后抱着她。

巩殿坤看得清楚，撤退的日军正在麦田里休整，伪军正在旱沟里休整，南端的小路成了真空地带，暂时无人把守。这是个绝好的机会。

"大胡庄和小西场都被敌人封锁了，冲出去后，要立马向西，绕道去小芦庄，县大队的人马在那里，让他们想办法报信增援。你们一定得记住！"巩殿坤千叮咛万嘱咐，他实在放心不下这两个女子。朱小凤刚刚失去了自己心爱的人，他不想失去胡芙蓉这个可敬可爱的女人。

而胡芙蓉内心也是波澜起伏。她何尝不知道此去的凶险，她更知道，一旦她离开小西场，告别了这个让自己心仪的男人，很可能就成为永别。鬼子如此丧心病狂地围剿他们，这场战斗，最终将是一场生死未卜的战斗。她真的怕就此失去。

眼里含着热泪，两双手紧紧地握住，再一次深情地回眸，这一次，她们都想把彼此永远地刻印在心底。

"驾！"巩殿坤一声大喊，"雪玉狐"在他的拍击下腾空而起，"嗖"的一声，从倒塌的围墙冲了出去。就像离弦之箭，长长的鬃毛披散开来，在新主人的麾下，这马如风，如电，马蹄像不沾地似的，一路霹雳而去。

没有人会想到，这时候会从院子里冲出一匹宝马来，几乎是闪电一样疾驰而去，敌人正在恍惚间，那马已消失了踪影。等日军伪军一起会过意来，鸣枪追赶，都已为时已晚。

"副营长，按照现在这个情势，日本人的进攻将一轮狠过一轮，可能我们等不到团长带人来增援了！"晋志云忧心如焚。

"我们也不指望增援了，要和各排说清楚，现在只有背水一战，要下定决心，与敌人决一死战，誓与阵地共存亡！现在就是拼毅力拼勇气的时候了，任何时候都不能丧失信心，谁坚持到底，谁就可能是最后的胜利者！"巩殿坤依然豪情满怀。

"好的，看样子敌人想分割包围我们，我俩做个分工，我在北边指挥，你在南边指挥，能照应的就彼此照应，不能照应的就各自为战。咱们和敌人拼了！"晋志云也脱去了上衣，他在二十四团尽管有"四金刚"雅号，可打仗从来都没见过他脱了上衣，这一次，他也破例了，挥开了衣袖，看样子，他要大开杀戒了！

第三十章

第三轮进攻又来了

狂风继续发出狮吼，枯叶、黄沙漫天起舞，所有的林木在呜呜地哀鸣。

就在这时，敌人发起第三轮进攻，枪弹的浓烟吞噬了这里的一切。

冲静夫传令长岛、乡原各率人马，务必在这一轮拿下小西场。以他带来的军事力量，这一个连的新四军，已经耗费了六七个小时，竟然拿不下来，他从心底里实在不甘心。如果再这样拖延下去，一旦对方的主力部队过来增援，最终鹿死谁手还是未知数。必须尽快消灭眼前的敌人，这是别无选择的命令。他甚至不止一次地瞅着指挥部里专人看守的那几个特制的弹箱，那里面藏着他的秘密武器，不到万不得已不能使用。

敌人的三八大盖、轻重机枪、手榴弹、掷弹炮、步兵炮一起开火，子弹、炮弹一股脑儿地飞向院心、房内，小西场又一次迎来暴风骤雨般地进攻。而此番炮火轰击的重点，冲静夫瞄准了村落的东南角，他认为，只有首先从那里撕开口子后，日军两路人马才能突入进去，从而完成切割包围的目的。

日军作战的实力，二连每一个战士都有所领教。敌人的顽强，有时候就是一种"武士道"式的拼命。只要没有撤退命令，这些鬼子不管你火力有多猛，都会向前冲。

二连战士的还击丝毫也没有减弱的态势，每个人处于雪仇的极度愤恨中，这种拼死一搏的状态，也让敌人多多少少心存畏惧。

此刻，撤到东边麦田里的敌人，一开始是站着冲锋，在二连战士的阻击下，敌人接二连三地倒下，现在改成匍匐前进，在麦穗上卧倒，一步一步地朝前爬。等要接近院墙时，突然一个个跃起来，发疯似的冲向院门冲向巷道。

眼看着弹药不多了，但二连的战士们依然奋起还击，每个人抱定拼死的决心，跟着跃起身来，哪怕脑袋被敌人的子弹打开花，也要把最后一颗子弹射向敌人的要害部位，否则辱没了"红二连"的名声，也对不起自己的这条命！

在战士们的博弈还击中，敌人一次次地退却，进攻，进攻，退却，双方陷于一种周而复始的拉锯作战中。

"推倒院墙，打通山墙，相互策应，机动消灭敌人！"巩殿坤、晋志云两人传出话来。

将所有院落和房屋从内部连成整体，便于组织火力和相互策应、机动灵活地消灭敌人。巩殿坤、晋志云审时度势做出这样的决定。现在也顾不得吝惜房子了，为了消灭敌人，保存自己，也只有这样了，等战斗结束了，再好好地为老乡修房子吧。相信，老乡们也会理解的。

战士们将各户房屋的墙壁打通，使各家各户连为一体，先前被围困的战士汇合到一起，有了人手帮忙，院门口的工事也垒高了，垒实了。机动作战的战士们一会穿院墙到南边打一阵，一会到北边去支援，一会穿山墙到东边扫上一阵，一会到西边扔几颗手榴弹。

哲元带着警备大队的人马从旱沟里发起进攻。

后墙也被战士们打出了洞孔来，敌人在明处，我在暗处，打起来容易多了。加上伪军的冲锋从来都是雷声大雨点小，每冲一次，只要前面的倒下了，后面的是绝不可能继续上前的，转身后退的伪军，在哲元的鸣枪威胁下，继续冲锋，然后继续后退，退到了麦田里，最终选择了匍匐前进，像蜗牛一样。

哲元气得脸色发紫，挥着枪，冲着两个中队长一阵狂吠："八格牙路！郭士贵、刘金标的给我冲！如果不冲，你们两个死拉死拉的！"

李树春知道哲元的脾性，这样的脸色，就是要杀人的脸色。如果手下人再不卖力，这家伙肯定要杀人了。

"快去，告诉郭、刘二人，这次给我拼命地冲，再不冲，他俩的命就不保了!"李树春唤来勤务兵韩进生,让他赶紧去告诉这二人。

韩进生与郭士贵、刘金标分别耳语,两个人头冒冷汗,赶紧提枪上前,带头冲了起来。这一次,伪军是真的卖命了,有郭士贵、刘金标两个人在前冲锋,手下的喽啰们尽管有人不断地伤亡,但不再有人退缩了。

哲元脸上现出了得意的笑容。

长岛和乡原继续兵分两路,一路从小西场东边麦田正面进攻,一路从南边小路向北侧翼进攻。两个中队长都知道,这一次联队长可是下了死命令,这一轮进攻必须完成切割包围,消灭这股新四军。

麦田里,日军时而匍匐前进,时而立起身来,还是三人一组,交替射击前进。

长岛挥着军刀,张牙舞爪地指挥手下的日军向前逼近。这家伙非常狡猾,为了躲避子弹,他带着手下人冲锋射击、打上一梭子的同时,转瞬间就地卧倒,继续伏地射击。这冲冲停停的打法,有时候搞得你有点措手不及。

那乡原也是一个不要命的主儿,从来不伏击,直接往前冲,左臂被打伤,包扎起来继续冲。这显然鼓舞了手下的鬼子,在一阵阵地嚎叫中,刚刚被二连战士压制下去的敌人,再次蜂拥着冲了上来。

日军和伪军联合起来,向着二连阵地猛烈进攻。以胡锡璋家的瓦房为中心,院子的南北两个巷道,都涌进了鬼子和伪军。敌人从东南方向突围进来,妄图将小西场一分为二切割开来进行剿杀的作战意图已经显而易见。

这是一场血与火的较量,也是一场气力和意志的较量,更是一场生命和信仰的较量。

战斗持续了六七个小时了,敌人的阵地上,横七竖八地躺下了近百具日伪军尸体。二连的伤亡数字也在加大,李二锁统计了一下,倒下的官兵将近四十人,子弹和手榴弹也所剩不多。

伤亡近半的二连,战士们从一开始的被动还击,再到义愤复仇,到现在的生死一搏,每个人都知道,已经无路可退。拼命,是唯一的选项,只有拼命,才能消灭敌人,消灭了敌人,才可能有生的希望。也只有拼命,才能赢得宝贵时间,给团部营部的主力增援的机会。这个理,大伙都很清楚。

巩殿坤赤裸上身，已经丝毫找不到平时那位秀气的副营长的一点痕迹了。他在尘土和硝烟里钻进钻出，成了一个"黑人"，见不到一块清白的皮肤。

"同志们，该是拼命的时候了！鬼子也是人，他不是神，不要怕他，他强，你要比他更强，要从气势上压倒敌人！有句话叫强者无敌，咱二连的战士，没有一个孬种！"南边的巩殿坤一边组织还击，一边鼓舞士气。

北边的晋志云，脱了上衣，双枪左右开弓，这个样子，战士们还是第一次见。大伙知道，这是连长打急了，急红了眼，他要大开杀戒了。只见他一边战斗，一边发出吼声："来吧，小日本，爷不怕你，有种的来啊！"

作为一名军人，他的枪法，虽不说像刘明俊那样的神枪手，也算是全连的标杆之一；作为一名主官，他不但是一名优秀的军事指挥者，还是一名出色的政治工作者。

"同志们，我们现在无路可退，头脑里只能有两个字，拼命！我们是正义之师，鬼子是强盗之徒，他们侵占我国土，杀害我军民，我们每个人都是为国而战，为牺牲的战友而战，就是死了，也死的光荣，死得其所！那些倒下的战友在看着我们，根据地的老百姓在看着我们，团长营长他们也在看着我们，我们绝不能给'红二连'的名号抹黑！

"同志们，考验我们的时刻到了！我们为反抗侵略、为挽救中华民族危亡而战斗牺牲，这是一个军人最大的光荣。谁都有一死，我们死在抗日战场上，人民将永远会记住我们的！

"坚持就是胜利，我们的人已经冲出去报信了，相信，团长他们肯定来支援我们的！同志们，给我狠狠地打，我们就要打出一个坚守待援的时间来！"

副营长、连长的率先垂范、鼓气加压，使二连的战士们空前团结，他们每个人都在暗暗发誓，只要有一口气在，就不让敌人冲进来！

硝烟中，一排长温新顺和温五辈两个人相互穿插，交替狙击敌人。一个村子出来的他俩，论辈分，温五辈比排长高。暗地里，排长管他叫叔呢。突然，温五辈身子一歪，前胸挂彩了！他还若无其事地在继续攻击，可渐渐地双手无力地垂下了，面前血流如注，衣服瞬间染红。温新顺瞥见了，急忙过来抱住了他。

"叔，你中枪了！"温新顺光着上身，他索性脱了裤子，就剩一个大裤衩，他撕了裤子来帮温五辈止血，可是止不住。

"叔，你可不能死啊！"温新顺一边按住伤口，一边哭喊着。

"别，别，费事了……排长，你，你……不要管我喊叔了，你是排长，要……要有个排，排长的样子，我……我……不能，不能……陪，陪……你了……"说完，温五辈头耷拉了下来。

温五辈牺牲了，温新顺把他慢慢地放在地上。他来不及拭去脸上的泪水，摸来了两枚手榴弹，一边开枪射击，紧接着两枚手榴弹跟着先后飞了出去。

穿着一个裤衩，光着上身，站起来向着敌群打枪，在所有战斗的人员中，显得特别显眼。敌人的子弹也跟着一起射来，几个回合之后，温新顺不幸中枪倒下。

一排剩下的战士们一边还击，一边喊着"排长"，可是排长再也听不到了。二班长王书方抱着排长的头，一个劲地摇着他的身子，呼唤着他，哭喊着他，可他再也没有睁开眼睛。温新顺一句话没有留下，就这么走了，王书方喊一声哭一声，声音异常凄惨。

机枪手老魏急红了眼，发疯似的抱着机枪站起来扫射。他嘴里嚷嚷着"狗日的，死去吧"，敌人像枯树桩一样的倒下，他开心地笑了，"我让你冲，来啊，小日本，爷喂你子弹吃，包你吃个够，哈哈哈——"

这拼死的劲头，让王书方担心了，他冲老魏大喊："老魏，你不要站起来，给我趴下！"

"兄弟，没事，这小日本欺软怕硬，他们也怕我手中的家伙，管叫他狗日的吃个够！兄弟，我万一光荣了，你一定要给我好好活着，回去你还要帮我照顾我的儿子呢！"他边打边嚷着。

在众人密集如雨的还击下，巷道里到处都是敌人的尸体，攻击的日军每进一步，都付出了沉重的代价。

老魏还在拼命地扫射，长岛命令手下的日军对准他射击。转眼间，老魏被敌人瞄准，叭的一声，射中了他，但他依然屹立不倒，咬着牙抱着机枪继续作战。长岛又命令鬼子向他扫射，老魏的胸前一下子被打成了筛子，终于不堪重负地倒下了。

他大口地吐血，气脉渐无，临死的时候，眼睛都没合上。王书方知道，老魏心有不甘，替他慢慢地合上了眼睛。

"老魏，我让你小心，让你趴下，你就是不听！现在你走了，连儿子也不要了，扔下了我们，扔下了你的老婆儿子。你咋这么狠心啊?!"王书方一边哭着，一边数落着他。

现在一个乡出来当兵的，只剩下王书方一个人。一排的四个人走了三个，温新顺、温五辈、老魏都走了；二排的两个人，温进书、王玉山都走了。

再多的埋怨，已唤不回老魏，再多的眼泪，也浇不醒老魏。此刻，他想起老魏的嘱托，想起老魏的儿子，同时，他也想起远方的妻子张香果。

他觉得这辈子最对不起的一个人，就是香果，她不应该嫁给他这个不负责任的男人，结婚第二天就走了，扔下了她黑夜青灯慢慢地熬。这是多么残忍啊。

又一阵厮杀声传来，鬼子又冲上来了，他抱起了老魏的机枪，从老魏牺牲的地方站起。他忘记了先前让老魏趴下的提醒，自己也不顾一切地疯狂还击起来。

他怒吼着，眼睛和枪口一起喷着太多仇恨的烈焰，他要把这些罪恶的豺狼统统扫尽，他要替所有的烈士报仇。

他要为文书，王玉山，刘双付，大勇子，温进书，麦根子，一排长，温五辈，老魏，还有那么多倒下的战士报仇，一颗子弹，就要讨回一个人的血恨！

耿傻子、刘本成、王孩儿三个人给连长叫去，和胡一华、胡一胜等人一起为战士们收集子弹枪支了，一排阵地上只剩下通讯员李二锁一个人在忙着找弹药。只见他汗水泪水交织在一起，一会儿跑，一会儿爬，一会儿弯着身子，一会儿跪在地上，院内、房内来回钻，见到战士们一个个牺牲倒下，他又像个孩子似的伏在烈士的遗体上，又是哭，又是喊。

排长温新顺说了，一定要尽力保证机枪手的子弹，老魏的子弹都是他供应的，可转眼间，排长、老魏都走了，他的眼泪似乎都哭干了，脸上风干的泪痕依稀可见。

王书方像个疯子一样，军帽扔在一边，头发还是上次在苏家嘴时麦根子给理的，现在全乱了，披头散发的样子，着实吓人。也许，这就是男人疯狂的样子，面目张狂，无所顾忌。可李二锁心里为他捏着一把汗。

果不其然，只听"啊"的一声，王书方一下子倒在地上，机枪摔在一边，他想伸出手去捡枪，可实在无力，只好作罢。

李二锁冲上去，扶起了他，全身瘫软的他，艰难地从怀中掏出那封家信，信已沾上了鲜血，微微颤抖着递与李二锁。

"二锁，你一定要把这封信保管好，有机会给我寄回去，信的背面有地址。你还要通知傻子，让他带好王孩儿、刘本成，还有你……"

李二锁哭着点头答应了他，将信揣到怀里。

王书方声音越来越微弱，意识已经开始模糊。隐隐约约中，他好像见到了一个人，定睛一看，原来是妻子张香果。

"香果，你来啦！"见到妻子，他既感意外，又是惊喜。

"书方，你怎么这么不小心，咋伤得这么重啊？"妻子哭了起来。

"香果，你不要这样，不要哭，这没什么，当兵的哪有不死人的，你不要难过，我死了，也是为国而死，死得值。唯一遗憾的是，不能和你生儿育女了，如果有缘的话，来世吧。"

"书方，你不会死的，你不会死的，你要挺住啊！"妻子悲痛欲绝。

"香果，你是一个好人，我走了以后，你找个好人家嫁了，不要一个人守着了，忘记我吧。好老婆，永别了！"

"书方，书方，你睁开眼啊，你不能死啊！"妻子哭喊着。

"二班长，二班长，你睁开眼啊，你不能死啊！"李二锁哭喊着。

王书方走了，永远地闭上了眼睛。一首歌，在上空悠悠飘荡。

一曲长歌

响起在太行山外

一杯浊酒

醒来已在江淮平原

天地一行泪

江河共徘徊

家国破碎千万里

一骑独行梦不还

我的哥哥哟

哪里是你的阳关

哪里是你的故园

……

小西场最南端的胡锡月家，单门独院，北侧紧邻的胡锡珊家，没有院落。二连战士住在其余六个院子里，这两家没有住人。

所以战斗打响时，心存侥幸的胡锡月的家人就没有撤走。

胡锡月夫妇此刻最担心的不是别人，而是他们的儿子胡一胜。天没亮，一胜就去帮着二连做事了，谁承想，这一走就没见他的影子。日本人现在包围了北边那几个院子，双方激战如此凶烈，一胜困在里面是死是活，无从知晓。

"让他少去惹是生非，偏偏不听，他才18岁啊，这可怎么是好哟！"妻子董氏捶胸顿足，心急如焚，胡锡月也在院子里转来转去。

"老爷，不行的话，我们夫妻俩去找找一胜少爷吧。"伙计朱三夫妇合计了一下，主家待他二人不薄，决定一起去将一胜找回来。

"这可太好了，可是你们怎么出去啊？"胡锡月夫妇破涕为笑，他们从心底里感激这对夫妇，可外面到处是鬼子伪军，如何冲进北边那几个院子中，这倒是一个难题。

"老爷，我刚才站在梯子上偷偷向北边瞧了半天，现在双方打得不可开交，鬼子也是一会进得巷道，一会退出巷道，如此反反复复，进进出出的。四爹胡仕雅家的南院墙已经毁塌了，我们先去胡锡珊家躲一会，然后瞅准一个机会，等鬼子二皇退出北胡锡珊家北侧巷道的那个当儿，我们穿过去，进入四爹家。我看到北边那几家的院墙不是炸塌了，就是打通了，只要进入四爹家，就不愁找不到一胜少爷。"朱三像是在摆兵布阵似的，说得头头是道。

"这样吧，外面的子弹认不得你是谁，你们要是冲出去，我把厨房里的那两口大铁锅给你俩拿来，你们顶着，兴许有个遮挡。"胡锡月还是不放心。

朱三夫妇顶着锅，跑到了胡锡珊家，埋伏下来，瞅着巷道，趁着敌人后撤的机会，猛地冲过去，几乎一气呵成。短短的十几分钟，朱三夫妇完成了一个本来非常艰难的冲锋过程，他们竟安全冲到了胡仕雅家的院子里。

"你们来干吗的，这里危险，赶紧离开！"看到这两个顶锅的人，巩殿坤大声呵斥。

"我们是来寻胡一胜少爷的，他父母找他！"朱三夫妇耐心地解释道。

"那你们去胡锡凡家看看！"巩殿坤知道胡一胜正和胡一华他们在一起，正在胡锡凡家院子里帮忙救人，寻找枪支弹药。麦根子走了，胡芙蓉、朱小凤冲出去了，现在这两个人就像二连的战地勤务兵一样，哪里有危险，哪里有需要，哪里就有他俩。

倒下，奋起，射击，中弹，牺牲，朱三夫妇第一次如此近距离地感受什么叫残酷的战争，什么叫血淋淋的死亡。在他们穿越院墙的分分秒秒里，几乎都有着死亡的威胁。

"少爷，少爷，老爷让你回家！"终于找到了胡一胜，满面尘灰污垢，完全没了 18 岁青年英俊的影子，像一个无家可归的流浪汉一样，在这样的场合里，能够相遇，有着别样的惊喜。

"我不走，你看这么多的伤病员需要我们，还有，要收集枪支弹药，归拢了交给战士们，他们也需要我们，你们说，我们怎么可能走呢?！"此时的胡一胜，已经和二连融为一体，俨然是一个战士了，他一口拒绝了朱三夫妇的劝说。

这样的时刻，这样的境地，这样的惨烈场面，什么样的说辞都是多余，再说，胡一胜也不可能做一个逃兵，就这样离开战场。朱三夫妇竟也默默地加入了救死扶伤的行列，他们已经忘记冒死前来的使命。战争，真的会改变一切。

胡一胜和胡一华在几个院子里来回奔跑，只要有一丝机会，他们就去救人，最后，纱布没了，布带没了，就连两个卫生兵也在敌人的炮弹袭击中牺牲。现在，对二连战士来说，所谓的救治，也只能是简单地包扎，重伤人员那疼痛的叫声，就像刀一样扎在他们的心头，他们爱莫能助。

此刻，还有更大的任务就是寻找枪支弹药，子弹打光了，弹药一旦跟不上，那就面临着阵地沦陷，就意味着死亡的迫近；看到战士牺牲了，就将他手中的枪收来，交给一线的战士，供他们继续战斗。战场上的供给线和生命线，在他们手中传递。

胡锡璋家院子南北巷道里的敌人一次次地涌进来，一次次地被击退。北巷道里有乡原的人马，南巷道里有长岛的手下，两伙敌人各自为战，想尽快完成切割包围。

瓦房东南角的院墙已经坍塌，长岛手下的一个小分队准备从这里向院子里冲。

就在这时，有一个孩子的身影跑了出来。原来，紧贴着院墙坍塌处有一个猪圈，一个八九岁的小姑娘，披头散发，像是受了惊吓刺激，已经有些神情恍惚，从里面跑出来，哭着喊着要妈妈。

胡锡凡家院子里的胡一胜听见这哭声，循声望去，他心头一惊，这不是二叔胡锡璋的女儿、8岁的堂妹妹胡延兄吗，她怎么一个人在这里。很可能胡一荣带着大伙从各家院落里撤退的时候，这孩子被枪炮声炸懵了，一个人跑到猪圈里躲起来，最终没有跑出去。

现在跑出来，这不是找死吗?! 胡一胜万分焦急，所有的战士也都捏着一把汗。

鬼子也杀红了眼，这时候看到有一个小姑娘竟从院子里跑出来，怎能轻易放过。长岛一挥手，一个鬼子端着刺刀就朝小姑娘刺去。胡延兄一下子倒在地上，可怜那姑娘扑腾了几下，竟挣扎着爬了起来，手捂着肚子，蜷缩回猪圈旁。

这些畜生，连个孩子都不放过！胡一胜咬牙切齿。

就在这时，巷道里突然下起了"砖头雨"。原来，战士们把瓦房山墙打通后，将地下的砖头搬来，一股脑儿地砸向敌人，鬼子不怕子弹，竟怕这硬砖头的打击，个个疼得哇哇乱叫，抱头鼠窜，竟一下子撤出了巷道。

胡一胜箭一般地冲到了对面二叔家。院墙角落里传来微弱的哼疼声，胡延兄那小小的身躯躺在地上，浑身全是血。让人触目惊心的是，堂妹妹的肠子都被刺刀捅了出来。

"妹妹！妹妹！"胡一胜抱着堂妹，一个劲地哭喊着。这孩子才8岁，竟遭此毒手，他妈的鬼子太残忍了，胡一胜心里诅咒着这些恶魔。

哼疼的声音渐渐低落，堂妹活活地疼死了。胡一胜抱着她，站了起来，跌跌撞撞地向胡锡璋家的堂屋走去。胡延兄是二叔二婶家最小的女儿，也是他俩的心头肉，堂妹就这么死了，胡一胜恨自己没有能力保护好她。

敌人又冲进了巷道，枪子继续密集地飞了起来。猝不及防的胡一胜一个踉跄，跌了下去。敌人的子弹打中了他的心脏部位，他还没来得及说一句话，就这么走了，手中还紧紧地抱着堂妹妹。

　　胡锡凡院子里面的朱三夫妇，正跟着胡一华一起忙乎着，远远地，他们看到了一胜中枪倒地的一幕。朱三急着要冲过去，被胡一华一把拽住。

　　"巷道里都是鬼子二皇，你去也是送死！"

　　"不行，我们得去给少爷收尸，如果不去，一辈子良心会受谴责的！"

　　"你看看这四周围有多少我们的战士倒下了，现在不是收尸的时候。人死不能复生，我们活着的人要好好地活着，活着才有机会为死去的人报仇！"

　　朱三夫妇尽管是个伙计，但他们二人都是明理识事的人，也是重情重义的人。听了胡一华的话，他俩擦干了泪水，一同投入激烈的战斗中。

　　"子弹打光了，就从鬼子尸体上搜枪支、抢子弹来战斗！"

　　"集中所有的弹药，把子弹集中给机枪手！"

　　"让砖头飞起来，一块砖头，就是一颗子弹，这足以取鬼子的狗命！"

　　"敌人冲进来，就把各家院子里成捆的草垛点了，烧死这帮狗日的！"

　　命令接二连三地下达，战士们的情绪依然高涨。子弹雨在下，敌人被打得屁滚尿流，砖头雨在下，一下子又被砸得晕头转向。再看那成捆的草垛也点燃了，扔向冲进巷道里的敌人，个个被烧得哭爹喊娘。

　　指挥伪军冲锋的哲元，先是被砖头砸中了手臂，紧接着又被草垛火烧得差点把头发点燃，他吓得连连后退，伪军死伤数在不断增加，已没了斗志，也跟着哲元撤出了巷道。长岛、乡原什么便宜也没讨着，而且白白丢下了那么多的鬼子尸体，他俩气得叽里呱啦地狂吼。

　　冲静夫联队长目睹了作战的过程，如果再这样拖下去，日军伤亡会加大，同时，敌人的增援很可能就在路上。他无奈地下令暂时撤退，他知道，对付这股悍敌，该用撒手锏了！

　　那脸色已全无一丝血色，可怕的凶相，像是从地狱里冒出来的恶煞神一样，令人毛骨悚然。

"一排长！一排长！温新顺人呢？温新顺哪去了？"

战士们艰难地打退了敌人的第三轮进攻，巩殿坤大声唤着一排长温新顺。

无人应答，短暂的沉默。

此刻，大风已渐渐停息，枪炮声也暂时没了声响，偶尔听得胡锡璋家院心里的那匹"赤兔"马孤独地悲鸣着。也许这叫声是为死去的战士鸣不平，也许是埋怨那离去的"雪玉狐"，不该独自跑了，把它孤独地扔在这里。

"报告副营长，一排长他，他……"李二锁跑来，上气不接下气，没说两句，竟哭了起来。

"一排长怎么啦？"巩殿坤情知不妙，急急地问道，"一排长他重伤了，还是怎么了，你说啊！"

"他牺牲了！呜——呜——"李二锁哭了起来。

温新顺的牺牲，对于巩殿坤、晋志去来说，是个莫大的打击。他是二连标杆式的人物，是从枪林弹雨中闯过来的、久经考验的得力干将。他的离去，犹如让他俩断了一个臂膀。

"二排长！三排长！"

"有！""有！"张德纯、高彩光都跑来了，响亮地答应道。

还好，这两个排长安然无恙，让两位主官的心稍稍宽慰了许多。

"各排清点人数！"

通讯员李二锁根据各排的报告做了统计，现在二连一共还剩下 41 人，有42人牺牲！

42人牺牲！这沉甸甸的数字，压得巩殿坤喘不过气来，他甚至想大哭一场。一半人没了，其中一些人还是二万五千里长征路上一路冲杀回来的红军战士，他后悔当初没听晋连长的建议，另寻一处地点宿营。他甚至有点怀疑自己，在战斗刚刚开始的时候，没有采纳文书等人的建议，选择突围，反而偏执地下令坚守待援，这样的命令是否错了？现在看来，等不及团部营部的增援，一切都得靠自己！

晋志云看出巩殿坤脸上的难过和后悔的神色，走过来安慰他："老巩，我觉得今天的偷袭很可能是有人给日本人报了信，泄露了我们宿营的地点，再有什么后悔的话都无济于事了。我知道你也是为大部队安全考虑，这是一种责任和担当，你的选择也无可厚非。现在也不是后悔和难过的时候，我们现在要做的，就是如何消灭这帮鬼子伪军！杀他一个是一个，多杀一个，就是给自己多一个活着的机会，多杀一个，就是多给一个死去的战友报仇！"

巩殿坤、晋志云、张德纯、高彩光等人临时聚在一起，召开了短暂的战地分析会。现在三个排每个排只剩下十几个人，一排长走了，由晋连长兼任一排长。大家一致认为，此时敌众我寡已无突围可能，现在只有与敌人决一死战。子弹不多了，把子弹集中给机枪手，机枪手牺牲了，下一个人顶上去，好在如何打机枪，过去都曾经训练过，现在人人都是机枪手，人人都是主攻手。所有的战士上好刺刀，一旦没了子弹，就准备和敌人拼刺刀。

"打枪是瞄准的功夫，拼刺刀是面对面的功夫。日本鬼子所谓的'武士道'精神，就是一种勇气，狭路相逢勇者胜，他狠，你要比他更狠，他叽里呱啦地喊，你也大声地吼出来，气势上要压倒他，不要怕他，你如果怂怕了，你就死在刺刀尖上！"

此刻，晋志云想起了一排长温新顺上次在顺河训练时说过这番话，他凭记忆给大家重复着一排长的话，如果一排长现在活着，再给大家讲一讲拼刺刀的体会，该有多带劲啊。

晋志云比谁都清楚，拼刺刀，是二连战士的强项，他们参加的大小战斗近百次了，拼刺刀的技法已经有了丰富的实战经验。再说，每次训练时，拼刺刀那是硬碰硬的功夫，战士们拼杀起来，可从来不曾含糊过。

"现在，敌人数倍于我，我们剩下的 41 人，每个人不拼他个三五个，那就不够本，只有这样，才能真正消灭对方的有生力量。还有一点，敌人也不是吃素的，对方的强悍要充分考虑到，绝不可轻视他，但也不要畏惧他。同志们，狭路相逢勇者胜，这句话就是真理！真正比拼力量、意志和勇气的时候来了！"他做着最后的动员。

胡锡璜家作为临时连部和卫生所，现在损毁最为严重，考虑到拼刺刀的需要，三个排暂时不能拥挤在一个院子里，选择在胡锡陆、胡锡璋、胡锡凡三家联通起来的院落作战。

"狭路相逢勇者胜！""狭路相逢勇者胜！"这是二连主官们的一句口头禅，现在成了拼刺刀的口号。此起彼伏的口号声里，战士们摩拳擦掌，准备迎接敌人新一轮的攻击。

冲静夫来了。

正午已过，冲静夫联队长再也坐不住了，他直接来到了前沿阵地，所有的日伪军感到了空前的压力。联队长不惜性命，亲自移师前线，足以说明接下来的仗将更加凶恶和酷烈。

"八格牙路！大日本帝国军人的脸面全给你们丢尽了！"冲静夫一到，就命令进攻部队归兵一处，对着长岛、乡原、李树春、胡占禄等人一顿咆哮。

三轮进攻都没能拿下小西场，攻进了巷道，却一次次地被对方赶了出来，刚才统计了一下，日伪军死亡人数达到 107 人，这个数字可不是小数目，他感到颜面尽失。更让他生气的是，107 人中，日军死亡 45 人，伪军死亡 62 人，日军这么大的伤亡，这就是警备大队贪生怕死不肯往前冲的明证。

几次他要举起战刀，摆出一副要惩办罪魁祸首的样子，哲元都上前劝阻："学长，也不能全怪几位队长的无能，这院子里的'毛猴子'实在太厉害了，我也是第一次碰到这么难啃的骨头。再说，警备大队战死的人比例也不小啊。"

"学弟，你我都号称'中国通'，可你真正地研究过共产党吗？他们如此不要命地抵抗，到底是靠一种什么力量支撑？我想，那可能是一种信仰的力量。共产党的部队我是领教的了，那武器装备和我们大日本皇军不可同日而语，但是每一次打仗，为什么他们能和我们有一拼，关键是那可怕的什么爱国主义和共产主义的信仰，那些人对于信仰的忠诚程度，就像是被洗脑一样，我们切不可小觑他。"

"学长言之有理。我也领教了这种信仰的可怕，这些人把每一次的牺牲，都说成是为了国家、为了民族的解放，甚至是为了人类的解放。这种信仰太可怕了！那我们下一步准备怎么消灭这些敌人，您有万全之策吗？"

"我之所以让你们撤回来，一是到现在大家没有吃早餐，让大家吃一点压缩食品补充一下体力；二是想来想去，觉得仗不能这么打了，这样下去是一场消耗战，白白地让我们的武士们送了性命不说，而且下一步很可能陷入敌人援军的包围之中，所以只有速战速决。"

"如何速战速决？"

"投放毒气弹！"冲静夫指着从指挥部里抢来的几个特制的弹箱，恶狠狠地说道。

"啊？这个毒气弹，是国际公约明令禁止使用的武器，大本营曾建议，非常时刻，可以使用这类武器，但要慎用，现在使用它，会不会给大本营带来影响和麻烦？"

"学弟，你这是妇人之仁啊，现在就是非常时刻，还在乎那么多的约束吗?！这毒气弹也是大本营刚配置的，我这次要试一试它的威力。只是我们防毒面具不多，等会儿，毒气弹施放以后，等敌人被熏昏后，让警备大队的人用毛巾湿水遮住口鼻在前开道，一部分皇军戴着防毒面具在后跟进，主要是要活捉一批'毛猴子'。等毒气消散得差不多的时候，其余皇军再上去，杀他个片甲不留！"

"为什么不让全部的皇军先上去？"

"学弟啊，毕竟这东西有毒，我怎么能拿武士们的性命开玩笑呢。"

"好的，一切听学长的！"

两个人的对话都是说的中文，他们毫不避讳一旁的李树春、胡占禄等人。这两人听得真切，在冲静夫和哲元的眼里，伪军的性命和日军比起来，那就是芦柴比天，伪军死的再多，他们也不心疼。让警备大队的人先上去，用那湿毛巾挡脸，有什么屌用啊？日本人戴防毒面具，他妈的，他们是爹妈生的，我们是土里刨出来的啊？两人一肚子的愤懑，可是谁又敢惹日本人啊！

所有的日伪军全部集中到东边的掷弹炮阵地，拿出随身携带的干粮狼吞虎咽起来。

一些日军戴上了防毒面具。这面具样子长得怪怪的，许多人第一次见到。那东西为人面形状，罩在脸上，两个透明镜片，嘴部一根长长的可伸缩软管连接一个空气过滤器，放在斜挎包里面。每个防毒面具上标着"军事保密"四个字样，足见毒气弹这东西是见不得人的了。

哲元通知警备大队的人解下随身毛巾来，全部放水里沾湿了，随时待命，一旦下令，便捂住口鼻冲上去。

冲静夫竖起了战刀，一声令下，毒气弹投放人员就位，第一批两枚"绿一号"入膛，发射，腾空而起，向小西场飞去。

刚才，敌人全部撤离到东部的大路上时，便引起了巩殿坤、晋志云的警觉，他们预感到敌人可能要有新动作。可敌人带来的步兵炮弹早就打完了，不会再有什么炮弹要打了吧。

就在这时，他们听到"咚""咚"两声炮响，炮弹腾空啸叫而来。

"不好，有炮弹，快点找掩体躲避一下！"巩殿坤大声命令。

可这一次炮弹爆炸，不见地塌土平式的剧烈震动和人员伤亡，却见炸弹中爆裂喷发出一股绿色的浓烟，将整个小西场淹没了。这些烟雾一下子钻进战士们的眼睛、鼻子、嘴巴，每个人像受了强烈刺激一样，流泪不止，咳嗽不已。

"不好，敌人放了毒气！"晋志云在团部参加培训时，听作战参谋讲课时说到这东西，人一旦吸入，眼睛、鼻腔、口腔的黏膜就会受到刺激，他大声惊呼，"赶紧找布蘸水，捂住口鼻！"

战士们从来没有见过这东西，许多人一下子睁不开眼睛，眼泪直流，顿时慌作一团。

"大家不要慌，这是敌人的毒气弹，赶紧按照连长说的，到各家水井、水缸里找水，毛巾、布片、衣服沾湿了捂脸都行！"咳嗽中的巩殿坤一边捂口，一边向各个院子里大喊。他再怎么也没想到，敌人不顾国际公约，做出如此泯灭人性的事来。

这毒气也飘到了小西场北边，隐藏在旱沟边上菖蒲里的人们，也闻到这股气体，强烈的刺激下，有人咳嗽起来，有人睁不开眼睛，眼泪一个劲地流着。

"狗日的，这是什么东西啊？"

"这是毒气！"胡一荣在军校待过，听说过这冒气体的炸弹是毒气弹，"大伙少说话，用布捂住口鼻，尽量少用嘴来呼吸。听说这东西怕水，用湿布捂住嘴来呼吸。"

哪里有水呢，去咸岔河方向的路都有伪军把守，东边的大汪塘那里全是鬼子占着。有人拿手绢在麦田沟里找水濡湿了，有人干脆用布接了小孩子的童子尿来捂脸，一边流泪，一边大骂这鬼子是畜生！

这边还没消停下来，小西场又响起了第二波爆炸声。原来敌人又发射了两枚"红一号"毒气弹！

这毒气颜色变了，是一种赤红色的，人吸了以后，有人呕吐不止，有人头晕目眩，有人意识有点模糊起来。

"大家挺住，用潮布捂住口鼻呼吸！"接过李二锁递过来的潮毛巾，巩殿坤不顾个人安危，向着战士们大声呼喊。

小西场，咳嗽声，呕吐声，叫骂声，混杂在一起。这毒气的威力还是很大的，全连有八九个战士没来得及防护，毒气吸入的量大了，纷纷栽了下去，就是脸上浇水，半天也不见动弹。

其他战士害怕了，这毒气威力太可怕了。偏偏就在这时候，原本见晴的天空刮起了大风，整个村庄尘土飞扬，真是天助我也，小西场上空的毒气散去了许多，战士们的头脑清醒了许多。

大家赶紧七手八脚地把陷入昏迷的战士抬到墙角。短暂的慌乱之后，战士们又意志坚定地守护在各自的岗位上，尽管有人还在流泪不止，有人呕吐不止，有人甚至意识还有点迷离，但没有人退缩，钢铁一样的意志支撑着每一个人的心智。

毒气弹侵袭之后，烟雾尚未完全散尽，敌人又发起了第四轮进攻。

湿毛巾掩面的警备大队的数十人在前，后面跟着几十个戴着面具的日军。伪军由李树春带队，日军由乡原带队。

战士们也是湿毛巾掩面，一边捂住口鼻，一边继续战斗。

"有子弹的给我瞄着二皇伪军打，机枪对着后面戴面具的日军扫射，敌人靠近了就用砖头石头砸，子弹打光了就拼刺刀！"晋志云一声令下，所有人一起开火。

迎面而来的伪军有的中枪倒地，有的闻到了毒气刺激的味道，一心想着回撤，可冲静夫赋予了乡原一项特别任务，就是见着临阵脱逃的伪军，就地枪决。因此，所有的伪军在日军的恫吓下，只好硬着头皮往前冲，一阵慌乱还击。

"同志们，等敌人靠近，把所有的子弹都给打出去！"见敌人越来越近，有的已经快要闯进院子，巩殿坤大喊起来。

一阵猛烈的还击，战士们将枪中的"子弹雨"劈头盖脸地射向敌群，伪军和日军倒下了一片，但敌人的进攻丝毫没有减弱。

刚才战斗的间隙，二连把能集中的弹药都搜来了，这番抵挡的猛烈程度，让敌人丝毫感觉不到这是最后的还击，冲静夫甚至觉得，是不是新四军有了一批新弹药的补充。他万万想不到，毒气弹袭击之后，新四军还有如此的战斗力，这些人难道有金刚不倒之身吗?!

但是毒气尚未完全消散，他不能让后面的日军轻易上去，他知道，受过毒气侵袭的人，会留下一辈子的后遗症，以自保为前提，这是大本营对于使用毒气弹的死命令，否则将面临军法处置，他不能冒这样的风险。

"给我冲！退后的，死拉死拉的！"后面的乡原的指挥刀不停地挥舞着，口中狂吼着，前面冲锋的伪军听到这杀气腾腾的怒吼，没有人敢懈怠，硬着头皮继续往前冲。

> 大刀向鬼子们的头上砍去！
> 全国武装的弟兄们！
> 抗战的一天来到了，
> 抗战的一天来到了！
> 前面有东北的义勇军，
> 后面有全国的老百姓，
> 咱们军民团结勇敢前进，
> 看准那敌人，
> 把他消灭，把他消灭！冲啊！
> 大刀向鬼子们的头上砍去。杀！

"杀啊!"子弹纷飞、风沙飞扬中,日伪军冲到了近前,一阵"砖头雨""石头雨"迎面砸去,冲在前面的那些伪军哭爹喊娘,一个个抱着头四处躲闪。子弹所剩无几,趁着风沙扬起、敌人视线不清的机会,巩殿坤、晋志云、张德纯、高彩光领着战士们一起唱起了雄壮的"大刀进行曲",唱罢,一阵呐喊"冲啊""杀啊",从各自的阵地一跃而起,有人挥舞着虎头刀,有人端着刺刀,冲进敌群,与敌人展开殊死肉搏。

"王孩儿,吹冲锋号,使劲地吹!"巩殿坤大声命令王孩儿。

王孩儿举起冲锋号,鼓着腮帮子拼命地吹了起来,他知道副营长这时候让他吹号,就是让这号声鼓舞战士们的士气,冲锋杀敌、拼死一搏的时候到了!

拼杀,拼杀,刺刀拼弯了,大刀砍卷了,石头砖头一起砸上去。冲锋号声、撕喊声、咒骂声和刺刀捅进胸膛的"扑哧""扑哧"声交织在一起。两股人群像水与火的洪流撞击在一起,瞬间蒸腾起摄人心魄的杀气。

一排的耿傻子、刘本成这些"孩子王",别看他们年纪小,可他们的拼刺刀技术一点不逊于他人,而且身段非常灵活。王书方临死前交代了,让耿傻子带好其他几个人。耿傻子家里兄弟三人,现在二连又多了他两个小兄弟,他须臾不离。耿傻子和刘本成结成二人小组与敌人拼刺刀。只见两人背靠背,一个进攻,一个防守,一个助攻,一个佯攻。

他们先与伪军刺杀,眼前的敌人就是杀害战友的仇人,小战士眼里射出复仇的火焰,四目怒睁,只听"杀""杀""杀"一片怒吼,刺刀碰枪身,磕得叮当地响。

在他们的配合下,一会儿就刺倒了四五个伪军。

就在厮杀的过程中,风又停了下来,有些角落里的毒气还未散去,耿傻子他们几个人所处的墙角里烟气还浓,拼杀起来,谁还顾得上用湿毛巾遮掩啊,都不同程度地出现眩晕的反应。两个戴着面具的鬼子冲了过来,搅乱了他们的阵脚,将他们隔开来拼杀。

墙角里吹号的王孩儿一下子被鬼子刺中,昏死在角落里。耿傻子、刘本成跑过来护着他,与两个鬼子奋力抵挡,左右拼杀躲闪中,两个人都不同程度地受了伤。一排的几个战友一起冲了上来,把那两个鬼子刺杀在地。受伤的耿傻子吸了毒气,渐渐失去了知觉,也晕倒在地。身中数刀的刘本成成了血人,生命力特别顽强,依然屹立不倒,发疯似的与敌人拼着刺刀,退到了墙角，又一个鬼子上来了，刺中了他，他终于倒下了。几个战友见状，又一次冲上来护着他，和敌人拼命，这时，有一个端着轻机枪的鬼子冲进了院子，朝着他们一阵扫射，几个战友相继中弹，一个接一个压在刘本成的身上。

此时，在倒塌的院墙的废墟上腾跃拼杀的晋志云，一个箭步冲了过来，一刀砍去，一下子结果了那个端着轻机枪的鬼子的性命。又一个鬼子奔了过来，他挥动大刀猛地向上一挑一磕，磕飞了刺向他的刺刀，刀锋顺势一翻，劈下，"咔嚓"一声，沿着鬼子的肩膀斜劈下去，一直砍到对方的胸口，鬼子的血飞溅开来，喷了他一头一脸。晋志云来不及擦拭，一脚踹开鬼子的尸首，又向敌群扑去。

拼杀，拼杀，杀喊声依然震天动地，处处刀光闪烁，鲜血喷涌。

胡锡凡家的院子里，巩殿坤挥舞着大刀，敌人在他的刀刃下纷纷倒地，他已经杀红了眼，那种气势让敌人望风披靡。突然，戴着面具的三个鬼子冲了过来，只见他娴熟地将大刀从后往前抡了一圈，再向前一刺，一个敌人倒地，再这么一个转身，闪电一样左右挥砍下去，两个敌人便被抹了脖子，就连面具上那软管都被砍成了两截。

又有两个鬼子端着刺刀，从他身后两侧冲了过来。一旁负伤拼杀的通讯员李二锁瞅见了，大喊："副营长，注意身后!"

巩殿坤躲过了一个敌人的刺刀，另一个敌人的刺刀实在来不及避开，深深地刺进了左肋部位，一下子鲜血涌了出来。他一边捂着，一边继续顽强地拼杀。又有两个敌人冲了上来，刺中了他的小腹，由于鲜血流得太多，他终于体力不支地倒在了糟坊门口。

胡锡凡因为舍不得家产，倔强地没有撤离，这时候的他，吓得躲在房间里，一直没有出来。敌人施放了毒气弹，他一下子被熏晕了过去，好半天，他才慢慢醒来。吓得六神无主的他跌跌撞撞地爬了起来，从房内向外看去，新四军战士们正在和鬼子伪军搏斗。在厮杀一团的人群中，他看见了几个熟悉的身影，他的侄儿胡一华，伙计朱三夫妻俩。

这些人都拿起了刀枪，加入了拼杀的队伍，此刻，他由衷地敬佩着这些杀鬼子杀二皇的人，没有人贪生怕死，个个都是英雄好汉，比起他们来，他感到内心惭愧。

巩殿坤倒在了糟坊门口，胡一华和负伤的李二锁在艰难地拖着他，想把他移到安全的地方。他也顾不得多少了，冲了出来，做起了他们的帮手。

"快，一起把副营长抬进房内藏起来！"胡一华说道。

胡锡凡领着他们到了自己的卧室里，巩殿坤醒来了，他一把拉住李二锁的手："二锁，你是通讯员，一定要活着出去，把这里的情况报告给团长，告诉团长，我们二连没有人给他丢脸！"说完，又昏迷了过去。

迷迷糊糊中，巩殿坤眼前又隐隐约约浮现起和亲人见面的情景。

几天前，他还在梦中见过他们，那天他们一句话没有，一个个只是围着他的大马，偷偷地抹着眼泪。难道，当时家人已经料到了今天这样的结局，料到他会离他们而去？

巩殿坤又何曾知道，就在这几天，日本人出动了几十架飞机，大肆轰炸天水秦安县城，他那瘸腿的姐夫带着姐姐和 5 岁的外甥一起进城买东西，姐夫当场死于轰炸中；失去了丈夫的姐姐，从此一个人带着孩子过着守寡的日子。

亲人的影子在渐渐模糊，他像是陷入一个黑洞里，身子一个劲地往下坠去。

胡锡凡眼含热泪，扯下了床单，将副营长身体裹上，几个人合力将他藏在床下，这样的伪装不易觉察。

"通讯员，我们把你也藏起来吧，你受伤了，不能再去拼命了！"负伤的李二锁走路已经摇晃，胡一华赶忙拉住了他。

"不行，我要再杀他几个鬼子，不然对不起副营长他们！"李二锁坚持要出去。

"你忘记了刚才副营长说的话了？你要服从命令，活着出去报告情况！"

听到这样的话，李二锁也就不再争辩。可又能藏身哪里呢？胡锡凡想起了一个地方。

三人趁乱从胡锡凡倒塌的墙洞里钻到了隔壁胡锡璋家，进了一间堆放杂物的套房，这里竖放着一批厚厚的柴箔子，这是胡锡璋准备夏天盖房子用的。李二锁已经陷入昏迷，他们不由分说将他藏进去，又从外面仔细地遮掩好，根本看不出一丝破绽来，谁能想到，这里还藏着一个伤员啊。

朱三夫妇从来没有过舞枪弄棒，但长工出身的他们，身上有的是气力，看到敌人猖狂，看到战士们的勇敢，他们也急红了眼，气爆了肺，忍无可忍，也是别无选择地从地上捡起了鬼头大刀，背靠着背，与敌人拼起命来。

他们从没有拼杀的经验，一开始仓促上阵，结果他们分别被伪军的刺刀刺伤胳膊和小腿。眼看着刺刀又向朱三刺来，一闪，捅到了他的衣袖口，朱三像是醒悟过来一样，他一个转身，瞅着敌人的破绽，一刀刺进伪军胸膛。杀了一个，就有了信心，他们互相配合，对阵几个回合，就杀了两三个伪军。有一个鬼子向他们冲来，他们也不害怕了，但很是小心，朱三用刀压住敌人的长枪，妻子也用刀压住，朱三突然一个变招，反手用刀砍向敌人脸颊，当时砍断鬼子的动脉血管，鬼子一命呜呼。

一对农民夫妻共同作战，这是这场拼杀中感人的一幕。两个人合力杀了四个伪军、一个鬼子，脸涨红了，眼也红了，浑身像着了火一样热血沸腾。这是他们第一次真刀实枪地杀鬼子、杀伪军，他们感到特别的痛快。

鬼子开了枪，子弹射向了他们，朱三夫妇中枪，倒在了血泊中。两个人咬着牙爬到了一起，手握着手。

"朱三啊，我，我……不识字，我们，我们……两个，这……这，也算，算……不求同日生，但……求同日死了吧……"朱三的妻子嘴里吐着血，断断续续地说着。

"是的，老婆子，我们……穷归穷，但，但……死得值，下，下……下辈子，还……做夫妻……"说完，两人心满意足地闭上了眼睛，手依然紧握着不放。

胡锡凡冲了出来，他再也不想做"缩头乌龟"了，决然加入了反抗的队伍。他操起铁锹向着敌人挥砍过去，一下子两个伪军头被砍开，敌人气急败坏地刺来，胡锡凡轰然倒地，临死的时候，双目怒睁，似乎要将杀他的敌人摄入目光里，两个满头是血的伪军吓得魂飞魄散，抱着开了花的头转身就跑。

新四军、日本兵、伪军搅在一起，一场惨烈的肉搏战在小西场上演。

尽管毒气的余烟未消，有人甚至还有些头晕呕吐之类的现象，但是一种坚忍的意志支撑着每个战士的头颅不曾低下，支撑着每个战士的身子不曾倒下。

机灵的胡一华从水井里汲水，装满了三个木桶，分别放在三个院子里。有的战士头晕了，就用瓢从桶中舀水浇在脸上，湿在布上，脸这么一抹，然后就又冲上去了。大家杀红了眼，没有枪声，没有炮声，只有"杀啊""杀啊"的吼声和刀枪磕碰的叮当声。

晋连长和张德纯、高彩光领着战士们继续拼杀，拼杀，刺刀拼弯了，大刀砍出了豁口，石头砖头砸飞开去。没有了武器就抱着敌人，掐住对方的脖子，死不放手，直到敌人咽气身亡。有的战士硬生生地将敌人脸上的肉、手上的肉咬了下来，敌人疼得哇哇狂叫。

三排的马合林、李金青两个人长得壮实，拼刺刀的功夫自然了得，凡是与他们交手的敌人非死即伤。后来，四五个敌人一起上，二人尽管身上伤痕累累，但依然不曾倒下。突然，六七个日伪军一起拥了上来，将二人团团围住，已经身受重伤的两个人，望了望彼此，点了点头，他们突然一起向一个鬼子扑去，紧紧抱住了他，扯出鬼子腰间的卵型手榴弹朝地上狠命一磕，一声爆响，与敌人同归于尽。

这一声巨响，像惊雷一样轰鸣在战士们的心头，炸裂在敌人的心脏。对于二连的战士，这声巨响，像冲锋号一样，激励着战士们前仆后继，慷慨赴死。这声巨响，对于敌人，像是敲响了他们的丧钟，让敌人魂不附体，节节败退。

李树春和乡原两人胳膊全被砍伤了，阵地上，三十多具伪军尸体、近二十具日军尸体，让他俩感到莫大的惶恐。

这一轮的进攻，伪军尽管用湿毛巾挡脸，但许多人还是受了毒气弹流毒的影响，口鼻感到严重的不适，战斗力受到很大的影响。非但没有能活捉这些"毛猴子"，对方反而奇迹般地越战越勇，另外，房屋内时不时地窜出几个百姓来，跟着一起拼命。小西场里的军民，抱着同归于尽的心态来作战，这让李树春大感恐惧。现在，他自己也有点头晕眼花起来，成堆的尸体就在眼前，他向乡原提出，速速派人向冲静夫联队长报告，以中毒人员较多、需要更换兵力的名义，请求撤出战斗。

这两个死对头，这一次终于达成了共识：新四军的人个个都疯了，真的领教了什么叫亡命之徒，眼前的这些人就是。当务之急，赶紧撤出这鬼门关一样的地方。同时，他们一致建议，是该实施火攻计划的时候了，这样可以彻底肃清这院子中所有反抗的军民……

冲静夫批准了他们的请求。敌人扔下了几十具尸体，仓皇撤退，第四轮进攻就此收场。

火攻

第三十二章

"学弟，你知道我为什么想活捉这些'毛猴子'吗?"毒气弹发射的时候，冲静夫就问哲元。

"请学长明示!"哲元一脸的谦逊，他明明知道这是日军宣传策反的需要，但他佯装不知。

"中国的《孙子兵法》中有一句话，叫'攻城为下，攻心为上'。大本营再三指示，统治中国人要文治武功兼备，不但要用武力让中国人臣服，还要学会策反教化一批中国人，这样的宣传效果是杀人达不到的。如果，通过这一轮毒气弹的袭击，达到速战速决的同时，还能活捉一批"毛猴子"，下一步再劝降成功，那意义就非同一般了。所以，现在各个师团都知道，打起仗来，'活人'比'死人'值钱，就是这道理。"

"学长高见!"哲元趁机拍着他的马屁。

可毒气弹施放不久，冲静夫就有点忐忑不安起来。他本想速战速决的，后来竟打成了一场肉搏战。要不是防毒面具不够，要不是害怕里面的毒气伤了手下的人，他早就派武士们冲上去了，来个赶尽杀绝。

现在接到乡原和李树春的报告，听说中毒人员增多，他觉得非常庆幸，幸好没有草率派兵上去。至于他们请求实施火攻计划的建议，冲静夫早有安排，来的时候就带了燃烧汽油瓶。

新四军把成捆的草垛点燃了来抵挡日伪军进攻的时候，冲静夫就有点按捺不住了。以其人之道还治其人之身，毒气弹之后投放燃烧汽油瓶，本来就在他的部署中。又听说院子里时不时有老百姓参战，这样一茬一茬层出不穷的人员补充，冲静夫是决不能容忍的。

他看了看表，现在已经十二点半了，小西场里的人子弹估计都打光了，毒气应该消散殆尽了，他决定倾巢出动包围小西场，他要烧了那院子的每一间房子，烧死里面的每一个人，将所有的抵抗力量彻底剿灭干净。

突然，一阵枪响从咸岔河口传来。

"什么情况？"冲静夫一下子警觉起来，难道是新四军的增援部队赶来了？他庆幸自己从指挥部里撤离出来。但是从枪声来判别，这枪声有点稀疏，会不会是地方游击部队，他一时有点捉摸不透。

正在疑惑间，杨玉标气喘吁吁地跑来了。

"报告联队长，是共党的游击队，我们已经交上火了，请求联队长派人支援。"

"游击队的多少人？"

"大概100多人。"

"李副大队长，你的负伤的辛苦一下，我们这边进攻马上就要开始，你将全部警备大队的人调过去，包括警戒来路的人，一定要把这股共匪给我挡回去！一旦耽误了我们的进攻，敌人的主力部队再赶过来增援，我们的麻烦就大了！"冲静夫这样的命令似乎对李树春寄予了厚望。

"嘿！联队长阁下，您尽管放心！赶不走共匪，我李树春就不回来见您！"李树春的胳膊受了伤，已经包扎好，轻伤不下火线的他，也想利用这个机会，在冲静夫面前好好地表现一下。

咸岔河口，淮安抗日民主政府赵心权县长、顺河区王一香区长、钦工区完勃区长、县大队李成山连长等人带着各自的人马赶了过来。

胡芙蓉和朱小凤冒死从小西场闯了出来，到小卢庄找到了朱大海、李成山等人，情况万分紧急，朱李两人一合计，决定由朱大海骑马去苏家嘴报告，李成山去黄庄向赵心权县长报告。

这几天，县委县政府机关刚刚移到了黄庄，吉乐山连长护送李凤书记去了地委，家里的事都由赵心权、王一香他们张罗着，两人清早就听到了枪声，当时以为是鬼子来扫荡了，正在合计着要转移行动。听了李成山的报告，两个人半晌无言，敌人重兵半夜来袭小西场的新四军，说明是有备而来。他们当即判定，肯定是出了内奸，有人给日本人报了信。

"一香，成山，我们根据地的工作没有做好啊，害苦了新四军的同志了!"赵心权深感内疚。

"要说责任，应该是我工作没有做好，大胡庄我是负责人，这事过后，我们一定要查个水落石出，我非亲手宰了这叛徒内奸!"王一香也是满面愧疚，对于叛徒他也是咬牙切齿。

"现在不是追究责任的时候，我们得先想个办法啊，二连的人都被困着呢。"李成山一脸焦急。

得知朱大海已经去团部报信，赵心权决定先带领县大队李成山的连队，同时召集附近的顺河区、钦工区联防队的同志，一共 100 多人去大胡庄增援。

胡锡宜、顾家骥、黄良等人带着大胡庄自卫队的同志也陆续从四面八方汇合来，麦根子被鬼子杀害了，大伙都嚷着要回去报仇。

经过侦察，小西场四周布满了鬼子和伪军，沿途都已封锁，如果正面进攻，地方武装的实力根本无法与敌人的火力硬拼。原本从茭陵渡口到茭陵沿街都有伪军把守，后来敌人调整部署收缩兵力，都被调去进攻小西场了，只在咸岔河口桥口南岸留下部分兵力负责桥口警戒并押解 30 多个推盐工，同时桥口南岸向西向南，分别有少数兵力担负着警戒来路的任务。

众人商定，就从桥口北岸发动侵扰，这样至少可以吸引敌人的一部分兵力，可以在一定程度上缓解小西场新四军二连的压力。

咸岔河桥口双方接上了火。警备大队的王化成先是以为新四军的主力部队增援来了，吓得手足无措。交战后，他发觉对方的火力不猛，再一看，都是些地方的游击武装，他知道游击队的武器装备土造子多，和他们警备大队根本没法比，内心又开始狂妄起来。他一边让杨玉标去报信请求增援，一边指挥手下架起轻重机枪还击。

"来吧，爷在桥头等你们，过来呀!"他挥着枪，手舞足蹈地挑衅着。

和完勃前来参加战斗的颜景詹，看到对岸的颜慕虎和 30 多个推盐工那伤心的样子，他就知道周老大出事了。他内心顿时涌起一阵酸痛和悔意，如果夜里自己带人护送他们一程，也许就没有这样的事了，大伙儿一起安全渡过运河那该多好啊。要是周老二知道他大哥没了，不知道有多伤心呢。

现在再看到王化成那张牙舞爪的样子，他浑身气不打一处来。他在区队里练就了"一枪倒"的功夫，他慢慢端起了枪，瞄准，瞄准，再瞄准，扣动扳机，"叭"的一声枪响，王化成"妈呀"一声，一只耳朵血糊糊地耷拉了下来，只剩着一块皮连着。颜景詹一枪打得那厮耳朵开了花，对方捂着耳朵疼得哭爹喊娘，狼狈不堪。要不是那厮头刚才动了一下，保准让他脑袋搬家。

李树春带着警备大队的人赶来了，警戒来路的少数人马也调集过来，敌人的手枪、步枪、轻重机枪一起开火。李树春可是在冲静夫面前夸了海口，要将这股共匪以最快速度赶走，如果因为他的问题，耽误了联队长的进攻计划，那可是死罪一条，所以他丝毫不敢懈怠。

他命令手下人开足火力向着对岸的游击队进攻，桥口枪声大作，子弹穿云裂石呼啸而来。敌人的火力太猛，将赵心权等人压制在一边，几乎无法抬头，有十几个战士负了伤。无论是县大队、区队，还是自卫队，战士们的武器装备实在无法和对方相提并论，加上子弹也很缺乏，如果这样消耗下去，必然带来更大的损失，不但救不了二连的同志，很可能也把根据地的武装断送掉。万般之下，赵心权命令战士们退出战斗。

此刻，撤退的所有人都盼着新四军团部神兵天降，都盼着二连的战士们绝处逢生。

在李树春带队阻击共产党游击队的同时，日军开始火攻小西场。

为了一举消灭小西场的新四军，这一次，冲静夫亲自上阵指挥。

除了卫生兵和伤员外，其余人全部上了战场。乡原胳膊扎了绷带，哲元劝他留下，他连连摆手，联队长都上了，他的命算什么，这一回他要上去一洗前耻。

日军以攻击队形全速前进，迅速包围了小西场。因为是火攻，水火无情，火势一旦蔓延开来，会伤及自身，冲静夫命令士兵与小西场暂时保持一段距离。他看了，小西场的人家，除了中间的一户胡锡璋家是瓦房，其余都是泥草房，一旦烧起来，肯定连成一片。今天的风向，东北向为上风头，于是他下令士兵从北向南烧。

燃烧汽油瓶首先扔向了最北头的胡仕敏家，房屋瞬间点燃，红红的火焰蹿得老高，足有几丈高，院子里到处都是烟灰飞扬。

躲在北边菖蒲芦苇里的胡仕敏看到自家的房子被鬼子点着了，发疯似地冲了出来，这是他一辈子的积蓄啊，他不能眼睁睁地让它就这么毁于一旦，他要去救火。

320

儿子胡锡皇上前拉他，一把没有拉住，急得在后面直跺脚。

乡原见有人从北边朝这跑来，顺手就从腰间拔出一个卵型手榴弹扔了过去，手榴弹落在胡仕敏的前面不远处爆炸了，一下子把他掀翻在地。他跟跟跄跄地爬了起来，摸一摸脑袋，幸好生命无虞，低头一看，一只手被弹片炸开了，鲜血淋漓。再往前走，兴许命就没了，算了吧，趁着烟雾，他又吓得抱着头跑了回去。

火开始向南蔓延，胡锡璜、胡锡陆、胡锡璋、胡锡凡、胡仕雅这几家的院落都被日本人扔了汽油瓶。今天的风很神奇，起起停停，现在又呼呼作响起来，小西场浓烟滚滚、烈焰冲天，四处一片火海。

胡一荣和母亲陈氏放声大哭，这样的大火，父亲肯定凶多吉少，他恨不能跳入火海，将父亲找回来，可鬼子二皇已经包围了小西场，现在往火里冲，就是一个死啊。胡锡璋夫妇一边哭着，一边捶胸顿足，他们8岁的女儿胡延兄也在里面啊，他们怎么能舍得扔下这么小的闺女啊，可凶残的敌人是什么人都不会放过的，这火也把他们所有的念想和希望都烧没了。胡锡璋妻子绝望地哭喊着，那声音凄惨得让一旁的人纷纷落泪。

胡仕雅怀里6岁的孙女胡兰英又哭了起来，她那嘴被子弹打伤了，疼啊，没办法，几个大人轮流哄她，这么小的孩子哪受过这种活罪啊。

"要是她姐芙蓉在就好了，兰英和她姐最亲。"胡锡绍喃喃自语，此刻，他听着小女儿胡兰英的哭声，心都碎了，更让他牵肠挂肚的还有生死不明的大女儿胡芙蓉。

"还有一华、一胜、大勇子、小凤子，他们几个也在里面呢。造孽啊！"胡锡璜的妻子单氏望眼欲穿，眼泪都哭干了。

"胡氏门族的人听着，谁都不准轻举妄动，经此大难，胡家再也经不起折腾了，再也不能死一个人了！"胡仕修发话了，此刻的他也是老泪纵横，万分无奈。

打退了敌人第四轮的进攻后，晋志云就到处寻找巩殿坤副营长。

他俩作为二连的两个主官，这么多年的战友情、兄弟情，加上这次的默契配合，一时找不到副营长，晋志云比谁都着急，他感觉像是失去了主心骨，心里没着没落的。

"谁看见副营长了？快给我找啊！"

"连长，你看！"突然，一个战士发现了副营长，大声叫起来。

就在晋志云一筹莫展的时候，胡锡璋家床下躺着的巩殿坤醒来了，奄奄一息的他倔强地从床下爬了出来，扔了身上裹着的床单。一路爬了出来，地上爬出一条长长的血印来。

"副营长！"晋志云见到了巩殿坤，冲过去抱住了他，见他伤势如此严重，心疼的眼泪都流了出来，"老巩，你可不能死啊，我要你活着！"

他一边哭着，一边使劲地摇着巩殿坤的身子。

"志云，不要管我，你要带领兄弟们坚持下去，坚持就是胜利。你听到外边的枪声了吗，那肯定是增援我们的同志来了。"巩殿坤撑着最后气力，一把握住晋志云的手说。

"我听到了，老巩，你就看着我们如何杀鬼子吧！你放心，我们哪怕拼尽最后一滴血，也会打出我们'红二连'的血性来！"

战士们都围上来了，看着重伤的副营长，个个心如刀绞。巩殿坤看出大家的难过劲，他笑着伸出了手，说了一句："同志们，我们握一次手吧！我虽然不能和你们一起战斗了，但我要看着同志们奋勇杀敌！"

——握紧他的手，谁都舍不得松开，大家知道，这一握，也许真的是生离死别，没有人说一句话，唯有热泪盈眶。

晋志云数了数人头，身边只剩下二排长张德纯、三排长高彩光、神枪手刘明俊、机枪手李麦长、炊事班长管事成……一共 12 个人。

"同志们，刚才和敌人无论是拼刺刀，还是肉搏战，大家都是好样的！我们是铁的新四军，12 个人就是十二罗汉，就是死了也要站着死，子弹没几颗了，手榴弹也没几个了，只要有一口气就和敌人拼！"晋志云将大家拢在一起，做着最后的动员。

"鬼子放火了！"有人喊起来。

"不要慌，大家向瓦房方向转移，带着副营长一起走！"晋志云大声命令。

"连长，毒气熏昏的那八九个人怎么办？"

"一起带走，难不成让他们被火烧死吗？"

"胡一华，你还待在这里干啥？快走啊！"晋志云发现了胡一华，除了战士，他现在是唯一的老百姓。

"我不走！"胡一华不忍离开。

"你和我们不同，你是群众，不是战士，趁现在快走，再迟了，你就跑不出去了！我现在命令你走！"晋志云下了死命令，胡一华含着眼泪，在烟雾中向南跑去。

火从北边起，很快连成一片。万幸的是，胡锡璋家因为是瓦房，不易燃烧，刚点上火，就被战士们扑灭，火海中总算暂时有了一处安身地。

　　　光荣北伐武昌城下，血染着我们的姓名。
　　　孤军奋斗罗霄山上，继承了先烈的殊勋。
　　　千百次抗争，风雪饥寒；千万里转战，穷山野营。
　　　获得丰富的斗争经验，锻炼艰苦的牺牲精神。
　　　为了社会幸福，为了民族生存，一贯坚持我们的斗争！
　　　八省健儿汇成一道抗日的铁流！
　　　八省健儿汇成一道抗日的铁流！
　　　东进，东进！我们是铁的新四军！
　　　东进，东进！我们是铁的新四军！
　　　东进，东进！我们是铁的新四军！
　　　……

胡锡璋家的院子里，大家倚墙而立，聚拢在一起，在晋志云的带领下，轻轻地唱起了《新四军军歌》。

巩殿坤被安置在胡锡璋家的酒糟棚里，躺靠在棚角，手中紧握着那把驳壳枪，他好不容易从口袋里摸出一颗子弹来，这子弹上全是鲜血，他使劲地将子弹填进枪膛，这最后一颗子弹，准备随时射向来犯之敌。此刻，他听到了《新四军军歌》，一阵亢奋，尽管气血虚弱，也小声地哼唱起来。

这是最后的吼声，这是最后的誓言，也是最后的告别。大家手拉着手，拳头捏紧，个个慷慨激昂，个个视死如归。

每个战士清醒地认识到，留给他们的时间不多了，生为新四军，死为中华魂，杀鬼子杀汉奸，为国尽忠，死得其所，这一辈子值了。他们把有限的生命献给了壮丽的民族解放事业，他们无怨无悔。

"那两挺机枪没了子弹，给我砸了，不能留给敌人！"晋志云下令毁枪。

现在，只剩下李麦长的机枪里还有最后一匣子弹，李麦长抱着它视如生命。

这时候，李树春让人报信来，说他带队击退了前来增援的共产党游击队，冲静夫极为高兴。

"李副大队长忠诚大大的，能力大大的。"他让人将这番话传给李树春，这样的夸赞让李树春受宠若惊，他有点飘飘然了，仿佛一枚大日本帝国的奖章已经挂到了他的胸前。

"给我搜，给我杀！"冲静夫兴奋地命令日军清场，敌人如潮水似的涌进了各个院子，挨屋扫射，逐间搜查，不放过一处死角，不放过一个对手。

胡锡璋家套房柴箔里，藏着受伤的通讯员李二锁，此时也醒了过来。他听得鬼子的脚步声进了屋，立即屏住呼吸。鬼子对着柴箔一阵乱刺，有一刀恰好刺中了他，他咬着牙强忍着钻心的疼痛，一声不吭，不一会儿，他又陷入了昏迷中。

面对冲进火海的敌人，晋志云、张德纯、高彩光、刘明俊等人一个接一个地跃起身来，抢着大刀冲向了敌群。一时间，刀枪撞击，血肉横飞，敌人纷纷倒地。

后来，敌人开始各个击破，几个人对付一个新四军战士，团团围住之后，互相绞杀在一起。

搏斗中，晋志云身中数枪，满脸血污，依然用刀撑地，就是屹立不倒，敌人吓得都不敢近身，一靠近，就会被他砍杀在地。

忽听得一阵马鸣，那匹拴在棚柱上的"赤兔"马看见了晋志云，站了起来，不停地叫着。忙着拼杀的人们，没有人顾得了它，枪林弹雨中，它不声不响地蜷缩在一侧角落里，注视着这里发生的一切。这种泰山崩于前而色不变的"大将风范"，不愧是一匹跟着连长南征北战的宝驹。它已被流弹打伤了，身子在流血，此刻，它看见主人受伤了，那叫声里有着特殊的情感。

不能让它待在这里了，赶紧放它走，晋志云一刀砍断绳索，在马背上用力地拍了一巴掌。那马长啸一声，腾空跃了出去。

拼杀中的高彩光裸着上身，古铜色的肌肉都成了黑炭灰一样，两个杀红了的眼睛还在喷着火，突然，敌人一阵扫射，打中了他的头颅。高彩光倒在了火海中。

机枪手李麦长拼死抵抗，扳动机枪开关，刚一扫射，敌人冲了上来，他顺势抡起机枪砸向敌人，几个鬼子端着刺刀一起刺向了他，他重重地倒了下去。李麦长倒下了，炊事班长管事成冒着浓烟，顽强地从血泊中爬起，抱起李麦长的机枪向敌人扫出了最后一排子弹，敌人一起向他开枪，他中弹牺牲。

身负重伤的晋志云踉跄着杀了过来，他一手抡刀，一手抓起机枪，向着墙上猛砸过去，机枪零件散落一地，不能让机枪落入敌手，这是他的底线。几个敌人扑上来又是一阵狂刺，晋志云捂住肚子坐在地上，鲜血喷涌中，肠子都露了出来。敌人冲了上来，他扔了大刀，仰天长笑一声，拉响了腰间藏着的最后一颗手榴弹，与敌人同归于尽。

胡锡璋家的酒糟棚已经起火，墙角的巩殿坤已经站不起来，他艰难地向外爬着。长岛发现了他，见他手中有一支驳壳枪，顿时欣喜若狂。

"哟西，这是新四军的头，给我上，抓活的！"他挥舞着手中的枪，带着手下冲了上来。

巩殿坤吃力地撑坐起来，身子倚靠棚柱上，四目圆睁。

"你的投降，皇军大大的有赏，荣华富贵的有。"长岛开始劝降巩殿坤。

巩殿坤"呸"地吐着一口痰来，鄙夷地看着眼前的鬼子，就是这些人，占了国土，烧了家园，杀了乡亲，杀了他的战士，他要是能站起来，恨不能将这些人统统砍杀个干净。可此刻，他已无力站起，突然，他拼尽了所有的气力，抬手一枪射去，将最后一颗沾着鲜血的子弹射向了长岛。

面对着奄奄一息的巩殿坤，毫无防备的长岛一下子中枪，竟一命呜呼。听说巩殿坤杀了他手下的长岛队长，冲静夫跑过来咆哮如雷："烧死他！烧死他！"他觉得一枪毙命，都算便宜了巩殿坤，他要好好地折磨一下这个新四军的头目。

敌人气急败坏地将汽油瓶扔向了巩殿坤，巩殿坤身上着了火，一下子成了火人，焰火冲天中，奇迹再次显现，他竟一下子站了起来，稍一晃动，便猛扑了上来，死死地抱着那个扔他汽油瓶的鬼子，两个人滚在一起，烧在一起，敌人发出杀猪似的哀号声……

"明俊，你这个神枪手现在没了枪，你说是不是有点亏了。"张德纯与刘明俊一起与敌人拼着刺刀，边杀边退。

"要是给我一支新枪，保证再消灭一个排没问题！"刘明俊脸上一脸的自豪。可惜，他和张德纯的枪里都没了子弹。

这时候，二排长张德纯就是二连的最高指挥官，所有人以他马首是瞻，他带着战士们与敌人在院心里，在墙角里，在巷道里，在房间里，在每个未着火的空间里，殊死搏斗。

有的用大刀砍，有的用刺刀刺，有的抱着敌人翻滚，有的用棍棒、铁锹抡砸，有的用拳头打、用手撕、用嘴咬，每个人用尽最后的力量，与敌人拼杀开来。

杀一个够本，杀两个赚一个，杀三个赚两个，就是死了也要拉一个敌人当垫背。这就是二连战士的"死亡法则"。于是，有的战士临死还死死抱着敌人，其他鬼子冲上来想要将两人分开，却丝毫不见松手。丧心病狂的鬼子最后拿了刀来，砍掉了战士的手臂，才将鬼子救了出来。要是被新四军战士咬住了，那就更不会松口了，最后鬼子竟砍了战士的头颅，其状惨不忍睹。

浓烟蔽日，火光冲天，火越烧越大，张德纯、刘明俊和另外四个战士被敌人逼到巷道里，在这个逼仄的空间里，他们还在与敌人做着最后的周旋。浑身伤痕累累，没有一处不见鲜血，但没有一个人轻易倒下，周围熊熊烈火，热浪滚滚，他们的呼吸甚至都有点困难，却依然顽强不屈地拼死抵抗。

几个人杀着退着，退到了胡锡凡家的山墙边。这时，突然一声巨响，胡锡凡家的山墙一下子被火烧塌了，泥土和梁柱一起向巷道里砸了下来，他们都被埋了进去。

火依旧在烧着，二连最后一批战士倒下了。

洗劫

第三十三章

"小西场没了!"

"里面的人都完了!"

"太惨了!"

小西场上空浓烟滚滚，就连日头都被升腾的烟尘遮蔽起来了。火还在燃烧，那熊熊火海中燃烧物发出噼里啪啦的炸响。

大胡庄上的人们都站了出来，远远地眺望着小西场这个方向。

有人惊悸，有人呼喊，他们第一次看到这么多的日伪军集体杀人放火，他们也是第一次如此近距离地看到这等惨烈的景象。

昨天还和老百姓有说有笑、打成一片的新四军战士，一个个都消逝在这场大火里，许多人伤心不已。有了这些人的撑腰，穷苦人的日子刚刚有了盼头，转而却让他们遭此大难。世上哪有这么好的军队啊，以后又去哪里找他们哟。大胡庄上每个正直善良的穷苦人都唏嘘不已，有人捂着嘴揩着眼泪。

"你看见有人跑出来吗?"有人怀着一丝希望问道。

"一个都没跑出来，估计都没了! 鬼子丧德啊!"有人小声骂起来。

可有人在暗自窃喜。

五更天胡锡荣潜回来，告诉胡明根说日本人过了咸岔河了，直奔小西场去了。那时，他们就再也睡不着了，小西场该有好戏看了。

日本人来得好，这帮"毛猴子"不收拾了去，大胡庄哪里有他们的安身之处啊，这帮穷鬼在"毛猴子"的鼓动下，迟早会造他们的反、要他们的命。这一次先下手为强，把信送出去了，总算出了一口恶气。

战斗打响后，胡明根、胡兆荣领着两大家族的人远远地瞧起热闹来。他们还请出了东广爹、西广爹，这两个见多识广的人表面上不露声色，心底里却有着不可名状的弹冠相庆的滋味。

火慢慢熄灭，那浓烟被风撕成了柱状，向着天幕里奔去。更多的余烟，缭绕在人们心头，挥之不去。

"报告联队长，我方将士一共玉碎177人！"哲元组织人员清点了日伪军阵亡人数，冲静夫听到这报告，心里一阵沮丧。

177个阵亡人员中，有81个日军，这个数字让他感到触目惊心。相对来说，每一轮进攻，日军是主体，出现一些重大伤亡也情有可原。但作为这场战斗的指挥者，这样的数字实在让他丢面子。可眼前的这股敌人是他来中国作战以来遇到的最难打的一支部队。对付这小小的一个连，竟打得如此狼狈如此艰难，竟让日军遭受如此重创，他真的有点始料未及。

不过，他很快恢复了平静。要说还是哲元了解他，哲元看出了冲静夫脸色有点难堪，他凑上前来安慰起来。

"学长阁下，今天这一仗应该载入历史，如果我没有记错的话，这是我华北派遣军17师团步兵第54联队来华作战以来，第一次整建制消灭八路军、新四军的一个连吧。所以，这是您的功劳，应该值得庆贺！"

"哪里哪里，这是你我共同协作的结果，功劳也有哲元君您的一份。"听了哲元的话，冲静夫心里好过多了，脸上泛起了笑容。

他知道，这些死亡的日军中，一部分人先是受了重伤，深受"武士道"精神洗礼的他们不愿苟活，也不愿增添累赘，采取自裁的方式，以谢天皇陛下。也只有光荣战死，将来遗骨带回国内，才有可能进入靖国神社，被人当作神一样供奉。这些人是大日本帝国真正的武士。想到了这里，他的脸色立即晴转多云："乡原队长，现在我命令你仔细清场，这地方给我统统地搜一遍，一只鸟儿都不放过！"

长岛队长死了，现在乡原来统领日军，新四军杀了他手下那么多的人，乡原心里早已怒不可遏，得了联队长的命令，他带着日军一个院子一个院子过，一个房间一个房间查，一场疯狂洗劫开始了。

小西场有三间房子没被烧毁，一家是胡锡璋家，因为是瓦房，不像泥草房那么容易着火；还有胡锡珊、胡锡月两家也得以幸免，因为这两家处于小西场的最南头，没有住着新四军，还和北边的人家巷道隔着的距离较远，因而没有"引火烧身"。

就在小西场一片火海的时候，胡一华被晋志云"赶走"了。他从火中穿出来，一口气就跑到了最南头的胡锡月家。这是他的堂叔家，也是胡一胜的家。

"一华，是你啊，你出来了，你弟弟一胜呢？"胡锡月夫妇见了蓬头垢面的胡一华是又惊又喜，焦急地问他。

"弟弟一胜，一胜他，他……"胡一华一时哽咽，"一胜他没了！"

"他怎么没了？"

"被鬼子子弹打死了！"

"我苦命的儿啊，你怎么忍心扔下我们老两口的哟，就这么走了，你要了我们的命啦！"胡锡月的妻子董氏跌坐在地上，呼天抢地。胡锡月也跟着流泪，一个劲地捶着胸脯，他猛然又想起了什么，又问胡一华："朱三他们呢，刚才找一胜去了，也没有回来。"

"他们也死了！"

又是一阵悲凉袭来，这个家一下子死了三个人，此刻的胡锡月陷入前所未有的绝望中。

看着老两口悲痛欲绝的样子，胡一华跪了下来："大爷大妈，以后我就是你们的儿子，将来你们老了，我给你们养老送终。"

"好孩子，你的心意我们领了，你能活着出来已经不容易，快快起来。"三口人抱头痛哭。

鬼子冲进来的时候，胡一华像是换了一个人，他已经洗去了脸上的尘烟，梳理了头发，换上了胡一胜的衣服，像个干干净净的文弱书生。

一个鬼子来抄家，见到胡一华便是一怔："这是什么人的干活？"

"太君，太君，这是我儿子啊。"胡锡月上前答话。他知道，这鬼子抄家一是抓新四军，二是为钱财而来，他赶紧给浑身发抖的妻子董氏使了个眼色："快去拿钱来！"

董氏跑进了屋子，打开箱子，抖抖索索地搬出了一个小盒子来，内有四十块大洋，他们这些年的积蓄都在这里。她准备拿几个大洋交给鬼子，可那鬼子也跟着冲了进来，一把将盒子抢去，将里面四十块大洋全部抢走了。

董氏抱着空空的盒子，瘫倒在地。

突然又冲进两个鬼子来，上一个鬼子来抢了钱，可能告知了他们，一进门就嚷着要钱。

胡锡月拿过空空的盒子，和他们好言央求："太君啊，家里真的没了，你们看，盒子都空了。求你们放过我们家吧。"

好话说了半天，鬼子哪里相信，大骂起来："你的大大的不老实，死拉死拉的！"

说完就端起刺刀，对准胡锡月的胸膛刺了下去，两个鬼子一阵乱刺，然后骂骂咧咧地扬长而去。胡一华见胡锡月倒在血泊里，他捏着拳头就要冲上去，和那两个鬼子拼命，被董氏一把抱住，哭着喊道："一华，你不能去送死啊，胡家不能没有根啊。"

胡锡月被活活地戳死了，董氏扑在丈夫的身上哭喊着，好像鬼子的刺刀插在她心里，五脏六腑都破裂了："我苦命的天啊，你死得好冤啊！"

胡一华的眼泪也刷刷地落了下来，他的手脚有点麻木，血液快要凝固，一阵阵揪心地痛着。

如狼似虎的鬼子在小西场废墟里挨家挨户搜查，每一间房子里稍微值钱的东西都被他们洗劫一空。

刺刀威逼下，北边旱沟上菖蒲、芦苇地里的人，也被敌人搜了出来。

胡锡璜一手扶着父亲胡仕修，一手拽着7岁的女儿胡秀林，单氏将5岁的胡其南紧紧搂在怀里，两个孩子都受了惊吓，一直哭着。

一个鬼子上前来，看到单氏耳朵上戴着一副耳坠，一下子就扯了去，单氏两耳孔都给扯裂了，鲜血直流。另一个鬼子看中了胡其南脖子上戴的银项圈，也一把抢了去，吓得孩子更是哇哇大哭起来。

被子弹打碎牙床的6岁的胡兰英，见胡其南哭起来，也跟着哭起来。胡仕雅抱在怀里，一边哄着她，一边小声骂着这些鬼子是"畜生"，骂着伪军是"狗汉奸"。这话被乡原听见了，他听得懂中国话，当即拔出枪来，对准胡仕雅的腿就是一枪，还恶狠狠地放出话来："你的老家伙，如果再骂，就要你的狗命！"

胡仕雅疼得蹲了下去，胡锡绍、胡锡珊跑过来，接过胡兰英，一起扶起父亲。胡一荣也跑了过来，他挺身而出，挡在众人前面。

"太君，我们都是良民，你不能开枪啊！"他义正词严地说道。

乡原一个手势，两个鬼子端着刺刀冲了过来，不由分说，上去就向胡一荣刺去，一下子刺中了他的下腹膀胱部位。胡一荣捂着肚子躺了下去。胡锡卓、胡锡璜、胡锡陆、胡锡璋、胡锡绍、胡锡珊、胡启平、胡启安等一干男人纷纷站了出来，像一堵墙一样挡在了胡一荣面前。

那鬼子本想再刺几刀，乡原见势不妙，当即挥手喝令退了下去。

男男女女，扶老携幼，被押到了小西场东边的麦田里。

胡一华扶着哭哭啼啼的董氏也被鬼子从南边的院子里撵了出来。

一眼见到儿子胡一华，胡锡璜夫妇激动万分，他们真想冲上来与儿子抱头痛哭一番，可儿子向他们摇头示意。他们明白，儿子扶着哭泣着的董氏，身边没了胡锡月，也许他们刚刚经历过一场劫难，这时候贸然上前相认，也许会惹出麻烦来。只要儿子安然无恙，比什么都重要。

"大家听着，皇军是来剿灭共匪新四军的，不是来杀老百姓的，只要你们配合皇军，坚决与共匪'毛猴子'划清界限，我们保证你们的安全。但是你们当中如果窝藏'毛猴子'知情不报，皇军决不会轻饶。"那翻译官沫星飞溅，替日本人在喊话。

乡原从人群中挑出几个青年人，刀片从各人的胸前划过。

"你的新四军的有？"

"不是！"

"你的'毛猴子'？"

"我不是！"

他在逐一训问，逐一排查，逐一辨认。他对每个年轻人都有所怀疑，他最担心这人群里藏着穿老百姓衣服的新四军，这在过去也曾有过。

胡仕修从人群中站了出来。作为族长，这时候他有责任有义务为大家说几句话了。

"太君，我是这一族之长，我愿意用性命担保，这些人都是土生土长的老百姓，这里面没有你们要找的新四军。你们烧了我们的房子，现在不能再滥杀无辜了！"胡仕修大义凛然。

他也想通了，也豁出去了，这么多的新四军战士为了国家为了百姓献出了生命，他一个老朽之人，为了大家，就是被鬼子枪毙杀了头，死又有什么呢？

"八格牙路！""毒太阳"乡原见到一脸威严的胡仕修，也有点心虚，本想一刀砍了这老家伙，可哲元制止了他，他悻悻地抽回了军刀。

哲元又打起他的如意算盘来，他向冲静夫提出他的想法："联队长阁下，现在皇军和警备大队的阵亡人员都要运回去，不如从大胡庄多抓一些青壮年劳力来承担搬运的活儿。等到了涟水县城再仔细甄别，凡是可疑分子格杀勿论，剩下的人关起来，各家用钱来赎，这不是一举两得的买卖嘛。"

"哟西，哲元君，你的意见大大的好。这个事情就有烦哲元君了！速度要快，我们必须尽快撤出这鬼地方！"

"是！"哲元欣然领命。

后勤保障本来就是哲元的事，他立即把这个任务交给了李树春："李副大队长，你现在带人去庄上统统地搜一遍，多抓一些青壮年来，要保证将玉碎将士运回去。"

李树春高兴地领着他的人走了。他作为警备大队的头儿，每次行动，他的手下都会"满载而归"，刚才他眼怔怔地看着鬼子在小西场里洗劫财产，巴不得联队长早下命令让他们进大庄搜他一番了，这样，他的兄弟们便会有所"收获"了。现在哲元命令他进庄搜查，他是求之不得。

大胡庄又是一番鸡飞狗跳，狼奔豕突。

李树春、胡占禄、郭士贵、刘金标这些警备大队的人，像领了一份肥差一样，个个喜笑颜开，他们发财的机会又来了，打了半天仗，死了将近一半的兄弟，不捞一点油水走，这都对不起他们自己。

对于抓捕壮丁劳力，他们早就积累了经验，先到大户人家咋呼一番，因为大户人家有钱，一吓，就会乖乖出钱，出了钱就可以不抓人；然后再到中农家，让这些人家有钱的出钱，有物的拿物，这样也可以抵工；最后再到那些贫雇农家，他们无钱无物，直接抓人走，等他们四处求贷借钱来，再将人放了。这样，一部分上缴兴涟公司，一部分中饱私囊，各取所需，各得其所。所以，每次有这样的差事个个都很卖力，个个乐此不疲。

挨户搜查中，李树春又与胡锡荣见了面，通过胡锡荣的引荐，胡明根出场了。

"不知大队长驾到，有失远迎，恕罪恕罪！"

"自家人不必拘礼！这一次，你们可是立下头功啊！"

"哪里哪里，这个还请大队长给我们保密哟，我们毕竟还要在这庄上混，要是知道了，日后肯定有麻烦的哟！"

"是的，是的，你们放心，我们出了门，什么也不说，就当烂肚子里的，放心好了。你们有什么困难尽管说。"

"大队长，你看我们一大家子人丁多，摊子大，您看这壮丁的事？"

一番寒暄后，李树春知道，这一次情报来自胡明根、胡锡荣等人，他们是功臣，连联队长都会买他们的面子的，他何不做个顺水人情。

"这个你们放心，你就意思一下尽个心，我也好向上交代，人嘛，就免了，咋样？"

"行，行，太感谢大队长了，日后用得着兄弟的地方，请尽管吩咐。"

又是一番客套话，李树春告辞而去。临出门的时候，他的口袋里多了一沓钱票，还有一份"免检"名单，名单上都是胡家的一些亲戚，悄悄耳语说，这些人家可以拿钱意思一下，人就不要抓了，李树春自然心知肚明。

又一阵枪声传来，小西场上，鬼子又杀人了。

原来在搜查时，鬼子发现了倒在血泊中的高彩光、李麦长等人，尽管身负重伤，但仍有一口余气。

藏在柴箔里奄奄一息的通讯员李二锁也被鬼子搜了出来。他想起了王书方的那张家信，知道自己肯定活不了，立即暗中将信揉成一个纸团扔角落里。

看到这些重伤员，冲静夫气不打一处来，这些人断无活命的可能，活捉了带走已无意义，本想让人用刀砍了，或者一枪毙命了事，可这太便宜了这些死对手。正是这些人杀了他的爱将长岛队长，杀了他手下那么多的武士，他要好好地报复折磨他们一番，让他们生不如死。他把这些人交给了乡原处置。

乡原奸笑着走了过来。高彩光、李麦长、李二锁等人个个四目圆睁，瞪着乡原。

"你们的，大大的坏分子，这回的你们，落到了我的手里，看你们还神气的有？"

"呸，狗日的强盗，要杀要剐随你的便，少废话！"三排长高彩光一脸无畏。

丧心病狂的乡原毒性又开始发作。他命令手下将几个人拖到了胡锡月家院子山芋窖子跟前，用几根树棒子绑起来，那窖中堆满了柴草，将人横担在山芋窖口，准备点火焚烧。

"壮志饥餐胡虏肉，笑谈渴饮匈奴血，狗日的鬼子，爷到了阴曹地府也不会放过你们！"三排长剑眉倒竖，青筋紫胀，高声怒骂。

"打倒日本帝国主义！"

"中华民族万岁！"

"中国共产党万岁！"

"新四军万岁！"

小西场的上空响起了战士们的口号声。火点了起来，小西场的所有人眼看着他们被活活地烧死，其情其景惨不忍睹。看着战士们腿和胳膊被烧得翘起来，许多人捂住了眼睛，鬼子却发出魔鬼般的奸笑声，乡原感觉还不解气，竟让手下向尸体上扫射。

这就是刽子手，这就是无恶不作的日本侵略者，大胡庄的人，这一次看得真真切切。

鬼子终于找到了活口，这让冲静夫兴奋不已。

他命令手下用冷水浇，角落里被毒气熏昏的九名战士终于醒来了，他们浑身无力，身体软绵绵的，毫无还手之力。

一半毒气、一半受伤而晕死过去的耿傻子、王孩儿也被冷水浇醒了。在倒塌的山墙里埋着的张德纯、刘明俊等六个人也被刨了出来。

一共17名战士，全部被捆了起来。这是冲静夫今天最大的收获，哪怕只有一个人投降，这就是他的成功。

可劝降了半天，也不见一个人睬他。战士们个个怒目圆睁，恨不能食其肉啖其血，一口吃掉这些侵略者。这种势不两立的仇恨，从每个战士的骨子里涌出来，从着火的眼睛里喷出来。

冲静夫气急败坏地下令将17名战士捆了起来，为防止反抗，竟让鬼子行刑官用专门的细铁丝从各人锁骨穿进去，将各人连在一起。那行刑官深谙此道，手段麻利残忍，战士们受着疼痛，破口大骂。

乡原又一次拔出战刀来，被冲静夫喝令退到一边。这些人对于冲静夫来说，用处大着呢，怎么可能轻易让乡原杀了？

咸岔河桥口的王化成一只耳朵没了，包扎了起来，他和杨玉标押来了推盐工。

李树春带着警备大队的人也"满载而归"，除了抓来了三四十个青壮年，还从马行里征来三十几辆马车骡车，至于他们个人更是盆满钵满。

日军对于尸体的处置，是有严格规程的。1938 年 5 月日本陆军省颁布了《陆军埋葬规则》，正常的情况下，战死的人需要带回去后集体火化，制成遗骨，送到兵战司令部，在每个月的固定时间集体送回日本国内，这才算一个武士"无言的凯旋"。

负责收殓的人将所有的死尸白布裹身，三十几辆马车骡车好不容易塞下了百余具死尸，扶手横木上挤坐一些伤员。剩下的死尸，哲元下令，由警备大队、推盐工、大胡庄抓来的青壮年编成抬尸队，两人一组，负责抬尸。

小西场的胡锡璜、胡锡陆、胡一华、胡启平、胡启安等十几个男人也被编进了抬尸队。被鬼子刺刀戳伤膀胱的胡一荣，也被敌人拉了出来，强制他参加抬尸。受伤的他，走路都疼得一拐一瘸的，怎么能抬尸呢。

胡仕修出面好言相劝，李树春根本听不进去，当场呵斥起来："你这不识相的老家伙，现在年轻人还不够，你再说，就让你去抬！"

"狗汉奸，迟早一天你会遭报应的！"胡仕修心里暗暗骂着。

不知是尿还是血，胡一荣走一路滴一路，疼得头上直冒冷汗。小西场的老人和妇女看在眼里，疼在心里。

一阵熟悉的马叫声传来。

"这不是晋连长的那匹'赤兔'马吗？"有人认出了这马。

这马受了伤，身上还流着血，被晋连长赶跑了，怎么又回来了？

大伙看出来了，它这是在找主人，畜生也通人性，这时候竟然还在找主人，没有人性的鬼子和它比起来，竟连畜生不如。

"赤兔"马在麦田里仰天嘶叫长鸣，敌人团团将它围住。

"哟西，真是一匹好马啊！"冲静夫相中了这马，他想骑上去，可它坚决不让人靠近。几个日伪军上来想将它制伏，可它又踢又咬。它也知道，这些人是杀害它主人的敌人，它一个劲地长鸣不已，这是在为它的主人鸣不平，也是对主人的无限忠诚和怀念。

敌人开始用大刀片子在它屁股上猛戳，但它丝毫也不屈服。

冲静夫气坏了，连一个畜生都无法征服，这简直是对他极大的侮辱，他恼怒至极，挥起军刀砍去，"赤兔"停止了长鸣，一个劲地直哼哼，喘着粗气，直到慢慢闭上了眼睛。

敌人连"赤兔"的尸首都不放过，将它肢解成几截，马肉让抓来的壮丁一起抬走了。

已过了下午一点，日军撤出了大胡庄，临行前，冲静夫命令，将剩下的三个院子也一同烧毁。

在他的字典里，只有屠戮、征服、废墟、灰烬。

团长来了

这一天，黄河故道的风沙很大，一直强劲地吹着，中途只消停了一会，后来又是纷纷扬扬，风势持续不减。

那风沙遮天蔽日的，就像那北方的沙尘暴一样，吹得人晕头转向。

有人说，这风是老天生气了，是对日本鬼子的愤怒、咒骂和控诉。

也正因为这狂风劲吹，害了二连，在上风头四五公里外龚营驻扎的二营，在七八公里外苏家嘴驻扎的团部，都没有听到大胡庄战斗的枪炮声。

二连的战士们望眼欲穿，也没有等来主力部队的增援。也许，副营长巩殿坤至死都有点歉疚，他没有同意同志们突围，后来再想突围，已经为时已晚。

胡芙蓉、朱小凤奇迹般地冒死冲出小西场，辗转半天找到朱大海，就是为了报信。朱大海带着同志们的嘱托，跨上了"雪玉狐"，一路飞奔，他要迅速找到团部，向团部报告大胡庄的情况。分分秒秒都关系到战士们的性命啊，他一刻不敢停留，快马加鞭直奔苏家嘴方向疾驰而去。

"胡团长啊，完了，完了，二连完了。"到了团部门口，朱大海跌跌撞撞地闯了进来，一路哭喊，见到胡继成团长更是一阵号啕大哭。

"大海，到底怎么回事？"胡继成腾地站了起来。

"六七百鬼子二皇五更头去了大胡庄，将二连的同志们包围在里面呢。是巩副营长让我们来报信的，正在激烈交战呢。团长，赶快想办法救救他们吧！"

"二连在大胡庄住了几天？"

"三天，不过他们昨晚上已经从大庄子转移到了西南角的小庄子小西场，这小西场离大庄子 200 米左右。"

"那也不行！简直瞎胡闹！"

"给我接一营长翟占魁！"这电话线是地委的同志刚刚接好的，胡继成操起电话，大声命令道。

电话接通后，他劈头盖脸地骂了起来："翟占魁，我问你，二连游动警戒在大胡庄一待就是三天，是你批准的吗?!你是昏了头，还是吃错药了?"

"没有啊！报告团长，你冤枉我了，昨天他们是派人来报告了，可我让他们转移的呀。团长，到底发生了什么?"一营长感到很是委屈。

"他们是转移了，是从大庄上移到了小庄子，而且靠得很近。现在说什么都迟了，他们夜里被鬼子偷袭了！算了，算了，你们驻地东陈头离大胡庄太远了，我来让驻龚营的二营跟我去增援他们。我回来再找你算账！"说完狠狠地挂了电话。

代政委李少元也进来了，他听到报告也是一顿埋怨："他们是担任游动警戒的，怎么能在一个地方连续待了三个晚上，巩殿坤、晋志云难道这点常识都不懂吗?"

"他们也转移了，不过转移的不远。这日本人来，肯定是得了信，应该是我们庄上出了内鬼，是我们的工作没有做好啊！"朱大海深感愧疚。

"这不能怪你们，主要是他们轻敌，临走的时候，我还再三叮嘱，他们把我的话都抛九霄云外去了！"胡团长余气未消，"他们为什么不早点突围?"

"我听冲出来的胡芙蓉说，巩副营长一开始不同意突围，是想拖住敌人，等待增援，说如果向营部团部方向突围，会连累大部队。"

"团长，现在埋怨什么都没用了，已经过了晌午了，我看让附近的二营和团部警卫连一起去增援吧。"李少元也是心急如焚。

"就这样，赶紧通知'一撮毛'李大虎，我们在大胡庄汇合，现在就集合人马出发！"

警卫连连长陈登洲以最快速度集合了人马。

"团长，你在家指挥，我带人去！"李少元劝胡继成留下。

"不行，打仗是我的事，你是代政委，家里的事需要你，你留下。"胡继成不容分说上了马。

"我一定要去，二连肯定有重大伤亡，善后的事，我比你在行！"李少元不依不饶，坚持要去，他也跃上了马。

这是一次重要的增援行动，胡继成和李少元争着要带兵上阵，谁也说服不了谁，最终决定两人一起去。

骑在马背上的胡继成心里不是一个滋味：晋志云是他一手带出来的，一步步成长为全团的"四金刚"，巩殿坤也是与他出生入死的兄弟，屡立战功。这两个人是他的心腹爱将、得力战将，今天就这么被敌人包了饺子，他感到非常震惊，同时也是万分惋惜。马蹄踏踏，鞭声扬起，现在，他恨不能让马儿插上翅膀，一下子飞到阵地上去。

小西场成了一片废墟，一堆灰烬。黄色的土壤变成了红褐色，土里的鲜血似乎无法凝固。

这样的惨景，围观的群众在哭，无家可归的乡亲们在哭，三百多新四军战士在哭，胡继成、李少元、李大虎、陈登洲这几个人也都流泪了。

"太惨了，战友们，我们来迟了啊！"二营长李大虎摘下军帽，使劲地跺脚，那嘴上的"一撮毛"气得翘了起来，"我早上起来，好像听到了几声炮响，风太大了，听得不真切，还以为是涟水那边打炮的，谁想到是鬼子包围了二连啊。"

赵心权带着县大队的人赶来了，见到胡继成，像是见到了亲人，双手紧紧地握在一起。

"我们的武器太差了，来增援，但敌人的火力太猛，实在打不进来。兄弟们死得惨啊，团长，我们一定要为这些牺牲的兄弟们报仇啊！"赵心权泣不成声。

"等主力部队地方化后，根据地的武装就会好一些了，鬼子汉奸们犯下的罪行，迟早会得到彻底清算的。赵县长，敌人走了多久了？"胡继成问赵心权。

"走了快一个时辰了。刚才，我们派出去尾随跟踪的自卫队员来报告，说鬼子正在涟阜路边的章洼生火造饭呢，离这大概七八里路。"

"这个情报很重要。这样，少元，你带一部分战士留在这里，和大胡庄自卫队的同志一起清扫战场，找一个地儿，将牺牲的同志们安葬了。请赵县长他们县大队的同志给我们带路，我们去章洼会会这帮狗杂种！"胡继成实在咽不下这口恶气，"红二连"就这么没了，他心如刀割。

"同志们，今天，我们二连的战士们倒在了敌人的枪口下。我们要擦干泪水，化悲痛为力量，跟着团长去狠狠地消灭敌人，为二连的兄弟们报仇！"李少元眼含热泪做着动员。

"为二连死难兄弟报仇！"

"打倒日本帝国主义！"

陈登洲率先喊起了口号，在场的战士们跟着喊起来，这口号声一下子将大胡庄上空撕开了一个豁口来。

腰部受了刀伤的王开志，尽管有了包扎，但一使劲伤口就渗出血来。一路上，他是呻吟不断，和他一组抬尸的伪军以为他偷懒，对他开始骂骂咧咧起来。

"他妈的，你是出工不出力，不要以为你受了伤，就可以偷懒！老子今天怎么这么倒霉，与你一组！"

王开志顾不上疼痛和辱骂，此刻的他心里只有后悔。为什么今天鬼子偏偏找到他来带路啊，他不但无力反抗，反倒被乡原险些要了性命。他也亲眼见证了日本人的残忍暴戾，那么多的新四军战士死于敌手，他内心有一种深深的负罪感，恨不能将手中抬着的尸首扔到废黄河里去。

那胡一荣膀胱受了伤也在抬尸，行走更是不便，满头都是豆大的汗珠，与他一组的伪军更是一肚子的牢骚。

"老总，我来与你换一下如何？"胡一华主动提出，他和胡一荣一组。

"那好，那好，还是你小子识相！"和胡一荣一组抬尸的伪军很是乐意。

兄弟俩一组，抬不动的时候，胡一华干脆将那尸体背在身上走一段，胡一荣和其他几个亲友在一旁帮衬着。他们没有人愿意给鬼子二皇抬尸体，每个人心里都在暗暗诅咒，就是这些鬼子烧了自己的家园，杀了自己的亲人，那么多的战士都没了，他们恨不能也用一把火烧了这些狗日的。可是，在敌人的枪口威逼下，他们无能为力，心绪渐渐有点麻木，机械地抬着尸体向前走，两眼空洞洞的，望着远方。

"一华，你说，小西场那些人，还有活着的吗？"胡一荣的头脑里一直闪现着那些人的身影，他小声地问胡一华。

"应该没有了，也许都牺牲了吧。唉，真是太惨了！"胡一华眼里顿时涌起了泪花，他俩都是这场战斗的亲历者，他怎么能不怀念这些牺牲的战友。他俩还活着，但战士们却走了。

他们多么希望有奇迹发生啊。

"联队长阁下，是否可以考虑中途休息一下。将士们都是夜里出来的，只是早上补充了一点压缩干粮，现在时辰已是未时，是不是找一个路边的村子生火做饭，补充一下体力，顺便休整一下。"哲元看出警备大队的人已经疲惫不堪，个个怨声载道的，他听得真切，他趁机向冲静夫提出建议。

"哲元君，这一仗打下来，各位确实很是辛苦，我本来担心新四军的主力部队会来增援，可一直到战斗结束了，也不见他们的踪影。你觉得他们还会来吗？"冲静夫有点担心。

"就是来，我们也不怕。你没看到那些被我们消灭的新四军的武器吗，不过如此；共匪的地方武装，更是不堪一击。再说，就算他们的主力部队来增援，我们更需要补充体力应战才是。"

"如果敌人来增援，必须补充武器弹药！"

"那我们用无线电台，给涟水城发报，通知金本、金岛再带一部分人手和武器弹药来接应我们，这样可以确保万无一失。"

"哟西，我差点把我们带的无线电台忘记了。你的计划很好，正好将那马肉烧了给武士们尝尝，可是选择到哪里休整呢？"

"联队长，我看就到我们夜里抓人带路的那个村子章洼，您看如何？"翻译官凑了上来。

"哟西，哟西，那村子在路边，可以进退自如。"冲静夫命令众人快马加鞭，直奔章洼而去。

听说有马肉吃，日军和警备大队的人来了精神，个个脚底里有了劲，行军的速度明显加快。

到了章洼，冲静夫命令将道路两头封死，人马就地休息。

翻译官找来了王开志，王开志有点胆战心惊：这日本人要是进了庄子，这庄上的人家又要遭殃了。

"老家伙，太君让你带人进村烧饭的干活！"翻译官传达冲静夫的指令，学着日本人的腔调，声音有点阴阳怪气。

"狗仗人势！"被翻译官一路推搡着的王开志，嘴里小声骂着。

翻译官好像听见了什么，知道不是好话，马上瞪圆了眼睛，恶狠狠地骂了起来："你个老不死的，活腻了是不，快点去给太君张罗饭菜，有一点闪失，小心你的狗命！"

那个叫青砥实的伍长带着小分队鬼子端着刺刀，押着王开志进了村子。

靠堆边的这一排几户人家，离大庄子较远，最西头的这户，是他亲家靳友忠的家。蹊跷的是，这一排人家静悄悄的，各家的门都关着。

鬼子一脚踢开了靳友忠家的门，冲进了院子。一看，院子里无人。其他人家也是一样，看不见一个人影。王开志的心中的一块石头落地了，他猜想，肯定是他夜里被鬼子抓走的消息传开了，这几家都躲了起来。躲得好啊，王开志暗自庆幸。

这几家是做小买卖的，日子勉强还过得去，不一会儿，鬼子就从各家搜出了一些米来，几家的锅灶都被占了去，准备同时开伙。王开志正愁着没人做帮手，他又瞧见，那批抬尸的推盐工也被刺刀逼着来了。

"老家伙，这二三十个推盐工给你做下手，人手够了吧？你现在也算个伙头官了。"翻译官又不怀好意的奸笑道。

无奈中，在敌人刺刀的监视下，各人淘的淘，洗的洗，切的切，烧的烧。颜慕虎、朱二、谭四、秦小宝等人，一边做着，一边小声骂着。

"要是有一包老鼠药就好了，毒死这些个龟孙子！"

"这马肉吃下去，让他们拉血断肠，断子绝孙！"

"周老大，大虎，阿牛，你们在天之灵保佑这些个王八蛋早死早好吧！"

这一顿饭是在众人的诅咒声中做出来的。香味慢慢地飘出了院落，爬上了堆堤。

日军和警备大队的人个个流出了口水来，那马肉可能还是半生半熟的，有的人已经急不可耐了，可冲静夫另有打算。他喊来了翻译官，在他耳边嘀咕了几句，那翻译官心领神会连连点头，屁颠屁颠地跑进了村子。

不一会儿，他端来了一碗冒着香气的马肉，走到了张德纯、刘明俊、耿傻子、王孩儿他们这些战士面前。

"小八路，这铁丝穿骨难受吧，皇军说了，只要你愿意投降，马上给你自由，还赏你吃马肉，你闻一闻，香不香？"他将马肉碗端到了王孩儿的鼻子边。

王孩儿把头扭向了一边，愤怒地瞪着他。

李树春走了过来："小鬼，你如果投降了，我们就不杀你，把你留下来，给我当勤务员背盒子枪怎么样？"他拍了拍腰间的盒子枪，诱惑着王孩儿。

"你是中国人，却做鬼子事，你是一个卖国贼！是个大汉奸！"王孩儿大义凛然。

李树春一脸无趣地走开了。

翻译官又端到了张德纯的嘴边："你看样子是他们的头吧，你就忍心让你的兄弟们如此受罪吗？你只要带他们投降，保证你吃香的喝辣的。"

"狗汉奸，做你的大头梦去吧，休想！"张德纯破口大骂，"我们 17 个人，都在这，要杀就杀，我们绝不会吃鬼子的一粒米。"

翻译官又把碗端向了其他战士，遭到了同样的咒骂和羞辱。战士们知道，二连的战友就是被这些人杀了，许多人连个完尸都没有，心里无比悲痛。那匹马是连长的最爱，现在被鬼子杀了，又端来给他们吃，哪个又能吃得下呢。就是饿死了，也不会吃一口的。想他们投降，门都没有。

翻译官的脸色青一块紫一块的。这些人对联队长来说至关重要，其他人饿着肚子，让这些人先吃，目的是显示皇军的关怀和诚意，让他们减少一些敌意。冲静夫原以为，处在生存极限的人，有时候一碗稀饭也能改变一个人的气节，如果能够劝降成功，那是求之不得的了。

可是他们这一次打错了如意算盘。在大是大非面前，穿了锁骨的 17 个战士，他们的思想信念都经过了无数次血与火的战斗的洗礼，没有一个是贪生怕死的糊涂虫，他们在张德纯的带领下，个个表示宁死不做亡国奴，宁死不吃鬼子粮。

饭菜就是再香，被鬼子抓来的人，谁有心思吃饭啊。烧了房子，死了亲人和战友，再好的饭菜对他们来说，都是无法言说的痛苦。鬼子和伪军大快朵颐，新四军的战士，大胡庄的群众和那些推盐工，唯一的情绪就是愤懑。此时，他们只有看客的权利，只有气愤的权利，马肉也好，米饭也好，和他们没有任何关系。

抬尸毕竟是个体力活，敌人将没吃完的米饭放了水，煮成粥，逼着抬尸的人吃下充饥。绝食的新四军战士依然滴水不进。

敌人吃饱了饭，稍事休整。翻译官和押着王开志等人做饭的那队鬼子混在一起，剔牙的剔牙，聊天的聊天，有时候发出驴嘶猴叫的奸笑声。

王开志带着推盐工们收拾残局，当他走进刘平权家时，突然听到一阵窸窸窣窣的声响。循声望去，原来是从牲口棚里发出的。他蹑手蹑脚地靠近，原来是地上的一块木板在移动，然后现出一个洞穴，里面探出一个头来。四目相对：这不是刘平权最小的弟弟刘小来吗，这不是翠儿的父亲王开志吗？两人发愣间，那刘小来已经从地洞中跃了上来。

"你这不是找死吗？外面全是鬼子二皇，赶紧躲回去！"想不到，刘平权家藏着一个暗道地洞，王开志还是大吃一惊，他猜到这地道里肯定不止一个人，赶忙小声地攥他下去。

"叔，你闺女翠儿他们一家，还有邻居们都躲在下面，里面空气不够了，实在受不了了，大家要上来喘气，再这样下去，非出人命不可。"刘小来说话间，洞里又接二连三地爬出来几个人。

闺女翠儿一眼看到了王开志，又惊又喜："大大，你受伤了？被鬼子抓了去，我们以为你没命了呢，想不到你还活着，真是太好了。"

其他十几个人也跟着出来了，一个牲口棚里怎么藏得了这么多的人，被日本人发现，就全完了。王开志吓得有点六神无主。

有时候怕什么来什么。外面的青砥实等人好像听到了这院里的声响，闯进来一看这么多人，顿时叫了起来："八格牙路！有八路！"

一队鬼子全拥了进来。

"统统的蹲下，不蹲下，统统的死拉死拉的！"刺刀寒光下，众人蹲下了身子。

翻译官准备上堆堤报告这里的情况，可那带队的伍长青砥实拉住了他，他瞅见了这人群中有女人，那眼睛顿时发出淫邪的魔光。

他看中了韩老三家那18岁的二姑娘小霞，兽性大发的他淫笑着扑了上去，一把提起那姑娘的衣领，像老鹰叼小鸡一样，将小霞拖到了屋内，肆意蹂躏起来。屋内姑娘发出一阵凄厉的惨叫声。

韩老三不顾一切地冲了出来，要和青砥实拼命，青砥实的"跟屁虫"、上等兵梶冈觉一端起刺刀一下子刺中了他的大腿，他也惨叫着晕倒在地。

不一会儿，小霞披头散发、衣衫不整地哭喊着跑了出来，她一头撞到了那院墙上，满脸是血昏死过去。

翻译官情知不妙，赶紧跑了出去。

冲静夫带着人来了，这院里已经乱成一锅粥。梶冈觉一等几个鬼子学着青砥实，见到女人就抢，都扑了上去，正在撕扯着女人的衣服。王开志的闺女翠儿也被鬼子骑在身上，女儿拼命挣扎着，王开志心如刀绞。心满意足的青砥实拿枪顶着王开志的头，一旦反抗，就会枪响人亡。那青砥实看着这样的场景，口中还发出淫荡的笑声。

"八嘎！"听到翻译官的报告，冲静夫一声怒吼，院子里恢复了平静，只听得女人小声地啜泣声。

"啪"的一声，冲静夫狠狠地扇了那青砥实分队长一个响亮的耳光，青砥实"嘿"的一声，毕恭毕敬地立在那里。

冲静夫知道这些武士很久没有接触女人了，可不分场合不分时候，这会坏了他的大事的，这些家伙简直像猪一样，有损大日本帝国军人的脸面！

"滚！"冲静夫一声喝令，青砥实带着他的手下，连滚带爬地跑了。

"这些人的怎么回事？"冲静夫指着这院中的人们问翻译官。

"太君，这些人都是良民，他们是因为害怕躲进了地洞里，可能是洞里空气不够吧，他们又钻了出来。"翻译官知道，这些人的生死在乎他一句话，王开志也死死地盯着他，希望他说一句中国人的良心话。其实，他也知道，这些人已经够倒霉的了，鬼子侮辱女人，他也看不下去，他不想再给这些人家雪上加霜了。他如果说这些人通共通匪，鬼子肯定会血洗了这村子。这一次，他也终于做了一回中国人。

"地道里有没有藏八路？"

"没有，没有，就是平时藏山芋的地窖。"

鬼子进了地窖，一番搜查，确定无人后，冲静夫扫视了众人，挥了挥手，他决定放过这些无辜的百姓。鬼子押着王开志和推盐工们又上了堆堤。

很远就听到，院子里一片哭声，王开志已经有点神情恍惚，他感到有些可悲，在日本人面前，他就像虫豸一样，没有人在乎他的感受。

大队人马继续开拔，奔着涟水城方向前进。

一阵枪声大作，胡继成带着二营和警卫连追了上来。

胡继成决定分两路进攻。一路在涟阜路上，由他和李大虎带领二营战士与敌人展开正面进攻，一路由陈登洲和赵心权领着警卫连、县大队的同志，沿堆坡下小路破路后形成的壕沟侧面攻击。

冲静夫听着这枪声，就知道是新四军的主力部队增援来了。他既感到心悸，又觉得兴奋。作为一个帝国武士，和强手过招，这是一种荣耀，也是他一贯的作风。

伏在堆堤边，借助各自的地形，日军抵挡二营的正面进攻，警备大队抵挡警卫连和县大队的进攻。日军的掷弹筒又轰轰地响了起来，轻重机枪拼命地扫射着。

17 名在押的战士听到了枪声，内心一阵狂喜，他们知道，这是团长带人来了。他们终于盼来了增援，个个情不自禁泪流满面，他们这是看到亲人后孩子似的委屈的泪水，是等来了战友后流下的喜悦的泪水。

双方的子弹在飞，手榴弹在飞，掷弹筒发射的炮弹在飞，这一段路上，不断的爆炸声让废黄河两岸和堆堤下的村庄，都笼罩在黑色的硝烟中。在硝烟里，双方互有伤亡，一度呈现胶着状态。

冲静夫不想这么耗着了，他使出了最阴毒的一着，他让人押来了 17 个战士，挡在队伍的前面。

胡继成非常焦急，他看到战士被押着，恨不能飞过去，杀入重围，把他们全部救回来。这是他的兵，是他的兄弟，他不能坐视不管。但是敌人使出这阴险的一着，他是进不得退不得，气得摘下帽来。

"团长，现在怎么办？"李大虎也很着急，看到自己的战友被抓，用铁丝穿过锁骨，他的心里格外地难过。

"不能伤了自己人，停止射击！"胡继成下令，战场一度静了下来。

"团长，开枪啊，不要管我们啊！"张德纯喊了起来，其他被俘的战士跟着喊起来，他们已抱定牺牲的决心。

"小鬼子，你这算什么屌本事啊，有本事和爷单独斗，让别人给你们挡子弹，你们认怂了吧。"李大虎也冲着鬼子嘲笑起来。

冲静夫听得清清楚楚，他也觉得，这一着有点下三烂的感觉，另外，这些俘虏决心一死，好不容易活捉到手的，万一新四军开枪，杀了这些人，他那劝降征服的计划就泡汤了。

17 个战士又被带走了。双方重新开战。

几十分钟下来，有七八个战士相继中弹倒下，日军这边，那伍长青砥实带着梶冈等人一心想挽回联队长冲静夫对他们的不良印象，拼着命向前冲，不料被我增援部队逐一击毙，几个"强奸犯"第一批就上了西天。冲静夫有点气急败坏，十几个日伪军丧命后，日军的火力似乎更猛了一些。

因为连续开火时间长，二营的几挺机枪发热严重，随时有炸膛的危险，有一挺在射击时突然卡壳。

"团长，敌人来了增援部队！"陈登洲跑来了，他说，敌人的一部分增援部队开始从西边绕道摸索前进，悄悄地从后面包抄警卫连和县大队。

原来，金本、金岛接到了无线电命令，带着增援部队和武器弹药从涟水赶来了。他们是开着联队长带来的四辆军用卡车过来的，因为有些路段被破坏，他们的车抛在了章洼西边三四里外的路边，各人徒步过来了。

冲静夫命令哲元、李树春领着警备大队的人，押着17名战士及运尸、抬尸的人马撤离战场。再三叮嘱这17个人不能有丝毫闪失，警备大队的人对他来说，有时候是个累赘，打仗的事，还是日军在行。现在，金本和金岛领着增援部队赶来，更是如虎添翼。

冲静夫又开始忘乎所以，敌人的火力又一次疯狂起来。

17名战士被带走了，敌人又来了增援部队，火力更猛了，而且警卫连、县大队有被内外夹击的可能。胡继成很明白，武器弹药和日军比起来，差距较大，不能和日军硬拼，打消耗战是敌人的强项，也是他们求之不得的。

作为一个指挥员，必须审时度势，临机决断，他果断地命令部队停止射击，待观察一下敌人动静，然后见机撤出战斗。

冲静夫这时候也在做着思考，对方停止射击，会不会另有阴谋，接下来会不会还有增援部队要来。他心里也没有底。现在已是下午三点多了，从夜里打到现在，已经十几个小时了，消灭敌人的机会有的是，撤出战斗，这是明智之举。思前想后，他命令全体人员边打边撤，退往涟水城。

"团长，要不要追！"李大虎问胡继成。

"不要追了！七八个牺牲的战士请记下他们的名字，遗体请县大队安排人手就地掩埋吧！我们要快快赶回大胡庄！"胡继成心中还在牵挂着他的"红二连"。

　　小西场打扫战场的人，个个噙着泪水，强压着心头的怒火，一个一个地清点，战士们的遗物一件件地登记。

　　那床边烧煳的笛子是耿傻子留下的，它再也吹不出悠扬的笛音来了。

　　"飞毛腿"胡义宽找到了那个军号，他哇哇地哭着，嘴里喃喃念叨着王孩儿的名字，昨天还和他在一起玩耍的小战士，今天就这么不见了踪影。

　　李少元接过了军号，细细端详着，他仿佛听到了冲锋号再次响起，战士们像猛虎下山一样冲进敌群，与敌人展开殊死搏斗。军号声里，战士们一个个倒下，敌人一个个倒下……

　　"这纸团像是一封信。"李二锁扔在角落的小纸团竟然奇迹般地被人发现。

　　李少元接过这张浸满鲜血的家信，如获至宝，将它贴在胸前，又是一阵心痛。斯人已去，长歌当哭，这满纸的遗言会让收信的人痛苦一生。

　　此时，没有一具完整的遗体，许多遗体已被烧焦。有的平躺，有的侧卧，有的蜷曲着身体，有的张大嘴巴。有的战士死前一定是紧紧地抱着敌人烧死在一起的，被敌人砍断了双手，有的战士嘴里还咬着敌人的半边耳朵。院落里，巷道里，这儿一只手，那边一只胳膊，这儿一条腿，那里一个头颅，残缺的尸体，让人惨不忍睹。

　　连长晋志云在生命的最后一刻，拉响了手榴弹与敌同归于尽，遗体已无法找寻。

　　李少元看到了一只鞋，这是一只尚未完全烧焦的皮鞋，一只大脚还残存在鞋子里。这个人全身都已烧焦，只有这只穿着皮鞋的大脚依稀可以辨认。

　　"这鞋子是巩殿坤的，这只脚就是副营长！"李少元一眼认出了那只鞋，因为鞋子就是他送给巩殿坤的。想不到这双鞋竟成了永别的纪念，想起这，他再次流下热泪，抓着这只鞋子伤心不已。

　　县大队的李成山接过这一半焦煳的鞋子，仔细端详着，热泪纵横："副营长，你可是答应我的，这两天教我们骑马打枪的，你怎么一声不吭就走了，不够意思啊，副营长，日后我们到哪里才能找到你哟!"一个大男子汉哭得像个泪人似的。

　　"快来人啊，这里有一个活的!"突然有人看见一双手从积尸下伸了出来，吓得惊叫起来。

"快！快把他拉出来！"李少云非常激动，他半天没找到一个活着的战士，这双手可能就是唯一的希望了。

有一个满脸血污、满身伤痕的战士被拖了出来，旁边的人帮他慢慢擦拭，眼前这位长着娃娃脸的战士，约莫十六七岁。

"你叫什么名字？多大了？"

"我，我……我叫刘本成，十……十七岁，一排……二班的……"那战士说话非常费力，声音断断续续，说完呜呜大哭。

李少元认出了他，这不是上次在国民党军营里唱歌的"少年合唱团"的那个小子吗？他受了重伤，能够死里逃生已是不幸中的万幸了。看着这唯一的幸存者，李少元感到无限的欣慰。他听自卫队的同志说了，二连有17名战士昏迷后被敌人掳走，肯定凶多吉少，现在这废墟里，二连竟有一个幸存者，这兴许就是二连留下的唯一的一个根。

胡三爹和小西场的人，望着废墟，眼里全是泪水。

胡三爹的手微微颤抖，胡芙蓉回来了，从怀里掏出一沓钱来，这是昨晚副营长和连长请她转交的买粮的钱。这哪是钱啊，这分明是战士们用命换来的一分心啊，不拿群众的一针一线，这是多好的一支队伍啊。

"王者之师，仁义之师，老天无眼，上苍不公啊！"胡三爹仰天长叹，此刻，小西场的人家已经一无所有，他将钱一张一张地分给捐粮给二连的人家，嘴里不停地叮嘱，"你们要记住这些兵啊，世上少有的好人啊。"

大伙站在胡大勇的遗体前，个个抹着泪，打扫战场的时候，胡锡璜夫妇看到了大勇子包裹里的小麦面饼，眼泪刷唰地流了下来。单氏打来了清水，一边给他擦着脸，一连哭喊着："儿啊，连我们给你烙的小麦面饼都没来得及吃一口就走了，苦命的儿啊……"

章成英、胡芙蓉、周才英、胡一兰扶着腿部受伤的朱小凤，她已经哭晕过去几次了。她从这么多的尸体中，终于找到了倒在血泊中的大勇子的遗体。她哭得是天昏地暗，惹得旁边的小姐妹们个个陪她抹泪。

"大勇子啊，你才当一天兵就这么走了，你怎么这么狠心扔下我啊……"大勇子的包裹是从床与墙的夹缝里找到的，那包裹竟没被烧掉。她从里面翻出那身大勇子没舍得穿的新军装，给大勇子换上。

一次次的抚摸，一遍遍的擦洗，从上到下，从头到脚，她看见了那双新鞋，又是一阵泪如雨下……

　　胡继成率领战士们赶来了，他得知有一名幸存者，也是百感交集。他摸着刘本成稚气未脱的脸，无限怜惜："小兄弟，回去后你要好好地养好身体，你可是'红二连'留下的火种啊。"

　　"团长，你要给二连的战友们报仇啊。"刘本成用力地拉着团长的手，久久不放。

　　"你放心，这仇迟早会报的！"

　　被敌人打死的当地群众的尸体，由亲戚或庄人们各自领去，葬进了祖茔地。胡大勇的遗体被朱小凤领走了，她要单独安葬这个男人，这辈子她都要守在他身边。麦根子的遗体也从麦田里转移到咸岔河边，和周老大他们三个推盐工的尸体合葬在一起。

　　将这些人安排停当后，战士和村民们又含着悲痛用独轮车将二连65具残缺不全的尸体运到了村北，找了一块坟地，迅速掩埋安葬。

　　"我们要不要给他们立个碑？"赵心权悄悄地问胡继成。

　　"暂时不能立碑，防止敌人报复！此地不宜久留，防止鬼子回去后集结部队再次来袭，我们一定要吸取二连的教训。"胡继成婉言谢绝了赵心权的好意，转身问李少元，"少元，对被烧毁了房屋的人家，安排了吧？"

　　"我们给各家发了一些钱，一是留作安家用的，还有就是对死亡人员的补恤吧，可能也只是杯水车薪，下面还要请县里的同志帮忙解决他们的实际困难。"李少元答道。

　　"请首长放心，小西场群众的生活问题，我们会想办法解决的。暂时让他们投亲靠友，临时借住一下，下一步再帮他们重建家园。对于在战斗中死了劳力的人家，我们会想办法照顾的。"赵心权拍着胸脯表态。

　　全体人员静静伫立。

　　"小李，给我吹冲锋号！"胡继成也看到了那个冲锋号。此刻，这冲锋号也许是最好的告别。

　　警卫员小李过去曾做过司号员，他拿起军号熟练地吹了起来。

　　号声响起，全体人员默哀，鸣枪，敬礼。

　　青山处处埋忠骨，何必马革裹尸还。二连的烈士们静静地躺在这里，没有鲜花，没有墓碑，没有名字。

胡继成、李少元领着二营和警卫连的战士们撤离的时候，每个人都频频回首，那依依惜别的目光里，对这片土地有着太多的不舍和怀念。

　　从那天起，庄上有人说，夜深人静的时候，你一抬头看那深蓝色的夜空，总会看到许多双眼睛在深情地注视着这片土地。还有人说，这如海的天空里，你若仔细盯着看，会看出一半是海水、一半是火焰来。

在哲元的吆喝声里，17个战士和运尸、抬尸的人马先行一步。

李树春的膀子被刀砍伤，胡占禄的肩部受了枪伤，王化成的一只耳朵被打没了。几个人一路骂骂咧咧，他们把火都撒到了17个战士的身上，要不是这些人，他们怎么能遭这样的罪。他们暗中指使郭士贵、刘金标、杨玉标时不时地恶作剧似的将串联战士们的铁丝拽一下，战士们就会发出痛苦的呻吟。他们乐于欣赏被戏耍的战士们这痛楚的样子。

"畜生！猪狗不如的东西！"张德纯大声骂着，那愤怒的表情恨不能将这些畜生咬死。

抬尸的王开志因为负伤，实在不能负重，一个伪军换下了他。此刻，王开志心里牵挂着女儿翠儿，刚才要不是翻译官报告了冲静夫，女儿肯定要遭殃被祸害了，他恨自己不像个父亲，在女儿遭罪的时候，却无能为力。要是女儿有个三长两短，他也不想活了，也没脸活了。

那个被鬼子糟蹋的小霞怎样了，是死是活，他无从知晓，一个年轻女孩的一生就这么毁了。先前的那一幕，对于那几户人家一定是一场挥之不去的噩梦。

此刻，他见到了一张熟悉的脸，在17个战士中，他认出了王孩儿。这不是在苏家嘴住在他家的那个新四军"红小鬼"吗？那时连部和一个排住他家，大家相处融洽，慢慢有了感情，想不到在这样的场合相遇。

他捂着肚子，快步跟了上去，悄悄地接近王孩儿。

"小鬼，是你啊。"王开志小声地打招呼。

"哦，保长啊。"王孩儿也认出了他。

"孩子，你是哪儿人啊，你这么小，难道不害怕吗？"

"河南范县的。有什么好害怕的，大不了一死！"王孩儿一脸的从容，看到王开志一副惶恐的样子，反而劝起了他，"你不要怕，你是老百姓，他们不会把你怎样，不要靠近我们，防止连累你。"

王开志听了他的话，心里顿时惭愧起来，自己年近半百，还不如一个十几岁的孩子，人家在受难之时，还关心着他人。王开志心里涌动着一股暖流，满满的感动充溢全身。他又放慢了脚步，望着王孩儿他们的背影，眼里闪烁着泪花。

绝食中的战士，身体已是十分虚弱，有人走路已经摇摇晃晃，随时可能跌倒。

"顾问，你看这些人锁骨串着的铁丝要不要去了，再这样下去，我怕出人命。"李树春有些担心，向哲元提出建议。

这些人不肯吃东西，有的身体还受着伤，再这样下去肯定要出事，如果这些人有任何闪失，他都不好交代。一行人终于挨到了军用卡车前，哲元下令行刑官抽了铁丝，又将各人捆绑结实，抽丝剥茧的疼痛让战士们一下子瘫倒在地，个个锁骨部血流如注。

终于等来了冲静夫，他带着部队赶上来了，还带来了十几具尸体。

"联队长阁下，那些八路呢？"这么快战斗就结束了，哲元有点不敢相信，他满腹狐疑地问道。

"哈哈，被我们打跑了！"冲静夫俨然一副胜利者的姿态，其实他是主动撤出战斗的。

"还是联队长用兵神武，才取得速战速决的效果。"哲元还是不忘拍马屁。

"哈哈哈！"冲静夫又狂笑不止，突然，他瞥见了手下人正手忙脚乱地用布缠裹新增的十几具死尸，顿时收敛了笑容。

他环视左右，思忖片刻，决定将所有的死尸运上军用卡车，这样可以省时省力。所有的伤员和17个新四军战士也一同上了车，车上站了一圈荷枪实弹的鬼子。

不宜再作停留了，火速回城！冲静夫习惯性地手一挥，于是，汽车马达的轰鸣声，马骡的蹄声，急行军的步伐声，和满地的尘土混杂在一起，向着涟水城集结而来。

　　傍晚时分，县长吴厚甫，警察局长王致和，兴涟公司的两位董事高伦贞茨郎、太平忠作，以及政府各科室人员数十人恭迎在浮桥口。

　　吴厚甫远远地就迎了上来，亲自给冲静夫牵马。

　　"联队长剿匪归来，鞍马劳顿，辛苦辛苦，我等在此恭候多时了！"冲静夫本不喜欢这个县长，夜里紧急行动，他却称病临阵脱逃，现在又站在这儿假惺惺地献殷勤，但他作为联队长必须顾全大局，搞好与地方的关系，也是他的分内之事。

　　他满脸堆笑，装作关切地问道："吴县长的心脏病好了吗?"

　　"托联队长的福，今天好多了。"

　　"吴县长的一片盛情心领了！"

　　李树春看了心里有点不乐，他暗暗地骂着吴县长这个老狐狸，老子这次出征真刀实枪地与"毛猴子"干，差点光荣了，你倒好，窝在家里保命。现在却来讨好卖情的，真可恶。可毕竟是打了胜仗，皆大欢喜比较好，所以他也不便发作。

　　当晚，涟水城有两场活动举行。一场是为死去的日伪军举行的浩大的"慰灵祭"，冲静夫装模作样硬是挤出了几滴泪来，表达他对这些鬼魂的"敬意"。

　　适才或余悲，转眼亦已歌。祭祀仪式之后，一场盛大的庆功宴举行，这是县政府和兴涟公司特意准备的犒劳晚宴。整建制地消灭了新四军的一个连，这样的战绩值得庆贺。冲静夫亲自拟定了今天的战报，日军的伤亡数字大大缩水，战果添油加醋说了一番，战报此刻早就传到了17师团司令部，也许不久他的胸前又会多一枚勋章。

　　人们早就卸下了先前祭祀仪式上的伪装悲痛的面具，个个山呼海叫地喝起来。觥筹交错之后，冲静夫乘着酒兴，他要亲自去涟水监狱大牢里看一眼那些被关押的新四军战士。到现在，没有一个战士肯投降，这成了他的一个心病。

　　哲元、吴厚甫、李树春等人前呼后拥陪他进了大牢。只见东侧一间标有"共匪"的牢间里，17个战士都被上了镣铐，互相依偎着，看见日本人进来，每一双眼里都射出愤怒的电光来，看得冲静夫有点胆寒发竖，他都不敢正视这些眼睛。

一个狱警拎来了晚饭，山芋丁和棒头槎子混合在一起煮成了粥。

"你们的投降，包你们的荣华富贵，快快地吃饭吧。"哲元打着饱嗝，劝着铁栅栏里面的人。

"你们滚出中国，我们就投降怎么样？"刘明俊反唇相讥，惹得战士们都笑起来，尽管受了伤，这一笑似乎让他们都忘记了疼痛。

"这照出人影的稀粥汤就想收买我们了？"张德纯一脚踢翻了粥桶。

"不要敬酒不吃吃罚酒！"李树春刚要咆哮，冲静夫打断了他。他明白，这些共匪长期受到共产党思想的教化宣传，他们的头脑像是被什么东西洗了一样，意志力和战斗力都非常人所及，必须用非常规的手段和方法来改变他们。

"我们是良民！我们是好人啊！"

"我们上有老下有小，放我们回家吧！"

"放我们出去！"

西侧的标有"苦力"字样的两间牢间里传来了一阵阵祷告和呼喊声，里面关着今天抓来抬尸的大胡庄群众，还有那些推盐工。他们是这场战斗的"舶来品"，之所以被抓来，除了可以扣上什么"通匪"的帽子外，就是逼他们家人拿钱来赎，这是涟水日伪军和兴涟公司合伙搞的生财之道。

"哲元君，你一定要想办法让这些人投降，如果他们投降了，今天这一仗，我们就圆满了！"酒足饭饱的冲静夫临行前拉着哲元的手，再三叮嘱，他对这位学弟寄予厚望。

"学长，你就放心吧，我一定会尽全力让他们就范投降，你就等我们的好消息吧。"有了明显醉意的哲元使劲地拍着胸脯。

各人又是一番虚情假意的告别，冲静夫被人簇拥着扶上了卡车，随着卡车启动，副驾驶室那声重重的关门声，一个刽子手把一个血腥的日子，关进了无数中国人的记忆里。

就在这天夜里，一个庄严的时刻来临，狱中临时党支部成立。

张德纯统计了一下，17名战士，有11名是党员。通过推选，张德纯同志担任党支部书记，刘明俊同志和耿傻子同志担任支部委员。

"二连的同志们，今天开始，我们临时党支部成立了。我们是一支有着光荣传统的部队，我们的血液里流淌着红军长征精神、八路军太行山精神、新四军铁军精神。这么多年受党教育，大家都知道，我们是党缔造的军队，铁心跟党，听党指挥，我们又是人民的军队，我们是为人民而战，为国家民族而战。戊戌变法时谭嗣同说过一句话，'我自横刀向天笑，去留肝胆两昆仑。'人家一个封建社会的变法者还能视死如归，我们作为共产党人，作为革命战士，还怕死吗？今天敌人杀了我们那么多的战友，我们要抱定必死的信心，永不叛党，决不投降！"

"永不叛党！""决不投降！"大家纷纷握起拳头郑重表态，就像当初入党宣誓一样。

连续三天，17名新四军战士依然拒绝进食。警备大队和警察局的头头脑脑都打了招呼，这些人的伙食已有了改善，饭菜中也有了荤腥，但战士们还是无动于衷。

哲元也是气得嗷嗷叫，一点办法没有。

"顾问，这些人既然一心求死，不行就成全了他们，干脆把这帮人拉出去枪毙了吧。"束手无策的李树春向哲元建议。

"不行，如果要枪毙在大胡庄就可以解决了，何必费这么多的事拉到涟水来，我们不能辜负了联队长的一片苦心。"

"那怎么办？"

"他们想死也没那么容易的，先给他们治伤，不行让人强行灌汤药，保证他们死不成就行。"哲元想出了一招来。

上了镣铐的战士们，因为受伤和连续绝食，身体已经虚弱不已，日本军医过来疗伤时，先是一个个拖出去单独隔开医治，几个看守一起上来，按住手脚灌汤药，失却了反抗气力的战士，只好任其摆布。

牢房里天天传来为治伤而反抗的声音，这种针锋相对的局面让西侧苦力间的人们议论纷纷，有的匪夷所思，有的很是同情，大多数人从心眼里佩服他们。

"这些新四军为什么不肯吃饭，不肯治病？那不是死路一条吗？"

"死了那么多的兄弟，他们怎么可能吃得下啊，要是我，我也不吃。"

"这些人和鬼子二皇不共戴天，人家这些人有气节，宁死不降，你不懂。"

"我听说共产党都是这样的，就是死了也不投降。"

"你们说，共产党会不会拿钱来把他们赎走啊？"

"他们不像我们，我们可以拿钱来赎人，他们要么投降，不投降就杀头，没有第三条路可走。"

"这些人岁数都不大呢，最小的才十六七岁，死了可惜哟。"

"人家那才是汉子，是打鬼子死的，人家值！"

……

在敌人的强迫下，在人们的众说纷纭中，17个人的生命在延续。

这天晚上，天有点阴冷，狱厨李立义照例来送牢饭，他后面跟着一个戴狗套头帽子的高个子，脸捂得严严实实的，只露出两个眼睛来。

李立义领了高个子去送了西侧"苦力"间的饭食，然后高个子迅速折返到东侧"共匪"这一栏，轻轻地咳了一声，众人抬起了头。

"赵县长！"高个子迅速拉起面具，将脸露了出来，张德纯差点叫了出来，这不是赵心权县长吗，只见赵县长摆了摆了手，往里面扔下了一个小小的纸团，重新遮掩好脸面，匆匆而去。

众人诧异间，拾起纸团来一看，有一行字——吃饭求存，坚持斗争，伺机营救。

组织上来信了！这个纸条不啻一个惊雷，炸响在每个战士的心头，赵县长冒死亲自来牢里送信，说明组织上没有忘记关在这里的人。

原来，17个战士被抓后，二十四团胡继成团长特意委托淮安县赵心权县长，要求他们想方设法摸清情况和组织营救。这两天，赵心权县长和敌工部廉纯一部长两人亲自化装进城。他们与涟水县抗日民主政府取得联系后，通过各种渠道打听得狱厨李立义是涟水县游击大队长朱慕萍的亲戚，此人早年就参军加入了同盟会，后因同情共产党遭到排挤回乡，是朱慕萍安排到敌人身边的一条隐线。

赵心权、廉纯一、朱慕萍三人终于在李立义家接上了头。

听说战士们在狱中绝食，感动之余，赵心权紧锁眉头，身体是革命的本钱，可以坚持狱中斗争，待时机成熟，我们想办法化装进去营救。当务之急是让他们停止绝食。

"李大哥，这个忙还请你多多费心。"赵心权将一沓钱币塞给李立义。

"赵县长，你这是小看我李立义了，我不是见钱眼开的人，我是冲着这些英雄，这样吧，这些天因为我人手不够，监狱长还让我自己找下手帮忙的，今晚我去给牢间送苦力饭的时候，你随我进去送饭，有人问，我就说，你是我新请来帮忙做饭的。你放心，他们对我非常信任！"李立义一口应允。

"这真是太好了！"几双手紧紧地握在了一起。

也就在第二天，在战场上受了伤的乡原伤口化脓，转到淮阴日军野战医院养伤去了，涟水日军新任中队长笠原到任。他来的第一件事，就是进监狱看望新四军 17 个战士。来的时候，联队长就交了任务给他，希望他新人带来新气象。笠原向来以铁腕著称，那凶残的野性比起乡原来毫不逊色。他决心亲自出马，会一会这些新四军，实在不行，他就要给这些家伙一点颜色看看了。他就不信，这些人是铁打的。

一进来，他就盯上了张德纯，因为他听一旁的翻译官介绍了，此人是他们的头。

"你的过来！我们认识一下，我是新来的中队长笠原，你是他们的头吧，我和你做一个交易如何？"

"不错，有什么话请讲！"

"我们分两步走，第一步，你让你的人停止绝食，第二步，你带你的人投降。如果这两步做到了，我让你做我们涟水治安联防大队大队长，你的兄弟都由你任命。怎么样？"

"这个交易划算，给我考虑考虑。"张德纯知道这新来的队长又在劝降了，不如来个将计就计，组织上命令我们停止绝食，坚持狱中斗争，我们先麻痹敌人，瞅准时机里应外合，配合地方上的同志完成营救计划。

翻译官在两人之间小心地翻译着。那笠原听说张德纯要考虑考虑，他认为是他的劝说起了作用，不禁大喜过望。

"我们饿了，我们要吃饭！"张德纯和战士们悄悄耳语后，众人一起喊了起来。

"赶紧开饭！"既然喊饿要吃饭了，这就是劝降奏效了，笠原立即命令狱卒传令开饭。

战士们终于吃了一顿饱饭，涟水城的哲元、笠原赶紧报告了淮阴，联队长冲静夫在电话中大大地表扬了笠原一番，笠原很是得意。

可几天下来，新四军战士们是吃了睡，睡了吃，伤也治了，身体也有了很大的恢复，就是不提投降的意思。

笠原有点被愚弄的感觉。

"你的说话不算数！欺骗的死拉死拉的！"他命人将张德纯抓到审讯室，怒气冲冲地责问道。

"我没有骗你啊，我们不是吃饭了吗，第一步完成了，第二步也要慢慢做工作啊。"张德纯装着一脸的无辜。

"你的良心大大的坏，我要让你尝一尝不老实的下场！"笠原发急了，他知道对方是在欺骗他，对于和共党分子打交道，这样的事，他见识的多了。

他不由分说，命令人给张德纯上刑，既然软的不行，必须来硬的，他要通过严刑拷打，让他们领教他的厉害。

那几天，鞭打、电刑、老虎凳、灌辣椒水、上大挂、夹指器、火烤脑袋、开水浇头、猪鬃透小便等残忍的刑罚，一个接一个地上，把张德纯折磨得眼睛看人都模糊了，头肿得如笆斗大，多次昏死过去，然后冷水浇醒，继续动刑。

17个人连续刑讯，一个接一个用刑，笠原妄图用酷刑让这些人屈服。可敌人的愿望又一次落空。狱中临时党支部开了会，大家统一了认识，没有人理会这一套，宁死不屈的他们让敌人明白了什么叫铁的战士。

每一次在审讯室用过刑的战士，一个个被打得遍体鳞伤，拖进牢间时，西侧"苦力"间里的人看得个个心惊胆战。他们从内心里敬佩这些战士，也暗暗地为他们祷告祈福。

夜深了，张德纯靠墙倚坐在地，一手搂着王孩儿，一手搂着耿傻子，这两个人一个16岁，一个17岁，还是稚气未脱的孩子，这么小就当了兵来和大家受这么大的罪，他实在有点于心不忍。他心里暗下决心，一定要保护好他们。

"孩儿，傻子，你们要是疼了，就叫出来。"他心疼地说。

"我们都是穷苦人家的孩子，不是那么娇贵，这点痛不算啥。"耿傻子答道，"要是有长笛在手该有多好啊，我可以为大伙吹一曲，解解闷，去去痛。"耿傻子想起了那支笛子，可惜早已在战火中付之一炬。

"排长，傻子都是党员了，我也可以入党吗？"王孩儿一双渴望的眼睛望着张德纯。

"可以啊，你的条件完全可以，到时候我和明俊、傻子一起做你的入党介绍人！"张德纯摸着王孩儿的脑袋说。

"那太好了，我也可以入党了！"王孩儿在兴奋中忘记了疼痛。

"傻子，孩儿，大伙都叫你们小名，喊习惯了，都忘记了你们的大名了，你们大名叫啥呢？"张德纯问道。

"我大名叫耿振河，从小看我傻乎乎的，大家都叫我傻子，我哥叫耿振清，早年就当兵走了，家里只剩下一个弟弟叫耿振江。孩儿他大名叫王本立，因为他长着一张娃娃脸，看上去总像一个孩子，大伙就叫孩儿了。当年我们一起放羊跑出来的三个人，还有一个刘本成，估计已经牺牲了，我亲眼看到他倒下的……"说着说着，耿傻子开始抹起了眼泪。

"排长，你知道今天是多少号了？"王孩儿问张德纯。

"我们在大胡庄和鬼子打仗是民国 30 年四月初一，我们进来已经 12 天了，今天应该是四月十二吧，这一天一天我都记着呢，你们看这墙上。"

二人朝着墙上看去，原来排长在墙上做了记号，一天划一根竖线，一共 12 根竖线，代表着 12 天。

三人聊着聊着，不知不觉间，依偎相拥着进入了梦乡。

"吭当"一声，不知道什么时候，牢房的铁门被打开了，一阵嘈杂声惊醒了梦中的人们。

"妈的，磨磨蹭蹭的，快点进去！"一批人被推搡着进来了，关进了"共匪"隔壁那间标有"土匪"字样的牢间。

张德纯数了数，一共 23 个人，其中还有 5 个年轻姑娘，这些人也都上了镣铐。这么多的"土匪"？难道他们也是新四军？

那领头的人四方脸，粗眉大眼，高个子，也向他们这间看了看，互相只是点了一下头。

"5 个女的出来！"不一会儿，那看守跑过来大声嚷叫着，将 5 个年轻姑娘单独关进了"土匪"隔壁的一间里。

已是凌晨时分，这是些什么人啊，因为什么事被抓来？张德纯心中感到纳闷。

又是"咣当"一声，看守们一个个都走了，这牢间里又恢复了沉沉的死寂。

"咚""咚""咚"，隔壁敲了三声，张德纯听得清清楚楚，"咚""咚""咚"，他也回应了三下。

"你们是八路军吗？"隔壁有人问道。

"我们是新四军，你们是哪部分的，怎么被抓进来的？"

"我们是涟水军田乡民兵自卫队的，我们的驻地在黄炮楼，和鬼子打了一天一夜，黄炮楼失守了，就被他们抓来了。"

"哦，都是自己人！"张德纯和战士们都感到振奋，在敌人的监狱里，能有着志同道合一起打鬼子的同志，也算是一种缘分。

"这牢间是木板隔开的，我们用脚把这木板蹬出个洞来，这样方便我们说说话。"那边的人急不可耐，用脚蹬了起来。这牢间也是简单隔断，那木板也不厚，只几下就被踹出一个一米见方的大洞来。一双双上了镣铐的手，从这洞里伸出来，彼此握在了一起。

"我是杜春生，军田乡自卫队的党支部书记。"领头的大个子自我介绍。

"我是新四军二十四团一营二连二排排长张德纯。"

"你们是怎么进来的，能讲讲你们新四军的情况吗？"

"好的，既然大家都是自己人，我们就互相把各自战斗的情况讲一讲吧。我先说。"

张德纯将大胡庄战斗的情况叙说了一遍，听得自卫队的队员们油然而生敬意，原来英雄就在身边，对于鬼子的残暴行径个个感同身受。

"你们新四军个个都是英雄好汉，是我们学习的榜样，我来说一说今天黄炮楼战斗的情况吧。"杜春生咽了一口吐沫，慢慢地讲了起来。

"黄炮楼是地主黄元德家院内的一座三层小炮楼。炮楼的庄院分东、西两院，四周有围墙，中间有炮楼居高管控。庄上的群众为防土匪防鬼子，平日里一到晚上都扶老携幼，住进黄炮楼的院子里。黄家慷慨接纳全村百姓，因此得名'黄炮楼'。

"我们军田乡民兵自卫队驻所也设在那里。今天天还麻麻亮的时候，炮楼内的群众都在酣睡中，突然 300 多日军、警备队和警察局的人包围了炮楼。据说敌人是得了情报说黄炮楼里有八路军的主力，因而秘密出动部队来围剿的，行动十分突然，让我们措手不及，等哨兵发现，再想带领队伍及群众撤离已经来不及了。

"我们自卫队林福生队长和我立即召集全体队员，分析敌我形势。大家认为，我们现有自卫队员 13 人，土造步枪 13 支，短枪 2 支，手榴弹 8 枚，子弹 300 余发，凭借炮楼居高临下的有利地形，同时 13 人中有 8 人是共产党员，也有着一定的战斗力，因而坚守到天黑还是有信心的。

"一开始，我们先是将惊慌逃到炮楼院内的 200 多名群众，撤到炮楼里，然后兵分三路，一路防守东院，一路防守西院，一路到炮楼顶上打击敌人。

"面对有炮楼居高封锁的庄院，鬼子二皇也料到强攻不是易事，而且，他们还真以为炮楼内有我主力部队，因此他们也不敢轻举妄动。直到天亮了，敌人开始向炮楼发起冲锋，分几路同时向黄炮楼扑来。但是经过我们顽强抵抗，半天下来敌人先后发动了十多次冲锋，始终未能攻入庄内。

"庄外的敌人见久攻不下，便乘着大风向我炮楼的窗口和射击孔扔硫黄毒气弹。一时间，阵阵黄烟熏得楼里的人们咳嗽不已，老人妇女东倒西歪，站立不稳。我们用棉被、棉花、泥巴等阻塞门窗防毒。直到傍晚时分，警察局的日本指导官金岛派人回去运来了洋油，还从淮阴调来了 100 多个鬼子。敌人集中全部火力向黄炮楼攻击，炮楼土墙被打出了许多窟窿，楼北面的屋子，也被敌人挖开了笆斗大的墙洞。敌人把洋油浇在芦柴和门板上，一起扔向炮楼，然后就是投掷手榴弹、硫黄弹，顷刻间，楼内浓烟滚滚，火光冲天，楼板被烧坏了，楼梯也塌陷了。

"经过一天紧张的激战，我们弹药已经严重匮乏，商量后决定乘黑突围。左突右防中，除一名队员和部分群众冲出重围外，其余人员都没能冲出去，最终落入敌手。敌人将年轻力壮的汉子拦在一边，老年人和妇女拦在一边，四周架起机枪，强令群众交出八路和自卫队员。但没有一个群众把我们指认交出来。他们看不到八路的影子，知道黄炮楼只有十几个自卫队员，当时那个警备大队日本指导官金本就气得发疯，这一战，敌人死伤了六七十人，他像个恶狗似的一口气用战刀连续砍死了八个汉子。鬼子、二皇当场刺死了 20 多名群众，并将战斗中牺牲的队员的尸体肢解泄恨。

"这一仗，我们 13 个队员，牺牲了 5 个。林福生队长和 1 个队员，还有 3 个群众被淮阴的鬼子作为'胜利战果'带走了；我们 5 个队员和 13 个群众被带到这里，另外还有 5 个妇女，他们也不放过，怀疑她们是八路军的宣传队，也被抓来了。他们现在要我们投降做汉奸，我们每个人都铁了心，没有人做软蛋孬种……我们记住了那些人的嘴脸，哲元、笠原、金岛、金本、李树春……他们又欠下了涟水人民一笔血债！"

"这隔板咋破出洞来？"第二天见到两间牢间出现这么大的洞口，狱警很是疑惑。

"都是这木板不结实，我们几个人一起倚上去就折了，然后就露出这么大的洞来。"

他们的解释，狱警也是将信将疑，要是提出维修，那兴涟公司的人就像是要他们命似的，不肯多花一分钱。这些人反正都上了镣铐，四周都是铁栅栏，料想他们也跑不了，有洞就有洞吧，多一事不如少一事，才懒得去说呢。于是这洞就这样留了下来。

"同志们，老乡们，敌人认定我们这些人都是抗日的自卫队员，都是共产党的可疑分子，他们逼我们自首投降，我们要向隔壁的新四军学习，宁死决不做叛徒，也决不向日本人投降！"杜春生做着动员，他知道，敌人的酷刑马上就要到来，必须给大家打气鼓劲。

"自卫队员们，老乡们，我们这边的情况，外面的部队和县里的同志都知道，我们要坚定信念，坚持斗争，我相信组织上会想办法营救大家的。如果你做了叛徒，将来你出去后，你就是千人骂、万人剐的汉奸。"张德纯将头探到隔壁来，给大家晓谕再三，希望大家不做糊涂人，不干糊涂事。

一个一个地拉走，审讯室的酷刑，摧残着这些人的肉体，但竟没有摧垮他们的精神和信念。就连那13个普普通通的群众，也是抱团取暖拼死抗争，他们的亲人倒在了敌人枪口和刺刀下，作为一个顶天立地的男人，他们认定自己就是自卫队员，假如有活着出去的那一天，他们一定会拿起枪杆子，报仇雪恨，坚决和敌人斗争。

这天中午，李立义送饭的时候，带来了一个消息，李树春被哲元关了禁闭。

张德纯和杜春生听了，脸上露出胜利的微笑。他们的离间计终于奏效了，感到格外的开心。

原来，狱中临时党支部和杜春生等人开了会，暗中商议，上级要求坚持狱中斗争，那就要变被动为主动，想方设法打击分化敌人，让他们自相残杀，不得安宁。于是，张德纯想起了陈佑宜和徐成伍火拼的事，这事是刺痛李树春的一块心病，他一直隐瞒着不准人声张，哲元也被蒙在鼓里。可以放出风去，说这事就是新四军二连干的，李树春早就知道新四军二连来到了大胡庄，他是知情不报，有意隐瞒，这有通匪嫌疑。另外，还可以编造李树春私吞各乡炮楼工程款的证据。

张德纯想到了李立义，请他带来纸笔，于是一封匿名信，悄悄地被李立义带了出去，又被他趁人不备的时候，悄悄地放到了顾问的案桌上。

两个据点里的头子陈佑宜和徐成伍突然失踪，哲元本来就有所怀疑，现在这封举报信，更加证明了这里面有鬼。至于修筑炮楼中饱私囊，对李树春的举报也不是第一次了。他作为警备大队的负责人，通匪和贪污，随便哪一项罪名都可以将他绳之以法。

李树春就这么稀里糊涂地被关了起来，因为他自知理亏，这下子真是哑巴吃黄连，有口说不出。李树春被"莫须有"的罪名抓了起来，他手下的一帮铁杆当然不让了，个个要去哲元那里讨个说法，可这里毕竟是日本人的地盘，最终没有一个肯做"出头鸟"，只好在背地里怨爹骂娘。上头交代的事开始消极怠工、互不买账，一时间，涟水城伪军与日军之间的关系紧张起来。

一夜之间，阴阳永隔。周老二带着推盐工过运河的那晚，见大哥迟迟不来，就知道凶多吉少。

等他们送完了盐，匆匆赶回颜慕虎的盐坊，一个院子空空如也。

诧异间，颜景詹来了，他将实情一五一十地告诉了周老二。这个一向以硬汉子示人的男人，当即蹲在地上，哇哇大哭。父母走得早，他自小就跟着大哥走南闯北，是大哥教他做人做事做生意，是大哥教了他许多革命的道理，是大哥将他从一个粗人教成了明白人。现在大哥走了，倒在敌人的枪口下，他怎么能接受这突如其来的噩耗啊。

看着盐行里藏匿的那批剩余的盐包，他放声大哭，看到了这些盐，他就想起了大哥。处理完这些盐包，颜景詹带他去了大胡庄，在咸岔河边大哥的坟上，周老二又是一顿号啕大哭。听说这坟里还葬着麦根子、赵大虎和陈阿牛，周老二更是一阵的心痛，那么好的人，转瞬之间都成了阴间一鬼，真是人生无常、命运多舛啊。他买来了一篮子的纸钱，一遍遍地祷告，请他们多多照应着他的大哥。

"老二，我看当务之急还是想办法赎出那些推盐工啊。"颜景詹提醒他。

"这些人是因为帮我们运盐抓起来，他们各家的日子过得紧巴巴的，各家哪里有钱去赎人啊？"周老二抓耳挠腮一阵发急。

"还是去找组织吧，让组织上帮你想想办法，先将那些被抓的推盐工从牢里赎出来再说。"

是啊，这批盐就是为盐阜地委运的，他们不会坐视不管的。可这么多人，需要多少钱啊，我既不能让各家承受损失，也不能给组织上添麻烦。

还是自己想办法吧。想到这，周老二倔强地站了起来。

周老二走了，他直接去了黄海的晒盐场。那里有大哥生前的衣物，还有那条大哥买来运盐的大木船，这是周家唯一值钱的家当了。他想将船卖了，去赎那些推盐工，想必大哥在天之灵也会同意的。

听到周老大牺牲的消息，部队盐场的负责人当即泪眼模糊，当初要不是周老大带着人来帮助建晒盐场，现在部队的吃盐都是一个问题。想不到这一分手，竟成了永别。

"为了给根据地运盐，死的死，抓的抓，这个忙，我们一定得帮你一把！船就不要卖了，我们来想办法，但是我们有一个条件。"

"您说，什么条件？"

"这些推盐工养家糊口不容易，出狱后，你将他们全部带来，就在我们盐场做工拿工钱，省得到处漂泊。"

"这哪是条件啊，分明是天上掉下的一个大馅饼，我们求之不得的呢。"

那一天，涟水县城来了一位盐商老板，戴着大墨镜，拎着一个皮箱子，那气派一下子征服了警察局长王致和。警备大队的李树春被日本人关了禁闭，现在他说话管用，这拿钱赎人的事哲元都交与他负责。

这位盐商老板后面跟着南集乡的开明绅士张老板，此人在涟水城也是一手通天的人物，上上下下都有他的路子。今天，他陪这位盐商来找王局长，专程商谈赎买推盐工的事。

警察局也查了，这些推盐工就是平日里靠推盐为生的苦力，与八路军新四军并无相干，既然盐商主家来赎人了，又是张老板的朋友，再加上一进门，王致和的衣兜里多了厚厚的一沓钞票。他乐得做个顺水人情，再说兴涟公司早就等着钱进账呢。

"一个推盐工三百，三十几个人，凑个吉利数，八千元！"

"痛快，成交！"

今天这一出有惊无险。戴墨镜扮着大老板的正是周老二，他事先备好钱箱，还请来了与大哥私交甚好的张老板，人家一口答应帮忙。于是，这三十几个推盐工被周老二顺顺当当地领走了。

此后不久，黄海边的晒盐场，多了一个推盐工党支部，这些经历了风雨洗礼的穷苦人在周老二的带领下，自此走上了革命道路。

　　大胡庄上抓来的青壮年劳力审来审去也没个确凿证据，现在已经有了明码标价：一人三百。警察局说了，这些人和新四军有牵连，按理定他个通匪罪，坐个两三年牢，也未尝不可，现在同意拿钱赎人是便宜他们的了。不过有一点，受了伤，日本军医给瞧病的另加一百。

　　王开志的价格标价五百，王局长说了，王开志是保长，属于有钱人，和那些穷鬼不同，另外，他受伤治病，还得加一百，一共六百。

　　交赎通知书一送达各人手中，这牢间里顿时炸开了锅。

　　"这不是明抢吗？哪来这么多的钱啊！"

　　"算了，我就在这坐牢不出去了，这么多的钱，从哪弄啊？"

　　"通知上说了，一个礼拜之内交钱，交不上钱就判刑了，这可怎么是好啊。"

　　"我们家两三口人都被抓来了，这岂不是要倾家荡产啊。"

　　众人在愤怒绝望中度过了一个不眠之夜。

　　晚上，王开志被那王局长请去了。

　　"王保长，我看了卷宗，你过去曾为地方政府做过事，能力和人缘都不错，现在交给你一个差事。"

　　"局长，您说。"王开志诚惶诚恐。

　　"命你将交赎通知书送到大胡庄各家各户，你告诉各家，一个礼拜不交钱，就别怪老子不客气了，我不是吓唬你们，日本人那是什么招都使得出的。"

　　"一定送到，局长您放心！"王开志觉得只要能离开这鬼地方，比什么都好。

　　"至于你嘛，听说你家住苏家嘴，是因为走亲戚被抓的，给你宽限一个礼拜咋样？如果你胆敢不交，我们可知道你女儿家住哪里哟。"

　　"不敢不敢，一定想办法交齐！"

　　"我再警告你几句，现在你们苏家嘴是国共两派军队混杂，日本人迟早要扫荡过去的，什么新四军八路军，什么国军东北军，是蹦跳不了几天的，你不要不识时务哟。"

　　"小的明白，小的明白。"王开志连连作揖施礼。

　　出了涟水城，王开志直奔章洼而来。他心中无时无刻不惦挂着女儿小翠他们。这一场无妄之灾给他和女儿家带来了莫大的痛楚。要是那一天不去女儿家走亲戚，要是晚上不在女儿家过夜，要是不是他带路，要是……可是，这一切的假设都没有用了。他现在最大的希望就是家人平安无恙。

敲门，敲门，敲了半天门，门终于打开了。

"亲家？"门里探着一个头来，原来是亲家靳友忠，他看到王开志也很惊喜，"你放出来了？"

"说来话长，进门说。"两人关上门扉。

进得院子，却不见一个人。

"孩子他们呢？"王开志一脸惶惑。

"都去苏家嘴投奔你家了。这里还能住人吗，再住下去，不出人命才怪呢。日本人走后的第二天，韩老三家的二姑娘就死了。唉，好端端的一个家没了。"

"那你怎么不走？"

"各家留一个年纪大的男人看家，年轻人和女人都出去避风去了。我们这一把年纪，还怕谁啊，这兵荒马乱的何时是个头啊？"

"要是那一天你们不从地窖里爬出来就好了。"

"地窖是我们几家联手挖的，排气的通风管道没有做好，哎，谁想到，日本人会在家里做饭啊，时间太长了，实在憋不住了才出来的。现在说什么都迟了，都逼出人命了，都是鬼子二皇作的孽啊。亲家啊，你可不能再为他们做事了哟。"

"这不，他们让我去大胡庄送交赎通知书呢，就是让各家拿钱赎人啊，我也要花钱买罪呢。"

"你要交多少钱？"

"六百块呢。"

"这么多？把我家翻个遍，也翻不出一百块钱啊，那可怎么是好哟。"

"不给你们家添麻烦了，我家里还有一些中央银行、中国银行、交通银行发的钱票，都凑了再说，不够就到邻居家借一点，估计六百块钱能凑齐，如果不按时交上去，那警察局长说了，就要来你家抓我闺女。"

亲家俩一个劲地唉声叹气，口中痛骂着这些个千刀万剐的鬼子二皇。

王开志把通知书交到大胡庄各户的手中，径直去了苏家嘴。他这一来不要紧，一个村庄的人都被折腾得夜不成寐。

小西场各家住在临时搭建的棚屋里，一场家庭会开了起来。

胡仕修召集来大伙商量着赎人的事，各人七嘴八舌地讨论起来。

"庄上的人被关在涟水，我们也几次去打听了，都不让放人，那些牲口也被罚没了，现在终于等来了交赎通知书，可是这明摆着想敲我们一把。我知道各家都不丰裕，但是就是砸锅卖铁也要把人赎回来啊，不能让他们在牢里受罪。"胡三爹开门见山。

"能不能请县里、区里帮忙解决一点。"

"人家已经给了生活费，现在又帮我们重建家园，这几天带一帮人来出工出力，帮我们建起了棚屋，掼上了土坯，编了柴箔，准备建一批新草房供我们住下。做人要讲良心，不能再麻烦人家政府了，我们还是自力更生吧。"

"政府和部队不会组织人去劫狱吗?"

"你以为人家是打家劫舍的梁山好汉啊，那涟水城是纸糊的啊，你以为人家不着急啊，新四军的同志也关在里面。可是就是劫狱成功了，人家新四军出来后可以打游击走了，你大胡庄人怎么办? 救回来了，兴许鬼子要来血洗整个村子了。对关在里面的老百姓而言，拿钱赎人是唯一的办法了。"

"那如何凑得了这么多的钱啊。"

"我想把100亩地的麦子和玉米卖了，来给各家赎人救人，不够我们再想办法。"胡仕修站了起来，他决心卖田赎人。他又一次出语惊人。

"老三不能啊，这麦子和玉米都还没熟，你卖了，你往后的日子怎么办?"胡仕业、胡仕雅都劝他三思而后行。

"我把这些庄稼先抵卖出去，换来现钱再说，其他顾不了那么多了。"

胡三爹毁家纾难的消息像长了翅膀一样，在大胡庄上传开来。

"还是人家胡三爹，一向高风亮节，行事磊落，了不起。"

"大胡庄被抓走三四十个劳力，单靠小西场胡三爹一个人不行，众人拾柴火焰高啊。"

"说来说去，各家家底薄，有钱的也就东广爹、西广爹这些人家。"

这边，朱大海、胡锡宜也请示了县里，县里指示大胡庄秘密党支部和自卫队连夜行动起来，走村串户，特别是动员大户人家出钱出力。

一场有组织的自救行动在大胡庄展开。

胡仕修捧着 100 亩地的收成钱来了。

芡陵街的顾育保取来了卖木料的钱。

蔡六先生和他的两个助教拿出了学费工钱。

朱大海、胡锡宜他们一批共产党员、自卫队员、妇救会员将箱底里压着的、牙缝里省下的一点钱都捐了出来。

可唯独胡明根、胡兆荣这两家子按兵不动。

"看来不给他们一点颜色是不行了！"赵心权听了汇报，拍案而起。

当天夜里，县大队就来将这两家团团围住，胡锡荣、胡锡古两个管家打手被带走了。临走时放出话来：有人举报，这两人有通匪不法行为，需要进行历史审查和甄别。

这明显是敲山震虎，两家本来就心怀鬼胎，手上有着血债，这一查非得查出蛛丝马迹来，弄个得不偿失。识时务者为俊杰，还是花钱免灾吧。第二天，这两家出奇的齐心，一起交了一笔不菲的赎金，说是不能让胡三爹给比下去。

两家钱交了，那两个管家打手自然也就很快从县大队里放了回来。

更为可喜的是，胡三爹亲自带人带钱去了涟水城，将大胡庄三四十口人捞了回来。

大胡庄又恢复了往日的宁静。

李树春被哲元关了禁闭的事，很快传到了冲静夫的耳朵里，这一天，他亲临涟水视察，一是为调查此事而来，更重要的是，他关心的还是那 17 个新四军战士。

县城里警备森严，每一条交通道口都有日本人把守。

"李树春的事，你的证据在哪里？"冲静夫开门见山问哲元。

"那两个据点小队长的火拼，我当时就怀疑是新四军设下的圈套，他隐瞒不报就是不忠。还有那贪污的事，不止一个人举报了……"哲元条分缕析——给冲静夫介绍。

"哲元君，这些毕竟是写在纸上的东西，你还是没有真凭实据，会不会有人恶意诽谤呢。据我所知，李这个人是贪了点，但对大日本帝国还是忠诚的，说他通匪还是有点言过其实，毕竟没有确凿把柄。他这样的人，就像我们的一条狗，你连一块骨头都不给他吃，你说他能死心塌地地跟着你吗？中国有句古话，水至清则无鱼，还是给他一条生路，毕竟我们需要这些人为我们所用嘛。"

冲静夫知道，眼下的涟水城日本人和警备大队之间产生的怨隙，影响不好，这样下去不利于帝国的事业，从长计议是明智之举。

李树春见到了冲静夫，听说放他出来，激动地痛哭流涕。他知道自己贪污炮楼经费这是不争的事实，谁管这样的差事都会捞他一把，他李树春也不例外。再说火拼的事，确实不是他通匪，他也有说不出的委屈。

"李副大队长，你受委屈了，释放你，这是哲元君的意思，他也查清了事实。现在恢复你的自由，希望你好好地效忠大日本帝国！"

"联队长阁下，哲元顾问，你们就是我的再生父母，请你们放心，我李树春誓死效忠大日本帝国！如有二心，天诛地灭！"感激涕零的李树春一个劲地向二人表着忠心、鞠躬道谢，那张刀把子脸激动得有点变形。

"听说那17个战士还没有投降，李副大队长，你有何高见？"冲静夫话题转了过来。

"联队长，恕我直言，既然这些人顽固不化，不如公开枪决，这样可以杀鸡骇猴，以儆效尤。如果再留下去，我怕有人来劫狱，这样的祸患留不得。"

"哟西，由此可见，你是不可能通匪的，你的忠心大大的！哲元君，这些人如何处置，就按李副大队长的建议办理如何？"

"嘿，一切听联队长的！"

李树春又过上了有滋有味的日子。

他手下的人都知道，联队长冲静夫亲自从淮阴来放了李副大队长。原来，联队长竟是李副大队长的靠山。从此给他送礼的，拜门子的人络绎不绝，想不到关一次禁闭竟有这等好事，李树春有点暗自庆幸，他在涟水城里行事更是有恃无恐起来。

5月11日的晚上，县长吴厚甫的侄儿、县府财务股长吴公标在翠和楼摆下一桌，说是为李树春压惊，作陪的有警备大队副大队长胡占禄、警察局长王致和、审讯股股长郭玉佩。四人轮流给李树春敬酒，几番推杯换盏，李树春的舌头有点捋不直了。

突然，警察局长王致和提到一个事，说笠原队长夜里准备将黄炮楼战斗抓来的5个年轻女子"要去"日军军营审讯，说怀疑她们是八路军宣传队。

李树春首先发话了："这，这……日本人要女的，无非是借……借去玩玩，占禄，你和我是老乡，你说，这……这……便宜能不能给日本人讨去？"

"妈那个巴子的，吃苦的事都是我们，享福的事从来都没我们的份。老子也好久没碰女人了。"胡占禄骂骂咧咧起来。

"人家是日本人啊，咱们胳膊能扭得过大腿吗？"王致和有点腿肚子发软。

"李大队长，你说怎么办？难道不交给日本人不成？"吴公标显然在激将李树春。

"我们听李大队长的！"郭玉佩也在一旁附和。

"怕，怕……怕个球！我看，这5个女的，让我们兄弟几个先玩，玩……玩了再说，然后再给他们送去。让他们喝……喝我们的洗脚水……嘿嘿。"李树春说完发出淫邪的笑声。

"行，就这么办！"酒足饭饱的5个人一拍即合。

5个女子被人带到了警察局王局长的办公室，推开一扇隐秘的门进了一间密室。这里原是王致和关押要犯的审讯室，后来经过改造成了他的一间密室，里面放着几张通铺，就是平时供他"做好事"用的。里面的一切声音，外面都很难听到。

几个人大为感叹，想不到王局长还有这样的"私密空间"。一番啧啧称赞之后，兽性大发的他们，将5个女子压在身下，在一阵阵哭喊、撕扯、惨叫和淫笑声中，5个女子被他们强奸了。

欲望发泄完毕，又拿枪逼着5个女子梳洗打扮，让人看不出一丝被凌辱的痕迹来。然后王致和、郭玉佩亲自押送至日军军营里，送给了笠原。那笠原看见5个女子，眼睛里放出光来，欣喜若狂地嘴里嚷嚷着："哟西，哟西，花姑娘，花姑娘的好。"

夜里，李树春他们5个人又打起麻将来，熬了一个通宵。第二天早上，李树春的勤务员韩进生过来报告说，日本军营一清早打电话通知他们派人去收尸埋人。开车过去一看，是5个女人，光着身子，身上只盖着一块白布。浑身伤痕累累，有的下体还插着尖刀，一看就是先强奸后杀害的，真是惨不忍睹……

毫无人性的李树春面无表情，半晌只是嘿嘿一笑，说了一句："狗日的，还是日本人会玩。"

5月12日夜里，赵心权与涟水县游击大队长朱慕萍接上了头。

百姓苦力先后被赎出后，经过这段时间的秘密考察，营救新四军战士和自卫队员的时机已经成熟。两人商定，联合营救行动的时间就定在明天凌晨两点，这也是敌人防守最薄弱的时候。

这次行动方案，狱厨李立义立下了汗马功劳。他绘出了监狱内外建筑详细分布图，进出口的通道都一一做了标注，连牢间的钥匙都已想办法套了出来偷偷配好。狱警换班的时间、人员、方位都已摸清，撤退路线、接应马车都已提前布置好，县城外围设伏策应行动的大队人马也已集结就绪。届时，按照行动方案，提前将监狱看守的夜宵酒菜送进去，李立义进去将他们灌醉了以后，六人营救小组开始行动，全部身穿日军服装进入监狱，要求不到万不得已不准开枪，争取兵不血刃完成营救任务。

这鬼子的军服还是涟水游击大队的同志以前混进日军据点侦察，趁着鬼子熟睡时，顺手牵羊"偷"出来的，这次终于派上用场了。行动小组一次次模拟演练，把一个个可能出现的问题都进行仔细推演，现在可以说，万事俱备，只欠东风。

5月13日，又是一个狂风大作的天气。一片天昏地暗，废黄河边上的风沙，都被席卷了来，那天空变成了灰黄的颜色。不见天日的涟水城上空，像是一张硕大无边的黑幕压在人们的头顶。

中午前，李立义得到消息，警备大队李树春副大队长一会就到。

李立义心头一沉，难不成新来的两个厨房下手，被敌人知道了是朱慕萍大队长安排来的？还是夜里行动的事泄露了消息？

忐忑不安间，李树春带着警备大队的人来了。

"李大厨，中午做顿好吃的，给牢里那些共匪土匪送去！"

"这些人投降了？慰劳他们？"李立义装作疑惑不解的样子问道。

"投降个屁！送他们上路！"李树春腆着肚子诡异地说道，"郭士贵，你们就守在这，李大厨一做好，你就陪他们送进去。"

李立义心里咯噔一沉，这不是让我做断头饭吗？一时间，他头脑一片空白。敌人怎么提前杀人了，这样一来，辛辛苦苦制订的营救计划不就泡汤了吗？现在去报信也来不及了，敌人盯着他，也不让他离开厨房半步啊。这可如何是好。

这顿饭完全是在心神不定、精神恍惚的状态下做好的。端着饭菜向牢间走，差点走错了道，还是郭士贵提醒他，他才缓过神来。

张德纯看见了今天的饭菜与往日不同，如此的丰盛，还添了几坛子的酒，前所未有。再看到李立义端菜的手在抖着，他似乎明白了这饭菜意味着什么。

"同志们，看来这是小鬼子送我们上路了，来来来，大口地吃饭，大口地喝酒，去了，也不能做个饿死鬼，将来不好投胎。"

片刻的怔异，突然，牢里的每个人都醒悟了过来，各人拿碗吃菜饮酒，互相碰着杯。那份豪爽的劲头，看不出丝毫的悲伤。其实，这一天，他们早就料到了，每个人都有足够的思想准备，比起二连里那些先行一步的战友们，他们这些日子都是赚来的。

"死何所惧也，老子死得其所，死得值！"刘明俊抱起坛子大口地喝着酒。

> 力拔山兮气盖世。
> 时不利兮骓不逝。
> 骓不逝兮可奈何！
> 虞兮虞兮奈若何！

有了几分醉意的张德纯又端起一碗酒，边喝酒，边唱起了《垓下歌》。

他说项羽当年唱的就是他们老家的泗县拉魂调，这也是他第一次唱戏，今天唱一段拉魂调，就算是他给各位英雄们送行的。

他一饮而尽，那唱腔里洋溢着无与伦比的豪气，也蕴含着满腔深情，洪亮的嗓音传遍了每一个牢间。

隔壁的杜春生等人深受感染，也跟着吃起来，喝起来，唱起来。这悲壮的场面让人动容。

李立义看着牢里的人们如此豪迈的样子感动不已，转过身去，悄悄拭去了眼角的泪水。这是他们留在人世间的最后一顿饭了，按照计划，本来是晚饭时将夜里营救的消息透露给他们的，可现在再说什么都失去了意义。

到底是哪个环节出了问题，李立义一时摸不着头脑，一边走，一边偷偷地抹泪。

"明俊、傻子，有个事情我得和你们商量一下。"唱完了拉魂调，张德纯满面通红，几分醉意中，又有几分睿智和清醒。他将二人拉到一边，这也是临时党支部的最后一次支委会了。

"上次孩儿提出想入党，这事我一直放心上，本想等出去后再开会、再举行仪式的，现在看来是赶不上了。刚才大伙喝酒吃肉时，我分明看到了李立义在偷偷抹泪，我估计，敌人是提前下手了，营救的事肯定来不及了。

"我们狱中 17 个战友，11 个是共产党员，可以说，所有人都经受住了血与火的洗礼，没有一个人丧失信仰，没有一个人变节投降，我们没有给二连丢脸！我觉得不止一个王孩儿具备入党条件，其余 5 个战士也同样具备条件，所以，今天在上刑场之前，我郑重地向党支部提出建议，吸收其余 6 名战士一起加入中国共产党。他们也是为共产主义事业而献身的，也是为人类解放、为民族解放而献身的，他们完全有资格拥有这个名分，应该让他们带着这份荣耀，走上刑场，慷慨赴死。"

"我同意！"

"完全同意！"

提议交由临时党支部全体党员一致通过。一场极其特殊的入党仪式在牢间里举行。张德纯一脸严肃，郑重其事地宣布了决定：

"今天，这里没有党旗，我们面向东方，那是盐城新四军三师师部的方向，那是苏家嘴二十四团团部的方向，也是大胡庄我们二连战友牺牲的地方。请所有人举起右拳，老党员带着新党员一起宣誓，我说一句，大家跟着说一句。

"一、终身为共产主义事业奋斗；二、党的利益高于一切；三、遵守党的纪律；四、不怕困难，永远为党工作；五、要做群众的模范；六、保守党的秘密；七、对党有信心；八、百折不挠，永不叛党。

"宣誓人……"

牢间沸腾了，战友们互相祝贺，互相拥抱，掌声、笑声、欢呼声，近乎将这黑暗中的牢顶掀翻了，他们全然忘记了即将面临一场残酷的屠戮，这欢腾的景象，更像是迎接一场凤凰涅槃般的浴火重生。

乌云压城，风在呼呼吼着，这样的天气像是在为志士们鸣不平。

下午二时许，17名新四军战士，18名自卫队员和群众，上了军用卡车，被押解到了涟水北门。

被称为"杀人场"的北门见证了太多的血腥杀戮，今天，又一场屠杀在这里上演。

中午时分，涟水几个城门口都贴出了杀人告示，此刻，里三层外三层挤满了围观的群众。为防止有人劫取法场，敌人在场内有便衣把守，外围有重兵埋伏，此刻，这即将被杀的人就是鱼饵，哲元期望着还有大鱼来上钩。

沉重的镣铐声，撞击着大地，撞击着围观群众的心。只见刑场上的勇士们，一个个昂首挺胸，大义凛然。

哲元率着日军中队、县府、县警备大队、县警察局的头头脑脑，一起来观摩这场大屠杀。他要让这里的每一个人都领略一下被大日本帝国征服的感觉，让每个人都明白，和大日本帝国作对的人，就是这样的下场。

今天这场行刑，分两批进行。哲元交代，先送17个新四军战士上路。

"傻子、孩儿别怕，到我这儿来！"两个小弟弟一左一右紧挨着张德纯，所有人手脚都上了镣铐，但镣铐阻隔不了同志情、战友情、兄弟情，他们站在一排，紧紧地靠在一起，互相依偎着，互相支撑着。

李树春走上前来，用枪指着王孩儿："小鬼，再给你一个机会，如果投降还来得及，你这么小就陪他们去死，不值得。"

"呸，不要脸的狗汉奸，痴心妄想！"王孩儿一脸无畏。

李树春枪又指着张德纯："死到临头了，你们还有什么话可以说出来，老子也是讲理的人，老子成全你们！"

"老子也告诉你，杀了我一个张德纯，还有千千万万的张德纯会替我们报仇，共产党是杀不完的，八路军新四军是杀不完的！哈哈哈！"张德纯放声大笑起来。

"排长，从小我就听人说，生当作人杰，死亦为鬼雄，今天我终于明白了这话的意义，也就是说，生着就要轰轰烈烈地做事，死了也要做个英雄鬼；其实一句话：男子汉大丈夫宁愿站着死，决不跪着生啊。"耿傻子戴镣铐的手举得高高的。

"兄弟，你说的对！同志们，全体共产党员们，这是我们在世上最后的时刻了，让我们一起唱一段《国际歌》吧。"

> 起来，饥寒交迫的奴隶！
> 起来，全世界受苦的人！
> 满腔的热血已经沸腾，
> 要为真理而斗争！
> 旧世界打个落花流水，
> 奴隶们起来，起来！
> 不要说我们一无所有，
> 我们要做天下的主人！
> 这是最后的斗争，团结起来到明天，
> 英特纳雄耐尔就一定要实现！
> 这是最后的斗争，团结起来到明天，
> 英特纳雄耐尔就一定要实现！

"中国共产党万岁！""打倒日本帝国主义！""打倒狗汉奸！""宁死不当亡国奴！"

在一片口号声中，敌人开枪了，战士们一个个倒了下去。

第二批押上场的18人排成一排，哲元昐咐，这次换个花样，给武士们一个练习刀法的机会。笠原、金本、金岛和一批鬼子拿着军刀，端着刺刀，个个跃跃欲试。

哲元一声令下，这些刽子手发疯似的冲了上去，手起刀落，身首分离，刺刀穿心，血喷如注。这些披着人皮的鬼子早已失去了理性和人性，此刻唯一的快感就是不停地杀戮，似乎这就是世界上最美妙的感觉。

围观的群众纷纷掩面，这样的残暴场面，许多人不敢看下去。只有哲元站在那里发出歇斯底里的叫好声。

等赵心权、廉纯一、朱慕萍等人得到消息赶来的时候，烈士们已经牺牲。北门外，漫天的风沙退去，也不见一具遗体。听说被警察局安排专人拖到了郊外，事先挖好一个大坑，将尸体扔入其中，身上浇上洋油烧了，然后覆土掩埋起来。按照惯例，这些人是不准收尸的，这种处置方法早已约定俗成。

几个人痛心疾首地呆坐在废黄河边，想着几十条人命就这么没了，赵心权放声大哭。

"会不会是李立义叛变了？"廉纯一有点怀疑。

"应该不会的，这些天，他为我们做了那么多的事，如果叛变，他早就可以去告发了，干吗要等到今天？"赵心权不相信。

"李立义是我的亲戚，对革命事业从来没有二心，表现一向积极，他不可能告发的。不行，明早潜进城去问他个究竟。"朱慕萍打着包票。

花开两朵，各表一枝。就在这天晚上，李立义做完了牢饭准备走，县府的情宣科长杨风尧来找他，还带一个人来。

"老李啊，今天我们去顾问那谈话，时候不早了，就不去饭店了，给我们弄两个下酒菜咋样？"

"李科长，您看您说的啥话啊，有事您尽管吩咐，您稍坐一会儿，我这就给您做去。"李立义知道，这杨风尧可掌握着所有的情报秘密，今天正巧了，他主动来了，我正好瞅个机会问问他今天杀人的事。

不一会儿，一桌酒菜就置办齐整了，那杨风尧与那人兴致勃勃地对饮了起来。

"老沈啊，你这几次可是连中三元啊，这奖金拿的可算不少吧。"杨风尧端起酒杯与那人碰杯。

"杨科长，我这可全托您的福啊，没有您，我哪来的这个差事啊。"说完，那人趁机往杨风尧的口袋里塞了一沓钱。

"不行不行，这个不行！"杨风尧假装推让。

"没有您，哪有我的份啊，这是孝敬您的，您如果见外，就没把我当朋友了！"

"你得了奖励，我得了提升，我俩是一根绳上的蚂蚱，那好，你的心意我就笑纳了！谢谢了老哥！"

两个人酒喝得越来越投缘，李立义又上了一瓶酒，那杨科长连连夸他会来事，还邀请他入席一起喝两杯，他婉言谢绝，躲在一边，听着两个醉鬼酒话闲聊。听着听着，李立义明白了，原来大胡庄、黄炮楼鬼子去围剿，情报都来源于这个姓沈的人，都是他从别人那里得了情报，然后向情宣科汇报的。这姓沈的，原来是杨风尧放在外面的一根耳线，今天从日本人那里领了一笔不菲的奖金。

随着他们酒酣耳热的劲儿，李立义还知道了，涟水游击大队内部有一人系姓沈的亲戚，此人探得这两天夜里县大队要有营救行动，至于具体哪一天，他也不知道。日本人得了情报，为防止夜长梦多，干脆下令今天午饭后提前枪杀了牢里的人，黄炮楼的队长林福生等人也同时在淮阴被杀害……

第二天，赵心权、廉纯一、朱慕萍弄清了事情的原委，个个义愤填膺。每个人热泪滚滚，泪雨滂沱，多好的战士，多好的同志啊，就这么走了，泣血哀痛之余，众人商定，一定要伺机除掉这个姓沈的狗汉奸，因为他手上沾了太多人的鲜血。

消息传到苏家嘴，二十四团团部机关陷入了极大的悲痛中，胡继成团长无语凝噎，拿起笔，在日记本上一字一泪写下：

大胡庄一役，一营二连83名勇士，1人幸存，其余82人全部为国捐躯！

尾声

　　十年生死两茫茫，

　　不思量，自难忘。

　　千里孤坟，无处话凄凉。

　　纵使相逢应不识，

　　尘满面，鬓如霜。

　　夜来幽梦忽还乡，

　　小轩窗，正梳妆。

　　相顾无言，惟有泪千行。

　　料得年年肠断处，

　　明月夜，短松冈。

　　胡大勇牺牲后，朱小凤像变了一个人，走路一瘸一拐的她，再也不像以前那样与人说说笑笑了。沉默寡言的她总是捧着旧书在读，这一首苏东坡的诗，她读一次哭一次。

　　后来索性就到胡大勇的坟堆前哭。胡大勇的遗物都烧了，包括胡三爹送的布料都烧给了他，现在也没啥可烧的了。胡大勇临死前交给她的那个貔貅，现在成了小凤唯一的信物，她要好好珍藏。

　　坟上已经长出丝丝节节的蔓草来，坟前插了个木牌，胡大勇的名字写在上面。胡三爹说了，大勇子既然姓了胡，就是胡家的人，他的墓最终葬在了胡氏祖茔地里。

　　朱小凤哭得很伤心，一开始撕心裂肺地哭，后来渐渐地没了声音，只是一个劲地流泪，却让你听得见她的心在一点一点地破碎。

　　章成英、胡芙蓉、周才英、胡一兰她们几个小姐妹也多次劝她，人死

不能复生，让她想开一点。可她就是无法从这场变故的阴影中走出来，她
实在是无法忘记坟里睡着的这个男人。这个男人给了她太多的温暖的记忆。

有时，哭着哭着哭累了，昏睡在坟前，醒来继续抹着泪，然后从坟前
一瘸一拐地走了。

半路上，她看到了另一处坟地里长着的三棵柳树。两大一小，三棵树
的枝头已经长到了一起，开始盘结在一起。有人给三棵树起了名字，叫
"柳长青"，说这三棵树是两位烈士柳爱民、季长青和他们的孩子变的。他
们变成了树，还紧紧地依偎在一起，这样的团聚，竟让朱小凤羡慕不已。

"在天愿作比翼鸟，在地愿为连理枝。天长地久有时尽，此恨绵绵无绝
期。"走在街上，她远远地听到了蔡六先生正在教他的学生，在吟诵着《长
恨歌》。她失去了最心爱的人，她的"长恨歌"注定要日复一日地唱下去，
也不知道何时是个尽头。

农历六月二十二，朱小凤记得，这是胡大勇的冥寿生日，她最后一次
上坟烧了纸，就从大胡庄走了，再没回来过。后来，有人说在县城里看见
了她，说她去了淮城的莲花庵，剃度出家做了尼姑。

胡芙蓉也走了，骑着巩殿坤留下的那匹"雪玉狐"去了苏家嘴。

她找到胡继成团长，说要当兵，要当一个女骑兵。胡团长没同意她的
请求，在她的死缠烂打下，最后同意她去当了一名卫生员。

胡芙蓉穿上了白大褂，开始学起护理来，有人问她，为什么来当兵。
她半晌无语，最后只说了一句话：只有在战场上，才能寻得见一个人。

　　一曲长歌

　　响起在太行山外

　　一杯浊酒

　　醒来已在江淮平原

　　天地一行泪

　　江河共徘徊

　　家国破碎千万里

　　一骑独行梦不还

　　我的哥哥哟

哪里是你的阳关

哪里是你的故园

……

又有歌声传来。

"这首歌，不知是谁写的，写得真好，一次次有人唱起，一次次让人感动。"卫生员们在小声地议论着。

胡芙蓉听着听着，眼泪吧嗒吧嗒地落下，沾湿了衣襟，此刻，也许只有她懂得歌中的含义，更懂得歌中的那个"哥哥"。

在团部卫生所里，她还见到了二连唯一的幸存者刘本成。他的伤好得挺快的，现在已经能下地走路了。

"小同志，还记得我吗？"胡芙蓉迎了上去。

"这不是大胡庄妇救会的芙蓉姐吗？"刘本成一眼认出了她。

"你是命大福大造化大啊，其他人都没了，就你能活下来，太不容易了！"

"我命是拾来的，打仗时大伙儿都护着我，我才得了一命，我刘本成一辈子都会念着战友们的恩情。"刘本成眼睛注视着远方，若有所思，"要是巩副营长还活着该有多好啊，你们是多般配的一对啊。"

"不说这些了，说些开心的事吧。"刘本成是哪壶不开提哪壶，胡芙蓉岔开了话题。

"开心的事来了！"

突然一个莽声莽气的声音传来，两人抬头看去，刘本成高兴地跳了起来："副连长！"

原来是参加抗大五分校学习的二连副连长孙文魁来了，两个人抱在一起，喜极而泣。孙文魁身后还站着一位军官样的男人，中等个子，鼻梁上架着一副眼镜，一副书生样子。

"指导员好！"此人就是履新不久就去了抗大五分校学习的二连指导员胡文章，曾给连队的战士们上过课，刘本成毕恭毕敬地举手敬礼。

"本成啊，我们在盐城就听说二连没了，我和指导员伤心得两天没吃下饭，我们天天盼着回来，回来了，听说你还活着，甭提多高兴了。耿傻子、王孩儿都没了，要是我当时不去学习就好了，兴许我们村能多活几个人。

现在就剩你和我了，你可得给我好好地活着。"孙文魁说话像机关枪似的，一说就是"吧吧吧"一梭子。

"本成，今天我给你带来一个好消息。"指导员上来拍拍他的肩膀，"最近，师部正在抽调精干力量重建二连！"

"真是太好了！我又有家了！"刘本成又一次高兴地欢呼起来。

"还有更大的喜事呢。我们八旅要召开总结会，黄克诚师长要到场，你作为二连唯一的幸存者，师长点名要见你。"

听说二连重建，师长还要亲自接见刘本成，孙文魁和胡芙蓉都为他高兴。可刘本成却腆着脸一阵脸红，倒有点不好意思起来："荣誉和功劳都应该属于那些牺牲的战友，我算什么，真的受之有愧。"

这一天，刘本成一辈子也忘不了。

那天，新四军八旅在阜宁县东沟乡开会，团长胡继成带着刘本成到了会场。师长、旅长这些个"大官"，以前在连长他们讲话里提到的人，今天齐刷刷地坐在主席台上，个个威风凛凛，仪表堂堂。刘本成好一阵紧张。

旅长田守尧说话像洪钟一样，开场就表扬起二连："这次大胡庄战斗，英勇的二连指战员，以压倒一切敌人的气概，沉重地打击了侵略者，为中华民族的解放流尽了最后一滴血。他们气吞山河的浩然正气和视死如归的大无畏精神，永远是我们的学习榜样！"

台上台下响起了热烈的掌声。

"那个小鬼刘本成呢？"黄克诚师长叫着他的名字。

"到！"刘本成站了出来，声音有点颤抖。

"上来，上来，到我跟前来，给我仔细瞧瞧！"师长向他招手。

在无数人羡慕的目光里，刘本成诚惶诚恐地走上台来。师长拉着他的手，一遍遍摸着他的头和脸，几多欣喜，几分爱怜。师长望着大难余生的刘本成，百感交集地说："这孩子命真大，一个连全打光了，他还能活下来。以后就跟我走吧，你是二连唯一的根脉了，是我们师的宝贝疙瘩啊。"

第二天，刘本成就去了师长身边报到，做起了勤务员、警卫员，跟着首长南征北战。可在他心里，永远忘不了一个地方，那就是大胡庄。

1941 年，民国 30 年，大胡庄大大小小、悲悲喜喜的事太多了。

这一年的夏天，日本人对盐阜、两淮地区进行了疯狂扫荡，新四军和各抗日根据地的军民联合起来开展游击战，不到两个月，就粉碎了敌人的阴谋。

就在这一年，茭陵街上的顾育保说以前的自己活得稀里糊涂，他发誓要活出一个明白人来，索性卖了木材场，去了北方；三年后，他带着队伍回到了苏北，身份竟成了八路军的副连长。

就在这一年，教私塾的蔡六先生的两个助教成了民主政权茭陵乡、大桥乡的乡长。

就在这一年，在胡一华、胡一荣兄弟俩的带动下，大胡庄子弟纷纷报名参军，奔赴抗日的战场。胡一华去了新四军，加入了共产党；胡一荣找到了以前中央陆军军官学校的同学，参加了国军，加入了国民党，力主国共合作。据说后来做了将军，被挟持去了台湾，从此杳无音讯。

就在这一年，淮安北乡的抗日民主政权得到了血与火的洗礼，根据地人民的革命救亡活动风起云涌；淮涟阜边区联防办事处成立，王一香等人临危受命，废黄河畔星火燎原；大胡庄党支部和自卫队在朱大海、胡锡宜等人的领导下，进行着艰苦卓绝的斗争，胡兆荣、胡锡古、胡明根、胡锡荣等一批恶霸地主和反动势力得到了清算，抓的抓，逃的逃，有的被我革命政权执行枪决，有的被觉醒起来的群众彻底清算。

就在这一年，大胡庄小西场的人家在废墟上建起了新屋，重建家园一朝梦圆。

就在这一年，长期暗中向日伪提供情报的沈玉仁被涟水县大队就地正法，不久，李树春等一批汉奸刽子手也被人民镇压。

就在这一年……

经历了曲折，经历了苦难，经历了泪水，经历了辛酸。太阳总有升起的时候，人民的天空，最终一片彩虹。穿越战火纷飞的历史风云，曾经血色染红的大胡庄，人民翻身解放，迎来了自己的艳阳天。

> 春天的太阳放彩光
> 胜利的歌声响四方
> 我们是中华民族好儿女
> 千锤百炼已成钢
> 从不怕千难和万险

坚持抗战在敌后方

敌后方，敌后方
前门有虎后有狼
反共派进攻要打退
鬼子来了要反扫荡
进攻扫荡都不怕
我们在战斗中成长

敌后方敌后方
军民合作力量强
抗战歌声震天地
民主旗帜在飘扬
抗战民主齐努力
我们的祖国得解放

春天的太阳放彩光
胜利的歌声响四方
我们是中华民族好儿女
千锤百炼、千锤百炼
千锤百炼已成钢

　　华中鲁艺的同志创作的歌曲在盐阜地区、淮安大地上传唱着，这歌声里，人们又看见了"红二连"，看见了二连牺牲的战士从没有离开，他们还活着，活在人们的心里，就像二连的名字从没有消亡一样。

　　在战火中重建的二连，筚路蓝缕，披荆斩棘，风风雨雨，一路走来。浴火重生的二连，如今她有了一个响亮的名字：大胡庄英雄连。

　　80年后，大胡庄，一座英雄纪念塔巍然矗立，"大胡庄英雄连"的旗帜，依然高高飘扬。

后记

2021 年是中国共产党成立一百周年。百年征程波澜壮阔，百年初心历久弥坚，百年恰是风华正茂。

习近平总书记在党史学习教育动员大会上指出，我们党的一百年，是矢志践行初心使命的一百年，是筚路蓝缕奠基立业的一百年，是创造辉煌开辟未来的一百年。

在党的百年征程上，有无数仁人志士、革命英烈为着人民的幸福，为着民族的解放，抛头颅、洒热血，留下了无数可歌可泣的英雄诗篇。在中国抗战史上，苏北淮安曾经发生了一场气吞山河的战斗——大胡庄战斗。1941 年 4 月 26 日，一场惊天地泣鬼神的战斗在淮安境内的大胡庄打响，我英雄的新四军三师某部二连八十三名战士面对着六七百日伪军，激战近十个小时，最终除一人幸存外，其余八十二人全部壮烈牺牲。他们用血肉之躯在淮安人民的心中垒起了一座不朽的丰碑。

八十二位烈士长眠在这片热土，绝大数人无名无姓，他们来自何方，亲人安在，无人知晓。本该彪炳史册的名字，却成了湮没在时光深处的无名英雄。

从战斗发生的那年起，风风雨雨八十年，当年的将军无法释怀，历史的见证者耿耿于怀。对于这段历史，对于这些英雄，生活在这片土地上的淮安人越来越感到，似乎欠下了一笔永远还不清的"心债"。

2020 年 4 月，离大胡庄战斗八十周年还有一年，淮安区的主要领导高瞻远瞩、审时度势，他们的话掷地有声、激荡人心：

"当年这些十八九岁、二十岁左右的年轻战士，把生命留在了淮安大地上，最后连一个名字都没有留下，作为淮安人，我们觉得对不起他们。我们必须以时不我待的使命感和责任感，挖掘创作出一部厚重的文学作品，来还原这段历史，借以告慰先烈，教育后人，向大胡庄战斗八十周年献礼，同时献给伟大的中国共产党成立一百周年！"

创作任务落到了我的肩上。曾耗费我两年心血创作的 24 万字的《天路淮军》，让一个尘封五十年的英雄群体展现在世人面前，最终这本书荣获江苏报告文学奖金奖；今天，面对着一个湮没在时间尘埃里八十年的英雄群体，要让这段历史重现天日，压力之大可想而知。

我一次次地东奔西走，一次次地夙兴夜寐，一次次地汲取史实，一次次地分析鉴别，先后采访上百位历史见证者和史学研究专家，大大小小十多个采访本记得满满的，要算起采访总里程，真可谓"八千里路云和月"。前前后后，我翻阅了军史、党史和各种相关相近的历史资料达百万字之多，有时候，一个线索要反复向十多人，甚至二十多人求证。尤其从日本搜集到的当年侵华日军关于大胡庄战斗的陈述回忆，以及在涟水县公安局档案馆查阅到的当年围剿我大胡庄新四军的伪军头目的供述卷宗，均为首次发现，为《大胡庄·1941》的创作提供了重要佐证。

想起夜以继日创作的艰辛，感喟颇多。《天路淮军》写到最后是半月板损伤、骨髓积水，两条腿一度不能正常行走；《大胡庄·1941》写到最后血压陡增，心脏也出现严重问题，连医生都劝我静养休息。

因为这段历史太厚重了，厚重得让我一次次地仰望星空，让生活在这片热土上的我们，懂得了什么叫信仰的力量，什么叫精神的光芒。对于一个作家来说，我吃这点苦又算什么呢。罗曼·罗兰说过，成功的意义应该是发挥了自己的所长，尽了自己的努力之后，所感到的一种无愧于心的收获之乐。

时间的意义，永远由奋斗者赋予。经过一年多的努力，国内第一部全景式再现"大胡庄战斗"这段尘封历史的长篇纪实小说《大胡庄·1941》，终于在大胡庄战斗八十周年前夕与读者见面，这有着特殊的意义。感谢江苏大学出版社领导和编辑的睿智眼光，他们从主题出版的高度，派出最精干的团队，以最快的速度、最优的质量，将这本书奉献给广大的读者。

40 多万字的《大胡庄·1941》付梓的那一刻，我想，我们这一代淮安人也许可以如释重负了，一段积压多年的"心债"，总算是还上了。

此时此刻，万千谢意集聚心头。毫无虚言，毫不夸饰，没有各级领导的关心，没有各界人士的支持，就没有《大胡庄·1941》。这本书的背后凝聚着太多人的心血和热望。感谢淮安区委区政府主要领导的鼎力支持，感谢淮安区委宣传部、区委组织部、区委统战部、区文联、区退役军人事务局、区教体局、区财政局、区老区开发促进会、区新四军历史研究会、大胡庄战斗烈士纪念馆等部门单位给予的方方面面的帮助，感谢外地部队、专家文友、大胡庄战斗亲历者、见证者的配合指导及提供的宝贵资料。

需要说明的是，因为时间久远，尽管反复求证，疏漏谬误之处在所难免，敬请方家指正。同时，尽管本书以基本史实为蓝本，但毕竟是小说，其中许多人物姓名仅是化名，请读者切勿对号入座，如有雷同，纯属巧合，敬请理解。

英烈雄风，铁血丰碑，缅怀先烈，致敬历史。大胡庄战斗精神光照千秋，万世永存，大胡庄战斗八十二烈士永远活在我们的心中！

谨此后记。

庚子岁末于畔园创作基地